소설을 어떻게 볼 것인가

소설을 어떻게 볼 것인가

권택영 지음

文藝出版社

차례

서론

소설이론, 서사이론

이 책은 서사이론에 관한 책이다.

내러티브 혹은 '서사'란 우리에게 아직 낯선 용어이다. 그러나 옛 장르인 서사시(epic)와 구별되는 서사(narrative)는 서구에서는 널리 퍼져 이제는 소설이라는 용어 대신 폭넓게 쓰이고 있다. 서사라는 용어가 스토리를 지닌 모든 문학 혹은 '이야기성'으로 소설의 자리에 들어선 이유는 두 가지 면으로 짚어볼 수 있다.

서사문학의 총아로서 소설이 19세기 사실주의라는 순진무구한 황금기를 지나 20세기 전반의 모더니즘시대에 새로운 형식을 갈구하며 애를 쓸 때 영화라는 새 장르가 나타난다. 20세기에 영화는 소설이 누리던 황금기를 이어받으며 서사예술의 총아로 부상한다. 이제 소설뿐 아니라 영화를 포함하여 모든 이야기성에 대한 분석이 필요하게 된다. 장르의 확산이다. 또다른 측면은 20세기 중반부터 맞게 되는 후기산업사회의 서사이론들이다. 그들은 서사를 실재의 객관적인 반영이 아니라 서술자가 자신의 메시지를 독자(관객)에게 전달하기 위한 수사로 보기 시작했다. 어떤 서술전략으로 독자의 마음을 움직이는가라는 서술의 전략과 효과를 보기 시작한 것이다. 이에 따라 서사이론은 기호학과 손잡고 소설과 영화뿐 아니라 광고, 만화, 벽화, 역사 등 온갖 서술의 영역으로 확대된다. 이제 이 두 가지 측면이 20세기의 주요 이론서들을 어떻게 갈래지우는지 살펴본다.

낯익고 진부한 이야기를 새롭게 만들어 관객에게 경험시키는 게 예술이다. 선한 자는 복을 받고 악한 자는 벌을 받는다는 얘기만큼 진부한 게 어디 있는가. 그런데 최근의 영화에서도 이 이야기는 되풀이된다. 『펄프 픽션』은 백인과 흑인 갱에 관한 이야기다. 한 사람은 악의 소굴에서 손을 떼지 못하기에 어처구니없이 죽고 다른 한 사람은 손을 떼기에 살아남는다. 이 평범하다못해 진부한 이야기에 어떻게 예술성을 불어넣는가. 사건이 일어나는 순서를 바꾸는 것이다. 맨 앞장면 다음에 올 사건을 맨 뒤로 가져가 관객의 경험을 어리둥절하게하여 상상력을 자극한다. 스토리의 중간을 뚝 끊어 맨 뒤에 갖다 붙임으로써 시치미 뚝 떼고 그것이 무슨 이야기겠느냐고 묻는다. 떼어낸 부분이 바로 악에서 손을 떼고 살아남는 사람의 얘기다. 사건의 순서를 흩어놓음으로써 권선징악의 진부한 이야기가 낯선 형식이 된다. 이것이 서사다. 마치 러시아형식주의로부터 시작된 서사이론을 실천한 듯하다.

서사이론의 출발은 러시아 형식주의의 낯설게 하기이다. 우리는 하나의 작품을 경험하고 난 후 의미를 간추린다. 이때 경험하는 과정이 형식이요 간추린 것이 내용이다. 흩어진 사건들을 경험하고 난 후 순서대로 잘 간추려야 의미가 생겨난다. 예술은 낯익은 일상을 낯설게 흩어놓아 독자가 경험하게 만든 형식이다. 이 형식이 수제(sjuzet)요, 영미 쪽에서는 플롯(plot), 불란서 쪽에서는 서사(narrative)로 불리운다. 수제에 의해 종합되는 내용이 파블라(fabula)요, 서구 쪽에서는 스토리(story)다. 서사란 넓은 의미에서 스토리를 지닌 모든 서술양식이요, 좁은 의미에서는 작품의 내용 (스토리)을 담은 형식, 플롯, 즉 경험하는 사건의 순서이다.

러시아 형식주의자들이 논의한 수제는 블라디미르 프롭의 『민담의 형태소』로 이어지고 훗날 불란서 구조주의와 쥬네트의 『서사 담론』을 낳는다. 쥬네트의 스토리 타임(story time)과 서사 타임(narrative time)은 바로 파블라 타임과 수제 타임이다. 그리고 최근 피터 브룩스의 『플롯을 따라 읽기』의 플롯으로 이어진다. 프롭은 러시아의 동화들을 수집하여 그것들 속에서 공통된 형식을 만들어 모든 동화를 그 틀 속에 넣으려 했다. 그러나 하나의 보편 구조 속에 모든 동화를 담으려다보니 그 틀이 너무 길어져 실천의 묘미를 거두지 못한다. 불란서 구조주의는 정·반의 이분법적 구조로 프롭의 이루지 못한 꿈을 실현시킨다. 비록 캐나다의 노드롭 프라이가 서사체계를 세우고 원형의 내려앉기를 제시했지만 그는 반(半)구조주의자요, 정·반의 대립구조로 산문을 분석한 토도로프에 이르러 구조주의는 완성을 본다. 해와 달, 하늘과 땅, 아버지와 어머니, 남성과 여성만큼 보편적인 대립구조가 어디 있겠는가. 구조주의는 언어가 '차이'에 의해 구조되었다는 데서 암시를 얻어 이 보편구조를 미학이론으로 끌어들였다.

서사이론의 또다른 측면은 60년대 이후 정·반의 대립항이라는 정적인 분석을 넘어 역동적인 분석으로 나아간 쪽이다. 정·반의 대립구조에 시간이 합쳐져 서로 자리를 바꾸는 '해체'는 힐리스 밀러의 『소설과 반복』처럼 끊임없이 해석이 다르게 되풀이되는 것을 보여준다. 그러나 20세기 후반부의 서사이론은 역시 웨인 부스 이후의 서술전략 더듬기다. 서술자는 인물을 어떻게 조종하고 어떤 매개로 독자를 움직이는가. 코온, 쥬네트, 쉬탄젤의 이론이 이에 속한다.

영화 『아마데우스』는 모차르트의 생애를 그린 영화지만 그것에서 멈추지는 않는다. 만약 그것이 한 천재음악가의 재능과 광기, 그리고 무능한 생활력에만 초점을 맞추었다면 예술성은 줄어들었을 것이다. 서술은 살리에르라는 당시 궁정음악장의 시점으로 전달되고 그런 가운데 그의 선망과 질투가 드러난다. 타인의 천재적 재능은 알아보는데 자신은 그런 재능을 타고나지 못한 원망과 비애. 그것은 평범한 많은 사람들의 아픔이었다. 비록 그의 원망은 광기에 가깝지만 그런 서술전략은 두 가지 효과를 자아낸다. 우선 전달하는 내용의 객관적 사실성을 흐려놓음으로써 모차르트의 생애를 허구화한다. 그리고 주제를 두 라이벌관계에 맞춤으로써 천재음악가의 생애뿐 아니라 그에 대응하는 라이벌의 빗나간 열정을 보게 된다. 서술자가 어떤 매개자를 통해 어떤 방식으로 이야기를 전달하는가는 예술성을 좌우하는 중요한 문제가 되고 그것은 관객이 만든 사람의 입장이 되어 작품을 감상하는 길이기도 하며 언어의 수사성에 무작정 휘말려들지 않는 길이기도 하다. 이렇듯 러시아 형식주의에서 싹을 틔운 서사이론은 구조주의와 후기구조주의라는 두 갈래의 양상을 띄우며 변모되어온다.

그러나 무엇보다 이 책은 소설을 보는 열네 가지 방식에 관한 책이다.

소설은 세상과 삶에 관한 이야기이고 그래서 그것을 보는 시각은 세상과 삶을 보는 시각이다. 그토록 수많은 이야기가 쓰여지고도 아직 할 말을 다하지 못한 것처럼 소설을 보는 시각도 끊임없이 이어진다. 하나의 시각이 인정을 받고 권력을 얻으면 곧 그것에 대한 반론이 제기되고 그 반론은 다시 그다음 이론에 자리를 내어준다. 어떤 시각도 완벽할 수 없기 때문에 모든 이론은 스스로가 지닌 장점에 의해 무너진다. 밝은 빛이 지닌 맹점이랄까. 빛이 가리운 그늘은 시간이 흐르면 살아나 그다음 논리의 근거를 마련한다.

20세기에 나온 소설을 보는 방식들도 그렇다. 『소설의 기법』은 『소설의 양상』과 라이벌이고 긴 시간 위력을 떨쳤던 신비평의 명저 『소설의 이해』는 프라이의 『비평의 해부』와 지라르의 『소설이론』에 의해 도전받는다. 영광을 누린 시간이 길수록 도전의 위력도 크다. 부스의 『소설의 수사학』을 이어받으면서 좀더 발전시킨 코온의 『투명한 마음』, 서사이론의 결정판을 보여주는 쥬네트의 『서사 담론』과 쉬탄젤의 『서사이론』, 그리고 두 책의 위력에 저항하기 위해 방향을 바꾸어 탈출구를 찾는 브룩스의 『플롯을 따라 읽기』 등 20세기의 빛나는 이론서들은 제각기 자신의 너무 밝은 빛에 의해 전복된다.

그러면서도 각각의 이론서들은 영원히 묻혀버리지 않는다. 틈마다 제 존재를 알리며 기회있을 때마다 되살아나 부활하고 엎어지고 다시 일어난다. 러시아 형식주의의 '수제'가 틈틈히 들락거리다가 브룩스에 이르러 제모습을 활짝 드러내듯이 소설을 보는 방식들 사이의 은밀한 경쟁관계를 보는 것은 재미있다.

마지막으로 시대순에 따른 이 책의 이론들은 한 세기의 사상과 미학의 흐름을 반영한다. 러시아 형식주의에서 『소설의 이해』까지는 모던 미학을 반영하고, 부스의 『소설의 수사학』 이후는 포스트모던 미학을 반영한다. 수제와 파블라의 구별은 시간의 흐름이 와해되는 모던 소설에서 더욱 두드러지고 말하기보다 보여주기를 강조한 러보크는 내적 독백이라는 모던 기법을, 신비평을 실천한 『소설의 이해』는 모더니즘과 같은 샘물에 뿌리내린 이론이다. 구조주의는 토도로프의 『산문의 시학』에서 완성된다. 언어의 수사성을 강조한 후기구조주의와 부스의 『소설의 수사학』이 맞물리고, 최근 정신분석이론의 우세는 브룩스와 맞물려 있다. 열네 권의 이론서들은 나름대로 한 세기의 사상과 문화의 흐름을 짚어준다.

이 책은 원래 1991년 동서문학사에서 발행된 『소설을 어떻게
볼 것인가』제3쇄를 보완하고 수정한 것이다. 최근 영화에 대한
관심이 고조되면서 서사이론에 대한 중요성을 강조하고 싶었고
'서사' 혹은 '내러티브'라는 용어가 낯익어지기를 바라는 마음에서
이 부분을 보완했다. 그리고 결론으로 20세기 서사이론을 요약하
고 다음 세기의 전망을 모색해 보았다.

낯설게 하기
—러시아 형식주의 소설이론

    소련에야 사회주의 체제를 옹호하기 위한 마르크시즘 문학론밖에 다른 게 더 있겠냐, 이렇게 피상적으로 생각해오던 대부분의 사람들에게 1955년에 소개된 얼리치(Victor Erlich)의 『러시아 형식주의 *Russian Formalism* 』는 서구 20세기 비평 풍토에 갑작스런 활기를 불어넣는다. 그보다 먼저 르네 웰렉이 『문학의 이론』에서 그들을 잠깐 언급했지만 형식주의 운동의 역사와 주요인물, 그리고 그들의 논리를 본격적으로 영어권에 소개한 것은 이 책이 처음이었다. 물론 1920년에 체코로 망명한 로만 야콥슨이 불란서 구조주의자와 접촉을 가졌고 1928년에 쓰인 프롭의 책이 60년대에 재출판되기는 하지만 야콥슨이나 프롭은 바흐친이 미국의 후기구조주의에 어필했듯이 불란서의 구조주의 운동에 더 친화력을 가진 인물들이었다. 그러나 뭐니뭐니 해도 이 운동을 주도한 핵심 멤버들의 글이 중계 없이 직접 소개된 것은 1965년 『러시아 형식주의 비평 : 네 편의 글』이 출판되면서부터이다.[1] 슈클로프스키, 토마체프스키, 아이헨바움 등 초기의 독특한 형식주의 이론들이 이 책에서야 비로소 선을 보인 것이다. 그 이후 '낯설게 하기'라는 어휘는 그야말로 낯익은 용어가 되었고 최근에는 지금까지의 소개를 새로운 시각으로 정리한 스타이너의 책(Peter Steiner, Russian Formalism : A Metapoetics, 1984)이 출간되기도 한다.

1. 역사

러시아 형식주의는 20세기 전반 서구문화를 풍미한 형식비평의 출발이었다. 그것은 19세기의 비평이 역사, 사회학, 철학 등과 분리되지 않아 주관적이었고 문학의 사회적 효용가치라든가 작가에 대한 배경 등 하나의 독립된 과학분야로 연구되지 못해온 것을 극복하려는 움직임이었다. 20세기에 들어서면서 상징주의 운동이 이를 극복하고 문학을 독특한 언어의 산물로 보기는 했으나 은유의 덫에 걸려 시어를 의미에 귀착시킨다. 그들은 시어를 의미의 부산물로, 형식을 내용의 부산물로 보는 상징주의로부터 한 걸음 더 나아가 형식 자체에 우선권을 주고 싶었다. 그리하여 당시 시어에 대한 혁명을 선언한 '미래파' 시인들과 뜻을 같이 하고 소위 '무의미 언어'가 시에서 존재함을 증명한다. 슈클로프스키(Victor Shklovsky)는 의미를 초월한 언어의 현상도 필수적이라고 선언했고 브리크(O.M. Brik)는 음의 반복 그 자체가 미학적인 효과를 지

---

1) Lee T. Lemon과 Marion J. Reis는 *Russian Formalist Criticism* (Lincoln : Univ. of Nebraska, 1965)에서 네 편의 원문을 번역하고 소개의 글을 덧붙인다. Victor Shklovsky의 *Art as Technique* 과 *Sterne's Tristran Shandy* , Boris Tomachevsky의 *Thematics* 그리고 Boris Eichenbaum의 *The Theory of the 'Formal Method'* 이다. 앞의 3편은 소설이론과 관련이 되는 주요 글들이고 뒷것은 형식주의 운동을 개관한 글이다. Lemon은 형식주의자들의 용어인 'fabula'와 'syuzet'를 story와 plot으로 번역했고 Lemon의 책을 중심으로 쓰인 본 논문도 그것을 따른다. 이로부터 이 책에서의 인용은 'RFC, 면수'로만 표시.

닌다고 말한다. 말하자면 언어의 기능 가운데서 의사소통을 목적으로 하는 일상어에서는 음이 의미의 부산물이지만 예술언어에서는 음이 독립적 가치를 갖는다는 것이다. 시에서 음, 리듬, 각운 등의 형식적 요소들은 그 자체의 목적을 가지고 존재하기에 의미가 오히려 형식의 부산물이 된다. 예술 언어란 일상어와 반대로 의사소통을 방해하고 늦추고 힘들게 만든 것이기 때문이다.

그들은 우선 일상어와 시어를 구분하는 것에서부터 이론을 펴나가기 시작한다. 1915년 로만 야콥슨을 비롯한 모스코 대학의 젊은 학생들은 모스코 언어회를 조직했고 1916년 슈클로프스키를 비롯한 피터츠버그의 젊은 언어학자, 문학자들은 시어연구회(opojaz)를 조직했다. 이 두 그룹의 연구는 물론 똑같지 않았으나 커다란 맥락은 거의 일치했다. 야콥슨이 망명 후 프라그에서 『현대 러시아 시』지에 발표한 글은 opojaz의 견해와 같다. 자신들은 문학을 하나의 과학으로 독립시키려 했고 그래서 그 목적이 '어떤 작품이 왜 문학이 되는가를 밝히는' '문학성(literariness)'의 추구에 있었다는 것이다(RFC, 107면). 문학이 왜 문학인가를 밝히는 작업의 첫 단계가 바로 시어는 일상어와 달리 의사소통을 늦추고 방해하는 것이어서 그 형식적인 요소가 곧 독립가치를 지닌다는 것이었다. 그리고 일상어와 시어의 구별이 연장된 게 바로 스토리와 플롯의 구별이기도 하다. 일상어가 의사소통을 목적으로 한 것이듯 스토리는 작품의 내용이 이해하기 쉽게 전달되는 것이다. 따라서 시간 순서로 차근차근 요약된다. 이에 비하여 플롯은 의사소통을 늦추고 방해하기 위해 재배열되고 교란된 작품의 형식이다. 전자가 무엇이 전달되느냐에 대한 대답이라면 후자는 그것이 어떻게 전달되는가에 대한 대답이다. 작가는 무엇에 관해 쓰겠다는 자료를 갖는다. 그리고 이것을 미학적인 구성을 통해 독자 앞에 내놓는다. 독자는 이 표층구조를 경험하고 나름대로 의미를 산출해낸다. 이 세 가지 과정에서 독자가 경험하는 표층구조가 플롯이고 미학성을 좌우하는 형식이다. 다시 말하면 플롯 혹은 형식이란 작가가 의사소통을 늦추고 방해하기 위해 스토리를 일부러 낯설게 재배열한 것이다. 이것이 '낯설게 하기'의 근원이다.

1914년 슈클로프스키는 '낯설게 하기'의 의미를 이렇게 밝힌다.

우리는 흔한 것은 경험하지 않는다. 그걸 살피지도 않는다. 그저 받아들여버린다. 우리는 살고 있는 방의 벽들을 보지 않는다. 친숙한 언어로 쓰인 글에서 오자를 찾아내기란 쉽지 않다. 그 친숙한 언어를 '받아들이지' 말고 읽어보라고 스스로에게 강요할 수 없기 때문이다. 우리가 '시적'인 감지와 '미학적'인 감지를 일반적으로 정의 내린다면 이렇게 말할 수 있으리라. '미학적' 감지란 우리가 형식을 경험하는 감지라고. 반드시 형식만은 아니겠지만 형식인 것만은 틀림없다고. (RFC, 112면)

그렇다면 형식주의는 단순히 형식을 위한 형식의 즐김이 아니요, 낯익은 것이 내리는 명령을 거부하는 것이다. 형식을 경험하기 전에는 어떤 선험적 이념도 거부한다는 자유의 확인이었고 우리의 의식을 깨어 있게 하려는 시도였다. 그리고 이런 시도는 당시의 지적인 분위기와도 맥락이 같다. 20세기는 객관진리를 인정한 19세기의 실증주의로부터 벗어나 회의주의와 비합리성을 탐색하기 시작했다. 베르그송의 직관철학, 훗설의 현상학 등은 실체를 객관대상보다 인간의식의 경험에 두는 쪽이었고 이것은 본질보다 실존을 우선시킨 실존철학과도 맥이 통한다. 이렇게 시작된 형식주의 운동은 1917년 볼셰비키 혁명이 일어나고 러시아의 정치체제에 혼란이 시작되었음에도 1916년에서 1919년 사이 가장 왕성한 연구와 잇달은 논문집을 내놓는다.

박해는 서서히 시작되었다. 1923년경 레오 트로츠키는 형식주의가 문학의 사회적인 경험을 고려치 않는 '폭좁은' 연구방법이라고 지적한다. 그런대로 온화한 나무람이었다. 1924년부터 공격은 심화되어 1926년에는 예술을 위한 예술, '퇴폐주의'라는 비난에 이른다. opojaz의 대표인물이었던 슈클로프스키와 아이헨바움은 점차 형식주의에 사회성을 가미하기 시작했고 문학연구에서 인접분야로 관심을 옮겨간다. 모스코 그룹의 야콥슨은 1920년 체코로 망명하여 그곳에서 언어학회를 창시한다. 아이헨바움이 트로츠키의 공격에 대한 대답으로 1925년에 쓴 「형식적 방법의 이론」은 형식주의에 대한 비교적 정확한 개요이며 동시에 약간은 과장된 옹호인데, 그는 이 글에서 형식주의의 역사성을 이렇게 변명한다. 형식주의는 과학이 중시되는 당대를 반영하기에 사회성이 있다. 형식은 더 이상 내용을 담는 좁은 의미가 아니고 역동적인 기법으로 오히려 내용을 결정짓는다. 문학사란 기법이 생성, 변영, 쇠퇴되는 과정이다. 장르의 변천도 형식의 변천이다. 그리고 형식주의는 결코 고립된 이론이 아니고 하나의 가설이요, 열린 체계이다. 그것은 일반이론을 세우려 들지 않고 구체적인 원칙만 세울 뿐이다. 마르크시즘이 과학이듯 이것도 과학이고 두 영역은 서로 부딪칠 이유가 없다……. 그러나 이런 변명에도 불구하고 형식주의는 지탱되지 못한다. 이념과 형식을 합성한 바흐친의 이론이 훨씬 더 사회적인데도 그가 긴 세월 추방되어 산 것을 생각해보면 야콥슨이나 슈클로프스키의 이론이 마르크시스트들에게 용납되지 못한 것은 조금도 이상할 게 없다.

형식주의자들 가운데에서도 가장 핵심인물로서 문제를 제기했던 사람은 슈클로프스키였다. 그의 글 「기법으로서의 예술」은 지금도 형식주의의 본질을 드러내는 대표적인 글로 읽힌다. 그는 마르크시스트들의 신경을 제일 건드린 인물이기도 하여 비난의 적수

였고 그리하여 일찍이(1926년) 타협의 길로 들어서기도 했다. 그의 자기 이론을 적용한 『트리스트람 샨디』 분석은 모더니즘 소설양식이 태어나던 당시 서구의 분위기를 연상시킨다. 아이헨바움이나 로만 야콥슨, 티니아노프도 많은 글을 남긴 주요한 인물이지만 구체적이면서도 보편적인 규칙을 찾으려 애쓴 소설이론가로는 토마체프스키(Boris Tomachevsky)를 두번째 손가락으로 꼽을 수 있다. 그의 글 「주제학(Thematics)」에 담긴 몇몇 이론들은 오늘날에도 소설분석이론으로서 가치를 지닌다.

2. 슈클로프스키의 '낯설게 하기'

그는 방을 치우고 있다. 그런데 습관적으로 무의식적으로 그 일을 하다보니 식탁 위 먼지를 털었는지 기억이 나지 않는다. 먼지를 털고도 기억이 나지 않는다면 하지 않은 것과 무엇이 다른가. '만일 많은 사람들의 복잡한 삶이 온통 무의식적으로 지속된다면 그런 삶을 결코 살았다고 할 수 있는가' 톨스토이의 「일기」에서 한 구절을 인용하며 슈클로프스키는 이렇게 말한다.

　습관이란 일과 옷과 가구와 마누라와 전쟁의 공포까지도 꿀떡 삼킨다……. 그리고 예술은 인간이 상실한 삶의 감각을 되찾기 위해 존재한다. 사물을 느끼게 하고 돌을 돌처럼 만들기 위해 존재한다. 예술의 목적은 사물의 감각을 알려진 것으로서가 아니라 감지되는 것으로서 전달시키는 것이다. 예술의 기교는 대상을 '낯설게' 만드는 것, 형태를 어렵게 만드는 것, 자꾸만 더 어렵게 만들어 감지의 속도를 늦추는 것이다. 감지하는 과정 그 자체가 예술의 목적이기에 과정은 연장되어야만 한다. 예술은 대상이 이렇게 예술적으로 처리된 것을 경험하는 길이

다. 대상은 중요하지 않다.(「기법으로서의 예술」, RFC, 12면)

예술은 인간이 순간순간을 놓치지 않고 경험함으로써 충만한 삶을 살기 위한 연습의 장이다. 그래서 슈클로프스키는 상징주의에 반기를 든다. 상징주의자들은 시인을 사상을 표현하기 위하여 이미지를 창조하는 자로 본다. 그러나 그는 시인을 독자가 형식을 경험하기 위하여 이미지를 배열하는 자로 본다. 전자는 의미를 전달키 위해 이미지를 사용하지만 후자는 이미지를 통해 의미를 창조케 한다. 이것은 창조의 역할이 시인으로부터 독자에게로 옮겨지는 측면이기도 하다. 기법이 중시되는 모더니즘 미학에서 작가의 역할이 줄어들고 독자의 합성능력을 중시하는 것과 비슷하다. 그러면 작가는 어떻게 독자로 하여금 형식을 경험케 하는가. 시에서는 외국어, 고어, 발음이 어려운 단어, 조어 등 괴상한 어휘를 골라 이상하고 신비스럽게 배열한다. 쉽고 적절하고 정확하고 직접적인 표현을 쓰는 일상어와 달리 시어는 의도적으로 꼬이고 교란되고 거칠게 되어 무슨 말인지 잘 모르게 변형된 것이다. 독자의 주의를 끌어야 되고 상상력을 자극하여 계속 경험케 만들어야 하기 때문이다. 소설에서 작가가 대상으로부터 낯익은 껍질을 벗기는 방법은 여러 가지다.

톨스토이는 낯익은 대상에 이름을 붙이지 않거나 어떤 것을 마치 처음 본 것처럼, 처음 일어난 사건인 양 묘사한다. 으레히 달라붙는 명칭 대신 다른 사물의 명칭을 갖다 붙여 어리둥절하게 만들기도 하고 혹은 동물의 시점으로 친숙한 것을 보게 만든다. 예를 들어 단편 「콜스토머 Kholstomer」의 화자는 말(馬)이다.

…… 넓은 땅을 내 것이라고 부르는 사람들이 있는데 그자들은 거기에 눈길 한번 깊이 던진 일 없고 그 위로 산책 한번 한 적이 없어. 한번

제대로 쳐다보지도 않으면서 다른 사람들을 자기 것이라고 부르는 사람들도 있지. 이 관계를 잘 보니 소위 '소유자들'이란 그 대상을 부당하게 다루더군.

여자를 자기 것, 혹은 내 '마누라'라고 부르는 사람들이 있는데 그 여자들은 다른 남자들하고 살데. 또 사람들은 살기 위해 물건을 가지려는 게 아니라 내 것이라고 부르려고 그 법석이더군.

이제 분명히 나는 이게 바로 사람과 우리가 제일 다른 점이라고 확신해. 그러니까 다른 여러 가지 따질 것도 없이 이것 하나만으로도 동물의 세계에서 우리가 사람보다 더 낫다는 게야. 적어도 내가 겪어본 사람들은 말(言語) 때문에 죽고살지 우리처럼 행동을 중시여기는 게 아니더군. (RFC, 15면)

이 글에서 '내 것'이라고 부르기 위해 발버둥치는 인간의 소유욕과 그것의 허망함을 모르는 우매함은 전혀 딴 얘기인 양 그려져 끝까지 읽기 전에는 무슨 말인지 잘 모르게 되어 있다. 한 마디로 끝날 뻔히 아는 주제가 말(馬)의 관점에서 전혀 새롭게 써짐으로써 독자의 감지를 늦추고 있다.

우회수법으로 무엇인지 잘 모르게 하여 낯설게 만드는 기법은 에로틱한 문학에서 흔히 쓰인다. 고골리의 단편, 「크리스마스 이브」의 한 장면을 보자.

이제 그 남자는 그녀에게 좀더 가까이 다가서며 기침을 하고 미소를 띠우곤 손가락으로 그녀의 통통하고 벗은 팔을 건드리며 능청스럽고 의기양양하게 말했다.

"아름다운 솔로카, 그런데 당신의 이건 뭐요?" 이렇게 묻고는 뒤로 한 발자국 얼른 물러선다.

"네에? 팔이죠, 오시프 니키포로비치 씨!" 그녀는 대답했다.

"흐음, 팔이라！ 헤헤헤！" 그 비서는 잘 되어간다고 느끼며 아주 유순하게 말했다. 그는 방을 왔다갔다 한다.

"그러면 이건 뭐죠, 사랑스런 솔로카？" 얼른 다가가서 여자의 목을 가볍게 만지며 이렇게 말하고는 또 얼른 뒤로 물러선다.

"꼭 앞 못 보는 분처럼 말씀하시네, 오시프 니키포로비치 씨！" 솔로카는 대답한다. "목이죠, 그리구 목에 건 목걸이구요."

"흐음！ 목에 건 목걸이라！ 헤헤헤！" 그 비서는 두 손을 비비며 다시 방을 왔다갔다 한다.

"그럼 이건 뭐죠, 귀하고 귀한 솔로카？" …… 그 비서가 지금 긴 손가락을 뻗은 곳이 어딘지는 아무도 모른다. (RFC, 18면)

아주 익숙한 것을 무엇인지 잘 모르게 만들어 독자를 끌어들인다. 한 단계 한 단계 호기심을 지속시키면서 끌고 나가다가 마지막 부분에 정체를 드러내는데 그것도 아주 암시적이어서 독자 스스로 생각하게 만든다. 윗글에서 독자의 상상력은 마지막 문장을 읽는 순간 최고에 이른다. 그렇다면 낯설게 하기란 독자로 하여금 형식을 경험케 하는 것이고 그로 하여금 상상력을 연습케 하는 것이다. 그리고 이것은 에로틱한 예술뿐 아니라 문학의 본질이기도 하다. 슈클로프스키는 낯설게 하기의 예를 갖가지로 들면서 문학의 형식이 대부분 그런 것이라고 말한다.

너무도 흔하거나 익숙해서 감지하지 못하고 넘어가는 것을 막는 방법은 알아보기 어렵게 표현하는 것, 액션을 늦추는 것, 그리고 사건을 흩어놓는 것이 있다. 그것은 단어나 문단의 차원에서부터 플롯이라는 작품전체에 이르기까지 해당된다. 최인훈은 『광장』에서 '크레파스보다 진한 푸르고 육중한 비늘을 무겁게 뒤채면서' 바다는 숨쉬고 있다고 쓴다. 물결이 출렁이는 흔한 모습을 섬뜩하리만치 새롭게 표현한 것이다. 좀더 긴 문단의 예로 황순원의 「소나기」를 보자.

　소녀와 헤어져 돌아오는 길에 소년은 혼잣속으로 소녀가 이사를 간다는 말을 수없이 되뇌어 보았다. 무어 그리 안타까울 것도 없었다. 그렇건만 소년은 지금 자기가 씹고 있는 대추알의 단맛을 모르고 있었다.
　이 날 밤, 소년은 몰래 덕쇠 할아버지네 호두밭으로 갔다.
　낮에 봐 두었던 나무로 올라갔다. 그리고 봐 두었던 가지를 향해 작대기를 내리쳤다. 호두송이 떨어지는 소리가 별나게 크게 들렸다. 가슴이 섬뜩했다. 그러나 다음 순간, 굵은 호두야 많이 떨어져라, 많이 떨어져라, 저도 모를 힘에 이끌려 마구 작대기를 내려치는 것이었다.
　돌아오는 길에는 열이틀 달이 지우는 그늘만 골라 짚었다. 그늘의 고마움을 처음 느꼈다.
　불룩한 주머니를 어루만졌다. 호두송이를 맨손으로 까다가는 옴이 오르기 쉽다는 말 같은 건 아무렇지도 않았다. 그저 근동에서 제일가는 이 덕쇠 할아버지네 호두를 어서 소녀에게 맛보여야 한다는 생각만이 앞섰다. (「소나기」)

　소년의 행동을 따라가며 독자는 그 애의 애틋한 그리움을 읽게 된다. ‘그리움’이라는 혹은 ‘좋아한다’는 진부하다시피 익숙한 언어를 낯설게 만들어 독자로 하여금 경험케 한 것이다.
　액션을 늦추는 경우로는 샛길로 접어드는 얘기를 끼워넣거나 그 얘기와 관련된 다른 얘기를 곁들여 진행속도를 늦추는 기법이 있다. 김동인의 「배따라기」는 곁가지 얘기로 성공한 경우이다. 어느 봄날 꿈과 희망과 이상주의에 부푼 화자가 인간의 위대함에 도취되어 있을 때 돌연 슬픈 배따라기 노랫소리를 듣는다. 화자는 그를 찾게 되고 그 노래에 얽힌 슬픈 얘기를 듣는다. 아내와 동생을 의심하여 둘 다 잃게 된 그의 과거얘기가 단편을 거의 다 차지한다. 그의 얘기를 듣고 인간의 위대함에 부풀었던 이상주의자는 뉘우침과 그리움으로 가득 찬 인간의 또 다른 모습을 보며 더 이상 봄날이 아름답지만은 않게 느낀다. 아름다움 속의 슬픔, 위대함 속의 비속함, 인간과 세상사의 복합적인 양면이 전혀 설명 없이 극화되었는데 여기서의 수법은 지극히 간단하다. 곁가지 얘기에 의해 화자가 감염되는 것이다. 그것은 액션을 늦추는 기법일 뿐 아니라 전체이야기에 결정적인 역할을 한다. 슈클로프스키는 『트리스트람 샨디』의 분석에서 토비와 과부의 로맨스를 늦추는 기법을 소개한다. 토비가 중요한 부위에 부상을 당했다는 소문을 들은 그 여자는 차마 그것을 물어볼 수는 없고 궁금하기는 하여 갖가지 에피소드를 연출한다. 즉, 상처모티프가 로맨스얘기를 연기시킨다는 것이다.

사건을 흩어놓은 것이 플롯이다. 스토리가 원인과 결과를 순서대로 나열한 것이라면 플롯은 감지를 어렵게 하기 위해 이것을 흩어놓은 것이다. 같은 내용도 배열을 다르게 하면 얘기가 달라진다는 것을 생각하면 이 부분이 형식이요, 예술 그 자체라고 생각하는 형식주의자들의 견해가 그리 과장인 것 같지만은 않다. 나타니엘 호손의 『주홍글씨』에서 이야기 순서는 목사와 유부녀의 간통으로부터 시작되지만 실제 작품에서 간통의 대상은 조금씩 조금씩 암시되다가 마지막에야 폭로된다. 원인보다 결과가 먼저 진행됨으로써 전 과정이 끝날 때까지 독자는 호기심을 잃지 않고 사건을 경험케 된다. 체홉의 단편, 「슬픔」이 독자에게 감명을 주는 이유도 이와 비슷하다. 추운 겨울 저녁 눈발 속에서 늙은 마차꾼이 손님을 태운다. 그는 손님에게 무슨 말이든 얘기를 걸고 싶어하지만 손님들은 모두 자기 일에 바쁘고 무심하여 귀를 기울이지 않는다. 종일토록 그런 식으로 지치게 일을 마친 마부는 유일하게 자신의 얘기를 들어줄 늙은 말에게 속마음을 털어놓는다. 그는 천천히 하나도 빼놓지 않고 말한다. 어떻게 아들이 앓기 시작했고 어떻게 그날 아침 병원에서 죽었는지를. 아들이 죽은 사건은 감추어지고 마치 어느 늙은 마부의 일상인 듯 얘기가 서술되다가 마지막에 원인이 밝혀짐으로써 아버지의 슬픔이 독자를 아프게 한다. 원인과 결과의 순서가 뒤바뀌어 낯설게 되는 경우이다. 이 외에도 과거와 미래가 왔다갔다 뒤섞이거나 서로 관련이 없는 것 같은 두 얘기를 병행시켜 사건을 흩어놓는 방법도 있다.

작품 가운데는 이런 작가의 기법을 숨기려는 게 있고 일부러 드러내는 경우가 있다. 대체로 사실주의 소설이 전자이고 모더니즘이나 포스트모더니즘이 후자에 속한다. 사실주의는 기법을 숨기고 독자를 자연스레 끌어들여 마치 실제 일어나는 일인 양 느끼게 유도하는 것이고 모더니즘은 어떻게 쓰느냐에 의해 '무엇이냐'가 달라진다는 것을 보여주되 가능한 자연스레 독자를 끌어들이려 하고 포스트모더니즘은 마치 '예술이란 게 이렇게 만들어지는 것'이라고 과시하듯 기법을 알알이 드러내는 소설이다. 그래서 메타픽션은 소설쓰기에 관한 소설이다. 슈클로프스키는 기법을 드러내는 소설인 『트리스트람 샨디』를 가리켜 스토리가 적고 가장 플롯을 드러냈기에 전형적인 소설이라고 말한다. 리얼리즘이 오페라라면 곁얘기가 난무하고 모든 게 질서를 배반하여 스토리를 패러디하는 것 같은 이 소설은 심포니라는 것이다.

기법에 걸려 넘어지면서 메시지에 도달하는 경우로 박인홍의 「벽 앞에서의 사랑을 위한 밑그림」을 들 수 있다. 이 단편의 화자는 '너'이다. 작가는 글쓰는 또 하나의 나, 즉 너를 지켜본다. 그리고 '너'가 쓴 소설이 소개된다. 그 소설은 어느 남자와 여자의 사랑얘기인데 실제 사건, 엉뚱한 얘기 등이 섞인 잡다한 콜라주이다. 이 두 가지 차원의 얘기가 교차되면서 '너'는 매끄러운 사실주의 소설을 쓸 수 없다고 말한다. 사회적 편견과 인간의 이기심

24

으로 인한 사랑의 부재를 이상스런 방법으로 엮었는데 여기서 전통적인 소설을 쓸 수 없는 무능한 '너'를 보는 작가의 자의식적 시선이 이 작품을 소설쓰기에 관한 소설로 만들고 있다. 기법을 드러내는 데서 한 걸음 나가 왜 '밑그림'밖에 그릴 수 없는가를 보여주는데 슈클로프스키의 논리를 따르면 이런 종류가 '들키는' 데서 한 걸음 나간 '보여주는(laid bare)' 소설이다.

슈클로프스키의 '기법으로서의 예술'은 거칠 것 없이 기법을 찬양한 혁신적인 글이었다. 이에 비해 토마체프스키의 '주제학'은 아이헨바움의 변명이 나온 해(1925)에 쓰인 만큼 당시 분위기에 민감한 반응을 보인다. '주제'라는 제목이 암시하듯 예술적 기교와 의미의 개연성을 종합하려 애썼고 특히 글의 뒷부분은 기법을 역사적 측면에서 논의하여 아이헨바움의 글을 연상시킨다. 물론 변명의 한계는 엄연히 존재했지만, '주제학'은 흔히 아리스토텔레스의 시학에 비유되기도 한다. 그만큼 소설의 요소들을 조각내어 샅샅이 뜯어보는 방법을 제시하기 때문이다. 주제의 선정, 스토리와 플롯, 모티베이션, 주인공에 관한 세밀한 분석 가운데 중요한 네 가지를 골라 소개한다.

3. 어떻게 독자의 흥미를 지속시킬 것인가

한 편의 작품 속에 의미를 담고 있는 주제의 최소단위를 모티프라 부른다. 각각의 소주제들이 모여 한 작품의 단일 주제를 이루는데 이것들이 어떤 방식으로 결합되느냐에 의해 독자의 흥미가 좌우된다. 따라서 주제의 선정과 발전은 중요하다. 당대 문화의 리얼한 주제가 독자의 흥미를 끌지만 이것이 일반적인 인간의 문제로 확대되어야 영원성이 생기고 그러면서도 구체적인 자료를 통해서 이루어져야 한다. 스토리는 서로 연관되는 사건들의 집합으로 액션 그 자체이고 플롯은 그 사건들이 배열된 것으로 작품에서 드러나는 순서이다. 작품의 발전은 잡다한 얘기들(diversification)이 하나의 주제로 통합되는 과정이다[스토리와 플롯의 구별이나 곁애기(digression) 등은 슈클로프스키의 이론과 거의 같다]. 토마체프스키는 여기서 한 걸음 나아가 작품 속에서 빼놓을 수 없는 '필수적인 모티프(bound motif)'와 빠져도 괜찮은 '자유 모티프(free motif)'를 구분한다. 전자는 작품의 내용에 해당되는 것으로 이것 없이 스토리가 있을 수 없고, 후자는 작가가 이유 있어 첨가하는 부분으로 이것 없이 형식이 있을 수 없다. 이 부분은 구체적인 사건, 상세한 묘사, 곁애기 등 작품이 꼴을 만들어가는 요소들로서 미학성과 한 시대의 문학양식을 규정짓는다. 푸쉬킨의 소설에는 어린이들이 잔칫날에만 입는 노란 모자와 빨간 양말을 신고 있다는 묘사가 나온다. 이렇게 복장을 묘사하는 것은 1830년대의 문학적 관습으로 자유 모티프이다(RFC. 69면). 현대소설에서는 더 이상 안 쓰이는 형식이 옛소설에 나올 때 그 부분은 그 시대의 독특한 양식이다.

독자의 감흥은 이 자유 모티프에 의해 더 좌우된다. 예를 들면『주홍글씨』에서 여주인공이 아름답다는 것은 스토리를 그럴 듯이 만드는 데 필수적이고 그녀가 영리하다는 것도 생계를 잇는 데 필수적인 요소들이지만 그녀와 목사가 다시 만나는 숲 속의 장면은 작가의 미학적이고 도덕적인 상상력에 의해 첨부된 부분으로서 소설의 흥미와 감동을 좌우하는 결정적인 역할을 한다.

스탕달의 소설『적과 흑』을 읽으면서 독자가 충격적인 감동을 받는 부분이 있다. 소설의 앞 부분에서 한동안 계속되던 줄리앙과 레날부인의 로맨스는 줄리앙과 마띨드의 얘기로 바뀌면서 부인의 존재는 독자의 뇌리에서 사라진다.

줄리앙의 야망이 이루어지는 마띨드와의 결혼을 앞둔 어느날 한 통의 편지가 도착한다. 과거를 폭로하는 부인의 편지는 줄리앙을 격노시키고 그 길로 그는 부인을 쏘고 자신도 죽음을 택한다. 죽음에 이른 그 분노의 절대치가 곧 부인에 대한 사랑의 크기였음을 지켜보며 독자는 작품 전체에서 그 편지의 역할이 얼마나 결정적인가 느낀다. 이렇게 한 작품에서 상황을 역전시키는 중심사건이나 극적인 행위를 '역동적 모티프(dynamic motif)'라 하고 그렇지 않은 것을 '정적인 모티프(static motif)'라 한다. 주요등장인물들의 행위는 역동적 모티프이고 경치, 가구, 지방색, 인물묘사 등은 정적인 모티프라고 볼 수 있다.

작품 속에서 서술을 이끌어가는 사람이 화자(narrator)이다. '시점'이란 누구의 시선으로 사건이 조명되느냐인데 작가가 등장인물들의 내면세계를 자유로이 드나들며 인간관계를 엮어나갈 때 그는 신과 같은 존재이다. 이것이 3인칭 '전지시점'이다. 반면 어떤 인물을 내세워 그의 시선과 의식에 비추인 것만을 묘사할 때 이를 '제한시점'이라 한다. 이상의 「날개」는 화자인 '나'의 시선과 의식에 비추인 것만을 묘사할 뿐 결코 아내의 심경이나 주변사람들의 마음속으로 들어가지 않는다. 그래서 서두에 '나'는 '박제가 되어버린 천재'라는 선언과 이어지는 '나'의 서술이 기막히게 일치한다.

그랬더니 아내가 또 내 방에를 왔다. 나는 깜짝 놀라 아마 인제서야 벼락이 내리려나보다 하고 숨을 죽이고 두꺼비 모양으로 엎디어 있었다. 그러나 벌어진 입을 새어 나오는 아내의 말소리는 참 부드러웠다. 정다웠다. 아내는 내가 왜 우는지를 안다는 것이다. 돈이 없어서 그러는 게 아니냔다. 나는 실없이 깜짝 놀랐다. 어떻게 저렇게 사람의 속을 환 — 하게 들여다보는가 해서 나는 한편으로 슬그머니 겁도 안 나는 것은 아니었으나 저렇게 말하는 것을 보면 아마 내게 돈을 줄 생각이 있나보다. 만일 그렇다면 오죽이나 좋은 일일까?

　그러나 내게는 이 서글픈 분위기가 거리의 티이루움들의 그 거추장스런 분위기보다는 절실하고 마음에 들었다. 이따금 들리는 날카로운 혹은 우렁찬 기적소리가 모오짜르트보다도 더 가깝다. (「날개」)

위의 첫 인용문은 화자가 지능이 좀 모자라는 바보 같은 인간임을 드러내지만 아래 인용문은 어투나 어휘에서 그 유식함이 감추려 해도 새어나오는 예이다. 스스로 드러내는 이 모순이 박제된 천재의 서술이다. 토마체프스키는 여기에 또 한 가지, '혼합형 (mixed system)'을 첨가한다. 저자가 주인공에 관해 얘기해주지만 그 역시 주인공이 말할 수 있는 것만 전달하려 애쓴다든지 등장인물이 자신이 아는 것만 얘기하고 저자는 그것들을 이동시키기만 하는 경우이다. 황순원의 「소나기」는 전지시점으로 씌어 있다. '그러나 이상한 일이었다. 소녀의 그림자가 뵈지 않는 날이 계속될수록 소년의 가슴 한 구석에는 어딘가 허전함이 자리잡는 것이었다. 주머니 속 조약돌을 주무르는 버릇이 생겼다.' 이 부분의 시점은 소년 밖에 있으며 서술자는 작가이다. 그러나 다음 부분에서 시점은 소년의 의식 안으로 들어온다.

　소녀의 흰 얼굴이, 분홍 스웨터가, 남색 스커트가 안고 있는 꽃과 함께 범벅이 된다. 모두가 하나의 큰 꽃묶음 같다. 어지럽다. 그러나 내리지 않으리라. 자랑스러웠다. 이것만은 소녀가 흉내내지 못할 자기 혼자만이 할 수 있는 일인 것이다.

작가가 소년의 심리를 묘사하면 전지시점이지만 소년의 의식이 매개 없이 그대로 드러나면 제한시점이 된다. 이 두 가지가 섞임으로써 문장은 좀더 현대적이고 시적이 된다.

토마체프스키의 이론 가운데 가장 많이 언급되는 항목은 '모티베이션(motivation)'이다. 모티베이션이란 주제의 최소단위인 모티프들이 전체주제로 통합되는 과정에서 왜 그 모티프가 있어야 되는가 하는 이유이다. 모티베이션은 구성의 측면(compositional motivation), 현실감의 측면(realistic motivation), 그리고 예술성의 측면(artistic motivation)으로 고려된다. '작품의 시작에 못이 벽에 박힌 얘기가 나오면 끝에 주인공이 그 못에 목을 맨다'는 체홉의 말처럼 무심코 나오는 어떤 장면이라도 구성상 꼭 필요하게 연결되는 것이 '구성 모티베이션'이다. 탐정소설에서 흔히 독자를 교란시키기 위해 일부러 잘못 이끌어가는 것도 마지막에 극적 효과를 높이기 위한 모티프이다. 「소나기」의 중간부분에서 무심코 전개되는 다음 대화,

"이게 무슨 물 같니?"
소년은 스웨터 앞자락만 바라보고 있었다.
"내 생각해냈다. 그날 도랑 건널 때 내가 업힌 일 있지? 그때 네 등에서 옮은 물이다."
소년은 얼굴이 확 달아오름을 느꼈다.

이 단편은 무심코 던지는 다음과 같은 어른의 말로 끝난다.

"글쎄 말이지, 이번엔 꽤 여러 날 앓는 걸 약두 변변히 못 써봤다더군. 지금 같아서는 윤초시네두 대가 끊긴 셈이지 ……. 그런데 참 이번 계집애는 어린 것이 여간 잔망스럽지가 않어. 글쎄 죽기 전에 이런 말을 했다지 않어? 자기가 죽거든 자기 입던 옷을 꼭 그대루 입혀서 묻

어달라구 ……."

　앞의 대화는 이 단편의 구성에서 결정적인 역할을 한다. 독자는 위의 두 부분을 자연스레 연결시키며 소년 못지 않게 애틋했던 소녀의 마음을 읽고 가슴이 아프게 된다. 소년의 그리움은 계속 서술되지만 소녀의 그리움은 전혀 묘사된 적이 없었기 때문이다.

　소설의 세계가 아무리 허구요, 예술임을 알지라도 독자는 그 속에서 현실감을 느끼지 않으면 계속 읽지 못한다. 작가는 독자가 이것은 실제 일어날 수 있는 일이라고 느낄 수 있는 환상(illusion)을 창조해야 한다. 이 '현실 모티베이션'은 사실주의 소설에서는 물론 반사실주의 소설에서도 마찬가지이다. 우주혹성에서 벌어지는 얘기일지라도 실제 인간의 삶으로 유추될 수 있어야 한다는 것이다. 문학사에서 새로운 양식은 늘 자기 것이 더 리얼하다면서 나타나곤 한다. 사실주의, 자연주의, 모더니즘, 포스트모더니즘 양식은 모두 기존보다 자신이 더 참모습에 가깝다는 전제로 기존을 무너뜨렸다. 그런데 잠깐, 여기 또 다른 요구가 있다. '이건 소설에서나 나옴직해, 실제에는 어떻게?' 혹은 '그게 실제 일어났다 해도 그걸 그저 듣고 싶은 것은 아니냐'라는 소망이다. 독자는 흥미와 감동을 통해 그것을 감상하려 하기에 실제라는 환영과 충돌되는 '미학 모티베이션'이 요구된다. 따라서 작가는 모티프의 선정과 배열 등 자료를 주물러서 소설을 만들어내야 한다. 독자의 상상력을 자극하여 계속 경험케 하기 위해 낯설게 만들어야 하는 것이다. 결국 토마체프스키의 '주제학'은 슈클로프스키가 역설했던 낯설게 만들기로 귀착된다. 선배가 익숙한 자료를 낯설게 만들어 독자의 흥미를 지속시키고 그 형식을 경험케 하는 부분을 강조했다면 후배는 그렇게 이루어진 작품을 샅샅이 뜯어보아 구성요소들을 밝혔다. 그리고는 빙 돌아 '낯설게 하기'에서 서로 만나는 것이다.

　세상이 무엇인가를 알려고 하기보다 그 속에서 어떻게 사느냐가
나의 관심사이다. 1925년에 출판된 헤밍웨이의 『태양은 다시 떠오
른다』의 주인공은 이렇게 말한다. 작품의 내용이 무엇이냐보다 그
것이 어떻게 씌어졌느냐가 더 우선된다는 러시아 형식주의 이론과
흡사하다. 형식은 이제 더 이상 내용을 담는 그릇이 아니라 형식
에 의해 내용이 결정되는 역동적인 열림이다. 그렇다면 형식주의
는 문학에서의 실존주의라고도 볼 수 있다. 러시아와 미국이라는
전혀 다른 문화권에서 같은 시대 같은 사상이 일어났다면 그것은
우연일까. 혹시 신비평이 모습을 갖추어가던 1920년대에 영어권에
서 출간된 두 권의 이론서들이 슈클로프스키나 토마체프스키의 이
론과 닮은 것은 아닐까. 소련에서는 길이 막혀 후일 불란서 구조
주의나 미국의 후기구조주의로 맥이 이어지는 형식주의는 분명히
한 나라의 격동기에 잠깐 머물다 간 이론은 아니었다. 그 생명이
꾸불꾸불 이어지는 것을 볼 때 그 이론이 지닌 한계를 논의하기 전
에 먼저 긴 세월 소설 분석론의 정설이 되어온 두 권의 이론서, 러
보크와 포스터의 책을 살펴보기로 한다.

평면서술과 입체서술
─ 러보크의 『소설의 기법』

　러시아에서 형식주의　운동이 한창　무르익어가던 1921년　영국
의 작가이며 비평가인　러보크(Percy Lubbock, 1879-1965)는 *The
Craft of Fiction* 이라는　소설의 기법에　관한　책을　출간한다. 원래
헨리 제임스의 소설에 심취되었고 그의 기법에 영향을 받은 러보
크는 이 책에서 여러 가지 서술방식을 비교 대조 하면서 작품의 형
식이라는 측면을 강조한다.　그가 서론으로서　주장한 기법으로서
의 주제도 그렇지만 한 단계씩 극화(dramatize)되어가는 과정을 논
의한 본론은 러시아 형식주의의 '낯설게 하기'를 연상시킨다.　이
책은 기법을 중시하던 모더니즘과 형식을 탐색하던 신비평이 일어
나던 시기에 같은 논리를 지니고 태어났다. 그리고는 영미문화권
에서 러시아 형식주의가 소개되는 20세기 중반까지 소설분석에 관
한 중요한 이론서로서 한몫을 차지한다.

　『소설의 기법』은 17부분으로 나뉘어져 소제목이 없이 연속으로
씌어진 특이한 책이다. 그러므로 책의 목차가 없다. 그런데 이런
형식은 책 전체의 내용과 걸맞는다. 러보크는 형식과 내용의 필연
적인 관계를 설명하고 극화되어가는 과정을 향해 한 단계씩 상승

한다. 그리고는 다시 평면적인 서술을 향해 내려간다. 이처럼 책 전체가 포물선을 그리고 있는데 달리 소제목들이 필요치 않다는 것이다. 그러나 꼼꼼히 읽지 않으면 무슨 얘기를 담고 있는지 알 수 없기 때문에 이런 형식이 읽는 이에게 어려움을 주는 것은 사실이다. 이 포물선의 출발점은 전통적인 서술기법으로서 작가의 통제이다. 그리고 점차 작가의 시점이 등장인물의 시점으로 옮겨지며 서술에 융통성이 생기고 그 효과가 달라진다. 1인칭 제한시점에서 3인칭 제한시점, 그리고는 시점이 독자에게 옮아가 극적 서술에 이른다. 그리고 이 정점에서 다시 전통적인 작가시점의 중요성이 논의되며 흐름은 반대방향으로 하강한다. 이제 이 책의 내용을 차근차근히 살펴보자.[1]

1.기법으로서의 주제

한 권의 소설을 읽으면서 우리는 작가가 그려놓은 삶의 세계로 쉽사리 빠져든다. 거의 무의식적으로 등장인물과 동화되어 그가 엮어가는 삶에 공감하기도 하고 혐오를 느끼기도 한다. 그리고는 작품이 전달하는 의미와 그것이 사회에 미치는 영향 등을 논의한다. 그런데 우리가 읽고 있는 것은 하나의 예술(art)작품이고 작가는 기법의 장인이라고 생각해보자. 어떻게 씌어졌는가에 의해 우리의 감흥이 좌우되고 있었다는 것이다. 지금까지는 개연성에 집착하여 작가, 인물, 반영된 삶에 대해 논의해왔으니 이제는 형식이라는 것에 대해 생각해보자. 즉, 어떻게 씌어졌는가를 통해 작품의 주제나 작가의 의도로 향해보자는 것이다. 그러나 그 형식도

---

[1]Percy Lubbock, *The Craft of Fiction* (London : Jonathan Cape Thiry Bedford Square, 1921·······1957). 이로부터 이책에서의 인용은 '면수'로만 표시함.

고정된 것으로 취급할 수는 없다. 러보크는 이런 방향전환에 상당히 조심스럽다. 독자는 책을 읽으며 어떤 인상을 받고 그 인상에 대한 기억의 축적으로 책이 읽혀지기에 독서는 유동적이다. 그러므로 형식은 통합된 단일체가 아니고 독자가 경험하는 과정이요, 통로이다(14-15면). 이처럼 형식을 닫힌 체계가 아니라 독자가 경험하는 과정이라고 보는 것, 아무리 형식을 따져도 완벽한 독서는 결코 있을 수 없다는 열린 태도는 현상학적 읽기를 연상시킨다. 형식을 경험하는 것 외에 어떤 선험적 주제도, 완벽한 읽기도 인정하지 않기 때문이다.

왜 귀찮고 번거롭게 어떻게 씌어졌는가를 따지는가. 그저 펼쳐진 정말 '삶 같은 세계'에 흡수되어 울고 웃으며 즐길 것이지. 이런 반론에 대한 러보크의 견해는 형식주의자들의 것과 비슷하다. 낯익은 세계가 내리는 명령을 거부하는 것, 한 걸음 물러나 어떻게 쓰였길래 나를 현혹하는가 따져보는 것이다. 그렇게 되면 독자는 작가가 선택하고 배열한 것을 밝혀나가기 때문에 작가의 위치에 선다. 그리고는 주는 것을 받기만 하는 수동적 입장에서 벗어나 적극적인 입장의 창조자가 되는 기쁨을 누린다(17-23면). 이런 논의는 마치 30년 후 롤랑 바르트가 개연성을 중시하는 리얼리즘을 읽는 텍스트로, 기법을 드러내는 모더니즘을 쓰는 텍스트로 구분하고 수동적 읽기와 능동적 읽기를 구별한 것을 연상시킨다. 어쨌든 독자를 창조자로 보는 러보크의 견해는 자신의 책 『소설의 기법』을 어떻게 읽을 것인가를 논의한 소설분석 이론서인 동시에 어떻게 쓸 것인가를 논의한 창작이론서로 만든 것이다.

일반적으로 소설은 작가가 전면에 나서서 서술하는 부분과 작가는 뒷면으로 물러나고 사건을 극화시켜 생생하게 보여주는 장면들로 구성된다. 이들은 서술 방식의 두 가지 대립개념들로서 계속 논의되어 오는데 플라톤은 전달하기(diegesis)와 모방하기(mimesis)

로, 헨리 제임스는 말하기(telling)와 보여주기(showing)로 나누기도 했다. 이제 러보크는 이것을 '서술위주(panoramic)'와 '장면위주(scenic)'로 나누고 다시 서술위주 가운데도 '그림 같은 평면서사(pictorial)'와 '극화된 입체서사(dramatic)'가 있고 장면위주에도 '평면적인 것'과 '입체적인 것'이 있다고 말한다. 작가가 전면에 나서서 그의 음성으로 조망하는 서술위주의 경우 색커리처럼 이것저것 모두 건드리며 요약하는 평면적인 간접 전달의 경우도 있고 모파상처럼 작가의 음성으로 조망하되 독자에게 문제를 던지고 사라지는 극화된 직접전달의 경우도 있다. 또 작가가 물러서며 등장인물에게 시점을 넘겨주는 장면위주의 경우, 등장인물의 의식에 비추인 것을 묘사하는 평면적인 방식도 있고 등장인물의 의식이되 여러 인물들의 대사가 그대로 노출되는 입체적 방식도 있다. 러보크는 여러 작품의 예를 들면서 이 개념들을 논의하는 데 주로 그림 같은 평면서술과 극화된 입체소설의 비교에 초점을 모은다. 그리고 어떤 서술방식을 어떻게 조화시켜야 주제가 통합되는가 보여준다.

톨스토이의 『전쟁과 평화』는 파노라마적 서술이다. 많은 등장인물과 폭넓은 역사적 조망, 그리고 생생한 장면들이 작가의 완벽한 조정으로 진행되는데 이상하게도 두 가지 주제가 동떨어져 따로 노는 인상을 준다. 한편으론 젊음과 늙음이라는 삶의 연속성, 그 순환의 고리가 주제이고 전쟁과 평화는 그저 배경인 듯 보인다. 그런데도 소설의 제목은 『전쟁과 평화』이고 젊은이들이 당시 러시아의 특수한 상황의 산물로 그려진다. 즉, 어느 시대에나 존재하는 개인의 삶과 당시의 특수한 국가적 상황이라는 두 개의 주제가 통합되지 않은 채 드러난다. 저자는 아마도 거의 무의식적으로 이 두 가지 주제를 동시에 쓰고 있는 것은 아닌가. 러보크는 이렇게 묻고 그런 불일치에도 불구하고 『전쟁과 평화』는 위대한 소설임을 강조한다. 사실 톨스토이는 이 소설뿐 아니라『안나 카레리나』에서도 안나의 사랑과 레빈의 사랑을 조화시키려는 노력 없이 별개인 듯 제시한다. 후에 다시 논의되겠지만 독자가 이 두 가지를 연결시킬 수 없는 것은 아니다. 그러나 러보크는 여기서 서술방식이 주제를 어떻게 조화롭게 얽어매는가 라는 문제를 다루고 있기에 톨스토이의 그런 측면을 자신의 논리에 부정적으로 끌어들인다. 그리고 긍정적인 예로 플로베르를 끌어들여 둘을 비교 대조하려는 것이다.

톨스토이는 시간의 묘사에 뛰어나다. 그는 등장인물이 시간의 흐름에 따라 변모되어가는 과정에 관심이 많다. 그런데 이 연속성의 묘사가『전쟁과 평화』에서는 흔들린다. 예를 들어 모스코 화재에서 앤드루가 보여준 행동은 자신의 성격과 맞지 않는다. 그는 총명하고 미래를 보는 통찰력 있는 인물로 그려져왔다. 그런데 그가 화재에 뛰어들어 부상을 입고 죽는다는 결말은 성격묘사를 일관성 없이 만든다. 그런 행위에 대한 설득력 있는 사전묘사가 충분치 않다는 것이다. 아마도 작가가 역사적인 사건의 묘사에 몰두되었거나 젊은이의 사랑과 행동을 새삼 다른 시각에서 보려 한 탓일까. 어쨌든 작가의 의도가 분명치 않다. 그는 쓰면서 주제와 형식을 일관성 있게 조화시키지 못하고 여기저기 충동적으로 건드려 주제를 낭비한 느낌이다. 러보크는 톨스토이의 천재성을 인정하면서도 그가 형식의 면에서 허술했음을 지적한다. 이제 주제와 형식이 일치하는 경우를 보자. 플로베르는『보봐리 부인』에서 완벽한 기법으로 주제를 확고히 한다. 상상력과 감수성이 예민한 어느 여인이 자신의 성격과 맞지 않는 시골 의사와 결혼하여 타락하는 과정을 플로베르는 여러 가지 서술방식을 사용하여 스토리가 저절로 말을 하게 한다. 우선 그는 찰스 보봐리의 성장 과정과 엠마와 결혼할 때까지의 서술을 떠맡는다. 그리고 찰스의 우둔한 성격과 엠마의 낭만적이고 허영에 찬 성격, 그리고 결혼 초 두 사람의 심리를 자신의 시점으로 묘사한다.

결혼할 때까지 엠마는 사랑을 하고 있는 것으로 믿어 의심하지 않았다. 그런데 그 사랑에서 당연히 우러나와야 할 행복이 도무지 찾아오질 않았으므로 이건 뭣인가 자기가 잘못 생각을 하고 있는 것일 거라고 생각했다. 그리고 엠마는 '행복'이라든가, '정열'이라든가, '도취'라든가, 책에서 읽을 때는 그렇게도 아름답게 느껴졌던 말들이 실지 인생에 있어서는 정확하게 말해서 어떤 의미를 가지는 것인지 알려고 노력했다.

엠마는 변덕스럽고 자기중심적이다. 그녀는 무엇보다도 낭만적인 소설이나 고상한 귀족들의 사랑과 삶의 패턴에 흠씬 빠져 그것을 그대로 모방하려는 허영심에 가득 차 있는 여인이다. 내적인 용기가 없는 이 여인을 어떻게 제 스스로 드러내고 게다가 비판적으로 그려낼 것인가. 여기서 플로베르는 자신의 시점을 어느 순간 슬쩍 그녀에게 넘겨준다. 예를 들어 엠마가 후작의 무도회에 초대받아 귀족들의 세련된 매너와 매혹적인 분위기에 빠져버리는 광경에서 작가는 그녀의 의식 속으로 들어가 한몸이 된다.

야식이 나왔다. 홍청한 스페인 포도주, 라인 와인, 아몬드 유액이 든 굴 수프, 트리파르가 푸딩, 접시 가장자리에 세리가 흔들리는 콜드 미트의 여러 가지 ── 그리고 야식이 끝난 뒤에 마차는 한 대씩 또 한 대씩 돌아가기 시작했다. 모슬린 커튼 한쪽 끝을 들고 창밖을 내다보니 마차의 각등 불빛이 어둠 속을 미끄러져 가는 게 보였다. 긴 의자에 앉아 있는 사람들도 줄어들었다. 노름을 하는 친구들이 아직 몇몇 남아 있었다. 악사들은 손가락 끝을 혀끝에 대고 식히고 있다. 샤를르는 도

어에 기대어서 졸고 있었다.

엠마의 의식에 비친 무도회 장면이다. 그녀가 느끼는 것, 그녀가 갈망하는 세상이 어떤 것인가를 보여주기 위해 작가는 슬쩍 물러선다. 엠마의 시점으로 서술되는 이 광경은 그녀의 것이며 또한 독자의 것이다. 독자는 엠마와 시점을 함께 나누므로 마치 자신이 겪는 듯이 그 속에 빠져든다.

엠마를 보여주는 가장 자연스런 기법으로 플로베르는 그녀를 놓아주어 제풀에 얘기가 되게 만든다. 이제 그녀의 삶에서 맨 처음 유혹 당하는 순간을 보자.

이렇게 말하고 그는 엠마의 손을 잡았다. 엠마는 손을 뿌리치지 않았다.
"대체로 경작 성적이 양호한 사람!" 하고 위원장이 소리쳤다.
"현실적으로 오늘 제가 댁에 갔을 때도……."
"캉캉포와 마을의 비제씨."
"이렇게 하고 있으리라고 꿈엔들 생각했겠습니까?"
"상금 70프랑!"
"마음 약하게도 단념해버리고 돌아갈까…… 하고 몇 번이나 머뭇거렸는지., 그러던 것이 결국 당신과 함께 이렇게 여기에 있을 수 있게 된 것입니다."
"비료상."
"그리고 그냥 이대로, 오늘 밤에도, 내일도, 또 다른 날에도, 아니 평생토록 나는 당신 곁에 있을 것입니다."
"아르구유 마을의 카로 씨. 금패 하나!"

서술은 이런 식으로 계속된다.
용빌의 경진회 날 루돌프의 끈질긴 유혹이 마침내 엠마의 의식을 환상 속으로 몰고갔다. 그녀의 의식에 들어오는 토막 난 말들은 마이크에서 들리는 연설 문구와 옆에서 속삭이는 유혹의 말들이다. 그것들이 의미를 잃고 엇갈리며 연속되는 것은 엠마의 의식이 동요되고 혼미해지기 때문이다. 독자로 하여금 그녀의 심리를 경험케 하기에 이 기법은 완벽하다. 훗날 제임스 조이스는 이와 똑같은 기법을 「애러비 시장」에서 쓰고 있다.

러보크는 무도회 장면은 엠마의 의식에 비친 광경이 그녀의 시점으로 서술된 평면서술이고 경진회 장면은 그녀의 시점이되 극화된 입체서술이라고 구분한다. 예를 들어 레옹을 만나고 돌아오는 장면에서 그녀가 바라보는 경치는 이별을 안타까워하는 심경을 반영한다. 그것은 작가의 객관적인 묘사가 아니고 그녀의 주관에 물든 광경이다. 이것이 평면서술이다. 그러나 보와지느 광장의 오페라 구경에서 장면들은 엠마의 심경에 물들어 있는데 마치 그녀가 극의 일부가 된 듯 뒤섞인다. 이것이 입체서술이다. 장면위주의 경우에도 이렇게 두 가지 방식이 있다는 것이다.

그런데 이런 식으로 계속 엠마에게 서술을 떠맡길 수 있는가. 그녀는 상상력은 있으나 스스로 판단하는 내적인 안목이 없다. 그저 낭만적 환상이 제시하는 패턴에 따를 뿐 현실에 대처하는 능력이 없다. 그녀의 융통성 없는 얄팍한 상상력으로 서술이 계속 진행될 수는 없다. 플로베르는 자신의 시점을 언제 엠마에게 넘겨야 할지 그리고 언제 되찾아야 할지를 안다. 그녀를 비판적으로 그리기 위해서는 그녀보다 높은 위치에서 조망하는 작가의 시선이 필요하다. 또한 그녀를 둘러싼 환경을 작가가 객관적으로 묘사할 필요도 있다. 타락의 원인은 그녀 못지않게 주위 환경 탓도 있기 때문이다. 그녀가 사는 시골과 마을 사람들, 그리고 유혹자들은 그녀 못지않게 헛되고 빈약하다. 플로베르는 자신의 시점으로 이들을 묘사하고 특히 챨스의 우둔함을 앞뒤에 덧붙임으로써 소설이

빈약한 환경 속의 어리석은 여인의 얘기가 되도록 한다. 주인공과 환경이 완벽하게 조화되어 하나의 주제를 살리고 있는 것이다(81면). 저자와 독자는 때로는 엠마가 되기도 하고 때로는 그녀로부터 떨어져나와 비판적인 시선을 던지기도 한다. 그리고 이런 효과를 위한 작가와 등장인물 사이의 시점이동은 지극히 자연스러워 독자가 거의 눈치채지 못한다.

작가가 주도하는 전지시점보다 경우에 따라서 시점을 등장인물로 이동시켜 극적 효과를 높일 수 있다. 색커리는 늘 처음부터 끝까지 자기 혼자서 이것 저것 요약하고 판단하고 종합하는데 이런 방법은 독자를 소설 속으로 끌어들이지 못한다. 독자는 구경꾼이 되어 작가가 그려놓은 그림을 바라본다. 산과 바다와 사공은 움직이지 않는 그림 속의 것이다. 작가가 등장인물을 내려다보듯 독자도 그림 속으로 들어가지 못하기에 작가는 주장하고 설득하며 독자는 때로 고개를 갸우뚱하며 받아들인다. 어떻게 산을 움직이고 바다를 출렁이어 얘기가 제풀에 엮어지게 할 것인가.

2. 입체서술을 향하여

1) 1인칭 제한시점

독자를 그림 속으로 끌어들여 노를 젓게 하려면 작가가 물러서고 시점을 사공에게 넘기면 된다. 화면에는 노를 젓던 사람이 사라지고 뱃머리와 거품이는 물살과 흔들리는 산만이 나타난다. 독자는 사공과 함께 노를 젓고 있기 때문이다. 이렇듯 극화의 첫단계는 '1인칭 제한시점', 즉 등장인물이 화자가 되는 경우이다. 서술은 한계가 명확해지고 권위가 생기고 입체적이 된다. 독자가 화자의 의식 속으로 들어가므로 작가의 서술보다 더 설득력이 있다. 시야뿐 아니라 어투(tone)도 '나'의 것이기에 가치판단에 논란이 활발해지고 어투도 스토리의 영역이 된다. 그런데 1인칭 제한시점 은 화자가 어떤 이야기를 전하는 전달자에서 멈추는 경우와 스토 리의 주인공이 되는 경우로 분류된다. 러보크는 디킨즈의『데이비 드 커퍼필드』와 메레디스의『해리 리치몬드』를 비교하면서 이 두 경우의 차이를 설명한다. 전자는 화자의 눈과 기억으로 긴 과거를 고백하거나 환경을 서술하거나 어떤 경험을 서술한다. 그런데 화 자의 시선이 줄곧 앞을 향할 뿐 스스로에게 되돌아오지 않음으로 써 독자의 시선을 전달내용으로만 끌어들인다. 후자는 모험담이 나 과거의 고백이 계속 스스로를 향해 반향된다. 그리하여 사건과 등장인물들이 화자의 개성, 심리, 성숙도를 표출하는 척도로 사용 된다. 즉, 자신을 묘사하는 데 타인의 시선을 빌리는 것이다. 화자 와 전달내용 사이는 역동적이어서 독자의 시선은 전달내용을 통해 화자를 보게 된다. 같은 1인칭 제한시점일지라도 전자는 평면적 기능을 갖고 후자는 극적 기능을 갖는다. 그리고 어느 쪽이든 작 가의 의도와 주제에 맞게 선택되어져야 한다.

김동인의 단편 「발가락이 닮았다」는 이렇게 시작한다.

　노총각 M이 혼약을 하였다──

　우리들은 이 소식을 들을 때에 뜻하지 않고 서로 얼굴을 마주보았습니다.

　M은 서른 두 살이었습니다. 세태가 갑자기 변하면서 혹은 경제문제 때문에, 혹은 단지 조혼이라 하는 데 대한 반항심 때문에 늦도록 총각으로 지내는 사람이 많아가기는 하지만, 서른 두 살의 총각은 아무리 생각하여도 좀 너무 늦은 감이 없지 않았습니다.

……(필자의 줄임)

그러나 나만은 M이 장가를 가지 않는 데 다른 종류의 해석을 내리고 있었습니다. 의사라는 나의 직업이 발견한 M의 육체적 결함——이것 때문에 M은 서른이 넘도록 총각으로 지낸다. 나는 이렇게 믿고 있었습니다.

이런 식으로 화자는 M이라는 친구의 과거와 현재상황을 전달한다. 총각시절의 방탕, 약혼, 결혼, 그 후 아기를 갖는 일 등에 관해 얘기하는데 독자의 시선을 줄곧 M에 관한 얘기로만 끌어들일 뿐 스스로와 연결짓지 않는다. 주제 역시 M의 얘기에서만 합성된다. 그는 전달자에서 멈춘다. 이에 비해「배따라기」는 화자가 어느 봄날 배따라기를 부르는 슬픈 방랑자를 만나 그의 얘기를 듣는 것으로 되어 있다. 스토리는 거의 그 방랑자의 서술로 채워져 있지만 주제는 화자에게로 귀속된다. 방랑자의 슬픈 얘기는 화자를 바꾸어놓기 때문이다.

나는 이러한 아름다운 봄 경치에 이렇게 마음껏 봄의 속삭임을 들을 때는 언제든지 유토피아를 아니 생각할 수 없다. 우리가 시시각각으로 애를 쓰며 수고하는 것은——그 목적은 무엇인가? 역시 유토피아 건설에 있지 않을까? 유토피아를 생각할 때는 언제든 그 '위대한 인격의 소유자'며 '사람의 위대함을 끝까지 즐긴' 진나라 시황(秦始皇)을 생각치 않을 수 없다. (시작 부분)

그는 다시 한번 나를 위하여 배따라기를 불렀다. 아아, 그 속에 잠겨 있는 삭이지 못할 뉘우침, 바다에 대한 애처로운 그리움. (끝 부분)

화자와 전달사건은 여기에서 기계적이 아니라 영향을 미치는 역동적인 관계이고 독자는 전달사건을 통해 화자를 보게 된다.

위의 두 작품이 모두 화자의 서술이지만 전자가 평면적임에 비해 후자는 입체적이다. 비슷한 예로 윤흥길의 「장마」와 이문열의 「익명의 섬」을 들 수 있다. 「장마」의 어린 화자는 자신의 눈에 비친 가족의 비극을 서술한다. 그 속에 자신과 연루된 부분이 적지 않지만 주제는 화자보다 그를 둘러싼 가족의 비극, 나아가 전쟁과 이데올로기의 허구성이라는 보편성을 향한다. 화자는 그저 전달자이고 서술은 평면적이다. 이에 비해 「익명의 섬」은 화자가 전달하는 얘기가 깨철이라는 사내에 관한 것처럼 보이지만 결론은 '나'를 향한다. 독자는 화자의 경험을 통해 '나'의 욕망을 보게 되고 나아가 인간의 내밀한 욕망을 감지하게 된다. 화자는 주인공이고 서술은 극적(입체적)이다. 평면적 서술보다 극적인 경우 작가는 더욱 물러서고 주제의 합성에 독자의 역할이 증가되어 스토리는 제풀에 엮어진다. 그러므로 전지시점보다 1인칭시점이 더 입체적이고 1인칭시점 가운데에서도 화자가 주인공이 되는 경우가 더 입체적이다.

화자와 전달사건과의 관계가 역동적이면서도 이 접목이 지극히 자연스럽고 교묘해 얼핏 화자가 주인공이 아닌 전달자로 보이는 경우도 있다. 이청준의 중층구조는 역동성의 농도가 다양하다. 그의 대표적인 중·단편에서 사건을 전달하는 화자와 전달사건의 관계는 마치 양파껍질을 벗기는 느낌을 주는데 대부분 사건에 화자가 스스로를 비추어보는 공통점을 지닌다. 같은 상황에 대한 소설의 결말을 각기 다르게 내림으로써 '형'과 '나'의 차이를 드러내는 「병신과 머저리」, 천남석과 이어도의 관계를 증언하는 양주호와 이것을 취재하는 화자를 통해 가시적 현상에만 매달리는 '나'의 한계를 자기반성적 시각으로 보게 만드는 「이어도」 등, 이청준이 구사한 1인칭 제한시점의 갖가지 변용은 화자가 전달자인가 주인공인가에 의해 의미가 달라지는 예들이다.

2) 3인칭 제한시점

저자의 시점이 등장인물에게로 옮아오는 두번째 단계는 3인칭 화자에 의해 사건이 엮어지는 경우이다. '나'에 의한 서술보다 더 장면위주이고 입체적이다. 독자는 '그'의 보고를 받는 대신 사고하고 판단하고 행동하는 그를 보게 된다. 그는 전달자나 해설자가 아니고 다른 인물들과 섞여 행동하면서 스스로의 삶을 연출하는데 독자는 그가 느끼고 보는 세계를 통해 그가 누구인가를 본다. 헨리 제임스의 『대사들 *The Ambassadors*』에서 주인공의 심리는 작가의 서술이나 주인공 자신의 서술을 통해서가 아니다. 예를 들어 주인공 스트레쳐의 외모는 그와 대화를 나누는 여인의 의식에 비친 모습으로 그려진다. 또 그가 왜 파리에 왔는지 어떤 인물인지도 대화 속에서 그녀의 추측과 반문으로 밝혀진다. 주제의 자료가 서술보다 대화 가운데 상대방의 의식에 비친 모습으로 묻혀 있다.

타인의 눈에 비친 주인공의 모습과 주인공 자신의 말이나 행동으로 스스로를 드러내는 이 방식은 의식이 변하는 과정을 드러내는 데 제격이다. 뉴잉글랜드의 돈 많은 과부로부터 아들을 데려다 달라는 부탁을 받고 파리에 온 주인공은 방탕하리라고 생각했던 파리의 삶이 실제 그렇지 않음을 본다. 파리의 미묘한 아름다움과 풍요에 매료되어 그때까지 한번도 자신의 삶을 제대로 살아보지 못했음을 깨닫고 그는 조금씩 전환된다. 비록 자신의 임무를 완수하고 되돌아가지만 주인공은 더 이상 옛날의 그가 아니다. 고향의 정직하지만 단조로운 삶도 자신의 것이 아니고 파리의 풍요를 누리기에도 너무 늙은 것이다. 이렇게 의식이 변하는 과정은 독자의 느낌에 의해 합성되어야 하기에 누구의 서술로도 감당될 수 없다. 자신이 털어놓으면 재미가 없고 작가가 묘사하면 설득력이 없다. 어떤 대상이 아니라 그가 그 대상 속에서 무엇을 보느냐, 그가 타인에게 어떻게 비추이는가가 중요하기 때문이다. 이것이 '의식의 극화'이다. 전혀 극적이 아닌 자료를 극적으로 만드는 기법이다.

스트레쳐의 눈을 통해 모든 것을 보는데 어찌하여 독자는 그보다 높은 위치에 서는가. 등장인물도, 경치나 상황의 묘사도 스트레쳐의 것이지만 이것들을 선택하고 배열하는 것은 작가이기 때문이다. 도둑얘기에서 도둑이 화자가 될 수 없듯이 스트레쳐가 자기 마음을 털어놓을 수는 없다. 간접적으로 독자에 의해 조금씩 감지되려면 작가의 신중한 선택과 배열이 필요하다. 또한 어떻게 사람이 당시에 자기 마음을 꿰뚫어보는가. 그러므로 얘기가 제풀에 엮어지도록 조종하는 것은 작가이다. 등장인물을 놓아주고 대신 다른 효과를 노리는 것이다.

그가 고안하는 픽션은 결국 그의 것이다. 그러나 그게 제것이라고 공공연히 주장하면 얄팍하고 보잘 것 없는 게 되고 만다. 아니 제 주장을 타자에게 넘겨주면 더 실속이 생긴다. 이건 내 얘기가 아니란 말요, 라고 저자는 말한다. 내 존재는 없다구. 넌 지금 이 남자, 아니 이 여자 얘길 듣고 있어. 그러니 그 남자, 아니 그 여자가 대상이란 말이야. 어떻게 그런 문제가 일어났는지, 그 남자와 여자가 어떻게 되어가는지 스스로 알아보라구…….(117면)

그렇다면 등장인물을 놓아줄수록 더 극화되고 작가는 책임에서 벗어나 의미는 독자의 것이 된다. 저자의 서술이지만 아닌 척하여 효과를 높이는 것이다. 그러나 이것에는 한계가 있다. 『보봐리 부인』처럼 경우에 따라 필요한 부분에 이런 극화를 쓰고 작가가 개입하는 서술이 있을 수도 있다. 극화의 정도는 주제에 걸맞게 씌어져야 효과적이다. 예를 들어 윤후명의 단편 「바오밥나무」는 3인칭 제한시점으로 씌어져 저자와 화자의 거리를 멋지게 드러낸다.

판유리가 깔린 식탁에는 언제나 식사를 할 수 있도록 상이 보아져 있었다. 그는 부엌에 딸린 식당에서 쥐처럼 달그락거리며 혼자 밥을 먹었다. 억울하다는 듯 입을 비죽거리며 스테인레스 밥그릇 전에 완강하게 말라붙어 있는 밥알까지 떼어 먹었다. 입술에 닿는 마른 밥알의 감촉은 아내가 사다 꽂아놓은 드라이플라워를 연상시켰다. 그보다 감방의 수인들은 밥풀을 짓이겨 견고하고 정교한 열쇠를 만든다고도 했다. 열쇠를 생각하자 웃음이 나왔다. 열쇠처럼 고독한 건 세상에 다시 없을 거야 잠들어 있는 것을 열고 비어 있는 것을 열고 죽어 있는 것을 열고, 캄캄한 것을 열어야 하니까. 이웃집 처마 옆에 서 있는 외등의 불빛이 불 꺼진 마루의 창으로 비춰 들어오면서 커다란 나무 그림자를 벽면에 드리웠다. 그림자는 천천히 일렁거렸다.

건설회사에 근무하는 화자는 중동현장에 파견되었다가 기한보다 일찍 돌아온다.

그는 6개월의 격리가 아내와의 사이에 어떤 비밀을 만든 것은 아닌가 의혹을 느낀다. 아내의 차가운 모습, 그의 무엇인가 잊은 것 같은 느낌, 그러나 어느 날 그가 떠올린 것은 중동에서 가져온 바오밥나무 씨앗이었다. 그는 정성껏 이 나무를 키운다……대략 이렇게 엮어지는 화자의 서술을 통해 독자는 이 가정의 문제가 무엇인가를 조금씩 느끼게 된다. 그런데 재미있는 것은 독자가 느끼는 문제점과 화자가 풀어가는 방향이 반대라는 것이다. 마치 스트레쳐가 너무 늦기 전에 충만한 삶을 살라고 후배에게는 권고하면서 스스로는 그 반대를 향하고 있는 것과 비슷하다. 화자는 인간의 욕망, 이기심, 교만, 아집 등이 이 부부에게 '사막 같은 고독'을 안겨주었음을 독자에게 드러내면서도 자신은 점점 더 그쪽으로 나갈 뿐 문제가 어디에 있는지 모른다. 여기서 저자는 화자를 완전히 풀어놓아 아내와의 대화나 행위를 통해 스스로를 드러내게 하면서 동시에 그에게 비판적인 거리를 둔다. 화자는 여전히 고립과 욕망을 키우고 있기 때문이다. 이렇게 저자와 화자의 거리가 유지되듯이 독자와 화자의 거리도 유지된다. 독자의 느낌과 화자는 반대방향으로 가기 때문이다. 그리고 이 거리로 인해 극적 효과는 최대로 증가된다.

3) 명상의 입체화

주인공의 의식이 변하는 과정을 평면적으로 서술하면 재미없듯이 아니 러시아 형식주의자들의 용어를 빌어 '낯설게 하기'가 아니듯이, 주인공의 명상이나 심리 역시 직설적으로 제시되면 예술이 아니다. 제임스는 이런 경우 우회적 수법을 즐겨 쓴다. 또한 손짓, 어투, 숨소리 등을 서술의 영역으로 끌어들여 평면적인 자료를 입체적으로 만든다. 『비둘기의 날개 *The Wings of Dove*』는 전혀 극적인 주제가 아니다. 밀리는 재산을 많이 가진 죽음을 앞둔 병자이다. 가난한 케이트는 유산상속을 목적으로 애인, 덴셔를 밀리에게 접근시킨다. 밀리는 그 음모를 알고 괴로워하게 되고 덴셔는 밀리의 남은 삶을 위해 끝까지 사랑하는 척해달라는 부탁을 받지만 거절한다. 밀리는 죽으면서 덴셔에게 재산을 상속한다. 그 음모는 성공했으나 두 사람은 더 이상 옛날같이 될 수 없었다. 천박한 목적에 이용되기에는 너무나 고귀한 밀리의 정신은 덴셔와 케이트에게 영향을 미친 것이다. 여기서 음모를 알게 된 밀리의 괴로운 명상이나 수잔의 애원과 덴셔의 거부는 전혀 저자의 설명도 화자의 진술도 아니다. 벽을 향해 돌아눕는 행동, 갑작스런 휴지, 성급한 동작, 반쯤 끊긴 말, 그리고 무엇보다 빙빙 돌아 나중에 가서야 그 의미가 전달되는 대화가 설명을 대신한다. 가볍게 스치고 흔들리는 밀리의 감흥, 여럿이 어울린 자리에서 친구가 얼핏 드러내는 그녀의 모습 등 작가는 그녀의 명상 속으로 들어가지 않고 주위를 빙빙 돌아 후에 증명되게 한다. 제임스의 대표적인 극화수법이다.

'두려움'이라는 인간의 심리를 '짐승의 공격'으로 입체화시킨 「정글 속의 짐승(The Beast in the Jungle)」을 통해 제임스의 기법을 느껴보자. 두 남녀의 관계로만 압축된 이 작품은 그의 가장 훌륭한 단편으로 꼽힌다.

남보다 더 느끼고 예민한 마처는 늘 어딘가에서 짐승이 뛰쳐나와 자신을 패배시킬 것 같은 두려움을 느낀다. 그는 옛날에 만난 적이 있는 여인 메이와 우연히 대화를 나누게 되고 그녀가 자신의 두려움까지도 기억하는 것에 놀란다.

　마처는 그 등불이 아름답게 반짝였다고 자랑하고 있었지만 모든 것을 정확하게 기억하고 있는 것을 너무 성급하게 보여주려고 했기 때문에 여러 가지 일에 착오가 있다고 여자가 재미있다는 듯이 지적하자 더욱 유쾌해졌다.
　……(필자의 줄임)
　"아주 인상적인 말씀을 하셔서 나중에도 여러 번 선생님을 회상하곤 했죠. 무척 무더운 날씨라 바람을 쐬려고 포구 저쪽의 솔렌토로 갔을 때였죠. 아마 돌아올 때 배 휘장 밑에 앉아서 바람을 쐬고 있을 때 말씀하신거 기억하시겠어요."
　그는 기억하고 있지는 못했으나 민망스럽다기보다는 놀랍기만 했다.

지난 어느 날의 만남에 대한 '기억의 차이'란 무엇을 암시하는가. 두 사람이 삶을 인식하는 정도의 차이이다. 장소, 날씨, 사람 등을 정확히 기억하는 그녀에 비해 그는 거의 틀리게 알거나 아예 기억하지 못한다. 마처의 두려움을 같이 지켜보기로 한 메이는 자주 만나면서 그가 두려워하는 짐승이 어떤 것인가 알게 된다. 그리고 어느 날 마처도 그녀가 그것을 알고 있음을 느낀다. 그 짐승의 정체는 무엇인가. 제임스는 결코 서두르지 않는다.

그리고 언제나 자기 문제만 화제로 삼는 것을 피하는 것으로 그 목적을 이루었다고 그는 생각하고 있었다.
그는 진심으로 그녀의 말에 정중하게 치사를 했다.
"아니, 정말 친절하게 대해 주어서 고맙습니다. 어떻게 하면 이 은혜를 갚을 수 있을까요?"

"그것을 알기 전에, 확인하기도 전에 그녀가 죽게 된다면 어떻게 할 것인가."

죽음을 앞둔 메이는 필사적인 노력으로 마처에게 그 짐승으로부터 벗어날 기회를 주지만 그는 그것을 감지하지 못한다.

"아니예요. 아니예요"하고 그녀는 되풀이했다. "지금 함께 계시지 않으세요. 아직 모르세요?" 그리고 그 점을 더욱 분명히 그에게 인상 지우려고 쉬운 일은 결코 아니었지만 그녀는 의자에서 일어났다. 그리고 보드랍고 매끄러운 옷에 감싸여 아름답게 그리고 외롭게 서 있었다.
"선생님을 버리다니요, 절대 아니예요."

마처는 이 순간을 놓친다. 그때 그가 생각한 짐승은 그녀의 죽음, 그 결과로서 빚어질 자신의 고독이라는 두려움이었다. 그녀가 죽은 뒤 장례식에서 그는 자신과 그토록 가까웠던 그녀였는데 아무런 권한도 남겨진 게 없는 스스로를 발견한다. 여전히 짐승의 공격을 두려워하던 마처는 어느 날 메이의 무덤에 기대 자신을 버리고 간 그녀를 그리워한다. 그때 얼핏 옆 사나이의 얼굴에서 깊은 고뇌를 본다. '저토록 아픈 상처를 입고 산다면 도대체 저 사나이는 어떤 귀중한 것을 가지고 있었던 것일까.' 그는 '여자가 참으로 사랑을 받았을 경우에는 죽은 뒤에 얼마만한 깊은 슬픔을 남기느냐 하는 것'을 목격한 것이다. 그리고 자신의 생애가 지닌 깊은 공허를 깨닫는다.

탈출구는 그녀를 사랑하는 일이었던 것이다. 그렇게 했다면, 그렇게만 했더라면 그는 살 수 있었던 것이다. 그녀가 얼마만큼 벅찬 정열을 지니고 살아왔는가. 지금은 증명할 사람도 없겠지만 그녀는 그를 사랑함으로써 살았던 것이다. 그에 반하여 그는 자신의 이기적인 차가운 목적에서 그녀의 일을 생각하고 그녀가 어떤 식으로 도움이 되느냐 하는 점 이외에 생각한 적이 없었다. 그리고 그것이 지금 무서운 사실로 그를 휩싸고 있었다.

인간이 겪는 상실, 고통, 그리움을 피하려던 마처의 이기심은 그녀가 준 마지막 기회를 놓쳤고 그 순간 뛰쳐나온 짐승을 감지하지 못한다. 이제 너무도 늦게 그는 짐승이 꿈틀거리는 것을 본다. 충만히 살 수 있는 기회는 바로 눈앞에 있었는데 그는 헛되이 흘려보낸 것이다. 그가 피하려던 짐승은 그가 마음을 열고 받아들여야 했던 인간의 고통이었다. 그러나 그는 그것을 용케 피함으로써 이제 정말 짐승의 공격을 받는다. 짐승은 고통받지 않을까 하는 두려움이 아니라 헛된 삶을 살았다는 낭패감이었다.

극화의 마지막 단계는 시점이 독자에게로 옮아오는 드라마에 가까운 소설이다. 저자는 능숙한 기교로 제한된 상황과 간결한 주제, 그리고 어떤 문제를 풀어가는 행위를 연출한다. 예를 들어 제임스의 『어색한 나이』는 의식의 전환이 아니고 한 소녀가 상황을 잘 조정해 나가는 행위를 보여준다. 그러나 간결하고 압축된 상황에 너무 몰두되면 작품의 폭이 좁아진다. 극화도 좋지만 소설이란 역시 극적 요소와 폭넓은 서술이 조화를 이루어야 한다. 이제 러보크는 극화의 정점에 이르러 평면서술을 향해 내림길에 선다.

3. 요긴하게 쓰인 평면서술

발작의 『으제니 그랑데』는 여주인공이 구두쇠 아버지에 의해 애인을 떠나 보내고 7년을 기다리는 얘기이다. 그동안 일어난 사건이라고는 부모의 죽음밖에 거의 없는 단조로운 시골 삶을 어떻게 흥미있게 그릴 것인가. 여주인공의 의식에 비친 기다림의 세월을 그린다면 독자는 지루해서 견디지 못할 것이다. 제임스 식의 극화가 만병통치는 아니다. 발작은 우선 특유의 견고한 필치로 시골 구두쇠의 저택을 소개한다. 그랑데가 재물을 모은 내력, 가족관계, 재산을 둘러싼 마을사람들의 탐욕을 담담하고 충실하게 묘사하고 극화가 필요할 때까지 기다린다. 그런 다음 그랑데의 삶에 결정적인 사건인 샤르르와의 만남, 연애, 이별을 소설의 절반에 해당하는 분량으로 극화시킨다. 소설의 핵심을 이루는 긴 극화에 이어서 부모의 죽음을 다루고 '이런 식으로 5년이 흘렀다'라고 한 마디로 요약한다. 스토리에서 걸리는 시간(story time)과 서술에서 걸리는 시간(narrative time)은 이렇게 달라진다. 미리 그랑데 저택의 지루한 삶을 묘사했고 긴 극화가 끝났기에 그 한 마디로 충분하다는 것이다. 천천히 쇄락되는 그녀의 운명과 샤르르의 배반을 작가는 담담히 이어간다.

입체화로 두드러지게 강조할 부분을 위해서 미리 평면서술을 마련하고 그 계략을 숨기는 발작에 비해 톨스토이의 『안나 카레리나』는 적절한 예비서술을 하지 않아 설득력을 잃는다. 톨스토이는 폭넓은 주제를 장면위주로만 처리하여 산만한 소설을 만들었다고 러보크는 말한다. 『안나 카레리나』는 장면의 연속으로 극적 수법을 쓰는데 미리 충분한 저자의 서술이 없어 여주인공의 정열, 그녀의 선택과 파멸의 과정이 설득력을 잃는다. 또한 레빈의 얘기와 안나의 얘기가 똑같이 극적으로 병행되어 두 주제가 통합되지 못한다. 제목이 '안나'라면 레빈의 스토리는 발작처럼 요약 서술하여 안나를 뒷받침했어야 하지 않을까. 평면서술과 입체서술은 주제에 맞게 적절히 선택되고 배열되어야 한다.

4. 맺음말

어떤 작가의 기법이 서술위주인가 장면위주인가는 비교적인 개념이지 절대적 개념이 아니다. 예를 들어 톨스토이는 도스토예프스키에 비해 파노라마적이다. 그의 세계가 폭넓고 역사성을 띠는데 비해 도스토예프스키는 등장인물의 어두운 의식의 세계나 내면 갈등에 집착한다. 그러므로 좀더 폭좁고 집약된 장면위주이다. 그러나 작가가 먼저 세밀히 묘사하기를 즐기는 발작에 비하면 톨스토이의 『안나 카레리나』는 상당히 장면위주이다. 러보크가 『소설의 기법』에서 사용한 용어는 이처럼 작품사이, 작가사이에서 상대적으로 사용된다. 그가 비록 헨리 제임스를 부추기고 톨스토이를 끌어내렸지만 그것이 개별작가의 가치평가를 위해서가 아니라 내용보다 형식이 우선되던 당대의 미학론을 세우기 위한 것이었다면 언젠가는 반격을 받을지라도 그의 작업은 그 시대의 입장을 대변한 것이다(같은 시대 T.S. 엘리어트도 제임스와 플로베르를 격찬했다). 또한 그의 작업은 오늘날까지 계속되는 소설분석론의 기초를 놓았다. 소위 20세기 후반 서사론의 대가들인 부스, 쥬네트, 쉬탄젤 이론의 모태를 러보크의 논의에서 흘끗흘끗 볼 수 있기 때문이다. 극화의 제단계와 시점이동, 7년간의 기다림을 서술하는 방식 등에서 쥬네트의 멋진 용어들이 웅크리고 있다.

그의 이론이 지닌 한계? 물론 있다. 그가 다루지 못한 영역, 배제시킨 부분, 그래도 개별작품의 가치평가에 머문다 등등……조금만 더 기다리자. 노드롭 프라이가 나타나 러보크와 포스터를 비롯한 신비평의 한계를 강타할 때까지. 그때까지『소설의 기법』못지않게 관심을 모은 포스터의『소설의 양상 *Aspects of the Novel* 』을 살펴본다.

'기법'으로부터의 탈출
—포스터의 『소설의 양상』

　책 이름을 우리 말로 바꿀 때 포스터의 *Aspects of the Novel*
(1927)만큼 당혹감을 주는 경우도 드물다[1]. 어느 원고에 『소설의
측면들』이라고 번역했더니 편집인이 『소설의 諸相』이라고 바꾸어
놓는다. 책의 제목이란 아귀가 옹골차게 들어맞는 단어라야 제격
인데 '측면들'이란 좀 허술하게 느껴졌던 것이다. 그렇다고 거리
가 먼 단어를 억지로 끌어들일 수도 없다. 정확하게는 몇몇 측면
들 혹은 양상들인데 이것저것 갖다 붙여 보아도 영 제목감이
못 된다. 왜 그런 단어로 사람을 괴롭히는가. 그러나 포스터에게
Aspects는 하나의 전략이다. 쓰는 이가 애초에 마음먹은 주제는
쓰는 과정에서 그의 기억과 연상과 감흥에 의해 그대로 정확히 옮
겨지지 않는다. 그리고 씌어진 작품은 인간에 관한 글이고 읽고
판단하는 독자 역시 인간이기에 정교하고 고정된 불변의 잣대란
없다. 인간의 의식은 시간과 공간의 지배를 받으며 변하기 때문이

---

1) E.M.Forster, *Aspects of the Novel*. 이 책은 원래 1927년 Edward Arnold에 의
해 영국에서 출판되어 재판을 거듭해왔다. 여기 쓰인 책은 Oliver Stallybrass가 편
집한 Penguin Books이다. 이로부터 인용은 '면수'로만 표시함.

다. 소설에서 인간성을 제외하면 남는 것은 단어의 집합체들뿐이다. 그러므로 애정이 중요하다. 인간성, 애정 …… 이런 느슨한 자신의 견해에 걸맞는 단어로 포스터는 Aspects를 고른 것이다. '비과학적'이고 '모호한' 단어, 그래서 '자유로운 공간'과 '여러 갈래의 길'을 암시한다(39면)는 이 단어는 측면들이건 양상들이건 어느 쪽으로 옮겨도 허술하다.

객관성과 꽉 짜인 기법을 물리치면서 소설이 무엇인가를 밝히려는 작업이기에 포스터는 시간이 흘러도 변치 않는 공통된 방식을 찾으려 했다. 옛날부터 있어 왔지만 시대에 따라 변모하는 기본 방식에는 어떤 것들이 있는가. 스토리, 인물, 플롯, 판타지, 예언, 패턴과 리듬. 책의 제목이 모호하게 열려 있듯 그가 논의하는 항목의 순서도 이처럼 구체적인 것으로부터 추상적인 것을 향한다. 그리고 각각의 요소에 대한 분석도 단단한 짜임새로부터 모호하게 확산된다. 그는 늘 완벽함보다 모호함, 과학성보다 비과학성 쪽에 서 있다. 이 글은 포스터가 제시한 6가지 항목을 자세히 소개하고 그의 이론이 러보크와 어떤 관계에 있는지 드러내려는 데 있다. 자신보다 한 발 앞선 러보크. 그가 이미 내놓은 『소설의 기법』(1921)을 물리치고 어떻게 독창적인 소설이론서를 쓸 것인가. 강한 선배의 영향을 물리치고 독창성을 세우려는 후배는 어떤 식으로든지 선배를 반역해야만 한다.

1. 느슨한 접근

포스터가 벌여놓은 항목들을 우선 스토리와 플롯으로 간추려서 러시아 형식주의와 비교해본다. 다음에는 그의 이론 가운데 비평가들이 가장 많이 애용해온 평면인물과 입체인물을 소개한다. 그리고 아무리 애를 써도 종래는 포스터의 뜻대로 허술하고 모호한 글이 될 것을 각오하며 나머지 부분들을 살펴본다.

1) 스토리와 플롯

형수와 아내에게 모함을 받은 후 모든 여자에게 복수하기로 마음먹은 페르샤의 왕은 매일같이 결혼을 하여 다음날 아침이면 그 신부를 죽였다. 어느 날 아름답고 총명한 세라자드는 페르샤의 여인들을 구하려는 용기를 가지고 왕과 대면한다. 그녀는 첫날 밤 이야기로 왕을 매혹시킨다. 왕은 다음날 아침 그 이야기의 종말을 알기 위해 그녀의 목숨을 하룻밤 더 연장한다. 그 다음날 아침에도 왕은 궁금증으로 처형을 연기한다. 그렇게 천 일 하고도 하루가 흐른 뒤 마침내 왕은 굴복하고 그녀를 아내로 맞는다. 그런데 그녀가 목숨을 연장시킨 무기는 무엇인가. 매일 아침 해가 뜰 때쯤 스토리를 중간에서 딱 멈추는 것이다. '그 다음 무슨 일이 일어나지?'라는 호기심으로 왕을 사로잡는 것이다. 포스터는 바로 그 다음에 무슨 일이?라는 인간의 근원적 호기심을 자극하는 것이 스토리라고 말한다.

스토리는 아침이 지나고 나면 점심이 오듯, 시간 순서로 배열된 사건들의 서술이다. 그런데 작가에 따라서는 시간의 흐름을 싫어하는 경우도 있다. 지상에서 이루지 못한 사랑을 방황하는 유령의 울음으로 남긴 『폭풍의 언덕』은 시계를 숨기는 경우요, 시간의 자연스런 흐름을 뒤엎고 스토리를 와해시키는 『트리스트람 샨디』는 시계를 뒤집는 경우요, 지나간 과거를 결코 붙잡을 수 없는 현재의 시선으로 되돌아보는 프루스트의 경우는 시계바늘을 계속 바꾸는 경우이다. 『잃어버린 시간을 찾아서』에서 마르셀은 저녁식사를 연인과 즐기면서 동시에 공원에서 유모와 공놀이를 한다. 시대에 따라 혹은 작가에 따라 시간을 다루는 형식은 이렇듯 다르지만 스토리는 어쨌든 시간과 연결된 사건의 흐름이다. 그런데 그것이 지나치게 '그리고 다음은……'이라는 호기심 충족에 몰두하다보면 구수한 이야기꾼으로 전락하고 거투르 스타인의 경우처럼 아예 시간을 지워버리려고 들면 메마른 건더기만 남는다. 『전쟁과 평화』는 어떤가. 톨스토이는 시간뿐 아니라 러시아의 거대한 지역이라는 공간을 개입시킴으로써 훌륭한 역사소설을 만들었다. 포스터는 이렇게 스토리를 시간과 인간의 일차적 호기심에 연결시키면서 마치 러보크를 겨냥하듯 슬쩍 톨스토이를 부추긴다.

플롯은 스토리보다 한 차원 높다.

플롯을 정의해보자. 스토리는 시간순서로 배열된 사건들의 서술이라고 말했다. 플롯도 역시 사건들의 서술이지만 그건 인과성을 강조한다. '왕이 죽고나서 여왕도 죽었다'는 스토리다. '왕이 죽고나서 여왕은 슬픔에 못이겨 죽었다'는 플롯이다. 시간순서는 존재하지만 원인과 결과의 관계가 그것을 압도적으로 지배한다. 혹은 이렇게도 말해보자. '여왕은 죽었는데 아무도 그 원인을 모르다가 마침내 왕의 죽음을 슬퍼한 탓으로 밝혀진다'. 즉, 플롯은 뭔가를 감추고 있으며 더 높은 차원으로 발전되는 예술 형식이다. (87면)

스토리가 다음 일어날 일에 관한 단순한 호기심이라면 플롯은 왜 그 일이 일어났는지를 묻는다. 그것은 독자의 기억과 연상에 의한 지적 호기심과 연관된다. 러시아 형식주의에서 스토리는 사건의 시간적 배열순서이고 플롯은 이것이 미학적 구성에 의해 재배열된 작품의 형식이었다. 독자가 경험하도록 낯설게 만들기 위해서 형식은 흔히 원인을 숨기고 결과부터 시작한다. 그렇다면 두 이론에서 스토리 개념은 서로 일치하고 플롯 역시 포스터가 원인을 숨기고 그것을 찾는 과정만을 강조하여 좀 폭이 좁을지라도 형식주의의 정의를 벗어나지 않는다. 다만 두 가지 개념을 발전시키는 방향이 서로 다르다. 슈클로프스키는 그런 구별을 통해 문학의 본질을 논의했고 포스터는 그것을 소설의 요소로서 축소시킨다.

플롯이 지나치게 강조되면 인물의 성격발전이 희생될 수 있다. 그런 소설은 원인과 결과에 너무 집착되어 우연의 연속 혹은 작의성을 드러내고 마는데 예를 들어 토마스 하디의 소설은 때로 등장인물의 성격발전보다 이야기 꾸미기가 앞지른다. 그래서 등장인물이 작가의 철학 속에 종속되어 스스로의 운명을 헤쳐나가지 못한다. 대부분의 멜로 드라마가 여기에 속한다. 이와 대조적으로 모더니즘에서 플롯은 점차 약화된다. 포스터는 당시 앙드레 지드의 소설이 작가가 작품 위에서 군림하지 않고 그 속에 몸을 던져 그가 미처 내다보지 못한 영역으로 종착하는 경우를 보여준다고 말한다. 지드는 소설을 쓰는 동안에 쓴 일기, 일기와 소설을 다시 읽으면서 느낀 인상, 그리고 다시 세 가지를 읽으면서 느낀 인상을 모두 출판했는데 그것은 마치 내가 말하는 것을 알 때까지 내가 생각하는 것을 어떻게 알겠는가(How can I tell what I think till I see what I say?)라는 물음과 같다. 포스터는 모더니즘을 미리 짜여진 것은 모두 거짓이라는 듯 플롯을 와해시키는 새로운 문학운동으로 예감하고 있었다.

2) 평면인물과 입체인물

음악이나 미술 등 다른 예술과 달리 소설에는 반드시 인물이 등장한다. 그리고 인물을 중심으로 이야기가 엮어진다. 그런데 일상에서 부딪치는 인물과 소설 속의 인물은 다르다. 우리의 삶을 엮는 주요한 사건들은 탄생, 음식, 잠, 사랑, 그리고 죽음으로 요약되는데 소설가들은 이것을 필요에 따라 과장하기도 하고 축소하기도 한다. 일상에서 탄생과 죽음을 겪어본 사람은 아무도 없다. 태어날 때는 의식이 없었고 죽는 순간은 마지막 경험이기에 그것을 전달할 수가 없다. 오직 기록과 보고에 의해 알 뿐이다. 그러나 소설가는 어머니, 아버지, 혹은 종교의 입장에서 그것을 풍요롭게 경험시킨다. 음식과 잠은 일상의 2/3를 차지하지만 소설에서는 그만큼 중하게 다루어지지 않는다. 헤밍웨이가 『태양은 다시 떠오른다』에서 음식을 즐기는 것에 실존적 도덕을 부여한 것은 인상깊지만 흔히 19세기 리얼리즘 소설에서 음식은 등장인물을 한 곳에 모으는 매개로 쓰일 뿐이었고 심지어 헨리 제임스의 주인공들처럼 아예 먹는 일을 모르는 인간들처럼 그려지는 경우도 있다.

먹는 것이나 자는 것은 축소되고 가장 확대되는 것은 사랑이다. 왜 우리는 서로 사랑하지 못하는가 라는 문제는 소설의 영원한 주제이다. 에고의 벽에 가리워 사랑하지 못하는 헨리 제임스의 주인공들은 언제나 너무도 늦게야 그것을 깨닫는다. 마르께스에게 사랑은 질병이다. 병균이 침입하는 어느 순간부터 그들은 이상한 병에 걸린다. 온갖 합리적인 설득과 이성을 거부하는 그 병에는 치료약도 없다. 인간의 비합리적이고 어두운 정열을 드러내는 가장 흥미로운 영역이 성(sex)이요 남녀간의 사랑이기에 소설가들은 이 길을 거쳐 인간과 세상이 무엇인가에 도달하려 한다. 호손은 『주홍글씨』에서 유부녀와 목사의 간통을 소재로 당시의 들뜬 이상주의자들을 경고했다. 하디는 『테스』에서 자유주의 지성인과 신흥 부르주아지를 대표하는 두 남자 사이에서 희생되는 순결한 여인의 사랑을 그려 당대 사회를 반영했다. 나보코브는 『롤리타』에서 10대의 어린 소녀를 사랑하는 40대 남자의 집념을 통해 포스트모더니즘시대의 철학인 실체의 허구성을 드러냈다. 이들은 모두 표층구조는 금기의 영역, 혹은 이룰 수 없는 사랑을 다루어 독자의 호기심과 내밀한 욕망을 충족시키고 심층구조는 당대의 사회를 반영하고 나아가 인간의 보편적인 문제를 다룸으로써 이중책략을 쓴 것이다.

이렇듯 실제보다 과장되거나 축소된 방법으로 삶을 그리기에 소설 속의 인물은 실제 삶의 인물보다 더 생생하고 작의적이다. 그래서 독자에게 어떤 유형으로 기억된다.

인물은 늘 반역을 가득 담고 도착한다. 저자가 너무 자유를 주면 책을 발길로 차고 너무 꽉 조이면 납작하게 죽어버린다. 둥근형(round)과 납작한 형(flat) 혹은 입체적인 인물과 평면적인 인물은 작가의 조정에 따라 작품에 적절히 배치되어 효과를 높일 수 있다. 마치 카메라가 중심인물을 생생히 포착하기 위해 주변의 것들을 흐릿하게 담듯이 작품의 주인공을 도드라지게 살리고 주변인물들을 납작하게 누르는 경우이다. 디킨즈는 『위대한 유산』에서 주인공의 주변에 많은 평면인물들을 등장시킨다. 아름답고 오만하고 부유한 소녀 에스텔라를 사랑하는 가난한 천민 출신의 소년 핍, 그가 느끼는 선과 악의 갈등은 사랑의 문제로부터 진정한 신사가 무엇인가를 배워가는 과정을 통해 끊임없이 작용한다. 이에 비하여 주변인물들은 어떤 전형을 드러낸다. 착하고 순박한 매형 죠는 늘 핍이 회귀하고픈 영원한 고향이다. 죠와 대조적으로 누나는 언제나 표독스럽고 이기적이다. 펌블추크의 어리석은 탐욕, 웨믹의 런던을 살아가는 방식, 비디와 에스텔라의 대조 등, 수많은 등장인물들은 어떤 한 가지 자질만을 드러냄으로써 핍의 갈등을 돋보이게 한다. 둥근 인물이란 갈등과 인간의 양면성을 담기에 비극의 주인공으로 적절하다. 햄릿, 보봐리부인 등 대부분의 주인공들이 여기에 속한다. 납작한 인물은 코믹하거나 유머, 알레고리에 적절하다. 인간은 그렇게 단세포가 아니기에 납작하게 눌린 인물들은 물론 실제로 존재하지 않는다. 그러나 작가는 주제를 구현하기 위해서 의도적으로 어떤 인물에게 한 가지 특성만을 부여할 권리가 있다.

평면인물과 입체인물은 하나의 작품에서 임의로 배열하기도 하지만 작가 특유의 개성이나 시대적 양식에 따라 달리 쓰이기도 한다. 디킨즈는 중심인물을 입체적으로 나머지는 평면적으로 처리하는 수법을 즐겨쓰고 제인 오스틴은 거의 모두를 둥글게 그리려는 경향이 있다. 도스토예프스키의 인물은 거의 입체적인 반면 프루스트의 경우는 거의 평면적이다. H.G.웰즈는 대부분 평면적인데 어느 순간 교묘히 흔들어 독자를 깊숙이 끌어들인다. 리얼리즘이 둥근 인물과 납작한 인물을 조화시키는 반면 모더니즘은 대체로 평면인물을 많이 쓴다. 전통적 의미의 주인공 개념이 사라지고 진짜 삶 같은 세계로 독자를 자연스레 끌어들이기보다 등장인물의 의식 속으로 끌어들여 실체에 대한 다양한 시각을 보여주려는 작가의 의도 때문이다. 패러디나 우화를 즐겨 쓰는 포스트모더니즘 역시 납작한 인물을 많이 사용하여 독자의 자연스런 동화를 거부한다.

박경리의 대하소설 『토지』에는 수많은 인물들이 등장한다. 서희와 길상은 주인공들로 입체적 인물이고 조준구 내외와 병수는 평면적 인물이다. 집념과 아집이 강하고 교만한 서희는 최치수의 피를 받은 봉건지주의 마지막 후예이다.

포악스럽고 음험하고 의심 많고 교만한 서희, 그러나 그것이 그의 전부는 아니었다. 제 나이를 넘어선 명석한 일면이 있었다 …… 그것으로 총명한 성품을 무한히 닦아갈 수도 있겠는데 서희는 그 명석함도 자기 야심과 집념의 도구로 삼으려 했을 뿐 자신에게 합당치 못한 현실에 대해서는 아무리 그 총명이 뚫어본 사실일지라도 인정하지 않으려는 완명한 고집 앞에 이성은 물거품이 된다. 그에게는 꿈이 없다. 현실이 있

을 뿐이다. 자기자신을 위해 왜곡된 현실만이 있을 뿐이다. (『토지』, 제
2권, 지식산업사, 378-379면)

조준구에게 수모를 겪고 끝내 자기 몫을 되찾는 서희는 얼핏 동
화 속의 주인공을 방불케 한다. 길상과 공노인의 도움으로 서희
가 용정에서 돈을 버는 과정이나 돌아와 재산을 찾는 과정은 선인
의 도움을 받아 악마를 물리치는 우리의 주인공을 연상시킨다. 물
론 서희는 동화 속의 주인공처럼 선을 상징하지는 않는다. 오히려
그 반대로 들볶는 홍씨보다 한 수 더 교활하고 상현의 자존심을 여
지없이 문지르며 길상을 남편으로 맞아 욕망을 달성한다. 그러나
이런 단면적인 모습은 소설이 진행되며 입체형으로 변모한다. 그
토록 일념으로 대적해온 조준구가 어이없이 허물어짐을 보며 그녀
가 느낀 것은 뼈저린 삶의 허무였기 때문이다.
　조준구 내외가 소설의 처음부터 끝까지 조금도 갈등을 느끼지
않는 탐욕의 상징이라면 병수는 맑고 순수함으로 이들과 대조된
다. 임이네는 끊질긴 생명력과 금욕의 화신이요, 강청댁은 질투,
평산은 계략과 음모, 윤보는 정의를 찾는 고집스런 방랑자이다.
이들은 모두 소설 속에서 줄곧 한 가지의 특성을 부여받고 그것을
충실히 실행할 뿐 갈등이나 변모를 보이지 않는다. 다른 인물을
도드라지게 하려고 자신들은 납작하게 엎드린 것이다. 조준구 내
외는 서희를 주인공으로 부추기고 임이네와 강청댁은 용이와 월선
에게 인간적인 갈등을 부여하며 두 사람을 입체적으로 만든다.
　봉순과 상현은 대단히 인간적인 인물들인데 이 입체감이 흘러넘
쳐 소설의 뒷부분으로 가면 오히려 평면적이 되고 만다. 마치 작
가로부터 죽을 때까지 갈등과 고통만을 겪는 임무라도 떠맡은 듯
인물이 제 스스로 살지 못하고 짓눌린다. 이에 비하여 다음의 세
쌍은 한 쪽이 둥글고 한 쪽이 납작하여 서술에 무리가 없다. 구천,

윤씨부인, 귀녀가 입체적 인물인데 비해 그들의 대상인 별당아씨,
김개주, 강 포수는 대체로 평면적인 인물이다. 귀녀는 줄곧 악을
상징하는 납작한 인물인데 마지막 어떤 순간에 깊이를 드러내어
입체감을 보여준다.

그리 발광을 하다가도 금세 설깃떡이 먹고 싶다는 둥 파전을 좀 먹었
으면 좋겠다는 둥 제 마음 내키는 대로 지껄이는 것이었다. 강 포수는
그러면 또 부리나케 청하는 것을 마련해 갔다. 그러나 귀녀는 여전히
생트집을 잡고 욕설을 퍼붓는 것이다. 소리소리 지르고 우는가 하면 가
다가 개천에 빠져서 콱 고꾸라져 죽으라고 악담을 하며 제 가슴을 치곤
했다. 그러면 그럴수록 강 포수는 귀녀의 고통을 자신이 반은 나누어
가진 듯 도리어 위안을 느끼며 돌아가는 것이었다.
······ (필자의 줄임)
"내 그간 행패를 부리고 한 거는 후회스러바서, 그, 그랬소. 포전 쪼
고 당신하고 살 것을, 강 포수. 아, 아낙이 되어 자식 낳고 살 것을 으
으흐흐······."
밖에 나온 강 포수는 담벼락에 머리를 처박고 짐승같이 울었다. (『토
지』, 제 1 권, 지식산업사, 513-515면)

귀녀의 마지막 변모와 강 포수의 변함없는 사랑은 입체감과 평
면감이 잘 조화되어 우리에게 짙은 감동을 안겨주는 예이다. 전혀
내면세계를 드러내지 않는 냉혹한 최치수는 구천을 제 손으로 찾
아내 자존심을 회복하려는 듯 보인다. 그러나 막상 구천을 찾아내
쏘려는 순간 수동으로 인해 뜻을 못 이루는데 후에 그를 벌하지 않
는다. 삶에 대한 정열도 없고 그렇다고 포기도 못 하는 최치수는
구천을 찾으러 다니는 행위 자체가 자신의 삶을 지탱시키는 수단
이 아니었을까. 아무도 사랑할 수 없는 인간이 지닌 깊은 고독. 이

흘끗 보이는 인간적 아픔이 그를 갑자기 입체적 인물로 만들지만 그는 다시 평면적으로 돌아온다.

『토지』는 전반부에서 책을 발길로 찰 정도로 생생한 인물들이 평면인물과 조화를 이루는 반면 후반부로 갈수록 평면인물이 늘어나 인물창조의 한계를 느끼게 한다. 평면인물과 입체인물을 명료하고 두드러지게 대조시킨 작품으로 최인훈의 『광장』을 들 수 있다. 이명준은 우뚝 솟은 입체인물이며 윤애와 은혜는 주인공에 종속된 거의 상징에 가까운 평면인물이다. 『토지』의 인물구성이 '딸기 덩굴형'으로 얼크러져 있다면 『광장』의 경우는 '들판의 나무 같은 형'(71면)이다.

3) 판타지

소설은 인물을 중심으로 견고히 엮어지지만 작가는 진실을 옮기려 할 때 일어나는 허구를 인정해야 한다. 허구는 유추의 기능을 요구하고 유추는 독자에게 참여의 기회와 기쁨의 폭을 넓혀준다. 실제 삶에서 일어날 수 없는 일, 실제 삶 같지 않은 서술, 이상한 세계 등은 시간, 인물, 플롯이라는 견고한 요소를 담는 쿠션이다. 포스터는 평범한 삶 속에 마술이나 유령이 등장하는 세계, 평범한 인간을 미래, 과거, 4차원의 세계 등 신비한 세상으로 끌고 들어가는 것, 성격의 분열, 그리고 패러디나 번안 등을 환타지로 정의한다(106면). 환타지의 참의미는 마술 속에서 유추해낼 수 있는 일상의 진리에 있다. 노만 맬슨의 『플렉커의 마술』에서 보듯 개인주의적 취향이 강한 어느 미국소년과 요술반지의 얘기는 여러 가지 일상의 진리를 유추하게 만든다. 파리에서 미술공부를 하는 그는 어느 날 카페에서 요술반지를 받는다. 무엇이든 소원을 한 가지 들어준다는 것이다. 이 세상의 마지막 마녀는 지구의 멸망을 고대하며 그 소년이 행복이란 걸 원해줬으면 한다. 아름다운 여인, 돈, 재능…… 그런데 얼마만큼을 원해야 하나? 그러다 문득 소년은 왜 사람들은 행복을 원하지 않는가 생각한다. 그는 행복을 원한다고 가만히 속삭인다. 반지를 만지지 않게 조심하면서…….

호머의 신화 『오디세이』를 현대식으로 바꾼 제임스 조이스의 『율리시즈』를 포스터는 판타지의 영역에 포함시킨다. 4만 단어의 액션을 단 하루 더블린에서 일어난 일로 압축시킨 이 소설은 현대인의 하루와 옛 작품의 에피소드를 병행시킨다. 몇 년의 모험을 단 하루로 줄여버렸으니 대단한 패러디이다.

김주영의 단편 「악령」은 서울 이촌동에 대한 묘사로 시작된다. 얼핏 서울의 어떤 부유한 동네를 그리려는 게 아닌가 하는 느낌은 읽어가면서 조금씩 바뀐다. 부유하고 세련되고 그토록 완벽하게 온갖 오염과 악으로부터 제외된 동네는 실제로 있을 수 없기 때문이다. 작가가 어떤 목적을 위해 인위적으로 설정한 마을이라는 느낌이 들면서 사실주의 소설은 우화적 요소를 띠게 된다. 이 깨끗한 마을에 더러운 길거리 음식을 팔러 들어온 황노인과 소년의 행위도 역시 우화적이다. 그들은 그저 벌어먹고 살겠다는 자연스런 욕구가 아니고 악이 얼마나 빨리 번식하는가를 실험하려는 듯 무언가 저의를 드러내기 때문이다. 그들의 시도와 마을의 반응이 엎치락뒤치락하는 동안 독자는 갖가지 유추를 하게 된다. 그럼 이 마을은 미국을 상징하나? 아니 계급의 갈등을 그리려는 것인가. 그런데 단편은 어느 쪽으로도 종속시킬 수 없도록 섬뜩하게 끝이 난다.

정말 새까맣게 타죽은 쥐의 시체를 본 아이들은 놀라서 입을 다물지 못했다. 그랬다. 선생들은 순 엉터리라는 것을 그들은 그제서야 깨달았다. 페스트균은 쥐에게서 사람에게로 옮겨지는 것이 아니고 사람이 쥐에게로 옮기고 있다는 산 증거를 맹호녀석으로부터 터득하게 되리라고는 정말 미처 몰랐었다. 아이들은, 바지 주머니에 양손을 찔러넣고 휘파람을 불면서 저만치 앞서 걸어가고 있는 맹호의 뒤를 재빨리 뒤따라가기 시작했다. 아이들도 맹호를 따라 휙휙 휘파람을 불었다.

인간의 내부에 자리한 악이 복합적인 의미로 가슴에 와닿는다. 일견 사실주의 같지만 이같은 우화적이고 신비스런 측면이 여러 가지 유추를 가능케 하면서 이 작품을 판타지로 만든다.

서구소설은 현대로 올수록 환상적 요소가 증가한다. 아마도 판타지로서 가장 위대한 현대소설은 마르께스의 『백년동안의 고독』일 것이다. 환상, 우화, 신비적 요소가 과장과 풍자의 수법으로 숨막힐 듯 빠르게 서술된다. 백 년에 걸친 부엔디아 가문과 마콘도 마을의 역사는 견고한 사실에의 집착과 아랑곳없이 인간 상상력의 한계를 실험한다. 죽었다가 하도 심심해서 다시 살아나는 집시 예언가, 만나는 남자마다 파멸로 몰아넣고 승천하는 미녀, 불면증이라는 전염병, 근친상간이라는 집안내력 등등, 일어날 것 같지 않은 온갖 얘기들이 다 쏟아진다. 그런데 그것이 모두 우리 삶에서 일어나는 얘기로 유추가 된다. 야심, 자손심, 환상, 어리석음, 관능, 편견, 질투, 은폐의 역사 등으로 인해 고독한 삶을 살다 죽는 인간의 모습이 그려져 있기 때문이다. 게다가 이 판타지는 마지막에 쓰면서 지워지는 서술이었음을 자백한다. 역사의 허구성을 딛고 선 서사의 부활. 소위 '매직 리얼리즘', 혹은 '자의식적 리얼리즘'이라는 시대의 흐름을 반영하는 새 소설 양식을 선보인 것이다.

4) 예언

한 단계 추상적인 것을 향해 더 올라서보자. 단정적인 것이 아무 것도 없는 영역, 겸손과 장엄함이 있고 온갖 유머로부터 지연된 신비적인 분위기, 그 열린 어조를 예언이라 부르자. 예언은 보상을 바라지 않기에 설교와 다르다(122면). 『카라마조프의 형제들』에서 아버지 살해로 기소된 미챠는 가난한 사람들에게 연민과 사랑을 느낀다. 울고 싶고 무언가 그들을 위해 일하고 싶어진다. 내 머리맡에 누가 베개를 갖다 놓았소? 한숨 자고난 그는 묻는다. 나는 좋은 꿈을 꾸었노라는 기쁨으로 충만된 그의 이상한 음성은 자신의 구원뿐 아니라 인류의 구원으로 확장된다. 멜빌의 『모비 딕』은 예언적 노래이다. 보상의 기대 없이 참고 견디는 충성이 「욥기」에 관한 설교에서 예시된다. 싸움과 평화와 마지막 패배의 기쁨 외에 작품은 아무 얘기도 하지 않는다. 그러기에 이쉬멜을 구원하는 퀴퀙의 관은 상징이 아니다. 말해진 것보다 암시된 것을 더 중요시하는 예언적 작가로 포스터는 도스토예프스키, 멜빌, 로렌스, 에밀리 브론테를 꼽는다. 러보크의 기법이론으로는 설 자리가 마땅치 않던 작가들이다.

아무런 해결도 단정적인 것도 없이 유머감조차 지연되는 분위기, 인간에 대한 겸허함만을 요구하는 듯싶은 열린 소설로 김승옥의 작품을 들 수 있다.

무진에 오기만 하면 내가 하는 생각이란 항상 그렇게 엉뚱한 공상들이었고 뒤죽박죽이었던 것이다. 다른 어느 곳에서도 하지 않았던 엉뚱한 생각을, 나는 무진에서는 아무런 부끄럼없이, 거침없이 해내곤 했었던 것이다. 아니 무진에서는 내가 무엇을 생각하고 어쩌고 하는 게 아니라 어떤 생각들이 나의 밖에서 제멋대로 이루어진 뒤 나의 머릿속으로 밀고 들어오는 듯했다.

……(필자의 줄임)

새출발이 필요할 때 무진으로 간다는 그것은 우연이 결코 아니었고 그렇다고 무진에 가면 내게 새로운 용기라든가 새로운 계획이 술술 나오기 때문도 아니었었다. 오히려 무진에서의 나는 항상 처박혀 있는 상태였다. 더러운 옷차림과 누우런 얼굴로 나는 항상 골방 안에서 뒹굴었다. (「무진기행」)

돈 많은 과부를 아내로 둔 화자는 전무로의 승진을 앞두고 무진에 내려간다. 관념 속의 어느 아늑한 곳, 외로움, 정욕, 미친 여자, 초여름이면 자살하는 여자, 책임도 무책임도 없는 무진에서 서울로 올라가기를 바라는 음악 선생. 그녀가 부르는 '목포의 눈물'에는 시체가 썩어가는 듯한 무진의 냄새가 스며 있다. 서울이 질서의 세계라면 안개가 자욱한 무진은 혼동의 세계, 아니 무의식의 영역은 아닐까. 음악선생과 정을 나누고 그녀와의 약속을 저버리는 그는 무의식 세계를 배반하면서 '심한 부끄러움'을 느낀다. 여기서 작가는 질서의 세계로 쉽사리 귀환하는 인간의 이기심을 나무라는 듯싶지만 그렇다고 혼동의 세계를 긍정적으로 제시하지도 않는다. 그저 인간의 부끄러움을 노출시킬 뿐이다.

"기분 나쁜 얘길해서 미안합니다. 다만 누구에게라도 얘기하지 않고서는 견딜 수 없었습니다. 한 가지만 의논해보고 싶은데, 이 돈을 어떻게 하면 좋을까요? 저는 오늘 저녁에 다 써버리고 싶은데요."

「서울 1964년 겨울」. 밤거리의 선술집에 부잣집 아들인 대학원 학생 안과 구청병사계에 근무하는 화자가 술잔을 나눈다. 이들보다 열 살쯤 위인 가난한 월부서적 판매원이 힘없이 끼어들어 사랑하던 아내의 죽음을 이야기하며 시체판 돈을 다 써버리자고 말한다. 넥타이를 사고 귤을 사 먹고 불구경을 하고 여관에 든 그 사내는 자살한다. 그날 밤만은 같이 있어 달라고 애원하던 그를 이해하지 못하는 두 사람을 통해 타인의 아픔과 외로움을 결코 나누어 가질 수 없는 인간의 한계가 노출된다. '혼자 놓아두면 죽지 않을 줄 알았습니다. 그게 내가 생각해본 최선의 그리고 유일한 방법이었습니다.' 도수 높은 안경 너머로 무언가 골똘히 생각하는 안의 마지막 모습에서 인간의 소외는 필연적인 것임을 느낀다. 우리의 내부에는 타인에 대한 이해를 가로막는 무의식의 층이 있지나 않은가. 김승옥은 아무 얘기도 하지 않는다. 위선과 속임수에 가득 찬 질서의 세계와 뜨거운 늪이 들끓는 혼돈의 세계 사이에서 그저 부끄러운 제 모습을 들여다보려 할 뿐이다. 이 겸허와 암시적인 분위기가 포스터가 마련한 '예언'이라는 항목에 그의 소설을 넣게 한다.

5) 패턴과 리듬

사막에 살고 있는 어느 금욕주의자는 마음이 평화롭고 죄악으로부터 구원받은 행복한 사람이었다. 어느 날 그는 알렉산드리아 시, 죄의 구렁텅이에서 허덕이는 고급창녀를 구원할 임무를 띠고 그녀에게 접근한다. 드디어 그녀를 만나 악으로부터 구해내고 수녀원으로 보내는 데 성공한다. 그러나 그녀는 그를 만나 구원 받고 그는 그녀를 만나 악의 구렁텅이로 빠진다. 두 인물은 정확히 반대 방향으로 가고 만 것이다. 아나톨 프랑스의 『타이스』는 이처럼 모래시계형의 패턴을 갖는다. 포스터는 스토리가 일차적 호기심이요 플롯이 상상력과 지성이라면 패턴은 책 전체의 모습을 보게 만드는 미학적 감각으로서 우리에게 기쁨을 준다고 말한다. 패턴은 그릴 수 있는 어떤 그림인데 예를 들어 러보크의 소설 『로마 그림들』은 인간관계가 서로 고리에 고리를 물고 이어져 큰 원을 이루는 '큰 고리형'이다.

패턴은 작품이 형식적인 틀을 단단히 가질 때 존재한다. 최인훈의 『광장』은 남에서 북으로 다시 남으로 그리고 제3국으로 가는 뱃길이라는 항로를 그린다. 남쪽에는 윤애가 있고 북쪽에는 은혜가 있다. 그가 탁구공에 채이듯 남북으로 왔다갔다 하는 것이 어떤 패턴을 지을 듯싶지만 두 마리의 새와 죽음을 택하는 이명준의 최후가 이 패턴을 흐린다. 상징인 듯하면서도 그 상징이 열려 있기 때문이다.

헨리 제임스의 『대사들』은 모래시계형으로서 완벽한 패턴을 지닌다. 그러나 그의 소설은 미학성은 완벽하나 늘 풍성한 삶을 희생시킨다. 등장인물의 수가 한정되고 돈을 벌거나 직업을 갖거나 먹거나 잠을 자지도 않는다. 감성도 제한되고 다양한 속성도 제거되어 오직 한 가지 측면만 강조된다. 이런 인색한 구성은 작가가 너무 기법에만 골몰하여 삶의 여러 측면을 놓친 탓이다. 그는 전문성은 강하나 빈약한 쇼를 제작했다. '머리통만 커다랗고 팔다리는 쬐그만해서 그래도 매력은 있지만……'(143면). 패턴에 이르자 포스터의 화살은 참고 참았다는 듯 헨리 제임스에게로 쏟아진다. 그의 전문성을 인정하면서도 종래는 그가 못마땅하다. '작가를 삶에서 유리시키고 기교연습만 하게 만드는데 독자에게 패턴이 주는 감흥은 그것이 희생시킨 것만 못하다'(145면). 그런데 잠깐, 혹시 포스터는 제임스보다 그를 추켜세운 러보크가 못마땅한 것은 아닐까.

리듬은 패턴보다 한 단계 높다. 패턴이 그림이라면 리듬은 음악인데 그것은 미리 꾸며지는 게 아니다. 프루스트의 『잃어버린 시간을 찾아서』에서 소악절은 반향음처럼 반복되어 기억을 되살린다. 겉보기엔 흩어지고 혼동스러우나 내적 리듬에 의해 무언가가 연결되는데 그것은 자체의 삶을 가질 뿐 어떤 상징으로도 굳어지면 안 된다. 베토벤의 교향곡 5번처럼 음악이 끝나고도 실제로 연주된 적이 없는 어떤 것을 들을 수 있는 효과가 소설에도 있을까 ?
톨스토이의 『전쟁과 평화』에 그런 게 있을지 몰라(150면). 드디어
이 마지막 중얼거림에서 포스터의 속마음을 읽는다. 그는 지금까
지 러보크를 강하게 의식하면서 자신의 논리를 펴왔다는 것이다.
헨리 제임스를 그토록 부추기고 톨스토이를 완전히 끌어내린 러보
크의 강력한 이론이 당대의 시선을 끌어모았을 때 포스터가 펼칠
수 있었던 논리는 선배의 것을 어떤 식으로든지 전복시키는 것이
라야만 했다.

2. 포스터와 '영향에의 불안'

시인에게는 늘 전통과 앞선 시인을 능가해야 하는 불안이 있다.
그래서 시적인 영감이란 자연에서 우러나는 게 아니라 다른 시인
들로부터 나오는지도 모른다. 17세기 위대한 시인 밀튼의 『실락
원』을 읽으면서 18세기 윌리엄 블레이크는 생각한다. 도대체 이
친구가 다 해먹었으니 나는 무얼 얘기하나, 이처럼 위대한 시인이
되려면 그의 영향을 물리치고 전혀 독창적인 시를 써야 하는데……
이 영향에의 불안이 블레이크로 하여금 밀튼의 시를 잘 못 읽게
만든다. 무의식적으로 어떤 부분을 억압하는 것이다. 그는 밀튼의
시를 오독한 줄도 모르고 아주 독창적이라고 자신의 시를 썼다.
그러나 그의 시 『천국과 지옥의 결합』을 자세히 읽어보면 그 속에
선배시인 밀튼이 억압되어 있음이 드러난다. 천국은 빛, 질서, 이
성이고 지옥은 어둠, 혼동, 정욕의 세계라고 말한 밀튼에 비해 블
레이크는 천국은 질서, 이성, 억압의 세계로 수동적이고 지옥은
혼동, 정열, 자유이기에 인간에게는 빛과 에너지가 모두 필요하다
는 것이다. 강한 후배시인은 이렇게 억압시킨 선배를 드러내고 있다.

20세기 후반 미국 해체론의 기묘한 변형으로서 해롤드 블룸(Harold Bloom)은 '영향에의 불안'이란 이론을 내놓는다. 강한 후배 시인이 선배를 물리치고 독창적인 시를 쓰는데 자세히 읽어 보면 선배가 그 속에 억압되어 있다. 그래서 선배와 후배의 시를 비교 분석하면 둘 사이의 차이가 드러나고 그것이 수정비율이다. 블레이크는 밀튼을 50% 수정한 것이다. 블룸은 모든 독서는 언어의 본질인 비유성 때문에 필연적으로 오독이라는 해체이론을 프로이트의 억압이론으로 재해석하여 문학사에 적용한다. 그리고는 오독은 창조(혹은 독창성)의 근원이요, 영감은 다른 시인에게서 나오는 경쟁적인 것이지 결코 하늘에서 떨어지는 게 아니라고 말한다. 그리고 이 논리는 비평가에게도 똑같이 적용된다.

　　포스터는 강한 선배 러보크를 오독한다. 그가 무의식중에 어떤 부분을 억압하는가 보자. 러보크는 제임스를 많이 부추긴 것은 사실이나 후반부에 발작의 경우를 들어 제임스식 극화가 만병통치는 아니라고 말했다. 포스터는 제임스의 문학이 풍성한 삶을 제외시켰다고 비난하지만 그것이 풍성한 삶을 왜 놓치는가를 보여준다는 점을 간과해버린다. 기법을 비난하느라고 내용을 지워버린 것이다. 포스터가 창조해낸 독창적인 이론 속에 러보크의 흔적이 꿈틀댄다. 러보크가 시점의 문제를 중심으로 작품의 형식을 강조한 데 비해 포스터는 내용을 중심으로 추상성을 향해 상승하고 있다. 정반대의 접근으로서 선배의 이론을 거의 100% 수정한 경우다.

　　뒤돌아보면 러보크와 포스터는 비슷한 시기에 서로 다른 이론으로서 소설쓰기와 읽기에 공헌했다. 러보크는 어떻게 쓸 것인가의 문제를 중심으로 보편적인 이론을 펴 러시아 형식주의의 낯설게 하기와 많이 닮았고 후일 쥬네트 이론으로 가는 초석을 다졌다. 포스터는 꽉 짜인 것보다 허술한 것을 미덕으로 삼아 내용분석에 치중하여 신비평으로 가는 길목이 되지 않았나 싶다. 기왕에 신비평(New Criticism) 얘기가 나왔으니 후일 노드롭 프라이의 반역에 타당성도 보태줄 겸 개별비평의 영역으로 좀더 들어가보자. 브룩스와 위렌이 공저한 『소설의 이해 *Understanding Fiction* 』이다.

소설창작의 세 요소
— 브룩스와 워렌의 『소설의 이해』

러시아에서는 '낯설게 하기'로 문학을 이해하고 영국에서는 '기법'과 '양상'이 마주보고 소설이론을 펴는데 미국은 무얼 하나. 1920년대 미국에서는 대략 파운드와 엘리어트가 새로운 시운동을 벌였고 헤밍웨이가 거트루 스타인에게서 기법을 배우고 I. A. 리챠즈와 랜섬을 중심으로 한 신비평이 낭만주의의 잔재를 털어버리기에 여념이 없었다. 엘리어트는 시인의 개성보다는 전통을 중시했고 헤밍웨이는 압축되고 건조한 문체를 실험했고 신비평은 작품의 외적인 요소를 제거하고 형식 그 자체만을 철저히 보려 들었다. 절대논리 혹은 본질에 회의를 느끼고 실존을 강조한 그들은 각기 나름대로의 특징을 지니면서도 감정의 절제와 단련을 중시했기에 기법과 형식에 관심을 쏟았다. 저자의 의도는 작품 속에 그대로 반영되지 못하고(Intentional Fallacy) 작품이 독자에게 미치는 영향 역시 정확하지 못하다(Affective Fallacy). 저자의 의도, 생애, 독자에게 미치는 영향과 상관없이 작품은 독자적인 존재이다. 그러므로 문학의 올바른 이해는 작품이 어떻게 짜였는지를 철저히 탐색하는 것이다. 이런 전제로 시작한 신비평은 작품과 함께 실제

분석의 예를 함께 담은 『시의 이해 *Understanding Poetry* 』(1938)와
『소설의 이해 *Understanding Fiction* 』(1943)를 내놓기에 이른다.[1] 한
편의 시를 놓고 운, 소리, 이미지, 구조, 모호성 등을 따져 형식으
로부터 의미에 이른다. 마찬가지로 한 편의 소설을 놓고 짜임새,
분위기, 시점, 성격발전, 주제 등을 따져 소설의 의미에 이른다.
그러다보니 자연 시는 짧은 시가 골라지고 소설은 단편을 다루게
된다. 그래서 소설 대신 '픽션'이란 말이 붙게 되었다.

 한 편의 작품이 성공한 것일 경우 그 작품의 주제와 형식은 요긴
하게 얽히고 짜여 뗄 수 없는 관계를 맺는다. 훌륭한 작품은 늘 성
숙하고 사려깊은 독자에게 현실에 대해 혹은 진실에 대해 무언가,
어떤 식으로든지 의미를 던진다. 독자는 비록 작가의 사상에 동의
하지 않더라도 그가 던진 문제가 의미있는 것이고 과연 그의 관점
을 초월할 수 있을까를 생각하게 된다. 그리고 성공한 한 편의 작
품은 유기적 구성체이다. 구성 요소들은 그저 되는대로 얽혀 있는
게 아니라 긴장과 갈등이라는 배반적인 관계에 놓인다. 그것들은
서로 팽팽하게 맞서 엎치락 뒤치락 하다가 마지막 라운드에 가서
야 승부를 낸다. 독자는 쉬운 게임을 원치 않기 때문이다. 이런 얘
기들이 1943년 출간된 『소설의 이해』 제 2 판(1959) 앞머리에 붙은
'선생님께 보내는 글'의 핵심 내용이다. 아이러닉한 모호성(ironic
ambivalence)을 한 편의 작품에서 탐색하고 그 짜임새의 성공 여부
로 작품을 가늠하던 신비평의 자세이다. 작품의 내적 짜임새를 철
저히 읽어내는 방법론으로서 이 책은 이론서라기보다 학습서에 가
깝다. 문학의 지적 단련을 위해 소설을 어떻게 읽을 것인가, 그리
고 어떻게 쓸 것인가를 동시에 다룬 교재이다. 그러면 브룩스와

---

1)이 글에 쓰인 텍스트는 Cleanth Brooks & Robert Penn Warren, *Understanding*
Fiction (New Jersey : Prentice-Hall, 1959년 판). 이로부터 인용은 '면수'로만 표
시함.

워렌이 논의한 픽션의 구성요소들은 어떤 것인가.

하루의 일과가 끝난 뒤 밖에는 어둠이 내리고 동굴 속에는 모닥불이 피워진다. 불가에 모여앉은 사람들은 사냥터에서 있었던 일, 물가에서 들은 일을 서로 나눈다. 픽션이 탄생하는 순간이다. 그것은 상상력으로 채색된 삶의 이미지로서 내 경험을 타인과 나누고 그를 이해하는 매체이다. 재미가 있어야 하고 생각하게 만들어야 하는 삶의 얘기다. 그러기에 픽션은 플롯(혹은 액션)이 있어야 하고 인물(혹은 성격)이 나와야 하고 주제가 있어야 한다. 이 세 가지 요소들이 어떻게 얽혀져야 좋은 소설이 되는가. 『소설의 이해』는 소설의 구성 요소가 긴장과 갈등의 관계를 지녀가는 모습을 한 단계씩 보여준다.

자신이 경험한 어떤 사건을 그대로 기술한다. 그 사건이 벌어진 과정을 더듬으면서 누군가에게 전달하는 이야기, 외적인 사건을 기술하는 기행문과 같은 글은 왜 소설이 될 수 없나. 사실을 기록하거나 정보를 전달하여 가르침을 담는다고 픽션이 아닌 것은 아니다. 다만 그런 류의 글은 액션은 있으나 등장인물의 심리와 주제가 결핍되어 있기 때문에 픽션이 아니다. 어딘가에 비밀을 감추어놓지 않아 독자가 생각하도록 만들지 않는다. 같은 논리로 어떤 인물을 중심으로 얽어지는 얘기를 보자. 그 인물에 관한 과거, 현재, 그의 심리 등을 직접 묘사한 글은 전기의 자료는 될망정 픽션은 아니다. 그 속에는 액션과 주제가 없기 때문이다. 인물에 대한 간접묘사, 행위를 통한 암시 등, 픽션은 독자가 비집고 들어갈 틈새(gap)를 요구한다. 마지막으로 주제는 강렬하나 등장인물의 심리와 액션이 약한 경우를 보자. 온갖 종류의 우화가 여기에 속한다. 이솝우화에서 어떤 가르침을 담는 주제는 인물의 성격이나 액션을 앞질러 후자를 한낱 부속품으로 전락시킨다. 이제 액션, 인물, 주제를 각기 강조하면서도 픽션이 되는 경우를 보자.

황순원의 단편 「잃어 버린 사람들」은 전설로 남은 남녀의 얘기를 액션 위주로 담담히 엮는다.

순이가 서젯골 박 참봉의 소실로 들어간 것은 지난해 동짓달이었다. 석이가 앞 방축 위에 올라가 저기 산 모롱이를 돌아 꼬리를 감춘 뿌우연 행길을 바라보는 버릇이 생긴 것도 그때부터의 일이었다. 순이가 가마를 타고 간 듯이 언제고 돌아올 날이 있으리라는 기대에서였다.

그러나 해가 바뀌어 올 정월달이 다 지나도록 순이는 근친을 오지 않았다. 순이가 박 참봉의 소실로 들어간 것이 보통 경우와 달라 영감의 병간호를 위한 것이니 추위에 병세가 덧쳐서 못 오는 것이거니 했다.

······ (필자의 줄임)

아버지는 이삼 년 내로 과거를 보도록 하라는 독촉이었다. 밤 늦도록 책과 마주 앉아 있는 것이나 눈은 먼 것만 쫓고 있었다. 그러다가 자리에 누우면 또 어지러운 꿈이었다. 비로소 석이는 순이가 자기에게 있어 다시없이 소중한 사람이란 걸 깨달았다.

이렇듯 그리움에 여위어가는 석이 앞에 순이가 돌아온 것이다.

석이는 근친 온 순이를 데리고 하동 부근으로 도망간다. 숨어 사는 그들 앞에 박 참봉 아들이 나타나고 그들은 다시 양짓골로 옮겨 않는다. 어머니의 죽음을 계기로 지리산 속으로, 아들의 죽음으로 인해 통영으로, 그리고는 배를 탄 석이의 죽음으로 순이 역시 같은 곳에서 죽음을 택한다. 이처럼 몇 번의 자리옮김이 스토리의 플롯을 구성한다. 액션을 중심으로 엮는 외적 사건의 연속이면서도 이것이 픽션인 이유는 무엇인가. 그 담담한 액션들 속에 숨겨진 비밀이 있기 때문이다. 일일이 설명하지 않고 행동을 통해서만 드러나는 두 사람의 심리를 추출하며 독자는 사랑의 본질을 느끼게 된다. 온갖 합리적인 이성을 거부하는 사랑의 신비를 통해 삶의 허무와 맹목성까지도 감지하게 되는 것이다. 마치 한 토막 전설을 전하듯 마지막에 묘비명까지 소개되지만 이 글은 단순한 사건의 기록을 넘어 삶의 진실이 무엇인가를 묻게 만든다.

최인호의 「술꾼」은 저녁마다 술집에 아버지를 찾으러오는 어린 소년의 얘기로 시작된다.

"왜 아실 거야요. 눈 우엔 커다란 사마귀가 있시요. 몸에선 언제나 양파 냄새가 나구, 뒷주머니엔 항상 마늘을 넣구 다녔시요. 그리고 술만 먹으믄 항상 울곤 했댔시요."

"너희 아버진 왜 찾냐?"

말없이 술잔을 비우던 염색한 미군 작업복을 입은 사내가 아이의 말을 막았다.

"아, 아."

아이는 순간 극적인 표정으로 허공을 쳐다보았다.

"오마니가 죽어가고 있시요."

그런데 어느 순간 술꾼은 아버지가 아니고 바로 그 아이였음이 드러난다. 으레껏 술꾼이라면 삶에 지친 혹은 삶으로부터 도피하는 어른의 얘기겠지 하는 독자의 예측을 뒤엎는 순간부터 스토리는 진부함을 벗어던진다. '어느새 아이의 손은 허물벗는 애벌레처럼 그 중국식 소매 속에서 슬그머니 솟아나와 시장 판 소매치기꾼들이 슬쩍해가듯 술잔을 들어 잽싸게 잔을 비웠다.' 이 낯설음을 따라 한 걸음씩 다가서다 보니 그 아이는 부모 없는 고아이다. 이 글이 소년의 이상심리를 다룬 사례연구가 아니고 픽션이 되는 이유는 무엇인가. '아, 아, 이 어두운 밤 아버지는 정말 어디에 있는 것일까.' 추운 겨울, 고아원, 술꾼들, 모두가 삶의 지표를 잃고 떠도는 사람들이다. 인간은 모두 추운 겨울과 외로움을 어떤 방식으로든 이겨내며 아버지를 찾는다. 아버지는 보호자, 안식처, 그리고 삶의 지표를 상징하기 때문이다. '그 한 잔의 술이 그를 자유롭게 한다.' 이것이 삶을 견디어내는 방식이라면 「술꾼」은 어떤 인물의 이상심리를 다룬 얘기가 아니고 삶의 문제를 다룬 픽션이된다.

미국의 소설가 호손(Nathaniel Hawthorne)은 「젊은 굳맨 브라운」에서 주제를 강조하지만 액션과 인물을 종속시키지 않는다. 뉴잉글랜드의 젊은이가 결혼 첫날밤 신부를 두고 숲속으로 여행을 떠난다. 하나의 의무처럼 그가 치러내야 하는 이 여행과 숲 속에서 겪는 죄악과의 대면은 사실주의 소설이 지향하는 개연성에 아랑곳없이 갖가지 상징을 담고서 한 편의 알레고리로 진행된다. 그는 인간의 악을 경험하고 마을로 돌아온 뒤 평생 타인을 냉소의 눈으로 보며 어둡고 외롭게 살다 죽는다. 브룩스와 워렌이 언급하듯, 이 단편은 우화를 넘어 한 편의 소설이다. 독자 스스로가 의미를 결정짓도록 모호하게 끝나기 때문이다. '결국 굳맨 브라운은 어쩔수 없는 삶의 요구를 외면한 완전한 이상주의자가 아니었을까?' (31면).

환상적인 여행에서 타인의 죄악을 보고 그것을 자신을 포함한 만인의 것으로 받아들이지 못했기에 불행한 삶을 살다간 인간의 얘기가 아닐까. 이런 암시와 추측 때문에 주제가 강조되면서도 등장인물의 심리를 포함하는 복합적인 픽션이 되는 것이다.

독자 스스로 의미를 결정짓도록 틈새를 주기 위하여 세 가지 구성요소는 긴장관계를 맺는다. 그러므로 플롯, 인물, 주제는 칼로무우 자르듯 떼어 놓고 따질 수는 없다. 그러면서도 한 가지씩 논의를 해야겠기에 브룩스와 워렌은 '떠올리다(reveal)'란 단어를 쓴다. 플롯이 떠올리는 것(what plot reveals), 즉 플롯과 연관된 논의란 뜻이다.

1. 플롯에 따른 논의

역사가는 사실의 진실성을 밝히는 데 목적을 두고 소설가는 플롯, 인물, 주제를 엮어 환상을 창조하는 가운데 자신의 견해를 담는다. 역사가는 사실에 의해 암시된 가치를 찾지만 소설가는 자신이 암시하고픈 가치에 맞게 사실을 선택하고 창조한다. 소설가는 사실을 선택한 후 배열을 하는데 이때 시간순서로 나열된 액션의 연속은 흩어진다. 플롯이란 선택한 액션을 자기목적에 맞게 재조정한 것(the meaningful manipulation of action, 34면)이다. 그러므로 액션의 연속이란 러시아 형식주의자들이나 포스터가 말한 스토리에 해당되고 이것이 재배열된 것이 플롯이다. 형식주의자들은 스토리와 플롯을 구분하여 플롯은 스토리를 흩어놓아 낯설게 만든 것으로 작품의 형식 그 자체라고 말함으로써 문학의 본질을 논의했고 포스터는 이 구분을 작품의 구성요소로 축소시켰다. 이제 신비평은 스토리 대신 액션이란 어휘를 사용하여 소설의 세 가지 구성요소 중의 하나인 플롯의 부속개념으로 취급한다. 결국 스토리와 플롯의 구분은 모두 같은데, 그것을 자신들의 논리에 맞게 끌어들이는 상황이 조금씩 다를 뿐이다.

신비평은 문학의 자족성을 강조하기에 플롯이 동기에 의해 응집될 것을 요구한다. 원인과 결과를 흩어놓되 그럴 만한 이유가 있어야 하고 하나의 곁가지 얘기도 필연성을 지녀야 한다는 것이다. 토마체프스키의 '구성 모티베이션'을 연상시키는 논리이다. 작품은 시작, 발전, 갈등, 클라이맥스, 그리고 갈등의 해소라는 과정을 거쳐 주제를 낳는다. 이때 각 단계에 얼마만큼의 분량을 배당하는가는 자료와 저자의 의도에 따라 다르고 그 순서도 반드시 지켜져야 하는 것은 아니다. 때로는 클라이맥스가 끝이 되어 충격을 줄 수도 있고 시작보다 복잡한 양상이 먼저 나와 호기심을 끌기도 한다. 플롯은 뚜렷하건 흐릿하건 다른 요소들과 어떻게 연결되는 가에 의해 의미가 형성된다(36-39면). 브룩스와 워렌은 여기서 플 롯이 와해될 수 있음을 암시한다. 세 가지 요소가 유기적으로 엮 이고 아이러니와 모호성을 선호하는 신비평은 얼핏 꽉 짜인 구성 을 요구하는 것 같다. 그래서 시작과 중간과 끝이 있는 전통적인 소설형식이 무너지고 플롯이 와해되는 모더니즘이나 포스트모더 니즘을 설명할 수 없을 것 같다. 그러나 한 편의 작품이 제 스스로 의 논리로 존재하는 한, 즉 그럴 만한 이유가 있는 한 플롯은 흐려 져도 상관이 없다. 주제도 따라서 흐려지기 때문이다. 플롯이 없 는 것도 플롯이요, 주제가 없는 것도 주제라는 뜻이다. 그러기에 『소설의 이해』는 59년 판에서 신소설(the New Fiction) 란을 첨가하 여 포스트모더니즘을 다루고 있다.

플롯은 시간순서로 나열된 사건들을 흩어놓은 것이다. 비슷한 사건들을 달리 흩어놓으면 어찌 되는가. 현진건의 「운수 좋은 날」 과 체홉의 「슬픔」은 죽음이라는 소재를 다룬다. '새침하게 흐린 품 이 눈이 올 듯하더니 눈은 아니오고 얼다가 만 비가 추적추적 나리 는 날이었다.' 인력거꾼 김 첨지는 이날 운이 좋게도 벌이가 잘 된 다. 집에는 앓는 아내가 그를 기다린다. 계속 굵직한 손님을 이곳 저곳으로 실어나르면서 그의 머릿속엔 돈 벌 욕심과 아내에 대한 걱정이 교차한다. 일이 끝난 후 길가 선술집에서 오랜만에 포식을 하고 주정도 하고 아내에게 줄 설렁탕 한 그릇을 사 들고 오니 아 내는 이미 죽어 있다. '설렁탕을 사다 놓았는데 왜 먹지를 못하 니, 왜 먹지 못하니……. 괴상하게도 오늘은! 운수가 좋더니 만……!' 단편은 이렇게 끝난다.

체홉의 단편 「슬픔」. 추운 겨울, 눈보라 속에서 늙은 마차꾼이 손님을 태운다. 그는 손님이 탈 때마다 무슨 말을 하고 싶어하지 만 손님들은 바쁘고 춥고 남의 일에 신경을 쓸 겨를이 없다. 이런

82

식으로 손님을 태우다가 밤늦게 숙소에 돌아오니 동료들은 모두 잠이 들었다. 그는 단 하나 그의 사연을 들어줄 말(馬)에게 얘기를 시작한다. 아들이 어떻게 앓기 시작하여 어떻게 죽었는지를 천천히 하나도 빼놓지 않고.

「운수 좋은 날」은 거의 사건이 일어난 순서대로 나열된다. 원인과 결과의 순이다. 이에 비해 「슬픔」은 원인과 결과가 반대로 서술된다. 아들의 죽음이라는 원인이 숨겨지고 늙은 아버지의 행위만 진행되다가 마지막에 가서야 그의 마음이 드러남으로써 슬픔을 전달한다. 이렇게 배열이 다른 경우 나타나는 효과도 다르다. 현진건의 경우 독자는 김 첨지가 모처럼 잡은 행운이 어떤 불행의 전조나 아닐까, 주인공이 누리는 행운의 시간이 길어질수록 그것이 곧 불행의 원인이 되는 것은 아닐까라는 아이러니를 예감하며 서술을 따라간다. 주인공의 가난과 모처럼 잡은 포만감을 공감하면서도 그가 초조하듯 같이 초조해진다. 이 독자의 공감은 김 첨지가 선술집에서 늑장을 부릴 때쯤이면 그를 떠난다. 그가 아내의 애원을 잊을 때 독자는 예민하게 그녀의 죽음을 느끼는 것이다. 그리고는 그의 마지막 탄식을 들으며 인간욕구의 허망함, 가난, 운명의 아이러니를 느낀다. '운수 좋은 날'이라는 제목이 갖는 이중의미를 감지한다. 체홉의 경우 독자는 멋 모르고 그저 어느 마부의 일상을 따라간다. 저녁 눈발이 내리고 사람들은 퉁명스럽다. 몇 사람을 바꿔 태우고 마부는 돌아온다. 그리고 말에게 아들의 죽음을 얘기할 때에야 마부의 깊은 슬픔을 느끼게 된다. 그가 하룻동안 가슴에 묻어둔 슬픔은 누군가 들어줄 사람을 원했고 그것도 천천히 하나도 빼놓지 않고 들어줘야 했다. 단편이 끝나갈 때까지 시치미 뚝 떼고 감추어 놓은 행위의 원인, 그 비밀로 인해 마부의 슬픔은 말에게 전해지는 게 아니라 만인에게 전해진다.

비슷한 자료를 어떻게 배열하느냐에 의해 작품은 색조(tone)와 주제가 달라진다. 색조란 같은 말도 어투에 의해 의미가 달라지듯 작가가 자료를 합성하는 태도이다. 장난기, 조롱기, 정감, 관용, 동정, 냉소, 비판적 등 작가가 자료를 주무르는 자세는 곧 독자를 향한 자세이기도 하다(18면). 체홉은 마부의 심리 속으로 전혀 들어가지 않고 무뚝뚝하게 표피에서만 머무르다가 마지막에 단 한 번 그의 심중으로 들어감으로써 효과를 극대화시킨다. 현진건은 연신 인력거꾼의 심중을 들락거리며 독자의 공감과 반감을 불러일으킨다. 전자는 무뚝뚝함 속에서 독자를 아프게 치는 정감이고 후자는 동정과 비판이 엇갈리는 장난기로 삶의 아이러니를 낳는다. 소설에서 작가는 이 색조를 창조하고 색조는 주제와 연결된다.

소설이 독자에게 충격을 주며 끝날 때 그 '놀라운 맺음(surprising ending)'은 필연성을 갖는가. 사건의 연속을 재배열할 때 원인이나 중요한 사실을 숨겼다가 끝에 드러냄으로써 독자에게 놀라운 충격을 주는 기법은 흔히 쓰인다. 모파상의 단편 「목걸이」는 여주인공이 파티를 위해 빌렸던 친구의 목걸이가 가짜였다는 것을 듣는 데서 끝난다. 평생 동안 잃어 버린 목걸이의 대가를 지불한 그녀의 삶이 한낱 물거품처럼 허망해지는 순간이다. 그런데 이 충격적인 결말은 그저 단순한 트릭인가 필연적인가. 다시 말하면 앞에 그런 결말을 뒷받침할 만한 충분한 준비가 되어왔느냐는 것이다(45-46면). 우연이나 충격적인 사실의 폭로가 이유없이 쓰이면 그것은 값싼 트릭으로 전락한다. 서술이 진부해질 때마다 공연히 이런 트릭을 사용하는 게 멜로드라마이다. '그 여자는 매우 아름답고 매력도 있었지만 조물주의 잘못으로 가난한 하급 공무원의 집안에 태어났다'로 시작하여 그녀의 허영과 불만, 화려한 데뷔와 목걸이의 분실, 그리고 10년의 혹독한 삶……. 「목걸이」의 결말은 여주인공의 허영심과 삶의 낭비라는 주제를 살리는 데 적절하다. 그녀가 사실을 모르고 끝나면 헛된 삶을 보여줄 수 없기 때문이다. 그런데 미리 조금씩 준비해 오는 부분들은 마지막 놀라운 충격을 위해 눈치채지 못하게 엮어져야 한다. 박완서의「도둑맞은 가난」에서 동거했던 남자가 부잣집 아들이었다는 사실은 처음부터 조금씩 비추어지지만 끝을 읽을 때까지 전혀 눈치채지 못하게 되어 있다. 독자는 결말을 보고서야 거슬러와서 아, 그래서 멸치 대가리를 싫어하고 폐병환자에게 삼만 원을 다 주고도 끄떡이 없었구나 하고 느낀다.

충격적인 맺음은 흔히 작품이 감상(sentimentality)에 빠지기 쉬운 경향을 막는다. 체홉의「왕까(Vanka)」는 아홉살 먹은 소년이 크리스마스 이브에 고향의 할아버지를 그리워하며 편지를 쓰는 것으로 시작한다. 구두장이에게 일을 배우러 온 지 3달째 되는 이애는 가난한 야경꾼 할아버지를 잠시 떠올리다가 다시 펜을 든다. 그애의 편지는 자신이 주인에게 얼마나 학대를 받고 얼마나 외롭고 불행한지를 알린다. 제발 빨리 와서 다시 고향으로 데려가 달라는 애절한 문구가 반복된다. 그런데 자칫 감상에 흐르기 쉬운 이 내용이 마지막 역전에 의해 짙은 정감으로 바뀐다.

왕까는 편지지를 두 번 접어 전날 일 전 주고 산 봉투 속에 넣었다……잠시 생각을 해본 뒤 그애는 펜에 잉크를 적셔 주소를 썼다.

우리마을 할아버지께.

그리고 나서 뒤통수를 긁적이곤 잠시 생각을 하더니 이렇게 덧붙였다. 콘스탄틴 마까리치. 주인에게 들키기 않고 편지를 다 쓴 게 기뻐서 그애는 모자를 뒤집어쓰고 작은 겉옷도 걸치지 않은 채 셔츠바람으로 거리로 내달렸다……

전날 푸줏간 아저씨들께 물어보니 편지를 우체통에 넣으면 술 취한 운전수가 벨을 울리면서 우편마차로 방방곡곡에 날라다 준다고 했다. 왕까는 가장 가까운 우체통으로 달려가 그 소중한 편지를 구멍 속에 밀어넣었다…….

한 시간쯤 후 달콤한 희망에 젖어 그애는 곤한 잠 속으로 빠져들었다 ……꿈 속에서 그애는 난로를 보았다. 난로 위에는 할아버지가 벗은 다리를 흔들며 부엌 사람들에게 편지를 읽어주고 있었다…….

난로 곁에는 엘이 꼬리를 흔들며 누워 있다. (49면)

왕까의 편지 쓰는 상황, 할아버지에 대한 회상, 편지내용, 잘못 씌인 겉봉, 왕까의 달콤한 꿈. 시간 순서로 늘어 놓으면 그저 감상적인 스케치에 지나지 않을 자료를 이런 구성을 통해 다른 효과를 거둔다. 마지막 겉봉을 잘 못 쓰는 행위는 소설이 감상으로 흐르는 것을 막는다. 그의 애절한 사연은 할아버지에게 전달되지 못함으로써 독자에게 전달되는 것이다.

소재를 놓고 플롯을 엮어나갈 때 어떤 부분을 작가의 서술로 처리하고 어떤 부분을 장면으로 처리하느냐에 따라 작품의 효과는 아주 달라진다. 이미 러보크가 『소설의 기법』에서 발작의 『으제니 그랑데』의 경우를 들어 효과적인 요약 서술을 논의했지만 브룩스와 워렌 역시 이 부분의 중요성을 강조한다. 스토리에서 걸리는 시간이 3년이라도 작가는 한 문단의 서술로 처리할 수 있고 스토리에서 걸리는 시간이 하루일지라도 한 편의 소설로 엮을 수 있다. 러보크가 언급한 스토리 타임(story time)과 내러티브 타임 (narrative time)은 후일 쥬네트가 '시간'의 문제에서 다시 정리하는데 이들이 보편규칙을 세우려 했음에 비해 브룩스와 워렌은 개별작품의 논의에서 플롯과 연결지어 다룬다.

황석영의 「삼포 가는 길」은 단 한 곳의 요약서술이 작품전체의 효과를 극대화시키는 좋은 예이다. 고향을 찾는 한 남자와 일자리를 찾아 떠도는 또 한 사내, 그리고 술집에서 도망치던 백화라는 여자가 추운 겨울 날 길 위에서 만난다. 그들이 만나 얘기하고 헤어지고 찾던 고향이 환상으로 끝나는 곳에서 작품이 멈추는데 이 하루 동안의 일이 장면위주로 처리되고 백화의 과거를 알려주는 부분만이 작가의 요약서술이다. 등장인물들의 행위와 대화만을 보여주다가 한 인물의 과거를 알려주고 다시 장면으로 엮는다. 이 기법은 가난한 밑바닥 삶이 지닌 순수한 인간애와 산업화의 과정에서 희생되는 삶이라는 두 가지 주제를 기막히게 조화시킨다. 이 부분은 '등장인물에 따른 논의'에서 좀더 언급한다.

브룩스와 워렌은 이렇게 작품 하나마다 사건의 연속이 어떤 식으로 흩어졌나, 달리 배열했을 때 효과와 색조는 어떻게 달라지나, '놀라운 맺음'은 타당성이 있는가, 어떤 배열이 소설을 감상적으로 흐르지 않게 하나, 장면과 요약서술은 어떻게 배치되었나 등을 묻고 따진다. 플롯에 이어 인물과 주제에 따른 논의가 이어진다.

2. 등장인물에 따른 논의

플롯, 등장인물, 주제는 구별지어 물을 수는 있을지언정 서로가 뗄 수 없는 관계에 있다. 등장인물의 성격발전에는 일관성이 있는가. 어떤 종류의 갈등이 존재하는가. 이상심리를 다룬 경우 어떤 기법이 단순한 사례연구를 넘어 픽션이 되게 하는가. 인물과 시점의 관계는? 이런 물음들은 사실 등장인물에 따른 논의이면서도 플롯과 주제와 관련이 되는 것들이다.

로마에서 시골 간선도로로 뻗은 기차에 중년부부가 오른다. 여자는 방금 외아들을 전선에 보내고 오는 길이다. 그녀가 자신의 슬픔을 얘기하자 다른 승객이 자기는 두 아들과 조카를 전선에 보냈노라고 나선다. 두 사람은 서로 자신들의 처지가 더 불행하다고 우긴다. 이때 살이 찌고 얼굴이 붉은 노인이 끼어든다. 그는 자식이란 부모의 소유가 아니고 나라의 것이며 동시에 자식 스스로의 인격체라고 말한다. 조국을 위해 몸을 바친 그애는 영광스레 생각했을 것이고 그래서 자신은 아들의 전사를 슬퍼하지 않는다는 것이다. 노인의 현실을 극복해 낸 침착한 용기에 승객들은 감동하고 여인조차 위안을 받는다. 그녀는 마치 꿈속에서 깨어난 듯 노인에게 묻는다.

"그러면…… 댁의 아드님은 정말 죽었어요?"

모두들 그녀를 바라보았다. 그 노인 역시 고개를 돌리더니 커다랗고 툭 불거진 물기 가득한 엷은 잿빛 눈을 여자의 얼굴에 고정시킨다. 잠깐동안 그는 대답을 하려 애를 썼으나 말이 나오지 않았다. 그런 어리석고 말도 안 되는 질문이 어디 있느냐는 듯 보는 것도 잠깐 노인은 갑자기 아들이 정말 죽었다고, 영원히, 영원히 가 버렸다는 걸 깨달았다. 그의 얼굴은 경련을 일으키며 끔찍스레 일그러지더니 황망히 손수건을 꺼내고는 모든 사람들이 깜짝 놀랄 만큼 가슴이 찢어지듯 북받치는 울음을 터트렸다.(77면)

이 단편에는 액션이 거의 없고 등장인물 사이의 갈등만이 두드러진다. 갈등에는 주인공과 외적인 힘 사이의 갈등이 있을 수 있다. 그러나 가장 심화된 갈등은 인간내부의 갈등, 즉 자신과의 싸움이다. 「전쟁(war)」이라는 윗스토리에서 갈등은 우선 중년여인과 전쟁이라는 외부의 힘같이 보인다. 그러나 차안에서 벌어지는 의

견 대립은 여인과 다른 승객 그리고는 노인과 나머지 승객 사이의 갈등으로 얽어진다. 그러나 가장 깊은 갈등은 노인의 내부에 있었다. 노인의 말에 위안을 받은 여자의 마지막 물음이 그 노인의 내부에 깊숙이 간직된 슬픔을 끌어올린 것이다. 윗얘기를 만일 노인이 아들을 보내고 다른 승객들을 위로하다가 전사했다는 소식을 듣고 울음을 터트리는 것으로 얽는다면 감상적인 멜로드라마가 될 것이다. 배열은 적절히 흩어놓음으로써 놀라운 맺음을 낳고 그것이 감상적이 됨을 막는다. 러시아 형식주의의 '낯설게 하기'과정이다. 이 형식을 경험한 독자는 인간 내부에 깊숙이 잠재한 갈등을 보게 되고 전쟁의 의미를 다시 생각하게 된다.

플롯의 논리가 놀라운 맺음은 타당성이 있느냐고 묻듯이 인물의 논리는 성격 발전에는 신빙성이 있느냐고 묻는다. 모파상의 「목걸이」에서 여주인공이 친구로부터 빌린 보석을 잃고 그 사실을 고백했더라면 그녀는 10년이라는 긴 세월을 낭비하지 않을 수도 있었다. 그러나 만일 그런 식으로 얽어지면 성격발전에 일관성이 없게 된다. 그런 고백이란 자신의 처지와 어울리지 않는 화려한 꿈을 가진 여주인공의 허영심에 어긋나기 때문이다. 때로 진지하고 성실한 주인공이 아무런 동기 없이 충동적으로 그려질 때, 극 전체가 흔들린다. 성격묘사의 일관성이란 독자가 당연히 그럴 수 있다고 믿어지는 변화를 포함한다. 젊은 시절 죽어가는 소녀를 돌보다 사랑에 빠졌던 어느 의사가 후일 지참금 때문에 결혼을 하고 나이 든 지금 지극히 현실적인 삶을 보낼 때 그의 성격에는 일관성이 없는 것 같지만 이 변화가 이상과 현실 사이의 괴리를 보여주려는 의도를 함축하면 일관성이 생긴다. 동기있는 변화이기 때문이다.

위대한 작가들이 그토록 이상하고 얼핏 모순되는 것 같은 인물들을 응집력있게 그리는 것은 픽션의 영광이다(111면). 김동리의 「무녀도」는 알 수 없는 인물들을 복합적인 기법으로 응결시킨다.

도깨비 굴같이 낡고 헐린 집 속에 딸 낭이와 사는 모화는 살림이란 통 모르는 귀신이 지핀 여인이다. 그 집에 낭이와는 아비가 다른 아들, 욱이가 찾아든다. 그리고 욱이의 '하나님'은 모화의 의혹과 반발을 부른다. 토속신을 믿는 무당 어미와 예수귀신을 믿는 아들의 대립이 갈등을 빚고 드디어 어미는 아들을 죽이기에 이른다. 철저하게 예수를 믿는 아들과 마찬가지로 철저하게 무당인 모화는 끝내 굿을 하다가 목숨을 던진다. 이 단편에는 성격발전이란 게 없다. 모화는 원시적 믿음을 상징하고 욱이는 새로운 서역의 종교를 상징하며 낭이는 둘 사이에 있다. 그녀는 어느 쪽 이념에도 무심하며 그림 그리기를 좋아한다. 이념의 대립과 갈등으로 몰락하는 한 가정, 그리고 그 대립 사이에 끼인 예술가의 역할을 그린 것인가.

그러나 이런 우화적 해석만을 선뜻 내리지 못하게 만드는 요소가 있다. 세 사람 사이에 오가는 지극한 사랑과 이야기를 전달하는 기법 때문이다.

모화는 주막에서 술을 먹다 말고, 화랑이들과 어울려서 춤을 추다 말고, 별안간 미친 것처럼 일어나 달아나곤 했다. 물으면 집에서 따님이 자기를 부르노라고 했다. 그녀는 수국 용신님께서 낭이 따님을 잠깐 자기에게 맡겼으므로 자기는 그동안 맡아 있는 것뿐이라 했다.

욱이가 이 지방 예수교인들을 두루 만나보고 집으로 돌아온 뒤로부터 야릇하게 변해진 것은 낭이의 태도였······. 욱이는 문득문득 목덜미로 가슴팍으로 낭이의 차디찬 손과 입술을 느낄 적마다 깜짝깜짝 놀라곤 하였으나 그녀가 까무러칠 듯이 사지를 떨며 다시 뛰어들 제면 그도 당황히 낭이의 손을 쥐어주며, 그 희부연 종이 등불이 걸려 있는 처마 밑으로 이끌곤 했다.

모화는 욱이의 병 간호에 남은 힘을 다하여 그가 원하는 것이 있으면 낮과 밤을 헤아리지 않고 뛰어갔다. 가끔 욱이를 일으켜 앉히어서 자기의 품에 안아도 주었다.

세 사람 사이의 정은 이런 식으로 애틋하여 인물이 단순히 상징적 역할만 하는 우화를 넘어 심리를 노출시킨다. 그런데 이 심리의 발전이 지극히 제한적이다. 작가는 결코 등장인물의 내면세계를 들여다보지 않는다. 등장인물을 일상의 인물이 아닌 이해할 수 없는 신비스런 영역으로 이끌기 위해서다. 그리고 이런 신비스러움을 타당하게 만드는 기법이 작품머리에 소개된다.

　이 그림이 그려진 것은 아버지가 장가를 들던 해라 하니 나는 아직 세상에 태어나기도 이전의 일이다. 우리집은 옛날의 소위 유서 있는 가문으로, 재산과 세도로도 떨쳤지만, 글 하는 선비들도 우글거렸고 특히 진기한 서화와 골동품으로서는 나라 안에서 손꼽힐 만큼 높이 일컬어졌었다 …….

　…… 소녀가 남기고 간 그림──이것을 할아버지께서는 '무녀도'라 불렀지만──과 함께 내가 할아버지로부터 전해들은 이야기는 다음과 같다.

'무녀도'라는 그림에 얽힌 내력을 '나'라는 화자가 독자에게 전하는데 그 화자는 할아버지한테 그 얘기를 전해들은 것이다. 그러니까 모화의 얘기는 할아버지와 '나'를 거쳐 독자에게 온다. 이렇게 두번씩 건너뛴 얘기이므로 작가는 등장인물의 개연성에 신경을 안 써도 괜찮은 것이다. 이런 시점이 이상스런 인물을 응집시키는데 안성맞춤이다. 「무녀도」는 적절한 시점으로 소설이면서도 우화적 요소를 담아 주제를 부각시키는 데 성공한다. 처음 읽으면 그저 재미있는 옛얘기로, 다시 읽으면 이상스런 어느 가족사로, 그리고 다시 읽으면 이념의 대립과 예술가의 역할 같은 게 묻혀 있다.

오정희의 「중국인 거리」에는 이상스런 인물들이 유기적인 연결 없이 등장한다. 여덟번째 아이를 낳는 어머니, 평생을 홀로 살다가 중풍이 들어 남편 옆으로 가는 할머니, 양갈보 메기와 검둥이, 치옥이, 정신박약아인 제니, 이층집 창가에서 늘 이쪽을 지켜보는 사나이, 그리고 어머니의 동물성을 역겨워하면서도 같은 길을 걷게 될 나. 이 모든 인물들이 유령처럼 제각기 무대 위를 어른거린다. 9세에서 12세에 이르는 3년 동안 '나'의 의식에 비추인 동네사람들의 모습이다. 보는 사람(시점)은 어린 '나'이지만 표현되는 문장(언어)은 성인의 것이기에 어른이 된 화자가 되돌아본 회고적 서술이다. 외로움, 가난, 바보스럽고 이상스러운 사람들, 알 수 없는 행동. '나'는 결코 타인의 마음속을 들여다볼 수 없다. 심지어는 할머니가 남긴 손수건을 파묻는 나의 심중조차 설명되지 않는다. 화자는 완전히 곁에서만 이 인물 저 인물을 비추는 카메라의 시선과 같다. 그들의 언어와 행위만을 보여준다. 그리고 마음껏 모순된 인간들을 노출시키고도 무표정하다. 어떻게 이 흩어진 인물들이 하나로 응집되는가.

인생이란⋯⋯.
나는 중얼거렸다. 그러나 뒤를 이을 어떤 적절한 말도 떠오르지 않았다. 알 수 없는, 다만 복잡하고 분명치 않은 색채로 뒤범벅된 혼란에 가득 찬 어제와 오늘과 수없이 다가올 내일들을 뭉뚱그릴 한 마디의 말을 찾을 수 있을까.

이 구절에 의해 알 수 없는 인간들이 한 덩이로 묶인다. 그러므로 중국인 거리는 인간의 거리이다. 어릴 적 기억에 남아 있는 특정 거리라기보다 성인이 된 화자가 느끼는 삶의 신비와 모순을 상징하는 거리이다.

등장인물과 시점의 문제에서 브룩스와 워렌은 3인칭시점 대신 1인칭시점을 쓰면 주제가 어떻게 달라질 것인지 묻는다. 저자가 화자를 내세우는 경우 시야는 화자의 것으로 좁혀져 주관적이 된다. 언어도 그의 것이요 분석도 그의 것이기에 저자는 뒤로 물러선다. 독자 역시 처음에는 '나'라는 화자와 동일시하여 얘기를 따라가다가 끝에 가서는 물러나서 '나'를 보게 된다. 이때 물러서는 거리는 저자가 물러선 만큼이다. 이것은 스스로를 반성적인 시각으로 보게 만든다(172면). 동정과 비판(sympathy and judgement)이다. 러보크는 『소설의 기법』에서 극적 서술과 시점의 문제를 연결지었다. 3인칭 전지시점, 1인칭 제한시점에 전달자인 경우와 주인공이 되는 경우, 그리고 3인칭 제한시점의 순서로 서술은 입체적이 되었다. 이제 브룩스와 워렌은 3인칭 제한시점에 대해 언급하지 않는 대신 3인칭 관찰자시점을 소개한다. 보는 시선이 등장인물의 안에 있는가 밖에 있는가에 따른 구별이기 때문이다. 시점이 등장인물 안으로 들어오면 1인칭시점인데 이때 사건을 내부에서 분석하는 경우와 밖에서 전달하기만 하는 경우가 있다. 러보크의 분류로는 1인칭 주인공, 1인칭 전달자시점이다. 다음에 시점이 등장인물 밖에 있는 경우는 3인칭시점인데 이때 사건을 분석하고 심리 속으로 들어가는 경우와 완전히 밖에서 전달하기만 하는 경우가 있다. 3인칭 전지시점, 3인칭 관찰자시점이다(174-176면). 러보크의 3인칭 제한시점은 시점이 등장인물 안에 있으면서도 3인칭서술이 되는 경우이기에 브룩스와 워렌은 언급하지 않는다. 시점은 등장인물(그, 그녀) 안에 있고 서술자는 저자이기에 보는 이와 말하는 이가 구별되는 3인칭 제한시점은 후일 쥬네트를 비롯한 서사론자들에 의해 재정리된다.

3인칭 관찰자시점의 대표적인 예는 헤밍웨이의 「살인자들(The Killers)」이다.

　헨리 식당의 문이 열리자 두 명의 사나이가 들어섰다. 그들은 카운터 앞에 앉았다.
　"무엇을 드릴까요." 죠오지가 그들에게 물었다.
　"글쎄." 그 중 하나가 말했다. "이봐 앨! 자네 뭘 들겠나?"
　"글쎄, 나도 내가 뭘 먹고 싶은지 모르겠는걸."
　식당 밖은 어둑어둑해가고 있었다. 창 밖 가로등에는 불이 켜졌다. 카운터에 앉은 두 사나이는 메뉴를 읽었다. 카운터 저편 끝에서 닉크 애담즈는 그들을 지켜보고 있었다.

　이런 식으로 작가는 철저하게 등장인물들이 연출하는 행동과 대사만을 보여준다. 전혀 그들의 심리 속으로 들어가지 않고 상황에 대한 분석이나 설명을 하지 않음으로써 3인칭 전지시점과 다르다. 소위 '카메라의 눈(Camera Eye)'이다. 이럴 경우 독자는 마치 스크린을 보는 것같이 느끼며 의미를 스스로 합성해내야 한다. 사실 「살인자들」만 읽고 정확한 주제를 캐어내기는 쉽지 않다. 이 단편이 헤밍웨이의 다른 소설들과 어떤 관계에 있는가, 그리고 그 작품들을 읽고 헤밍웨이의 개성을 알 때 정확한 이해가 가능하게 되어 있다.

　황순원은 「소나기」에서 3인칭 제한시점일 듯싶게 소년의 입장에서 서술을 한다. 그러나 다음 부분에 의해 전지시점이 된다. '그러나 소녀는 상관없다고 생각했다. 비에 젖은 소년의 몸 내음새가 확 코에 끼얹혀졌다. 그러나 고개를 돌리지 않았다. 도리어 소년의 몸기운으로 해서 떨리던 몸이 적이 누그러지는 느낌이었다.' 이렇게 단 한 번 소녀의 마음속으로 들어가지만 작가는 계속 소년 쪽에서만 서술을 함으로써 소녀의 마음을 독자가 합성해내도록 맡긴다. 이런 편파적 기법이 마지막 결말을 의미 깊게 만들어 플롯의 논리를 충족시킨다.

최인훈의 『광장』은 3인칭 제한시점이다. 작가는 일관성 있게 이명준이 있는 곳만 따라간다. 그가 있는 곳에서만 서술을 하고 그가 보고 느끼는 것만 서술한다. 이렇게 주인공의 입장에서 서술을 함으로써 독자를 주인공의 편으로 끌어들인다. 전지시점의 경우와 달리 독자는 이명준의 입장이 되어 사건을 보면서도 1인칭시점과 달리 작가가 이명준과의 거리를 두는 만큼의 거리를 두게 된다. 『광장』은 서술자인 작가와 보는 사람인 이명준 사이의 거리가 상당히 좁다. 이에 비해 헨리 제임스의 『대사들』은 같은 3인칭 제한시점이라도 서술자와 보는 자의 거리가 멀다. 최인훈은 독자가 좀더 이명준의 편이 될 것을 요구하고 제임스는 독자가 스트레처의 편이 되면서도 동시에 그를 비판적인 시선으로 볼 것을 원한다. 『광장』의 주제와 『대사들』의 주제는 이런 차이에 의해 다르게 합성된다.

「무녀도」에서 화자가 전달하는 모화의 얘기는 마치 카메라의 눈인 듯 행위와 대사에 의해서만 전달된다. 작가는 결코 등장인물의 심리를 전달하거나 상황을 분석하지 않는다. 화자가 할아버지에게서 전해들은 이야기 때문이기도 하지만 그런 기법이 인물들을 신비롭게 만듦으로써 주제의 단순화를 막는다. 황석영의 「삼포 가는 길」은 그야말로 한 곳을 제외하고 처음부터 끝까지 3인칭 관찰자시점이다. 일자리를 찾아 떠도는 영달이와 고향을 찾는 정씨가 우연히 만나 길동무가 된다. 다시 우연히 술집을 도망쳐 고향으로 가는 백화를 만난다. 스크린에는 세 사람이 눈 속을 헤치며 걸어가는 행동과 배경, 그리고 대화만이 계속된다. 헤밍웨이의 「살인

자들」보다는 약간 부드럽게 분석적인 부분도 있지만 작가의 시선
은 계속 곁에서만 맴돌다가 한 부분에서 백화의 시점으로 들어간
다.

　　백화는 주점 '갈매기 집'에서의 나날을 생각했다. 그 여자는 날마다
　　뒷마루에 걸터앉아 철조망의 네 귀퉁이에 높다란 망루가 서 있는 군대
　　감옥을 올려다보았던 것이다. 언덕 위에 흰 페인트로 칠한 반달형 퀸셋
　　막사와 바라크가 늘어서 있었고 주위에 코스모스가 만발해 있어, 그 안
　　에 철장이 있고 죄지은 사람들이 하루 종일 무릎을 꿇고 있으리라고는
　　믿어지질 않았다……

　압축되어 서술되는 그녀의 과거는 가난한 밑바닥 삶이 지닌 따
스한 인간애를 전달한다. 그리고 다시 작가의 시선은 카메라의 위
치로 되돌아간다. 그는 정씨나 영달의 심리로는 한 번도 들어가지
않고 그들이 하는 대화와 행위를 통해 독자가 심리를 캐내게 한
다. 마지막에 두 사내가 남아 다시 갈 곳을 잃는 곳에서 카메라의
시선은 멈춘다. 이런 입체적 방식은 산업화로 인해 고향을 잃은
소외계층과 그들의 따스한 인간애라는 두 가지 주제를 한데 엮는
데 적절하게 쓰인다.
　서구 모더니즘 문학의 특징 가운데 하나는 바로 이 시점의 활용
이다. 버지니아 울프의『등대로』와 포크너의『음향과 분노』등은
같은 사건을 달리 보는 여러 인물의 의식을 그대로 병치시킨다.
백치의 시점인 경우 서술은 백치의 언어요, 하버드대학의 지성인
인 경우엔 또 그의 언어이다. 독자는 벤지의 서술을 읽을 때는 백
치가 되어야 하고 자살 직전 퀜틴의 서술을 읽을 때는 또 그가 되
어야 한다. 이 복수시점(multiple point of view)은 독자가 서술자의
언어, 그가 보는 대상, 그의 생각 속에 들어가므로 이 인물이 되었

다 저 인물이 되었다 하는 사이 성격발전이 저절로 되어진다. 이
지경에 이르면 시점은 곧 스타일이요, 플롯이요, 주제인 셈이다.

3. 주제에 따른 논의

　현진건의 「운수 좋은 날」과 체홉의 「슬픔」은 똑같이 죽음이라는
문제(topic)를 다루지만 전달방식에 의해 의미가 사뭇 달라진다.
플롯에서 살펴본 것처럼 전자는 코믹하고 정감있는 어투로 주인
공의 심리를 들락거리며 마지막에 삶의 아이러니를 연출하고 후자
는 무뚝뚝하게 시치미를 뚝 떼다가 마지막에 독자를 아프게 친다.
이렇듯 주제란 토픽으로부터 발전되어 나오는 어떤 의미이다. 작
가에게는 문제를 다루는 방식이고 독자에게는 그 방식을 경험하고
얻은 의미이다. 작가는 암시하고 독자는 유추해 내어 둘이 나누어
갖는 삶에 대한 관점이요, 태도이다. 브룩스와 워렌은 마치 토마
체프스키가 「주제학」에서 강조하듯 작품의 구성요소가 응집될 것
을 강조한다. 플롯이 자체 논리를 요구하고 성격이 일관성을 요구
하듯 주제도 흔들리지 않아야 한다는 것이다(177-181면).
　같은 문제를 다루어도 작가에 따라 체취가 다르고 주제가 달라
진다. 「운수 좋은 날」과 「슬픔」은 현진건과 체홉의 차이다. 이와
마찬가지로 한 작가는 아무리 다른 문제를 다루어도 자신의 체취
를 벗어나기 어렵다. 윤흥길의 「장마」와 「오늘의 운세」는 작품의
스타일이 아주 다르다. 전자는 6·25를 배경으로 어린이의 눈에
비친 한 가족의 비극을 그린 것이고 후자는 추리소설 식으로 엮어
진 어느 회사원의 이상한 경험담이다. 전자가 평면서술인데 비해
후자는 입체서술이어서 의미가 선뜻 들어오지 않는다. 이때 앞의
것이 뒤의 것을 돕는다. 두 단편은 이념의 허구성, 혹은 이념의 자

의성이라는 주제에서 공통된다. 개별작품의 이해에 그 작가의 다른 작품이 도움을 줄 수 있다는 것이다.

「살인자들」에 대한 논의에서 우리는 무엇보다도 스타일을 주제에 연관시키고 나서 여러 가지 특성을 헤밍웨이의 전 작품과 그의 세계관에 연관지었다. 지금까지는 작품 하나하나를 점검해왔지만 이제 새로운 사실을 알았다. 훌륭한 작가가 쓴 흔히 아주 달라보이는 여러 작품들은 늘 공통된 체취를 지닌다고. 결국 인간이란 그 자신일 뿐 딴 사람이 될 수는 없는 것이다. 그러므로 그 작가의 다른 작품들과 관련지어 보면 한 작품을 더 깊이 더 잘 이해할 수 있다. 좋은 작가란 삶을 지켜보고 살아가면서 그에게 가장 중요하게 느껴지는 몇 안 되는 주제들을 쓰고 또 쓸 뿐 전혀 다른 주제들을 늘어 놓지는 않는다. (201-202면)

한 작가가 평생 동안 많은 작품을 통해 비슷한 애기를 할 수밖에 없다면 아마도 훌륭한 작가란 같은 애기를 아주 다르게 계속 꾸며대는 천재인지도 모른다. 현대 불란서의 작가이며 비평가인 모리스 블랑쇼는 이것을 '무의식적 반복작용'이라고 했다. 쓰는 이는 자신의 글을 읽을 수 없기에 (해체론적 입장) 반복은 늘 독자만이 알 수 있다는 것이다. 대하소설 가운데 후반부에서 빛을 잃는 경우가 이 반복작용 때문이 아닐까 싶다. 『토지』가 후반부로 갈수록 활력을 잃는 것은 저자 특유의 체취가 반복되기 때문이다. 제1부, 2부에서 압도적인 성공을 했을 때 계속 같은 체취로 그 강도를 따라잡기는 어렵다. 게다가 인물이 더 많이 등장하고 배경이 바뀌어도 초점이 인간에게 맞추어진 바에야 인간을 다루는 작가 특유의 자세가 바뀔 수는 없기 때문이다…… 그런데 잠깐만. 브룩스와 워렌의 윗글은 문학을 가르치는 교사를 위한 좋은 지침이었는데 가만히 보니 자기 모순을 드러내고 있는 게 아닌가. 애초에 '의도의 오

류'라고 하여 작가의 의미를 배제하고 형식만을 보자던 신비평의
약속을 잊었단 말인가.

　20세기 전반부 미국 비평계를 강타한 신비평은 작품자체를 독자
적인 존재로 보고 그것이 어떻게 구조되었는가를 살펴본 일종의
'형식비평'이었다. 그것은 19세기 낭만주의로부터의 반발이었고
과학성을 강조한 시대의 요구였다. 저자의 의도는 작품 속에 그대
로 전달되지 못하기에 전기비평은 주관적이다. 작품을 둘러싼 배
경, 그것이 독자에게 미치는 영향 등 역사·사회적 고려도 과학적
이지 못하다. 작품에 대한 정확한 이해는 그 자체의 논리를 탐색
하는 것이다. 이런 이론은 브룩스와 워렌의 『시의 이해』나 『소설
의 이해』를 통해 문학수업에 큰 영향을 미쳤다. 그 강한 세력은 불
란서의 구조주의도 힘을 못 쓰게 할 정도였다.
　신비평은 기존비평이 주관적이고 비과학적이라는 데서 일어난
과학운동이었지만 그 논리가 지닌 모순으로, 똑같이 주관적이고
비과학적이라고 공격을 받게 된다. 아무리 작품자체만을 탐색했
어도 결국은 그게 작가의 의미가 아니었던가. 그리고 작품이 독자
에게 미치는 영향의 고려 없이 어찌 읽기가 가능한가. 작품자체
만을 본다는 것은 허구다. 캐나다의 노드롭 프라이가 신비평을 공
격할 때 쓴 무기는 어쩌면 신비평이 기존비평을 공격할 때 쓴 것과
큰 차이가 없었는지도 모른다. 개별작품의 분석이 갖는 주관적이
고 비과학적인 가치평가를 못마땅해 했기 때문이다. 이렇듯 프라
이의 『비평의 해부 *Anatomy of Criticism* 』는 신비평의 한계를 극복
하려는 데서 나온다.

스토리가 있는 모든 문학
─프라이의 『비평의 해부』

　시인의 개성은 전통 속에 묻혀야된다느니 감정을 그대로 쏟아놓는 기법보다 역설과 아이러니를 사용해야 한다느니 하며 새로운 시 쓰기를 주장한 엘리어트는 자신의 시론을 시에서 직접 실천했다. 그래서 외국인으로서 「황무지」를 읽다보면 밑에 붙은 주석을 보느라 눈길을 아래 위로 옮기는 사이 시를 읽으면서 느끼는 감흥은 커녕 시를 읽는 괴로움만 맛보기 십상이다. 그러다보니 캠퍼스에서 유행하듯 애꿎은 '4월은 잔인한 달'이란 시구로만 그의 명성을 기억해버린다. 그런데 그 귀찮은 주석의 간섭을 받지 않고 「황무지」의 낭송을 듣다보면 한줄 한줄이 모두 서구와 동양의 전통에서 비롯됐음을 느끼게 된다. 자신이 살고 있는 시대의 정신적인 황폐와 불모지의 갈증을 동서의 신화와 그 이전의 문학에서 상황을 빌어오고 문구들을 옮겨놓아 현재의 상황이 역사 속에서 숨쉬게 만든 것이다.

　당시 이런 현상은 시에서만 나타난 게 아니었다. 제임스 조이스는 아예 특정 신화를 통째로 빌려다 그 틀 속에 현재상황을 담아내놓은 작가였다. 자신이 속한 상황과 한계를 넘어서 예술가가 되기 위해 더블린을 떠나는 스티븐 디달러스의 이야기, 『젊은 예술가의 초상』은 디달러스 신화의 재판 내지 수정판이다.

미노스왕을 위한 미궁을 만들었던 디달러스는 왕의 미움을 받아 탑 속에 갇히자 초로 만든 날개를 타고 아들 이카로스와 함께 탈출한다. 조이스는 이 디달러스 신화에서 구조뿐 아니라 탈출과 장인(craftsman)이라는 이미지를 빌려 예술가의 초상화를 그린 것이고 이것은 곧 모더니즘의 출발이념이기도 했다. 『율리시즈』 역시 『오디세이』 신화의 구조를 변형시킨 것이다. 옛날에 일어난 수십 년간의 모험담은 오늘날 하루의 애기로 압축되고 거기서 벌어졌던 사건들은 하루의 상황으로 대응된다. 이 신화에 대한 강박관념은 전혀 그럴 것 같지 않은 헤밍웨이 조차 사로잡고 있었다. 그의 출세작 『태양은 다시 떠오른다』의 제목, 서문, 주제는 『성서』에서 빌려온 것이다.

20세기 전반에 엘리어트를 비롯한 헤밍웨이, 조이스 등의 모더니스트들은 기존의 문학이 감정에 흐르고 주관에 치우쳐 진실을 왜곡시킨다고 생각했다. 언어와 진리의 절대성에 대한 회의에서 출발하는 실존주의와 궤를 같이하며 그들은 낭만주의 문학의 수사학을 공격의 대상으로 삼았고 엘리어트는 이 군단의 대변인이었다. 그는 밀튼을 비롯한 워즈워스, 테니슨 등 위대한 선배들 가운데 낭만주의 쪽을 들추어내 여지없이 깎아 내리고, 한때는 감흥이 결핍된 '시 같지 않은 시'라고 사무엘 존슨이 비난 했던 존·던을 비롯한 형이상학파 시인들을 부추겨 올린다. 자신의 이론을 세우기 위해 언제나 만만한 게 죽은 선배들의 작품이어서 선배란 위대하면 할수록 무덤에서 끌려나와 몇번이고 죽었다 살아나는 것이다.

모더니즘과 같은 이념에서 출발한 신비평 역시 작가의 의도는 작품에 그대로 반영될 수 없고 독자의 반응 역시 정확한 게 아니라면서 19세기 전기, 주제, 인상비평이 주관적이라고 비난하고 나선다. 작품 하나를 철저히 뜯어보고 그 속에서 형식이 어떻게 짜여서 의미를 낳는가 탐색한 신비평은 『시의 이해』와 『소설의 이해』를 낳았고 대학의 문학수업에서 대단한 위세를 펼치며 20세기 전반부를 풍미했다. 브룩스와 워렌의 책이 보여 주었듯이 작품의 짜임새를 심층분석하는 이 방법은 나름대로 설득력을 지니면서도 분석 대상이 짧은 시와 단편에 치중된다든지 결국은 작가의 의미로 귀결되고 마는 자기모순에 빠진다. 그리고 무엇보다 아이러니와 역설 등 모더니즘 형식과 배짱이 맞다보니 자연히 긴 명상시나, 낭만시가 소외된다. 이런 운동이 약 40년쯤 계속되던 1950년대, 그 참신함이 또 하나의 정설이 되어 세력을 휘두를 때 서서히 이에 대한 반동이 꿈틀대기 시작한다. 누가 어느 방향으로 물줄기를 틀 것인가.

1. 줄거리가 있는 것을 몽땅 하나로 묶자 ―서사(narrative)의 출현

새로운 이론은 우선 당대에 나타나고 있는 신화로의 회귀현상을 설명할 수 있어야 한다. 소외된 낭만시와 긴 명상시를 구출해 내야 한다. 엘리어트나 사무엘 존슨처럼 자신의 논리를 위해 특정시인을 올렸다 내렸다 하는 비평의 주관성을 극복해야 한다. 그리고 무엇보다 개별작품 하나하나를 뜯어보며 마치 진실이 어디에 숨어 있는 양 의미를 캐내는 신비평의 위세를 꺾어야 한다. 좀더 과학적이고 개별 가치판단을 유보하는 분석방식. 이런 총체적 비평으로의 전환을 시도한 사람은 미국의 시인도 영국의 작가도 아닌 캐나다의 노드롭 프라이(Northrop Frye, 1912-)였다. 서구의 전통 속에 있으면서도 한걸음 물러날 수 있고 아직은 스스로의 전통이 꽉 짜이지 않은 캐나다 특유의 분위기, 그 유연함 속에서 영미문학을 강의해온 프라이는 서구의 문화 및 전통에 대한 해박한 지식을 바탕으로 자신의 이론을 엮어간다.

프라이는 우선 18세기 영국 낭만시인 윌리엄 블레이크의 장시를 연구한『두려운 대칭 Fearful Symmetry』(1947)을 통해 흔히 알려진 것처럼 블레이크의 신화는 개인적이 아니라고 말한다. 얼핏 사적인 듯싶은 그의 신화는 자세히 보면 모두 전통에 뿌리내린 공적인 특성을 담고 있다는 것이다. 아무리 독창성을 주장하는 낭만주의도 자세히 보면 어떤 뿌리가 있다. 모든 문학형식에는 기원이 있고 시인은 그 유산 속에서 결코 유리될 수 없다. 예를 들어『허클베리 핀』과『모비 딕』이 19세기 미국문학의 특징을 드러내는 독창성 있는 문학이라지만 그것은『오디세이』혹은 그리스신화와 유사한 유형을 지닌다. 그것이 문학의 관습이며 이 관습으로부터 배제된 개체란 존재치 않는다는 것이다.

문학의 형식을 소급하여 그 혈통을 간추리면 맨 처음, 즉 최초의 문학형식이 나타나는데 이것이 신화이다. 이 신화는 문학사에서 여러가지 형상으로 모습을 드러내는데 최근 모더니즘에서 나타나는 신화현상은 원시문학으로 돌아가려는 갈망의 표출이다. 예이츠의 시에 나오는 비잔티움, 원추형 비전, 엘리어트, 조이스가 보여주는 신화의 재현은 부조리와 아이러니의 시대에 인간과 자연이 한 몸이 되던 황금시대로 복귀하여 동질성을 회복하려는 시도이다. 문학은 동질성 회복의 언어를 사용하는 은유이며 낙원으로 회귀하려는 인간 상상력의 안내자이다. 프라이는 모더니즘시대에 나타난 신화현상을 동질성 회복을 위한 로망스 시대로의 회귀로 설명한다.

문학의 뿌리와 혈통을 소급하여 체계화시키면서 프라이는 모든 문학을 동질의 고리로 연결지어 나간다. 그것이 시이든, 소설이든, 드라마이든, 기존의 장르에 상관없이 스토리를 담은 문학은 모두 어떤 공통유형들을 지닌다. 어느 시대이건 우리에게는 반복해서 쓰이는 문학적 관습이 있는데 이것을 추려보면 비록 시대에 따라 다르게 나타날지라도 공통되는 '원형'이 존재한다. 신화 속의 아킬레스 이야기가 왜 원형이 되는가. 오늘날 그런 인물은 실제로 있을 수 없다. 그러나 발뒤꿈치만 빼놓고 완벽한 무사인 그는 완벽하지만 결정적인 약점을 가진 인간이 그 결점의 노출로 인해 패배한다는 문학작품의 주인공으로서 독자의 시선을 끌기에 족하다. 지극히 인간적이기 때문이다. 그러므로 아킬레스 신화는 보편성을 지니고 구조로써 혹은 은유로써 작품 속에서 반복된다. 영웅의 불가사의한 탄생, 승리와 결혼, 죽음과 배신, 그리고 최후의 부활을, 해가 뜨고 지고 다시 떠오르듯, 봄, 여름, 가을, 겨울이 되풀이 되듯 자연의 순환논리와 연결짓는 고전신화와 성서의 신화는 광범위한 문학형식의 구조를 이해하는데 기본틀이다. 그리고 두 신화의 닮음은 우연의 일치가 아니라 같은 문학형식이 다른 문화권에서 어떻게 달리 나타나는가를 보여준다. 그러므로 성서의 바벨탑신화에 나오는 태초의 언어는 영어도 불어도 아닌 '인간성'의 언어였다는 것이다.

프라이에게 있어서 시인의 독창성은 문학적 관습이라는 역사 위에 존재하고 인간의 상상력은 전체로서의 인간을 조감하는 공적인 것이다. 셰익스피어의 『리어왕』에는 켄트의 눈을 후벼내는 장면이 있다. 그 끔찍한 장면이 도대체 문학이 주는 기쁨과 어떻게 연결될 수 있단 말인가. 『리어왕』을 즐기는 독자는 얼마나 잔인하단 말이냐. 그러나 그 압도적인 공포는 우선 그 일이 실제 일어나고 있는 게 아니라는 것, 그리고 적어도 나에게 일어나고 있지 않다는 데서 격리된 안도감과 상쾌감을 준다. 그리고나서 삶의 참혹함과 비극은 영원한 진실이고 우리는 그것을 결코 원치 않는다는 다짐을 한다. 개인의 감흥이 전체로서의 인간으로 용해되는 순간이다. 이 사회적이고 공동체적 요구인 공적인 상상력은 신화를 만들어내는 능력(myth-making power)이다. 개인의 꿈이 아니라 그가 소속된 공동체를 형성하거나 파괴하는 심오한 꿈은 문화를 다음에서 다음으로 형성하고 해체하는 힘의 근원이기도 하다.

문학의 공적인 측면을 외면한 신비평을 극복하고 시대에 따라 달라지는 작품의 개별 가치평가를 극복하고 신화로의 회귀라는 시대상을 설명하려 한 프라이의 신화비평은 '내러티브(narrative)'라는 단어를 단순한 서술의 의미를 넘어서는 서사로 전환시킨다.

나에게 있어 신화란 언제나 우선적으로 미토스, 즉 스토리나 서사를 의미한다. 옛날에 이 스토리들은 퍽 좁은 의미의 이야기들이었다. 시간이 흐르면서 그것들은 좀더 유연한 서사가 되고 그래서 당신은 삶의 방식의 묘사인 미토스를 얻어낼 수 있다.[1]

고전 그리스어로 미토스(mythos)는 사실이든 거짓이든 어떤 이야기나 그 이야기의 짜임새(plot)를 의미한다. 프라이는 미토스와 신화를 같은 의미로 사용하고 있다. 그에게 '신화'는 이야기가 있는 온갖 문학작품들이고 개개의 특정신화는 '원형'이다. 그리고 종래의 시, 소설, 드라마라는 장르는 '서사'라는 큰 틀 속에 와해되고 그 속에 공통되는 어떤 형식이 탐색된다. 서사형식의 원형은 동질성이 존재하던 시대의 것이기에 봄, 여름, 가을, 겨울이라는 자연의 순환고리에 대응되는 것이어야 한다. 이것이 로망스, 희극, 비극, 아이러니(풍자)라는 네 갈래의 서사장르이다. 애초엔

1) Morris Eaves 와 Michael Fischer가 편집한 *Romanticism and Contemporary Criticism*(Ithaca:Cornell Univ., 1986), 42-43면.

제한된 의미의 스토리들이 시간이 흐르면 풍성한 서사를 낳고 서사의 연구를 통해 삶의 방식이 가늠된다. 그러므로 서사연구는 단순한 문학연구를 넘어서 사회가 어떤 방향으로 어떤 전망을 품고 움직여가는지 문화현상을 진단하는 한 가지 방법이기도 하다.

비평은 문학에 기생하는 부수적인 글인가, 진정한 창조를 영원히 짝사랑하도록 운명지어진 변두리 예술인가.

『비평의 해부』(1957)는 그렇지 않다고 답변하는 것으로 시작된다.[2] 시인은 알아도 말을 하지 않고 예술은 형식이 변할 뿐 본질적으로 발전이 아니다. 비평은 말을 하고 예술의 후세 평가를 좌우하고 방법론을 발전시킨다. 그러기에 독자성과 자율성을 지닌다. 비평에 쓰이는 뼈대는 문학의 것이 아니다. 그러면 다시 부수적 기생물로 전락하니까. 그렇다고 문학 밖의 것도 아니다. 그러면 다른 게 되어버리니까. 비평은 문학이지만 과학성을 전제하기에 기생물이 아니고 사회학, 정치학 등 다른 과학 분야와도 분리됨으로써 독자성을 지닌다. 문학 내에서 뼈대를 찾으면서도 독자성을 지니는 과학이 되기 위해 총체적 지식체계를 찾아보자. 다른 과학이 그렇듯, 연결고리(a coordinating principle)를 문학 내에서 찾는데 우리라고 해부(anatomy)란 단어를 못쓰냐. 그래서 비평의 해부이다. 그렇지만 비평 역시 상상력의 산물이요, 단련의 과정이기에 내 방법은 완결을 향한 가건물에 불과하다. 그러니 에세이

2). Northrop Frye, *Anatomy of Criticism : Four Essays* (New Jersey : Princeton Univ., 1957), 3-29면, 「논쟁적인 서론」 참조. 이로부터 이 책에서의 인용은 면수로만 표시함.

Northrop Frye의 *Anatomy of Criticism* New Jersey : Princeton Univ. Press, 1957)은 1971년에 나온 paperback edition의 제3쇄를 사용했고 인용은 (면수)로만 표시했다. 본문의 '맺음'에 참조한 도서는 *Romanticism and Contemporary Criticism*.ed. Morris Eaves & Michael Fischer, 1986(에이브람즈의 말은 166면), Frank Lentricchia의 *After the New Criticism* (Chicago : Univ. of Chicago, 1980), 3-26면. 그 외 프라이에 관해 언급된 후기구조주의 이론서들이다.

(Essay)란 단어를 쓰자. 『비평의 해부』는 4계절의 순환을 의미하듯 4개의 에세이로 구성된다. 역사비평, 윤리비평, 원형비평, 그리고 수사비평이다.

2. 사계절의 해부도

1) 역사적인 관점에서 본 서사양식

등장인물과 환경(ethos), 플롯(mythos), 그리고 주제(dianoia)의 측면에서 서사양식의 발전과정을 짚어보자. 등장인물이 보통사람보다 절대적으로 우월한 경우는 신의 이야기를 다룬 〈신화〉의 단계이다. 천지창조, 신의 탄생, 사랑, 패배, 부활 등이 그려진다. 주인공이 보통사람보다 우월하고 환경이나 타인들보다 우월한 경우는 중세이전의 문학으로 〈로망스〉의 세계인데 영웅의 용기와 인내가 전설이나 민속의 형태로 전해진다. 주인공이 타인보다 조금 우월하지만 환경에 지는 경우는 르네상스 시대의 문학으로 〈상위모방(high mimetic)〉의 단계이다. 권위와 열정은 있으나 환경에 종속되는 서사시와 비극의 주인공이 여기에 속한다. 주인공이 우리와 같은 인물로서 타인이나 환경보다 우월하지 못한 경우는 18세기와 19세기의 코메디와 사실주의 문학으로 〈하위모방(low mimetic)〉의 단계이다. 그리고 주인공이 우리보다 열등한 경우는 최근 백년 동안의 문학으로 자연주의와 모더니즘이라는 〈아이러니〉양식의 단계이다.

서사가 엮어지는 방식인 플롯은 비극적인 것과 희극적인 것으로 나누어 볼 수 있다. 비극은 주인공이 사회로부터 소외되거나 유리되는 과정을 그린다. 〈신화〉 단계에서는 주인공이 신성하지만 죽

는 경우로 그 죽음은 조락, 가을, 석양 등 자연 현상과 공감을 일
으킨다. 십자가에 못박히는 예수의 죽음, 독묻은 셔츠를 입고 장
작더미에 불을 당기는 헤라클레스의 죽음 등 신들의 죽음이 이에
속한다. 신의 죽음은 부활과 연결되어 슬픔보다 경건함을 자아낸
다. 〈로망스〉에서 영웅의 죽음은 인간이기에 당연하지만 위대한
감흥을 불러일으킨다. 숲과 동물의 세계와 일체감을 이루며 과거
를 돌아보는 회한과 비가가 흐른다. 〈상위모방〉의 단계는 사회지
도자의 몰락이나 죽음으로 연민과 두려움을 느끼지만 그가 행한
행동의 결과라는 해석이 뒤따라와 그런 느낌이 절감된다. 이런 아
이러닉한 느낌은 상위 지도층의 과오가 반드시 악한 것이 아닌 탓
이다. 예를 들어 세익스피어의 주인공, 오델로의 몰락은 그의 고
귀한 품성 속에 들어있는 우매함, 혹은 의혹을 확대시키는 인간의
환상, 그리고 그를 둘러싼 환경에 의한 복합적 결과로서 보는 이
에게 연민과 반감을 동시에 느끼게 만든다. 『리어왕』의 코딜리아
역시 그런 벌을 받기에는 저지른 잘못이 거의 없지만 한편으론 지
나치게 예외적인 순결이 인간적이지 못했다는 결함을 느끼게도 만
든다. 〈하위모방〉 단계는 우리와 비슷한 인물들의 비극이기에 연
민과 두려움이 아니라 비애감을 자아낸다. 사회로부터 버림받거
나 고립되는 어린이와 여주인공, 그리고 강박관념에 사로잡힌 인
물들의 얘기를 들 수 있다. 토마스 하디의 테스, 『폭풍의 언덕』
의 히스크리프, 그리고 『어둠의 속』의 커츠 같은 인물들이다.

　마지막으로 〈아이러니〉 단계이다. 하위모방이 있는 그대로를 직
설적으로 서술한다면 아이러니는 적게 표현하고 많은 효과를 거두
려는 암시적이고 우회적 서술법이다. 프라이는 아이러니 속에 상
징주의와 모더니즘을 포함시킨다. 아이러니는 아리스토텔레스의
인물, 에이론(eiron)이 실제 자기보다 못하게 보이는 기술로 실제
자기보다 더 과시하는 인물인 알라존(alazon)을 물리친다는 얘기에

서 연유된 개념이다. 프라이는 아이러닉한 인물로 '희생양(phar-makos)'의 예를 든다.

> 희생양은 죄가 없는 것도 있는 것도 아니다. 산(山)사람이 멋모르고 한번 외쳐댄 후 눈사태가 나는 경우처럼 그는 자신이 저지른 짓보다 훨씬 더 큰 재난에 부딪치기에 죄가 없다. 그러나 죄가 있는 사회에 살기에, 피할 수 없는 불의가 존재의 일부인 그런 세상에 살기에 죄가 있다.(41-42면)

『성서』의 「욥기」에서 욥이 부딪치는 상황은 아이러닉하다. 그는 부딪치는 재난에 자신이 무죄임을 변명할 수 있지만 그것을 변명하게 되면 도덕적으로 아무런 의미를 낳지 못한다. 소설 속에서 처형되는 유태인이나 흑인, 멜빌의 빌리 버드, 『주홍글씨』의 헤스터 프린, 하디의 테스같은 인물이 전형적인 희생양이다. 인간이기에 죽을 수밖에 없는 아담은 피할 수 없는 아이러니의 원형이고 처형되는 것이 더욱 무죄임을 드러내는 예수는 앞뒤가 안 맞는 아이러니의 원형이다. 신이지만 인간에게 불을 훔쳐다 준 죄로 평생토록 독수리에게 간을 파먹히는 프로메테우스는 이 둘의 중간에 위치한다.

프라이는 비극적 서사양식을 등장인물에서와 마찬가지로 신화-로맨스-상위모방-하위모방-아이러니의 5단계로 나눈다. 아이러니는 하위모방에서 나왔는데 최근 조이스나 카프카의 문학에서처럼 신화가 재등장함으로써 이 단계들은 순환의 고리를 이룬다.

희극의 주제는 사회의 통합이다. 주인공은 사회로부터 유리되는 비극과 달리 사회 속으로 결속된다. 신화의 단계에서는 아폴로가 신의 세계로 수용되는 것이나 헤라클레스가 갖가지 시련을 겪고 신의 세계로 받아들여지는 경우가 있고 『성서』에서는 구원받는 애기들이 있다. 로망스에서는 전원이나 목가적 분위기에서 구원받는 이야기, 상위모방에서는 영웅적이면서도 인간적인 주인공이 험한 역경을 무릅쓰고 자신의 사회를 건설하거나 방해물을 물리치고 사랑하는 여인을 얻는 애기이다. 그에게는 승리와 함께 신의 영광이 부여된다. 하위모방은 우리와 같은 사람들이 역경을 넘어서 사랑과 지위를 얻는 애기들이다. 피가로는 남성의 전형이고 신데렐라는 여성의 전형이다. 아이러니 단계는 사회가 희생양을 몰아내는 애기를 담는다. 세익스피어의 『베니스의 상인』에서 샤이록을 추방하는 경우를 예로 들 수 있다. 비극에서와 달리 희생양은 악인이지만 희극이기에 추방이 극단적이 되면 설득력이 약해진다. 현대에 탐정소설이 유행하는 것은 그것이 아이러니 문학시대에 희생양을 찾아내는 과정을 다루기 때문이며 공상과학소설이 유행하는 것은 로망스나 신화로 귀의하는 한 모습이다. 그러나 이들의 경우 악을 물리치고 선을 숭배하는 주제가 극단적이 되어 도덕이 지나치게 이상화되면 멜로드라마로 전락하기 쉽다(47면).

프라이는 희극적 서사양식을 5단계로 논의한 후 모든 예술작품은 그것이 산출된 시대에 속하지만 동시에 우리 시대의 것이기도 하다고 덧붙인다(51면). 세익스피어의 『안토니와 클레오파트라』는 상위모방 비극이지만 주인공이 지극히 인간적인 결함을 노출시킴으로써 아이러니 문학이기도 하다. 마찬가지로 초서의 『캔터베리 이야기』는 로망스에 속하지만 등장인물들이 아이러니를 노출시킨다. 위대한 예술은 그 시대의 산물이지만 시대를 초월하여 우리들의 것이라는 문학의 특수성과 보편성에 관한 언급이다.

이제 주제의 측면을 살펴보자. 신화단계에서 시인은 영감을 받은 예언자이다. 그는 오르페우스처럼 신의 사자로서 총체적인 비전을 갖는다. 『성서』와 『코란』을 비롯한 성스러운 책 속에는 예언, 경구, 계율, 우화 등이 담겨 있다. 로망스 시기에 시인은 신성하고 폭넓은 지식을 갖는다. 유목시대의 음유시인들은 방랑자들로 경험과 꿈을 대조시키며 편력과 추구의 세계를 노래했다. 호머의 『오디세이』에서 보듯 이때는 사회가 조직화되기 전의 낭만적인 영웅시대였다. 상위모방 시기에는 사회가 조직되고 궁궐, 수도, 극장을 중심으로 권력이 모아진다. 시인은 사회적이고 종교적인 지도자로서 나라에 충성한다. 영국 르네상스 시기는 대영제국의 기초를 다지던 때였고 시인들은 인간의 상상력을 축복하면서도 엘리자베스 여왕에게 바치는 시들을 쓰곤 했다. 하위모방의 시대에 오면 개인화가 시작되고 시적 기교나 주제가 개인의 심리와 감흥을 표출하는 쪽으로 종속된다. 18세기 후반부와 19세기 낭만시들에서 신화와 예언은 사적인 은유로 바뀐다. 아이러니 시대에 오면 시인은 수사학이나 도덕적인 견해를 벗어던지고 예술인 혹은 장인(craftsman)으로 좁혀진다. 예이츠의 마스크, 플로베르와 프루스트의 기법, 조이스, 릴케, 말라르메 등의 상징주의와 모더니즘 문학이 여기에 속한다.

각각의 서사양식은 그 양식에 걸맞는 사상을 담는데 아이러니 양식의 사상은 실존주의 철학이다(65면). 아이러니는 본질에 대한 회의라는 리얼리티 개념으로 낭만시의 연속성 대신 불연속성을 드러낸다. 전자가 웅변과 수사학이라면 후자는 우회적이고 암시적인 기법이다. 일반적으로 새로운 서사양식은 늘 자기시대에 반발하고 그 앞시대의 것을 닮는 특성이 있다. 19세기 낭만주의는 18세기 고전주의에 대한 반발이요 그 이전시대인 르네상스로의 회귀이고, 20세기 모더니즘은 19세기 낭만주의에 대한 반발이요 그 이전의 상위모방으로 회귀한다. 이때의 회귀는 물론 똑같은 반복은 아니다. 시대와 삶의 방식이 달라지는 것 만큼의 차이를 함축한다(62-63면).

이쯤 와서 프라이가 비평의 주관성을 어떻게 극복하는지 보자.

서사양식의 역사적 변모를 살피면 대략 두 개의 흐름이 드러난다. 아리스토텔레스적인 것은 미학적이다. 그것은 작품을 기법의 산물로 보며 미학적 거리에 의해 '카타르시스'를 노린다. 롱기너스 (Loginus)적인 것은 창조적이다. 그것은 기법보다 주제를 보며 감정몰입에 의한 '엑스타시스'를 노린다. 전자는 모더니즘에 가깝고 후자는 리얼리즘에 가깝다. 모든 작품은 이 두 가지 조류 중 어느 쪽이든 적절한 입장에서 평가되어져야 한다. 예를 들어 모더니즘 시대의 비평가 엘리어트가 햄릿의 감정은 그 대상에 비해 과장되어 있다고 비난할 때 그것은 적절치 않다. 햄릿은 롱기너스적 관점으로 보아져야 하는 불안과 우울의 비극이다. 사무엘 존슨이 밀튼의 『리시다스 *Lycidas*』에는 공감을 불러일으키는 요소가 결핍되어 있다고 할 때도 마찬가지다. 그것은 롱기너스적이 아니라 아리스토텔레스적인 관점으로 읽혀야 한다. 이처럼 비평가의 이념은 시대의 산물이기에 그의 주관적인 평가는 과학적이지 못하다.

그러나 가치평가를 유보하고 보편구조를 탐색한 프라이의 신화비평 역시 자기시대의 산물은 아니었을까. 우리의 문학작품에서도 위와 비슷한(똑같지 않더라도) 보편구조를 찾을 수 있을까. 이런 두 개의 의문을 품고 그의 이론을 계속 살펴본다.

3. 문학의 윤리

어느 소설의 결말이 앞 부분과 걸맞지 않게 해피엔딩으로 끝나는 경우가 있다. 챨스 디킨스는 『위대한 유산』을 연재하면서 독자의 성화에 못 이겨 애초의 계획과 달리 주인공 남녀를 다시 만나게 만든다. 그렇게 함으로써 그는 당대의 독자는 만족시켰으나 후세의 독자에게는 어딘지 석연치 않음을 남긴다. 신문 소설이나 TV

드라마 작가가 부도덕하다는 독자의 비난을 듣고 줄거리를 바꾸거나 어떤 등장인물을 아예 탈락시키는 경우가 있다. 작품의 미학성이 독자의 성급함에 굴복되는 경우이다. 이럴 때 문학의 윤리는 어느 편인가, 독자인가, 작가인가. 프라이는 이런 독자를 TV 드라마에 나오는 불쌍한 여주인공을 보고 성금을 가지고 오는 경우에 비유한다. 현실과 예술의 혼돈이다. 예술은 현실과 뗄 수 없는 관계에 있지만 그렇다고 똑같은 것은 아니다. 작가는 현실에 대해 어떤 진실을 말하지만 작품이라는 허구의 세계를 통해서이다. 그는 진실을 말하는 거짓말쟁이이다. 그러므로 독자는 작품을 대하는 순간부터 허가받은 가설의 세계에 들어선다. 그러기에 부도덕하게 느껴지는 어떤 얘기를 끝까지 참고 들어야 하며 그 가설의 세계를 현실로 옮길 때 상상력을 총동원하여 유추할 수 있어야 한다. 그리고 나서도 그것이 참을 수 없이 부도덕하다면 그때 반론을 제기할 수 있다.

거짓말쟁이지만 진실을 말하고 허구의 세계이지만 현실로 유추되게 만드는 원동력은 무엇인가. 인간의 상상력이다. 그리고 그것을 가능케 하는 매개가 상징이다. 그래서 프라이의 두번째 에세이인 윤리비평은 상징의 문제를 다룬다. 상징의 문제를 현재의 상황에서부터 한 단계씩 시간의 흐름을 타고 거슬러 올라가보자.

아이러니의 문학이라 볼 수 있는 상징주의 혹은 모더니즘은 자연주의가 극단적으로 나간 경우이다. 말라르메, 랭보, 발레리, 파운드, 엘리어트는 시적 이미지가 무엇을 진술하거나 지시하지 않고 오직 서로가 서로를 지시할 뿐이라는 걸 보여주려고 매끄러운 진술에 어깃장을 놓는다. 아이러니는 아리스토텔레스의 인물, 에이론에서 나온 개념이다. 허풍쟁이인 알라존과 반대로 그는 못난 척하면서 주인공이 되거나 실제보다 조금 말하고 더 큰 것을 얻는다. 직설법이 아닌 우회의 수법이다. 우회의 수법으로 직설법보다 더 큰 효과를 거두는 것, 그러니까 아이러니는 현실을 기피하는 척하며 현실에 대해 무언가를 말하는 기법이다. 그래서 직설법에서보다 독자의 상상력이 더 요구된다.

현진건은 아이러니를 즐겨 쓴다. 「운수 좋은 날」에서 되게 운수 좋았던 날은 사실은 되게 운수 나쁜 날을 마련하고 있었다. '괴상하게도 오늘은 운수가 좋더니만'이라는 김 첨지의 마지막 말은 가난과 비정한 사회, 그리고 운수가 나쁘다는 뜻을 강조하는 반어적 용법이다. 「술 권하는 사회」도 비슷하다. 유학을 마치고 온 남편이 계속 술만 마시고 일자리를 찾지 않는다. 남편을 하늘같이 믿는 순박한 아내는 그런 남편이 안쓰럽다. 누가 그리 저녁마다 술을 권하느냐는 그녀의 물음에 남편은 사회가 그런다고 대답한다.

"흥 또 못 알아 듣는군. 묻는 내가 그르지. 마누라야 그런 말을 알 수 있겠소. 내가 설명해 드리지. 자세히 들어요. 내게 술을 권하는 것은 홧증도 아니고 '하이칼라'도 아니요. 이 사회란 것이 내게 술을 권한다오. 이 조선 사회란 것이 내게 술을 권한다오. 알았소? 팔자가 좋아서 조선에 태어났지, 딴 나라에 났다면 술이나 얻어먹을 수 있나…….."

사회란 무엇인가? 아내는 또 알 수가 없었다. 어찌하였든 딴 나라에는 없고 조선에만 있는 요리집 이름이어니 한다.

……(필자의 줄임)

"되지 못한 명예 싸움, 쓸데없는 지위 다툼질, 내가 옳으니 네가 그르니, 내 권리가 많으니 네 권리가 적으니 …… 밤낮으로 서로 찢고 뜯고 하지, 그러니 무슨 일이 되겠소. 회(會)뿐이 아니라, 회사고 조합이고 …… 우리 조선놈들이 조직한 사회는 다 그 조각이지. 이런 사회에서 무슨 일을 한단 말이요…….."

'그 몹쓸 사회가 왜 술을 권하는고!'이 순진무구한 아내의 마지막 말은 씁쓸한 웃음과 함께 최대의 설득력을 갖는다. 남편과 아내가 서로 다른 의미를 가지고 사용한 '사회'라는 단어, 이 어긋남에 대한 독자의 즉각적인 인지 때문이다.

아이러니가 이 시대의 문학양식이라면 신비평은 같은 시대의 비평양식이다. 텍스트를 분석하고, 반복되는 모티프를 탐색하는 이 본문 위주 비평에서 상징은 어떤 지시물을 갖는다기보다 그저 반복되는 구성요소이다. 저자의 의도와 독자의 감흥을 배제하고 남는 작품, 아니 더이상 작품이 아닌 텍스트는 독자의 품에 알알이 내던져진 채 즉각적인 감지를 기다릴 뿐이다. 아이러니에서 상징은 A/B혹은 A : B의 관계이다. 운수 좋은 날이 운수 나쁜 날을 안고 있듯이 하나의 의미가 다른 의미를 안고 있는 이 관계를 프라이는 파운드의 시를 예로 들어 설명한다.

군중 속에서 홀연히 드러나는 얼굴들 : 젖은 검은 가지에 붙은 꽃잎들

파운드의 시 「지하철 역에서」의 전부이다. '얼굴들 : 꽃잎들'은 독자의 판단에 내맡겨진 채 나란히 놓여 있다. 도대체 얼굴과 꽃잎이 무슨 상관인가. 그러나 지하철 역에서라는 제목이 이 관계를 푸는 데 도움이 된다.

어떤 설명도 없이 그저 '다름'이 한 곳에 있어 독자의 즉각적인 인지만을 요하는 아이러니(혹은 모더니즘) 시대보다 한 발 앞 선 시대에 언어는 사물을 지칭하고 상징은 설명하고 묘사한다. 19세기 사실주의 혹은 자연주의 시대에 작가는 외적 상황과 등장인물의 심리를 친절히 설명해주고 풀이한다. 독자는 작가의 묘사와 설명에 따라 어떤 사건을 감지하고 주인공의 심리를 들여다본다. 그리고는 작가의 의도에 따라 긴장하고 갈등을 느끼다가 마지막 대단

원에 이르러 감동이나 아픔을 통해 갈등을 해소시킨다. 사실을 정확히 묘사하여 어떤 의미를 전달하려는 친절한 문학. 이것이 사실주의이고 이때 특별히 등장인물에게 어떤 요소가 부과될 때 자연주의 문학이 된다. 의지가 약하다든지 인간다운 사고와 직관이 없다든지 동물과 다름없는 본능과 쾌락만 지닌 채 환경의 노예로 전락하는 경우이다. 서구의 경우 자연주의 문학은 흔히 19세기 말 다윈의 진화론과 산업화에 따른 인간성의 상실에 연관되어 나타난다. 그리고 그것은 사실주의의 환상을 한꺼풀 벗겨내는 작업이기도 했다.

사실주의 시대의 비평양식은 역사주의이다. 저자의 일생이 작품에 미친 영향, 시대의 상황이 작품에 반영된 모습, 작품에 드러난 저자의 의도 등이 탐색된다. 언어가 외적 사물을 지칭하기에 상징은 설명에 가까워진다. 그래서 모더니즘에서는 상징이 문학만이 갖는 독특한 요소였는데 사실주의에 오면 일상언어와 같은 차원의 것이 된다. 우회적인 현실참여가 아니고 직접적인 참여이기 때문이다. 예를 들어 앞에 인용한 파운드의 시,「지하철 역에서」는 리얼리즘에서라면 이렇게 쓰인다.

지하철 역을 나오다 문득 뒤를 돌아다본다. 검고 축축한 긴 가지에 붙은 꽃잎들처럼 기차 속에 앉은 얼굴들이 휙 스친다.

사실주의 차원에서 상징은 '다름'이 시치미 뚝 떼고 한 자리에 있는 게 아니라 '~처럼'이라는 직유로 풀린다. 검고 축축한 긴 가지는 기차이고 꽃잎들은 그 속에 앉은 승객의 얼굴들이다. 단어가 의미를 갖기는 커녕 어긋나던 단계, 단어가 일정한 의미를 갖던 단계, 이제는 단어가 조금 더 큰 덩어리인 이미지로 쓰이는 단계이다. 17, 18세기 신고전주의 시대 문학은 현실을 그대로 묘사하지 않는다. 아리스토텔레스의 모방이론은 행위를 직접 묘사하는 게 아니고 행위의 2차적 모방이었다. 예를 들어 역사소설은 그 시대를 통찰하기 위해서라기보다 인간과 사회의 모습을 보여 주기 위한 하나의 '본보기'로서 쓰인다. 그것은 있는 그대로가 아닌 전형적인 사건과 행위를 묘사하여 보편성을 지향하고 교훈을 담는다. 이것이 역사와 소설의 차이이다(84면).

서구의 전통과 우리의 것이 결코 같을 수는 없겠으나 조동일의 『한국문학통사』에는 다음과 같은 흥미있는 귀절이 나온다. 우리 나라 조선후기, 즉 중세문학에서 근대문학으로의 이행기에 우화소설이 나름대로 후세의 소설에 공헌한다는 대목이다.

우화소설의 작품으로서는 『토끼전』이 가장 널리 알려져 있다. 『삼국사기』에 「구토지설」이 들어 있는 것을 보면 그 이야기는 유래가 오래되었음을 알 수 있다. 이웃의 여러 나라에도 같은 유형이 전승되니 국제적인 전파와 변이에 관심을 가질 만하다. 기본 줄거리는 별주부를 중간에 두고 용왕과 토끼가 속이고 속는 관계를 설정해서 지혜겨룸을 보여 주는 것인데 소설로 개작되어서는 사회적인 대결을 나타내는 곁가지가 계속 늘어났다. 용왕은 자기 병을 고치겠다고 무고한 백성을 속여서 희생시키는 것을 능사로 삼는 통치자이고 별주부는 충성만 보람으로 여기면서 온갖 수모를 감수하는 우직한 신하이고 토끼는 헛된 유혹에 빠져 희생될 뻔하다가 지혜로 위기를 모면하는 백성으로 이해될 수 있게 변형되어 사회소설 또는 풍자소설로서 커다란 위치를 차지했다. (제3권, 99면)

『토끼전』이 그 이후 신소설과 다른 점은 여러가지겠지만 언어의 쓰임새, 혹은 상징의 쓰임새라는 측면에서 보면 전자가 이미지로서 하나의 전형을 나타내는데 비해 후자는 현실의 묘사에 충실한 직유의 차원이 아닐까 싶다.

신고전주의 시대의 비평방식은 작품에 대한 해석을 내리는 일종의 주석비평이다. 예를 들어 세익스피어의 『맥베드』에 반복되는 붉은 피는 무엇을 상징하며 이것은 앤드루 마벌의 시 「정원」에 나오는 붉은 꽃과 어떤 관계인가. 더 나아가 호손의 『주홍글씨』와는 어떤가. 만일 세 작품에서 붉은 색이 원죄를 상징한다면 붉은 색이라는 단어는 하나의 이미지로서 좀더 포괄적인 차원의 상징이 된다. 이처럼 유추와 상상력이 개입되기에 주석비평은 알레고리가 될 위험이 있다. 그러나 미학성은 넘치는 상상력이요, 인간은 오직 이 자유에 의해 제한된 현실에서 기쁨과 충만함을 누리기에 주석(혹은 형식) 비평은 나름대로 의미를 갖는다(94면).

작품의 미학적 측면을 강조하는 형식적 차원을 지나 한 단계 상승하면 상징이 한층 더 포괄적으로 쓰이는 신화비평에 이른다. 모든 문학은 뿌리가 있다. 아무리 독창적으로 쓰인 작품도 들여다보면 어딘가 앞선 작품과 닮은 게 있고 그것을 추적해 올라가면 근원이 있다. 문학은 모두 문학 안에서 나온 것일 따름이다(97면). 그러므로 독창성과 모방의 차이는 전자가 좀더 심오하게 모방적이란 것뿐이다. 전원시의 전통을 더듬어 보자. 고구마 한 알을 건드려 주렁주렁 매달린 줄기를 들추어 올리듯 시대마다 변모되어 나타나는 전원시의 특징을 거슬러 오르면 원형이 드러난다. 자연과 인간이 한 몸이던 유목민 시대의 신화이다. 그래서 원형비평은 미학성에 문화사를 첨가한 윤리비평이다. 그것은 하나를 통해 전 체계를 보기에 문학을 조직적으로 공부하게 만든다. 그리고 인간의 정신사를 조감하기에 사회성을 지닌다.

마지막 단계는 고구마 한 알로 전 줄기를 들어올리는 것보다 더 포괄적이다. 어떤 상징 하나로 우주를 들어올리는 인간의 최종적인 꿈이다. 전원시의 전통이 아니라 모든 인간에게 보편적인 상징으로 무한한 의사소통의 능력을 갖는 것, 곧 신의 말씀이다. 성경, 묵시론적 계시, 신화, 단테와 밀튼의 서사시 등이다. 이 신비단계에서 상징은 단자, 즉 로고스이다.

문학수업은 이처럼 총체적인 인간의 모습을 보게 만드는 과정이다. 여기에 문학의 윤리성이 있다. 그런데 윤리비평 체계의 마지막 단계는 문학의 영역을 넘어선 종교의 영역이다. 그래서 하나 아래인 원형비평이 예술의 자율성을 확보하면서 총체성을 지니는 최선의 비평방식이라고 프라이는 말한다.

4. 원형비평

어떻게 하면 실체와 비슷하게 그릴 것인가가 화가의 관심사이고 독자가 그림을 보는 안목의 기준이었던 시대가 있었다. 한 그루의 나무를 실체와 똑같이 그려 놓았기에 새가 앉으려고 했다는 고사는 그런 기준을 반영하는 예이다. 그런데 실체와 닮지 않은 그림을 그린 화가도 많다. 인상파에서 나무의 모습이 어딘지 흔들리는 듯하다든지 극단적으로 입체파에서 소녀의 모습이 전혀 소녀같지 않은 경우이다. 객체의 진실에 접근하려는 쪽이 사실주의이고 주체의 진실에 접근하려는 쪽이 구조주의인데 그 어느 쪽이든 미술이 쌓아 올린 관습으로부터 벗어날 수는 없다는 게 프라이의 견해이다. 문학도 마찬가지이다. 언어가 실체를 지칭한다는 가정 아래 현실의 묘사에 충실한 리얼리즘이 객체의 진실에 접근하는 쪽이라면 언어는 또다른 언어를 지칭할 뿐이라는 가정 아래 직설법에 어깃장을 놓는 모더니즘(혹은 구조주의)은 주체의 진실에 접근하는 쪽이다. 그리고 이 두 가지 경향은 대략 한 세기를 기준으로 교차 반복되는 듯싶다. 리얼리즘이든 모더니즘이든 모두 관습을 벗어날 수 없다는 얘기는 무슨 뜻인가. 어느 쪽이든 한 걸음 물러서서 멀리 보면 그 속에는 옛날부터 내려온 문학의 관습, 다시 말하면 원형이 있다는 것이다. 아무리 새롭게 써진 리얼리즘 속에도 눈을 가늘게 뜨고 멀리 보면 성경의 신화, 그리스신화, 전해오는 동화나 우화 등이 희미하게 그 윤곽을 드러낸다. 그리고 그것은 로망스, 상위모방, 하위모방, 그리고 아이러니 양식 등 시대에 따라 그 모습을 바꾸어 가는 문학의 양식 속에서 면면히 변모되어 온다. 안델센의 「분홍신」은 어떻게 반복되고 변형되는가. 한번 그 신을 신으면 죽는 날까지 춤을 추어야 하는 분홍신은 『파우스트』에서는 무한한 지적인 욕망으로, 『맥베드』에서는 권력에 대한 야망으로, 『마담 보봐리』에서는 감각적인 것에 대한 중독으로, 현대소설에서는 무한한 부에 대한 야망으로 얼마든지 반복 변형된다. 물론 「분홍신」은 그보다 먼저의 원형을 갖는다.

성경의 창세기 39장, 요셉전설에 나오는 포티팔의 아내 얘기를 잠깐 보자(135면). 이집트의 시위대장 포티팔의 처는 함께 사는 미혼의 시동생을 유혹한다. 그가 유혹을 거부하자 그녀는 시동생이 자기를 범하려 했다고 뒤집어 씌운다. 시동생은 하는 수 없이 도망치게 되고 형은 분노로 그를 뒤쫓는다. 동생은 태양신, 라아에게 도움을 청하고 자신의 결백을 호소한다. 라아는 그와 형 사이에 커다란 호수를 놓고 신성한 입김을 가득 뿜어 호수를 악어로 채운다. 이 전설은 시대마다 달라지는 문학양식에 걸맞게 변형되어 반복된다. 예를 들어 사실주의 시대에 오면 이 전설의 뒷부분인 태양신의 등장은 실현가능성이 있는 다른 구체적 사건으로 연속될 것이다.

김동인의 「배따라기」에서 형은 아내와 아우의 관계를 의심한다. 아내가 죄없음을 알고 후회하면서 형이 방랑하는 아우를 평생토록 찾는 이 얘기는 요셉전설과 공통점을 갖는다. 형, 아우, 아

내라는 애증의 삼각관계이다. 그런데 공통점 만큼 차이점도 중요
하다. 사실주의 혹은 자연주의 문학이기에 태양신 부분은 어울리
지 않는다. 그리고 김동인은 인간의 무한한 능력과 선함을 찬미했
던 화자가 배따라기에 얽힌 사연을 듣고 인간의 어둡고 우매한 면
을 받아들이게 되는 주제를 담는다. 선과 악의 이중성, 무한한 능
력과 우매함의 이중성, 봄의 찬란함 속에서 배따라기의 슬픈 노래
를 듣는 화자를 통해 김동인은 삶의 이원론적 모순을 드러내는 것
같다. 요셉전설이 어떻게 서구의 문학에서 반복 변형되는가를 살
펴볼 수도 있지만 동양의 문학과도 어느 점이 비슷하며 어느 점이
다른가를 보아 시대와 지역의 차이를 가늠해 볼 수도 있다. 이것
이 프라이 비평이 갖는 보편성과 사회성이 아닐까 싶다. 그리고
이런 변모가 원형비평의 핵심인 '내려앉기' 혹은 자리바꿈(displa-
cement)이다(136면).

1) 내려앉기

신화가 각 단계의 양식에 맞게 내려앉는 모습, 예를 들어 사실
주의 소설에서는 개연성의 차원으로 자리를 바꾸는 게 내려앉기이
다. 제우스 신과 데메테르 사이에 프로셀피네라는 딸이 있었다.
그녀는 하계의 왕 플루토에게 유괴되어 하계의 여왕이 된다. 어머
니가 딸을 찾아 헤매는 것을 측은히 생각한 제우스는 프로셀피네
가 일 년의 삼분의 일을 하계에서 그리고 그 나머지를 어머니와 지
상에서 살게 한다. 이 이야기는 자연의 섭리인 사계절, 그리고 죽
음과 재생의 주제를 담고 있다. 겨울 동안 땅 속에 묻혀 있던 씨앗
은 봄에 싹이 터 여름에 성장하고 가을에 거두어지며 다시 겨울을
맞는다. 그리고 자연도 인간도 이 순환의 논리를 벗어나지 않는
다. 이 구조가 세익스피어의 작품에서도 반복되는데 이때 원형은

상위모방의 수준에 걸맞게 내려앉는다. 『헛소동』에서 주인공은 실제로 죽지 않았으나 죽은 걸로 알려져 조가를 받는다. 『겨울 이야기』에서 남편의 횡포로 딸과 헤어진 어머니는 죽은 것으로 꾸며져 잠적된다. 긴 세월이 흐른 뒤 딸과 다시 만나는 것은 프로셀피네 신화의 반복이다. 그러나 여기서는 신이 아닌 인간의 얘기로 바뀐다.

사실주의 소설에서는 죽음과 재생이 우연에 의존하며 실제 일어날 듯한 방향으로 내려앉는다. 그러다 보니 원형이 많이 손상된다. 하디의 『테스』에서 여주인공은 희생되지만, 그녀의 여동생과 남주인공이 손을 잡는 마지막 장면에 의해 재생이 암시된다. 프라이는 사실주의를 싫어한다(140면). 구조보다는 생생한 삶의 현장을 재현시키려 들기에 사실주의에서 원형은 거의 와해되기 때문이다. 예를 들어 죽음과 재생의 구조를 사실주의 문학에서 찾다 보면 해당 안되는 것도 없고 그렇다고 딱 들어맞는 경우도 없다. 그런데 같은 19세기에도 포우는 「어셔가의 몰락」이나 「리지아」에서 여주인공을 죽였다 살려내는 데 아무런 변명도 없이 폭력적으로 연결시켜 버린다. 그래서 훗날 상징주의에 영향을 미치고 아이러니 문학에서 환영을 받는다.

아이러니는 사실주의에서 출발하여 신화로 회귀하는데 계시적인 측면보다 악마적인 쪽을 강조한다. 이처럼 신화가 어떻게 변모되는가를 통해 문학양식과 사회현실의 변모를 가늠할 수 있기에 원형비평은 문화사를 더듬는 한 가지 방법이다.

프라이 이론이 워낙 광범위하고 복잡해서 그걸 정리하는 것만도 벅찬데다가 그게 우리 문학에 어떻게 쓰일 수 있는지를 생각하면 골머리가 띵띵 아프곤 했다. 이것저것, 우리 문학에 신화비평을 적용한 책들을 뒤적이다가 조동일의 『한국문학 통사』를 읽게 되었고, 그 가운데 반가운 구절이 눈에 띄었다. 자연과 인간이 한 몸이었던 원시문학에서는 사냥이나 농사에 얽힌 노래와 이야기, 그리고 건국신화가 있었다. 중세에 이르면 토지를 소유한 지배층이 나타나고 통치체제가 확립되어 문학도 통치이념에 맞게 변신된다. 따라서 문인은 공적인 지위를 누리며 서정시와 교술문학이 퍼진다. 근대에 이르면 여전히 서정시와 교술문학이 지배계급의 이념을 실천하는 가운데 시민계급이 대두되어 소설양식이 나타난다.

한국문학의 변모과정도 눈을 가늘게 뜨고 멀리 보니 프라이가 역사 비평에서 논의한 것과 비슷한 단계를 거친다.

비슷한 부분은 건국신화에도 있었다. 북부여의 해모수가 하늘에서 내려와 물의 신 하백과 싸워 그 딸 유화를 차지하는 과정 역시 동·서에서 반복되는 투쟁과 승리의 구조이고 특히 동명왕의 신화 가운데 여자 혼자 임신한 것, 돼지 우리에서 태어나는 것 등은 예수의 탄생신화와 비슷하다. 비정상적으로 태어나 바구니에 담겨 바다에 버려지고 누군가가 주워 기르다가 후일 왕이 되는 탈해신화는 모세신화를 연상시킨다. 버려졌다가 수수께끼를 풀고 왕이 되는 유리신화는 오이디푸스신화와 비슷하다. 신라 때의 거타지는 군인으로 배를 타고 가면서 모험을 겪는다. 괴물과 싸워 승리하고 꽃가지를 내어 여자로 변하게 하는 등, 이런 환상적인 부분은 『오디세이』신화를 연상시킨다. 물론 이런 닮은 부분이 지나치게 강조될 수는 없다. 닮은 만큼 차이도 중요하기 때문이다. 그런데 정작 반가운 것은 고귀한 혈통이 비정상적으로 태어나서 버림받았다가 누군가에 의해 구출되고 다시 위기에 부딪쳤다가 투쟁으로 극복하고 승리하는 '영웅의 일생'이라는 신화의 구조가 후세 서사무가나 설화에서 반복되어 나타나고 그것도 그 시대 양식에 따라 변모된다는 부분이다(제1권, 82면, 189-190면).

근대문학기, 소설로 가는 길목에서 나타난 『홍길동전』은 '영웅의 일생'에서 그 구조를 따 왔으면서도 시대에 맞게 내려앉는다.

예를 들면 홍길동이 도술을 발휘하지만 그가 대적하는 사회가 이미 도술로는 해결되지 않는 복잡한 양상이어서 그의 위대함이 신화에서보다 절감된다.

…… 그런데, 홍길동이 도술을 발휘하는 것은 신화적인 능력의 연장이라 하겠지만, 적대적인 세계와의 대결이 도술로 일거에 해결할 수 없는 복잡한 상을 띠고 있어서 위대한 주인공이 또한 왜소한 주인공이게 한다. 신화적 질서가 아닌 소설적 진실성을 추구하는 과정이 힘들게 이루어지지 않을 수 없다. 독자가 홍길동의 신나는 장난에 매혹되면서 심각한 문제에 부딪치도록 한다. 이 작품이 대단한 인기를 차지한 문제작일 수 있게 한 비결이 거기에 있다. '장생전'에서 도적의 무리가 왕궁의 들보 위에 본거지를 정하고 있다고 한 것 같은 긴장은 없으며, 홍길동은 반역을 하고 투쟁을 하면서도 아버지나 임금에 대한 의리를 저버리지 못했는데, 그러기에 의식의 각성이 미흡한 광범위한 독자에게 오히려 친근감을 줄 수 있었을 것이다. (제3권, 88–89면)

홍길동은 서자로 태어났으나 비범했고 그래서 자객에게 암살될 뻔했다. 그가 집을 나선 후 겪게 되는 갖가지 위기, 도술을 통해 아버지의 자식임을 인정받는 과정, 요괴와 싸워 왕이 되는 결말 등이 신화의 기본구조를 벗어나지 않지만 당대의 사회문제를 해결하지 못한 점, 주인공의 인간적인 번민 등이 소설로 가는 전환기에 신화의 구조가 어떻게 자리바꿈하는가 보여주는 좋은 예인 것 같다.

20세기 초, 신소설로 들어서면서 이해조의 경우 귀족적인 주인공의 시련과 승리를 다룬 '영웅의 일생'은 더욱 시대에 맞게 변모된다. 기본구조는 유지하되 천상계의 개입이나 환상적인 권능을 지닌 도승은 제거되고 주인공이 위기에 부딪치면 국내외의 개화인이 구출자 노릇을 하도록 한 것이다(제4권, 359면). 이광수의 『무정』을 보자. 주인공은 어려서 부모를 잃고 박 진사에게 구출되어 감화를 받고 그의 딸과 약혼을 한다. 다시 위기를 맞고 이번에는 김 장로의 도움으로 그의 딸과 결혼하고 미국유학을 떠난다. 이런 구조는 영웅의 일생을 되풀이하면서도 당대의 현실을 반영하도록 변모된 것이다.

인간을 이상주의적 시선으로 본 이광수보다 김동인은 한 단계 더 내려선다. 인간의 어두운 측면을 파헤친 김동인의 소설에서 고귀한 이상은 우매한 질투에 의해 지워지고(「배따라기」), 도덕은 동물적인 본능과 감각 앞에 무력하다(「감자」). 「김연실전」(1939)은 영웅의 일생이라는 원형이 자연주의적 속성을 띠며 내려앉는 과정을 잘 보여준다. 소실의 몸에서 태어나 차별대우를 받고 자란 김연실은 막연한 반항심으로 차 있다. 그녀는 어머니를 저주하고 부도덕한 아버지를 경멸하고 적모의 학대에 반항한다. 뚜렷한 의지나 목표도 없이 신학문에 휩쓸리고 본능에 의해 육체관계를 갖는다.

감동도 흥분도 가책도 느낄 줄 모르며 그저 환경에 몸을 내맡긴 채 쾌락을 추구하면서 일본으로 건너가고 선각자가 되리라고 결심한다. 사물에 대한 통찰이나 깊은 사고가 전혀 없는 그녀는 연애도 문학도 자유도 제대로 꿰뚫어보지 못한 채 끝내 비참하게 전락한다. 비정상적으로 태어나 비범한 능력을 지니고 갖가지 시련을 겪다가 천상계의 도움으로 승리하는 신화의 구조가 어떻게 변모되었는가. 비천하게 태어나 동물적 차원의 능력을 지니고 갖가지 상황의 노예가 되다가 주위의 영향을 받으며 타락하는 모습이다.

신화의 구조는 지니면서 그 이미지가 역전되어 자연주의 문학의 정수를 드러내는 자리바꿈의 좋은 예이다.

2) 원형적 이미지

프라이는 문학작품에서 발견되는 원형적 이미지를 5단계의 양식에 맞추어 분류한다. 계시적 이미지로는 신과 연관된 이미지들로서 삼위일체, 비둘기, 전원의 목가, 장미, 연꽃, 양, 예루살렘, 성자의 후광, 불타는 나무, 생명의 물이 있다. 아마도 동양의 신화에서는 불교와 연관된 이미지, 연꽃, 단군신화의 곰, 마늘 등을 생각해 볼 수 있을 것이다. 로망스적 이미지로는 마법의 힘을 가진 현자, 순결을 상징하는 인간, 어린 양, 일각수, 돌고래, 새, 에덴동산, 정원, 요정, 탑, 성, 정화의 불, 연옥, 연못, 샘 등이 있다.

상위모방의 단계로는 질서와 통치체계의 이미지들로서 왕, 이상화된 인간, 사자, 백조, 매, 불사조, 수도, 왕관 등이다. 하위모방은 사실주의 시대이기에 경험의 세계와 관련된다. 영적 체험이나 평범한 경험, 인간을 닮은 원숭이, 농지, 노동, 소작인, 미로와 같은 도시, 고독과 소외감, 낭만에 대한 패러디, 고통받는 프로메테우스, 진정한 사랑으로 부각되는 근친상간이나 불의의 사랑 등이다.

신화로 귀의하는 모더니즘 시대는 악마적 비전이 강조된다. 운명의 조작, 자아와 사회의 긴장, 압제자, 마귀, 괴물, 맹수, 용, 소돔과 고모라, 지하묘지, 사막, 바위, 황무지, 악령 등이다. 이런 이미지의 변천사를 보면 인간의 사회가 점점 타락되고 살기 어려워지는 것은 아닌가 하는 느낌이 든다. 과학의 발달과 문명의 이기에도 불구하고. 또한 서구의 원형을 동양과 비교해 보면 공통점과 차이점에 의해 문화의 차이를 느낄 수 있을 것 같다. 예를 들어 연꽃은 동서가 계시적 이미지임에 비해 용은 동양에서는 계시적이지만 서구에서는 악마적 이미지다.

3) 플롯의 네 가지 유형

자연과 인간이 한 몸이 되는 신화, 다시 말하면 모든 이야기(미토스)의 근원이 되는 원형은 사계절의 신화이다. 봄, 여름, 가을, 겨울이라는 자연의 섭리는 인간이 태어나서 성장하고 성숙하여 죽어가는 과정과 같고 겨울이 오면 봄이 머지 않듯이 죽음은 부활을 의미한다. 그래서 프라이는 미토스의 네 가지 유형을 사계절에 맞추어 희극, 로맨스, 비극, 아이러니로 나눈다. 그리고 다시 각각의 유형을 유아기, 성장기, 성숙기, 죽음이라는 삶의 과정에 맞추어 세분한다. 문학사에 있어온 이야기 꾸미기(미토스)의 유형을 자연과 인간의 섭리로 해석한 것이다.

봄의 미토스인 희극은 그리스의 새 코메디가 전형이다. 젊은이가 사랑하는 연인을 얻기 위해 방해꾼과 싸운다. 역경을 이겨내고 새로운 사실의 발견에 의해 사회적인 계층이 상승된다. 극은 새로운 사회를 암시하는 성대한 파티로 막을 내린다. 이런 구조 가운데 방해꾼과 마지막 '발견'과 화합의 장면이 극의 성공여부를 가름한다. 희극의 전형인물은 에이론, 알라존, 그리고 로몰로코스이다.

우리의 전형적인 희극인『춘향전』의 구조를 보자. 주인공 이 도령은 적게 말하고 많은 것을 얻어내는 에이론이다. 그는 옥에 갇힌 춘향의 속마음을 떠보려고 거지로 변장하여 월매의 갖은 모욕을 천연스레 받아넘긴다. 춘향이가 거지인 이 도령에게 변함없는 사랑을 고백할 때 감동을 하는 것은 이 도령 못지않게 그것을 지켜보는 관객이다. 이 도령은 스스로를 비하시켜 자신의 목적을 이룰 뿐 아니라 관객의 마음을 움직이는 효과를 얻어낸다. 변사또는 허풍쟁이 사기꾼, 알라존이다. 주인공이 물리쳐야 하는 방해꾼인데 이 작품에서는 온갖 사회적 비리를 한 몸에 안은 악의 상징이기도 하다. 방자와 향단은 어릿광대 푼수꾼, 로몰로코스이면서 동시에 에이론의 성향을 지닌다. 주인공을 돕는 시종이면서 주인공의 사랑을 반복·대조하기 때문이다. '발견'의 늦춤은 이 극에서 중요한 역할을 한다. 곤경에 처한 춘향을 구해 줄 큰 힘을 마지막 순간까지 지연시킴으로써 춘향의 절개를 재확인하고 변사또의 우매함을 실컷 노출시킨다. 적이 우롱당하고 있음을 아는 관객은 즐겁다. 그리고 화합과 새로운 사회에 대한 갈망이 고조된다. 사랑, 비리의 숙정, 신분의 차이를 무너뜨리는 계급상승, 극은 새로운 사회를 축복하는 잔치로 막을 내린다. 『춘향전』은 개인과 사회를 화합시키는 희극으로서의 전형이다.

여름의 미토스는 로망스인데 주인공의 모험을 담은 신화가 기본구조이다. 우선 위험한 여행과 준비단계의 작은 모험들이 있고 생명을 건 투쟁이 따르고 주인공의 개선으로 끝이 난다. 그런데 이 삼중구조는 반복되는 성향이 있다. 주인공이 셋째 아들이라든지 세 번의 갈등이라든지 세번째 시도에서 성공한다든지 세번째 딸을 얻는다든지 등이다. 전형은 악의 상징인 용을 물리치고 왕의 딸과 결혼한다는 성 조오지와 페르세우스의 모험담이다. 우리나라의 '영웅의 일생'이나 북부여 해모수가 물의 신 하백과 싸워 그 딸 유화를 얻는 과정과 비슷하다. 독일의 지그프리트계 신화는 용을 퇴치하고 보물을 찾는 편력 로망스인데 후일 영국작가, 콘라드의 『노스트로모』에 되풀이된다. 로망스는 다시 삶의 순환과정에 따라 세분된다. 영웅의 탄생에 얽힌 신화는 유아기, 순진무구한 청춘의 사랑은 소년기, 주인공의 편력과 화려한 낙원은 청춘기, 전원의 노래는 성숙기; 그리고 명상의 모험은 노년기와 죽음이다.

가을의 미토스는 비극이다. 비극은 개인의 고립이나 파멸을 다룬다. 전형은 그리스의 비극이나 셰익스피어의 비극이다. 주인공은 자신이 지닌 영웅성에도 불구하고 오만과 이기심에 사로잡혀 인간의 결정적인 결함을 노출시키는 알라존 형이다. 중상모략을 당하는 죄없는 주인공으로부터 시작하여 모험이 좌절되는 젊은이의 비극, 인간적인 결함에 의해 패배하는 전형적인 비극, 오이디푸스 왕처럼 모르고 저지른 실수로 인한 비극, 그리고 프로메테우스처럼 지은 죄보다 더 큰 고통을 겪는 경우 등, 비극은 유아기로부터 죽음에 이르는 삶의 순환 논리에 따라 6단계로 나뉜다.

겨울의 미토스는 풍자와 아이러니이다. 돈키호테적인 풍자나 라블레적인 풍자는 유아기, 소년기. 톨스토이의 너무나 인간적인 주인공은 사실주의의 아이러니를 드러내는 전형. 운명의 수레바퀴에 휘말리는 하디의 주인공은 성숙기. 죠지 오웰의 『1984』처럼 광기나 전체주의의 희생자는 노년기와 죽음 ……. 나누고 자르고 계보화하고 또 나누고 자르고 계보화한다. 프라이의 해부작업은 이제 수사비평으로 이어지는데 비평가들은 그 부분을 거의 취급하지 않는다. 이 정도에서도 지치고 숨이 차다. 이 정도로도 충분하다.

5. 맺음

마치 작품의 의미가 어디 숨어 있는 듯 뒤지고, 자신의 논리를 위해 무덤 속의 선배를 죽였다 살리는 신비평의 주관성이 싫다. 문학의 역사를 몽땅 털어서 과학적이고 체계적인 도표를 만들자. 그래서 프라이는 메스를 들고 자르고 나누고 줄줄이 엮어 꿰었다. 그런데 만면에 미소를 지으며 해부실을 나오는 프라이에게 후기구조주의자들은 묻는다. 어떻게 작품의 개별 가치평가 없이 나누고 엮을 수 있었느냐고. 프라이는 말한다. 예술은 진보하지 않는다. 오직 그 형식이 변하면서 전범을 낳을 뿐이다. 예술가는 독창적이 아니다. 선배의 것을 되풀이할 뿐이다. 비평은 진보한다. 작품을 보는 눈을 세련되게 만드는 방법론을 개발한다. 여러 가지 비평방식의 장벽을 허물자. 비평의 출발은 텍스트의 검토지만 그것의 종착역은 멀리서 그 구조를 보는 것이다. 그런데 과연 시대를 초월한 공간적 비평이 가능한가. 후기구조주의자인 하트만은 묻는다. 프라이 비평 역시 당대의 이념을 반영한 시간성을 지닌다고.

그토록 수많은 책을 읽었고 서구의 문화사를 꿰뚫어보았고 기존 장르의 벽을 허물었고 문학 내의 온갖 경계를 지웠다. '서사'라는 용어를 새롭게 부각시켰고 작품분석에서 프랑스 구조주의로 가는 문을 열었다. 20세기 비평사에서 프라이의 업적은 획기적인 것임에 틀림없었다. 그러나 모든 논리가 그렇듯이 그의 논리 역시 통찰이 지닌 눈멈을 드러낸다. 보편성을 향해 가는 도중에서 실제비평에 도움이 되는 방법론을 희생시킨 것이다. 혼자서 다 해버리고 남에게 줄 몫을 아주 조금 남겨 놓은 것이다. 전체의 틀을 제시하여 문학사의 과거와 미래를 예견케 했으나 개별작품의 분석에 도움이 되는 풍요한 방법론에는 인색하고 말았다. 러보크, 포스터, 브룩스와 워렌의 소설이론은 실제분석에서 어느 나라의 소설이든 상관없이 적용되는 보편성을 지닌다. 그러나 프라이의 이론은 원형의 '내려앉기'를 제외하고 우리 문학에 그대로 적용되지가 않는다. 보편구조를 찾다가 더 넓은 보편들을 잃은 아이러니다. 아니, 어쩌면 이 아이러니는 개별작품의 평가를 극복하려고 시작했기에 귀결되는 당연한 결과일는지도 모른다.

프라이의 논의에 따르면 극단적으로 말해서 세익스피어의 작품과 만화가 별 차이가 없게 된다. 그래서 작품의 특수성, 작가의 개성, 시대상황 등이 깡그리 무시되었다고 후기구조주의자들은 비난한다. 에이브람즈(M. H. Abrams)는 프라이의 업적을 인정하면서도 사실 신비평보다도 실제비평에서는 업적을 못 남겼다고 말한다. 렌트리챠는 그토록 과학성을 부르짖고 가치판단을 공격했지만 끝없이 나누고 계층화하는 사이 혼자서 가치판단을 이미 다 해버렸다고 말한다. 헤롤드 블룸은 프라이가 시인의 독창성을 인정 안 한 것은 은근히 반기면서도 시인이 선배와 갖는 심리적 갈등을 무시했다고 말한다. 물론 프라이는 자신의 이론이 가건물이고 자신의 결론이 '잠정적'일 뿐이라고 말했다. 그러나 그토록 진지하고 완벽에 가까운 체계를 가설이라고 내던질 사람은 아무도 없고 프라이 자신도 그렇게 되길 원치 않았을 게다. 그가 이론을 내놓자마자 사람들은 달려들어 들여다보고 뜯어보고 실천하여 정설인 양 굳혀 놓았기 때문이다.

개별성을 배제한다고 우주적 개별성을 만든 아이러니. 그리하여 특수성을 극복하려 한 그의 이론은 훗날 바로 그 특수성을 버렸다고 비난을 받는다. 굳이 폴 드만의 말을 빌리지 않더라도 통찰이 곧 눈멂이 되는 논리의 숙명이다. 렌트리챠는 프라이를 반(半)구조주의자라고 칭한 적이 있다.

이제 당대의 프랑스 구조주의는 프라이의 이론과 어느 점이 공통이고 어느 점이 다른가 살펴보자.

구조주의로 가는 길
―프롭의 『민담의 형태소』

20세기에 발표된 소설이론으로서 러시아 형식주의의 '낯설게 하기'는 문학이 왜 문학인가, 다시 말하면 문학을 문학답게 만드는 것은 무엇인가를 드러내는 글이었다. 그들은 독자가 경험하게 되는 작품의 겉 모양을 형식(syuzet)이라 하고 그 경험을 통해 합성해낸 의미를 내용(fabula)이라 했다. 그리고는 창작의 초점을 형식, 혹은 기법에 두었다. 마치 형식주의의 뒤를 잇듯이 영국의 러보크는 어떻게 쓸 것인가의 문제를 주로 시점과 연결지어 논의한다. 작가가 어떤 시점을 택하느냐에 의해 서술이 극적, 혹은 입체적이 되기도 하고 평면적이 되기도 한다. 한편 러보크의 기법 예찬에 대항이라도 하듯 포스터는 소설의 요소를 여섯 갈래로 나누어 구체적인 것으로부터 추상적인 의미의 영역으로 확대시켰고 이와 비슷한 입장에서 미국의 워렌과 브룩스는 플롯, 인물, 주제의 세 영역으로 이를 간추린다. 이제 와트의 『소설의 발생』이나 부스의 『소설의 수사학』, 지라르의 『욕망의 삼각구조』 등, 소설이론으로 이어지기 전에 우리는 하나의 고비를 넘어야 한다. '서사'라는 건조하고 얼핏 도식적이기까지 한 용어이다. 이미 프라이의 『비평의 해부』를 통해 선을 보였지만 이 용어는 소설뿐 아니라 장르를 통합하여 소설, 극, 영화 등 이야기를 가진 온갖 내러티브에 적용된다. 프라이는 서구 문학양식의 발전과정을 단계별로 나누고 신화로부터 현대 모더니즘에 이르는 모든 문학의 공통구조를 더듬어 문학사를 세운다. 그리고 이런 영미 쪽의 구조론은 프랑스 구조주의와 대조를 이룬다.

러시아 형식주의 말기에 글을 썼고 후일 프랑스 구조주의의 발달에 영향을 미친 프롭은 바흐친 만큼이나 뒤늦게 알려진 인물이다.[1]

그는 주로 1914년에서 1930년대까지 글을 썼으나 50년대에 가서야 서구에 알려진다. 볼쉐비키 혁명으로 인해 맑시즘의 압력을 받아 러시아 형식주의가 흩어져갈 무렵 1928년에 쓴 『민담의 형태소 *Morphology of the Folktale*』는 30년이 지나서야 영어로 번역되고 구조주의자들의 관심을 불러 일으킨다. 레비–스트로스는 1960년 그 책에 대한 공격적인 서평을 썼고 프롭은 이에 대한 방어를 한다. 알렌 던디즈는 프롭을 미국에 소개했고 70년대에 브레몽, 그레마스, 토도로프 등 프랑스 구조주의자들은 프롭의 이론을 세련시킨다. 『민담의 형태소』는 프롭 자신이 후일 회상하듯 민담의 모든 복잡한 형태를 연구한 게 아니고 동화(wondertale)라는 특정 타입만 연구한 책이었는데 편집자가 독자의 시선을 끌기 위해 민담으로 제목을 바꾸어 놓았다고 말한다. 그러니까 사실 내용은 동화의 형태소인 셈이다. 이 책의 내용은 무엇이고 그것이 소설 이론으로서 어떤 의미를 갖는가.

---

1) Vladimir Jákovlevic Propp은 1895년 4월 17일 러시아의 페델부르그에서 태어났다. 러시아어와 독일어의 어원학자. 한동안 고등학교에서 가르치다가 1932년부터 레닌그라드 대학에서 강의 시작. 1928년『동화의 형태소』를 썼으나 몇몇 사람에게만 알려진다. 1938년 이후에는 민담연구에만 몰두한다. 「동화의 발생」(1939), 「동화의 역사적 뿌리」(1946) 등의 글을 남긴다.

1. 기능으로 본 서사의 구조

우선 프롭은 자신의 이론을 세우기 위해 간편한 동화의 영역을 택한다. 그리고 그것이 어떤 방식으로 연구되어 왔는지 살피고 그런 연구의 문제점을 지적한다. 마치 프라이가 개인의 가치판단에 의존하는 기존의 비평이 주관적이고 비과학적이라고 비난했듯이 프롭 역시 기존의 민담 연구방식이 비과학적이라고 지적한다. 가장 흔한 방식은 내용에 따라 범주로 나누는 것이었다. 환상적인 것, 일상적인 것, 그리고 우화적인 것이다. 그런데 이런 범주화에서 문제점이 생긴다. 우화는 환상적이 아니란 말인가. 분트(Wundt)는 조금 더 세분하여 신화적 우화, 순수동화, 생애담과 우화, 순수동물 우화, 교훈적 우화 등 7가지로 나눈다. 그런데 이것 역시 혼동을 일으킨다. 순수우화는 교훈담이 아니란 말인가.

동화의 내용 가운데 어떤 것을 결정적인 요소로 택하느냐라는 문제가 발생하기 때문에 주제에 따른 분류 역시 혼란을 부른다. 볼코프(Vólkov)는 부당하게 학대받는 사람들, 영웅－바보에 대하여, 세 형제에 대하여, 용과 싸우는 사람, 구출되는 신부, 영리한 하녀, 주문이나 마법에 걸린 자들, 부적을 가진 자, 마법을 부리는 자, 부정한 아내에 대하여 등 주제에 따라 동화를 더 세분한다. 그런데부적을 가진 자가 부정한 아내를 벌하는 얘기는 없단 말인가.

따라서 그런 분류방식은 정확한 의미에서 과학적이 아니다. 그것은 가치가 심히 의심스러운 관습적인 목록에 불과하다. 그런 분류가 첫 눈이 아니고 두고두고 탐색한 긴 연구에 의해 얻어진 동식물의 분류체계와 비교가 되겠는가?[2]

---

2) V. Propp, *Morphology of the Folktale* (Austin : Univ of Texas Press, 1968), 8면. 이로부터 이책에서의 인용은 면수로만 표시함.

프롭의 이런 의문은 프라이의 해부를 연상시킨다. 프라이 역시 비평의 과학화를 동식물의 해부도에 비교했기 때문이다.

프롭은 이제 자신의 논리를 향해 한 걸음 더 접근한다. 아르네는 민담이 세계적으로 전파되는 것에 관심을 두고 그것들이 어떻게 변이되는가 밝히려 했다. 그러나 동화의 주제는 상호간에 연결이 되어 있어 변이형을 찾아내고 이들을 비교할 때 어떤 원칙이 있어야 한다. 주제를 구별해내는 객관적인 기준이 필요하다. 베젤로프스키는 주제를 모티프의 복합체로 보았다. 모티프는 최소의 서사단위로서 더 이상 분해가 불가능한 요소이다. 그러나 그가 예로 든 모티프는 얼마든지 다시 분해 될 수 있다. 하나의 문장도 모티프이기 때문이다. 베디어는 민담의 중심형과 변이형 사이에 상호연관성이 존재한다고 보았다. 그는 변치않는 요소를 기호로 표시하고 여기에 변이 요소들을 덧붙였다(Q+a+b+c 혹은 Q+a+b+c+n 등). 그러나 중심형의 정확한 개념이 정립되지 않았고 그런 식의 표기는 수도 없이 많이 생기므로 하나의 논리로 설 수가 없다.

이런 식으로 지금까지의 연구가 비과학적이었음을 제시한 후 프롭은 문제점을 극복하기 위해 새로운 접근이 필요하다고 말한다. 이야기 그 자체가 '어떻게 제시되는가'를 탐색하는 형태로의 전환이다. 형태의 구조가 연구되고서야 역사적이고 사회적인 연구가 뒤따른다. 예를 들어 각 나라의 민담을 비교할 때 혹은 민담의 유사성을 밝힐 때 그 기준은 내용이 아닌 구조에 의거되어야 한다는 것이다.

어릴 적에 할머니가 들려주는 옛 얘기를 들으면서 어린이는 늘 그것 말고 다른 얘기, 또 다른 얘기를 들려달라고 조른다. 그애는 이미 한번 들었던 얘기가 아니면 안심을 하고 한동한 호기심에 차서 듣다가 어느 틈엔가 만족한 웃음을 띠우며 스르르 잠이 든다.

인물과 사건과 일어나는 장소가 다를 망정 얘기들은 어딘가 비슷하기에 자장가처럼 되어버린다. 만일 착한 주인공이 벌을 받거나 악한이 승리를 하게 된다면 그 애는 눈빛을 반짝이며 얘기가 왜 그런가 하고 의아해 할 것이다. 그러니까 비록 밤마다 다른 얘기를 해달라고 조르지만 애들은 수많은 다른 얘기들 속에서 어딘가 닮은 점, 말하자면 어떤 친숙한 구조에 익숙해져 있는 것이다. 그 구조란 것을 끄집어 눈으로 볼 수는 없는가. 어린이를 잠들게 만드는 요람과 같은 그 반복의 구조. 혹시 그것은 인간의 내부에 잠재한 근원적인 소망 같은 것은 아닐까. 성인이 된 우리가 어떤 소설을 읽고 얘기가 왜 그런가 하고 반문을 한다면 그것도 어떤 친숙한 구조 때문은 아닐까. 만일 그것을 하나의 도식으로 표시할 수 있다면——100개의 얘기를 한 개의 공식으로 묶을 수 있다면——프롭의 학문적인 욕심은 바로 이런 상황에서 출발한다.

우선 아파나시예프가 수집한 자료 가운데 50번에서 151번까지의 동화 100개를 선정한다. 이 선정은 물론 자의적이지만 일련 번호 가운데 어느 것도 제외시키지 않음으로써 객관적인 선정이 된다. 이 가운데 계모에게 시달림을 받는 소녀의 얘기들을 본다. 예를 들어『모로즈코』란 동화 속에서 계모는 소녀를 숲 속의 모로즈코에게 보낸다. 서리의 왕 모로즈코는 소녀를 얼려 죽이려 하나 그 애의 간절하고 착한 얘기를 듣고 선물을 주어 살려보낸다. 그러나 그 계모의 딸은 서리왕의 시험에 실패하고 지상에서 사라진다. 그런데 다른 얘기에서 소녀는 모로즈코가 아니라 숲의 도깨비와 만나고 또 다른 얘기에서는 곰과 만난다. 모로즈코, 숲의 도깨비, 곰은 나름대로 착한 소녀를 시험하고 나름대로 상을 주어 살려보낸다. 이 세 가지 얘기는 모두 다르지만 무언가 변치 않는 부분이 있다. 형식, 구조, 플롯이다. 그런데 왜 아파나시예프는 이것들을 다른 얘기로 취급하는가. 모로즈코, 숲도깨비, 곰은 똑같은 행동을 하고 있다. 인물이 다를 뿐 그들이 하는 행위는 같다. 이 행위를 중심으로 동화를 분석해보자. 프롭은 이 행위에 '기능(function)'이라는 이름을 붙인다. 기능이란 서사가 진행되는 동안 일어나는 주요 행동들이다. 그러나 주인공이 말을 타고 공주의 창문으로 뛰어든다고 해서 말타고 뛰어들기가 기능은 아니다. '연인을 구하기 위해 어려운 임무를 수행하는 것'이 기능이다. 마찬가지로 독수리가 주인공을 공주가 있는 나라로 데려갈 때 새 타고 날기가 기능이 아니다. '구하려는 대상이 있는 곳으로 데려다 주기'가 기능이다. 그러니까 기능이란 행동 그 자체가 아니다. 그 행위가 전체 이야기에서 차지하는 역할, 그리고 그 이야기와 다른 이야기와의 관계 속에서 산출된 그릇같은 것이다.[3]

임금이 주인공에게 독수리를 하사한다. 독수리는 주인공을 다른 나라로 데려간다.

노인이 수첸코에게 말을 준다. 말은 수첸코를 다른 나라로 데리고간다.

마법사가 이반에게 작은 배를 준다. 배는 이반을 다른 나라로 데려간다.

왕자가 이반에게 반지를 준다. 반지 속에서 젊은이가 나와 이반을 다른 나라로 데리고 간다. (19 - 20면)

위의 예에서 등장인물과 사물은 변하지만 행위는 변치 않는다. 그것은 인물의 기능으로서 다양한 이야기 속에서 반복되는 구조이다. 이 기능이 이야기의 뼈대이다. 그리고 동화 속에서 기능이 일어나는 순서는 같다. 다시 말하면 순서대로 일어난다. 모든 동화는 구조적인 측면에서 한 가지 유형에 속한다. 이것이 동화의 형태소이다. 식물학에서 형태소란 구성부분들의 상호연관성과 이것

3) V. Propp, *Theory and History of Folklore* (Minneapolise : Univ. of Minnesota Press, 1984), 69 - 74면. 이로부터 이 책에서의 인용은 THF, 면수로 표시함.

이 전체와 갖는 관계들, 즉 구조이다. 이처럼 문학을 향한 과학적 접근에의 욕망은 프라이로 하여금 해부란 낱말을 빌어오고 프롭으로 하여금 형태소란 단어를 빌어오게 만든다.

러시아 형식주의자인 슈클로프스키가 '낯설게 하기'를 통해 그 것이 왜 문학인가를 밝히려 했다면 프롭은 문학 가운데 동화라는 특정 영역을 택해 그것이 왜 동화인가를 기능을 통해 밝히려 했다. 기능은 몇 가지나 되고 어떻게 배열되며 어떤 규칙을 가지고 구성되었는가를 밝히고 그 전체의 틀을 형태소로 이름 지음으로써 모든 동화를 하나의 규칙 속에 묶어 넣은 것이다. 내용을 중심으로 작품을 파악하려 했던 기존의 방식에서 구성을 통해 작품을 이해하려는 프롭의 전환은 어떤 의미에서 20세기 구조주의와 후기구조주의에까지 연장되는 학문 연구의 기본 방향의 전환이 아닐까 싶다. '기능의 관계들'은 구조주의 분석의 바탕이 되고 멀게는 지라르의 욕망의 삼각구조나 푸코가 지식과 권력의 관계를 따지는 데도 연결이 된다. 푸코는 개별 저자의 고유의미를 지우고 대신 기능으로 대체시킨다. 그리고는 역사 속에서 그 기능이 어떻게 담론을 낳는지 살핀다. 그들이 어떻게 담론을 선택하고 배제하고 유통시켜 권력을 형성하는가 본 것이다. 물론 프롭이 고안한 기능의 관계들과 그 이후 이론들이 결코 똑같지는 않다. 그러나 의미의 영역을 기능이라는 구조로 바꾼 점은 공통된다고 볼 수 있다.

프롭은 100편의 동화를 분석하여 31개의 기능을 밝혀낸다. 그리고 이것을 하나의 도식으로 연결짓는다. 모든 동화는 이 연속된 기능들 가운데 어느 부분이 모여 엮어지며 순서는 차례를 따른다. 우선 31개의 기능을 보자.

1. 가족들 가운데 누군가가 집에 없다(β). 2. 금기명령이 주인공에게 내려진다(γ). 3. 금기가 위반된다(δ). 4. 악인이 정보를 탐색한다

(ε). 5. 악인이 정보를 얻는다(ζ). 6. 악인이 희생자를 속이려 한다
(η). 7. 희생자가 속고 악인을 돕는 꼴이 된다(θ)(여기까지는 도입부로
서 동화에서 흔히 나타나지 않기도 한다).

8. 악인이 가족 가운데 누구를 해친다(A). 이때 가해행위 대신 어떤
결핍이 제시되기도 한다(a). 9. 불행이나 결핍이 주인공에게 알려지고
주인공은 요청이나 명령을 받아 출발한다(B). 이때 주인공에는 탐색자
형이 있고 희생자형이 있다. 10. 탐색자형 주인공이 대결하기로 마음
먹는다(C). 11. 주인공이 집을 떠나면서 모험이 시작된다(↑). 12. 주
인공이 돕는 자를 만난다(D). 13. 돕는 자의 시험을 겪는다(E). 14. 시
험을 겪고 요술도구를 얻는다(F). 15. 주인공이 탐색대상이 있는 곳으
로 옮겨진다(G). 16. 적을 만나 싸운다(H). 17. 주인공에게 가벼운 상
처, 혹은 공주의 키스 등 낙인이 찍힌다(J). 18. 적이 죽는다(I).
19. 최초의 불행이나 결핍이 해소된다(K). 20. 주인공이 되돌아온다
(↓). 21. 주인공이 추적당한다(Pr). 22. 추적으로부터 구조된다(Rs).
(제2 라운드(move)로 이어지는 경우).

23. 주인공이 몰래 집이나 다른 나라에 도착한다(O). 24. 가짜 주인
공이 부당한 요구를 한다(L). 25. 어려운 문제가 주어진다(M). 26. 문
제를 해결한다(N). 27. 주인공이 발견되고 인정받는다(Q). 28. 가짜주
인공이나 악인의 정체가 폭로된다(Ex). 29. 주인공에게 새로운 모습이
주어진다(T). 30. 악인이 벌을 받는다(U). 31. 주인공이 결혼하여 왕
위에 오른다(W).(제3장, 25-65면에서 발췌요약)

프롭은 100편의 동화를 분석하여 31개의 기능을 순서대로 늘어
놓는다. 만일 어떤 동화가 위의 31가지 기능을 모두 갖는다면 그
동화의 형태소는 괄호 속의 기호를 죽 늘어놓은 꼴이 된다. 그러
나 실제로 그런 경우는 거의 없고 대부분 위의 것들 중 어떤 부분
들이 결합하게 된다. 프롭은 이어서 그 기능들이 결합하게 되는

경우에 일어나는 유의점들을 열거한다. 우선 얼핏 보아 행동이 같은데 다른 기능으로 분류되는 경우가 있다(동화현상). 예를 들어 돕는 자가 주인공을 시험하는 경우(E)와 주인공이 어려운 문제 앞에 놓이는 경우(M)는 드러난 행동으로는 시련, 혹은 시험을 당한다는 데서 동일한데 이때 어느 기능인가를 정하는 것은 그 다음에 오는 결과에 의한다. 요술 도구를 얻는 경우이면 E이고 어려운 문제를 풀고 최초의 결핍이 해소되는 경우이면 M의 기능에 해당된다. 하나의 행위가 2개의 기능을 포함하는 수도 있다. 아내가 밖으로 나가는 행위가 3번 금기가 위반되는 기능과 7번 희생자가 속고 악인을 돕는 기능을 둘 다 포함하는 경우이다.

한편 뼈 사이의 물렁뼈처럼 기능 사이를 연결시키는 보조요소들이 있다. 마법의 사과를 가진 마녀는 높다란 벽에 악기의 줄을 늘어뜨려 놓았다. 이반은 돌아나오는 길에 벽 위로 오르다가 이 악기의 줄을 스치게 된다. 이 소리에 마녀는 도둑이 든 것을 알아채고 뒤쫓기 시작한다. 이때 현악기는 두 기능 사이를 정보 전달로 연결시킨다(71-72면). 이렇게 한 기능을 다른 기능과 접속시키는 요소(§) 외에도 세 번이라는 숫자를 보조로 쓰는 경우도 있다. 세 번의 시험, 삼 년 동안의 봉사, 세번째에 가서야 승리, 셋째 딸, 세개의 마법적 도구 등처럼 똑같은 행위의 반복은 별개의 기능으로 다루지 않는다. 동화에 나오는 인물들은 대략 7가지로 나뉜다. 주인공, 악인 요술도구를 주는 자, 돕는 자, 보상으로 받는 대상(공주 등), 파견자, 가짜 주인공이다. 이 7가지 역할은 경우에 따라 겹쳐지기도 하는데 한 인물이 두세 개의 역할을 하거나(도움자와 요술도구를 주는 자가 같은 경우), 여러 인물들이 한 가지 역할을 하는 경우(한 인물이 주인공을 시험하는 사이 또 다른 인물이 우연히 주인공을 돕는 경우)도 있다. 가해행위, 혹은 어떤 것의 결핍으로 시작되어 여러 중계 단계를 거쳐 최초의 결핍이 해소되는 과정이 보통한 판(move)의 승부가 결정되는 동화의 기본구조이다. 이 속에 적을 만나 승부를 결정짓는 싸움(H에서 I), 어려운 문제를 푸는 과정(M에서 N), 이 두 가지를 모두 가진 것, 그리고 아무것도 갖지 않는 경우 등 4개의 커다란 구조를 생각해볼 수 있다.

하나의 행위가 두 개의 기능을 함축하는 경우, 비슷한 행위가 두 가지 다른 기능으로 나뉘는 경우, 기능을 연결하는 보조요소, 등장인물의 행동범위, 이야기의 결합방식, 그리고 순서가 바뀐 듯 보이지만 실은 그렇지 않은 경우 등, 프롭은 31개의 기능을 설정한 후 긴 유보사항을 덧붙여 놓았다. 그리고는 모든 동화가 형태상 유사하다면 하나의 근원에서 유래되었다고 가정할 수 있고 이 단일 근원이 지리학적인 문제보다 인간의 심리적인 문제에 더 기인한다면 각 나라의 동화구조를 통해 인간의 동질성과 민족의 특수성을 밝힐 수 있을 것이라고 덧붙인다.

악인으로부터 피해를 받거나 무엇인가의 결핍으로 시작하여 주인공의 시련이 시작된다. 어디선가 커다란 힘으로부터 도움을 받아 시련을 이겨내고 보답을 받는다. 아름다운 공주이다——이런 동화의 구조는 우리나라의 전래동화에도 되풀이되는 친숙한 골격이다. 그런데 서구의 경우엔 탐색자형 주인공이 많은데 비해 우리에겐 착하고 효성이 지극하여 보답을 받는 수동적인 주인공이 많다. 스스로 시련이나 모험을 택하여 집을 나서는 경우보다 인내와 착한 마음씨 때문에 커다란 힘에 의해 보답을 받는 희생자형이 더 많다는 것이다. 동·서의 관습이나 미덕의 차이를 드러내는 예가 아닐까 싶다. 도사나 신령으로부터 요술도구를 받는 경우는 거의 예외없이 되풀이되고, 착한 아우가 복을 받고 그를 박해한 욕심꾸러기 형이 아우의 경로를 흉내 내다가 벌을 받는 경우도 되풀이된다(도깨비 방망이, 노래주머니, 흥부전 등). 또한 요술도구로서 유난히 세 개의 물병을 받는 경우도 반복된다. 하얀 물병은 가시, 파란 물병은 물, 그리고 빨간 물병은 불을 일으킨다. 주인공이 악인의 추적을 받다가 이것을 던지고 구원받는 얘기도 기능의 측면으로 보면 러시아와 우리의 동화에서 반복된다. 던지는 물건만이 다를 뿐 '바바야가 마귀할멈'이나 '여우누이와 세 오빠', '연이와 버들 잎 소년'등 세 동화의 형태소는 아주 비슷하다.

우리 동화 가운데 '머리가 아홉 달린 도둑'과 '우렁이 색시'는 주인공이 탐색자형이고 환상이 흘러 넘친다.

머리가 아홉 달린 힘이 센 괴물인간이 마을에 내려와 사람들을 괴롭힌다(도입상황). 괴물인간이 주인공의 아내와 몸종을 납치해 간다(악인이 가족의 일원에게 해를 입힌다 A). 주인공이 이 사실을 알 게 된다(B). 적과 대결을 결심한다(C). 주인공이 집을 떠난다 (↑). 길가 오두막 집에서 할머니를 만난다(돕는 자를 만난다 D). 할머니는 동삼을 먹여 힘을 돋구고 젊은이를 시험한다(시험을 겪는 다 E). 칼 한 자루를 내준다(요술도구를 얻음 F). 도둑의 집으로 가 는 길을 안내받는다(G). 적을 만나 싸운다(H). 적이 죽는다(I). 최초의 불행이 해소된다(K). 충성스런 몸종과 보물을 얻는다(W). 따라서 '머리가 아홉 달린 도둑'의 구조는 ABC↑DEFGHIKW이 다. 이 동화는 31개의 기능들 가운데 첫 라운드의 모든 과정을 거 의 그대로 밟는다. 그리고 기능들 사이에는 많은 보조요소(§)들이 있다. 적을 만나기 전에 몸종을 발견하고 버들잎을 따서 자신의 존재를 알리는 것, 아내의 배반을 알게 되는 과정, 적이 오는 소리 가 알려지는 것, 광 속에 갇힌 사람을 풀어주고 보물을 얻는 애기 들은 모두 하나의 기능에서 다음 기능으로 넘어가는 물렁뼈와 같 은 역할이다.

부모도 형제도 없는 젊은이가 혼자 살고 있다(β). '이 밭을 갈 아 곡식을 거두면 누구랑 먹고 사나?' '나랑 먹고 살죠!'논두 렁에서 우렁이가 대답한다. 젊은이는 우렁이를 집으로 가져가 독에 넣어둔다. 다음 날부터 밥상이 차려지고 젊은이는 엿본다(금기가 내려진다 γ). 색시로 변한 우렁이는 기한이 되어야 다시 사람이 될 수 있다. 젊은이는 이를 어기고 색시를 아내로 맞는다(금기위반 δ). 어느 날 임금이 색시를 보고 탐을 낸다(적이 정보를 탐색 ε). 임금은 젊은이와 내기를 한다(어려운 문제가 주어진다 M). 색시와 용왕의 도움으로 임금을 이겨낸다. 난제는 3번 계속된다(문제를 해결한다 N). 젊은이가 백성들에게서 인정을 받는다(Q). 주인공이 결혼하고 왕위에 오른다(W). '우렁이 색시'는 대략 $\beta\gamma\delta\varepsilon$ MNQW라는 구조를 지닌다……

그런데 지금 우리는 무엇을 하고 있는가. 도대체 동화의 구조가 소설이론으로서 무슨 의미가 있다는 말인가.

2. 의의와 문제점

윌레스 마아틴은 그의 책 『최근의 서사이론』에서 프롭의 이론이 사실주의 소설에 어떻게 적용될 수 있는가를 묻는다.[4] 헤밍웨이의 단편 「프랑시스 맥코머의 짧고 행복한 생애」는 주인공의 시험을 다룬 탐색과정의 이야기이다. 아프리카의 밀림은 동화 속의 궁궐이고 사냥 안내인 윌슨은 도움을 주는 자이다. 마고트는 주인공이 시험을 통해 얻게 되는 보상, 즉 공주이다. 시련은 맹수사냥으로서 주인공의 용기를 시험하는 것이다. 그러므로 대적하는 악인은 맹수이다. 그는 계속 실패하다가 어느 순간 승리를 하고 자신의 용기를 보여준다. 그러나 그 승리는 그를 죽음으로 몰아 넣는다. 이 영웅의 패배는 무엇을 의미하는가. 동화가 아닌 현대소설

---

4) Wallace Martin, *Recent Theories of Narrative* (Ithaca : Cornell Univ. Press, 1986), 90면. 이로부터 이 책에서의 인용은 RIN, 면수로만 표시함.

의 주인공으로서 맥코머의 승리와 패배에는 모더니즘적 아이러니
가 있다. 용기를 얻은 맥코머는 그것을 두려워 한 아내의 총에 맞
는다. 진정한 용기는 타인이 아니라 자신에게 보이는 용기라는 헤
밍웨이의 메시지이다. 그리고 이 메시지는 당대의 실존주의 사상
과 그것을 반영하는 작가 특유의 기법과 일치한다. 그렇다면 동화
의 구조는 현대소설에서 그 시대의 이념과 기법에 맞게 변형된다.
마아틴은 캐더린 맨스필드의 단편「행복」에도 여주인공의 시련을
중심으로 한 동화의 구조가 있음을 밝힌다. 마술의 정원이 있고
도와 주는 친구가 있고 성적인 질투라는 시험이 있다. 마아틴은
프롭의 이론에서 굵직한 구조를 추려내어 소설에 적용하고 그 골
격이 어떻게 적용되는가를 통해 시대의 이념과 문화현상을 가늠할
수 있다고 말한다. 또한 구조의 보편성을 통해 이질적인 집단 사
이에 존재하는 인간 심리와 문화의 동질성을 파악할 수 있고 구조
가 다른 부분을 통해 문화의 차이를 밝힐 수 있다고 말한다.

  민담 역시 마찬가지이다. 프롭은 문학이 지도계급의 것으로 저
자를 가짐에 비해 민담은 민중계급의 것으로 저자를 갖지 않는다
고 말한다. 민담은 저자가 없기에 시대와 이념에 따라 변형된다.
그것은 삶의 직접적인 반영이 아니고 두 세대, 두 이념간의 충돌
과 갈등의 산물이다(THF, 11면). 옛 것은 새 것에 부대끼어 변형
되는데 이 접합의 덩이를 분별하여 변하는 모습을 밝히면 시대의
이념과 기법과 사회구조를 알 수 있다. 프롭의 이런 견해는 바흐
친의 것과 비슷하다. 러시아 형식주의자들은 맑시즘의 압력을 받
자 형식을 역사·사회의식과 결합시키려 애썼다. 그리하여 '형식
에 의한 내용'이라는 초기의 강경한 기법 위주에서 차츰 '내용을
알기 위한 형식'인 듯 바뀌었고 이 점이 후일 구조주의에게 공격
을 받는 이유이기도 하다.

  민담 가운데서도 프롭이 애정을 가지고 분석한 동화의 구조를

현대소설에 적용하여 시대의 이념과 기법을 밝히는 작업. 그러고 보니 이 방법은 프라이의 내려앉기 혹은 자리바꿈(displacement)을 연상시킨다. 프라이가 신화라는 원형을 사랑했다면 프롭은 동화의 구조를 사랑했으며 전자가 폭넓은 문학사의 일부로서 원형비평을 논의했다면 후자는 동화의 형태 하나만을 철저히 탐색하여 도식화 했다는 차이가 있다. 또한 원형비평이 그렇듯이 프롭의 구조도 소설, 희곡, 만화, 영화, TV극 등 서사의 구조분석에 두루 쓰일 수 있다. 적용은 두 가지 차원에서 가능하다. 프롭이 만든 동화의 구조를 온갖 서사에 적용해 볼 수도 있고 프롭처럼 특정 서사에서 기능을 추려 형태소를 만들어 볼 수도 있다.

예를 들어 이청준의 소설을 읽노라면 유난히 어떤 구조가 반복되는 것을 느낀다. 「매잡이」, 「이어도」, 「시간의 문」, 「소문의 벽」, 「빈 방」에서 화자는 어떤 사건을 전달하면서 그 사건에 스스로를 비추어 보인다. 독자는 얼핏 전달 내용만 듣고 성급히 판단을 내리려다가 어딘지 미심쩍은 몇몇 귀절에 의해 판단을 유보당하고 다음 순간 화자인 '나'의 한계를 들여다보게 된다. 이런 기법은 화자가 거의 대부분 '나'이기에 작가, 화자, 독자가 똑같이 스스로를 돌아보는 효과를 낳는다. 그런데 이런 자기 반성적 기법, 혹은 화자의 객관화는 「조율사」, 「불의 여자」 등 중층구조를 쓰지 않은 작품에서도 나타나는데 그의 전작품을 통틀어 반복되는 구조를 탐색하면 변치 않는 부분과 변하는 부분이 드러날 것이다. 이청준의 소설은 성급히 주제를 보려들지 말고 기능을 따지고 구조를 밝힌 후 내용을 합성할 때 더 정확한 이해를 할 수 있을 것 같다. 그리고 이런 분석을 통해 하나의 형태소를 만들 수 있지 않을까 생각해 본다.

김주영의 소설에도 친숙하게 반복되는 요소가 있다. 주인공이 탐색을 향해 출발하고 늘 길 위에서 멈추는 구조이다. 그래서 탐색은 끝나지 않고 소설은 찾아가는 과정이 된다.「달맞이꽃」,「새를 찾아서」,「외촌장 기행」, 그리고「쇠둘레를 찾아서」등에는 비슷한 구조가 반복되는데 이 구조를 중심으로 그의 문학속에 나타나는 불변의 요소와 가변적 요소를 나누어본다. 비록 이런 구조가 뚜렷하지 않은 다른 작품들 속에서도 만일 비슷한 메시지를 얻는다면 그의 작품을 가릴 수 있는 형태소가 가능하다. 또 다른 차원의 적용으로서「쇠둘레를 찾아서」에 동화의 구조를 적용해 보자. 주인공이 우연히 찾아나서게 되는 철원 지역. 찾아가는 과정에서 주인공을 돕는 사람들이 있고 탐색의 동반자도 있다. 그리고 누나에 대한 사랑과 그녀의 아픔이 탐색의 심리적 동기를 뒷받침한다. 그러나 '쇠둘레'라는 상징적 제목이 암시하듯 현대의 미로는 쉽사리 출구를 제시하지 않는다. 더 이상 영웅이 아닌 현대의 주인공은 동화에서처럼 그리 쉽게 문제를 해결하지 못한다. 그는 왜 더 이상 나아갈 수 없는가라는 질문을 던진 채 길 위에 서 있을 뿐이다. 이처럼 동화의 구조를「쇠둘레를 찾아서」에 적용해보니 분단의 아픔과 해결을 허락치 않는 현대의 복잡한 미로가 드러난다.

프롭의 형태소가 문학연구에 이바지한 것은 주제나 내용으로 작품을 가늠하는 대신 기능이라는 어떤 틀을 뽑아내어 관계들 속에서 작품을 보려한 것이었다. 이것이 여러 문장을 하나로 묶을 수 있는 길을 터주었고 보편구조로 가는 길목을 연 것이다. 겉보기엔 각기 다른 얘기들인데 기능으로 가려보니 같은 얘기를 하고 있다. 그렇다면 한 작가의 여러 작품들을 묶어볼 수도 있고 한 분야의 것들을 묶을 수도 있고 다른 분야끼리도 묶을 수 있다. 내용보다 표층구조를 철저히 탐색하여 문학에 대한 과학적인 접근을 시도한 프롭의 이론은 새로운 서사분석의 시발점이었다. 그리고 그의 분석은 프라이보다 훨씬 더 의미의 영역을 배제한 것이었다. 그래서 의미에 대한 미련을 버리지 못하는 미국의 비평이 프라이 쪽을 따랐다면 프랑스 비평은 프롭을 따랐다고 볼 수 있다(RTN, 91면).

그러나 구조주의의 길목에서 프롭의 이론은 나름대로 엉거주춤한 요소들을 지닌다. 의도와 시작은 좋았으나 앞의 긴 유보사항이 보여주듯 지나치게 복잡한 규정으로 실제 적용이 어려운 까다로운 도식을 만들었다는 것이다(RTN, 94면). 하나의 구조, 불변성을 지향하는 단선적 도식, 그리고 많은 유보사항들은 실제로 적용하려 들 때 무리를 낳고 앞에서 보듯이 어떤 식으로든지 융통성있게 추려지고야 만다. 왜 한 개의 도식을 만들어 놓고 속을 썩이는가. 이보다 더 보편적이고 융통성있는 구조는 없는가. 기능의 단계마다 두 가지 가능성을 주어보자. 인물은 피해로부터 회복될 수도 있고 안 될 수도 있다. 주인공은 실패할 수도 있고 성공할 수도 있다 등등. 단선적 구조로부터 2원적 구조로 열어놓고 형식과 내용의 분리를 통합시켜버리자. 레비-스트로스가 프롭의 이론을 반박하고 나선 이유가 여기에 있다.

레비-스트로스의 공격과 프롭의 방어는 모든 논쟁이 얼마나 상대적인 기준을 놓고 싸우는지를 보게 만든다. 어귀 하나하나를 놓고 싸우지만 결국 두 사람은 자기 입장에 서서 형식주의와 구조주의를 대변하고 있기 때문이다. 레비-스트로스는 프롭이 선정한 기능이 자의적이고 신화와 동화를 구별하여 각기 다른 형태소를 만드는 게 못마땅하다. 신화가 시대에 따라 변형되는데 어떻게 동화와 경계를 가르느냐. 기능을 골라내어 형태소를 만드는 것은 형식과 내용을 분리시키는 결과를 낳는다. 형식적인 구조가 내용에 어떻게 관련되는가를 본 프롭은 형식을 찾으려 내용을 버렸다는 것이다. 형식적 연구와 역사적 연구 사이에서 혼동을 하고 있다는 레비-스트로스의 비난에 대해 프롭은 그가 형식이라는 용어를 잘못 해석하고 있다고 응수한다. 기능과 구성을 자세히 설명하고 신화와 동화의 형태소가 결코 같을 수 없다고 주장하는 프롭은 형식과 내용은 뗄 수 없기에 형식을 먼저 보고 내용을 본 것인데 뭐가 잘못됐냐고 반박한다(THF, 75-77면). 형식주의는 서사의 종류를 구분하여 형태소라는 단선적이고 개별적인 도식을 만들었고 구조주의는 형식만을 떼어내지 않고 어떤 자료이든 이분법적 대립의 관계로 표시하려는 좀더 보편적이고 복선적인 구조이다. 프롭은 일찍이 주제로부터 형식으로 시선을 전환시킨 자신들의 공로는 인정도 안해 주고 형식과 내용을 분리했다고 나무라는 레비-스트로스가 원망스럽다. 레비-스트로스는 새 논리를 잔뜩 품고 있는 터에 30년 전의 얘기를 읽게되니 반박할 수밖에 없다.

이제 구조주의자들 가운데에서도 가장 조직적이고, 소설이론과 친숙하며 러시아와 프랑스의 이론이 어떻게 통합되는가를 잘 보여준 토도로프의 서사이론을 살펴보자.

카페트 위에 그려진 그림
─토도로프의 『산문의 시학』

　페르샤 카페트 위에 그려진 화려한 그림. 그 환상의 무늬 속에 숨은 비밀은 무엇인가.

　무당은 말을 통해 환자를 치료한다. 평범한 사람의 말이 아니라 신들린 혼의 언어라는 믿음에서 듣는 이의 병이 낫는다. 무당과 환자 사이에 공유되는 믿음이라는 환상, 그리고 그 믿음에서 나오는 말의 위력, 혹시 인간의 제도나 문화의 온갖 영역도 이같은 환상의 창조에 의해 이루어진 자의적인 구조는 아닐까. 어느 민족이 지닌 관습이 얼핏 보기엔 고유한 가치를 지닌 것 같지만 자세히 들여다보면 어떤 보편구조를 지닌다. 혼례, 친척관계, 음식 만드는 것 등 한 부족의 문화적 관습을 분석하면 그 모든 것 속에 무의식적인 구조의 층이 잠재해 있다. 인류학자 레비-스트로스는 어느 부족의 친척관계, 그 가운데에서도 아버지와 외삼촌의 관계를 조사해보았다. 아버지와 아들이 친하면 그 아들과 외삼촌의 관계는 엄하다. 반대로 아버지와 아들이 엄한 관계이면 그 아들과 외삼촌은 친하다. 한쪽을 알면 다른쪽이 짐작된다. 그런데 아버지와 아들이 엄한 경우 부부사이는 친했고 외삼촌과 아들이 친하면 외삼촌과 어머니, 즉 오누이 사이는 엄했다. 레비—스트로스는 이런 현상의 밑바탕에는 오누이 사이의 불륜을 막기 위한 어떤 무의식적 방어가 있지 않은가 생각한다. 겉보기에는 자연스럽게 발생된 고유가치 체계 같지만 들여다보면 무엇인가를 방어하는 무의식의 층이 있다. 그것을 절대가치가 아닌 대조적 이분법의 체계로 표시해보자. 갖가지로 다른 신화들이 실은 어딘지 비슷한 구조를 지니듯 다양한 문화들의 내부에도 보편적인 구조가 있으리라는 가정에서 그는 모든 문화의 랑그(langue)를 조사하려 했다.

'랑그'란 어휘는 소쉬르(Ferdinand Saussure)를 떠오르게 한다. 그는 1906년에서 1911년 사이에 일반언어학 코스를 가르치며 한 권의 노트를 남긴다. 1915년에 출판되는 이 강의노트는 20세기 사상의 흐름에 전환점을 마련하는 내용을 담고 있었다. 지금까지는 언어의 연구를 역사적인 변천과정이나 그때그때 상황에서 언급되는 말(발화, parole)에 두었지만 이제 그런 측면이 아닌 것도 생각해보자. 언어란 무엇인가, 모든 언어수행과정 뒤에 숨은 뿌리는 무엇인가, 언어는 어떻게 의미를 만드는가——언어의 체계, 구조, 속성을 과학적으로 분석해보자는 것이다. 언어의 일반체계를 빠롤과 대조하여 랑그라고 부른다. 그러므로 '랑그'란 말의 의미가 아니라 '의미가 형성된 과정을 들추어 보는 것'이다. 그래서 그 의미가 자의적인 구조의 산물임을 보여주는 것이다. 레비—스트로스는 소쉬르의 이런 선택과 맥락을 같이한다. 아니 소쉬르의 영향을 받은 것이다.

소쉬르의 『일반 언어학 코스』는 제1차, 2차 대전으로 미국에서는 1959년에야 번역되었다. 그러나 그동안 미국의 언어연구 방향도 대략 구조를 논의하는 쪽이었다. 사피르(Edward Sapir)의 『언어』는 언어의 절대의미가 아닌 자의적 체계에 관한 연구를 담는다. 인간은 객관적인 세계 속에 살고 있는 듯싶지만 실은 언어로 구조된 세계에 살고 있다. 인간이 창조한 문화는 언어와 마찬가지로 절대적이고 고유한 듯 보이지만 사실은 인위적으로 구조된 것이고 그 속에 오래 살다보니 그 틈새가 메꾸어져 자연스러운 것처럼 동화되었을 뿐이다. 진실 그 자체는 객관적이거나 절대적이 아니고 문화에 의해 규정된 상대적이라는 것이다.

'인간이 된다는 것은 구조주의자가 된다는 것이다(To be human is to be a structuralist).' 18세기 이태리의 법학자 비코(Giambattista Vico) 이래 현대 학자들은 인간성을 단련과 반복에 의해 창조되는 것으로 보고 인간과 세상의 관계를 규명하려 했다. 인간의 유일한 능력은 언어를 사용하여 신화를 창조하는 것인데 일단 창조된 신화는 반복에 의해 인간을 종속시킨다. 인간에 의해 구조된 세상이지만 어느 사이 인간이 그 구조의 일부가 되는 자동화 현상이다. 비코는 그 구조과정을 들추어보이고 인간의 마음과 구조 사이의 매끈한 고리를 비집어 틈새를 드러내려 했다. 그리고 그의 이런 시도는 20세기에 와서 획기적인 계기를 맞게 된다. 객관적이고 절대적인 객체의 감지는 불가능하다는 상대성이론, 혹은 물리학에서의 불확실성 논리이다. 시적인 진실과 물리학적인 진실이 같아지고 객체의 진실이 아닌 주체의 진실이 문제가 된다. 진실은 주체의 시각에 의해 달라지고 사물의 본질은 사물 그 자체가 아니라 그들 사이에서 우리가 구조하고 감지한 관계들 속에 있다.[1] 세상은 사물이 아닌 '관계들'로 이루어지고 진실은 사물 자체가 아닌 관계들에 의해 세워진 것이다. 이 관계들의 망 속에 진리가 있다. 따라서 '구조'는 이 관계들의 망이고 '구조주의'는 절대성을 지닌 척, 진리인 척하는 모든 것의 신비를 벗겨 관계들의 망을 드러내는 것이다. 이 진리의 상대성 혹은 구조성을 나타내는데 소쉬르의

---

1) Terence Hawkes, *Structuralism and Semiotics* (Berkeley ; Univ of California Press, 1977), 17면.

'랑그'는 중요한 근원을 제공한다. 그리고 여기에 러시아 형식주의와 프랑스 구조주의의 차이가 있다.

1. 형식주의로부터 구조주의로

한 권의 소설을 읽으면서 독자가 겪는 경험은 작가가 꾸며 놓은 작품의 겉모습이다. 그는 겉모습을 한 계단씩 밟으며 마지막 층계 위에서 뒤를 돌아다본다. 그리고는 전체의 의미를 합성해낸다. 독자가 끝까지 오르도록 끌어가는 힘이 낯설게 하는 기법이고 호기심 때문에 밟는 계단이 예술의 형식이고 합성해낸 의미가 작품의 내용이다. 형식은 작가가 꾸민 음모(플롯)요, 내용은 독자가 소화해낸 스토리다. 러시아 형식주의자들이 이렇게 형식과 내용을 구분하고 형식을 우선시킨 것은 모든 이념의 명령성, 말하자면 낯익은 것이 내리는 자동적인 감지로부터 벗어나려는 의도 때문이었다. 의미(내용)라는 자동적인 감지를 늦추고 한 계단씩 형식을 밟고 난 후 의미를 따지겠다는 것이다. 그래서 슈클로프스키에게 '낯설게 하기'는 예술 그 자체였고 블라디미르 프롭은 마음을 단단히 먹고 동화의 형태소라는 것을 만들었다. 러시아의 동화 100편을 단 한 개의 공식으로 표시한 것이다. 각기 다른 얘기들 같지만 그 속에 어떤 공통된 형식이 있을 것이다. 우선 개별동화 속에서 반복되는 요소들을 골라 기능으로 표시해보자. 등장인물들의 행위인데 개별행위가 아니라 추상화된 관계 속의 행위이다. 31개의 기능이 순서대로 나열된다. 모든 동화는 이 가운데 몇 개의 기능이 그 순서로 나열되기에 '이 기능'과 '이 순서'를 빠져나가는 동화는 없다. 프롭은 이런 형태소를 만들고는 모든 동화를 그 속에 다 꾸려넣느라고 이것저것 세심한 배려를 해야만 했다. 그래서 기다란 주의사항과 유보사항을 붙인다. 동화나 민담을 내용에 따라 분류하는 게 과학적이지 못하다는 데서 출발하여 기능이란 것을 만들었고 기능을 중심으로 동화를 분별해내는 단항의 도식을 만든 것은 형태연구의 획기적인 작업이었다. 그러나 이것저것 유보사항이 많은 데다가 장르마다 형태소를 만든다는 게 보편성이 약하다는 결함을 지닌다. 단 하나의 도식을 옆으로 쭉 나열해 놓고 그 좁은 공간에다 동화만을 꾸려넣느라 애를 쓴다. 좀더 넓고 간편한 보자기, 무엇이든 꾸려넣을 수 있는 편리하고 융통성 있는 보자기는 없을까. 이것이 30년이 흐른 뒤 유럽에 소개된 프롭의 형태소를 보고 프랑스 구조주의자들이 느낀 불만이었다.

프롭은 동화 속에 나오는 인물을 악인, 수혜자, 돕는 자, 보상으로 받는 대상, 주인공 등 7명으로 나누었는데 그레마스는 이것을 세 짝으로 줄인다. 주인공 대(對) 대상, 보내는 자 대 받는 자, 돕는 자 대 적이라는 이분법적 대조로 항목을 줄인 것이다. 프롭의 단선적인 도식을 복선으로 만들어 항목을 줄이고 좀더 포괄성 있는 방식을 끌어내는 데 소쉬르의 언어학이 어떻게 공헌했는가. 첫째, 언어는 절대의미를 가진 게 아니라 한 언어체계 안에서 관계들에 의해 수행되는 자의적 체계이다. 예를 들어 영어에서 '트리(tree)'는 트리 아닌 것과의 차이에 의해 의미를 갖고 우리 말에서 '나무'는 '나무 아닌 것'과의 차이에 의해 의미를 갖는다. 다시 말하면 우리 언어의 체계 내에서 '나무'는 꼭 이 사물만을 가리키자는 약속에 의해 정해졌을 뿐이다. 그러므로 부호인 기표(signifier)와 의미를 담는 기의(signified)의 관계는 절대적이 아니고 약속에 의한 자의적인 것이다. 둘째, 개별언어, 다시 말하면 발화 뒤에는 불변의 구조가 있다. 모든 수행된 말은 이 불변의 구조가 변형된 모습들이다. 빠롤은 나타난 언어들이고 랑그는 그 뒤에 숨은 보편구조이다. 셋째, 모든 언어는 선택(selection)과 조합(combination)에 의해 구성된다 ── 대략 이런 것들이 20세기의 구조주의와 관련이 있는 소쉬르의 언어철학이다. 우선 세번째 것만 좀더 따져보자.

선택과 조합이란 언어가 의미를 낳는 필연적인 두 개의 축이다. 선택은 p냐, b냐이고 조합은 'ill'이라는 세 철자라고 가정하자. pill과 bill이라는 단어는 이처럼 선택과 배열에 의해 서로 다른 의미를 갖게 된다. p와 b는 있음과 없음의 관계이고 ill은 늘 나타나는 관계이다. 선택은 의미를 낳는 축(↓)이고 조합은 옆으로 쭉 나열되는 배열(→)의 축이다. 천천히 조금만 더 이 관계를 연장시켜보자. 러시아 형식주의자로서 불란서 구조주의를 낳게 한 로만 야콥슨이 했듯이 선택은 의미를 낳는 은유(metaphor)이고 배열은 옆으로 움직이는 자리바꿈, 곧 환유(metonymy)이다. 위에서 아래로 움직이는 축은 공시적이요, 옆으로 움직이는 축은 통시적이다. 그리고 마지막으로 가장 중요한 것. 있는 것과 없는 것의 관계(paradigmatic)는 의미를 낳는 것이니 내용이고 늘 나타나는데 배열이 문제가 되는 옆축(syntagmatic)은 형식이다.

러시아 형식주의자들의 '낯설게 하기'가 무엇인가. 바로 이 배열의 문제였다. 그러므로 소쉬르에게서 빌려온 야콥슨의 두 축은 문학의 내용과 형식을 결합시킨 셈이다. 형식주의자들이 형식을 내용에서 분리시켜서 배열의 문제만 신경을 쓰다보니 그토록 엄격하고 융통성 없는 단선의 도식이 나왔다는 게 구조주의자들의 견해다. 사실 형식주의자들은 기존비평이 형식을 내용이나 담는 그릇으로 본 것에 반발하고 형식을 내용보다 앞세우기는 했으나 그 둘을 분리시킨 게 사실이었다. 그들이 형식에 의해 산출되는 게 내용이라고 생각했다면 구조주의자들은 작품이란 형식과 내용을 갖는 게 아니라 '의미가 산출되는 구조'를 가질 뿐이라고 생각한다. 그래서 플롯과 스토리 대신에 서사(혹은 스토리)와 담론이 탄생된다. '서사'란 말하는 이와 상관없이 어느 순간에 일어나는 현상을 나열한 것이고 '담론'이란 말하는 자와 듣는 자 사이에 오가는 언어행위로서 단순한 사건의 제시가 아니라 어떤 식으로든지 듣는 자에게 영향을 주려는 의도가 개입된다. 야콥슨은 형식주의의 배열의 축(→)에 의미의 축(↓)을 결합시켜 구조주의로 전환시키면서 전자를 환유, 후자를 은유로 표시한다. 그런데 은유란 어떤 단어의 의미가 직접, 정확히 전달되지 못하고 비유가 됨을 말한다. 야콥슨은 말하는 이와 듣는 이 사이에는 상황, 메시지, 접촉, 코드라는 네 가지 조건이 작용하여 의미가 탄생된다고 보았다. 누가 어떤 식으로 전달하느냐에 따라 의미가 달라진다는 것이다. 이것이 언술행위요, 담론(discourse)이다.

토도로프는 『산문의 시학』에서 소설을 예로 들어 서사와 담론의 관계를 밝힌다.[2] 작품은 누군가의 시점에 의해 씌어지게 마련이다. 등장인물들의 마음 속을 들락날락거리며 그 남자가 되어 세상을 보기도 하고 그 여자가 되어 세상을 보기도 하는 '전지시점'에서 서술자의 시선은 신처럼 전지적이다. 서술자의 음성이 이처럼 강한 경우는 담론이 서사를 압도한다. 반대로 '객관시점'에서 서술자는 전혀 등장인물의 내부로 들어가지 않는다. 서술자의 주장이 전혀 없이 등장인물들의 행위만이 서술된다. 이런 경우에는 서사가 담론을 압도한다. '제한시점'은 서술자와 시점자가 각기 다르면서도 한 몸이 되는 경우이다. 서술자는 작가이지만 시점자는 등장인물 가운데 한 사람이다. 서술자는 그 사람의 눈에 비친 것만을 서술하기에 두 사람이 하나로 용해된다. 이 경우 담론과 서사는 평등해진다.

---

2) Tzvetan Todorov, *The Poetics of Prose* (Ithaca : Cornell Univ. Press, 1977), 27면. Richard Howard가 영어로 번역하고 Jonathan Culler가 서문을 썼다. 이로부터 이 책에서의 인용은 면수로만 표시함.

리얼리즘 소설이 서술자의 전지적 시점을 즐겨쓰는 데 비해 모더니즘은 서술자가 사라지고 대신 등장인물들이 나름대로 서술자이면서 시점자가 된다. 의식의 흐름 수법은 등장인물이 서술자요, 시점자인 경우이다. 예를 들어 포크너의 실험소설인 『음향과 분노』를 보자. 소설은 4개의 서술로 구성된다. 첫번째 서술자는 백치인 벤지이다. 정신연령이 3살에서 멈춘 백치이기에 그의 언어, 사고수준, 느낌은 어눌하고 본능적이다. 그런데 백치가 서술자요, 시점자인 듯 씌어졌지만 다음 순간 백치가 어떻게 서술을 하냐, 작가가 써준 것이지 라는 틈새를 느끼게 된다. 두번째 서술자는 하버드 대학생인 퀜틴이다. 길고 무한정한 서술, 소문자로 쓴 일인칭 주격 등이 그의 진지하고 고집스럽고 소극적이고 도피적인 성격을 드러낸다. 이 경우엔 서술자와 시점자가 완전히 일치하여 서술 형식이 곧 성격이라는 느낌을 준다. 세번째 서술자는 소견 좁고 실리적이고 생각이 얕은 제이슨이다. 폭 좁은 어휘, 단조롭고 짧은 문장, 피상적으로 겉도는 묘사 등이 바로 제이슨의 언어요, 그의 눈에 비친 세상이다. 서술자가 시점자요, 서술형식이 성격이다. 마지막은 나이든 흑인 노예, 딜지의 서술인데 그녀의 언어와 그녀가 본 세상이지만 벤지의 경우처럼 작가가 써준 것이라는 느낌이 든다. 딜지는 글을 못 배운 여자이기 때문이다. 이렇듯 모더니즘의 의식의 흐름 수법은 서술자와 시점자가 리얼리즘의 경우처럼 한 사람의 서술자에 의해 통제되지 않고 등장인물들 나름대로여서 독자는 여러 인물들이 제시하는 관점과 사건을 종합하는 가운데 진실의 상대성을 경험하게 된다.

'포스트모더니즘'에 오면 묘하게도 담론은 사라지고 서사만 남는 인상을 준다. 19세기 리얼리즘이 담론형식이라면 모더니즘은 담론의 상대성, 즉 담론들만 있고 통제하는 담론은 없는 일종의 서사형이다. 이제 포스트모더니즘에 오면 온갖 담론의 자의성을 드러내는 담론 부수기가 시작된다. 소설이 무엇인가를 말하려는 대신 그 말이 자의적임을 드러내는 자의식적 소설, 혹은 자아반사적 픽션이다. 시작과 중간과 끝이 없고 플롯도 없고 일관성있는 성격발전도 없는 소설에 관한 소설은 담론의 자의성을 드러내는 서사형이다. 베케트의 침묵의 서사, 프랑스의 누보로망, 미국의 메타픽션은 아마도 담론이 어떻게 이루어지는지를 보여주는 서사의 극대치가 아니었는가 싶다. 메타픽션에 사실주의 옷을 입힌 미니멀리즘 역시 카메라의 시선처럼 작가가 등장인물의 드러난 행위만을 비추는 철저한 객관시점이다. 이런 의미에서 서구의 소설형식은 담론형에서 서사형으로 변모해왔다고 볼 수 있다.

2. 구조주의 시학

60년대에 주요 글들을 발표한 토도로프(Tzvetan Todorov)는 구조주의를 소설에 가장 융통성 있게 적용한 서사론자이다. 아리스토텔레스의 『시학』처럼 프라이의 『비평의 해부』처럼, 그는 구조주의 시학을 세우려 했다. 토도로프는 무엇에 의지하여 문학전반에 걸친 과학적인 접근을 하려는가. 소쉬르의 언어학이다. 언어연구에 두 갈래가 있듯이 문학연구에도 빠롤과 랑그가 있다. 빠롤은 문학 텍스트를 지식의 충만한 대상으로 본다. 이것은 주체를 지우고 객체의 진실에 접근하는 것으로 텍스트의 해석을 통해 의미를 찾는다. 그러나 이 경우에도 절대의미란 없고 오직 하나의 의미만 있을 뿐이다. 오직 진실에 조금 더 가까운 독서만이 있을 뿐이다. 랑그는 특정작품의 해석이 아니라 그 텍스트가 생산되는 일반법칙을 세우는 것이다. 해석을 일반과학의 한 영역으로 끌어들이는데 그렇다고 문학작품을 문학 이외의 과학, 예를 들어 심리학, 정신분석

학, 사회학 등에 종속시킬 수는 없다. 작품의 외적이 아닌 내적상
황에 가장 가까운 학문, 그것이 언어학이다. 문학은 언어의 집합
체이므로 문학의 연구는 언어연구와 다를 게 없다는 것이다.

시학의 목표는 문학작품 그 자체가 아니다. 시학이 문제삼는 것은 문
학적 담론이라는 특정담론이 지닌 자산이다. 따라서 개별작품은 추상
적이고 일반적인 구조의 증명체들 가운데 하나이다. 그러므로 이 과학
은 실제 작품보다 어떤 가능한 문학성, 다시 말하면 문학현상의 특성을
구성하는 추상적 자산들이다. 개별작품에 대한 산뜻한 해석이 아니라
문학적인 담론의 구조와 기능을 탐색하여 하나의 작품을 완성된 것으
로 보이게 만드는 여러 가능성들의 목록을 제공하려는 것이다.[3]

언어학에서 빠롤이 랑그의 증명, 혹은 구체적인 발현이듯이 문
학에서도 작품이 보편구조의 증명, 혹은 구체적인 발현이다. 토도
로프에게 이 둘의 관계는 상호보완적이다. 그는 늘 개별작품을 통
해 보편구조로 들어간다. 과학이 개별작품에 직면하면 무엇을 할
수 있는가. 개별연구를 일반법칙과 연결시키는 것이다. 쥬네트는
프루스트의 『잃어버린 시간을 찾아서』를 가지고 유명한 『서사담
론 *Narrative Discourse* 』을 썼다. 그리고 개별비평이 어떻게 일반법
칙으로 확장되는지 보여준다. 그는 프루스트의 작품에서 가치평
가나 의미를 찾지 않고 그것을 읽는 방식을 모색한다. 무엇을 의
미하느냐가 아니라 어떻게 씌어졌는가를 분석하면서 다른 작품들
에도 적용할 수 있는 분석틀을 찾은 것이다. 그때까지 나온 소설
이론들을 기반으로 그 위에 새롭게 더 풍요로운 비전을 제시한다.

3) Tzvetan Todorov, *Introduction to Poetics* (Minneapolis : Univ of Minnesota Press,
1981), 6-7면. 원래 1968년에 불란서에서 출판되었고 81년 것은 Richard Howard
가 영어로 번역하고 Peter Brooks가 서문을 쓴 것이다. 이로부터 이책에서의 인용
은 IP, 면수로 표시함.

그리하여 『서사담론』은 프루스트의 작품에 대한 비평서인 동시에 모든 소설을 분석할 수 있는 방법론을 담는다(33면).

1957년 프라이는 『비평의 해부』에서 '시 그 자체가 아니고 그것의 경험이 아니고 시학이라는 시에 관한 통합적인 지적체계가 있다'고 말한 적이 있다. 그 이후 프랑스에서 시학의 부흥이 일고 토도로프는 프라이의 요구를 나름대로 충족시킨다. 신비평은 개별작품을 유기적인 구성체로 보고 그것을 철저히 분석하여 의미를 집어낸다. 언어학으로 치면 빠롤의 연구이다. 신비평의 가치판단에 반대하는 프라이는 사계절의 순환이라는 가장 근본적인 자연법칙을 끌어들여 문학사의 체계를 세운다. 또한 신화의 구조를 원형삼아 그것이 시대마다 개별작품에서 어떻게 변형되는가를 탐색하는 자리바꿈(displacement) 혹은 내려앉기를 원형비평의 예로 제시한다. 원형이 어떤 식으로 내려앉는가를 살펴보면 그 시대의 문학양식과 이념을 탐지할 수 있다는 것이다. 토도로프는 소쉬르의 언어학을 끌어들여 문학에 과학적인 접근을 시도한다. 언어가 의미를 낳는 과정을 선택과 조합으로 규명한 소쉬르에게서 야콥슨은 은유와 환유를 끌어내고 토도로프는 내용과 형식을 유도하여 형식주의자들과 달리 형식과 내용을 하나로 합친다. 그리고는 빠롤과 랑그의 관계를 개별작품과 보편구조의 관계로 본다. 이때 그 구조를 표현하는 방식 역시 언어학과 같다. 언어는 한 언어체계 내에서 차이에 의해 의미를 낳을 뿐 절대의미가 아니라는 것에서 차이(difference), 즉 +, -의 이분법적 대립체계가 나온다. 말하자면 구조주의란 죠나단 컬러의 정의처럼 '현대 언어학의 연구방법으로 문화적 현상을 분석하는 것'이고[4] 구조주의 시학이란 그 방법으로 문학작품을 분석하는 것이다.

---

4) Jonathan Culler, *Structuralist Poetics : Structuralism, Linguistics, and the Study of Literature* (Ithaca, Cornell Univ. Press, 1975), 3면.

모든 비평은 나타난 현상, 즉 개별작품으로부터 시작된다. 신비평은 한 작품의 형식을 철저히 탐색하고 그것이 어떤 의미를 낳는지 따진다. 그러므로 형식과 의미 사이의 구성이 중시된다. 프라이는 한 작품 속에 어떤 원형이 들어있는가를 본다. 그것이 원래의 모습을 어떻게 변형시켰는지에 따라 그 시대의 미학과 이념을 가늠한다. 토도로프는 한 작품 속에 숨은 보편구조를 찾는다. 그리고 그 구조가 그 작가의 다른 작품들 속에는 어떻게 달리 나타나는지 살핀다. 각 작품들은 그 구조의 증명체들이기 때문이다. 신비평과의 차이는 주제가 아니라 작품마다 반복·변형되는 형식적인 구조, 비유, 관습을 찾는 데 있고 프라이와의 차이는 원형의 역사적 변모가 아니라 기본구조의 공시적 변모를 살피는 데 있다. 컬러의 말처럼 비평은 개별작품이 문학적 담론의 일반적인 실천을 어떻게 물리치고 순응하고 암시하는가를 살피는 것이다.

훗날 후기구조주의자들이 '형식비평'이라고 한 덩어리로 엮어 몰아붙인 게 주로 위의 세 비평들이다. 이 가운데서 신비평은 나름대로 똑 떨어지는 방법론을 실천했고 프라이는 영리하게도 가장 보편구조인 사계절의 순환체계를 끌어들였는데 토도로프는 전체를 엮어넣을 틀을 마련치 못했다. 이것이 구조주의 시학이 일견 산만해 보이고 『산문의 시학』이 이것저것 체계 없이 늘어 놓은 인상을 주는 이유이다. 이제 이 책에서 중심이 되는 이론을 골라 소개한다.

3. 카페트 위에 그려진 그림

어느 비밀스런 숲속의 산장에서 살인 사건이 일어난다. 탐정이 나타나고 그곳에 묵는 사람들이 의심을 받는다. 사건이 나기까지

한 사람 한 사람의 행적과 심리가 소개된다. 단서가 모아지고 범인이 잡히고 소설은 끝이 난다. 추리소설 아가사 크리스티의 『오리엔트 특급열차의 살인』은 승객 12명이 의심을 받는 얘기다. 소설은 12장(章)과 사건발생을 서술한 서문과 범인이 드러나는 마감글로 구성된다. 그런데 이런 겉모습을 담은 추리소설은 실상 두 개의 얘기가 겹쳐진 것이다. 탐정이 수색하는 과정은 사건이 일어나게 될 때까지의 얘기이다. 누구에 의해서 어떻게 그 사건이 터졌는가를 탐색하는 과정이기에 과거에 일어난 일이 현재의 탐색과정 속에 묻혀 있다. 그러므로 추리소설은 누구에 의해 어떻게 그런 사건이 일어났는가라는 스토리가 낯설게 만들어진 형식이다.

그런데 1차대전 이후 미국에서는 또다른 형태의 추리소설이 생긴다. '드릴러'로 불리우는 이 소설은 누가 범인인가를 추적하는 첫번째 얘기를 누르고 두번째 얘기, 즉 탐정이 수색하는 과정을 강조하는 것이다. 원인과 결과를 제시하는 탐정의 임무보다 그가 찾아가는 과정이 더 강조된다. 찾는 과정에서 탐정에게 무슨 일이 터질는지 모른다. 그는 죽을 수도 있고 범인은 영영 밝혀지지 않을 수도 있다. 긴박감이 훨씬 강해진다. 그런데 묘하게도 드릴러와 추리소설의 차이는 첫번째 스토리 부분이지 두번째 형식부분이 아니다. 추리소설에서는 탐정이 하나요, 범인도 하나, 희생자도 하나이다. 범죄는 개인적인 이유에서 저질러지고 범인은 주요등장인물 중의 한 사람이다. 드릴러에서는 탐정도 범죄의 수도 하나 이상이다. 범인은 직업적으로 고용된 살인자이다. 이런 것은 모두 내용의 변화일 뿐 담론부분(형식)의 변화는 아니다(49-50면).

'서스펜스 소설'은 위의 두 형을 합친 것이다. 무슨 일이 누구에 의해 일어났는가를 밝히는 것도 중요하지만 그동안에 또 무슨 일이 얼마든지 일어난다. 범인찾기는 목표지만 새로운 모험의 일부에 지나지 않는다. 예를 들어 경찰로부터 의심을 받고 쫓기는 사람은 범인을 찾아내야 한다. 그는 탐정이며 의심받는 범인이며 동시에 희생자가 될 수도 있다. 이런 역사적인 변모를 거친 세 가지 형은 오늘날 공존한다. 그런데 이런 분석이 왜 구조주의적인가. 공존하는 추리소설의 유형을 살펴보니 원래의 구조가 나온다. 그리고 다음과 같은 결론을 얻는다. 추리소설의 형태가 새로운 상황에 맞지 않으면 어떤 부분이 변형된다. 첫째 형태가 제약을 느낄 때 드릴러가 나오고 그것이 또다시 제약을 느낄 때 서스펜스 소설이 나온다. 이처럼 하나의 보편구조는 상황에 적응하여 변형을 취하고 다른 모습들로 나타난다는 것이다.

이제 서사는 목숨 그 자체요 서술행위가 곧 소설의 플롯이라는 예를 『아라비안 나이트』의 경우로 들어보자. 여자에게 배반당한 복수로 밤마다 한 명의 처녀와 자고 아침이면 죽이는 아라비아의 왕에게 세라쟈드는 천 일 밤 얘기를 계속하여 목숨을 부지한다. 수많은 얘기 속의 얘기들이 반복되는데 그 변형된 얘기가 모두 하나의 구조, 즉 서사의 부재는 죽음이요 서사의 존재는 삶이라는 이분법적 구조를 되풀이하고 있다는 것이다. 마치 『오디세이』에서 벌어지는 갖가지 모험들이 사실은 한 가지 구조의 반복이듯이. 오디세이는 싸이렌의 유혹을 피한다. 그래야 그 모험담이 전달되니까. 그는 나른한 환각상태에 빠진 로터스 먹는 사람들의 섬을 벗어나야 한다. 그래야 얘기가 계속될 수 있으니까. 이런 식으로 모험담들은 서사의 부재는 죽음이요, 서사의 존재는 목숨이라는 하나의 구조를 반복한다. 그래서 『오디세이』의 주제는 귀향이 아니고 (귀향은 곧 서사의 죽음이다) 그 얘기를 엮는 것, 즉 서사를 반복하는 것이다. 그런데 이런 모험담은 슈클로프스키의 용어로 '열린 서사'이고 토도로프의 용어로 '대등절'이다. 그리고, 그리고 (and)로 끝없이 연속되기 때문이다. 이제 '닫힌 서사', 혹은 '종속절(embedded)'의 형태를 지닌 경우를 보자.

세라쟈드는 왕과 여동생에게 「어부와 마신」의 얘기를 들려준다. 어느날 어부가 물 속에 그물을 던지니 괴상한 병이 올라온다. 그 병에서 나온 마신은 너무 늦게 구해준 것에 대한 분노로 어부를 죽이려 한다. 어부는 애원을 하지만 듣지 않자 꾀를 내어 마신을 다시 병 속에 집어넣는다. 이번에는 마신이 애걸을 한다. 어부는 마신에게 「두반과 왕」의 얘기를 들려주며 나무란다. 왕이 병을 고쳐준 두반을 지나치게 사랑하자 그것을 질투하는 대신이 두반을 모함한다. 왕은 대신의 말을 거부하며 「신바드왕과 매」와 「앵무새를 죽인 남편」의 얘기를 들려준다. 둘 다 모략에 넘어가 은혜를 화로 갚는 내용이다. 대신은 「왕과 식인귀」 얘기로 답변을 하고 결국 왕은 대신의 꾀임에 넘어가 두반을 죽이기에 이른다. 두반은 자신의 애원이 거절되자 꾀를 내어 도리어 왕을 죽인다. 어떻게 죽이는가. 두반은 귀중한 책을 마지막으로 선물하겠노라고 왕에게 바친다.

"오 왕이시여, 그 책을 들추어 보시면 됩니다."
왕은 그 책을 펼친다. 페이지들이 서로 끈끈히 달라붙어 있다. 손가락으로 침을 묻혀 첫장을 넘긴다. 그리고는 둘째장을 넘긴다. 그는 계속 침을 묻혀 가며 일곱장을 넘겼다. 그런데도 아무런 글이 나타나지 않는 것이었다.
"의사여, 아무 것도 쓰인 게 없구나."
"좀더 넘겨 보십시오."
그는 더 넘겼으나 아무것도 안 보였다. 이윽고 독이 그의 온몸에 퍼졌다. 낱장마다 독이 묻어 있었던 것이다. 그는 비틀거리다가 바닥에 쓰러졌다.

아무 얘기도 하지 않는 책은 왕을 죽인다(74면). 마치 얘기를 하지 않으면 죽는 세라쟈드처럼 서사의 부재는 죽음이다(움베르토 에코의『장미의 이름』은 추리소설식으로 엮어지는데 희생자들이 위의 방식으로 죽는다. 에코는 이 고전에서 힌트를 얻어 오늘날의 베스트 셀러를 쓴 것이다). 그런데 어부는 왜 두반의 얘기를 하는가. 마신에게 자신의 입장을 설명해주기 위해서다. 결국 마신은 놓여나고 어부에게 보답을 한다. 이 소설의 제일 겉구조는 세라쟈드의 얘기를 듣는 왕과 여동생이다. 그 다음 구조는 어부와 마신의 얘기, 다시 그 속에 두반과 왕, 다시 그 속에 3개의 이야기 …… 이런 식으로 얘기 속에 얘기가 종속되어 있다. 그런데 이 격자소설의 얘기들은 모두 한 구조의 변형들이다. 서사의 부재는 죽음이요, 서사는 목숨이라는 이분법적 구조이다.

언어학의 대등절과 종속절에 해당되는 서사형식을 보았으니 이제 언어의 보편문법을 적용한『데카메론의 문법』을 잠깐 보자. 페로넬라는 석공인 남편이 없는 사이 정부를 맞아들인다. 그런데 어느날 남편이 갑자기 들이닥친다. 당황한 그녀는 뒤주를 팔려고 하는데 마침 살 사람이 지금 와서 보고 있는 중이라고 꾸며댄다. 남편은 즐거워서 통 안에 들어가 살피고 페로넬라는 남편을 감시하기 위해서 통 안을 들여다보며 정부와 정사를 벌인다. 이 이야기의 구조는 무엇인가. 페로넬라는 남의 아내이므로 다른 남자와 잘 수 없다(최초의 평형사태[+]). 그런데 남자를 맞아들임으로써 그 법을 깨트린다(평형이 깨짐). 그녀는 교묘한 위장으로 벌을 피한다(다시 평형상태[+]). '+ - +'라는 구조이다.

가스코니의 숙녀는 싸이프러스에 머무는 동안 봉변을 겪고 왕에게 탄원하지만 왕은 백성의 고통에 무관심하다. 그녀는 왕을 직접 만나 모욕을 준다. 왕은 마음이 움직여 그의 무관심한 태도를 버린다. 이 이야기에는 평형의 깨짐으로부터 시작하여 상태가 전환되는 평형회복의 구조가 있다. -에서 +로의 전환이다. 이처럼

『데카메론』에는 두가지 종류의 서사문법이 존재한다(108—119면).

　『성배를 찾아서』라는 기사들의 모험담이 있다. 이 소설은 기사들의 모험담과 그 모험에서 일어나는 행위에 대해 현인, 혹은 하늘이 상징적인 해석을 내리는 두 부분으로 나뉘어진다. 책의 반은 모험이고 반은 해석이다. 그런데 자세히 보니 기사들이 겪는 모험과 그에 따른 해석이 오면 그 다음 모험은 바로 앞의 해석을 실행하는 식이 된다. 해석—모험—해석—모험 …… 이런 식으로 반복되어 서술은 늘 또다른 서술을 가리킨다. 해석이 먼저 있고 그것을 모방한 모험이 있으니 기의(의미)가 먼저 주어지고 그것을 상징하는 모험인 기표가 뒤따르는 셈이다. 이것이 기표와 기의의 자의적 관계요, 서사와 해석의 자의성이다. 앞의 모험에 대한 해석이 뒤따르는 모험의 해석도 되니까 절대적인 해석이란 없다. 그러므로 이 소설을 읽는 독자는 어느 사이 그 다음 무슨 일이 일어날 것인가에 대한 호기심은 없어지고 대신 도대체 기사들이 찾으려는 성배란 무엇인가라는 호기심만 남게 된다. 이것을 야콥슨의 두 축에 옮기면 연속되는 서사는 옆축(→)이고 성배가 무엇인가라는 의미추구는 위아래 축(↓)이다. 전자는 환유요, 후자는 은유이다. 독자는 이 소설을 읽으면서 환유의 축보다 은유의 축에 더 관심을 갖게 된다는 것이다. 계속 반복되는 모험들 속에서 찾는 성배는 무엇일까가 궁금해진다. 이런 현상은 추리소설의 원형이기도 하다. 토도로프는 기표와 기의의 자의적 약속, 야콥슨의 은유와 환유를 이런 방식으로 문학작품에 적용한다(120—142면).
　이제 구조주의 소설분석의 절정인 토도로프의 헨리 제임스 분석을 보자(143—177면). 제임스의 소설들은 페르시아 카페트 위에 그려진 화려한 무늬들이다. 그 무늬가 창조하는 환상 뒤에는 어떤 구조가 있는가, 그 복잡한 그림들을 엮는 실마리는? '절대적이고도 부재의 원인을 향한 추구'이다. 원인이 있다. 그런데 그것은 절대적(+)이며 부재(-)이다. 이것이 제임스 서사의 동력이다. 이제 이 기본구조가 작품마다 변형되는 모습을 보자. 단편,「도미니크 페란트경」의 주인공 피터는 과부 음악가 라이브즈 여사와 같은 하숙집에 살고있다. 피터는 어느날 낡은 책상 하나를 샀는데 웬 비밀스런 서랍이 있고 그 속에서 낡은 편지 몇 뭉치가 있는 것을 본다. 라이브즈 여사는 그 편지를 절대로 보면 안 된다고 경고한다. 도대체 편지 내용은 무엇이고 그녀는 어떻게 그런 직관을 갖는 것일까. 내용은 죽은 정치가 도미니크경이 누구와 타협하는 얘기로 밝혀진다. 그러나 두번째 의문은 서사가 끝날 때까지 풀리지 않는다. 잡지사에서 그 편지를 사겠다는 제안에 가난한 피터는 유혹을 느끼지만 남몰래 사랑하는 여인의 경고를 되새기며 그 편지를 태운다. 이제 라이브즈는 고백한다. 자신이 바로 편지가 담고 있는 간통사건의 사생아라고. 그녀의 비밀과 모든 사건들의 절대적 원인은 없는 사람 도미니크 경이다. 절대적이면서 부재인 원인, 그리고 그것을 추구하는 과정이 소설이다. 사실이 알려지면서 서사는 끝나기 때문이다(147면).

「새장 속에서」의 여주인공은 전보교환수이다. 그녀가 단지 세 통의 전보를 통해 알 뿐인 에버라드 소령과 브라딘 여사의 관계를 추측하는 게 소설의 전부이다. 우체국의 창살에 갇혀 그녀가 상상하는 두 남녀의 관계. 단서라고는 세 통의 전보뿐. 그래서 두 사람은 이 작품의 절대적이면서 부재인 원인이다. 어느 날 친구 죠르단은 자기 애인이 브라딘 여사의 심부름을 하게 되어 어떤 정보를 얻었노라고 말한다. 그러나 그녀와의 대화 속에서도 교환수는 실제보다 좀더 아는 척하여 대화를 좌절시킨다. 소설이 끝나도 소령은 누구인지 밝혀지지 않는다. 교환수의 삶은 환유의 축이고 되풀이되어 추구되는 의미인 은유의 축은 소령의 삶과 인격을 보는 과정이다. 그러나 이 단편은 먼저 경우와 달리 비밀이 끝내 밝혀지지 않는다. 절대적이고도 부재인 원인을 반복하지만 조금 다른 형상을 낳는다.

이제 그 부재가 인간을 통해서는 밝혀질 수 없는 경우를 보자. 젊은 청년이 어느날 애인 곁에 서 있는 창백한 얼굴의 낯선 청년을 본다. 오직 그의 눈에만 보이는 이 청년은 누구인가. 두 연인의 관계가 발전되어가는 동안 여자의 어머니는 그 낯선 얼굴을 보게 되고 그것이 옛날 자기 때문에 죽은 남자였음을 알게 된다. 옛 애인은 새 커플의 사랑을 지켜주려고 붙어다닌 듯 두 사람이 결합되자 사라진다. 평범한 일상의 일 속에 유령이 나타난다. 일상과 환상의 뒤섞임, 이것이 오늘날의 환상적 리얼리즘이기도 하다. 토니 모리슨이 제임스의 영향을 받은 것은 알려진 사실이지만 한 세기 전에 사용된 기법이 다시 쓰이는 것을 보면 소설의 기법이란 한 번 쓰이고 소모되는 일회용이 아닌 듯싶다. 유령이 나오는 애기는 『나사의 회전』에서도 되풀이되는데 여기서는 서술자인 가정교사가 실제로 유령을 본 것인가, 아니면 신경증환자로서 유령은 결코 존재하지 않는 것인가, 결정을 내릴 수 없게 씌어 있다. 서술자는 유령을 확신하지만 독자는 망설이게 됨으로써 실체의 부재, 경험의 불확실성(159면)을 안겨준다. 이처럼 제임스의 카페트 위에 그려진 무늬는 한 패턴의 수많은 변형들이다. 기본구조는 '절대적이고도 부재인 원인'인데 숨겨진 것, 유령, 죽은 사람, 그리고 예술작품으로 나타난다.

삽화가와 모델의 관계를 통해 실체의 부재를 그린 「리얼한 것」은 예술은 실체의 모방이라는 모방론, 혹은 반영론을 뒤엎는다. 완벽한 외모를 갖춘 모델보다 모자라는 어설픈 외형의 모델이 삽화가에게 더 어울린다. 화가의 상상력을 압도하지 않음으로써 얼마든지 자유롭게 다양한 인물을 그려낼 수 있기 때문이다. 실체의 결핍, 혹은 부재가 예술이다. 예술이 실체의 모방이 아니고 상상력의 산물이라는 것은 예술가의 삶을 다룬 작품들에 일관성 있게 나타난다. 「사자의 죽음」은 어느 유명해진 작가의 죽음을 그린다. 독자는 유명한 작가의 작품을 보려 하지 않고 그를 보려 하고 기자는 그의 글을 읽지 않고 인터뷰만 하려 든다. 저자는 성공한 후 더 이상 글을 쓸 수 없게 되고 결국 숭배자들에 의해 죽는다. 저자의 죽음을 전제로 하는 예술은 실체의 부재라는 것이다. 「사생활」에서는 남들 앞에서는 완벽한 인격자이지만 혼자서는 아무것도 아닌 인물과 대중 앞에서는 볼품없지만 위대한 작품을 쓰는 작가를 대조시킨다. 세상은 어리석고 천박해서 거기에 고개를 내밀면 참 인간은 가짜로 변한다 —— 그는 오직 혼자 앉아서 글을 쓸 때만 위대하다. 제임스의 작품에서 예술은 숨겨진 것보다 본질적이고 유령보다 접근하기 쉽고 죽음보다 구체적이다. 그것은 실체를 경험하는 한 가지 길을 제공한다. 즉 실체는 부재란 것을.

토도로프는 제임스의 작품들을 살피면서 보편구조가 변형되는 모습을 밝혔다. 그런데 어떻게 하나의 구조가 그토록 많은 변형을 취할 수 있는가. 제임스의 서사가 계속되는 비결은 무엇인가. 다름과 닮음의 긴장관계이다. 앞의 서사와 같지 않으면서 어딘지 닮은 것. 마치『성배를 찾아서』에서 해석과 모험담이 반복되듯 다름과 닮음의 연속이 서사를 지속시킨다(233면). 닮음은 보편구조가 있기 때문이고 다름은 서사가 존재하는 조건이다. 그리고 그 무엇보다도 닮음은 랑그이고 다름은 빠롤이다.

김동리의 소설들을 읽다보면 어떤 닮은 구조가 반복됨을 느낀다. 자연 만물에 신이 있다고 믿는 어미 모화와 예수교를 믿는 아들 욱이의 충돌이 있고 사랑하기에 아들의 믿음을 인정하지 못하여 가정이 파멸되는 얘기가 있다(「무녀도」). 그런가 하면 「먼 산바라기」에서는 서구의 합리주의를 믿는 젊은이가 동양의 신비주의를 상징하는 듯한 어느 노인의 이상한 행동을 추적한다. 호기심으로 시작한 그의 추적이 노인을 점점 더 깊은 산 속으로 몰아넣고 드디어는 죽음을 부른다. 어느 한쪽의 이념이 다른 쪽의 것을 밀어내고 그것이 파멸을 부르는 얘기다. 「등신불」은 제몸을 죽여 만인의 고통을 대신하려 한 어느 성인의 죽음이 불상과 연결되고 「부활」은 제몸을 죽여 인간의 죄를 대신한 성인의 죽음이 기독교와 연결되는 작품이다. 그리고 이 작품이 마치 서로의 다름을 인정하듯이 한 책 속에 공존한다. 「황토기」에서는 이 대립의 공존이 두 장사의 싸움으로 상징된다. 징검다리와 분이라는 여자를 가운데 놓고 두 장사가 서로의 힘을 쓰며 영위하는 삶이 얼핏 힘의 낭비인 듯 느껴지지만 그것이 더 큰 재난을 막고 삶을 지속시키는 동력이 아닌가 싶다. 감소된 삶이지만 어느 한쪽을 누르거나 소멸시키지 않는 것이 삶의 방식이요, 윤리라는 게 「애정의 윤리」에서도 반복된다. 다방 종업원으로 신문사 사원으로 한 남자의 아내로, 다시 이혼으로——윤애경의 긴 애정편력은 애인을 뒤따라 남하하여 그의 방탕을 알게 되면서 시작된다. 어느 불운한 여인의 애정편력기와 같은 이 소설이 결말에 이르러 다시 옛 애인과 맺어지는 순간 독자는 그녀의 긴 경험이 애인의 것과 맞먹기 위한 수련과정인 듯 느끼게 된다. 헛된 삶의 낭비인 듯싶지만 두 사람의 비중이 같아지기 위한 것, 타락과 순결조차도 비슷한 무게를 요구한다는 대립의 공존이다.

작품마다 읽는 재미와 삶의 진실을 다양하게 던지면서도 어딘지 닮은 구조가 반복된다. 대립의 공존, 어떤 절대논리도 인정치 않는 것, 무언가 비슷한 두 이념, 혹은 힘이 공존하지 않으면 파멸이 온다. 대립이 공존하는 모순구조이다. 이 모순구조가 김동리 소설의 랑그이고 그 보편구조를 작품마다 거역하고 순응하고 암시하는 게 개별작품들, 즉 **빠롤**이다. 제각기 다른 작품들 속에 하나의 공통구조가 숨어 있다. 페르샤 카페트 위에 그려진 화려한 무늬 속에 하나의 동력이 숨어 있듯이.

한 작가의 작품들 속에 숨은 구조를 찾고 그것이 어떻게 작품마다 다른 모습들로 나타나는가. 이 닮음과 다름의 긴장관계를 추적한 구조주의 시학은 소설의 이해에 나름대로 공헌한다. 신비평보다 포괄적이고 프라이의 시학보다 보편적이다. 신비평이 개별작품의 의미추구를 벗어나지 못했고 프라이가 이를 극복하기 위해 사계절의 순환을 끌어들였음에 비해 토도로프는 해와 달, 남과 여 등 우주만물의 생성원리를 이분법적 다름(차이)에 기초한 언어학에서 끌어들였기 때문이다. 이 보편성의 극대치, 불변의 구조, 숨은 동력찾기가 후기구조주의자들에게 먹이를 제공한다. 60년대 중반 데리다가 구조주의학회에서 레비-스트로스의 안정체계를 공격한 것은 제발 보편구조 좀 그만 들먹이라는 새로움의 시작이었다. 사실 구조주의는 겉보기에 매끄러운 진리의 뒷자락을 들추고 그 속에 숨은 '차이'를 드러낸 진리의 상대성, 세상의 구조성을 드러내려는 것이었다. 그런데 이 말도 자꾸만 되풀이되다 보니 어느 틈엔가 하나의 정설이 되어 뒷사람에게 밀려날 운명에 놓이게 된 것이다. '진실은 그것의 미망적 본질이 잊혀진 미망이요, 하도 사용되어 닳고 닳아서 더이상 동전이 아니라 쇠붙이가 된 은유들'이라는 니체의 말을 연상시킨다.

토도로프는 위의 분석 외에도 담론이 픽션으로 되는 과정을 논의하여 후일 쥬네트의 이론으로 가는 초석을 다진다(IP, 27-40면). 말하기인가 보여주기인가, 직접서술인가 간접서술인가 등, 소설 속에서 사건이 노출되는 정도를 논의한 서술방식(mode). 스토리와 플롯을 비교하여 사건배열의 전후관계, 걸리는 시간, 일어나는 빈도수를 비교한 시간(time). 종래의 전지시점, 1인칭시점, 제한시점

172

등을 시각(vision)과 음성(voice)으로 나눈다. 사건을 보는 시각은 객관적인가 주관적인가, 그리고 누구의 음성인가. 아예 시점자와 서술자를 분리시킨 것이다. 이 부분은 후일 쥬네트의 이론에서 좀 더 자세히 논의한다.

이렇듯 60년대 불란서에 구조주의 이론이 한창일 때 영미 쪽은 어떠했는가. 와트가 『소설의 발생』(1957)을 쓰고 부스가 『소설의 수사학』(1961 초판)을 쓴다. 구조를 통해 구조를 무너뜨리는 지라르의 소설이론으로 가기 전에 미국의 이론을 먼저 보자.

되돌아온 저자
— 웨인 부스의 『소설의 수사학』

기존에 도전하던 신선한 충격이 시간이 흘러 정설이 되고 또 하나의 기준이 되면 다시 이것에 대한 반발이 인다. 20세기 전반부의 이념이요, 미학형식이던 모더니즘은 2차대전이 지난 후 여러 형태의 도전을 받게 된다. 진리의 상대성, 혹은 주관성이라는 당대의 인식론에 걸맞는 예술형식으로서 모더니즘은 저자의 음성을 숨기는 것을 미덕으로 삼는다. 시인의 개성은 전통 속에 묻혀야 된다든지(몰개성이론), 저자가 자신의 감흥에 몰입되지 않고 거리를 두어야 하는 것(소격효과) 등은 진리에 대한 절대적인 확신이 사라진 시대의 예술론이었다. 저자는 이러쿵저러쿵 제 의견을 직접 제시하거나 어떤 대상에 대해 쉽사리 언급하고 해설할 수 없다는 것이다.

저자가 사라지고 남긴 공간에 예술이 들어선다. 독자가 스스로 판단하도록 내던져진 갖가지 예술형태, 그 가운데에서도 모더니즘의 가장 대표적인 형식은 등장인물의 의식을 저자의 개입 없이 그대로 드러내려는 것이었다. 소위 '말하기(telling)'가 아닌 '보여주기(showing)'이다.

러보크(Percy Lubbock)는 『소설의 기법』에서 헨리 제임스와 플로베르의 예를 들어 입체적, 혹은 극적 서술을 추켜세웠다. 발작처럼 저자가 직접 요약하는 경우도 극적 효과를 높이지만 대체로 말하기보다 보여주기가 독자의 상상력이 들어설 틈새를 주어 더 극적이라는 것이다. 제임스나 플로베르로부터 시작되어 지드, 프루스트, 울프, 조이스, 포크너 등으로 이어지는 모더니즘 소설에서 보여주기는 점점 더 기승을 부린다. 울프는 『물결 *The Waves*』에서 드라마의 지문과 같은 짧은 서술을 앞세우고 여섯 인물들의 생애를 극화시킨다. 하루의 시간에 비유된 여섯 생애는 한 인간이 지닌 6가지 측면으로 해석되기도 한다. 포크너는 『내가 죽어가면서 *As I Lay Dying*』에서 16명의 화자가 등장하여 제각기 자기 생각을 늘어놓는 극적 수법을 쓴다. 저자의 설명이나 요약이 전혀없이 화자들이 번갈아가며 무대에 나타나고 독자는 그들의 얘기를 듣고 무언가를 엮어낸다.

보여주기 기법의 극치이다.

저자의 사라짐, 혹은 보여주기는 신비평과도 같은 맥락에 있다. 작품을 저자의 의도와 독자가 받는 영향으로부터 똑 떼어내어 그 자체의 유기적 구성관계를 따지기에 비평의 대상은 저자가 사라지고 남은 공간에 들어선 예술의 형식 그 자체였기 때문이다. 이처럼 애초에는 객관진리에 대한 회의라는 혁명성을 띄고 출발한 모더니즘은 반세기의 영광을 누리면서 점차 예술이 기교화되고 난해해지고 예술가가 고립되는 결과를 빚는다. 모더니즘 미학이 정설로 굳어질 무렵 2차대전의 가공할 현실은 정치와 상황에 대한 비판의식을 고조시키고 예술가에게 현실참여를 요구하게 된다. 고고하게 저 하늘에 올라가 있지 말고 지상으로, 다시 대중의 품속으로 내려와 인간에 관해 현실에 관해 무언가를 좀 얘기하라는 것이다.

1. 모더니즘에 대한 반발 — 리얼리즘들

형식비평, 신비평, 구조주의, 그리고 모더니즘으로부터의 탈출은 대략 60년대부터 시작된다. 폴 드만은 예술에 상황을 끌어들이고 언어의 지칭력을 검사한다. 미셸 푸코는 저자를 다시 끌어들이고는 그가 어떻게 담론을 좌우하고 진리를 세우는지 점검한다. 데리다는 랑그(langue) 찾기라는 구조주의의 안정체계를 무너뜨린다. 그리고 물론 소설이론에서도 모더니즘에 대한 반발이 일어난다. 와트와 부스의 이론서들이다.[1]

와트는 『소설의 발생』에서 짧은 소설을 선호한 신비평의 횡포로부터 18세기 긴 소설들을 구해낸다. 그리고 소설의 발생을 당대의 상황과 연결 짓는다. 소설이라는 새로운 형식은 데카르트 이후 진리를 주관적인 것으로 본 당대의 인식론과 관련을 맺는다. 고전주의 보편질서보다 '나는 생각한다, 고로 존재한다'는 개인의식이 고조되자 개인의 사유와 구체적인 삶이 소재로 들어선다. 버클리, 흄, 록크의 경험철학 역시 주체가 현실 속에서 느끼고 경험한 것을 중시하는 철학이었다. 그 이전의 문학이 전통과 과거로부터 보편소재와 기법을 빌어왔지만 이제 현실을 있는 그대로 그리려는 구체적인 문학, 리얼리즘이 등장한다. 원래 1835년 불란서에서 처음 쓰인 리얼리즘이란 단어는 신고전주의 그림이 이상주의적이고 시적인대 반대하고 램브란트의 '진짜 인간적'인 그림을 찬양한 데

---

1) Ian Watt, *The Rise of the Novel* (Berkeley : University of California Press, 1957), 이 책으로부터의 인용은 RN, 면수로 표시함.

Wayne C. Booth, *The Rhetoric of Fiction* (Chicago : the University of Chicago Press, 1961), 이 책으로부터의 인용은 RF, 면수로 표시함. 부스는 21년이 지난 1983년 수정증보판을 내었다. 그동안에 발전된 이론들을 뒤에 덧붙이고 참고문헌을 대폭 보완했는데 본 원고에서는 제1판을 사용했다. 60년대 초의 분위기를 수렴하기 위해서 그리고 새로운 소설이론이란 당대이념의 반영인 것을 중시했기 때문이다.

서 연유했다. 그리고 후일 듀란티(Duranty)가 『레알리즘 *Realisme*』(1856)이란 잡지를 편집한 데서 문학용어로 자리를 굳힌다. 그러나 불행히도 이 용어는 이상주의에 대한 반대어로 출발했기에 저속하고 본능적이고 비도덕적이기까지 한 작품들에 줄곧 적용된다(RN, 10-11면). 만약 리얼리즘이 그런 것이라면 그것은 로망스의 반대말일 뿐이다. 와트는 여기에서 리얼리즘이란 단어를 새롭게 제시한다. 그것은 내용이 고상한가 천박한가의 문제가 아니라 어떻게 그려졌는가의 문제이어야 한다는 것이다. 즉 소설은 그 이전의 문학과 양식이 다르다. 인간의 경험이 충실히 보고되고 등장인물은 개성을 지니며 시간과 장소도 구체적으로 쓰이고 언어도 개체를 지칭한다(RN, 32면). 이런 특수한 양식이 소설(Novel은 새로움이란 뜻)이며 이것은 진리의 주관성과 연결된 하나의 혁신이다. 그러므로 와트에게 리얼리즘은 당대의 인식론적 물음이요 상황에 대응하는 서술양식이다. 그리고 철학적 리얼리즘이 반전통적이듯 소설은 늘 실험적인 아방가르드이다. 여기서 잠깐 '리얼리즘'이란 용어가 지금까지 어떻게 달리 쓰이는가 보자. 20세기 모더니즘과 대립되는 개념으로 19세기 소설양식인 리얼리즘이 있다. 이보다 조금 넓은 의미로 포스트모더니즘과 대립되는 리얼리즘이 있다. 19세기 소설양식과 모더니즘까지 포함하여 소설이 현실을 반영한다는 전제이다. 포스트모더니즘을 반사실주의 혹은 반소설이라고 부를 때 이는 소설이 현실을 더이상 반영하지 못하고 현실과 허구의 경계가 와해되었음을 뜻한다. 이제 가장 넓은 의미의 리얼리즘이 있다. 그것이 어떤 형식을 취하든 모두 당대의 인식론과 상황을 반영한다는 것이다. 제아무리 반사실주의라고 엄살을 떨어도 그것 역시 허구적인 현실을 반영한 사실주의란 것이다. 와트의 리얼리즘은 바로 이 세번째 영역에 속한다. 그러므로 소설의 형식은 당대의 삶에 관한 인식론적 추구요, 실체를 보는 시각이 변함에 따라 그 양식이 변하는 하나의 실험이다.

와트가 18세기의 긴 장편들을 시대상황과 연결지어 논의함으로써 신비평에 도전할 즈음 부스는 러보크 이래 모더니즘의 정설이 되다시피한 '보여주기'의 우월성에 도전한다. 그는 『소설의 수사학』에서 내포저자, 믿을 수 있는 화자, 믿을 수 없는 화자 등의 새로운 서사용어를 만들면서 20세기 전반부의 미학이론에 반기를 든다.

1) 말하기와 보여주기의 이분법 와해

전통적인 소설양식은 저자가 신처럼 전능한 입장에서 어떤 마음을 가진 누가 어떤 사건에 의해 어떤 종말에 이르는가를 제시한다. 호머가 『오디세이』에서 원한 것은 독자가 그의 서술에 호기심과 동정심을 가지고 참여해주는 것이었다. 이렇듯 권위적인 입장에서 작품을 조정하던 저자가 모더니즘 시대에 오면 사라진다. 저자는 스스로의 얼굴을 지우고 무표정하게 스토리를 드러낸다. 저자가 쥐어주는 스토리가 아닌 독자가 합성하는 스토리, 즉 말하기가 아닌 보여주기이다. 그런데 왜 보여주기가 더 우월하냐. 말하기에도 보여주기가 숨어 있고 보여주기도 일종의 말하기 아니냐. 말하기라고 가름지어진 전통소설이 어떻게 보여주기의 전략을 사용하고 보여주기라고 뽐내는 모더니즘이 어떻게 말하기인가 보자. 60년대 중반, 철학에서 쟈끄 데리다가 말하기와 글쓰기의 경계를 무너뜨리고 글쓰기보다 말하기를 우위에 놓은 서구 이성중심 체계를 뒤엎듯 부스는 보여주기를 우위에 놓은 당대의 정설을 전복시킨다.

『데카메론』에는 페데리그와 매에 얽힌 얘기가 있다. 이웃집 유부녀인 모나를 연모하는 페데리그는 그녀에게 구애하느라 가산을 탕진하고 평생을 외롭게 매 한 마리와 살아간다. 그러는 사이 정숙한 부인 모나는 남편을 잃고 하나뿐인 아들마저 병이 든다. 그런데 열에 들뜬 아들이 페데리그의 매를 갖고 싶다고 애원한다. 페데리그를 찾아가야 할 것인지 죽음을 앞둔 아들의 소원을 외면할 것인지 ……. 아들을 사랑하는 마음이 앞선 그녀는 페데리그를 찾기로 한다. 한편 모나의 방문을 연락받은 페데리그는 대접할 것이 없어 궁리하다가 매를 잡는다. 비록 매를 얻지는 못했으나 모나는 그의 마음에 감동되어 결혼을 승락한다. 이 소재는 관점에 따라 여러 가지 주제를 낳을 수 있다. 소극, 운명의 아이러니, 아들과 남편의 관점에서 본 씁쓸함 등. 그러나 두 사람의 결합이 독자에게 흐뭇한 느낌을 주도록 하려면 어떤 전략이 필요한가. 우선 모나의 미덕에 흠이 없어야 한다. 그러기에 그녀의 갈등과 선택을 독자에게 잘 부각시켜야 한다. 페데리그의 정절 역시 영웅적은 아니더라도 감탄을 자아내야 한다. 그의 사랑은 정욕이 아닌 진지하고 변함이 없어야 한다. 그렇다면 주제를 좌우하는 것은 소재가 아니고 그것을 어떻게 구성하느냐이다. 아무리 '말하기'일지라도 '보여주기'를 포함치 않을 수 없다.

황순원의 「소나기」는 전지시점의 '말하기' 기법이다. 그런데 저자는 줄곧 소년의 편에 서서 이야기를 엮는다. 소년이 소녀를 기다리고 그리워하는 마음이 독자에게 애틋하게 전달된다. 저자는 오직 단 한번 소녀의 시점에서 서술한다.

…… 그러나 소녀는 상관없다고 생각했다. 비에 젖은 소년의 몸 내음새가 확 코에 끼얹혀졌다. 그러나 고개를 돌리지 않았다. 도리어 소년의 몸기운으로 해서 떨리던 몸이 적이 누그러지는 느낌이었다.

위의 인용 외에는 줄곧 소년의 편에 서서 서술이 진행되기에 마지막 문장이 나올 때까지 독자는 소녀의 속마음에는 무심해진다.

　"글쎄 말이지, 이번엔 꽤 여러 날 앓는 걸 약두 변변히 못 써봤다더
군. 지금 같아서는 윤 초시네두 대가 끊긴 셈이지 …… 그런데 참 이번
계집애는 어린 것이 여간 잔망스럽지가 않어. 글쎄 죽기 전에 이런 말
을 했다지 않어? 자기가 죽거든 자기 입던 옷을 꼭 그대루 입혀서 묻
어 달라구……."

　이 마감의 문장은 소녀의 마음도 소년만큼 애틋했었음을 충격적
으로 전달한다. 이처럼 저자가 누구 편에 얼마만큼 섰느냐에 따라
글의 효과가 달라진다. 저자가 소년의 편에 줄곧 섰던 것은 사실
소녀의 마음을 극적으로 전달하려는 은밀한 전략이었기 때문이
다.
　김유정의 「봄 봄」 역시 말하기가 갖는 보여주기의 전략을 기막
히게 쓰고 있다. 이야기는 '나'라는 머슴의 시점으로 서술된다.
그는 점순이의 키가 커야 장가를 보내준다는 장인의 말을 믿으며
몇 년을 기다리다가 이제 투정을 부린다. 머슴을 부리는 장인의
술책을 눈치챘기 때문이다. 게다가 점순이까지 틈틈이 그가 못난
이라고 윽박지른다. 그래서 점순이에게 여보란 듯이 장인과 한판
신나게 붙었는데…….

　이 악장에 안에 있던 장모님과 점순이가 헐레벌떡하고 단숨에 뛰어
나왔다. 나의 생각에 장모님은 제 남편이니까 역성을 할는지도 모른다.
그러나 점순이는 내 편을 들어서 속으로 고소하겠지 —— 대체 이게 웬
속인지(지금까지도 난 영문을 모른다) 아버질 혼내 주기는 제가 내래 놓고
이제 와서는 달려들며,
　"에구머니! 이 망할 게 아버지 죽이네!"

하고 내 귀를 뒤로 잡아당기며 마냥 우는 것이 아니냐. 그만 여기에 기운이 탁 꺾여 나는 얼빠진 등신이 되고 말았다.

……(필자의 줄임)

그러나 나는 구태여 피하려 들지 않고 암만해도 그 속을 알 수 없는 점순이의 얼굴만 멀거니 들여다보았다.

암만해도 그 속을 알 수 없는 점순이의 얼굴만 멀거니 들여다 보았다'는 마직막 대목에 이르러 독자는 이게 무슨 얘기인가 고개를 갸우뚱하게 된다. 머슴을 이용하는 장인의 꾀?…… 그리고는 「봄 봄」이라는 제목을 흘긋 본다. 아, 그렇구나. 순진하고 어리숙한 머슴을 화자로 삼아 봄날 젊은이들의 본능과 싱숭생숭하고 알 수 없는 마음을 드러낸 것이다. 저자는 봄이라는 주제를 시치미 뚝 떼고 이런 식으로 극화한 것이다.

말하기가 보여주기이듯 보여주기 역시 말하기이다. 보여주기의 극치인 포크너의 『내가 죽어가면서』를 보자. 어머니를 묻을 곳을 찾아 떠나는 긴 행렬에서 가족을 포함한 16명의 화자가 자신의 마음 속을 드러낸다. 저자의 설명이나 요약이 전혀 없다. 50개가 넘는 짧막한 서술들만이 화자의 이름을 선두로 연속된다. 독자는 가장 많이 등장하는 다알의 의식을 종합하여 그가 누구인가를 종합해낸다. 캐쉬는 그보다 적게 등장한다. 쥬얼의 열정과 감정몰입, 다알의 지나친 자의식, 캐쉬의 평범한 산문적인 삶…… 이렇듯 조각조각 파편화된 서술들을 다 읽은 후 독자는 도대체 이 작품속에서 포크너는 무슨 얘기를 하려는가를 따져본다. 실체를 가장 예민하게 꿰뚫어보는 다알은 정신분열증에 이르고 즉자적인 쥬얼은 그 반대편에 서 있다. 이 둘 가운에 자신이 할 일만을 단조롭게 되풀이하는 캐쉬가 있다. 진실을 꿰뚫어보니 혼동의 세계이다. 그렇다고 쥬얼처럼 마음먹은 대로 행동에 옮기는 것도 위험하다. 비록 매력은 없어 보이지만 삶에 너무 깊숙이 침잠하지 않으며 자기 일을 단조롭게 되풀이하는 캐쉬의 철학이 저자의 음성으로 종합된다. 스스로를 지웠다지만 독자가 애써 캐낸 것은 저자의 음성이다. 아니 한 술 더 떠서 저자가 얼마나 다알을 잘 알면 그의 의식을 자기 것처럼 그리는가, 이거야 말로 전지한 신이다. 그러니 저자는 결코 사라지지 않는다. 오직 기법을 달리 쓸 뿐이고 어떤 기법을 쓰든지 그것은 모두 독자에게 영향을 주려는 의도 탓이며 이것이 저자의 수사학이다. 부스는 사실주의이건 모더니즘이건 말하기이건 보여주기이건 픽션은 수사학을 피할 수 없다고 말한다.

보여주기의 명수들이 때로 주장하듯 그런 단순하고 맞지 않는 가름을 한번 따져보자. 이야기를 전하는 두 가지 방식을 딱 정해놓고 한 쪽은 모두 좋고 다른 쪽은 나쁘다 ; 한 쪽은 모두 기교요 세련되고 다른 쪽은 서툴고 부적절하다 ; 한 쪽은 모두 보여주기요, 내던지기요, 극적이고 객관적인데 다른 쪽은 모두 말하기이고 주관적이고 설교요 무기력하다는 가름이 말이 되는가?(RF, 28면)

아무리 '소설 그 자체만'이라고 부르짖으며 쓰는 순간에도 저자의 한쪽 눈은 독자를 향한다. 서사를 조종하여 독자를 움직이려는 욕망의 시선이다. 그러므로 주제가 전달되는 순간 그것은 이미 하나의 수사이다. 무표정한 중립의 태도도 하나의 전략이요, 뛰어들어 간섭하는 것도 전략이다. 비유, 혹은 수사는 이미 작품 속에 배어들어 순수한 작품 자체란 있을 수 없다(RF, 104면). 부스의 이런 견해는 순수한 중립의 언어를 거부한 니체, 진리를 전략으로 본 데리다, 진리를 담론이요 권력으로 본 푸코와 같은 맥락에 있다. 쓰는 일은 늘 어떻게 잘 전달할 것인가이고 그러기에 독자가 의식되고 수사가 개입된다.

와트와 비슷하게 부스에게도 모든 소설은 리얼리즘이다. 그것이 실체(reality)가 무엇인가를 탐색하는 방식이기 때문이다. 자연주의자들에게 실체는 삶의 저속한 측면이요, 모더니스트에게 실체는 모호함이요, 불란서의 반소설가들에게 실체는 표층에 머무는 감흥이다. 어떤 형식이든지 그것은 실체를 전달하고자 하는 저자의 수사전략이므로 어느 것이 더 우월할 수는 없다. 플로베르가 어느 순간 슬쩍 등장인물에게 패권을 넘겨주고 자신의 음성을 감춘 것은 저자의 메시지를 효과 있게 전달하려는 의도이다. 헨리 제임스는 주인공의 행위만을 보여주다가도 너무 모호해질까봐 독자를 도와줄 인물을 설정한다. 따라서 저자는 개성을 지우고 거리를 두고 중립적이어야 한다는 모더니즘의 보편 원칙은 무너져야 한다. 아무리 중립을 주장해도 저자의 음성은 곳곳에 있으며 독자는 결국 저자의 의미를 캐내고 그것은 하나의 가치이지 중립이 될 수 없다고 부스는 말한다.

흔히 실험작가들이 실험을 위한 실험을 할 경우 독자에게 만족을 주지 못하는 이유가 여기에 있다. 산산이 조각난 꼴라주나 소설에 관한 소설인 메타픽션이 제아무리 메시지를 거부한다 해도 그 속에는 왜 메시지가 있을 수 없는가라는 설득력 있는 저자의 의미가 묻혀 있어야 한다. 아무런 스토리가 없이 그저 장면만이 바뀌는 영화나 난삽하게 와해된 소설이 메시지를 숨겨놓지 않으면 독자의 호기심은 충족되지 않는다. 그리고 그것은 진정한 실험소설이 아니다. 어떤 형식이든 그것은 저자의 메시지를 담는 전략이기 때문이다.

부스는 말하기와 보여주기의 경계를 와해시키고 그 자리에 수사라는 전략을 들여놓는다. 그리고 죽었던 저자를 되살린다. 옛의미의 저자가 아닌 저자가 작품 속에서 구현시킨 제2의 자아인 '내포저자(implied author)'이다.

2. 되돌아온 저자

1) 내포저자

아무리 저자의 음성이 드러나지 않는 극적 서술일지라도 그것은 저자가 독자를 의식하면서 전달효과를 높이기 위해 꾸민 것이다. 아무리 저자의 음성이 지워진 보여주기의 극치일지라도 독자가 캐내는 것은 저자의 의미이다. 작품 속에서 캐어낸 저자가 '내포저자'이다.

내포저자란 독자가 추출해낸 의미뿐만 아니라 등장인물 모두의 고통과 행동 하나하나에 걸린 도덕적이고 감정적인 내용까지도 포함한다. 그것은 예술형식 전체에 대한 직관적인 파악 그 자체이다……

내포저자는 독자가 읽을 것을 의식적으로, 무의식적으로 선택한다. 독자는 그를 실제작가가 이상적이고도 문학적으로 창조한 또 다른 모습이라고 생각할 수 있다. 그는 그 자신이 선택한 것의 총화이다.(RF, 73−75면)

저자의 의도가 그대로 작품에 반영된다는 전기비평 등 19세기 비평의 전제를 무너뜨리기 위해 신비평은 저자를 제외시켰다. 이제 부스는 실제 저자와 내포저자를 구별지어 저자를 다시 끌어들인다. 『햄릿』을 읽은 독자는 진짜 셰익스피어의 생각이나 의도를 얘기할 수는 없지만 적어도 『햄릿』 속에 구현된 저자의 생각은 얘기할 수 있다. 아니 푸코가 말했듯이 저자를 인정치 않는 태도는 오히려 완벽한 진짜 저자를 뒤에 상정하기에 더 불공평하다. 모더니즘에서는 저자가 아무리 제 얼굴을 가리우고 나 죽었소 하지만 오히려 등장인물을 통해 제 목소리를 알알이 드러낸다. 그러니 자기 감흥을 가다듬고 조절하여 조심성있게 서술하는 전통소설에서 보다 더 주관적이 아니냐, 안 한다고 하면서 그렇게 할 바에야 차라리 저자의 존재는 피할 수 없음을 인정하고 대신 진짜가 아닌 내포된 저자를 받아들이자.

어떤 작품을 읽었을 때 저자가 무슨 말을 하려는지 가늠하기 어려운 경우가 있다. 예를 들어 헤밍웨이의 「살인자들」은 화자가 없이 일어나는 사건의 외적인 행위나 대사에만 초점을 맞춘 객관서술의 극치이다. 독자는 이 작품을 읽고 정확히 저자의 의미를 캐내기 어렵다. 이럴 경우 헤밍웨이가 쓴 다른 작품들이 도움을 준다. 비슷한 주제가 반복되기 때문이다. 한 저자의 여러 작품에 공통으로 흐르는 의미. 그러기에 내포저자의 존재는 피할 수가 없다. 우리가 흔히 어느 저자의 대표작이라고 할 때 그것은 저자의 반복되는 의미를 다른 어느 작품들보다 더 감동적으로 암시적으로 극적으로 담고 있기 때문이다.

일단 저자라는 기둥이 세워졌으므로 이제 그가 작품을 어떻게 조정하는가와 그 효과는 무엇인가가 논의된다.[2] 저자와 등장인물은 잘 지내나, 화자와는 불화가 없는가, 너무 조이는 것은 아니냐…… 등이다. 모더니즘의 저자는 가치중립을 위해 모든 인물들에게 공평할 것을 원했는데 이제 전략은 바뀐다. 어떤 형식을 쓰든 저자는 누구 편을 들 수밖에 없다는 것이다. 플로베르는 『마담 보봐리』에서 엠마에게 제일 불공평하다. 조이스는 『젊은 예술가의 초상』에서 스티븐을 제일 신용한다. 포크너는 『내가 죽어가면서』에서 다알에게 제일 많은 기회를 준다. 그러나 사실은 캐쉬를 제일 예뻐한다. 비슷하게 황순원은 「소나기」에서 소년에게 패권을 다 쥐어 주지만 사실은 소녀를 극적으로 비추기 위해서였다.

2) 지금부터의 저자는 물론 내포저자이다. 편의상 일일이 '내포'라는 단어를 붙이지 않고 그냥 저자로 혹은 저자의 이름으로 표시한다.

햄릿을 위해 저주받는 크라디우스, 종횡무진으로 활약했지만 버림받는 이아고(『오델로』) 등, 저자가 무엇을 노리고 등장인물들을 어떻게 조정하는지는 중요한 서사전략이다. 플로베르가 『마담 보봐리』에서 어떤 장면에서 엠마에게 패권을 쥐어주고 어떤 장면에서 다시 빼앗아 휘두르는지 그리고 그에 따른 극적효과는 어떤 것인지는 이미 러보크가 논의했다. 그러나 이제 부스는 사실주의건 모더니즘이건 상관없이 이 전략을 탐색한다. 저자와 등장인물의 거리, 화자와 등장인물의 거리, 저자와 화자의 거리를 좀더 살펴보자.

제인 오스틴은 『에마 Emma』에서 거의 완벽하지만 한 가지 결함을 지닌 주인공을 등장시킨다. 그리고는 그녀가 스스로의 결함을 깨닫고 해피엔딩을 맞게 한다. 어떻게 서술해야 독자가 그녀의 결함을 알면서도 그녀의 행복을 바랠 것인가. 저자는 에마에게 패권을 넘겨주어 그녀가 보고 느끼는 것을 스스로 보여주게 한다. 독자는 저자로부터 에마에게로 옮아가 그녀의 입장이 되어 사물을 본다. 한참 따라가다가 어느 순간 그녀에게서 떨어져나와 그녀를 비판적으로 보게 된다. 동정과 비판(Sympathy and Judgement)이다. 그러나 그녀의 결함은 독자자신의 결함같이 느껴져 부디 그걸 깨닫고 극복해주기를 바라게 된다. 결국 그녀의 해피엔딩은 독자의 것이 되어 만족감을 안겨준다. 왜 카프카의 주인공이 징그러운 벌레가 되었는데도 독자는 혐오감 대신 동정을 느끼는가. 그레고르의 시점 안에서 서술이 진행되기 때문이다. 저자는 독차가 그레고르의 세계에 동참하고 그와 한 몸이 되게 서술함으로써 그의 변신을 공감하고 함께 탈출구를 두리번거리게 만든다. 최인훈이 『광장』에서 서술자는 저자이면서도 이명준에게 모든 패권을 넘긴 것도 비슷한 맥락이다.

유독 어느 인물의 시선 안에서 주로 사건을 진행시키는 것은 저자가 그 인물을 각별히 배려하는 것이다. 그리고 그 저변에는 독자도 그렇게 느껴주기를 바라는 저자의 욕망이 있다. 토마스 하디가 『테스』에서 아끼는 인물은 누구인가? 물론 여주인공 테스이다. 소설은 그녀의 변함없는 정절과 그녀가 두 남자 사이에게 어떻게 희생되는지를 보여준다. 빅토리아 시대의 부흥하는 신흥자본계급을 대표하는 알렉의 즉자적 성격, 그리고 그 시대 자유주의 지성인을 대표하는 엔젤의 분열된 성격, 이 두 틈새에서 희생되는 테스는 순결과 열정과 의지를 모두 갖춘 여인이다. 그런데 자세히 들여다보면 저자가 세 인물 가운데 가장 표적을 삼은 인물은 엔젤인 듯 느껴진다. 저자는 이상주의적인 지성인의 모습을 맘껏 보여주도록 엔젤을 놓아 주었다가 다시 그가 얼마나 말과 달리 차가운 순응주의자인지를 눈치껏 언급한다. 결정적인 순간에 엔젤은 테스를 용서하지 못하고 끝내는 그녀를 죽음으로 몰아넣는다. 그런데 여기서 하디는 독자가 엔젤의 결함을 미워하기보다 자신의 것처럼 느껴 반성적이 되게 만든다. 엔젤을 놓아주었다가 다시 조이는 식의 서사전략과 그의 고행, 그리고 변치 않는 사랑 때문이다. 어느 시대이고 자유주의 지성인들이 지니기 쉬운 의식과 무의식의 틈새를 하디는 따스히 감싸 주어 읽는 이가 스스로를 돌아보게 만든다. 이처럼 테스의 편에 서 있으면서도 엔젤을 향해 중요한 것을 말하는 이중전략은 저자가 테스를 놓아주지 않고 서술함에 비해 엔젤은 놓아 주었기 때문이다. 테스는 극화되지 않은 인물이고 엔젤은 극화된 인물이다.

2) 믿을 수 있는 화자와 믿을 수 없는 화자

저자와 등장인물의 거리를 보았으니 이제 저자와 화자의 거리를 보자. 저자는 때로 '나'라는 화자를 등장시켜 서술을 내맡긴다.

이때 저자와 화자의 거리가 좁을수록 '나'는 저자의 눈이고 넓을수록 '나'는 저자가 비판하는 대상이다. 전자는 극화되지 않은 화자이고 후자는 극화된 화자이다. 화자이건 등장인물이건 저자가 놓아줄수록 극화된다. 제멋대로 놀다가 당하기도 하고 반성하기도 한다. 단편 「귤」에서 윤후명은 '나'를 한동안 놓아주다가 마지막에 자기편으로 끌어들인다. 한동안 이기심을 드러내던 '나'가 마지막에 뉘우치기 때문이다. 바흐친의 용어를 빌리면 저자와 화자의 갈림언어이다. 이에 비해 자서전적 스타일의 소설은 대부분 '나'의 음성이 곧 저자의 것이다. 저자가 화자의 음성을 자신과 일치시키는가, 놓아주고 비판적 시선으로 보는가에 따라 극적인 효과가 달라진다. 독자는 일치하는 경우 그대로 서술을 따라가게 되지만 비판적인 경우에는 두 사람의 틈새를 비집고 들어가 의미를 합성해내게 된다. 그러므로 갈림언어의 경우 저자는 화자를 놓아주듯 독자를 놓아주는 셈이다. 부스가 만든 용어 가운데 중요한 것으로 '믿을 수 있는 화자(reliable narrator)'와 '믿을 수 없는 화자(unreliable narrator)'가 있다. 믿을 수 있는 화자란 저자의 의도에 맞는, 그래서 독자가 기댈 수 있게 느껴지는 화자이다. 김동인의 「배따라기」의 화자는 저자의 의도를 그대로 표출하는 기댈 수 있는 화자이다. 독자는 그의 서술을 조금도 의심치 않고 받아들이기 때문이다. 김유정의 「봄 봄」의 '나'는 어떤가. 자칫 봄날에 마음이 들뜬 머슴이 장인과의 관계를 주관적인 안목으로 잘못 그릴 수도 있다. 그러나 저자는 그가 전달하는 얘기의 중간중간에 타인들의 생각과 얘기를 끼워넣어 그가 믿을 만한 화자가 되도록 만든다.

"밤낮 일만 해주구 있을 테냐?"
"영득이는 일 년을 살구두 장갈 들었는데 넌 사 년이나 살구두 더 살아야 해."

"네가 세번째 사원 줄이나 아니, 세번째 사위."

"남의 일이라두 분하다. 이 자식아, 우물에 가 빠져 죽어."

나중에는 겨우 손톱으로 목을 따라고까지 하고 제 아들같이 함부로 투딱이었다. 별의별 소리를 다해서 그대로 옮길 수는 없으나 그 줄거리는 이렇다.

화자의 얘기에 객관성을 부여하기 위한 저자의 전략이다.

믿을 만한 화자이면서도 그의 전달을 그대로 받아들이기보다 재해석을 해야 되는 묘한 경우도 있다. 화자가 천진한 아이일 때이다. 주요섭의 「사랑손님과 어머니」는 어른들의 애틋한 사랑을 6세 소녀의 눈으로 전달한다. 그애는 충실한 전달자이다. 그러나 천진한 소녀의 눈이기에 믿을 수 있으면서도 동시에 전달하는 얘기는 재해석되어야 한다.

아저씨가 사랑방에 와 계신 지 벌써 여러 밤을 잔 뒤입니다. 아마 한 달이나 되었지요. 나는 거의 매일 아저씨 방에 놀러 갔습니다. 어머니는 나더러 그렇게 가서 귀찮게 굴면 못쓴다고 가끔 꾸지람을 하시지만 정말인 즉 나는 조금도 아저씨를 귀찮게 굴지는 않았습니다. 도리어 아저씨가 나를 귀찮게 굴었지요.

……(필자의 줄임)

"인젠 우리 달걀 안 사요. 달걀 먹는 이가 없어요."

하시는 어머니 목소리는 맥이 한 푼 어치도 없었습니다.

나는 어머니의 이 말씀에 놀라서 떼를 좀 써보려 했으나 석양에 빤히 비치는 어머니 얼굴을 볼 때 그 용기가 없어지고 말았습니다. 그래서 아저씨가 주신 인형 귀에다가 내 입을 갖다 대고 가만히 속삭이었습니다.

"애, 우리 엄마가 거짓부리 썩 잘 하누나. 내가 달걀 좋아하는 줄 잘 알문서. 생 먹을 사람이 없대누나. 떼를 좀 쓰구 싶다만 저 우리엄마 얼굴 좀 봐라. 어쩌문 저리두 새파래졌을까? 아마 어데가 아픈가 보다"라고요.

옥희의 서술과, 어머니와 사랑손님과의 애틋한 관계 사이에는 틈새가 있다. 전혀 해석할 수 없는 천진한 아이의 눈에 비친 세계를 통해 독자는 그 내용을 파악하고 재해석해야 하기 때문이다. 그러니까 한 쪽 눈으로는 6세 소녀가 되어 서술을 따라가면서도 또 다른 눈으로는 어른이 되어 두 사람의 심리를 파악하는 것이다. 성인인 저자가 아이의 눈을 택할 경우 이 틈새로 인해 독자는 만족감을 느끼게 된다. 자기 몫이 있기 때문이다. 물론 여기서 달걀, 꽃, 편지, 정거장 등의 에피소드를 선택한 것은 얼핏 옥희인 듯싶지만 사실은 저자이다.

마크 트웨인의 『허클베리 핀』이 불후의 명작인 이유 가운데 하나는 바로 이 화자와 전달사건 사이의 틈새 때문이다. 12세의 소년 헉은 스스로가 당시 교회나 어른의 가르침에 어긋나는 짓을 한다고 자책한다. 그런데 독자가 보기엔 그가 하는 행동이 옳고 그 사회가 오히려 위선적이라고 느껴진다. 예를 들어 도망친 노예를 신고하지 않으면 감옥에 간다고 배운 그애가 뗏목을 타고 여행하면서 외로움을 나눈 노예 짐을 끝내 신고하지 못하면서 '좋다. 감옥에라도 가지'라고 말하는 장면이 있다. 화자는 진정으로 자신이 죄를 짓고 있다고 느끼지만 독자는 그에게 박수를 친다. 독자가 의미를 재합성해야 하는 이 틈새, 브레히트의 소격효과, 혹은 모더니즘의 미학적 거리는 이렇듯 리얼리즘 속에도 숨어 있다.

'믿을 수 없는 화자'의 대표적인 예는 『음향과 분노』의 세번째 화자인 제이슨이다. 포크너는 내가 아무리 이 애가 나쁘다고 말한

들 믿겠어? 실제로 직접 들어보라구 라는 듯이 제이슨의 서술을
그대로 드러낸다. 제이슨이 전달하는 얘기들은 편협하고 비뚤어
진 눈으로 본 세계이기에 독자는 그의 얘기를 믿기는 커녕 오히려
그 속에서 화자의 성격을 감지한다. 앞에서 이미 벤지와 퀜틴의
서술을 통해 사건들을 대략 알기 때문이다. 믿을 수 없는 화자는
이렇게 앞에 그와 상반되는 서술들이 있어야만 독자가 올바른 해
석을 내릴 수 있다. 만일 그저 제이슨의 서술만 달랑 있으면 독자
는 무엇을 합성해야 할지 모르기에 만족감을 얻지 못한다.

　제임스의 『나사의 회전 *The Turn of the Screw*』은 믿을 수 없는
화자의 또 다른 예이다. 어느 여 가정교사가 자신의 경험을 서술
한다. 텅빈 시골의 큰 저택에서 어느 날 그녀는 유령을 본다. 아이
들도 같이 보았다고 믿는 그녀는 아이들이 본 적이 없다는 말을 믿
지 않는다. 주인에게 호감을 품은 그녀는 애를 추궁하던 끝에 죽
음으로 몰아넣는다. 유령을 본 그녀가 정신이상자인가, 아니면
안 보았다는 아이들이 공모자인가. 유령은 정말 나타났는가 아닌
가. 저자가 여기에 대한 확고한 대답을 내리지 않기에 지금껏 비
평은 두 갈래가 되어 충돌한다. 부스는 이런 경우 독자는 어떤 메
시지도 얻을 수 없기에 충족감을 못 느낀다고 말한다.

　믿을 수 없는 화자의 역할만이 극대화되면 메시지에 혼동이 일
어난다. 그러므로 저자는 화자의 등 뒤에서 눈치껏 수정과 보완을
하여 독자를 도와야 한다. 저자의 직접서술에서도 등장인물들을
뒤로 제치고 독자와 공모하여 극의 긴장감을 높이는 경우가 있다.
『춘향전』에서 저자와 독자는 변장한 이 도령이 과거에 급제한 암
행어사인 줄 알지만 다른 등장 인물들은 모른다. 그래서 그들의
반응을 지켜보는 독자는 긴장하게 되고 춘향의 변함없는 정절에
이 도령 못지않게 감동을 받는다. 결국 말하기이든 보여주기이든
저자는 자신이 원하는 주제에 맞게 양쪽을 적절히 구사하여 독자

를 사로잡아야 한다.

　부스의 『소설의 수사학』은 모더니즘에서 포스트모더니즘으로
넘어가던 60년대라는 전환기의 산물이다. 그는 기존의 비평이 지
나치게 보여주기의 우월성만을 고집하여 작품이 고갈되고 의미가
무화되는 것을 우려했다. 물론 그의 이론이 모더니즘의 도덕과 미
학을 격하시킨 점은 부인할 수 없다. 그러나 60년대가 철학이 언
어의 수사성을 보여주기 시작하고 예술양식들이 개성화, 대중화
를 향해가던 때였음을 생각해보면 그의 책은 소설이론에서 새로운
조류를 제시했다고 볼 수 있다. 내포저자라는 개념을 들여와 독자
를 움직이기 위해 어떤 전략을 쓰는가를 탐색한 부스의 이론은 바
흐친의 갈림언어까지도 포함하여 쥬네트와 코온, 쉬탄젤 등 후기
구조주의 시대의 소설이론에서 더욱 세련된다. 구조와 플롯에 초
점을 맞춘 정적인 구조주의로부터 이제는 저자의 전략을 탐색하는
역동적인 연구로 바뀌는 것이다.

『속임수, 욕망, 그리고 소설』
—르네 지라르의 소설이론

  우리들 모두는 타인의 시선을 필요로 한다. 이념을 위해 싸우는 사람은 대중의 시선을 필요로 하고 파티를 즐기는 사람은 친근한 이웃의 시선을 필요로 한다. 피할 수 없는 사랑을 얻기 위해 모든 것을 희생시킨 남자는 오직 한 여자의 시선을 필요로 하며 이룰 수 없는 사랑에 스스로를 던진 남자는 어디를 가나 무엇을 하든지 그녀의 시선을 끌고 다닌다. 종교에 몸을 바친 사람은 신의 시선을, 위대한 기법의 예술가를 꿈꾸는 사람은 카프카를, 조이스를 품고 다닌다. 이처럼 우리의 의식은 이미 누군가에 의해 침투되고 얼룩이 져 순수하고 고유한 원본이 아니다.

  세르반테스의 돈키호테는 늘 아마디스의 시선을 느낀다. 그가 지향하는 이상적인 기사의 용기와 사랑은 모두 아마디스에게서 나온 것이다. 그가 하는 행동은 스스로가 선택한 것이 아니고 아마디스가 골라준 것이다. 그가 욕망하는 어떤 대상은 자신의 내부에서 우러난 것처럼 착각되지만 실은 아마디스가 욕망한 것이다. 겉보기엔 대상을 향한 스스로의 욕망인 듯싶지만 욕망의 겉자락을 들추고보니 아마디스라는 매개자가 있다. 대상(혹은 삶의 목표)은 모험이 벌어질 때마다 바뀌지만 매개자, 아마디스의 시선은 바뀌지 않는다. 그래서 모험은 계속되고 욕망은 늘 남아 있다.

주체는 어떤 대상을 자발적으로 원하는 것 같으나 사실은 그 사이에 매개자(mediator)가 있다. $\left(\text{주체} \underset{\text{매개자}}{\triangle} \text{대상}\right)$. 주체는 이 매개자의 욕망을 모방한다. 그러기에 대상은 결코 주체의 욕망을 충족시키지 못한다. 스스로가 진정 원하는 게 아니기 때문이다. 인생의 목표는 충족되는 순간 저만큼 물러나고 저만큼 물러나기에 우리는 가고 또 간다. 이것이 지라르의 욕망의 삼각구조(triangular desire)요, 모방적 욕망(mimetic desire)이요, 대상의 허구성, 아니 욕망의 허구성(metaphysical desire)이다. [1]

1. 욕망의 삼각구조

흠모하고 감탄하고 숭배하는 여인, 그러나 나와 맺어지기에는 너무 먼 거리에 있다. 맺어질 것을 꿈꾸기에는 고통스러워 차라리 그녀를 높은 제단 위에 올려놓고 평생토록 내가 하는 행동과 목표마다 그녀의 시선을 느끼며 살아간다. 질투와 번민은 사라지고 달콤한 위안과 평화가 찾아든다. 신을 믿고 사는 종교인처럼. 이제 그녀가 제단 위에서 내려와 나와 비슷한 위치에 선다. 닿을 수 있고 맺어질 수 있고 사랑을 나누기까지 한다. 그런데 왜 평화 대신 질투와 의심과 고통이 따르는가. 나와 그녀의 거리가 좁혀졌는데 왜 괴로움은 늘어나는가. 주체와 매개자의 거리를 살펴보자.

---

1) René Girard, *Deceit, Desire, & the Novel : Self and other in Litery Structure* (Boltimore : The Johns Hopkins Univ. Press, 1965).

원래 1961년 파리에서 불어로 출판되었던 것을 1965년 Yvonne Freccero가 영어로 번역한 책이다. 이로부터 이 책에서의 인용은 '면수'로만 표시함.

종교에 몸을 바친 사람은 신의 욕망을 모방한다. 그에게 신은 절대자요, 이상적인 모델이다. 어떤 행동을 하든지 어떤 꿈을 좇든지 어떤 목표를 세우든지 그는 늘 변치 않는 절대자의 시선 속에 산다. 절대자의 욕망을 모방하는 경우 다시 말하면 '주체와 매개자의 거리가 먼 경우' 주체는 평안 속에서 대상을 추구한다. 그리고 이때 추구되는 대상은 나름대로 견고한 가치를 지닌다. 돈키호테는 아마디스를 이상적인 모델로 삼기에 대상을 좇으며 그런대로 행복하다. 산초 판자의 경우도 마찬가지다. 그는 어느 섬의 통치자가 되어 딸에게 공작부인의 칭호를 안겨주고 싶다. 그런데 그의 꿈은 내부에서 우러난 게 아니고 돈키호테가 불어넣은 것이다. 돈키호테와 산초 판자 사이에는 주인과 하인이라는 거리가 있어 그의 욕망은 갈등이 아닌 하나의 꿈이요 동경이다.

타자가 불어넣은 욕망은 플로베르의 '보봐리즘'이기도 하다.

그리고 엠마는 과거의 어느 땐가 읽었던 소설의 여주인공들을 회상했다. 그들 사련(邪戀)을 즐기는 여인들은 누구나 다 같은 형제들처럼 비슷한 음성으로 엠마의 추억 속에서 노래 부르고 그 목소리들은 엠마를 매혹시켰다. 엠마 자신도 이들 공상 속의 여인들의 일원이 되어 이같이 오랫동안 동경해오던 순수한 사랑을 하는 여인에게 자기를 비김으로써 처녀 시절의 저 길고 길었던 꿈을 이제 여기 현실로 만들 수 있게 된 것이다. 거기에는 또 복수의 쾌감도 있었다. 그렇게 고민하여 왔던 것이 아닌가? 그러던 것이 이제야 자기는 승리를 거둔 것이다. 그리고 누르고 눌러 왔던 사랑하는 마음은 길길이 뛰어 오르는 물길이 되어서 일시에 솟구쳐 나오는 것이었다. (『마담 보봐리』, 제2부)

엠마는 기숙학교 시절 남녀의 사련을 다룬 이류의 로맨스 책에 탐닉한다. 그녀는 파리 여자들의 사치스럽고 낭만적인 여주인공의 사랑얘기와 화려한 생활을 동경하며 자신의 고유한 음성이나 의지와 판단력을 전혀 갖지 못한다. 그녀의 텅 빈 머릿속은 파리 여자들의 삶으로 각인되어 그들을 부러워하고 모델로 삼아 그들의 욕망을 모방한다. 그녀가 추구하는 대상은 루돌프이건 네온이건 바뀌어가고 그때마다 그들은 큰 의미를 지니지 못한다. 엠마의 의식에 각인된 매개자는 이상적 모델이지만 돈키호테의 경우보다 조금 낮다. 주체와 매개자의 거리는 조금 좁혀졌으나 그래도 여전히 모방욕망은 꿈이요 동경이다. 이제 이 거리가 한 걸음 더 좁혀져서 그것이 꿈이 아닌 경쟁(rival)의 관계로 바뀌는 경우를 보자.

스탕달의 『적과 흑』에서 주인공 줄리앙 쏘렐은 나폴레온을 흠모한다. 그는 나폴레온의 초상화를 남몰래 간직하고 그의 야망을 모방한다. 나폴레온은 매개자요, 줄리앙은 매개자의 시선을 의식하면서 행동하고 대상을 추구한다. 나폴레온이 이상적인 모델인데 비해 이 소설에는 주체와 매개자의 거리가 좁은 경우가 더 많다.

레날시장은 발레노와 정적이다. 재산과 지위와 영향력이 서로 비슷한 두 사람은 라이벌 관계이다. 레날은 줄리앙을 가정교사로 채용하는데 발레노 역시 줄리앙을 원하리라는 상상으로 어떻게 해서든지 그를 얻으려 하고 이를 간파한 줄리앙의 아버지는 배짱을 부림으로써 줄리앙의 값을 올린다. 주체인 레날은 대상인 줄리앙을 욕망하는데 사실은 매개자인 발레노의 욕망을 상상하고서 더욱 갈망하게 되어 대상의 값이 오르는 것이다. 물론 대상을 얻은 후 레날의 욕망이 누그러들지는 않는다. 발레노가 라이벌의 자리에 머무르는 한 그는 끝없이 대상을 바꾸어가며 라이벌의 욕망을 모방할 것이기 때문이다.

주체와 매개자의 거리가 좁아져 비슷한 처지가 되는 라이벌 관계에서 대상은 수시로 바뀌고 그 가치도 터무니없이 매겨진다. 대상의 허구성이다. 『적과 흑』에서 보수파였던 레날은 자유파의 대표로 변신하는데 그 이유가 정적인 발레노가 보수파의 대표로 나섰기 때문이다. 대상, 목표, 개념, 그리고 내세우는 이념이 얼마나 허구적인가를 보여주는 좋은 예이다. 스탕달은『적과 흑』에서 두 개의 라이벌 세력 속에 희생되는 주인공의 모습과 이를 깨닫고 스스로의 선택을 내리는 마지막 변모를 보여준다. 대상을 향한 자발적인 욕망인 것 같지만 실은 매개자가 있음을 보여주어 인간의 자만과 허영을 깨닫고 스스로의 선택을 내리는 것, 이것이 '소설적 진실'이라는 게 지라르의 견해이다.

1) 외적 매개와 내적 매개

플로베르의 '보봐리즘'은 스탕달에게 '허영'이고 프루스트에게는 '속물주의'이다. 세르반테스와 플로베르의 소설에서 욕망의 삼각구조는 그런대로 제꼴을 취한다. 이럴 경우 주체는 자신의 욕망을 거침없이 드러낸다. 신을 믿는 종교인이 스스로의 목표를 드러내듯 돈키호테는 이상적인 기사가 매개자이므로 그의 욕망을 모방하는 게 부끄럽지 않다. 엠마 보봐리 역시 파리여인들을 모델로 삼기에 구태여 욕망을 감추려들지 않는다. 감추어야 할 상대(매개자)가 멀리 떨어진 존재이기 때문이다. 이제 매개자와의 거리가 좁아지는『적과 흑』에서부터 주체는 욕망을 감추려든다. 매개자의 위치는 자기와 비슷하여 흠모와 동시에 증오를 유발한다. 그의 욕망을 모방한다는 것은 하나의 대상을 놓고 경쟁을 한다는 뜻이므로 욕망을 감추는 자가 승리하게 된다. 이렇듯 욕망을 선언하는 경우를 외적매개(external mediation)라 하고 욕망을 감추는 경우를 내적 매개(internal mediation)라 한다.

줄리앙이 나폴레옹을 야망의 모델로 삼는 것은 외적 매개이다. 그러나 레날 시장과 발레노, 그리고 그 대상인 줄리앙의 관계는 내적 매개를 이룬다. 줄리앙과 마틸드의 관계는 어떤가. 출세와 야망을 실현시키기 위해 라 몰 후작의 딸을 얻으려던 줄리앙은 마틸드의 무관심에 자극을 받아 섣불리 자신의 욕망을 드러낸다. 마틸드는 줄리앙의 눈빛에서 폭력과 분노를 읽는 순간 희열에 넘친다. 그녀가 주인이요 줄리앙이 노예가 되는 순간이다. 한번 실패한 줄리앙은 이번에는 영웅적인 인내로 자신의 욕망을 숨김으로써 마틸드를 이겨낸다. 마담 페르바끄라는 여자와 사랑에 빠진 척 가장하여 마틸드의 관심과 질투를 끌어내고 마침내 그녀의 무릎을 꿇게 만든다. 그러므로 무관심을 가장하는 것은 욕망의 부재가 아니라 욕망의 흘러넘침이요 매개자가 있는 욕망에서 상대방을 정복하는 중요한 무기이다. 줄리앙은 자신이 정말로 마틸드를 원한다고 생각하지만 스탕달은 그녀가 나폴레온이 매개되어 이루어진 대상임을 보여준다 $\left(\begin{smallmatrix} & \text{나폴레온} & \\ \text{줄리앙} & \triangle & \text{마틸드} \end{smallmatrix} \right)$.

여기에서 나폴레온과 줄리앙의 거리는 멀기에 외적 매개이다. 그런데 줄리앙과 마틸드의 관계는 또 하나의 내적 매개를 이룬다. 줄리앙과 마틸드가 라이벌이 되면서 욕망하는 대상과 대상의 육체가 분리되는 성적 욕망의 경우이다 $\left(\begin{smallmatrix} & \text{마틸드} & \\ \text{줄리앙} & \triangle & \text{마틸드의 육체} \end{smallmatrix} \right)$. 줄리앙은 그녀의 육체를 갖기 위해 마틸드와 철저히 싸움을 벌여야 하고 그러기 위해 자신의 욕망을 함부로 드러내서는 안 된다. 그런데 이 구조는 다시 마틸드의 입장에서 반복된다. 마틸드는 자신의 육체를 지키기 위해 욕망을 철저히 감시하면서 한편으로 자신의 값을 높이기 위해 더욱 줄리앙의 욕망을 자극하여야 한다. 이것이 교태 (coquetry)이다. 물론 마틸드는 이것에 실패하고 줄리앙의 노예가 된다. 이런 이중매개에서 주인은 일단 대상을 얻으면 무관심해지고 노예는 이 무관심에 더욱 자극을 받아 한층 더 노예가 된다. 타자의 욕망을 모방하는 사랑은 진정으로 내부에서 우러난 선택이 아니므로 그것을 얻는 순간 목표는 다시 저만큼 물러난다. 줄리앙은 이런 식으로 끝없이 라이벌을 갖는다. 소설 전체에서 매개자를 갖지 않는 그의 선택은 오직 레날부인뿐이다.

  스탕달보다 프루스트는 한층 더 내적인 매개를 보여준다. 『잃어 버린 시간을 찾아서』에서 마르셀은 늘 타인이 원하는 것을 원한 다. 그는 베르코트가 불어넣은 욕망에 의해 작가가 되려고 하고 그 외 지성, 미각, 패션에 관한 온갖 판단을 세련된 상류사회의 것 에 따라 맞춘다. 사랑마저도 질투없이는 하지 못한다. 자신의 욕 망을 타자의 욕망으로 상상하여 연인의 주변에 있는 남자들을 그 녀의 애인인 듯 착각한다. 사랑에 있어서 속물이 되는 것이 바로 이 질투에 몸을 맡기는 것이다(24면). 그의 욕망은 이렇듯 늘 빌려 온 것인데 당시에는 그것을 모른다. 세월이 흐른 뒤 되돌아보았을 때에야 이런 틈새가 드러난다. 그러므로 『잃어버린 시간을 찾아 서』는 욕망이 매개되어 있음을 드러내어 의식의 자동성을 해체시 키는 소설이다. 매개자를 드러내지 못하고 욕망이 즉각적이고 자 발적이라고 믿는 것은 낭만적 거짓이요, 자발적이고 즉각적인 자 아를 부수고 매개자를 드러내는 것이 소설적 진실이다. 지라르는 그래서 소설은 자만의 죽음이요, 겸손의 탄생이라고 말한다(39 면).

  플로베르의 보봐리즘, 스탕달의 허영, 프루스트의 속물주의는 모두 매개된 욕망 즉 모방욕망이다. 이 모방적인 욕망은 도스토예 프스키의 경우 한층 더 내적이 되어 라이벌의 관계는 고통스럽고 폭력적이고 살인이나 자살의 충동에 이른다. 『카라마조프의 형제 들』에서 아들과 아버지는 한 여자를 놓고 라이벌이 되고 이때 대 상은 별 의미가 없어진다. 매개자와 주체의 거리는 그토록 가까워 져 거의 닮은 꼴에 이르므로 흠모와 질투, 사랑과 증오, 선망과 질 시가 동시에 일어난다. 고통은 심해져서 폭력으로 분출되고 살인 과 자살에의 충동은 대상의 존재가 이미 사라지고 매개자와 주체만 갈등의 상태로 남는 것을 의미한다. 삼각구조는 하나의 점같이 되어버린다. 이 지경에 이르기 직전 즉 타자의 선택을 자신의 것보다 더 믿음으로써 자기 파멸에 이르는 경우를 도스토예프스키의 단편 「영원한 남편」과 세르반테스의 「괴상한 건방짐」을 통해 살펴보자.

아내가 죽은 뒤 어느 날 남편은 그녀가 자신보다 더 사랑한 정부가 있었음을 알게 된다. 남편은 정부의 집을 끊임없이 맴돌며 배회한다. 드디어 그는 정부를 만나 새로 생긴 자기 애인의 생일선물을 골라달라고 간청한다. 거절하던 정부는 청에 못이겨 선물을 골라주고 애인의 집에 함께 가기에 이른다. 물론 남편은 그 정부에게 애인을 빼앗긴다. 아내가 자기보다 더 사랑한 정부를 흠모하고 경쟁의식을 느낀 남편은 그의 눈을 통해 자신의 사랑을 확인하고 싶었고 결국 패배의 쓴 잔을 마신 것이다. 자신의 안목보다 흠모하는 매개자의 안목을 더 믿는 나약함과 라이벌의식 속에서만 대상을 확인하려는 자만심이 빚어낸 자기파멸이다.

라이벌이 사라지자 연인에 대한 사랑이 식어짐을 알고 그녀를 계속 감시하고 질투하는 위험한 위치에 놓아 사랑을 지속시키는 프루스트의 「포로」 역시 나약하고 성적 자만에 빠진 인간을 보여준다(48면). 세르반테스의 단편 「괴상한 건방짐」은 내적 매개의 극대치로서 스스로의 목숨을 끊는 경우이다.

친구 로타리오의 도움으로 젊고 아름다운 카밀라와 결혼하게 된 안셀모는 로타리오에게 아내의 정절을 시험해달라고 간청한다. 처음에는 화를 내고 거절하던 로타리오는 안셀모의 거듭되는 간청에 못이겨 마지못해 승락하는데 물론 그 연기가 진지할 리 없다. 몰래 숨어서 지켜보던 안셀모는 다시 청을 하고 드디어 로타리오는 카밀라를 갖게 되고 그것을 본 안셀모는 절망으로 자살한다. 안셀모는 자신보다 더 잘생기고 모든 면에서 우월한 로타리오를 존경하고 감탄했으나 그 속에는 질투와 경쟁의식이 들어있었다. 그는 라이벌의 눈으로 사랑을 확인하고 승리하려는 성적 자만심을 갖는다. 매개자는 로타리오요 대상은 카밀라인데 이런 경우 대상은 라이벌을 이겨내려는 수단이다. 신에게 제물을 바칠 때는 즐기라는 뜻이지만 라이벌에게 바칠 때는 즐기지 말라는 뜻이다(50면).

세르반테스는 이처럼 외적 매개인 돈키호테와 내적 매개인 안셀모의 경우를 통해 삼각구조가 하나의 점에 이르는 변모를 보여준다. 이 두 사람 사이에 플로베르, 스탕달, 프루스트, 그리고 도스토예프스키가 있다. 주체와 매개자의 거리가 좁아질수록 대상은 의미를 잃는다. 드디어 주체와 매개자가 하나로 겹칠 때를 더블(double)이라 하는데 이때 대상은 사라지고 폭력은 극대화되어 희생제의가 일어나고 신화가 탄생한다. 즉 없어진 차이를 다시 만드는 게 신화의 탄생이요, 질서 찾기이다. 지라르의 소설이론은 다섯 작가의 작품들을 욕망의 삼각구조로 분석한 책이지만 그의 다음 책들의 핵심이 되는 사상을 담고 있다. 그리고 하나의 소설분석틀이 어떻게 역사와 사회에 확대되어 적용될 수 있는지 보여준다.[2]

2. 욕망의 허구성

모방욕망은 늘 타자가 되고픈 욕망이다. 자신만이 고독하고 저주받은 듯 느껴져서 자아를 증오하고 이것에서 벗어나고픈 욕망이

---

[2] 소설이론과 희생제의, 신화의 발생, 해체론 비판 등 지라르 이론의 전반적 논의는 필자의 글 「르네 지라르와 욕망의 서사」 참조, 『후기구조주의 문학이론』(민음사, 1990) 95–113면.

다. 이때 타자가 이상적인 존재이면 꿈이요 동경이지만 타자가 자신과 비슷해지면 꿈이 아닌 욕망이요 갈등이 된다. 꾸밈이 커지고 대상의 가치는 줄어든다. 신을 믿는 자의 목표는 뚜렷하고 영원하다. 그러나 엠마가 추구하는 루돌프나 네온은 그저 타자가 욕망하는 대상일 뿐이고 스탕달에서부터 주체는 목적물을 얻는 순간 실의에 차서 '겨우 이게 다야?'라고 묻는다.

도스토예프스키에 이르면 둘이는 똑 같아져서 대상은 사라지고 갈등만 남는다. 이렇듯 외적 매개로부터 내적 매개를 향해 가다보면 삼각형은 직선에 가까워지다가 하나의 점이 된다. 이 변모의 과정을 친근하고 익숙한 예에 적용시켜보자. 왜 성적 쾌락은 시간이 흐를수록 줄어드는가(88면). 삼각형의 정점에 연인이 있고 양 밑에 주체와 그가 추구하는 쾌락이라는 대상이 있다. 주체와 매개자의 거리가 멀수록 대상은 견고하니까 쾌락은 크다. 반대로 그 거리가 가까워질수록 대상의 가치가 줄어드니까 쾌락이 줄어든다. 말하자면 연인에 대한 환상이나 동경이 클수록 얻어지는 쾌락도 크고 그것이 없어질수록 쾌락도 줄어든다는 것이다. 성적인 쾌락은 이처럼 낯설음에 대한 추구이기에 부부가 오랜 생활을 통해 일심동체가 되면 쾌락은 무(無)가 된다.

새디즘과 매저키즘의 관계를 욕망의 삼각구조로 살펴보자(76면). 주체와 매개자의 거리가 가까운 경쟁관계에서 늘 승리만 하던 주인은 대상을 얻고나서 이게 전부일까 하고 실망을 하게 된다. 대상이 욕망을 충족시키지 못하고 자꾸만 연기되는 것을 경험한 그는 더 강한 장애물이 있을 것을 원한다. 드디어 자신의 힘으로는 도저히 감당해내지 못할 정도의 장애물을 원하게 까지 된다. 패배를 추구하는 욕망이다. 그런데 새디즘이 매저키즘이 되는 과정은 그 반대의 경우를 낳는다. 늘 순교자 역할만을 하던 주체는 싫증이 나서 가해자가 되기로 결심을 하게 되기 때문이다. 도스토예프스키는 「악령」에서 모든 당대의 이념들이 매저키즘에 물들어 있다고 암시한다. 하나의 혁명적인 이념에서 벗어나려는 시도는 또 다시 반대이념 속에 빠짐으로써 영원히 고리를 헤어나지 못한다. 또한 스메르쟈코프의 자살처럼 매저키즘은 허구적인 욕망의 마지막 단계인 자기파멸을 부른다. 도스토예프스키의 주인공들은 이 단계의 파멸을 보여준다. 매개된 욕망은 타자가 되려는 욕망이기에 승자도 패자도 주인이 되어도 노예가 되어도 진정한 만족을 얻지 못한다. 스탕달은 주인의 시각으로, 프루스트와 도스토예프스키는 노예의 시각으로 모방욕망을 그린다. 그러므로 스탕달은 프루스트와 도스토예프스키의 선배이고 앞모습이다(170면).

욕망의 허구성 혹은 형이상학적 욕망은 감염되는 특성을 지닌다. 안셀모의 어처구니없는 청을 완강히 거부하던 로타리오도 마침내 어쩔어쩔해져서 카밀라를 끌어안는다. 매개자와 주체 사이의 욕망이 빠르게 교차되면 사회 전체가 욕망으로 감염된다. 나의 욕망을 그가 모방하고 그의 욕망을 내가 다시 모방하여 욕망이 두 배, 세 배로 증폭된다. 게다가 주체는 욕망의 근원이 매개자에 있음을 모르고 자기가 원하는 것을 라이벌이 뒤늦게 채가려 든다고 착각하게 되어 대상에 더욱 집착하고 서로가 서로를 잔인한 약탈자로 느낀다.

개인이 점점 평등한 사회로 갈수록 행복보다 불안이 늘어나는 이유를 지라르는 이렇게 설명한다. 신이나 영웅을 믿던 시대, 혹은 18세기처럼 절대군주를 믿던 시대에 사람들은 이상적인 존재의 욕망을 모방하기에 마음이 평화로웠다. 이제 시간이 흘러 민주화가 될수록 한 사람의 우상 대신 수많은 라이벌을 갖게 된다. 대권이 사라지고 서로가 서로의 신이 되면 부러움, 질투, 무기력한 증오가 움튼다. 그래서 평등을 지향하는 사회에서는 인간이 자유를 누릴 수 있을 만큼 강하지 못하면 헛된 라이벌의식에 빠져 사회가 불안과 폭력으로 감염된다고 지라르는 말한다(112면).

자신의 내부에서 우러나는 욕망을 가질 수 있고 그것을 충족시키기 위해 온갖 열정을 쏟는 자만이 허영의 희생물이 되지 않는다. 이런 '열정'을 소유한 자만이 평등한 사회에서 자유를 누릴 수 있다. 줄리앙은 귀족계급의 희생자라기 보다 1830년에 승리한 질투 많은 자본계급의 희생자이다. 귀족과 신흥자본계급은 서로가 상대방을 흠모하고(모방), 질투하기에(증오), 진정한 민주를 이루지 못한다(131면). 서로가 서로의 욕망에 매개되고 감염되어 둘이는 쌍둥이처럼 닮아간다. 『카라마조프의 형제들』에서 이반과 알로샤 가운데 이반이 더 아버지를 닮았는데도 그가 더 아버지를 미워한다. 레날은 발레노가 귀족의 대표로 나오니까 자유파 대표로 변신한다. 인간 사이의 차이가 줄어들면 허구적인 두 개의 대립집단이 생긴다. 두 개의 이념, 혹은 두 개의 정당이다. 이 둘이 서로가 라이벌이 되어 흠모하고 질투하면 민주주의는 전체주의가 된다. 스탕달은 『적과 흑』을 통해 우리의 욕망이 어떻게 발생하는지 보여주고 진정한 자유와 거짓된 노예근성을 구별짓는다. 위대한 소설가는 주인공이 어떤 대상을 갈망하게 해놓고 독자를 향해 한 쪽 눈을 찔끔하면서 그가 누구의 욕망을 모방하는지 보여주고 결국 주인공으로 하여금 이것을 깨닫게 만든다는 것이다.

김동인의 「광화사」는 작가가 어느 화가에 관한 얘기를 꾸미는 과정이 그대로 드러나는 자의식적 서술이다. 인왕산 계곡 심산 절벽에서 작가인 나는 공상에 잠긴다. 나는 아름다운 자연 속에서 문득 인간의 음모와 살육 등 어두운 측면을 떠올린다. 추악한 얼굴을 가진 어느 화가의 얘기를 꾸며보자. 그는 너무도 추하게 생겨서 결혼을 해도 아내가 함께 살아주지를 않는다. 세상사람들이 싫어지고 속세가 싫어져서 삼십 년을 숲속에 숨어살며 그림그리기에만 몰두한다. 어느 날 그는 표정있는 사람의 얼굴이 그리고 싶어진다. 불행한 삶을 살았던 어머니의 눈물이 가득찬 눈을 보고 자란 화가는 아내를 주지 않는 세상에 대한 복수심으로 최고의 미녀를 그리려 마음 먹으면서 어머니와 닮은 눈을 찾는다. 사랑과 동경과 애무에 가득 찬 눈, 어느 날 그는 그토록 찾아 헤매던 그런 눈을 가진 소녀를 만난다. 알고보니 소경이었다. 눈을 제외한 아름다운 소녀의 얼굴을 그린 뒤 화공은 그녀와 하룻밤의 정을 나눈다. 다음 날 그녀의 눈은 더이상 동경이 아닌 애욕의 눈이었다. 안타까움과 분노로 그녀를 뒤흔들다가 그녀가 쓰러지면서 먹방울이 튀어 화판 위에 원망의 눈이 그려진다. 그후 마을에는 늙은 광인이 괴상한 여인의 화상을 들고 떠돌아다닌다.

이 단편은 여러 가지 해석이 가능하다. 우선 소설 쓰는 과정을 보여주는 소설이라는 특이한 형식, 복수심이 부른 어느 소녀의 희생, 소외된 예술가의 삶과 사랑의 부재 등 —— 상징적이고 '낭만적인 읽기'는 「광화사」의 실패를 소외에 의한 광기, 혹은 상상력의 결핍으로 해석할 것이다. 그러나 지라르는 「광화사」의 욕망 뒤에서 어머니라는 매개자를 볼 것을 원한다.

철이 든 이래로 자기를 보는 얼굴에서는 모두 경악과 공포밖에는 발견하지 못한 이 화공에게는 사십여 년 전의 어머니의 사랑의 아름다운 얼굴이 때때로 몸서리치도록 그리웠다. 그것을 그려보고 싶었다.

커다란 눈에 그득히 담긴 눈물. 그러면서도 동경과 애무로써 빛나던 눈. 입가에 떠오르던 미소.

번개와 같이 순간적으로 심안에 나타났다가는 사라지는 이 환영을 화공은 그려보고 싶었다. 세상을 피하고 세상에서 숨어 살기 때문에 차차 비뚤어진 이 화공의 괴벽한 마음에는 세상을 그리는 정열이 또한 그만큼 컸다. 그리고 그것이 크면 큰 만큼 마음 속에는 늘 울분과 불만이

차 있었다.

　화공은 아름다움의 기준을 어머니의 동경과 애무에 가득 찬 눈에 두었고 이것으로 세상에 복수하려 했다. 그는 자신의 눈이 아닌 어머니의 눈으로 대상을 골랐으며 내가 원하는 미(美)가 아니라 세상에 복수하려는 욕망으로 미인을 고른다. 어머니를 이상적인 모델로 하여 선택한 소녀, 세상 사람들의 욕망을 모방하여 선택한 미. 이 두 개의 삼각구조가 상호 관련되어 「광화사」의 마지막 기회를 무산시킨다. 자신의 욕망으로 선택한 소녀였다면 그녀와 행복한 삶을 살 수 있었기 때문이다.

　이문열의 중편 「금시조」는 「광화사」의 경우보다 한층 더 내적인 매개를 보여준다. 스승과 제자 사이에 서로 예술관이 달라 쉽사리 화해를 이루지 못한다. 석담은 예술가의 의지와 정신을 중시하고 고죽은 예술의 대상 그 자체의 완결된 미를 중시한다. 어릴 적부터 석담을 흠모하던 고죽은 가르침에 인색하고 정을 주지 않던 그에게 애증의 교차를 맛본다. 그는 스승과 길을 달리하여 평생 가족도 버리고 사랑과 음주와 방랑으로 보내며 오로지 서화에만 몰두한다. 그는 예술가로서 성공하지만 마음 속에는 늘 허망함이 남아 있었다. 죽기 전에 미적 완성을 향해 솟는 관념의 새인 금시조를 볼 것을 꿈꾸며 자신이 평생동안 그린 그림들을 모두 거두어들여 점검하지만 한 폭의 서화도 그에게 금시조를 보여주지 못한다. 한 폭의 글씨도 건지지 못한 절망감 속에서 그는 화폭들을 모두 불태운다. 그때 바로 그 불꽃 속에서 그렇게도 바라던 금시조를 보며 그는 숨을 거둔다.

　자신을 부정함으로써 얻는 긍정이요, 미완성을 긍정함으로써 완성을 보는 역설, 얼핏 읽으면 「금시조」는 두 개의 상반된 이념의 갈등과 자만을 포기함으로써 이루어지는 화해를 담은 작품으로

만 해석되기 쉽다. 그러나 이 속에는 석담과 고죽의 내적 매개로 이루어진 욕망의 삼각구조가 있다. 고죽은 석담을 흠모하면서도 그 냉담함을 증오한다. 석담 역시 고죽의 재기가 승한 것을 인정하면서도 그에게 문자향이 없음을 아쉬워 한다. 둘 사이에는 흠모와 질투, 증오와 그리움이 교차된다. 둘은 너무도 닮았기에 상반된 길을 걷는 쌍둥이(double)이다. 서로는 상반된 예술관 때문에 화해할 수 없다고 믿지만 실은 서로 상대방의 욕망을 모방하기에 즉 서로가 라이벌이기에 상반된 예술관을 갖는다는 해석이다. 스스로 한 점의 예술 작품도 남기지 못했음을 깨닫고 고죽이 자신의 전 작품을 불사를 때 금시조를 본다는 결말은 그 어느 쪽의 이론도 절대적이 아니고 시각의 차이일 뿐이라는 작가의 서술을 뒷받침한다. 석담도 그보다 먼저 화해를 청한다.

"관상명정은 네가 써라, 석담의 유언이다. 진사니 뭐니하는 관직은 쓰지말고 다만 '石潭金公及儒之柩'라고만 쓰면 된다."
그러더니 이내 눈물을 쏟으며 말했다.
"그 뜻을 알겠는가? 관상명정을 쓰라는 건 네 글을 지하로 가져가겠다는 뜻이다. 석담은 그만큼 네 글을 사랑했단 말이다. 이 미련한 작자야……."
석담과 고죽, 그들 사제간의 일생에 걸친 애증이 흔적없이 사라지는 순간이었다. 이제서야 고죽은 단 한번이라도 스승의 모습을 뵙고 싶었으나 이미 입관이 끝난 후여서 끝내 다시 뵈올 수가 없었다…….

「금시조」는 자기 부정을 통해 화해를 얻는 두 화가에 관한 얘기일 뿐 아니라 자만을 버리고 겸손을 얻는 '소설적 진실'에 관한 얘기이기도 하다.
황석영의 단편 「섬섬옥수」에도 매개된 욕망은 등장인물들 전체에 감염되어 있다. 화자인 박미리를 중심으로 한 부유한 약혼자 만오, 가난한 대학생 장환, 그리고 노동자 상수 사이에는 사회계급이 한 단계씩 낮아지면서 욕망의 삼각구조가 이루어진다. 약혼자가 매개된 박미리의 욕망, 박미리가 매개된 장환의 욕망, 그리고 상수와 박미리 사이의 주인과 노예관계("내게 조바심을 일으키게 하는 것은 그가 나를 열망하는 게 사실인데도 쉽게 포기해버리는 천부의 무관심 때문이었다……."). 이들 모두는 헛된 것을 추구하기에 공허하고 고독하다.

박경리의 『토지』에는 수많은 내적, 외적 매개가 이리저리 얽혀 있다. 조준구를 이겨내기 위해 상현을 거부하고 길상을 택하는 서희. 서희를 거부하기 위해 옥이네를 찾는 길상. 신분상승을 위해 속임수를 써서라도 치수의 아기를 가지려는 귀녀의 욕망. 내적 매개의 극치인 어머니 윤씨와 아들 치수와의 애증의 관계, 이때 치수가 찾으려는 대상인 환이는 별로 중요치 않다. 그는 숲 속에서 그를 보고도 쏘지 않는다. 상현과 서희 사이의 흠모와 갈등의 관계, 친일파가 생기니 청나라의 도움을 청하는 측이 생기는 변증법적 대립관계 등 그들은 모두 타자가 불어넣은 욕망 속에 살기에 고립되고 고독하다.

3. 맺음

지라르는 '욕망의 삼각구조'라는 기본틀을 가지고 세르반테스, 플로베르, 스탕달, 프루스트, 그리고 도스토예프스키의 작품들을 분석했다. 비록 한 작가의 작품 속에도 외적 매개에서 내적 매개에 이르는 갖가지 형이 존재하지만 다섯 작가들의 대표작을 더듬어보면 대략 위에 열거한 순서대로 내적 매개를 향한다. 그는 이

와같은 소설이론을 희생제의와 신화의 발생, 그리고 현대사회의 이데올로기 대립의 문제에까지 확장시켜 나간다. 자신의 이론은 결코 레비-스트로스의 구조처럼 '기계적'이 아니라고 말했듯이(2면) 그는 욕망과 대상을 직접 연결시킨 구조주의의 정적이고 이분법적 대립체계를 무너뜨린다. 보이지 않는, 그래서 스스로도 없다고 착각하는 매개자의 존재를 드러내어 정적인 이분법을 무너뜨린다. 데리다의 이분법의 해체조차 역동적이지 못하고 역사와 사회를 설명하지 못한다고 비난한 적이 있는 그는 구조를 세워서 구조를 무너뜨리는 역설을 보여준다. 매개자와 주체의 거리는 유동적이어서 욕망의 삼각구조는 고정된 틀이 아니다. 그것은 점차 직선에 가까워지다가 드디어 대상이 사라지면서 하나의 점으로 남았다가 희생제의에 의해 다시 삼각구조로 복귀하는 유동적인 분석틀이다.

왜 모르는 사람보다 사촌이 땅을 사면 배가 아픈가. 왜 아는 사이일수록 친숙한 사이일수록 잘되면 불안한가. 왜 질투없이는 사랑할 수 없는가. 왜 허구 많은 다른 팀들보다 북한과의 게임이 우리를 흥분시키고 이겼을 때 더 큰 환호를 지르는가. 비슷한 수준끼리의 경쟁 때문에 재벌들은 땅을 사들이고 야당의 두 대표들은 흠모하고 질투하는 것은 아닌가. 두 개의 닮은 정당, 두 개의 닮은 이념 —— 지라르의 소설이론은 우리의 주변에서 일어나는 낯익은 일들을 새롭게 보게 만든다.

웨인 부스는 『소설의 수사학』에서 모더니즘을 공격했다. 그는 얼굴을 가리운 저자를 다시 비평의 영역으로 끌어들여 한 단계 낮추어 내포저자라는 개념을 세운다. 리얼리즘이건 모더니즘이건 픽션은 모두 저자에 의해 조정된다는 것이다. 마치 포스트모더니즘 소설이 저자를 작품 속에 등장시켜 내가 조정자요, 나는 현실을 반영하는 허구를 못 쓰겠소라고 말하듯이 그는 저자를 끌어들여

전통적인 저자의 죽음을 알린다. 언어의 자의성, 이념의 허구성이다. 여기에서 (내포)저자와 화자의 거리, 저자와 등장인물의 거리 등 저자의 서사전략이 중시된다. 지라르는 신비평이 다루지 못했던 긴 소설들을 모방욕망 이론으로 분석했다. 그는 구조에 역사와 상황을 끌어들여 욕망과 이념의 허구성을 드러내 후기구조주의 시대의 소설이론을 만든다. 비록 미국과 프랑스라는 지역의 차이에도 불구하고 한 시대의 이론은 이렇듯 얼핏 달라 보이면서도 어딘지 닮은 데가 있다.

잃어버린 시간을 찾아서
─제라르 쥬네트의 『서사 담론』

　사랑에 빠진 그 남자는 그녀를 둘러싼 모든 남자들을 질투했다. 그리고 그녀의 배반과 무관심에 부딪칠 적마다 마음 속으로 다짐하곤 했다. 어느날 내가 너를 극복하고 잊어버릴 수 있게 되는 날 나는 네 앞에서 나의 무관심을 마음껏 과시하여 너의 그 오만을 비웃어 주리라. 세월이 흘러 그가 다른 여인과 사랑에 빠진 어느날 그는 자신이 과거에 했던 맹세가 얼마나 헛된 것이었는지 깨닫는다. 그녀를 잊은 지금 자신에겐 무관심을 과시하고픈 욕망이 전혀 남아 있지 않았기 때문이다. 그녀를 향한 어떠한 욕망도 부재한 무관심 그 자체가 되어 버린 것이다.

　그녀는 그를 잃음으로써 모든 남자를 잃은 셈이고 그는 그녀를 잊음으로써 과거에 예상했던 어떤 감정이 미래에 그대로 나타나지 않는다는 진실의 허구성을 깨닫는다.

　때로 호텔 앞을 지나면서 그는 성지참배 가는 길에 그곳까지 보모를 데려오곤 했던 비오던 날들을 떠올렸다. 그때엔 그녀를 더이상 사랑하지 않게 되면 참으로 서글프리라 예상했는데 이제 그는 아무런 느낌없

이 그 일을 기억했다. 그 서글픔이란 그가 무관심을 맛보기 이전 아직
도 그녀를 사랑하던 때 앞날을 내다본 감흥이었다. 그 사랑은 지금 더
이상 그에게 남아 있지 않았다.[1]

『장 상테이유』로 부터 인용된 이 짧은 글이 프루스트의 『잃어버
린 시간을 찾아서』와 무슨 관련이 있고 쥬네트의 『서사 담론』과는
어떻게 연결 되는가.

'서사 담론'이란

신비평이 개별작품에 대한 가치평가를 내림으로써 개인의 주관
에 의해 작가의 위치가 좌우된다고 생각한 노드롭 프라이는 비평
의 과학화를 위해 서사(이야기)라는 용어를 만든다. 그에게 서사는
작품을 개인의 가치판단으로부터 구해내려는 수단이었다. 그는
서구문학의 개별장르를 서사로 통합하고 원형이라는 핵을 중심으
로 서사의 역사를 체계화한다. 이보다 한 단계 더 나아가 구조주
의는 소쉬르의 언어관에서 빌어온 랑그, 즉 '다름'이라는 열린 체
계를 서사에 적용한다. 산문에 있어서 구조주의 시학을 후기구조
주의 직전까지 밀고간 토도로프는 짧은 이야기의 플롯을 분석한
건조함에서 벗어나 점차 복잡한 헨리 제임스의 단편들에서 일관성
있는 열린 체계를 드러낸다. 건조한 플롯 중심의 분석에서 얘깃거
리를 포함시켜 구조주의를 삐끗삐끗하게 넘어서려던 바로 그 지
점, 토도로프가 멈춘 곳에서 쥬네트가 출발한다.

60년대 후반 미국의 스콜즈와 캘로그는 『서사의 본질』에서 서사

---

1) Gérard Genette, *Narrative Discourse : An Essay in Method* (Ithaca : Cornell Univ.
Press, 1980, 38면). 원래 1972년 프랑스에서 출판된 것을 1980년 Jane E. Lewin이 영
어로 옮겼다. 이 책은 쥬네트의 *Figures* III에서 발췌된 것이었다. 이로부터 이 책에
서의 인용은 '면수'로만 표시함.

의 의미를 재정립한다.[2] 서사란 드라마와 서정시의 중간에 위치하여 누군가에 의해 말해지는 이야기이다. 서사의 의미는 확대되어 역사까지도 포함된다. 소설이란 오천 년이라는 서사의 역사 속에서 최근 이백 년 간 풍미한 양식이다. 서사에는 두 가지 방식이 있는데 모방과 재현에 기초한 경험적 서사와 상징과 주관적인 진실에 기초한 허구적 서사이다. 르네상스 이후 이 두가지 방식이 통합을 보이는데 19세기 소설은 경험적인 서사가 압도적이었고 20세기 소설은 허구적인 서사가 압도적이다(NN, 15면). 스콜즈와 캘로그는 서사의 본질을 규명하고 영미권의 주 관심사인 서사의 관점, 등장인물, 플롯을 살펴본다. 이 책은 프라이의 연구보다는 산만하지만 열린 체계이고 구조주의보다는 영미의 관심사를 반영한다. 이에 비하여 쥬네트의 이론은 순수하게 구조주의의 결정판이면서 후기구조주의와 맥락을 같이 한다.

60년대 소설이론과 당대의 철학이 공유한 사상 가운데 하나는 서사를 언술행위, 즉 서술자가 조정하는 담론으로 보는 것이었다. 서사의 연구를 단순히 정적인 구조에만 두지 않고 말하는 자를 끌어들여 하나의 전략으로 보는 것이다. 그리고는 담론이 어떤 전략에 의해 어떤 의미를 낳는지 따진다. 스콜즈는 서술자가 있는 것이 서사임을 강조했고 부스는 리얼리즘이건 모더니즘이건 서사는 그 뒤에서 조정하는 저자의 전략에 의해 의미를 낳는다고 말한다. 내포저자이다. 푸코 역시 「저자란 무엇인가」에서 신비평이나 구조주의가 제외시킨 저자를 다시 끌어들인다. 그 자체로서는 진리도 권력도 아닌 담론이 어떤 전략에 의해 진리가 되고 권력이 되는가 보는 것이다. 기능으로서의 저자이다. 이들의 공통점은 서술자 혹은 저자를 다시 끌어들여 구조와 스토리(내용)를 연결시킨 것이

2) Robert Scholes & Robert Kellogg *The Nature of Narrative* (London : Oxford Univ. Press, 1966, 1979). 이 책에서의 인용은 'NN, 면수'로 표시함.

다. 그런데 이때의 저자는 19세기의 리얼리즘에서처럼 객관진리를 지칭하는 저자가 아니라 전략자, 혹은 조정자로서의 저자이다. 그러므로 저자는 되돌아왔으나 모더니즘에서 보다 한층 더 지워진, 권위를 잃은 저자이다.

쥬네트의 『서사 담론』 역시 같은 맥락에 있다. 그는 기존의미의 서사가 말해진 일련의 사건들이었음에 비해 『서사 담론』은 누구에 의해 서술되었는가를 중시한다고 말한다(26-27면). 말하는 행위가 중요했음에도 불구하고 지금까지 서사는 서술과 그 내용에만 관심을 두었을 뿐 '누가' 서술하느냐가 무시되어 왔다는 것이다. '누군가에 의해 서술된 스토리'를 연구해 보자. 스토리는 내용이요, 기의이다. 서술은 담론이요, 기표이다. 그리고 그 서술을 산출해 낸 행위가 있다. 서술된 내용, 누구에 의한 서술인가, 그리고 누구에 의한 내용인가를 보는 것이 서사 담론이다. 그러므로 담론이란 누군가에 의해 조정된 언술행위요, 의미를 낳는 전략적 용어이다.

『서사 담론』은 프루스트의 『잃어버린 시간을 찾아서』에 대한 연구서인 동시에 독립된 소설이론서이다. 어떻게 이 두 가지가 가능한가. 쥬네트 자신이 서문에서 밝히듯 특수성 속에서 보편성을 찾는다. 오랜 시간 프루스트를 연구하는 과정에서 그의 독특한 난해성에 익숙해진다. 기존의 이론을 다 알지만 그것을 넘어서기 위한 독창적인 눈으로 프루스트적 담론의 이상스러움을 분석한다. 한 작품의 신비 속에서 일반이론이 태어난다. 비평이 이론이요, 이론이 비평인 예이다. 쥬네트는 플롯에 치중해온 불란서 구조주의의 한계를 극복하여 형식에 내용을 연결짓고 서사의 관점과 시점에 치중해 온 영미 이론의 한계를 극복하여 내용에 형식을 연결짓는다. 그러므로 서사 담론은 서사라는 형식과 관점이라는 내용이 합쳐진 이론이다.

『서사 담론』은 형식의 측면에서 스토리의 시간과 서사의 시간을 살핀다. 스토리에서 사건이 일어나는 순서와 서술에서 사건이 일어나는 순서는 어떻게 다른가(order). 둘 사이에서 사건이 지속되는 시간의 길이는 어떤가(duration). 둘 사이에서 사건이 일어나는 빈도수는 어떤가(frequency). 관점에서의 새로움은 등장인물과 서술자의 틈새를 비집어본 것이다. 예를 들어 1인칭 회고적 서술에서 서술자는 성숙한 어른이고 사건을 경험하는 인물은 어린 소년인 경우 둘 사이에는 갈림이 일어난다. 서술하는 나와 경험하는 나 사이의 음성이 다르기 때문이다. 『서사 담론』은 이처럼 말로는 간단히 요약되지만 막상 겉장을 들추면 복잡하고 미묘하고 난해해서 당혹감만 잔뜩 안고 물러서기 십상이다. 그리고는 왜 이런 짓을 해야 하는가 라는 투정과, 정말 대단 하구나 라는 감탄의 엇갈림을 맛보게 된다.

1. 순서(order)

호머의 『일리어드』에는 여인을 둘러싼 아가멤논과 아킬레스의 다툼 이야기가 있다. 그리스군이 승전에서 얻은 여자포로를 아가멤논이 차지하자 포로의 아버지 크리세스는 그리스군에 재난을 불러온다. 아킬레스가 재난의 원인을 아가멤논에게 돌리자 둘 사이에는 다툼이 일고 아킬레스는 분노에 차서 그리스군을 떠난다. 그 결과 그리스군은 위기에 봉착한다.

일찍이 러시아 형식주의자들은 이런 내용을 낯설게 하기 위해 사건이 일어나는 순서를 바꾼다고 했다. 그래서 내용(fabula, 혹은 story)과 형식(syuzet, 혹은 plot)이 구별되고 문학이란 독자가 흩어진 시간 순서를 경험하는 것이고 의미란 재배열하는 것에서 나온다고 했다.

쥬네트는 이제 내용이 형식에서 어떻게 흩어지는지 본다. 호머의 『일리어드』는 이렇게 배열된다. 아킬레스의 분노—그리스군의 위기—아킬레스와 아가멤논의 다툼—그리스군의 재난—크리세스에 대한 모독. 서술에서 사건이 일어나는 순서는 '4 5 3 2 1'로서 이는 과거로 거슬러 오르는 회고적 서사이다.

이보다 조금 더 복잡한 경우를 보자. 앞에서 소개한 『장 상테이유』의 인용에는 회상과 예상이 함께 있다.

그는 호텔앞을 지나면서 떠올렸다 / 순례삼아 그가 보모와 함께 걷던 비오는 날들을 / 이제 그는 아무런 느낌도 없이 그일을 기억했다 / 그때는 서글프리라던 생각 / 어느날 그녀를 사랑하지 않게 되면 느끼리라던 / 미리 예상했던 그 서글픔 / 무관심일 줄 모르고 / 그의 사랑에서 나온 것이고 / 이제 그 사랑은 더이상 남아 있지 않았다 /

위의 서술에서 '지금'과 '그때'는 연속으로 교차된다. 지금(2)과 그때(1)는 '212121212'의 순서로 연속된다. 그리고 과거에 그러리라고 예상되었던 부분은 '지금'이지만 과거의 시점에서 바라본 것이기에 과거에 종속된다. 그래서 〔 〕을 회상으로 ( )을 예상으로 묶으면 2〔1〕2〔1(2)1(2)1〕2라는 도식이 생긴다.

여기서 잠깐, 글이 더 복잡해지기 전에 이런 도식이 작품의 주제를 이해하는데 무슨 도움이 되는지 물어보자.

과거를 되돌아보니 예전에 그러리라고 예상했던 미래가 다르게 나타난다. 미래란 과거에 그러리라고 생각했던 것과 다르다. 그녀와 사랑에 빠졌을 때는 헤어지는 아픔 때문에 그녀를 사랑하지 않는 미래가 서글플 것이라 예상되지만 막상 그 미래를 맞고보니 그런 감정을 느끼지 않는다. 더이상 그녀를 사랑하지 않았을 때 느낀 것은 무관심이었다.『장 상테이유』에서 인용한 윗글은 프루스트의 서술에서 두드러지게 사용되는 기법이다(41면). 그는 시간의 연속성을 무너뜨리고 회상과 예상을 함께 뒤얽어 진실이 바뀌어가는 모습을 추적했기 때문이다.

1) 회상(analepses)

7년 전에 일어났던 5일 간의 사건을 회상하는 경우 7년은 기준 서사에서 과거시점까지를 되돌아보는 거리(reach)요, 5일은 그 사건에 소용된 시간(extent)이다. 『잃어버린 시간을 찾아서』는 마르셀이 마드렌느 맛에 의해 콩브레의 어린 시절을 떠올리는 것으로 시작한다. 그런데 한동안 그의 시점으로 서술이 진행되다가 스왕의 사랑과 결혼 이야기가 나온다. 이 부분은 마르셀이 지켜본 세계가 아닌데도 마치 그가 전지적 작가인 양 서술된다. 이렇게 서사가 시작되는 기준시간 전에 일어난 일로 서사에 직접적인 영향을 미치지 않는 경우를 외적 회상(external analepses)이라 하고 서사가 시작되는 시점 이후에 일어나는 일로 서사에 영향을 미치는 경우를 내적 회상(internal analepses)이라 한다. 플로베르의『보봐리 부인』에서 엠마의 수녀원 경험은 소설의 시작인 챨스가 학교에 들어간 후에 일어나는 일이기에 내적 회상이다. 그리고 이 회상은 소설의 주제에 큰 영향을 미친다.

1914년 파리에서 있었던 일이 1916년 그곳에 갔을 때 회상된다. 있을 자리에서 빠지고 후에 보충되는 회상이다(completing analepses). 이런 종적인 회고와 대조되는 횡적인 회고, 즉 어린 시절을 애기하면서 형을 숨기는 경우는 옆으로 빼내기이고 이것을 회상하는 것은 옆으로 빼낸 것에 대한 회상이다(analepses on paralipses). 정해진 어느 순간이 아니라 반복되는 어느 사건이 어느 시점에서 계속 지워지는 경우를 반복지움이라 한다(iterative ellipses). 예를 들어 분홍빛 옷을 입은 여인과의 만남은 마르셀과 부모가 파리에 사는 겨우내 어느날의 일이고 아돌프 아저씨와 다투기 전 어느 해의 일이다.

『잃어버린 시간을 찾아서』에서 가장 많이 쓰이는 회상은 내적 회상과 반복회상이다. 프루스트는 의도적으로 과거를 되밟는다. 과거는 당시에는 아픔이었으나 떠올리는 현재에는 한가닥 위안이 된다. 현재의 아픔에 의해 무마되어 예리한 빛을 잃었기 때문이다. 원래의 진실이 시간에 의해 다르게 느껴지거나 처음의 해석이 지워지고 새로운 해석이 내려지는 과정을 보여주는 데 겹치는 서술이 사용된다. 마르셀의 순진한 관점으로 어떤 사건이 서술된다. 그리고 후에 다시 앙드레와 알베르틴느의 관점으로 같은 사건이 서술되어 그때는 몰랐던 사실이 후에 타인의 언급으로 알려진다. 베일에 묻힌 진실이 드러나는 해석의 지연성이다(57면). 분홍빛 여인의 신분을 알기까지 독자는 마르셀과 함께 천 페이지를 넘게 기다리게 된다. 루생빌르에 그토록 비밀스런 쾌락이 묻혀 있었는지를 마르셀은 뒤늦게야 알아챈다. 그때는 몰랐던 사건의 의미, 그때는 몰랐던 사람의 신분, 그때는 몰랐던 어느 지역의 비밀 등, 순진한 눈으로 그려진 서술은 후일 되돌아보아짐에 의해 복합적인 새 의미를 얻는다. 시간의 흐름에 의해 감추어진 진실이 드러나고 보는 이의 시각에 의해 진실이 달라진다. 이것을 경험하는 것이 마르셀의 성장과정이기도 하다.

그때의 의미가 후일 반대로 해석되는 해석의 역전은 프루스트의 가장 전형적인 회상수법이다. 질베르트와 같이 가던 젊은이는 남복을 한 레아였다. 오데트, 질베르트, 알베르틴느에 관한 긴 회상은 그들의 이미지를 용해하고 재형성한다. 알베르틴느, 앙드레, 모렐의 관계는 훗날 다시 엮어진다. 우연, 자의성, 흩어진 서술이 하나의 구조 속으로 모아져 의미를 낳는다. '어리석게도 그때 나는 나의 여자관계가 복잡한 것이 당신의 흥미를 끌 줄 알았다.' 그래서 여자 관계가 있는 척 꾸며 상대방의 질투심을 자극한다. 지라르는 욕망의 삼각구조에서 내적 매개로 이것을 분석했다. 이제 쥬네트는 무관심을 가장했던 사랑이 후일 어떻게 변모되는지 보여 사랑이 환상이요, 진실이 주관적임을 드러낸다.

어떤 회상은 먼 옛날의 것으로 주제와 상관없이 고립된 정보에 그친다(부분회고). 어떤 회상은 기본서술과 틈새 없이 연결되어 작품전체가 되돌아보는 과정을 이룬다(완전회고). 어떤 회상은 기본서술과 연결되는데 시작부분이 아니라 두번째로 접어들 때 끼어든다(혼합회고). 프루스트의 서술은 전통적인 서술이 갖는 매끄러운 이음새를 무시한다. 마르셀이 독서를 하는데 스왕이 방문하여 베르고트에 주석을 달아준다. 마르셀은 어떻게 그 작가를 알게 되었는지 회상한다. 여섯 페이지의 회상이 끝난 후 서술은 전혀 스왕을 언급한 적이 없다는 듯이 다시 시작된다.

이러한 날을 제외하고는 반대로 나는 늘 조용히 독서할 수 있었다. 그러나 한번, 베르고트라는, 나로서는 처음 대하는 작가의 책을 읽고 있는 도중에 스왕씨가 찾아와 독서를 중단시키고 주석을 달아준 것이 다음과 같은 결과를 가져왔다……

(약 6페이지 후)

어느 일요일, 뜰에서 독서하는 동안, 양친을 만나러 온 스왕 때문에 방해를 받았다.

"뭘 읽나요. 좀 봐도 좋을까? 저런, 베르고트로군?……

그는 서술이 출발된 지점을 잊고 있다. 아니 이음새와 흔적을 무시한다. 할머니의 죽음을 회고하는 경우를 보자. 서술은 어느 지점에서 출발하여 그앞으로 거슬러 올라간다. 그리고는 죽음 후에 일어나는 일로 쭉 내려온다. 언제 회상이 끝나고 다시 처음으로 되돌아가 앞으로 나갔는지 모른다. 서술을 의식하지 않은 서술, 무의식중에 이루어지는 서술이다. 이 서사기준의 와해는 시간의 연속성이 무시되는 모든 소설의 출발이기도 하다.

2) 예상(prolepses)

지금으로부터 두 달이 채 못가서 현재의 일은 다르게 드러난다든지 재확인된다든지……. 예상이란 현재상황 속에서 느끼는 미래에 대한 예감이다. 시작되는 기준서사보다 더 늦게 일어날 일들을 미리 점치는 예상은 회상 때와 마찬가지로 외적 예상과 내적 예상으로 구분된다. 외적 예상은 기준서사보다 더 늦게 일어나는 사건들을 미리 서술하여 당시의 기억을 강렬하게 만들거나 재확인하는 기능을 갖는다. 이것은 에필로그와 비슷하기에 기준서사를 방해하거나 간섭하지 않는다. 내적 예상은 기준서사를 방해하고 간섭하여 주제에 영향을 미친다. 마르셀이 콩브레의 학교생활을 서술하는 부분에는 완전예상이 쓰이지만 프루스트의 경우엔 거의 부분예상과 반복예상이 쓰인다.

> 스왕은 아직 소유되지 않은, 아직 입맞춤을 하지 않은 오데트의 모습, 마지막 그녀의 모습에 깊은 눈길을 주었다. 마치 어느 방랑자가 길을 떠나며 다시는 되돌아올 수 없는 마을의 모습을 마음 속에 깊이 담아두려는 듯이. (73면)

맨 처음 오데트를 소유하는 것은 소유되지 않은 오데트를 마지막으로 보는 것이다. 어느 사건이든 시작은 그앞의 종말이요, 종

222

말은 곧 시작이기에 하나에서 다음 것으로의 전환일 뿐 진정한 시작과 끝이 아니다. 반복예견은 첫 경험이 곧 그 앞의 것에 대한 종말임을 보여주어 그 다음장의 예고가 되는 경우이다. 이 반복구조는 프루스트적 진실수업에 중요한 역할을 한다.

> 나는 봉탕씨가 아직은 어린 소녀였던 조카, 알베르틴느를 데리고 올 공식만찬에 아버지를 모시고 가지 않았기에 집에서는 소동이 벌어졌다. 우리의 삶에서 시간은 그런 식으로 서로 어긋난다. 우리는 오늘은 사랑하지만 내일은 더이상 사랑하지 않을 사람 때문에 오늘은 사랑하지 않지만 내일 깊이 사랑에 빠질 여자를 대수롭지도 않게 거부해 버린다. 우리가 오늘 그녀를 보려고 한다면 좀더 일찍 그녀와 사랑에 빠져 현재의 고통에 종말을 고할 수도 있는데. 그 고통의 장소에 다른 고통을 대치시키면서. (76면)

현재의 사랑이 그 다음 사랑을 거부하여 고통이 지속된다. 그리고 대상이 바뀌어도 사랑의 고통은 여전하다. 예를 들어 스왕이 오데트를 사랑할 때 그는 끊임없이 그녀를 감시하고 의심하고 질투한다. 그런데 그가 그토록 벗어나려 애쓰던 사랑의 고통에서 해방되는 순간 그는 이미 오데트가 아닌 다른 여인과 사랑에 빠져 있었다. 그리고 다시 그녀를 감시하고 질투하는데 그녀는 방종한 오데트와는 전혀 다른 정숙한 여자였다. 이제 질투는 그녀가 곁에 없다든지, 파티에서 지나치게 웃는 행위만으로도 충분했다. 결국 스왕의 고통은 대상에 의해 좌우되는 것이 아니라 자신의 마음 속에 있었던 것이다.

이제 『장 상테이유』의 인용에서 보았듯이 예상과 회고가 뒤얽힌 한층 더 미묘한 시간의 불일치, 혹은 연속성의 와해를 살펴보자. 콩브레에서 프랑스와즈는 스왕의 장례식을 예견하는 것을 회고한다(예견의 회상). 후일 어떻게 현재의 일이 밝혀지고 누구에 의해 알려지리라는 게 미리 말해진다(회상의 예견). '우리가 이미 본 것처럼 후에 일어날 것이다'는 회상적 예견이요, '우리가 후에 볼 것처럼 이미 일어났다'는 예견적 회상이다. 이렇게 겹치는 시간의 와해는 주제와 어떻게 연결되는가.

전에 그의 고통이 아직도 예리했을 때 그는 맹세 했었다. 그가 오데트를 사랑하지 않게 되고 그래서 그녀를 화나게 하거나 그녀를 사랑하는 것보다 더 사랑하고 있다고 그녀가 믿게 만들까 두려워하지 않게 되면 곧 그는 그저 진실을 알고픈 마음으로, 그저 역사적인 관점에서 그가 초인종을 눌렀던 날 그녀가 들여보내질 않아 창문을 두드렸을 때 그 방에 포르세빌르가 있었는지, 그리고 그녀가 포르세빌르에게 찾아온 게 아저씨였다고 썼는지를 밝혀보리라 맹세 했었다. 그러나 그의 마음을 그렇게도 괴롭히고 질투가 가라앉기만 하면 금세 풀어보리라던 그 문제는 질투가 끝났을 때 조금도 스왕의 흥미를 끌지 못했다.(80면)

막상 질투가 사라지자 둘의 관계를 밝혀보리라던 흥미도 없어진다. 무관심하려 애쓸 때 다짐했던 일들은 막상 그런 때가 왔을 때 무관심 그 자체가 되어버린다. 예상했던 현재와 결코 같지 않은 진짜 현재. 이 잘못된 예상에 대한 회고적 거부가 과거를 되돌아 보는 과정에서 드러난다(81면). 회상은 의미가 어떻게 덧붙여지고 깊어지고 달라지고 전복되는지 보여준다. 예견에 대한 회상은 과거의 예견이 어떻게 거부되는가 보여준다. 『잃어버린 시간을 찾아서』는 과거를 되돌아본다는 작품 전체의 커다란 흐름을 유지하면서 그속에 수없이 와해된 작은 무시간성을 담아 진실이 시간의 흐름에 따라, 의식에 따라, 보는 이의 시각에 따라 달리 나타남을 드러낸다. 프루스트는 시간의 연속성을 와해하여 진실의 상대성을 드러냈고 쥬네트는 서사가 사건의 순서를 어떻게 배열하는지 살펴보아 프루스트적 진실수업을 밝힌다.

2. 시간의 길이(duration)

  십 년 동안에 일어난 일을 단 한 줄로 서술할 수도 있고 일 분 동안의 사색을 몇 줄에 걸쳐 나열할 수도 있다. 흔히 전통적인 서사로 불리우는 19세기 리얼리즘에서는 작가가 서술을 요약하기도 하고 늘이기도 한다. 발작이 흔히 그러하듯 한동안 등장인물들을 둘러싼 가족상황, 시대배경, 심리 등이 설명되다가 어느 순간부터 대사가 나열되곤 특정 사건이 극적으로 드러난다. 요약과 장면은 적당한 거리를 두고 들락날락 하는데 이 움직임에 의해 서사는 물결처럼 출렁이고 소나타나 심포니처럼 리듬을 갖게 된다. 요약부분이 압축된 평면서술이라면 장면부분은 실제 일어나는 행위를 그대로 드러내는 극적 서술이다. 스토리에서 걸린 시간(스토리 타임)과 서술에서 걸리는 시간(서술 타임)은 이렇듯 다르다. 작가가 요약하는 부분은 스토리 타임이 서술 타임보다 길고 장면 묘사에서는 두 가지가 거의 같다. 서술 타임이 스토리 타임보다 훨씬 긴 경우나 정반대로 스토리 타임은 무한정 긴데 서술 타임은 제로(zero)가 되는 경우도 있다. 전자는 영화의 슬로모션처럼 어떤 한 순간 등장인물의 의식에 오가는 생각들을 끝없이 서술해나가는 멈춤(pause)이고 후자는 '십 년 후'라는 한 마디로 십 년의 시간을 서술 없이 그냥 넘어가 버리는 공백(ellipsis)이다. 멈춤, 장면, 요약, 공백의 네 가지 서술방식은 서사의 리듬을 좌우하며 모더니즘이라는 기법의 혁신은 이 네 가지 측면의 혁신이기도 하다.
  프루스트의 『잃어버린 시간을 찾아서』는 텍스트 상의 나뉨과는 다른 또 다른 나뉨을 갖는다. 스토리 타임과 서술 타임의 관계에 의해 소설전체를 나누어보자. '콩브레'에서 일어난 일(1883-92년)로 10년 간의 어린 시절이 140면에 서술되어 있다. 거슬러 올라가서 '스왕의 사랑' 얘기(1877-78년)로 2년 간의 일이 150면에 서술된다. 다시 거슬러내려와 '질베르트'와의 사랑과 꽃피는 아가씨들의 얘기(1892-95년 봄)로 2년 간의 일이 200면에 서술된다. 2년의 공백이 있은 후 파리에서 발베크로 옮긴 후인 '발베크 I'(1897년)이 서너 달의 일인데 225면에 서술된다. 파리로 돌아와서 두 번째 발베크에 갈 때까지 '게르망트'의 환경과 소돔과 고모라의 시작(1897년 가을-99년 여름)으로 일 년 반의 일이 525면에 실린다. 두번째 발베크 방문으로 소돔과 고모라의 나머지인 '발베크 II'(1900년)가 여섯 달의 일인데 270면에 실린다. 파리로 돌아와서 알베르틴느의 갇힘, 도주, 죽음, 그리고 베니스로 떠날 때까지 '알베르틴느'에 관한 얘기(1900-1902년)로 18개월의 일이 440면. 베니스 방문과 귀향을 다룬 '베니스'(1902년 봄)로 몇 주의 일이 35면. 불확실한 공백이 있은 후 '탕송빌'얘기(1903년?)가 30면에 걸쳐 서술되고 12년의 공백이 있은 후 병원에 잠깐 있다가 파리로 돌아오는 '전쟁'(1914-16년)에 관한 몇 주의 얘기가 100면에 서술. 몇 해의 공백 후 다시 병원에 있다가 마지막 서술인 '게르망트의 아침'(1925년경)의 두세 시간이 150면에 실려있다.

도대체 이런 나뉨이 소설의 이해에 무슨 의미를 갖는가. 짧은 순간을 길게 늘이기도 하고 긴 시간을 공백으로 처리하기도 하는 위의 흐름을 잘 보면 뒤로 갈수록 울퉁불퉁해진다. 처음에는 매끄러운 물결이 갈수록 거칠어진다(The increasing discontinuity of the narrative). 후반부로 갈수록 거대한 공백에 의해 분리된 비대한 장면들이 나타난다. 이 퉁명스런 리듬은 당시 전쟁으로 인해 출판이 늦어지자 뒷부분이 자꾸만 첨가되었다고 생각해 볼 수도 있으나 환경보다는 프루스트의 의도였다고 쥬네트는 말한다. 마치 기억이 최근에 가까울수록 선택적이고 거대하게 확대되듯 프루스트는 처음부터 이렇게 갈수록 울퉁불퉁한 리듬을 원했다는 것이다(93면). 앞부분이 잔잔하고 비교적 매끄러운 것은 기억이 오랜 것일수록 더 허구적이고 틈새가 메꾸어짐을 보여주려는 듯싶다.

　서술의 리듬을 좌우하는 프루스트의 요약, 멈춤, 장면, 공백의 기법을 자세히 보자. 보르헤스는 설명과 '요약'을 싫어하고 장면을 지나치게 확대시킨 모더니스트들을 공격하기 위해 요약도 나쁜 게 아니라고 말한 적이 있지만 소설의 역사를 통틀어 요약의 형태로만 된 것은 거의 없다. 고전물에서도 요약보다는 장면이나 극화가 더 많고 19세기 까지도 요약은 장면과 장면을 연결하는 접촉제처럼 쓰인다. 발작은 행위를 그대로 묘사하다가 상황을 요약전달하여 서술의 속도를 바꾸었다. 플로베르는 갑작스런 침묵의 부분을 끌어들여 리듬을 만들었다. 그러나 프루스트의 소설에는 이와 같은 요약과 장면의 교차반복은 거의 나타나지 않는다. 그에겐 요약이란 게 거의 없고 대신 장면이 극대화된다. 그리고 그의 장면은 대화식이 아니다. 행위나 사건의 묘사가 첨가되고 '멈춤(pause)'에 의해 실제 일어난 것보다 훨씬 더 비대해진다.

　'멈춤'은 서술 타임은 있는데 스토리 타임은 제로에 가까운 경우이다. 발작은 흔히 등장인물들의 대화를 한동안 경청하다가 그 사람들이 어느 집안의 응접실로 들어간 후 자신은 몰래 빠져나와 여기 저기 집 안팎을 살피고 다닌다. 스토리의 시간대를 빠져나와 아무도 안 보는 데를 혼자 보고 다니며 독자에게 정보를 주고는 다시 응접실로 들어가 등장인물과 마주앉는 것이다. 발작의 멈춤이 시간 밖으로 나오는 것임에 비해 스탕달은 이것을 등장인물의 행위나 백일몽의 차원으로 끌어올린다. 그러나 모더니즘에 영향을 미친 작가는 플로베르이다. 그는 『보봐리 부인』의 제2부 시작부분인 욘빌의 장면처럼 발작과 비슷하면서도 등장인물의 시선을 따라가며 서술한다. 루앙의 경치나 토스테의 정원 등 발걸음이나 동작 없는 사색을 따라가며 등장인물이 된 듯 서술한다. 플로베르가 등장 인물의 행동이나 심리를 외부에서만 묘사하지 않고 때로 그들에게 패권을 넘겨주어 의식을 그대로 드러내게 한 것은 프루스트에게 큰 영향을 미쳤다.

프루스트는 주인공이 사색에 잠겨 걸음을 멈추기 전에는 결코 어떤 대상이나 광경에서 멈추지 않는다. 서술은 대상의 묘사가 아니라 그것을 보고 사색하는 인물의 행동을 분석하고 묘사한다. 예를 들어 발베크에서 엘스티르의 바다풍경은 객관적으로 묘사되지 않는다. 그것을 보는 이의 느낌, 인상, 발견, 그리고 시각적인 미망들이 묘사된다. 보이는 것(외양)과 실랑이를 벌여 사물의 실체가 무엇인가를 알아내려는 것이다(102면).

멀리서 보면 물이라기보다 한 폭의 예술작품이고
가까이 다가서면 끊임없이 흔들리는 물결이었다.

멀리서 보면 매끄럽고 고즈넉한데 가까이 보면 동요와 틈새 투성이다. 레오니 아줌마의 방에 있는 말린 꽃 한움큼이 그때 보았을 때와 지금 볼 때 얼마나 다른가. 프루스트의 '멈춤'은 스토리의 특정한 장면에 연결되는 시간 외적인 게 아니라 같은 모습이 여러 번 보이는 것을 하나의 묘사로 통합하여 서술하기에 멈춤조차 시간성을 지니고 시간의 순서를 따른다. 그리고 이것은 반복되는 사물의 인지작업을 통해 진실을 보는 방식이다.

마르셀이 십년의 세월이 흐른 뒤 게르망트의 살롱에 다시 들러 이 사람 저 사람 옮아가며 전에 몰랐던 사실들을 그제야 알게 되는 장면이 있다.

228

누군가는 알아보았는데 도대체 그의 참모습을 알지 못한다는 것은 한 주제가 두 개의 모순으로 다가서는 것과 같다. 그것은 과거에 여기 있었던 것, 네가 지금 기억하는 그 사람이 더 이상 존재하지 않음을 인정하는 것이다. 그리고 지금 여기 있는 것은 존재하는지 몰랐던 사람이다. 이것은 마치 죽음의 신비와도 같은 알 수 없는 어떤 신비를 포착하는 것과 같다. 진실로 서문이요, 전조인 듯한 것의 신비를.(105면)

프루스트가 즐겨 쓰는 실체를 더듬는 인지의 방식 몇 가지를 보자. 발베크의 교회에서 그토록 거대하다고 자주 상상했던 동상이 어느 늙은 여자처럼 초라하고 보잘것 없이 드러날 때의 놀라움, 그 고통스런 새로움을 받아들이는 경우가 있는가 하면 콩브레의 기억과 베니스의 경치가 비교되어 느끼는 황홀감도 있다. 파리와 발베크 사이를 오가는 기차의 반대쪽 유리창을 통해 감지되는 해뜰 무렵의 시골길, 그는 양편을 왔다갔다하며 시시각각 달라지는 광경을 하나의 캔버스에 전부 담으려 든다. 그가 그린 그림은 얼마만큼 실체에 가까운가. 프루스트에게 사색은 수동적이고 정적이고 황홀한 순간적 스침이 아니다. 그것은 강렬하고 지적이고 물리적인 행위이며 반대편 유리창을 통해 들어오는 시시각각의 풍경들처럼 유동적이고 모순에 찬 틈새의 기록들이다.

요약도 아니고 집의 겉모습을 묘사하기 위해 자리를 뜨는 멈춤도 아니요, 인지를 위한 멈춤과 암시적 혹은 퉁명스런 '공백'이 프루스트 소설의 특징이다. 서술에 나타나지 않는 어떤 기간이 '2년 후'라고 명시되는 수도 있고 그저 '긴 세월이 흐른 후'라고 막연히 언급되는 수도 있다. '행복한 2년이 흐른 뒤'처럼 명시적인 공백이 내용을 담고 나타날 때를 특성 담은 공백이라 한다. 프루스트가 명시적인 공백을 쓸 때는 거의 특성을 담는다. '발베크 I'은 '2년 후 나는 질베르트에게 거의 무관심해져서 돌아왔다'로 시작하는데 이것은 2년 간 마르셀은 질베르트로부터 조금씩 멀어지기 시작했음을 암시한다. 특성 담은 공백은 독자에게 그 공백을 메꾸게 만들기에 의미가 있다. 틈새를 주어 독자의 상상력을 자극하기 때문이다.

마르셀이 파리로 돌아왔는데 그다음 장면에서 독자는 게르망트의 어느 아파트에서 그를 만난다. 그 사이에 몇 주가 지났구나. 이보다 더 암시적인 공백의 예는 조모의 죽음 다음에 오는 침묵이다. 여름이 막 시작될 때 조모가 죽음의 침상에 눕는다. 그런데 그다음은 바로 '가을의 어느 일요일……'로 이어진다. 이 침묵에 독자는 혼동을 느낀다. 『잃어버린 시간을 찾아서』에서 가장 불투명한 부분이다. 이 부분을 쓰던 때에 프루스트의 어머니가 돌아가셨다. 그래서 침묵인가. 쥬네트는 '어떤 단어뿐 아니라 갑작스런 침묵도 해석해야 한다'는 마르셀의 말을 떠올리며 침묵의 기간, 강도, 특히 위치에 주의할 것을 요구한다(108면). 그렇다면 이 소설은 마르셀의 의식에 비추인 과거의 기록인 동시에 작가가 글을 쓰는 순간의 기록이란 말인가.

1914년 파리에서 일어났던 일이 1916년 그곳에 다시 갔을 때 회상되면 이 보충되는 회고는 어디에 위치시켜야 하는가. 이 가설적 공백에 의해 시간의 연속성을 탐지하려는 노력은 한계에 부딪친다. 이것이 전통서사의 연속성을 와해시킨 프루스트의 새로움이다(109면).

공백을 제외하고 프루스트의 소설은 '장면'으로만 되어 있다. 이것은 요약과 교차반복이라는 전통적인 서술의 와해일 뿐 아니라 서술자의 설명이 없어지는 모던 기법의 특징이기도 하다. 전통적으로 장면이란 대화와 행위의 묘사로서 극적이고 강렬하다. 그런데 프루스트의 장면은 갖가지 보충 정보와 사건들이 서술자의 마음대로 빗나가는 온갖 사색과 묘사를 모두 주워담는 시간의 벽난로이다. 그러기에 구체적인 장면들이라기 보다 전형적이거나 상징적이다. 예를 들어 빌르파리시스의 아침이나 게르망트의 만찬, 프린세스의 저택에서 있은 저녁, 혹은 게르망트의 아침 등 약 450면에 해당되는 5개의 장면들은 모두 주인공이 새로운 장소나 환경으로 들어가는 의미를 띤다. 그리고 쓰이지는 않았지만 계속되는 비슷한 장면들을 대표한다. 그래서 모임의 개별적인 특성이나 행위는 잊혀지고 심리나 사회적인 분위기만 살아남는다. 그리고 소설의 마지막에 이르면 주인공의 내적 독백과 서술자의 사유적인 서술이 뒤섞이어 구별할 수 없게 된다. 이 의도적인 혼동에 의해 서술자는 천천히 사라지고 마침내 주인공과 겹쳐지면서 소설이 끝난다. 요약, 멈춤, 공백, 장면 등 전통적인 소설의 구성요소들을 각 방면에서 교란시키며 새롭게 등장하는 프루스트의 소설은 '빈도'를 통해 또 한번 이를 뒤흔든다.

3. 빈도(frequency)

한 번 일어난 일을 한 번 서술하는 경우도 있고 한 번 일어난 일을 여러 번 서술하는 경우도 있고 여러 번 일어난 일을 한 번 서술하는 경우도 있다. 첫번째는 일상이나 습관 혹은 가장 흔한 구체적인 장면의 묘사이다(단수형, singular). 두번째는 전통소설에서는 드물지만 모던 소설에서는 흔히 쓰인다. 『질투』에서는 지네의 죽음이 스타일의 변화와 함께 몇번씩 서술되고 포크너의 『음향과 분노』에서는 여러 서술자에 의해 같은 사건이 여러 번 서술된다. 또한 한 인물의 회상과 예상 속에서도 한 번 일어난 일이 반복 서술될 수 있다(반복형, repeat). 그런데 여러 번 일어난 일이 한 번으로 서술되는 세번째 경우가 프루스트의 서사에서 가장 많이 쓰인다.

한 번 서술이지만 그 속에 여러 번 일어났음을 암시하는(유추적 반복형, iterative)이다. 반복을 함축하는 단 한 번의 서술이기에 전형적이고 상징적이다. 3)

고전물에서 발작에 이르기까지 이 유추적 반복형은 어떤 구체적인 장면에 종속되어 정보와 배경을 설명하는 데 쓰여왔다. 예를 들어 『으제니 그랑데』에서 발작은 그랑데 가족의 일상을 설명하여 독자에게 배경과 예비정보를 준다(117면). 이같이 쓰이던 반복형을 종속적 기능에서 해방시킨 사람은 플로베르이다. 『보봐리 부인』에서 수녀원에서 보낸 엠마의 삶, 레옹과 루앙에서 보내는 목요일 등은 종속된 속성이 아니라 그 자체로서의 자족성을 띤다. 그러나 이 유추적 반복형을 가장 많이 쓰고 주제상, 기교상 독자적인 것으로 해방시킨 사람은 프루스트이다. 『콩브레』, 『스왕의 사랑』, 『질베르트』 등 처음 세 부분에서 이 기법은 절대적이다. 거기에 서술되는 장면들은 그저 한 번 일어났던 게 아니고 일어나곤 했던 일들이다. 스왕과 오데트의 사랑은 거의 이 관습적이고 반복적인 묘사를 통해 이루어지고 마르셀과 질베르트의 사랑 역시 몇 장면을 제외하고는 거의 일어나곤 했던 사건들이다. 4)

한 번 일어난 사건 속에 반복적인 내용이 첨가의 형태로 들어 있는 경우, 예를 들어 공작부인의 만찬이 시작될 때 게르망트 가족의 기지에 관한 얘기가 괄호 속으로 첨가되는 방식을 외적 반복이라 하고 어떤 장면 속에 들어 있는 반복적인 내용이 그 장면과 통합되어 서술 전체가 반복형으로 바뀌는 방식을 내적 반복이라 한다. 자주 일어났었음을 강조하기 위해 '이런 일은 매일 일어났었

---

3) repeat(반복)와 구별하기 위해 '유추적 반복'이라는 말로 iterative를 의역한다.
4) 개별 사건과 유추적 반복사건의 비율을 처음 세 부분에서 들어본다. 콩브레 시절의 얘기에는 52 : 86, 스왕의 사랑에는 68 : 77, 질베르트 부분에는 109 : 85, 그리고 뒷부분에도 이 형식은 많이 쓰인다(118면).

다'라고 표현하는 경우는 과장을 담은 반복이다. 그러나 프루스트 문학에서 가장 중요한 의미를 갖는 유추적 반복은 실제로는 되풀이 된 사건도 아니고 반복되는 일상도 아닌데 일어나곤 했던 것처럼 서술되는 경우이다.

나는 그 어느날의 아침을 느끼고 맛보기를 거절하고 상상 속에서 비슷한 아침들을 즐겼다. 지나간 혹은 다가올, 아니 더 정확히는 툭툭 끊기는 허깨비 같은 그런 아침인데도 비슷비슷한 아침으로 느끼는 것이다. 마치 눈치 빠른 바람이 책을 딱 알맞게 내 앞에 펼쳐주어 눈앞에 고정시키고는 침대에 누워서도 그날의 복음을 따라갈 수 있는 것처럼. 구체적인 어느 아침은 이상적인 아침이 되어 영원한 진리처럼 내 마음을 가득 채우고 즐겁게 만들었다. (124면, 필자의 변용번역)

어떤 특정한 날의 아침이 전형적인, 아니 '이상적인 아침'에 의해 흐려지고 마는 예이다. 구체적인 순간이 상징적인 순간으로 바뀌어 유추적 반복서술이 된다. 파리쟝의 환경이나 발베크와 베니스를 방문할 때처럼 등장인물은 순간의 특성에 민감한 게 아니고 장소의 특성에 더 민감하다. 예를 들어 스왕은 게르망트의 풍경을 이렇게 묘사한다. '그 경치의 독특함은 때때로, 밤에, 꿈속에서 거의 환상적인 힘으로 나를 사로 잡았다.' 장소는 뚜렷하지만 순간들은 막연히 어렴풋이 반복된다. 이처럼 순간들이 서로 비슷비슷해지고 뒤섞이는 것은 무엇을 의미하는가. 왜 한 번의 아침이 반복된 아침처럼 느껴지는가, 이것이 기억이다. 독자로 하여금 기억이 무의식적으로 무슨 짓을 하는지 경험케 하려는 것이다. 프루스트의 소설에 이 형식이 그토록 많은 것은 기억의 실체를 밝혀보려는 작가의 의도 때문이다.

반복은 또한 나름대로의 규칙이 있고 그 규칙은 과학적이어서 어떤 결과를 예측할 수 있어야 한다. 마르셀이 어느날 발베크에서 어린 소녀 악단을 보고 그애들이 다시 나타날 때를 안타까이 가늠하는 장면이 있다. '지난 번 토요일엔 안 보이더군', '토요일엔 오지 않아요.' 그러나 그리 간단히 토요일만 애태우며 기다리지 않으면 되는 게 아니었다. 또 어느 요일에 안 오는지 어떤 날씨에 안 오는지 얼마나 애태우며 끈질기게 지켜보아야 그 불규칙한 외양에서 알 수 없는 세상의 흐름을 간추리나, 그저 우연에 몸을 내맡기지 않고 자신의 일기예보가 빗나가게 하지 않기 위해 열정에 찬 생의 항해사가 그토록 고통스런 경험을 지불하고 얻을 수 있는 법칙은 무엇인가(125면). 프루스트 소설 전체는 기억을 되밟아 이 규칙을 얻으려는 고투이다. 스왕의 사랑과 마르셀의 사랑은 고통과 배반과 아픔을 담는다. 독자는 그 속에서 삶과 인간적인 감흥의 어떤 닮은 꼴을 더듬을 수 있다. 마르셀이 드러내는 무의식적인 기억들 속에서.

　한 번 일어난 일을 되풀이된 것인 양 꾸미는 게 서사 정신(epic mind)이다. 프랑시스는 매주 토요일 오후에 시장을 보러간다. 그래서 점심을 한 시간 일찍 차린다. 이것은 타인들이 알지 못하는 가족들만의 관습이었다. 어느날 방문객이 불쑥 찾아들었다가 이른 점심에 당황해서 '그것봐, 토요일 이거든요'라고 말한다. 이 사건은 그 이후 프랑시스가 토요일마다 가족들에게 되풀이하는 관습이 된다. 그녀는 단 한 번 일어난 일을 관습으로 만드는데 처음과 다르게도 얘기하고 그때 그때 덧붙이거나 빼기도 한다. 기억이란 아무리 정확히 서술해도 사실과는 거리가 멀다. 그것은 쓰는 사람의 마음에서 재창조된 것이고 기록하는 현재의 산물이다.

　쥬네트는 프루스트 소설의 압도적인 기법인 유추적 반복형을 자세히 분석하면서 그것이 기억의 참모습과 진실탐색 과정에 어떻게 연결되는지 보여준다. 반복은 지속되는 시간의 길이에 따라 '기간

(determination)', '특정일(specification)', '소요시간(extension)'으로 나뉘기도 한다. 예를 들어 '1890년 여름의 일요일들'이라면 6월의 끝에서 9월의 끝이라는 기간과 7일 가운데 하루라는 특정일과 하루 가운데 일어나서 잠자리에 들 때까지의 약 열 시간이라는 소요시간이 가늠된다. 스왕과 베르듀랭의 절교는 스왕과 오데트의 사랑 얘기를 두 개의 차원으로 분리시킨다. 한 사건이 기간을 정하는 예이다. '때때로', '어떤 날들'처럼 불확정한 특정일도 있고 '5월 달의 매 토요일'처럼 복합적인 특정일도 있다. 콩브레에서 일어나는 일들은 모두 '나의 어린 시절'이라는 기간 안에서 '부활절과 10월 사이의 매년'이라는 특정일들에 일어난다. 콩브레에서 어느 일요일은 45면의 길이로 묘사되고 잠 안 오는 밤은 5면으로 묘사된다. 마르셀의 질베르트를 향한 사랑에 가득 찬 몽상은 어느날 그녀와 베르고트의 관계를 밝히는 스왕의 방문에 의해 부서진다. 이제 마르셀의 꿈은 외적인 정보에 의해 두 개로 나뉜다. 질베르트에 대해 아무 것도 모르던 시절과 어두운 비밀을 알게 된 시절이다. 기간을 둘로 나누는 게 내적 기간이다. 내적 특정일은 '그런 사건 후의 매일'처럼 사건 전의 매일과 사건 후의 매일로 나뉘는 것이다. 콩브레 II는 일요일마다, 궂은 날마다, 좋은 날마다, 때때로 등 다양성있는 반복양식을 쓴다. 그러나 아무리 다양해도 그것은 전형이지 특수한 날이 아니다. 『꽃피는 아가씨들 그늘에』의 알베르틴느의 얼굴이 다양한 것 역시 전형적이지 개별적인 모습이 아니다.

     …… '어떤 날들에는' 잿빛 뺨에 홀쭉한 자태와 울적한 태도. 바닷가에서 가끔씩 느끼는 보라빛 투명함이 비스듬히 떨어지면 그녀는 망명자의 슬픔을 담은 듯이 보였다. '다른 날들에' 그녀의 얼굴은 유난히 매끄러워 내 욕망을 사로잡아 그 매끄러운 표면에 고정시키고는 옴쭉

달싹도 하지 못하게 했다. (135면, 발췌인용)

기억은 이렇듯 시간의 무마에 의해 독특한 개별성을 지우고 전형을 만든다.

스왕과 오데트의 사랑이나 마르셀과 질베르트의 사랑은 어떤 원인에 고리를 맺은 사건의 연속으로 다루어지지 않는다. 프루스트는 매 이야기를 사건의 연속이 아닌 끝없이 자리를 바꿀 수 있는 상태의 연속으로 다룬다. 이야기들은 연속이 아닌 되풀이되는 평행선으로 존재한다. 마르셀과 질베르트의 관계는 스왕과 오데트의 관계를 되풀이할 뿐 서술자는 앞선 사건에서 어떤 실마리를 얻어 뒷 사건에서 겪는 고통을 경감시키지 못한다. 그에겐 그런 지혜가 없다. 주인공들은 자기 삶의 연속성을 감지할 내적인 능력이 없다. 지나간 상황을 내부에서 재현시키지 못하는 망각의 탓이다. 그들은 두 사건의 거리를 감지하지 못하고 자꾸만 동일한 사건으로 합치는데 이 이상스런 동일시가 반복의 법칙이다. 그가 그녀를 그토록 사랑할 때 그녀를 잃는 아픔을 견디지 못하리라는 상상은 실제 그녀를 잊었을 때 그리 아프게 나타나지 않았다. 그러나 이 발견은 곧 잊혀지고 두 가지 사건의 거리는 소멸된다. 그래서 인간은 비슷한 패턴을 반복하면서도 매번 같은 아픔을 느끼고 괴로워하는 것이다.

19세기 리얼리즘 소설에서 요약과 장면은 적당히 교직되고 시간은 매끄럽게 흐르면서 연속성을 지킨다. 작가의 친절한 설명인 요약이란게 프루스트에겐 없다. 그는 유추적 반복형을 특정사건과 섞어 장면이면서도 서술로 흡수되는 특이한 소설을 쓴다. 그의 소설에서 매끄러운 연속성은 와해되어 거친 리듬을 낳는다. 그리고 이 리듬은 소설의 전반부와 후반부에서 다르게 나타난다. 콩브레

236

의 어린 시절, 스왕의 사랑, 그리고 질베르트라는 앞의 세부분에서 서술자(성인이 된 마르셀)와 기억하는 인식 주체(어린 마르셀) 사이에는 끊임없이 실랑이가 벌어진다. 서술자가 마지못해 기억하는 인식주체에게 패권을 넘겨주었기 때문이다. 서술은 힘들게 시작되고 머뭇거리고 방해라도 받는 듯이 껄끄럽다. 힘 찬 서술이 되지 못하고 기간은 시대로 느끼고 개별 사건들은 그림처럼 정적이다. 추상적이고 전형적인 반복형과 시간의 순서가 왔다갔다하는 스토리 위주가 아닌 존재하는 그대로의 서사이다. 서술자는 마지못해 기억자에게 양보를 하고 그 대가로 기억이 무슨 짓을 하는가 드러내게 한다. 독자에게 기억의 실체를 경험케 하기 위해서다.

소설의 뒷부분으로 갈수록 기억자가 성인이 되어간다. 이제 서술자는 기억자를 제쳐놓고 앞에 나선다. 그래서 서술이 힘차고 시간성이 살아난다. 그러나 거대한 공백과 비대해진 장면으로 리듬은 거칠어진다. 앞부분이 기억 그 자체를 드러낸다면 뒷부분은 기억에 의한 서술이 어떤 것인가를 드러낸다. 전자는 기억자의 주관성이요, 후자는 서술자의 주관성이다. 그러므로 프루스트의 무시간성은 그 속에 살던, 훗날 기억하던, 시간이란 늘 주관적임을 드러내는 전략이다.

인간은 지구가 둥글다는 것을 이론적으로 알고 있지만 실제로는 느끼지 못하고 산다. 마찬가지로 시간도 울퉁불퉁한데 실제로는 매끄러운듯 느끼고 산다. 작가는 독자에게 이 분 동안에 이, 삼십 년을 여행케 해서라도 시간의 흐름을, 그 속임수를 느끼게 해야 한다(158면). 작가는 때로 사물의 미망 속에서 경험되는 모습을 보이기 위해 서술을 와해시키고 경험이 감추고 있는 것, 즉 사물 그 자체가 무엇인가를 보이기 위해 서술을 왜곡시킨다. 끼워넣고 비틀고 압축시키고——프루스트의 소설은 잃어버린 시간을 되찾는

것에 관한 소설임에 틀림없다. 그러나 아마도 은밀하게는 시간에
사로잡혀 넋을 잃은 후 어느 틈엔가 뒤엎혀서 지배당하는, 그래서
도착적이기까지 한 그런 것에 관한 소설인지도 모른다.

4. 서술전략(mood)

이상이 「날개」를 쓴다. 작가인 이상이 있고 서술자인 '나'가 있
고 그가 엮어내는 아내와의 스토리가 있다. 종래의 소설분석에서
는 흔히 3인칭 전지, 혹은 관찰자시점, 1인칭 주인공, 혹은 관찰
자시점 등으로 서술전략을 가늠해왔다. 쥬네트는 이제 서술자와
스토리 사이, 서술자와 등장인물 사이로 비집고 들어선다. 그리고
그 공간 속에서 서술자가 어떤 방식으로 자료를 주무르는지 살핀
다. 서술자의 전략 살피기, 이것은 부스의 내포저자와 흡사하다.
저자는 되돌아오지만 자신의 담론을 조정하는 서술자로서이다.
우선 서술내용을 주무르는 두 가지 방식으로 '거리'와 '관점(pers-
pective)'을 보자.

1) 거리

소설은 흔히 서술자가 직접 설명하는 부분과 장면으로 극화시키
는 부분으로 나뉜다. 이런 구성을 거슬러 오르면 플라톤이 「공화
국」 제 3 권에서 말하기(diegesis)와 보여주기(mimesis)라는 두 가지
서술방식을 논의한 것에 이른다. 말하기는 서술자가 나서서 내용
을 요약전달하는 것으로 이때 사건과 독자 사이에는 거리가 생긴
다. 보여주기는 극적인 장면을 그대로 보여주어 독자가 직접 경험
케 하는 것이다. 아리스토텔레스는 이것을 다시 모방이라는 큰 틀

에 속한 두 가지 방식으로 논의했고 이후 소설가들은 요약과 장면을 적절히 배열해왔다. 그러던 중 19세기 말에서 20세기 초 소설 쓰기의 새로운 방식으로 보여주기의 우월성을 암시한 헨리 제임스와 극적인 서술을 찬양한 퍼어시 러보크에 의해 이 두 가지는 다시 문제가 된다. 저자가 뒤로 숨고 등장인물들을 앞세워 그들의 의식을 드러낸 모더니즘은 보여주기의 극치였다. 약 반 세기 동안 설명과 요약이 없이 거의 드라마에 가까운 의식의 표출이 풍미한 후 약 1950년대부터 다시 이것에 대한 반란이 일기 시작한다. 부스는 아무리 보여주기가 우월 하다고 뽐내도 그것은 결국 말하기의 일종이라 하였고 남미의 보르헤스는 저자의 설명이나 요약이 그리 나쁜 게 아니라고 말했다. 또한 포스트모더니즘은 보여주기보다 말하기를 택함으로써 비록 리얼리즘을 패러디 했을망정 외형으로는 리얼리즘에 가까이 간다. 이들은 모두 뒤로 숨은 저자를 표층으로 끌어내어 텍스트 안의 서술자로 지위를 바꾸고 그의 전략을 논의하기 시작한다.

말하기에서는 독자와 서술의 거리가 멀어지고 보여주기에서는 그 거리가 좁혀진다. 쥬네트는 프루스트의 서술이 이 말하기와 보여주기의 이분법을 무너뜨린다고 말한다. 플라톤은 호머의 한 장면을 택해 반복되는 부분이나 그림처럼 묘사되는 부분을 제거하고 이를 서술자의 말하기로 바꾼 적이 있다(164−165면). 보여주기에서 정보의 양은 늘어나는 반면 정보자의 위치는 약화되고 말하기에서 정보의 양은 줄어드는 반면 정보자의 위치는 강화된다. 그런데 프루스트의 서술은 정보의 양도 최대이고 정보자도 강력하다. 어떻게 이것이 가능한가. 그는 마르셀이라는 주인공의 시점을 택하면서 그에게 서술을 맡기는 게 아니라 그 위에 있는 또 하나의 마르셀, 즉 모든 것을 이미 다 겪은 성인인 마르셀에게 맡긴다. 그러므로 서술자의 위치가 강화되어 말하기인 듯 싶지만 교묘하게 주인공의 경험을 그대로 드러내는 보여주기이다. 지독한 중계이면서도(말하기) 지독한 직접성(보여주기), 사건의 내용을 간접전달하면서도 독자가 직접 경험케 만드는 것, 등장인물을 통한 시점이지만 서술자가 쥐고 흔드는 『잃어버린 시간을 찾아서』는 몇 겹의 회고로써 흔히 회고적 서술이 서술자와 주인공 사이의 거리를 피하려드는 데 비해 이를 유지하면서 그 간격을 넓혔다 좁혔다 한다.

서술자는 스토리를 독자에게 전달할 때 나름대로의 전략이 있다. 가장 요약된 서술로 '나는 알베르틴느와 결혼하겠어요'라고 표현할 수도 있고(narrated Speech) 이보다 조금 간접적으로 '나는 어머니께 알베르틴느와 결혼하겠다고 말했다'고 할 수도 있고(transposed Speech), 가장 보여주는 쪽으로 대화를 그대로 옮기는 수도 있다(reported Speech). 이것은 서술의 민주화 과정으로서 서술자가 인물에게 패권을 조금씩 넘겨주는 순서이기도 하고 리얼리즘에서 모더니즘으로 기법이 옮아가는 순서이기도 하다. 모더니즘의 내적독백은 서술자가 지워지고 등장인물이 몽땅 권한을 위임받은 것이기 때문이다(173면). 그런데 서술자가 등장인물에게 패권을 몽땅 넘겨주기 전 좀 머뭇거리는 단계가 있다. 서술자는 첫 단계의 독재자 위치에서 벗어나 등장인물과 타협을 벌이는데 그를 슬쩍 끌어들여 자기음성과 합쳐서는 어느 쪽인지 잘 모르게 만든다. 플로베르는 『보봐리 부인』에서 가끔씩 엠마와 찰스의 시점을 빌어서 자신의 음성과 섞는다. 그리고 헨리 제임스는 『대사들』에서 스트레쳐라는 등장인물의 시점을 통해 서술한다. 서술자는 등장인물의 시선을 택하고 등장인물은 서술자의 음성을 통해 말하는 이 자유간접법(Free Indirect Speech)은 소설이 리얼리즘에서 모더니즘으로 넘어가는 전환기에 나오고 포스트모던 시대의 소설분석에서 중요하게 논의된다. 그것이 말하기와 보여주기의 이분법을 와해시키기 때문이다.

　프루스트는 어떤 전략을 사용하길래 강력한 통치자(서술자)와 강력한 시민(등장인물)을 함께 유지하는가. 위의 단계들을 순서대로 실현하는 것이다. 서술자는 직접 개입하는 요약에서 시작하여 조금씩 패권을 등장 인물에게 넘겨주는 간접서술로 옮아가다가 어느 순간 마르셀이건 스왕이건 그의 감정이 복받치는 순간에는 그대로 탁 풀어준다. 그러면 등장인물은 자신의 내적 감흥을 그대로 연출하면서 의식적인 말과 그 밑에 숨은 진의를 드러낸다. 스왕이 오데트와 만날 수 있었던 샤토의 파티에서 제외 되었을 때 그는 분노에 차서 혼잣말을 한다.

　"얼마나 역겨운 유머였던가!"그는 내뱉으면서 '어찌나 심하게 혐오스러움으로 입술을 비틀었던지' 목깃 언저리에서 목줄기의 근육이 당기는 듯 느꼈다……"나는 그런 더러운 수다가 출렁이고 시끌거리는 속된 하계에서 몇 천 미터나 높은 곳에 살고 있으니 배르뒤랭 부인의 농담 따위에 몸을 더럽히지는 않으리라." 스왕은 '머리를 쳐들고'몸을 뒤로 자랑스럽게 젖히면서 '소리를 질렀다'…….

　그는 브와의 작은 길에서 나온 지 오래되어 거의 집까지 이르고 있었는데 아직도 고뇌와 변덕스러운 홍분에서 깨나지 않아서 '꾸민 어조와 제 목소리의 부자연스러운 울림'에 더욱더 도취되면서 밤의 고요 속에서 열변을 토하고 있었다.(177−178면, ' '는 쥬네트의 강조임)

등장인물에게 패권을 넘겨주어 그의 내적독백이 지닌 이중성을 보여주게 하는 것이 프루스트 서술의 독특한 전략이다. 부자연스런 억양이나 음성의 높이를 통해 의식이 감추려는 속된 마음이 드러난다. 홍분하여 쏟아놓는 빗나가는 언어를 잘 간추려보자. 그 속에 허영과 질투가 있지 않은가. 서술자는 등장인물을 이렇듯 풀어놓았다가 다시 슬슬 끌어들인다. 서술자의 직접서술에서 간접으로 그리고 등장인물의 속마음 보여주기로 절정에 이르다가 다시 간접으로, 직접서술로 내려온다. 서술자는 윗 단계를 되풀이하면서 등장인물을 풀었다가 다시 조인다.

쥬네트는 프루스트가 듀자르댕과 조이스의 사이에 위치하기에 점차 내적독백으로 향해야 하는데 실제로는 그렇지 않다고 말한다. 서술자가 강력한 권한으로 등장인물을 풀었다 조였다 하기에 내적독백조차 그 전략의 일부이다. 그리고 그의 내적독백은 꿈이나 의식의 흐름이 아니라 의식과 무의식의 경계를 오가는 언어를 통해 의식이 감추려드는 무의식적 진실을 노출시키는 수단이다 (176-181면).

2) 관점

서술자와 등장인물 사이를 비집고 들어서기에 쥬네트의 이론은 〈사건을 말하는 서술자〉와 〈사건을 보는 시점자〉를 분리하여 생각한다. 예를 들어 회고적 서술에서 성인이 된 서술자가 어릴 적 경험을 서술할 때 서술자는 어른이지만 시점자는 어린아이다. 마찬가지로 플로베르나 제임스의 기법을 논의할 때는 서술의 음성(voice)과 서술의 초점(focalization)을 나누어 생각해야 한다. 토도로프 역시 서술자와 등장인물의 관계를 부등기호로 표시한 적이 있었다. 서술자의 권한이 등장인물보다 큰 경우, 같은 경우, 그리고 적은 경우이다(189면). 쥬네트는 전통적인 서술에서처럼 전지서술자가 등장인물의 마음 속을 들락거리는 형을 '무(無)초점(zero focalization)', 등장인물 안에 시점을 두는 경우를 '내적초점(internal focalization)'이라 한다. 내적초점의 경우는 『대사들』처럼 주인공의 시점을 고정시키면서 서술은 작가가 맡는 경우 (최인훈의 『광

장』에서 서술자는 주인공인 이명준의 시점 안에서 모든 것을 서술한다),
『보봐리 부인』에서처럼 엠마의 시점과 찰스, 그리고 서술자의 시
점이 섞이는 경우도 있고 몇 사람의 편지가 교차되는 서간체 소설
에서처럼 복수초점도 있다. '외적 초점(external focalization)'은 서
술자가 전혀 등장인물의 심리 속으로 들어가지 않는 경우로 헤밍
웨이의 「살인자들」이나 추리소설의 시작부분, 60년대 불란서 누보
로망, 그리고 70년대 미국의 미니멀리즘 등에서 흔히 볼 수 있
다.

　『잃어버린 시간을 찾아서』에서 어린 마르셀은 핑크빛 드레스의
숙녀가 누구인지 모른다. 그리고 질베르트와 나란히 걷던 낯선 남
자를 연인으로 생각하여 그녀와 헤어진다. 후일 그녀는 오데트였
고 그 낯선 남자는 연인이 아니었다. 이 외에도 젊은 시절에 신비
롭게 생각했던 고귀한 사람들이 전혀 딴 모습으로 드러난다. 사실
서술자　마르셀은 이 모든 것을 이미 겪어 알지만 주인공의 경험
을 존중하여 시점을 주인공에게 내어준다. 그리고는 자신이 알고
있는 것을 참는다. 그래서 시간과 환경에 따라 다르게 나타나는
실체를 드러낸다(194면).

　그러나 서술자는 가끔씩 변덕을 부린다. 예를 들어 어느 장면에
서 주인공이 몰라야 되는 상대방의 심리를 설명한다든지 서술자와
주인공이 무시 못할 사건을 서술자가 잠깐 옆으로 치워놓는 경
우 등이다. 전자는 주된 시점보다 정보를 더 주는 경우이고
(paralepsis), 후자는 정보를 덜 주는 경우(paralipsis)이다. 이들은
주된 시점의 범주를 벗어나지 않으면서 작은 변조를 이룬다(alterations). 제임스와 러보크는 시점의 일관성을 주장 했지만 포
스터나 부스는 왜 그래야 하느냐고 반문했고 쥬네트는『잃어버린
시간을 찾아서』를 통해 자그만 변음들이 어떤 효력을 갖는지 보여
준다. 외적 초점의 경우 등장인물의 의식 속으로 잠깐 들어가면

정보를 더 주는 경우이고 추리소설에서처럼 탐정이 알면서도 드러
내지 않는 경우는 덜 주는 경우이다. 마치 살인의 기억을 망각한
살인자가 추리소설을 엮는 경우처럼.

회고적 서술에서 성인인 서술자는 알면서 참아야 되는 경우가
많다. 주인공 마르셀이 자신의 순진함과 헛된 미망을 제 스스로
깨달을 때까지 서술자는 참아야 한다. 예를 들어 옹조뱅에서 예고
된 동성연애는 소돔 부분이 시작될 때까지 백 번이나 암시되지만 독
자도 마르셀도 그 사실을 모른다. 특히 스왕의 사랑이나 마르셀의
사랑은 주인공의 시점을 지켜주는 게 중요하다. 주인공이 상대방
의 심리를 알지 못해야 사랑의 대상은 그림자 속에 있게 되고 그가
환상 속에서 허우적거리는 동안 그 대상은 도망치기 때문이다.

서술자는 주인공의 시점을 엄격히 지킨다. 그러나 군데군데 그
의 개입이 드러난다. 앞날을 예견하는 전조, 주인공이 감지하지
못하는 서술자의 언어(~이래로 어떤 사실을 알았다 등), 그리고 사
건의 배열순서, 간혹 주인공이 감지하려는 것을 막는 예, 그리고
무엇보다 스왕과 오데트의 사랑이야기 등이다. 스왕의 사랑얘기
는 서술자가 의식이 있기 전에 일어난 일이다. 전혀 편견이나 주
관없이 주인공에게 전달되기에 3인칭 전지시점으로 전달되어아
한다. 그러나 이 객관적인 정보를 서술자는 3인칭이지만 스왕의
시점으로 전달한다. 후일 자신의 사랑이 그렇듯이 마르셀에게 연
인은 늘 그림자 속에 있다. 그러므로 스왕의 사랑은 마르셀의 사
랑에 대한 전조이며 작품의 주제를 반복한다.

주인공 시점을 위반하는 곳은 스왕의 사랑뿐 아니라 군데군데
조금씩 있다. 마르셀이 있는 자리에서 마치 전지시점인 듯 다른
등장인물의 생각이 제시된다든지, 생루의 레이첼에 대한 감흥도
주인공이 몰라야 되는 부분들이고 죽을 때 베르고트의 마음 속을
오가는 생각들 역시 프루스트가 회고적 서술시점을 깜박 잊은 듯

마치 전지시점인양 서술되는 예들이다. 서술자 마르셀은 짐짓 자서전이 아닌 듯 마치 자신의 과거모습과 다른 인물들을 같게 취급하려는 듯 위에서 내려다보는 서술형식을 취한다(208-209면). 서술을 주인공의 시점에 고정시키면서도 어느 때는 서술자가 개입하고 어느 때는 전지작가인 듯 자유를 누린다. 그래서 주인공이 감지하는 부도덕한 행위들과 전지작가가 그것에 관해 느끼는 미묘한 감흥을 함께 나타낸다. 주인공 시점과 서술자 개입과 전지작가적 서술이라는 세 가지 서술초점이 자연스레 섞인 중첩방식(polymodality)을 통해 프루스트는 전통양식에 도전한다.

5. 서술자의 음성(Voice)

서술자가 스토리를 엮어가는 상황을 생각해보자. 스토리와 그것이 생산되는 순간의 관계이다. 예를 들어 전통적인 소설은 대부분 과거시제를 택한다. 이때 서술이 진행되는 동안 스토리의 내용은 점점 현재에 가까워져서 펜을 놓을 때는 서술한 순간과 스토리 속의 시간이 거의 일치한다. 3인칭 소설에서도 그렇지만 1인칭 소설에서는 이 간격의 좁혀짐이 한결 잘 드러난다. 서술을 시작할 때 서술자는 성인이었고 주인공은 어린시절이었다. 이 간격은 점차 좁혀져서 소설이 끝날 때는 둘 사이가 거의 같은 시간대에 있게 된다. 서술하는 순간과 스토리의 관계는 가장 흔한 과거시제 서술이 있고 아주 드문 미래시제 서술이 있는가 하면 행동과 함께 서술이 동시에 이루어지는 현재동시형이 있다. 서술자가 등장인물의 심리로 들어가지 않고 밖에서 행동만을 관찰하듯 묘사하기에 이를 '카메라의 눈'이라고도 한다. 스토리와 서술의 간격이 없기에 투명한 서술을 이루며 불란서의 누보 로망이 이에 속한다. 일기나

서간체 소설에서 쓰이는 조그만 시차를 두고 행동을 묘사하는 경우도 있다. 하루 동안에 혹은 어제 일어난 일을 서술할 때는 어제의 〈나〉를 오늘의 〈나〉가 보며 말한다. 오늘의 〈나〉가 서술자요 시점자이다.

프루스트는 『잃어버린 시간을 찾아서』를 쓰는 데 십 년이 걸렸으나 마르셀의 서술에는 그런 간격이 나타나지 않고 즉각적으로 쓰여진 듯 보인다. 마치 플로베르가 『보봐리 부인』을 쓰는 데 5년이 걸렸으나 우리는 그 소설이 단순간에 쓰여진 듯 읽어가는 것과 같다. 소설의 시작부분에서 서술자 마르셀과 주인공 마르셀은 먼 시간의 간격을 두고 출발하지만 서술이 진행될수록 간격이 좁아진다. 드디어 주인공이 삶의 진실과 의미를 깨닫고, 작가가 될 수 있음을 느끼는 데에 이른다.

그렇다. 아까 내가 품었던 그 시간의 관념은, 지금이야말로 그 작품에 착수할 때라고 나에게 일러주었다…… 나는 바위나 나무들의 장막으로 시야가 가려진, 호수가 내려다보이는 길을 오르는 화가처럼 살아왔다. 바위 사이나 나무 사이를 통해서 호수가 힐끗 보이곤 하다가 호수 전경이 보인다. 화필을 잡는다. 그러나 이미 지척을 분간할 수 없는 밤이 내리기 시작한다…… (제7권, 「되찾은 시간」, 정음사, 김창석 옮김, 344면)

이쯤에 이르면 서술자와 주인공이 거의 일치하는가. 『잃어버린 시간을 찾아서』는 작가 마르셀이 아니라 '마르셀이 작가가 되는 것'에 관한 소설이다. 미래의 작가에 관한 소설이기에 서술의 간격은 좁아지지만 결코 겹치지는 못한다. 서술자는 이미 한 권의 소설을 쓴 마르셀이고 주인공은 앞으로 그 소설을 쓰게 될 마르셀이다. 그렇다면 겹치지 못하는 그 간격, 다시 말하면 스토리의 끝과 서술을 마치는 순간 사이의 틈새는 주인공이 이 책을 쓰는 데 걸리는 시간이다(227면). 서술의 순간이라는 독특한 분석을 통해 지금 쥬네트는 누구도 언급하지 못했던 기막힌 얘기를 하고 있다. 작가가 되고 싶었던 마르셀, 마지막에 이런 식으로밖에 소설을 쓸 수 없다는 깨달음, 그리고 그 결과로 씌어진 소설이 바로『잃어버린……』이고 보면 이것이 끝없이 되풀이되는 소설이라는 것을 발견하기는 어렵지 않다. 그러나 위와 같이 둘이 겹치지 못하는 간격이 주인공이 이 책을 쓰는 데 걸리는 시간이라는 발견은 서술자가 스토리를 만들어내는 상황과 만들어진 스토리와의 관계를 머릿속에 그려봄이 없이는 결코 마련될 수 없는 분석이다.

1) 서술의 겹구조

　말을 끝낸 그의 눈에는 저녁해에 반사하여 몇 방울의 눈물이 반짝인다.
　나는 함참 있다가 겨우 물었다.
　"노형 계수는?"
　"모르디오. 기십 년을 영유는 안 가봤으니깐요."
　"노형은 이제 어디루 갈테요?"
　"것두 모르디오. 덩처가 있나요? 바람 부는대로 몰려댕기디오."
　그는 다시 한번 나를 위하여 배따라기를 불렀다. 아아, 그 속에 잠겨 있는 삭이지 못할 뉘우침, 바다에 대한 애처로운 그리움.

　김동인의 「배따라기」는 어느 봄날 '나'라는 서술자가 영유에 살던 배따라기 사내의 슬픈 이야기를 듣고 희망에 부풀었던 마음이 슬픔으로 얼룩지는 삶의 이중성에 관한 얘기이다. 이 소설에서 첫째 서술자는 '나'이고 둘째 서술자는 영유의 사내인데 이것이 두 개의 겹을 이룬다. 겉구조(extradiegetic)와 속구조(diegetic 혹은 intr-adiegetic)이다. 이때 만일 영유사내의 얘기 속에 등장하는 아우가 어떤 서술을 한다면 그것은 셋째겹, 즉 이야기 속의 이야기(metad-iegetic)가 된다(쥬네트는 '메타'라는 접두어를 흔히 해석되듯 초월의 뜻이 아닌 하위개념으로 쓰고 있다).

서술의 겹구조, 혹은 서술의 차원이 달라지는 경우에 때로 첫째 겹의 서술자가 둘째겹으로 내려앉는 경우가 있다. 발작의 「사라진 느」에서 서술자인 나는 흠모하는 여인, 마담 로체피드에게 쟘비넬라에 얽힌 얘기를 들려준다. 그는 젊고 아름다운 여인에게 이야기를 들려주고 그 대가를 원한다. 그러나 그 이야기는 반대로 그녀에게 혐오감을 주어 목적은 이루어지지 않는다. 속구조가 겉구조와 역동적인 관계를 이룰 때 겉구조의 서술자는 속구조로 내려앉게 된다. 이런 구조는 김동인의 「배따라기」에서도 마찬가지이다. 영유사내의 서술은 나를 변모시키기 때문이다.

> 그는 아내를 보는 순간 마음에 가득 차는 사랑을 깨달으면서 칼을 내던지고 뛰어나가서 아내의 머리채를 휘어잡고, 이년 하면서 들어와서 뺨을 물어 뜯으면서 함께 이리저리 자빠져서 뒹굴었다.
> 〈그런 이야기는 다 하려면 끝이 없으되 그만 '그' '그의 아내' '그의 아우' 세 사람의 삼각관계는 대략 이와 같다.〉
> 각설 —

위의 인용에서〈 〉부분은 서술자가 그가 전달하는 남의 얘기 속에 끼어들어 하위로 내려앉는 예이다.

소설에서 주도권을 잡은 서술자가 어느 순간 등장인물에게 슬쩍 패권을 넘겨주는 경우가 있다. 에밀리 브론테의 『폭풍의 언덕』에서 록우드라는 방문객은 폭풍의 언덕에 얽힌 캐시와 히스클리프

그리고 린튼가와의 3대에 얽힌 이야기를 듣고 전해준다. 그런데 서술은 몇 겹의 하부구조를 이룬다. 서술자가 실제 경험한 부분, 넬리라는 하녀가 전해주는 부분, 넬리의 이야기 속에 이자벨라가 넬리에게 서술하는 부분이다. 첫째겹은 서술자인 록우드이고 둘째겹은 넬리이며 셋째겹은 이자벨라이다. 그런데 이 셋째겹 (metadiegetic narrative)은 둘째겹의 원인을 설명하는 인과관계일 수도 있고 대조 혹은 유추의 관계로서 주제를 형성할 수도 있고 두 이야기 사이에 아무런 관계가 없을 수도 있다. 과거의 회상처럼 스토리에 직접 연결되는 경우는 첫번째이고 빠져도 상관이 없다. 우화와 비유적 설득에서 보듯 유추의 관계는 두번째이고 빠지면 효과가 없다. 소위 '나락 속의 구조'라고 불리우는 60년대 누보 로망은 유추의 극단이다. 세번째는 『아라비안 나이트』의 구조이다. 세라자드는 그 내용이 무엇이든 황제의 흥미만 끌면 이야기를 계속한다. 그녀에게 서술행위는 곧 목숨이기에 내용보다 행위 자체가 중요하다.

한 겹에서 다른 겹으로 얘기가 넘나들며 경계가 무너지면 이상한 효과가 나타난다. 자신이 읽고 있는 소설의 등장인물에 의해 암살되는 어느 남자의 얘기, 독자의 간섭을 받아들여 저자가 얘기를 바꾸는 경우, 이런 이상스러움은 코믹하거나 환상적인 분위기를 자아내는데 흔히 60년대 이후 실체와 허구의 경계가 무너지는 포스트모던 소설에서 압도적으로 등장한다. 현실이 소설의 세계보다 더 환상적일 때 소설은 현실을 온전히 반영하지 못한다. 포스트모더니즘의 두드러진 특징인 경계의 와해는 작가가 작품속에 뛰어들어 창조자로서의 권위를 버리고 등장인물의 영역으로 내려앉거나 독자를 끌어들여 서술에 참여시키는 경우이다. 전통적인 저자와 독자가 사라지고 서술자와 독자가 서술의 일부가 되면 소설의 개연성이 무너지고 언어와 실체는 자의성을 드러낸다.

프루스트는 이와 조금 다르게 서술의 경계를 무너뜨린다(metale-pses). 서술자가 등장인물의 얘기라고 말하고는 그것을 자신이 직접 얘기한다. 서술자가 등장인물을 고용하고는 필요한 순간에 자기 위치로 끌어올려 그의 음성을 흡수해버리는 경우이다(Pseudo-diegetic). 『잃어버린……』의 전신이라고 여겨지는 『장 상테이유』를 살피면 어떻게 하위서술이 상위로 올라오며 새로운 작품이 되는가 알 수 있다(237–240면). 『장 상테이유』의 서술자 마르셀은 친구와 휴가중에 C라는 작가를 만나게 된다. C는 낮에 쓴 소설을 저녁마다 그에게 읽어준다. 이 내용은 소개되지 않다가 몇 년 후 C가 죽고 나서 발견되고 서술자가 그 원본을 출판한다. 이것이 장에 대한 얘기이고 이 작품의 주인공은 마르셀이라고 볼 수 있다. 서술자(extradiegetic)에서 작가 C(diegetic)가 장에 관한 얘기를 한다(metadiegetic). 서술자가 발견한 C의 작품이므로 세 겹의 구조요 세 단계의 마르셀이다. 『잃어버린……』은 이 겹 사이의 경계를 허물고 가장 속에 있는 메타서술을 겉으로 끌어올려 알맹이를 조직적으로 녹인다. 원고가 발견 되었다는 부분을 없애고 서술자겸 주인공이 직접 얘기를 꾸려나가며 독자와 접촉한다. 그리하여 몇몇의 예를 빼고는 메타서술이 거의 사라진다.

중요한 메타서술로서 '스왕의 사랑'을 꼽을 수 있다. 이 부분은 주인공이 누군가로부터 전해들은 얘기인데 그것이 다시 어느 잠 안 오는 밤에 회상된 것이다. 그러므로 두 겹이나 굴절된 것인데 서술자는 마치 자기 것인 듯 서술한다. 3인칭 서술로서 스왕의 입장에서 쓴 것이다(241면). 스왕의 사랑은 마르셀에게 간접적인 영향을 준다. 그가 후일 알베르틴느에 대해 느끼는 의심과 질투는 스왕이 오데트에게 느끼는 것과 비슷하다. 그러므로 마르셀은 스왕에게서 자신의 분신을 느끼며 슬그머니 스왕의 입장이 되어 쓴 것이다. 이 경우 메타 서술은 반복 내지 유추의 기능으로서 작품의 주제에 큰 영향을 미친다. 메타 서술은 이야기 속의 이야기로 목숨을 이어가는 세라자드의 경우처럼 생명을 이어가는 수단이 되기도 하지만 「외디푸스」 신화의 신탁처럼 목숨을 빼앗는 함정이 되기도 한다. 주인공은 신탁이 내린 저주를 피하기 위해 행동하는데 그것이 점점 더 신탁을 완수하는 쪽으로 옮아가기 때문이다.

인칭(person)

1인칭서술에는 네가지 종류가 있다. 그가 스토리 밖에 있는가, 안에 있는가. 그가 스토리 안에 있을 경우 그는 주인공인가 관찰자인가. 쥬네트는 이런 연유로 전통적인 1인칭, 3인칭이라는 가름을 거부하고 서술자와 그가 이끌어가는 얘기 사이에 초점을 맞추어 서술자의 소속을 결정한다.

스토리 밖에 있을 경우(heterodiegetic), 스토리 안에 있을 경우(homodiegetic), 다시 안에 있을 경우 주인공이냐(autodiegetic), 그저 관찰자냐. 서술자와 스토리의 경계가 와해되는 포스트모던 소설에서는 종래의 인칭 분류보다는 쥬네트 식의 분류로 유동적인 적용을 해야 한다. 『오디세이』나 대부분의 전통적인 전지시점의의 소설은 서술자가 스토리 위에 있으면서 밖에 있다(extraheterodiegetic). 마르셀은 스토리 위에 있으면서 동시에 스토리 속의 주인공이다(extra-homodiegetic). 『아라비안 나이트』의 세라자드나 『장 상테이유』의 작가 C는 스토리 안에 있는 등장인물이지만 주인공이 아니다(intra-heterodiegetic). 김동인의 「배따라기」에서 영유의 사내는 등장인물이면서 자기 얘기를 한다. 그러므로 스토리 안에 있으면서 주인공이다(intra-homodiegetic).

위의 네 가지 분류에서 가장 강한 서술은 마르셀의 경우이고 가장 약한 서술은 작가 C의 경우이다. 서술자가 작가 C의 작품을 소개한다는 세 겹의 서술을 하나로 집합시킨 마르셀의 서술은 강력한 자서전의 형태를 띄지만 내용은 가장 자서전에서 멀다는 역설을 지닌다. 오히려 C를 통해 말해지는 장의 이야기가 더 순수한 자서전이다. 『잃어버린……』은 단순히 회고적인 자서전이 아니라 오히려 자신으로부터의 탈출이다(249면). 그것은 감히 서술자의 경험을 넘어서지는 못하지만 주인공이요 시점자인 마르셀의 경험은 틈틈이 넘어선다.

한번은 알베르틴느를 '귀여운 아이'라고 부르면서 입맞추는 순간에 언뜻 거울에 비치는 내 모습을 보고 나서 나 자신의 얼굴의 슬프고도 정열적인 표정, 이제는 생각나지 않는 질베르트의 곁에서 전에 이런 표정을 지었을 것이며 또 앞으로 알베르틴느를 망각하고 마는 때에 다른 여성의 곁에서 이런 표정을 할는지도 모르는 이 표정이 나로 하여금 생각케 했다.(제5권,「갇힌 여인」, 정음사, 72면)

모든 것을 겪은 서술자가 주인공 위에서 묘사하고 있는 부분이다.

서술자는 의도적으로 자서전적 자료를 배열한다. 그는 주인공의 눈으로 보면서도 주인공을 조정한다. '스스로가 보는 눈과 스스로를 내려다 보는 눈'이 공존하는 1인칭 전지시점이다. 서술자는 자신에게 비판적인 거리를 두었다가 자신이 되었다가 하면서 거리를 조정한다. 그러다가 어느 순간, 마지막 드러냄에서 둘의 음성이 합쳐진다(253면). 『잃어버린……』은 저자의 언술이 스토리를 침입하고 수필이 소설을 침범한다. 그리고 주인공이 되기도 하고 그 주인공을 지켜보기도 하는 1인칭 전지시점으로서 전통적인 서술형식에 도전한다.

252

6. 맺음

질투와 의심없이는 사랑할 수 없는 스왕, 알베르틴느를 가두어 두고서도 그녀의 행적을 조사하려던 마르셀. 그들의 욕망이 가라앉는 날 사랑도 끝난다. 그리고는 다른 연인에게 똑같이 다시 타오르던 의혹과 질투. 마르셀은 마음 속에 아름답게 간직했던 사람들이 먼 훗날 전혀 다르게 나타남을 보며 우리의 인식이란 시간과 환경에 의해 달라짐을 깨닫는다. 내일 그러리라고 생각했던 것들이 막상 그 내일을 맞았을 때 달라짐을 보며 마르셀은 죽음조차로 미리 생각했던 것과는 다르리라고 위안을 느낀다. 긴 소설의 마지막에 그는 그렇게밖에는 진실을 담을 수 없음을 깨닫고 병든 자신을 돌아본다. 소설을 쓸 시간이 남아 있는가. 그러나 그는 소설을 썼고 그것이 『잃어버린 시간을 찾아서』이다. 그러므로 그것은 어떻게 소설을 쓸 것인가를 탐색하는 과정이요, 그렇게밖에는 쓸 수 없다는 깨달음의 산물이다. 이 시작과 끝이 없는 소설을 연구한 『서사담론』도 이렇게 끝을 맺는다.

> …… 그가 침묵을 지키자 비평가들이 너무도 많이 말을 하는구나. 아마도 최선의 길은 결코 '끝내지' 않는 것, 그것은 어쩌면 결코 시작하지 않는 것인지도 모른다. 프루스트의 서술처럼. (269면)

쥬네트는 프루스트의 소설을 탐색하여 한 권의 이론서를 낳았다. 그리고 그 이론은 다른 문학작품에도 적용이 되는 보편성을 지닌다. 그는 60년대 이후 비평풍토를 반영하는 서술자와 독자의 귀환을 다루었고 특히 서술과 스토리의 관계를 남김없이 헤쳐보려 했다. 물론 그의 이론도 한계를 지닌다. 예를 들어 스왕의 사랑은 이미 모든 것을 경험한 서술자가 전해들은 스왕의 얘기를 나름대로 재해석한 것이라는 분석도 가능하다. 진실의 주관성이다. 또한 마지막에 병든 마르셀이 느끼는 아픔, 수많은 인물들이 겪는 삶의 미망은 해석되지 못한 채 남는다. 그럼에도 불구하고 쥬네트의 이론은 서사분석이라는 제한된 영역에서 이전까지의 연구에 보탬을 주었고 인간 상상력의 한계를 넓혔다는 의의를 갖는다.

『투명한 마음』
—코온(Dorrit Cohn)의 의식을 그리는 서술방식

　『보봐리 부인』이 도덕성이 결여된 외설소설로 법정에 오른다. 어떻게 방어할 수 있는가. 소설이 쓰인 방식을 보자. 부도덕한 것은 저자가 아니라 보봐리 부인일 뿐이다. 저자는 3인칭으로 권위적인 서술을 하지만 자신이 등장인물을 직접 조종하지 않고 틈틈이 풀어놓는다. 등장인물들이 보는 세계, 느끼는 심리를 그들의 시점으로 서술함으로써 서술자와 등장인물 사이에 책임의 소재가 달라진다. 엠마가 보는 욘빌의 경치, 그녀가 느끼는 외간남자들에 대한 감흥 등 등장인물들을 고용하면서도 서술의 권위를 그들에게 양보하여 스스로의 행위에 대한 책임을 지게 만든 것이다. 『보봐리 부인』에 대한 이 유명한 일화는 어떻게 쓰였는가라는 서술상황이 작품에 대한 도덕적 평가를 좌우한 좋은 예이다.

　웨인 부스와 제라르 쥬네트가 소설에 대한 새로운 분석법을 선보인 이래 서술방식은 60년대 이후 소설이론의 주요 쟁점이 된다. 서술자는 1인칭인가, 3인칭인가. 그는 등장인물을 어떻게 움직이는가. 풀어주는가, 통제하는가. 비판적인가, 우호적인가. 서술자와 등장인물의 거리는 어떻게 조절되는가. 서술자 마르셀과 주인공 마르셀의 관계를 살펴봄으로써 쥬네트는 서술자가 1인칭인 경우에도 누가 말하는가와 누가 보는가(겪는가)를 구분했으니 서술자가 3인칭인 경우 이 거리는 보다 쉽게 감지된다. 쥬네트가 서사의 배열, 순서, 길이, 빈도 등 여러 가지 분석 가운데 마지막으로 이 거리관계를 본 것에 비해 코온은 이것만을 본격적으로 탐색한다.

코온의 『투명한 마음』은 서술자가 등장인물의 심리를 어떻게 서술하는지를 집중적으로 연구한 책이다.[1] 서술자가 권위적인 위치에서 등장인물의 마음을 설명할 수도 있고 등장인물에게 권위를 넘겨주어 그들이 스스로의 마음을 드러낼 수도 있다. 서구에서 소설의 발달과정은 이 권위적 서술상황(authorial narrative situation)에서 등장인물의 서술상황(figural narrative situation)으로 옮아가는 과정이다. 이 옮아가는 과정에서 마음 보여주기는 저자가 인물의 심리를 설명해주는 경우(심리서술), 저자가 인물을 포용하여 그의 언어를 택하면서 서술해주는 경우(서술된 독백), 그리고 저자의 도움 없이 인물이 제스스로 마음을 드러내는 경우(인용된 독백)의 순서를 밟는다. 첫번째 경우는 대부분의 19세기 말 심리소설에서 많이 쓰이고 두번째는 모더니즘으로 넘어가는 전환기에 플로베르의 작품에서 본격적으로 나타나고 세번째는 소위 의식의 흐름 기법으로 불리어온 조이스와 포크너의 작품에서 압도적으로 나타난다. 그러나 이런 변모과정은 주된 흐름을 논의할 때 드러나는 것이고 위의 세 가지 유형은 한 권의 작품에서도, 아니 한 문단에서도 섞여가며 쓰인다.

코온은 인간의 마음을 가장 잘 드러내는 기법은 의식의 흐름이라고 생각한 모더니스트들에 반론을 제기한다. 인간의 의식이란

---

1) Dorrit Cohn, *Transparent Minds : Narrative Modes for Presenting Consciousness in Fiction* (New Jersey : Princeton University Press, 1978). 이로부터 이 책에서의 인용은 면수로만 표시함.

무의식과의 갈등에 의한 것이기에 그렇게 명료히 언어로 표출되지 않는다는 것이다. 쥬네트가 스왕의 독백을 예로 들어 언어로 표현된 것 속에 묻힌 무의식적 욕망과 본능을 짚었듯이 코온은 의식의 흐름 기법이 마음을 드러내는 최선의 방법은 아니라고 본다. 오히려 의식의 방어를 뚫고 솟으려는 언어 이전의 영역은 저자가 여러 가지 상징으로 더 잘 드러낼 수 있다는 것이다. 코온의 이런 주장은 권위적은 아닐지라도 저자의 서술을 부활시키는 포스트모더니즘의 분위기를 반영한다고 볼 수 있다.

코온은 위의 세 가지 서술방식, 즉 서술이 민주화되어가는 과정을 3인칭 문맥의 경우와 1인칭 문맥의 경우로 나누어 생각한다. 그러므로『투명한 마음』은 모두 6개의 서술방식을 탐색한 책이다. 코온의 이론과 비슷한 시기에 독일에서 나온 쉬탄젤(F. K. Stanzel)의 이론(*A Theory of Narrative*) 역시 서술이 민주화되어가는 과정을 밝히고 있어 비슷한 시기에 미국과 독일의 연구가 공통점을 띠고 있음을 볼 수 있다. 쉬탄젤은 서구소설의 발달사를 권위적 서술상황, 등장인물의 서술상황, 1인칭 서술상황이라는 세 축을 중심으로 펼쳤다. 서술자의 권위가 등장인물에게로 옮겨가는 과정이 코온과 흡사하다. 코온이 6개의 서술방식을 설명하면서 서술자와 인물의 관계가 비판적인가 우호적인가를 끊임없이 살핀 것에 비해 쉬탄젤은 소설의 기법이 변모해 가는 과정을 세밀히 살핀다.

1. 3인칭 소설에서 마음 드러내기

1) 심리서술(Psycho-Narration)

누구나의 가슴에 창문이 나 있어 서로의 마음을 환히 들여다볼 수 있다면 인간의 삶은 견딜 수 없는 게 될지도 모른다. 그러나 그 반대로 타인의 마음 속을 전혀 알 수 없다면 소설가는 창작을 할 수 없다. 현실에서는 전혀 알 수 없는 어느 인물도 소설의 주인공이 되면 작가에 의해 마음의 문을 열게 된다. 60년대 이후 미국에서는 실제인물이나 역사상의 인물이 그대로 재현되어 소설이 되던 뉴저널리즘 픽션이 유행했다. 예를 들어 트루먼 카포티는 실제 사건을 다루지만 그의 서술이 시작될 때 그것은 이미 실화가 아니고 허구가 된다. 그는 누군가의 입장에 서서 서술을 하기 때문이다. 따라서 소설 속에서 가장 그럴 듯하게 그려진 인물일수록 실제로는 가장 허구적이다. 가장 현실과 가깝다는 개연성은 가장 거짓말이라는 역설이다(5면).

인간의 가슴에는 창문이 없으므로 소설가는 심리를 그리기 위해 여러 가지 입장을 취한다. 전지적 서술자는 모든 인물의 마음 속을 들락거리고 제한적 시점자는 한 인물의 입장만을 취하고 관찰자적 시점자는 카메라의 렌즈처럼 전혀 심리 속으로 들어가지 않는다. 그러나 어떤 입장을 취하든 소설가는 인간의 심리를 독자에게 유추시키려는 야망을 갖고 있다. 가슴을 들여다볼 수 없으므로 소설가는 여러 가지 우회적인 방식을 취하고 소설의 역사란 바로 이 방식의 변모를 일컫는다고도 볼 수 있다. 그러므로 어떤 방식이든 그것은 기존에 대한 반발에서 나오는 또 하나의 방식이다. 세르반테스는 기사들의 서사시에 반발했고 울프는 에드워드시대 사람들의 방식에 반발했고 나탈리 샤롯트는 헤밍웨이 식의 행동주의에 반발했다. 그러므로 모더니스트들이 혁신이라고 자랑하는 의식의 기법도 전통과의 결별이 아닌 현실을 보는 또 하나의 렌즈일 뿐이다. 소설은 반역의 역사요 어떤 기법도 리얼리즘이라는 큰 전통의 일부이며 이 역사적 연속성이 코온 이론의 기본이다(9면). 역사적 연속성이라는 코온의 이런 자세는 또 하나의 기존에 대한 반발이요, 60년대 이후 모더니즘에 반발했던 포스트모더니스트들의 공통된 입장이기도 했다.

소설의 역사에서 초기의 작가들은 개인의 감흥이나 심리를 잘 다루지 않는 경향이 있었다. 예를 들어 18세기의 필딩이나 19세기의 색커리의 작품을 보면 개인의 감흥은 사회상황이나 한 시대의 전형인물로 흡수되어 개별성이 아닌 일반성으로 귀속된다.

이 말을 듣고 소피아는 가만히 한숨을 내쉬었는데 그게 아마 별로 유쾌하지 않은 꿈을 꾸게 만들었나보다. 그러나 그녀는 결코 아무에게도 자신의 꿈을 얘기하지 않았다. 그러니 독자도 여기서 그것과 관련된 것을 알려고 해선 안 되리라.

그녀의 현재 마음상태에 대해 나는 호레이스의 법칙을 존중해서 구태여 묘사하지 않으련다. 성공의 가망성도 없고해서. (필딩의 『톰 존스』, 코온의 책, 22면)

서술자가 등장인물의 심리보다 일반현상을 중시하고 내적 반응보다 외적인 행위를 중시하던 초기의 소설에서 등장인물은 마치 서술자와 독자 사이에 끼어 슬그머니 뒤로 밀려난 격이 된다. 발작의 경우에조차 인물들은 개성보다 전형으로 다루어졌다(24면). 그 후 점점 사회가 복잡해져서 서술자가 일반론을 펼치기 어려워지고 대신 개인의 감흥이 중시되자 스탕달이나 도스토예프스키의 경우처럼 인물의 심리가 중시되기 시작한다. 무대 중앙에 나섰던 서술자는 뒤로 물러서고 인물이 앞에 나선다. 여전히 서술자는 존재하지만 훨씬 기력이 약화되고 반대로 인물들의 음성이 높아진다.

서술자와 등장인물의 세력은 서로 반비례 관계여서 서술의 권한을 어느쪽이 더 쥐느냐에 따라 권위적이 되거나 민주적이 된다. 서술자가 등장인물의 심리를 묘사하면서 위에서 내려다보는 입장이 되면 권위적이다. 인식론적 우위를 취하기에 그는 자신의 음성과 어휘를 즐기며 때로 등장인물을 자기 편으로 당기기도 하고 거리를 두고 비판적이 되기도 한다. 또한 서술자가 등장인물과 비슷한 수준으로 내려와 한몸이 되는 경우도 있다. 그는 자신의 음성을 지우고 등장인물의 언어를 택하면서 같은 곡조를 탄다. 서술자가 비판적인 거리를 유지하는 경우(dissonance)로 토마스 만의『베니스에서의 죽음』을 들 수 있고 서술자가 우호적인 경우(consonance)로 제임스 조이스의『젊은 예술가의 초상』을 들 수 있다.

이제는 늦었다! 그 순간 그는 그렇게 생각하였다. 이제는 너무 늦었다! 그러나 정말 너무 늦은 것일까? 그가 내딛을 것을 주저했던 그 한 발자국으로 그는 아마 좋은 쪽으로, 즉 마음이 가볍고 즐거운 쪽으로, 건실한 깨달음으로 향했을 것이다. 그러나 늙어가는 그 작가에게는 그 깨달음이 달갑지가 않았다.

그에게는 그 도취가, 너무도 소중했던 것이다. 누가 예술가의 본질과 특성이 지닌 수수께끼를 풀 수 있는가! 누가 그 예술가의 본질인 절제와 무절제의 깊은 본능적 융합을 이해할 수 있는가! 그 건실한 깨달음을 원할 수 없는 것은 바로 그 무절제의 탓이기 때문이다. 앗센바하는 이제와서 자기 비판을 더이상 하고 싶지 않았다. 그의 연령에서 오는 취미와 정신상태, 자존심, 원숙, 노년의 단순성 등으로 그는 자신이 양심 때문에 마음먹은 것을 실행하지 않았는지 또는 게으름과 나약함 때문에 실천하지 못했는지를 동기로부터 따지고 결정내릴 기분이 나지 않았다. 그는 마음이 혼란스러웠다…….

벌써 그는 자신에게 허락한 휴식의 시간이 마구 지나가고 있음을 경계하지 않았다……. 그리고 예전 같으면 수면이라든지 영양이라든지 자연이라든지 무엇이고 그에게 원기를 회복해 주는 힘을 즉시 하나의 작품에 쏟아버리곤 했는데 지금 그는 태양이나 여가나 바닷바람이 공급해주는 매일매일의 원기를 아낌없이 큰 마음으로 도취와 감각에 낭비해버리는 것이었다. (『베니스에서의 죽음』)

국민의 존경을 받는 51세의 작가 앗셴바하는 절제와 단련의 미덕을 중시하는 귀족 가문에서 태어나 평생을 창작에 정열을 바쳐온 예술가였다. 온갖 고난에도 불구하고 성실과 인내로 좋은 작품을 쓰기에 몰두해온 어느 날 그는 산책길에서 방랑인의 흩어진 모습에 충격을 받고 휴식을 꿈꾼다. 마침 글도 점점 교훈적이고 도식적이 되어가던 판이었다. 잠깐의 기분전환을 위하여 베니스로 간 그는 호텔에서 어느 미소년에게 매혹된다. 그는 아름다움과 우아함의 노예가 되어 점차 이성을 잃고 관능의 늪에 빠진다. 사랑스러움의 포로가 된 그는 콜레라에 만연된 그 나락의 도시를 떠나지 못하며 죽고 만다. 만인의 존경을 받던 대가의 어처구니없는 죽음. 그러나 인간의 단련 밑에 숨은 광적인 무절제와의 친화력은 놀랄 정도로 강렬하다. 『베니스에서의 죽음』에서 서술자는 앗셴바하의 심리를 한 단계 높은 위치에서 서술한다. 소설의 시작부분, 주인공이 이성을 지니고 자신을 절제하던 시절의 묘사에서 서술자는 주인공에게 우호적이다. 그러나 그가 조금씩 타락해가면서 서술자와의 거리가 넓혀진다. 드디어 비판적인 눈으로 주인공을 내려다보기 시작하고 마지막 부분에 이르러서는 소크라테스의 대화부분을 삽입시키며 인식론적 우위를 결정적으로 드러낸다.
이 소설에서 등장인물의 심리를 묘사하는 서술자는 갈수록 주인공을 딱한 눈초리로 본다.
윤후명의 단편, 「바오밥 나무」는 좀더 미묘하게, 서술자의 권위가 한층 약화된 듯하면서도 은근히 주인공과의 거리를 두는 작품이다.

인간이란 몇 억 겁을 두고 저주받아야 마땅한 동물이었다. 이기심과 아집과 교만의 덩어리로서 오직 그만의 자손으로 세상이 뒤덮이기를 원한다. 아내는 지금쯤 어디를 헤매고 있을까. 갑자기 돌아오지 않을지도 모른다는 불안이 한기처럼 배어 왔다. 세상의 모든 아내들처럼 그의 아내도 한번쯤은 탈출을 꿈꾸지 않으리란 법이 없었다. 현실의 올가미에 얽혀 좌절되고 말지라도 한번쯤은. 그렇게 의혹이 솟자 그에게는 너무나 시기가 나빴다는 생각이 들었다.

……(필자의 줄임)

끝장이었다. 그는 마지막으로 다시 한번 아내의 어둠으로부터 벗어나려고 시도했다. 그가 꿈틀대자 거대한 바오밥나무의 가지가 그의 등허리에 둔중하게 와 닿았다.

고독과 단절감 때문에 주인공은 중동현장에 파견되었다가 기한 전에 귀국한다. 그리고 이번에는 아내와의 단절감에 시달린다. 그러나 그가 끝내 불안을 이겨내려고 돌아서 기대는 것은 아내와의 화해가 아니고 엉뚱하게 아집과 교만의 상징인 바오밥나무를 기르는 것이었다. 서술자는 주인공의 심리를 그리면서 이런 자기 모순을 암시적으로 드러내는데 이 암시는 독자에게만 전달된다. 주인공은 문제가 무엇인지 해결의 열쇠가 어디에 있는지 모른다. 독자만이 해결책을 바로 옆에 두고 먼 곳에서 찾으려 하는 그, 아니 정반대로 나가고 있는 그를 느낀다. 이 미묘한 거리는 서술자가 주인공을 마음껏 풀어놓아 속마음을 드러내게 해놓고 한편으론 눈을 찡긋하며 독자에게 딴소리를 하는 멋진 이중기법에 의한 것이다. 주인공은 자신이 아주 자유로운 줄 알지만 실은 서술자가 그보다 조금 위에서 그와의 거리를 좁힐 듯하며 넓혀가는 것이다.

최인훈의 『광장』은 서술자가 주인공 이명준의 시점뿐 아니라 음성에까지 거의 내리 맞추고 있다.

그는 지금 부채의 사북에 해당하는 부분에 서 있었다. 그의 생활의 광장은 좁아지다 못하여 끝에 그의 두 발바닥이 차지하는 면적이 되고 말았다. 자, 이제는? 그는 미지의 나라, 아무도 자기를 알 리 없는 먼 나라로 가서 전혀 새로운 인간이 되기 위하여 이 배를 탔다. 사람은 모르는 사람들 사이에서는 자기 성격까지도 마음대로 선택할 수 있다고 믿었다. 성격을 선택하다니! 만사가 잘 될 터이었다. 다만 한 가지만 없었다면. 그는 두 마리 흰 갈매기들을 고려에 넣지 않았다……. 매표구에 불쑥 들이민 하얀 손에서 문득 옛날 자기 것이었던 손을 생각하고 멍하니 티켓을 내밀어줄 것을 잊고 앉은 사람이 되어야 한다는 의미였다. 그러면……. (『광장』, 민음사, 1976, 210면)

이 작품에서 서술자는 이명준이 가는 곳, 생각하는 것, 경험하는 것만을 충실히 뒤따르며 결코 견해 차이를 드러내지 않는다. 서술자는 주인공과 뜻을 같이하며 한 음성이 된다. 윤후명의 「바오밥 나무」가 민주적이면서도 거리를 유지하는 쪽(dissonance)이라면 최인훈의 『광장』은 두 음성이 일치하는 쪽(consonance)이다. 이제 일치하면서도 좀더 색다른 경우를 보자.

조이스의 『젊은 예술가의 초상』은 주인공 스티븐이 어린 시절을 거쳐 예술가로서의 자아를 발견하고 고향을 등지는 과정을 담는다. 한 인간의 성장과정은 의식에서만 드러나는 게 아니라 그가 사용하는 언어에서도 드러난다. 예를 들어 스티븐이 어린시절 요에 오줌을 싸던 일의 묘사에서는 그 나이에 걸맞는 낱말들이 사용되고 사춘기에는 그 나이에 걸맞는 낱말과 문장이 사용된다. 서술자는 스티븐의 시점과 경험을 충실히 따라갈 뿐만 아니라 언어까지도 그와 일치시키고 있다는 것이다.

새벽 무렵 그는 잠에서 깨났다. 오, 얼마나 감미로운 음악인가! 그의 영혼은 온통 이슬처럼 흠뻑 젖어 있었다. 잠든 그의 몸 위로 창백하고 차가운 빛의 물결이 스쳐갔다. 그는 자신의 영혼이 마치 차가운 물속에 놓여 있기라도 한 듯 아득하고 감미로운 음악을 감지하며 조용히 누워 있었다. 그의 마음은 떨리는 듯한 아침의 인식, 아침의 영감에도 서서히 깨나고 있었다. 가장 맑은 물처럼 순수한 정기가 이슬처럼 감미롭게, 음악처럼 감동적으로 그를 가득 채웠다. 그러나 그의 입김은 마치 천사가 그에게 불어대는 숨결처럼 얼마나 희미하고 고요했던가! 그의 영혼은 완전히 깨어나기를 두려워하면서 서서히 깨어나고 있었다.

(32면)

주인공의 심리를 서술자가 묘사하지만 어휘는 서술자의 것이 아니라 주인공의 것이다. 주인공의 정신적인 변모뿐 아니라 문장의 스타일까지도 함께 변모하는 것이다. 이처럼 등장인물과 생각, 느낌, 언어가 일치되는 '감염된' 스타일을 취하는 경우 서술자는 객관적 언급, 도덕적 우위, 설명 등을 전혀 하지 않는다. 그런데 재미있는 것은 서술자가 등장인물과 친근하게 한몸이 되어 그의 심리를 그리다보면 어느 사이 등장인물은 제풀에 도취되어 자기 감흥을 좀더 대담하게 드러낸다는 것이다. 그래서 주인을 밀치고 감탄문, 의문문 등이 튀어나온다. 다시 말하면 감염된 심리서술은 오래 지속되지를 못하고 등장인물에게 한층 더 서술권을 넘겨준 '서술된 독백'으로 옮겨진다는 것이다.

심리 서술은 모던시대의 의붓자식이 아니다. 그것은 서술자가 주인공의 심리를 그려주기에 마음껏 시간을 연장하거나 줄일 수도 있고 프루스트의 경우처럼 갖가지 권위서술로 심리를 유추할 수도 있다. 또한 언어 이전의 영역을 상징으로 그려낼 수도 있다. 주인공이 아주 어리거나 정신적으로 박약한 경우 서술자가 그의 심리를 떠맡는다. 그가 성장하여 제마음을 표출할 수 있게 되면 점차

264

그에게 서술을 내맡긴다. 이럴 경우 어린시절에는 서술자와 등장인물의 언어가 아주 다르지만 소설이 진행되면 그 차이가 줄어든다. 헨리 제임스의 「메이지가 아는 것」은 그런 예이다.

D. H. 로렌스의 작품에서는 에로틱한 경험의 묘사가 많이 나오는데 그는 주로 심리서술에 의지한다. 주인공 스스로가 자기 감흥을 드러내는 것보다 서술자가 그를 침대까지 인도하는 게 더 효과적이라는 것이다. 환상, 계시, 꿈을 서술할 때도 독백보다 서술자의 간접서술이 쓰인다. 꿈을 꾸는 동안 당사자는 말을 못 하기에 서술자의 중계가 필요하다. 또한 의식의 표출도 의식의 흐름보다 간접서술로 더 풍요하게 그릴 수 있다. 의식과 무의식의 상호갈등을 그릴 수 있기 때문이다……. 코온은 지금 모던시대에 무시당해 온 서술자의 간접서술을 구해내고 있다. 보르헤스가 전통적인 요약이 보여주기보다 못한 게 아니라고 했듯이 60년대 이후의 공통된 분위기는 모더니스트들이 무시한 전통서사를 되살리는 것이었다.

2) 인용된 독백(Quoted Monologue)

등장인물이 자신의 내적 심리를 직접 표출하는 게 인용된 독백이다. 서술자의 간접전달이 3인칭 과거임에 비해 인용독백은 1인칭이요 현재형을 취하여 '누가 말했다'는 표지 없이 그냥 알알이 쓰인다. 18세기 소설에서 독백(soliloguy)은 드라마의 방백처럼 높은 소리로 읊어 사적이라기보다 공적인 대사였으나 19세기 중반 개인의 심리에 대한 관심이 높아지자 자의식을 담은 음성이 나타난다. 『죄와 벌』의 라스콜니코프는 갈등을, 『잃어버린 시간을 찾아서』에서 스왕의 독백은 허위의식을 드러내는 두드러진 예이다. 그러나 표지 없는 인용독백은 『율리시즈』에서 압도적으로 쓰인 이래 의식의 흐름기법의 주요한 특징이 된다.

3인칭 서술상황에서 주인공의 독백은 서술자에 종속된다. 예를 들어 스탕달은 『적과 흑』에서 서술자가 주인공에게 서술의 권한을 잠깐 넘겨주었다가 되받아서 주인공의 짧은 소견을 제 스스로 드러내게 만든다.

여행을 떠나기 전에는 내가 그녀의 손을 잡았고 그녀가 그걸 빼냈었지. 오늘은 내가 손을 빼려 하고 그녀가 잡고 놓질 않는군. 그동안 받은 온갖 수모에 대한 멋진 보복이렷다. 도대체 그녀의 애인이 몇이나 되었는지 누가 알아! 그저 우리가 만나기 손쉬우니까 이번엔 날 고른 거겠지 …….

그런데 슬프게도 지나치게 똑똑한 것도 불행한 일이구나! 스무 살의 젊은 영혼은, 만일 그가 교육이란 걸 받았다면, 자유로부터 천 마일이나 떨어져 있구나. 그런 자유없이 사랑이란 그저 지루한 임무에 지나지 않을 뿐인데. (스탕달의 『적과 흑』)

앞의 인용문은 주인공의 독백이고 뒤의 것은 서술자의 언급이다. 주인공의 잘못 받은 교육, 짧은 안목은 곧 서술자에 의해 노출된다. 서술자가 주인공과 비판적인 거리를 두는 예이다.

위와는 대조적으로 서술자가 등장인물과 생각이나 언어까지 일치시키는 예를 조이스의 『율리시즈』에서 보자.

코크 호반으로부터 물이 긴 올가미를 이루어 충만하게 흘렀다. 녹색이 짙은 황금 같은 모래개펄을 덮으면서 솟으면서 흐르는 거다. 나의 물푸레나무 지팡이도 떠내려가겠지.

기다려야지.

위로 부풀어오르는 조수 밑으로 그는 몸부림치는 해초가 나른하게
위로 떠오르며 마지못해 팔을 흔들고 있는 것을 보았다. 그들의 페티코
트를 치켜올리면서 속삭이는 물 속에 그리고 수줍은 은빛 잎사귀를 흔
들며 위쪽으로 향하고 있는 것을. 낮마다 : 밤마다 : 고개를 들고 흘러
넘치며 떨어진다. 주여, 그들은 피로에 지쳐 있소 : 그리고 누군가 속
삭일 때는 한숨을 내쉬오. (『율리시즈』의 「프로테우스」)

장례를 치르는 사람들이 문을 통하여 밖으로 나왔다 : 여인과 한 소
녀다. 턱이 말라빠진 욕심꾸러기 같은, 거래하는 데 꽤 까다로운 여인
이다. 그녀의 보네트는 비뚤어져 있다. 소녀의 얼굴이 때와 눈물로 얼
룩져 있고 여인의 팔을 붙들고 울듯이 그녀를 치켜보고 있다. 물고기의
얼굴은 핏기를 잃은 채 잿빛이다. (『율리시즈』의 「하데스」)

앞의 인용은 스티븐에 관한 서술이고 뒷 인용은 블룸에 관한 서
술이다.

전자는 문장이 서정적이고 감각적이며 상상력이 충만하다. 리
듬과 두운까지 있어서 서정시와 흡사하다. 후자는 산문적이고 대
화적이다. 『율리시즈』에서 스티븐과 블룸은 각기 세상을 보는 눈
을 달리한다. 스티븐이 시적이라면 블룸은 평범하고 실질적이다.
조이스는 두 인물의 성격에 맞추어 언어를 택한다. 이렇게 서술자
의 언어가 등장인물의 것에 감염되는 경우 어디에서 서술이 끝나
고 어디에서 독백이 시작되는지 구별이 어렵게 된다.

모더니스트들이 즐겨 사용한 인용독백은 그들의 생각처럼 의식
을 그리는 데 최선의 길은 아니다. 코온은 심리서술이 무의식과
의식의 갈등을 그리는 데 더 융통성있는 방식이라고 말했듯이 독
백이 언어 이전의 영역을 드러내는 데 한계가 있음을 다시 언급한
다. 프루스트가 심리를 드러내는 데 권위적 서술과 독백을 섞어

쓰듯 독백은 의식의 명료한 반응이 아닌 무의식과의 갈등이다. 오히려 그것은 진실을 감추려는 자아와 이 방어의 벽 사이로 고개를 내미는 본능을 통해 자아의 허위의식을 드러낸다(87-89면).

코온은 의식의 흐름 기법을 재조명하는 데 다분히 프로이트에 대한 후기 구조주의적 재해석을 시도하고 있다. 라캉 이전의 프로이트가 이드에 대한 에고의 조정을 인정했던 데 비해 라캉 이후는 이 산뜻한 조정을 거부하기 때문이다. 무의식은 이미 의식의 영역에 침투되어 역동적으로 작용한다. 그러기에 코온은 의식이 곧 내적 언어라고 생각한 '의식의 흐름'이란 용어대신 의식과 무의식의 갈등을 인정하는 '인용된 독백'이란 용어를 택한 것이다.

심리서술은 서술자가 등장인물의 마음을 깊이 있게 묘사하고 인용된 독백은 등장인물이 스스로 마음을 드러내기에 그런 깊이는 없지만 직접성을 갖는다. 이제 이 두 가지의 장점을 합친 서술방식이 있다. 소위 독일과 불란서 이론가들이 '자유 간접체(Free Indirect Style)'라고 불러온 '서술된 독백'이다.

3) 서술된 독백(Narrated Monologue)

'그는 자신이 늦지는 않았는지 걱정되었다'는 서술자가 간접적으로 등장인물의 심리를 묘사하는 경우이고 '나는 지금 늦은 것인가?'라고 등장인물 스스로가 속마음을 밝히면 인용된 독백이고 이 두 가지를 합친 '그는 늦었던가?'는 서술된 독백이다. 서술된 독백은 서술자의 간접묘사와 등장인물의 직접노출을 합친 것으 인용된 독백에서 시제를 과거형으로, 인칭을 3인칭으로 바꾼 모습을 취한다. 가장 전통적인 묘사가 심리 서술이라면 모더니즘에서 주로 쓰인 기법이 인용된 독백이고 그 중간시대, 즉 플로베르에서부터 본격적으로 시작된 것이 서술된 독백이다. 저자 혹은 서술자가 권위를 가지고 서술하다가 점차 등장인물에게 자리를 양보해 가던 중 반씩 타협을 보는 게 서술독백이고 등장인물에게 몽땅 내 준 척하며 뒤로 물러앉는 게 인용독백이다.

서술독백은 비록 3인칭 과거라는 상황은 유지하지만 언어와 사상이 완전히 등장인물의 것이어서 그의 정신영역에 속한다(101면). 등장인물의 사상과 3인칭 서술이 한 고리에 엮인 이 기법은 조이스의 예가 보여주듯 서술자의 심리서술과 같이 쓰이면 두 기법 사이의 이음새를 거의 느끼지 못하게 연결된다.

미닫이가 갑자기 열렸다. 고해자가 나왔다. 다음은 그의 차례였다. 그는 무서움 속에 일어서서 정신없이 고해소로 들어갔다.

[마침내 일은 다가오고 말았구나.] 그는 어둠 속에 묵묵히 무릎을 꿇고 머리 위에 걸려 있는 하얀 십자가를 올려다보았다. [하느님은 그가 뉘우치고 있음을 아실테지. 그는 자신이 저지른 죄를 모두 다 말하리라. 그의 고백은 오래오래 계속되겠지. 그러면 성당에 모인 모든 사람들이 그가 어떤 죄인이었는지를 알게 되겠지. 알게 내버려둬. 그건 사실이니까. 그러나 그가 진정 죄를 뉘우치면 하느님은 그를 용서해주신다고 약속하였다. 그는 뉘우치고 있었다.] 그는 두 손을 마주잡아 하얀 십자가를 향해 들어올리고 눈을 감은 채 기도를 드렸다.

마치 길 잃은 짐승처럼 머리를 좌우로 흔들며, 온몸을 부들부들 떨면서 기도를 드렸다. 흐느끼는 입술로 기도를 드렸다.(『젊은 예술가의 초상』)

파란 바닷물이 보이고 험한 절벽이 보인다. 그 절벽 위에 누군가에게 쫓기는 사람이 밧줄을 잡고 허겁지겁 오른다. 갑자기 화면 위에 그 사람의 얼굴이 클로즈업되더니 당혹한 시선을 비추이고 그 다음 장면에 푸른 물이 내려다보인다. 그의 시선으로 본 푸른 물이다. 카메라가 모든 광경을 비추다가 시선을 인물에게 넘겨주어 인물의 눈에 비친 광경을 보여주는 기법이다. 소설의 기법도 비슷하다. 서술자가 모든 것을 설명하다가 어느 순간 등장인물의 시점으로 들어가 그의 시선에 보이는 것을 묘사하는 것. 플로베르가『보봐리 부인』에서 즐겨 쓴 기법이다. 위의 인용문에서 [   ]속에 묶은 부분이 서술자와 등장인물이 한 몸이 되어 등장인물의 시점으로 서술자가 용해된 부분이다. 객관적인 묘사를 해나가다가 어느 순간 슬쩍 스티븐의 마음 속으로 흡수되어 둘이 하나가 된다. 그리고는 슬그머니 다시 밖으로 나온다. 조이스는 전통적인 심리서술과 서술된 독백인 자유간접체를 이음새 없이 연결시키는 데 능숙했다.

심리서술은 자연스럽게 서술된 독백으로 흐르는 경향이 있고 서술된 독백은 내버려두면 또 한 단계 올라가서 인용된 독백으로 옮아가는 경향이 있다. 쥬네트가 프루스트의 서사를 연구하면서 보여준 예와 흡사하다. 서술자가 움켜쥐었던 패권을 등장인물에게 반쯤 넘겨주었다가 결정적인 순간에 탁 풀어놓아주어 등장인물 스스로 제 속을 드러내게 하는 전략이다. 심리서술, 서술독백, 인용독백이 한 문단 내에서 어떻게 옮겨지며 상승되는지 플로베르의 작품에서 예를 들어보자.

그리고나서 그녀는 마음을 가라앉히려고 애썼다 : 그녀는 그 편지를 떠올렸다. [그건 끝내야만 되었다. 그러나 그녀는 감히 그럴 수가 없었다. 게다가 어디서? 어떻게? 그녀는 들키고 말 것이다.]
　－아니야, 여기서 난 괜찮을꺼야. 그녀는 생각했다. (『보봐리 부인』)

한 십오분 쯤 뒤에 그는 우연인 것처럼 마차 주차장으로 들어가고 싶어졌다. [다시 그녀를 볼 수 있게 되지나 않을까?]
　'그게 무슨 소용인가?' 그는 중얼거렸다.

그는 친구들 곁을 떠났다 : 그는 혼자 있고 싶어졌다. 그의 가슴은 숨막히듯 설레였다. [왜 그녀는 그에게 손을 내밀었을까? 그저 아무 생각 없이 그랬을까, 아니면 뭔가 부추기는 뜻이었을까?] '아, 정말 미칠 것 같구나!'(『감성의 교육』)

위의 인용에서 [ ]속에 묶은 부분은 서술된 독백이고 방점을 친 부분은 인용된 독백이고 아무 표시도 없는 부분이 심리서술이다. 세 가지 방식이 아주 자연스럽게 이동되며 그에 따라 감성이 고조된다. 서술의 권한이 이동됨에 따라 등장인물의 감정이 놓여나고 독자의 감흥도 고조된다.

서술된 독백은 양의 문제일 뿐 모든 작가들이 사용했지만 서술자가 자신의 얼굴을 지우고 등장인물 속으로 용해되는 몰개성적 요소(114면), 이음새 없는 연결, 그리고 해석의 모호성 때문에 권위적 서술에서 등장인물의 서술로 옮아가던 모던 소설의 초기에 특별히 선호된다. 다른 두 가지 서술방식처럼 서술된 독백 역시 서술자와 등장인물 사이가 좋은 경우도 있고 나쁜 경우도 있다. 동조하거나 반대로 아이러닉하게 어긋나기도 한다. 객관적 서술이 점차 등장인물의 마음속으로 접근할 때 서술독백이 권위적 서술에 둘러싸여 영웅인 척함을 조롱하는 효과를 내거나 반대로 권위적 서술이 서술독백에 둘러싸여 등장인물을 조롱하는 효과를 낳기도 한다.

지금까지 살펴본 3인칭 문맥에서 의식을 표출하는 세 가지 서술방식을 권위적 서술(authorial narration)와 등장인물의 서술(figural narration)이라는 두 축으로 간추려보자. 서술자와 등장인물의 사이가 좋은 쪽, 조화를 이루거나 일치하는 쪽은 인물의 서술에 속하고 둘 사이가 어긋나거나 벌어지는 쪽은 권위적 서술에 속한다.

그리고 대체로 심리서술은 권위적이고 서술독백은 인물의 서술 쪽이다. 코온의 이런 가름은 자신만의 독특한 이론이면서도 이미 살펴본 쥬네트, 그리고 앞으로 보게 될 쉬탄젤의 이론과 공통점을 갖는다. 그리고 바흐친의 다음성 소설, 혹은 갈림언어와도 연결이 되고 있어 20세기 후반부 소설이론의 윤곽을 더듬는 데 단서를 제공한다.

이제 1인칭 문맥에서 의식을 서술하는 방식을 보자.

2. 일인칭 소설에서 마음 드러내기

소설의 역사에서 맨처음 그리고 가장 보편적으로 쓰인 서술방식은 아무래도 3인칭 전지시점일 것이다. 서술자는 신처럼 인물들의 마음속을 들락거리며 어떤 사건을 때로는 장면으로 극화시키기도 하고 때로는 설명으로 간추리기도 한다. 그러는 가운데 성격을 발전시키고 스토리를 전개시키다가 클라이맥스를 거쳐 결말을 짓는다. 그런데 한동안 신의 위치에서 권력을 휘두르던 서술자는 세상이 복잡해지자 차츰 자신이 그렇게 모든 걸 다 알고 있지 못하다는 생각이 들어 조금씩 권력을 나눠갖기 시작한다. 세상이 복잡해지면 절대 혹은 일반논리에 대한 회의가 일고 대신 개인의 사상이나 감흥이 중시되기 때문이다. 서술자는 등장인물의 의견을 존중하여 그의 시선을 통해 세상을 보려 한다. 플로베르나 헨리 제임스의 작품에서 나타나는 시점 건네주기는 독자를 주인공과 한 마음이 되도록 했다가 다시 비판적인 시선으로 보게 만든다.

이제 서술자는 한 걸음 더 내려가 등장인물에게 시점뿐 아니라 음성까지도 건네준다. 조이스는 『젊은 예술가의 초상』에서 스티븐이 보고 느끼는 세계만을 서술할 뿐 아니라 그의 언어와 스타일까지도 택한다. 주인공이 성숙해감에 따라 그 나이와 사고에 걸맞는 어휘와 문장이 쓰인다. 서술자는 존재하지만 그 음성이 주인공을 통해 나온다. 19세기 리얼리즘에서 20세기 모더니즘으로 옮아가는 과정을 서술의 측면에서 보면 이처럼 권위적 서술(authorial narrative)에서 등장인물의 서술(figural narrative)로 옮아가는 과정이라고 할 수 있다. 점점 낮은 위치로 내려오던 서술자는 모더니즘의 극치에 이르면 완전히 지워지고 등장인물이 마음 속에 오가는 생각들을 그대로 쓰는 자동독백이 나타난다.

포스트모더니즘은 서술자가 한 단계 더 내려서면서 서술이 부활되는 묘한 역설의 문학이다. 지금까지 등장인물의 뒤로 숨었던 서술자가 얼굴을 내밀면서 자신은 신은 커녕 현실을 반영하지도 못하노라고 고백한다. 누보 로망, 메타픽션, 뉴저널리즘, 미니멀리즘, 매직 리얼리즘 등 서술자는 옛날처럼 종횡무진으로 활약하지만 늘 언어가 자의적이라든지 소설이 현실을 반영하지 못한다는 등 제 꼴을 되돌아보며 제 자신을 뒤엎는다.

미학이론이 당대의 인식론을 반영하고 그것이 구체화된 것이 예술의 형식이라면 소설의 기법은 한 시대의 진실을 보는 눈이요, 그것은 늘 기존에 대한 반발에서 출발하여 또 하나의 기존이 됨으로써 막을 내린다. 그리고 소설이론 혹은 작품의 분석이론 역시 이러한 당대의 분위기를 수렴하는 데 조금도 뒤지지 않으려 든다. 러보크가 『소설의 기법』에서 플로베르와 제임스를 집중적으로 탐색하며 말하기보다 보여주기가 더 극적이며 설득력이 있다고 한 것은 모더니즘이라는 새 시대를 예견했다는 점에서 의의가 있었다. 그 후 한동안 보여주기가 극성을 부리고 그 수명을 다해가던 60년대 초에 웨인 부스는 『소설의 수사학』에서 보여주기의 우월성을 무너뜨리고 그것을 말하기의 한 전략으로 종속시킨다. 즉 보여주기가 저자를 지우고 등장인물의 독백을 통해 독자 스스로 판단하게 하는 기법이라고 으시댔지만 그 뒤에 서술자는 여전히 존재한다는 것이다. 쥬네트가 서술의 음성과 시점을 분리한 것은 서술자를 다시 픽션 속에 끌어들여 놓고 시작한 분석이다. 이외에도 코온, 바흐친, 쉬탄젤 등 이 시대의 소설이론은 작품의 주제나 상징, 유기적 구성을 보는 게 아니라 서술자와 등장 인물의 거리를 살펴보는 것이다. 저자는 돌아왔지만 더이상 신이 아닌 전략가, 즉 서술자로서 돌아왔고 그가 어떻게 인물을 조정하는가 라는 둘 사이의 조화 혹은 불화의 문제가 포스트모던시대 소설 분석의 핵심이 된다. 진실, 의미, 개념이란 힘의 전략일 뿐이라는 니체, 데리다, 푸코의 이론을 연상시킨다.

코온은 3인칭 소설에서 서술자와 등장인물의 관계를 세 단계로 나눈다. 둘 사이의 거리가 가장 먼 전통적인 심리서술, 둘의 거리가 좁혀져서 반씩 타협하는 서술된 독백, 그리고 서술자가 거의 물러서고 등장인물이 제 속을 드러내는 인용된 독백이다. 이처럼 서술에서 독백으로 옮아가는 과정은 서술자의 권한이 등장인물에게 이양되는 과정이요 리얼리즘에서 모더니즘으로의 변모과정이다. 이것은 1인칭 소설에서도 마찬가지이다. 3인칭에서는 서술자와 등장인물이 다른 사람들이고 1인칭에서는 그 둘이 같은 사람이라는 차이가 있을 뿐이다. 즉 사건을 서술하는 '나'와 사건을 경험하는 '나'이다. 같은 인물이면서 서술자와 등장인물이라는 다른 역할을 하기에 이 부분에 대한 탐색은 3인칭 소설의 경우보다 미묘하다.

1) 서술하는 나와 경험하는 나

3인칭 소설에서 서술자와 주인공의 거리가 가장 먼 경우는 토머스만의 『베니스에서의 죽음』이었고 가장 가까운 경우는 조이스의

『젊은 예술가의 초상』이었다. 같은 맥락에서 1인칭 소설에서 서술하는 나와 경험하는 나의 거리가 가장 먼 경우는 프루스트의『잃어버린 시간을 찾아서』이고 가장 가까운 경우는 햄썬(Knut Hamsun)의『굶주림 *Hunger* 』(1890)이다. 1인칭 소설의 가장 흔한 예는 자서전적인 소설이나 과거를 되돌아보는 회고소설이다. 이럴 경우에는 소설이 시작할 때 둘 사이의 거리가 가장 멀다. 성인이 된 마르셀이 어린 마르셀을 되돌아보며 서술하기 때문이다. 이 거리는 주인공이 성장함에 따라 좁혀져서 소설이 끝날 때쯤은 거의 일치한다. 먼 과거일수록 서술자와 경험자의 거리가 멀기에 설명하거나 평가를 내리는 투의 글이 되고 가까이 올수록 행위를 직접 묘사하는 투가 된다. '서술하는 나(narrating Ⅰ)'와 '경험하는 나(experiencing Ⅰ)'의 구별은 일찍이 스핏쩌(Leo Spitzer)가 프루스트의 연구에서 발견했지만(1922년) 그것이 논의의 쟁점이 되는 것은 60년대 이후로 여겨진다.

프루스트는 1인칭 회고서술에서 서술자와 경험자의 거리를 자유자재로 조정한 불일치 서술의 대가이다. 서술하는 마르셀과 경험하는 마르셀의 거리 그 자체가 곧『잃어버린 시간을 찾아서』의 주제라 해도 과언이 아니기 때문이다. 서술하는 마르셀은 이미 모든 것을 겪어 알기에 경험하는 마르셀보다 인식론적인 우위에 있다. 그래서 그는 아무것도 모르는 척 시치미를 뗄 수가 없다. 틈틈이 간섭하고 못마땅해하고 비판한다. 주인공이 느끼고 경험하는 것은 무의식적인 기억이지만 그것을 서술하는 과정은 의식적이고 지적인 행위이다. 경험이 음화라면 서술은 양화이다. 그러므로 서술과정이란 경험 당시에는 몰랐던 내적 삶을 되돌아보고 인지하는 것이다.

『잃어버린 시간을 찾아서』는 회고적 서술의 전형으로 모든 것을 아는 나와 모르는 나의 틈새를 그대로 드러내 진실의 참모습을 드러낸다. 내일 슬프리라고 오늘 생각되었던 것이 막상 그 내일이 되었을 때 그리 슬프게 느껴지지 않는다. 어릴 적에 무척 아름답다고 생각했던 오데트가 그토록 평범한 여자인 줄은 몰랐다. 그때는 고상하다고 생각했던 귀족이 후일 그토록 추한 인간인 줄은 몰랐다 등 시간과 상황에 의해 진실이 달라짐을 보이기 위해 서술하는 마르셀은 경험하는 마르셀과 거리를 두고 긴 기간의 일을 되돌아본다. 과거는 분석되고 진실은 새롭게 밝혀지고 행위는 평가된다. 과거를 되돌아보는 이 소설은 한 권의 책이 어떻게 쓰이는가를 보여주는 책이기도 하다. 마르셀의 작가가 되겠다는 결심과 그렇게밖에는 쓸 수 없다는 깨달음으로 끝이 나기에 소설은 처음으로 되돌아간다. 물론 이것은 대단히 암시적이다.

프루스트가 거리낌없이 둘 사이의 거리를 드러내며 작품의 주제를 구현하는 데 비해 찰스 디킨즈는 『위대한 유산』에서 안 그런 척하다가 들키는 1인칭 회고서술을 쓴다. 주인공 핍의 어린시절이 되돌아보는 게 아닌 듯이 동시적으로 서술되다가 어느 순간, 특히 단원을 끝맺을 때 '그날의 경험은 나에게 두고두고 잊혀지지 않을 새로운 날의 시작이었다'는 식으로 앞날을 다 알고 있는 서술자가 평가를 내린다. 서술하는 나와 경험하는 나의 거리가 없는 듯이 진행되다가 이런 순간 간격이 벌어져 회고서술임이 밝혀지는 것이다.

박완서의 『나목』은 회고서술이면서도 한층 더 미묘하게 위장되어 있다. 이 소설에서는 위의 경우처럼 되돌아보며 과거의 어떤 행위에 대해 평가를 내리는 예가 없다. 전쟁이 남긴 상처를 한 가족의 피폐한 삶을 통해 간접적으로 조명한다. 그리고 이 겉구조 속에 개인의 절실한 소망과 집념이 봄을 기다리는 나목에 비유된다. 그런데 이런 내용이 마치 주인공이 현재 겪고 있는 경험인 듯 동시성을 가지고 엮어지다가 마지막 장에 가서 시간이 훌쩍 건너

뛴다.

나는 태수를 내 방으로 청해 들였다. 알맞게 따숩고, 고즈넉하고 은밀한 내 처소로. 亞자 창과, 덧문까지 첩첩이 닫고 나는 그에게 안겼다. 나는 그의 것이 되었다.

17

청량한 가을 아침이었다. 이층 침실에서 늦잠을 즐기고 있는 남편의 머리맡에 묵묵히 커피와 조간 신문을 대령했다.
커튼을 젖히니 밝은 빛과 비취빛 하늘이 한꺼번에 침실로 넘쳐왔다. 깊은 가을인 것이다.
…… (필자의 줄임)
남편은 신문에 날아와 앉은 은행잎을 먼지처럼 무심히 떨구고 신문을 집어들다 말고 나를 쳐다본다.
부수수한 머리에 피곤한 눈-, 문득 낯이라도 가리고 싶게 이 평범한 중년의 사나이가 낯설다. (『나목』, 민음사, 1981, 251-252면)

이처럼 독자는 작품의 마지막 장에 가서야 이것이 어느 중년여인의 되돌아본 삶이었음을 알게 된다. 그런데 조심스럽게 읽다보면 이미 성숙한 중년여인의 음성이 조금씩 새어나오고 있었음을 느낀다. 아무래도 20대 초반 미혼여성의 것이라기에는 너무 노련한 성에 대한 감각이나 삶에 대한 미각이 노출되기 때문이다.

기쁨과 충족감에 순순히 몸을 맡겼다. 그의 입술이 덮쳐오며 덜거덕하고 그의 손에서 장난감트럭이 떨어졌다. 이어서 내 손에서 소꿉장난이 땅으로 뒹굴고 나는 두 팔로 거침없이 그의 목을 감았다.

우리는 서로를 깊이 탐했다. 탐해도 탐해도 포만이 없는 탐욕에 몸부림쳤다.(같은 책, 158면)

옥희도와 태수 그리고 죠오에 대해 주인공이 순간적으로 느끼는 육체적 욕망이나 반응은 비록 강도는 다르지만 경험하는 나의 음성이기에는 너무 성숙하다.

경험자는 미혼의 20대이지만 서술하는 나는 이미 태수와 결혼한 중년여인이었다. 그러나 이 서술자와 주인공의 틈새는 『나목』의 경우 상당히 암시적이다. 서술자는 결코 경험자를 내려다보거나 그의 행동을 분석·평가하지 않기에 아주 조심스레 읽지 않으면 이 거리는 잘 드러나지 않는다.

1인칭 소설에서 서술하는 나와 경험하는 나의 거리가 한층 더 일치되는 경우로 주요섭의 「사랑손님과 어머니」를 들 수 있다.

… 나는 꽃을 그렇게도 좋아하는 어머니가 이 꽃을 받고 그처럼 성을 낼 줄은 참으로 뜻밖이었습니다. 어머니가 그렇게도 성을 내는 것을 보니까 그 꽃을 내가 가져 왔다고 그러지 않고 아저씨가 주더라고 거짓말을 한 것이 참 잘 되었다고 나는 속으로 생각했습니다. 어머니가 성을 내는 까닭을 나는 모르지만 하여튼 성을 낼 바에는 내게 내는 것보다 아저씨에게 내는 것이 내게는 나았기 때문입니다.

어머니와 사랑손님과의 애틋한 사랑이 여섯 살 난 어린소녀의 눈에 비친다. 그 아이는 자신의 언어와 문장으로 보이는 세계를 그대로 전한다. 독자는 그 아이 뒤에 숨은 어른 서술자의 숨결을 조금도 느끼지 않고 그 아이가 되어 두 사람의 관계를 본다. 그런데 다음 순간 그 아이가 모르는 부분을 읽어낸다. 위 인용에서 옥희는 어머니가 왜 성을 내는지 모르지만 독자는 그 이유를 안다.

독자로 하여금 두 가지 역할을 하게 만드는 이런 이중장치가 아이를 내세워 그에게 시점뿐 아니라 서술까지도 떠맡기는 기법이 노리는 효과이다. 이런 경우 틈새는 아주 미묘하다. 형식상으로는 서술하는 나와 경험하는 나의 거리가 전혀 없는데 독서과정에서만 이것이 생긴다. 아이가 모르는 부분을 거의 무의식적으로 독자가 읽어내는 이유는 어디 있는가. 그렇게 낱말을 선택하고 배열하고 사건을 편집한 사람은 성숙한 어른이기 때문이다.

이런 기법은 사실 작가가 어린 아이가 되어 그애의 언어와 시선으로 서술을 해야 하기에 단편에서는 쉽지만 장편에서는 일관성을 유지하기가 쉽지 않다. 마크 트웨인의『허클베리 핀의 모험』은 열다섯 살 난 소년의 시점과 언어로 쓰인다. 학교를 싫어하는 그애가 사용하는 낱말은 사투리에 철자도 틀린다. 자칫 책의 인쇄가 잘못되었는가 싶을 정도이다. 그런데 자세히 읽어보면 어떤 부분(예를 들어 셔먼대령의 연설부분)에 가서 서술과 경험의 일치가 무너지고 성숙한 어른의 음성이 새어나오는 수가 있다. 독자는 어린 소년이 겪는 경험과 서술을 쫓아가며 그애가 되지만 그애가 해석하는 것과 다르게 해석하기에, 혹은 그애가 모르는 부분을 읽어내기에 자기 몫을 즐긴다. 서술에서는 일치를 보이며 잠자던 '거리'가 독서과정에서 깨어나는 이 기묘한 기법은 쥬네트나 코온에 의해 언급되지 않는다. 쥬네트는 1인칭 소설에서 거리가 불일치하는 경우만 보았고 코온은 일치하는 경우도 보았지만 회고적 서술에만 한정시켰기 때문이다.

서술하는 나와 경험하는 나의 거리가 먼 회고서술에 대한 반발은 20세기 초 러보크, 헨리 제임스 등에 의해 일어난다. 그들은 작가가 모든 걸 설명하고 판단하지 말고 등장인물이 스스로 자기 마음을 드러내어 독자에게 자율권을 주는 게 더 좋다고 생각한다. 서술자로부터 경험자에게 권한을 옮기라는 재촉은 첫단계로 둘 사이에 타협을 보는 간접자유체, 혹은 코온의 용어로 서술된 독백이고 두번째 단계는 인용독백, 혹은 자동독백이다. 코온이 최초의 일치하는 회고서술로 자신있게 내놓는 작품은 햄썬의 『굶주림』 (1890)이다. 일치하는 회고서술은 예가 드물어 쥬네트나 쉬탄젤도 충분히 언급하지 못했다. 이 작품은 회고서술이지만 서술자의 분석이나 일반적인 요약, 수정 등의 곁눈질이 전혀 없다. 서술자는 경험하는 나보다 조금도 더 아는 티를 내지 않고 일어나는 일만을 묘사한다. 서술과 경험의 틈새가 없기에 행위와 사고가 동시적이고 즉각적이다. 그리고 경험하는 내가 중심이기에 갈등이나 모순이 그대로 드러날 뿐 수정이나 종합이 없다. 말하자면 『잃어버린 시간을 찾아서』의 정반대이고 3인칭 소설의 경우 『젊은 예술가의 초상』에 해당된다.

프루스트가 불일치 서술의 대표라면 햄썬은 일치서술의 대표요 지드의 『배덕자』는 이 중간쯤에 있다. 서술하는 나는 경험하는 나와 한몸이 되기를 갈망하지만 틈틈이 '나는 그때 그런 생각이 없었어. 그러니 이건 거짓말이야'등 자의식적인 언급으로 둘 사이의 거리를 드러낸다. 어떤 행위가 지금 일어나고 있는 듯이 서술되다가 문득 그것에 대한 분석이 나온다. 그러다가 그 분석이 지워지고 다시 살아났다가 또 지워진다(159면). 일어나고 있는 듯이 서술하려 애를 쓰지만 쓰는 이의 심리가 자꾸만 서술을 가로막고 고개를 갸우뚱거린다. 그때 정말 일어났던 일인가, 아니면 서술하는 지금의 심정인가. 『배덕자』의 서술자는 『위대한 유산』의 서술자보다는 양심적이지만 『나목』보다는 간섭이 심하다. 포스트모더니즘 소설에서 이 간섭은 서술을 교란시킬 지경에 이른다. 자의식 때문에 도저히 매끄러운 서술을 못 하겠다는 것이다.

회고서술이면서도 부분적으로 회고를 지우고 동시에 일어나는 것인양 서술하는 게 '1인칭 인용독백(self-quoted monologue)'이다.

'나는 자신에게 말했지'라고 하면서 지난 생각을 인용한다. 인용독백은 과거의 자기생각을 현재형으로 인용하면서 서술자의 손에서 슬그머니 빠져나와 경험자의 손으로 넘어간다. 베케트는 『몰로이 *Molly* 』에서 자기의 마음 속에 오가던 논쟁을 인용하여 기억하려는 회고의 전 과정을 모독한다. '그리고 나는 말할 때마다 이걸 말했다가 저걸 말하는 등 …… 나는 그저 거짓을 말하거나 마음을 가라앉히는 데 필요한 관습에 그저 나 자신을 들이맞춘다 ……'(163면). '나는 말했다'라는 문구를 인용의 앞 뒤에 달지 않으면 옛 생각인지 서술하는 현재의 생각인지 모르게 된다. 윌리엄 골딩은 『자유로운 추락 *Free Fall* 』에서 이런 기법으로 과거의 생각과 서술하는 현재 상황 사이에 가로놓인 틈새를 무너뜨리고 순간적으로 회고형을 버린다. 이런 기법은 조금 계속되다가 자동독백으로 넘어가기 마련이다.

카프카는 『성』을 쓸 때 원래는 50페이지 가량을 1인칭으로 썼다가 다시 3인칭으로 바꾸었다. 어떻게 이것이 가능하고 왜 그렇게 했을까. 회고서술이 아닌 서술독백이었기 때문이다. 서술독백에서 서술자는 음성과 시점을 경험자와 공유한다. 즉 그는 존재하지만 경험자를 통해 존재한다. 그러므로 서술하는 나는 의식할 필요가 없다. 카프카는 경험하는 나를 경험하는 K로 바꾸기만 하면 되었지 그에 따른 동사를 바꿀 필요가 없었다(서술독백은 과거나 과거완료로 쓰인 간접자유체이다). 그런데 바꾸기는 이렇게 쉽지만 그것이 가져오는 효과는 상당히 다르다. K의 경우는 서술자와 경험자가 다른데 한 몸이 되었고 나의 경우는 같으면서 한 몸이 되었다. 비슷한 시기에 헨리 제임스도 『대사들』에서 1인칭 회고서술에 반대하고 3인칭 서술독백을 썼다. 1인칭에서는 주인공이 미래를 훤히 알고 있어서 마음대로 과거와 현재를 들락거려 구성이 허술해진다는 것이다. '3인칭 제한시점'으로도 불리우는 이 서술독백은 주인공이 미래를 모르기에 독자를 그의 심리 속으로 끌어들이면서 동시에 그를 비판적인 시각으로 보게 만든다. 동정과 비판이라는 이중효과이다. 19세기에서 20세기로 넘어가던 시대는 3인칭이건 1인칭이건 등장인물과 서술권을 나눠갖던 시기였다. 그런데 1인칭의 경우 서술하는 나에게서 경험하는 나에게로 옮겨가는 방식들은 작품마다 다양하다.

2) 서술에서 독백으로

샐린저의 『호밀밭의 파수꾼』에는 다음과 같은 구절이 나온다.

문제는 대개 여자와 그런 짓을 막 하려고 하면 여자가 계속 그만하라고 말하는 데 있지—내 말은 매춘부라든가 뭐 그런 종류의 여자가 아닌 경우 말이지. 문제는 그런 경우 나는 여자들 말대로 그만둔다는 데 있어. 대부분 친구들은 안 그러거든. 난 어쩔 수가 없어……. 어쨌든 난 늘 멈추거든. 문제는 그리고선 여자애들한테 미안한 느낌이 드는 거지. 여자애들은 모두 바보거나 뭐 그런가봐……. 그애가 정말 뜨거워질 때 난 시작하거든. 그러니 여자들은 머리가 없거나 뭐 그런가봐. 잘 모르겠어. 그저 날보고 그만 그만 하니까 그만하는 거지. 그애를 집에 데려다주고나면 늘 멈추지 말았더라면 하고 생각하지. 그런데도 늘 그렇게 하거든. (187면)

위 인용은 현재형으로 서술되어 얼핏 내적독백 같다. 그러나 인용의 앞 뒤는 과거형 문장인 자서전적 회고서술이다. 그러므로 인용된 부분은 서술자가 호텔방에서 여자를 기다리던 때가 아니고 그때의 초조하던 순간을 되돌아보며 서술하는 과정에서 자기 감정을 삽입한 것이다. 이처럼 회고적 서술자가 글쓰는 현재 자기 감정을 노출시킨다. 서술이 잘 나가다가 샛길로 빠지는 경우이다(digression). 과거를 회고하는 서술 속에 현재의 심리를 반영하는 독백이 끼어들어 시간의 연속성이 잠깐 무너진다. 이런 샛길이 많을수록 서술이 파편화되고 독백에 가까워진다.

에밀 방베니스트(Emile Benvéniste)는 서술의 두 가지 방식으로 담론(discourse)과 역사(histoire)를 구분했다(188면). 담론은 말하는 자와 듣는 자가 있다고 가정되는 모든 발화이다. 이때 말하는 자는 어떻게 해서든지 듣는 자를 설득하려는 의도를 갖게 된다. 반면 역사는 말하는 자와 듣는 자가 없는 순수하게 객관적인 서술이다. 흔히 보고서나 역사적인 기록 등 3인칭 단수로 쓰인 과거문장이 여기에 속한다. 그런데 방베니스트의 칼로 무우 자르는 식의 이런 구분은 어떤 글을 좀더 자세히 들여다보면 잘 들어맞지 않게 된다. 자서전에도 담론적인 부분과 역사적인 부분이 있기 때문이다. 그래서 스타로빈스키(Jean Starobinsky)는 모든 글이 담론과 역사의 두 축 사이에서 유동적임을 주장한다. 1인칭 현재형, 주관적인 글, 독백, 개인의 감정표출, 샛길로 빠지는 경우는 담론을 향해가는 서술이고 3인칭 과거형, 객관적인 보고, 역사적 기록은 역사의 축을 향해가는 서술이다(담론은 개인의 주장을 담기에 허구적이요, 역사는 사실의 보고인데 미셸 푸코가 역사를 포함한 모든 글을 담론으로 가정하는 것은 객관적인 역사의 부정, 즉 역사까지도 주장을 담은 글로 보기 때문이다. 이것이 후기구조주의의 특성인 역사의 자의성이다). 코온은 방베니스트의 거시적인 구분과 스타로빈스키의 미시적 분석을 모두 참조한다. 다만 담론 대신에 독백을, 역사 대신에 서술이란 용어를 쓴다. 그는 한 작품이 서술과 독백 사이를 어떻게 오가는지 보여주기도 하지만 서술에서 독백을 향하는 시대적 변모를 가늠하기도 한다.

도스토예프스키의 『지하생활자의 수기』는 씌어진 기록인가, 독

자를 향해 던져진 담론인가, 자신을 향해 던지는 침묵의 언어인
가. 제목에선 씌어진 기록이라고 밝히고 내용에선 '나는 자신을
위해 쓰고 있다'라고 말하는가 하면 '당신이 초조한 것을 나는 느
낄 수 있다'라고도 말한다(177면). 쓰인 기록이지만 독백이요, 틈
틈이 '당신들'이란 단어가 튀어나오니 쓰면서 자신에게 말하면서
상대방을 향한다? 그렇다면 상대방은 자아 속의 타자, 즉 또 하
나의 나인가? 아니면 작품 속의 독자인가? 이 글은 역사와 담론
혹은 서술과 독백이라는 투명한 두 축의 그 어느 쪽에도 머무르지
않는다. 도스토예프스키는 자동독백 속에 전통적인 서술을 담는
묘한 재주가 있다. 단편「부드러운 피조물」은 죽은 아내의 시체가
있는 방에서 혼자 자신에게 말을 하는 소설이다. 그러므로 독백이
지만 시간 순서로 지난 일이 펼쳐진다. 사실 순수한 독백이란 시
간 순서를 따르지는 않는다. 이 작품 역시 두 축 사이의 어딘가에
있다. 카프카의「굴」은 조금 다른 방식으로 서술과 독백, 즉 서술
하는 나와 경험하는 나 사이를 오간다. 굴의 고요함이 일상을 나
타내듯 습관의 의미를 갖는 현재형으로 지속된다. 그러다가 어느
순간 이 정적이 깨진다. 놀랜 짐승은 그 소리에 갖가지 환상을 갖
는다. 일상의 반복을 나타내는 객관서술에서 움직이는 자동독백
으로 바뀌며 고요한 정적이 부스럭거리는 동요로 바뀐다(195-198
면).

　일기체 소설은 서술인가 독백인가. 원래는 방금 지난 것을 기록
하기에 서술하는 '나'가 중심이 되지만 사형수가 마지막 순간까지
자신의 심리를 기록하면 경험하는 나가 중심이 된다. 영화의 슬로
모션처럼 삶의 순간순간이 천천히 기록되면 서술과 경험이 일치할
수 있다. 혹은 생각나는 대로 적는 일기 역시 자동독백에 가깝다.
사르트르의『구토』는 일기체 소설인데 여기서 기록과 경험은 일치
한다. 새벽 4시. 주인공은 펜과 종이를 앞에 놓고 앉아 있다.

나는 존재한다. 그것은 부드럽다, 부드럽고 느리다. 그리고 가볍다. 그것은 혼자서 공중에 떠 있다고 말할 수 있을 만하다. 그것은 움직인다. 그것은 곳곳에서 녹아 없어지는 거품들이다. 아주 부드럽다. 아주 부드럽다. 나의 입 안에는 거품같은 물이 있다. 나는 그것을 삼킨다. 물은 목을 넘어가서 나를 애무한다. 그리고 다시 입 안에 생겨난다. (213면)

이렇게 한동안 사색이 계속되다가 그는 일어서서 거리로 나간다. 그리고 다음 부분에서 전통적인 일기의 논리가 깨어진다. 주인공이 움직이거나 '거리를 달리면서 동시에 쓰는 행위'를 하게 할 뿐 아니라 실제로 펜과 종이로 되돌아오지 않고 그냥 카페로 들어가면서 그날의 일기가 끝나기 때문이다.

5시 반을 친다. 일어선다. 차가운 셔츠가 살에 닿는다. 나는 외출한다. ……(필자의 줄임)

지나가다 나는 신문을 산다. 센세이셔널한 기사. 소녀 뤼시엥의 시체가 발견되었다! 잉크냄새를 풍기며 신문지가 나의 손가락 사이에서 구겨진다. ……(필자의 줄임)

집이 솟아 오른다. 집이 존재한다. 나는 내 앞에 있는 벽을 따라 지나간다. 나는 벽을 따라 존재한다. 벽 앞에서 나는 한 걸음 내딛는다. 벽은 내 앞에 존재한다. 또 한 걸음 내딛는다. 내 뒤에서 손가락 하나가 내 바지 속을 긁는다, 긁는다. 그리고 진흙이 묻은 소녀의 손가락을 잡아당긴다 ……. (214면)

내적독백의 전형인 포크너의 『내가 죽어가면서 *As I Lay Dying*』

에는 여러 명의 등장 인물들이 제각기 마음을 드러낸다. 그런데 주인공인 다알(Darl)은 주로 보고 듣는 것만을 기록할 뿐 자신의 생각이나 느낌은 거의 드러내지 않는다. 반면에 바더먼(Vardaman)은 내적인 느낌만을 전할 뿐 전혀 객관적인 안목이 없다. 같은 독백자라도 다알이 서술자라면 바더먼은 경험자에 가깝다. 사실 다알의 무감동한 독백은 이중효과를 갖는다. 서술자의 설명이 전혀 없는 모더니즘 작품에서 그는 사건의 객관적인 상황을 전달하는 서술자의 역할을 하면서 동시에 정열이 없이 분석만 하는 자신의 성격도 드러낸다.

독백에서는 성격이 언어 그 자체요, 언어가 곧 성격이다. 우리 소설에서 임철우의 『붉은 방』이나 이선의 『기억의 장례』는 서로 대조되는 입장, 혹은 성격을 가진 두 인물이 스스로의 마음을 드러내는 기법을 쓴다. 그런데 두 인물이 각기 사물을 달리 보면서도 사용하는 언어나 문체가 같아서 그런 기법을 쓰는 효과가 줄어든다. 한 서술자의 음성으로 두 인물의 입장을 서술한다면 전통적인 전지시점과 다를 바가 없고 굳이 그런 기법을 써야 할 이유가 약해진다.

다알처럼 무감동한 서술에서 한 걸음 더 나간 것이 누보 로망인 로브그리예의 『질투』이다(206면). 이제 1인칭 대명사는 완전히 제거되어 페이지 뒤로 숨어버린다. 사건, 배경, 그리고 인물의 동작이 마치 카메라의 렌즈를 통해서인 듯 정확히 비추어질 뿐 객관적인 설명이나 분석이 전혀 없다. 물론 등장인물의 심리 속으로 들어가지도 못한다. 마치 발을 치고 들여다보는 세계이듯 서술자의 시선은 밖에만 머물 뿐 사건 속에 뛰어들어 일부가 되거나 그 위에 군림하지 못한다 [불어로 Jalousie는 질투란 뜻과 발(簾)이란 뜻이 있다]. 재미있는 것은 서술을 따라가다보면 독자는 엿보는 이의 시선이 어떻게 자리를 옮기는지 지금 그의 심리가 어떤 것인지를 느낀다는 것이다. 현장에 없는 서술자의 심리를 읽는 것이다.

> 아……의 팔은 옷소매의 색조로 인해 프랑크의 팔보다 덜 선명하게
> ──그러나 창백하게── 보이는데, 마찬가지로 의자의 팔걸이 위에
> 놓여 있다. 네 개의 팔은 움직이지 않은 채 나란히 있다. 아……의 왼
> 손과 프랑크의 오른손과의 간격은 약 십 센티미터쯤 된다.
> ……(필자의 줄임)
> 만일 프랑크가 정말 그곳을 떠나기를 바랐다면 그는 충분한 이유를
> 말할 수 있었으리라. 그의 아내와 어린 아이가 집에 쓸쓸하게 남아 있
> 지 않은가…….(『질투』, 학원사, 1984, 40면)

이 부분을 읽으면서 독자는 아내와 프랑크의 관계를 질투하는
남편의 시선을 느낀다. 둘의 손이 놓인 간격에 신경을 쓰는 서술
자의 심리, 그리고 왜 프랑크가 그만 돌아가지 않을까 하는 그의
불만을 읽을 수 있다. 이제 다음 두 개의 인용에서 카메라가 이동
하듯 서술자의 시선이 이동하는 것을 보자.

> 아…는 그녀의 의자에 깊숙이 곧은 자세로 앉아서 움직이지 않고 있
> 다. 그녀는 그들 앞의 골짜기 쪽을 바라보고 있다. 그녀는 입을 다물고
> 있다. 왼쪽 형상이 보이지 않는 프랑크 역시 입을 다물고 있다. 아니면
> 아주 낮은 목소리로 말하고 있는지도 모른다.(같은 책, 48면)

> 찬방의 문과 복도 사이를 막는 장식 없는 칸막이 벽 위에는 지네의
> 몸이 남긴 자국이 바닥에 던져지는 입사 광선 아래서 겨우 보인다.(같
> 은 책, 56면)

첫번째 인용은 카메라가 멀리서 비추이듯 서술자의 시선이 먼

곳에 있고 두번째 인용은 시선이 아주 가까이, 지네의 흔적이 보일 정도로 클로즈업된 것을 느낄 수 있다.

모더니즘 시대의 독백에 밀려 사라졌던 서술은 되돌아왔으나 이제 서술자는 페이지 밖에 서 있다. 그는 등장인물의 속을 알 수 없으니 설명을 할 수도 없고 사건을 조종하지도 못하니 결말을 짓지도 못한다. 하다못해 등장인물과 나란히 내려서서 감흥을 나누지도 못한다. 그리고는 기껏 벌여놓은 서술이 모두 자신의 심리나 시선을 반영한 게 된다. 이런 서술의 자의성은 존 파울즈의 『불란서 중위의 여자』에도 나타난다. 견고한 19세기 식 리얼리즘 소설이 한동안 계속되다가 누보 로망 시대에 살고 있는 서술자 자신이 뛰어든다. 더이상 신이 될 수 없는 서술자는 이제 기껏 써봐야 자신의 머릿속에서 고안된 얘기일 뿐이라고 푸념한다.

서술자가 서술 상황에서 빠져나가 자신의 현재 심정이 삽입되면 그때까지 지속되어온 '소설이 현실을 반영한다'는 가정이 무너진다. 『질투』처럼 현재형으로만 쓰였건, 『불란서 중위의 여자』처럼 과거를 재현하든, 포스트모던 소설은 서술의 부활을 통해 전통적인 서술을 할 수 없다는 역설을 담는다. 이런 모호한 반(半) 서술체(216면), 혹은 반(反) 서술적 경향들(215면)은 포스트모더니즘이 모더니즘에서 한 걸음 더 나아간 곳에서 리얼리즘과 손을 잡은 소설형식임을 드러낸다.

이제 서술에서 독백으로 향하는 1인칭 소설의 변모과정을 간추려보자. 과거를 되돌아보며 사건이 일어난 순서대로 서술해가는 자서전적 혹은 회고서술에서 서술하는 나와 경험하는 나의 거리는 가장 멀다(『잃어버린 시간을 찾아서』). 이때 시간순서가 무시되면 둘 사이의 거리가 좁혀진다(기억서술, 『자유로운 타락』). 시간순서는 지키지만 혼자서 자신에게 과거를 얘기하는 독백이 되면 경험하는 나의 서술도 조금 더 가까이 간다(자서전적 독백, 「부드러운 피조물」). 여기에 시간순서가 무시되면 거의 경험자의 서술이 된다 (기억독백, 『음향과 분노』). 그리고 이제 마지막 단계인 자동독백에 이르면 서술은 완전히 경험자의 것이다.

3) 자동독백(Autonomous Monologue)

조이스의 『율리시즈』는 대단히 난해한 책으로만 알려져 있지 음란서적으로 출판금지가 되었었다는 사실을 기억하는 사람은 많지 않다. 아마도 조이스는 장난스럽게 이제 그만 읽고 잠이 들라는 뜻이었는지 마지막 장인「페넬로페」에서 불면증에 걸린 여인의 성적 환상을 흐르는 대로 기술하고 있다. 마치 잠못 이루는 만인을 위한 수면제처럼. 자동독백의 전형으로 불리우는 이 장은 작품 전체와 관련이 되면서도 한 인물의 마음속을 한 장에 몽땅 쏟아부은 대단히 독립적인 장이다. 여기서 몰리는 문맥으로 보아 약 2시간으로 추정되는 기간 동안 마음 속을 오가는 생각을 그대로, 단어가 만들어지는 대로 노출시킨다(219면). 새벽 2시 이후 어느 때인지 시작하여 날이 밝기 전 어느 때 잠으로 스르르 빠져드는 게 끝이다. 조이스는 몰리가 몸을 움직이지 않고 마음만을 교란상태에 놓아 장소의 이동이라는 자동독백이 안고 있는 난제를 피한다. 그녀의 행동이나 상황은 설명되어선 안 되고 오직 독백 속에서만 독자가 느껴야 되기 때문에 조이스는 행동을 극소화시킨다(226면).

……아직도 그이의 입의 촉감을 나는 느낄 수 있어요. 오 하느님 저는 사지를 쭉 뻗어야만 하겠어요. 그이나 아니면 누구든지 여기에 있어서 나에게 그처럼 해주었으면 좋으련만…… 그래 나는 깨끗한 홑이불을 더럽히기 싫어요. 내가 방금 입었던 깨끗한 린넨 속옷에도 그것이 묻은 것 같아…… 도대체가 이놈의 경칠 낡은 침대도 어처구니없이 삐

걱거리기만 하니 추측컨대 아마 저 공원 건너편에서도 우리들이 내는
소리를 들을 수 있을 거야……

(……은 필자의 줄임, 조이스의 『율리시즈』의 「페넬로페」)

　방점도 없이 주어와 동사의 연결에 신경씀도 없이 인칭대명사에
도 개의치 않고 몰리의 주관적인 감흥이 그대로 끝없이 지속되는
가운데 독자는 어느 부분에서 몰리의 움직임을 느낀다. 위의 인용
에서는 사지를 쭉 편다든지 옷을 방금 갈아입었다든지 침대 위에
서 몸을 뒤채이는 행위이다. 그러나 이런 행동은 드물고 거의 그
녀의 추측, 의혹, 갈망, 두려움, 편견 등이 반복된다. 자동독백은
이처럼 의사소통을 목적으로 하지 않는 주관적인 글의 극치이
다.
그것은 물음도 답변도 요구하지 않기에 읽는 글이 아니라 경험하
는 글이다. 그러면서도 독자는 몰리의 성격, 다른 인물들과의 관
계를 엮어낸다.
　이제 서술적 요소가 0에 달하면 두 가지 반서술 장르인 극과 서
정시에 이른다. 극에서의 모노드라마와 시에서의 극적독백, 그리
고 소설에서의 자동독백은 서로 비슷하다. 혹시 극, 시, 소설이
서로 만나는 극단적인 실험을 한 작가는 없는가. 버지니아 울프는
『물결 The Waves』에서 이 세 장르를 통합하려는 시도를 보인다.
여섯 명의 등장인물들이 각기 제 얘기를 한다. 그런데 모두 한 사
람이 쓴 듯이 같은 언어를 사용한다. 그리고 그게 어딘지 셸리의
시구를 연상시킨다. 등장인물의 언어는 성장함에 따라 변하지 않
아 심리가 무시된다. 게다가 마지막 부분에 버나드가 독백으로 모
든 것을 정리하여 마치 앞의 서술이 모두 그의 마음속에서 나온 자
서전적 독백 같기도 하다……. 장르를 통합한 이 극단적인 실험
은 모더니즘과 포스트모더니즘의 분기점을 느끼게 한다.

3. 맺음

3인칭과 1인칭 소설에서 서술자와 등장인물의 관계를 살펴본 코온은 쥬네트가 언급하지 못한 많은 부분들을 밝혀내며 쉬탄첼이 종합하는 이론과 흡사하면서도 독특하다. 불란서, 미국, 그리고 독일의 소설이론은 공통점을 지니면서도 조금씩 차이를 보이는 것이다. 시간이 흐르면서 소설쓰기는 어떻게 변하는가, 왜 서술이 줄고 독백이 늘어나는가, 서술자가 점점 등장인물에게 권한을 넘기는 것은 어떤 철학을 반영하는가. 모더니즘이 어떻게 막을 내리고 포스트모더니즘은 어떤 식으로 다시 서술을 향하는가. 코온의 책은 정밀한 텍스트의 분석법인 동시에 역사적인 흐름을 보게 만든다. 비록 모더니즘 이후에 대한 논의는 충분치 못하지만 소설의 역사가 서술과 독백 사이를 오가는 왕복운동이라는 통찰을 주기에는 충분하다.

보여주기의 특성을 마음껏 탐색한 러보크, 작품의 유기적 구성을 살피던 신비평, 소설에서 서사로 전환시킨 프라이, 토도로프의 구조주의, 그리고 부스의 되돌아온 저자로부터 출발하는 후기구조주의 소설이론들. 서술자의 전략에 의해 작품의 의미가 어떻게 달라지는가를 보는 최근의 이론들은 씌어진 모든 글을 담론으로 보는 푸코나 진리를 힘의 전략으로 보는 데리다를 연상시킨다. 한 시대의 소설이론은 어쩔 수 없이 한 시대 인식론의 산물이고 그것을 살펴보아야 할 이유도 여기에 있지 않을까 생각해본다. 브룩스와 워렌의 『소설의 이해』가 모던 시대의 신비평을 실천했다면 힐리스 밀러의 『소설과 반복』(1982)은 포스트 모던 시대의 해체비평을 실천한다. 『소설의 이해』와 대칭되는 짝으로 『소설과 반복』을 보자.

닮음과 다름의 긴장관계 · I
—밀러의 『소설과 반복』

한 편의 작품을 놓고 구성, 등장인물, 시점을 살핀다. 어떻게 그것들이 유기적으로 얽혀 아이러니를 낳는가. 한 편의 시를 놓고 리듬, 운율, 시어를 살핀다. 그것들이 어떻게 얽혀 이미지를 낳는 가. 신비평은 작품에 나타난 작가의 의도나, 작품이 독자에게 미치는 영향은 언어의 비유성 탓으로 그대로 반영될 수 없다는 가정 아래, 작품 자체의 형식만을 철저히 따지려 했다. 그런데 시간이 흐르다보니 그것이 작품 자체의 유기적 구성을 가정하는 게 되어 버리고 작품을 닫힌 체계로 만들어버린다. 캐나다의 노드롭 프라이가 50년대 초에 개별 작품의 가치판단을 내리는 신비평에 반기를 들고 『비평의 해부』라는 서구문학사의 조감도를 발표했지만 미국에서 신비평의 열기는 여전히 지속되었다. 작품 하나하나를 철저히 읽어내는 작업이 단련을 중시하는 대학의 문학수업에 아주 적절했기 때문이다. 그러나 약 반세기의 세월이 흐른 뒤 미국 내에서도 조금씩 작품의 자족성에 대한 반란과 저자와 독자 배제에 대한 논란이 일기 시작한다. 신비평의 한계였던 긴 소설의 분석을 사회 상황과 연결지어 논의한 와트의 『소설의 발생 *The Rise of the*

Novel 』이 나오고 「내포 implied」라는 꼬리표를 붙여 저자와 독자를 다시 작품 속으로 끌어들인 웨인 부스의 『소설의 수사학』이 주요한 소설이론서로서 60년대 초에 등장한다. 그리고 이보다 좀 늦게 신비평에 대한 급진적인 도전이 미국의 한 지역을 중심으로 씨앗이 뿌려지고 발아된다. 데리다를 스승으로 삼은 네 명의 예일그룹 해체론자들이다.

미국에서 신비평이 위세를 떨치는 동안 대륙비평은 어떠했는가. 본질에 대한 회의로부터 출발한 실존주의는 인간의 의식을 중시한다. 이와 비슷한 맥락에서 현상학이나 의식비평도 객체보다 주체, 즉 사물을 보는 인간의 의식을 강조하여 현실이 의식에 투영되는 과정을 그대로 드러내려 했다. 그러나 하나의 방법론으로서 작품 분석에 큰 영향을 미친 것은 소쉬르의 언어관에 영향을 받고 프랑스를 중심으로 일어난 구조주의였다.

언어와 진리의 자의성을 인정하고 '차이'라는 열린 체계로 시작했던 구조주의는 끊임없이 이항 대립의 보편구조를 탐색하게 되고 이것이 진리와 언어의 안정성과 보수성으로 회귀하는 듯한 인상을 주게 된다. 이 안정성을 무너뜨리기 위해 데리다는 '차연'이라는 용어를 만든다. '차이지움'이라는 공간 개념에 '연기'라는 시간 개념을 합쳐 차이와 연기가 합쳐진 신조어이다. 현재 차이지워진 것은 다음 순간 자라바꿈을 일으킨다. 따라서 차연은 온갖 차이라는 경계를 무너뜨린다. 불어에서 différence와 différance는 발음이 같다. 디페랑스의 a자는 글로 쓸 때에만 나타날 뿐 말하기에서는 나타나지 않는다. 이것을 예로 들어 데리다는 글쓰기보다 말하기를 우선시켜 온 서구 이성 중심체계를 무너뜨린다. 중심과 주변의 경계가 무너지고 이성과 감성의 경계가 무너진다. 어떤 개념이나 논리도 설 수 없는 미결정성이요, 어떤 종합도 초월도 거부하는 단항의 모순체계이다. 의식은 고유한 원본이 아니고 끝없이 덧씌어지는 요술 책받침이어서 의미는 산종되고 흔적은 흔적을 낳는다.

이것은 인식 주체의 분열을 의미하기에 반인본주의이다.

데리다는 레비-스트로스를 공격한 후 1967년 3권의 책을 동시에 출간하고 누구보다 일찍 미국으로 건너가 예일대학에서 강의를 한다. 그에 의해 형성된 예일그룹은 폴 드 만을 선두로 하여 힐리스 밀러, 해롤드 블룸, 그리고 제프리 하트만이었는데, 그 가운데 밀러는 이들의 대변인격이었다. 드 만은 언어의 비유성에 근거하여 모든 독서는 오독을 피할 수 없다고 말하며 이를 알레고리라 이름붙인다. 블룸은 해체론을 계몽주의 이후 영미시의 역사에 적용하여 후배 시인이 어떻게 선배를 억압하고 귀환시켜 강한 시인이 되는지 오독의 지도를 통해 보여준다.

루소의 글을 읽은 데리다를 다시 해체하는 드 만의 방식이 언어에 중심을 둔 정교한 수사비평이라면, 프로이트의 '억압된 것의 귀환'을 문학사에 적용시킨 블룸의 이론은 무의식과 수사를 결합시켜 조금은 추상적이다.

밀러는 1950년대 중반에서 1960년대 중반까지 제네바 현상학파의 우두머리격인 조르쥬 풀레의 계승자였다. 그는 1960년대 중반부터 '현존'의 형이상학에 대한 충성을 버리고 1970년 초부터 '차이'로 돌아선다. 그러나 그의 해체비평은 풀레의 의식비평 위에 덧쓰인 인상을 준다. 이론보다 실제 비평을 선호한 그는 독자가 차근차근히 기대와 좌절을 맛보면서 이미 해체되어 있는 텍스트를 되밟는 과정을 보여주기 때문이다. 아무리 충성심을 버렸다 해도 그의 의식에는 이미 풀레가 새겨져 있었고 해체는 그 위에 덧쓰인 것이다. 이런 의미에서 그는 데리다의 '흔적' 이론을 스스로 드러낸 셈이다. 이제 밀러의 이론과 실제비평을 좀더 자세히 살펴보자.

1. 철학과 문학의 경계가 무너지다

한 편의 시에 대한 비평은 왜 그렇게 많은가, 지금까지로도 흘러 넘치니 이제 그냥 놔두면 어떤가. 밀러는『스티븐즈의 바위와 치료로서의 비평』(1976)[1]을 이렇게 시작한다.

스티븐즈의「바위」는 완벽하게 자족적인 시인데 보완하는 비평들이 그토록 많으니 문학이 현실에 대해 끊일 줄 모르고 얘기하듯 비평은 문학작품에 대해 끝없이 얘기한다. 그래도 정답이 없으니 이제 비평은 그저 작품의 구조를 닮아보는 게 어떤가.

그렇게 끝없이 얘기가 계속되는 것은 언어가 지닌 비유성 때문이다. 언어가 실체를 지칭하지 못하기에 논리를 앞세우는 모든 글은 비유이고 또 하나의 문학이다. 비평가는 어떤 방식으로든지 작품의 언어를 일목요연한 사상으로 축소시킬 수 없고 그저 다른 형태로 그 작품의 모순구조를 반복할 뿐이다. 그러니 이제 솔직하게 메타 랭귀지가 없음을 인정하고, 논리를 주장하는 비평이 아니라 문학처럼 논리가 없음을 보여주는 '읽기'를 하자는 것이다. 밀러를 비롯한 해체론자들이 비평(criticism)이라는 용어 대신 읽기 (reading)라는 용어를 즐겨 쓰는 이유가 여기에 있다.

언어의 비유적 속성이 강조되면 문학과 비평의 경계뿐 아니라 언어로 표현되는 모든 학문의 경계가 무너진다. 철학, 정신분석, 비평이론 등이 문학의 품 안으로 들어온다. 그리고 정답이 어딘가에 숨어 있으리라고 가정하며 달려드는 온갖 비평의 닫힌 체계가 열린다. 밀러는 소크라테스식 합리적 비평과 아폴로적이며 동시에 디오니소스적인 비합리적 비평의 예를 들어 구조주의와 후기구조주의를 가름한다(335-336면). 전자가 언어에 대한 과학적인 접

---

1) J.Hillis Miller,「Stevens' Rock and Criticism as in Cure, Ⅱ」, *Georgia Review*, 30, 2(1976), 330-348면. 이후 이 책의 인용은 면수로만 표시.

근과 문학에 대한 견고하고 논리적인 접근이 가능하다고 믿는 쪽이라면 후자는 비평의 절차는 아폴로만큼 합리적이고 철저히 과학적이지만 결과는 디오니소스만큼 비논리적인 비평이다. 전자가 약삭빠르고 실질적(canny)이라면, 후자는 비합리적이고 괴기(uncanny)하다. 예일 해체론자들과 대륙의 후기구조주의자들은 비평이 언어의 미로에서 벗어날 수 없다고 믿는다. 벗어나려는 행동은 역설적으로 한 겹의 미로를 더 만들 뿐이다. 지금까지 그래 왔으니, 이제는 작품이 지닌 미로를 그대로 밟아 미로의 층을 더 보태지만 말자. 해체는 텍스트의 구조를 해체시키는 게 아니라 그것이 '이미' 제 스스로 해체되어 있음을 보여주는 것이다(341면). 그저 텍스트를 반복할 뿐 어떤 의미로 환원시키지 않는다.

밀러의 비평체계에서는 모든 게 정·반의 모순구조를 취한다. 구조주의는 필연적으로 후기구조주의를 함축하고 신비평 역시 종래에는 아이러니와 모호성을 낳아 시의 자족성이라는 스스로의 주장을 암시적으로 전복하고 의식의 존재를 절대적인 것으로 우선시킨 풀레도 종래는 의식의 밑바닥에 심연이 있음을 보며 끝난다. 진리, 인식 주체 그리고 언어를 가장 깊숙이 들여다본 순간 온갖 논리가 미끈거린다. 진리에 대한 미시적인 접근은 논리의 아포리아를 낳는다는 역설이다. 이 부분은 핀천, 바셀미, 페더만 등이 말한 '무지식에의 추구(pursuit for non-knowledge)'를 연상시킨다. 실체를 파고들수록 점점 더 모르겠다는 포스트모더니스트들의 말이다.

2. 밀러의 실제비평

밀러는 예일그룹 가운데 픽션을 철저히 읽어낸 유일한 소설 분석가이다. 드 만이 서구의 철학자와 시인을 폭넓게 택했다면 블룸은 영미 시인들을 택했고, 밀러는 주로 19세기 리얼리즘과 20세기 모더니즘 소설들을 철저히 읽어냈다. 1979년부터 약 8년에 걸쳐 밀러가 쓴 주요 비평 가운데 셸리에 관한 분석, 7권의 영국 소설에 관한 분석, 그리고 정치적이고 사회적인 문맥에서 해체적 읽기를 시도한 글들을 순서대로 소개한다.[2]

1979년에 데리다를 포함한 4명의 예일 비평가들이 글 한 편씩을 엮어 모은 책에 실린「주인으로서의 비평가」는 이렇게 시작한다. '해체론적 독서는 '분명하고 통합된 읽기'에 대한 기생적인 것이다.' 웨인 부스가 한 말을 에이브람스가 인용했고 그것을 다시 밀러가 인용한다. 여기서 밀러는 '기생적'이라는 단어를 물고늘어져 해체시킨다. 주인은 기생물을 먹여 살리지만 그것에 의해 죽기도 한다. 논리적인 읽기가 불가능하다는 말을 가볍게 넘기지 말라. 주인 없이 기생물은 없다. 기생물의 'para'라는 접두어는 근접과 거리, 비슷함과 차이, 내부와 외부 등 서로 상반되는 의미를 갖는다. 마치 주인(host)이 먹는 사람이며 동시에 먹이는 사람이듯이. 그러므로 주인이 기생물이요, 기생물이 주인이다. 이 비논리적 정·반의 관계는 시의 역사에도 적용된다. 후배의 시는 선배 시의 기생물이지만 선배 시를 함축하여 주인이 된다. 블룸은 기생물과 주인의 끝없는 자리바꿈을 보여준다. 분명한 읽기든 해체적 읽기든 서로는 서로를 품고 있다. 해체는 형이상학과 허무주의로

2) *Deconstruction and Criticism*(London : Routledge and Kegan Paul, 1979)에 실린 밀러의「The Critic as Host」, 217-253면 참조.

J. Hillis Miller, *Fiction and Repetition* (Cambridge : Harvard Univ., 1982). 이후 이 책에서의 인용은 (FR, 면수)로 표시. 『픽션과 반복』으로 번역되지만『소설의 이해(Understanding Fiction)』와 짝을 맞추는 의미에서『소설과 반복』으로 번역한다.

J.Hillis Miller, *The Ethics of Reading* (New York : Columbia Univ. Press, 1987). 이 책에서의 인용은(ER, 면수)로 표시.

부터 벗어나려는 게 아니고 그 둘 사이를 오간다. 가장 정확한 읽기란 바로 그 시와 똑같이 읽는 것, 즉 그 시의 구조를 반복하는 것이다.

셸리의 시 「삶의 승리」에서 가장 인상적인 장면은 성적 매력이 스스로를 파괴하는 장면이다. 시인은 남녀간의 성적인 이끌림이 삶의 승리에서 가장 치명적인 요소임을 보여준다. 남녀는 상대방에게 자신의 욕망을 투사시켜 환상을 만들어낸다. 그 환상은 잡으면 꺼지는 빛과 같고 아침 햇살에 빛을 잃는 새벽별과 같다. 사랑에 빠진 두 연인이 '좁은 골목에서 부딪치는 벼락구름처럼' '해변가에 부딪치는 파도'처럼 서로 부딪쳐 스러진다. 그러나 이 스러짐은 파도가 해변가에 물거품을 남기듯 흔적을 남긴다. 물거품 속에서 아프로디테가 태어나듯 흔적 속에서 새로운 생명이 태어나고 삶은 다시 시작된다. 그러므로 죽음은 완전한 소멸이 아니고 새로운 출발이다. 죽었으나 다시 사는 반복의 기록이 셸리의 시가 지닌 반복의 드라마요, 책읽기이다. 비평가는 단어를 죽이지만 그 단어는 씨를 뿌려 다시 그 다음 단어를 낳는다. 이외에도 밀러는 셸리의 시에서 누이(sister)라는 단어가 근친상간을 의미하는 연인으로도 해석되고 어머니와 같은 이상적인 여인상으로도 해석됨을 보여 기생물과 주인의 관계를 되풀이한다.

레비—스트로스의 구조주의를 공격하면서 '태초에 차이가 있었다'고 데리다는 말했다. 밀러 역시 원시시대에는 모든 게 하나였다는 믿음은 오직 현재 시점에서 되돌아본 과거일 뿐 애초에도 결코 근원이나 통합은 없었다고 말한다. 그는 시를 차근차근 따라가며 단어 속에, 의미 속에 정·반의 대립이 함께 있어 어느 개념도 취하지 못함을 보인다. 열린 시를 되풀이하니 열린 비평이다. 그러나 뭐니뭐니 해도 밀러의 비평은 소설에서 그 진가를 드러낸다.

밀러는 7권의 영국소설을 읽은 『소설과 반복』(1982)에서 모든 반복형식은 두 종류의 것이 모순적으로 상호 얽힌다는 가설을 세운다. 그리고 소설 속에서 이것이 어떤 식으로 얽혀 있는지를 점검한다. 어떤 소설에서 붉은색이 처음부터 심심찮게 반복되듯 동사, 명사, 구, 은유가 반복된다. 때로는 장면이나 사건들이 반복된다. 여주인공이 다른 앞선 작품들의 여주인공을 반복한다. 저자는 자신의 한 작품의 얘기를 다른 작품에서 반복한다. 한 소설에서 반복되는 구조가 다른 작품에서는 어떤가. 한 작가와 다른 작가와의 관계는? 그리고 한 시대와 다른 시대의 관계는?

서구 사상의 흐름에는 두 가지 형식의 반복이 있다. 들뢰즈(Gilles Deleuze)는 서로 교차 반복되는 이 두 형식을 플라톤식 반복과 니체식 반복이라고 했다(FR, 5-6면). 플라톤식 반복은 근원을 인정한다. 그것은 객관진리가 존재하고 언어가 사물을 지칭함을 가정하는 19세기 리얼리즘과 같은 모방이론이다. 니체식 반복은 근원 대신 차이를 인정한다. 언어는 차이로 이루어진 자의적 구조이다. 언어와 진리의 자의성이 논의되는 반사실주의에서 현실은 모방의 세계가 아니고 환상의 세계이다.

벤야민의 글「프루스트의 이미지」에는 이 두 종류의 반복을 설명하는 멋진 예가 있다(FR, 6-7면). 페넬로페는 남편 오디세우스가 돌아오기를 기다리며 낮에는 잊기 위해 천을 짜고 밤에는 기억하기 위해 이를 푼다. 프루스트의『잃어버린 시간을 찾아서』는 이와 정반대이다. 그는 밤에는 망각을 위해 천을 짜고 낮에는 기억을 위해 이를 푼다. 밤에 짜는 경험은 무의식적이요 망각이고, 낮에는 기억으로 망각의 실마리를 푼다. 그러므로 낮의 의식적인 기억은 결코 실제 경험한 것과는 다른 되돌아본 과거로서 거짓이요, 허구이다. 낮에 날줄과 씨줄을 명료하게 가르는 페넬로페의 천짜기는 플라톤식 반복이요, 프루스트식 천짜기는 니체식 반복이다.

양말은 속이 텅 빈 것이다. 그러나 그 속이 채워짐으로써 의미를 지닌다. 빈 것이었는데 채워짐으로써 의미가 생기는 것처럼 어떤 이미지는 두 개의 반복 사이에서 태어난다. 예를 들어 프로이트의 신경증세는 아무 의미도 모르고 무의식중에 겪은 경험이 후일 철이 든 후 다시 반복되었을 때 먼저의 경험이 흔적으로 살아나는 경우이다. 프루스트의 자아 역시 텅 빈 봉투처럼 의미 부재이다. 다만 첫번째 마들레인과 두번째 마들레인의 맛 사이에서 어떤 이미지가 태어난다. 부스의 내포 저자가 독서에 의해 만들어지는 저자이듯 프루스트의 자아는 반복에 의해 형성되는 텅 빈 기표이다. 그래서 당시에는 모르고 지나친 어떤 경험이 후일 반복되었을 때 의미를 지닌다. 이런 의미에서 프루스트는 자아를 되찾기 위해서가 아니라 독자적이고 온전한 인식 주체를 해체하고 세상으로 들어가기 위해서 잃어버린 시간을 되밟는다. 그가 떠나 온 고향은 오직 두 개의 차이가 부딪쳐서 나타나는 이미지 속에서만 도달할 수 있다는 겸허와 깨달음을 위해서이다. 이것이 벤야민의 양말이요, 프로이트의 신경증세요, 프루스트의 소설이요, 니체식 반복이다. 자아는 텅 빈 것으로 오직 반복에 의해서만 채워진다. 반복에 의한 이미지 탄생. 이것이 또한 밀러식 해체비평의 전제조건이다. 하디의 『테스』에서 붉은색이 처음 나올 때는 아무런 의미를 지니지 않는다. 그러나 그것이 반복될 때 어떤 의미가 생긴다.

플라톤식 반복과 니체식 반복은 서로 얽혀 있다. 이 정·반은 뗄 수 없이 교차 반복된다. 밀러는 이 두 가지 형식이 소설에서 어떻게 자리바꿈을 함으로써 그 작품이 이미 해체되어 있는지 보여준다. 20세기 비평은 이상하고 비합리적인 것의 탐색이며 그 비합리성 속에서 어떤 법칙을 찾는 것이다. 주제비평, 신비평, 의식비평 그리고 그 다음에 오는 것이 수사비평이다. 밀러의 수사비평을

『로드 짐 Lord Jim』, 『폭풍의 언덕』, 그리고 『테스』에서 살펴 보자.

조셉 콘라드의 『로드 짐』은 독특한 서술형식을 취한다. 삼인칭 전지 시점으로 짐에 관한 얘기가 진행되다가 어느 지점에서 등장 인물 마로우가 몇몇 사람들에게 전해주는 형식이 되다가 다시 끝 부분에 삼인칭 전지 시점으로 되돌아온다. 마치 로드 짐이라는 선원에 관해 서술자를 바꾸어가며 뭔가 알아보려 해도 분명히 알 수가 없다는 식이다. 목사의 아들로서 예의와 교양을 갖추고 잘생긴 외모의 짐은 뱃사람들의 존경과 기대를 한몸에 모은다. 그러던 어느 날 배가 파선이 되자 그는 도망치는 선장의 배에서 무의식중에 뛰어내림으로써 배와 동료들을 지키지 못한다. 자신의 비겁함에 스스로 죄책감을 느끼고, 배를 버린 죄로 재판을 받은 후 그는 선원으로서의 자격을 박탈당한다. 그 후 나비 수집가로 원주민 세계에서 성공한 스타인의 도움을 받아 파트산이라는 오지로 떠난다. 짐은 식민지를 잘 돌보아 강하고 부유하게 만든다. 그러던 어느 날 젠틀맨 브라운이라는 침입자의 질책을 받고 스스로의 과오를 잊고픈 마음에선지 그의 침략을 묵인한다. 그 일로 추장의 아들이 죽자 배반감에 떠는 원주민들 앞에서 짐은 스스로의 행위에 죄책감을 느끼고 추장의 손에 죽는다.

무슨 얘기인가. 불가능한 영웅주의에의 집착을 그린 것인가, 아니면 한 이상주의자의 몰락을 그린 것인가. 소설의 다층적 서술형식 속으로 들어가보자. 한가운데 짐이 있고 그에 관해 서술하는 마로우가 있고 그걸 지켜보며 때로 서술을 간섭하는 서술자가 있고 이 모든 걸 지켜보는 독자의 눈이 있다. 게다가 마로우는 짐의 경험을 그에게서 전해 듣는다. 그러므로 양파 껍질 같은 이 구도의 속은 텅 빈 셈이다. 소설이 시작되면 서술자가 한참 나서더니 이제 네가 해보라는 듯 마로우에게 넘긴다. 그는 여러 가지로 짐을 해석하지만 모순되는 내용으로 모호하게 느낀다. 그런데 마로우의 관점에서 풀리지 않던 주제는 독자의 관점에서 좀더 풀린다. 서술자가 앞뒤로 개입하는 부분은 등장인물에게는 감추어진 작가의 비밀이며 독자가 한 걸음 물러서서 감지하는 독서의 몫이다. 어떤 경험에 대한 짐의 분석을 마로우가 분석하고 다시 이를 듣는 서술자가 분석하고 또 이 모든 것을 독자가 분석한다. 그런데 36장에서 전지적 서술자는 왜 다시 돌아와 마로우의 마지막 말이 담긴 편지를 받은 남자를 소개하는가. 짐에 대한 마로우 분석을 의심해 보라는 암시이다(FR, 32면). 마로우의 서술을 자세히 들여다보면 등장하는 인물들이 모두 이런저런 방식으로 짐을 반복한다. 브라이어리 선장의 자살은 짐이 뛰어내리는 것을, 거의 조건반사적인 불란서 중위의 용기는 짐이 파트나호에서 한 짓을, 그리고 스타인의 이상스런 과거는 짐의 삶을 유추케 한다. 모두 비슷하게 혹은 반대로 짐을 반복한다. 이처럼 마로우의 서술 속에는 용기를 시험하는 비슷한 에피소드들이 교차 반복될 뿐 원형이나 기준, 즉 메타 서술이 없다.

한 단계씩 읽어가며 이것인가 하고 보면 그게 아니라고 하니 믿고 기댈 만한 서술자가 없다. 에피소드들은 서로가 눈치를 보며 흉내만 내고 있을 뿐 한 걸음도 앞장서 나가는 게 없고 시간도 과거와 미래가 왔다갔다할 뿐 시작과 중간과 끝이 없고 상징들도 하나같이 양면적이다. 빛과 어둠은 둘 다 짐의 속성이다. 콘라드는 독특한 서술 방식을 택해 기의가 없이 기표들만 떠도는 소설, 정답이 없이 질문만 던지는 소설을 쓴 것이다. 어둠 속에서 보일 듯 말 듯 희미한 불빛을 향해 왔던 발걸음은 그저 왔던 길을 되밟거나 빗나가기 일쑤이다. 그런데 이런 측면은 콘라드의 다른 소설 『어둠의 속』에서도 비슷하지만 조금 다르게 반복된다.

『폭풍의 언덕』에서 서술방식은 『로드 짐』의 경우와 조금 다르다. 히스클리프와 캐더린에 얽힌 얘기를 넬리라는 하녀가 나름대로 재해석하여 록우드라는 방문객에게 들려준다. 독자는 제일 겉구조인 록우드와 같은 위치에서 기대와 좌절을 맛보며 두 가문에 얽힌 얘기를 추적한다. 그가 갑자기 의심하면 독자도 의심하고 그가 발을 헛디디면 독자도 비틀거린다. 록우드는 전혀 정보를 갖지 않은 믿을 수 없는 화자이다. 늘 어리둥절한 상태에서 여기저기 기웃거리며 조각들을 모아 의미를 엮으려는 독자와 비슷하다. 예를 들어 그의 꿈을 히스클리프는 달리 해석한다. 록우드의 서술에서 넬리의 과거를 회상하는 긴 서술로 이자벨라의 편지로 캐더린의 꿈 해석으로 서술이 옮아가는 과정을 따라 해석은 또 다른 해석으로 옮아간다. 샤롯트 브론테는 동생의 소설에 네 번이나 서문을 바꾸어 썼고 비평가들은 이 소설에 대해 수많은 이야기를 해왔다. 절대해석은 없고 하나의 해석에서 다음 해석으로 옮아가는 옆으로 추는 춤이다. 그리고 이것이 해체론의 핵심인 '자리바꿈(dis placement)'이요, 혹은 '환유(metonymy)'이다. 밀러는 『폭풍의 언덕』이 정신분석, 마르크스주의, 구조주의, 신비평, 현상학적 비평, 여성비평 등 다양한 안목으로 분석된 예를 거의 한 페이지나 들먹이면서(FR, 50면) 이들이 각각 배타적이라고 말한다. 각각의 해석은 뭔가를 밝혀주지만 동시에 뭔가를 억압하고 있다는 것이다. 모든 통찰은 눈멂을 지닐 수밖에 없다는 드 만의 『맹목과 통찰』을 연상시키고 롤랑 바르트의 S/Z를 해체적으로 읽은 바버라 존슨의 「BartheS/BalZac」을 연상시킨다.3)

해석의 이질성이란 독자가 아무렇게나 해석할 권리가 있다는 것이 아니다. 모든 해석들이 똑같이 좋다는 것도 아니다. 물론 능력 있는 독자가 꿰뚫어보는 정확한 통찰도 있고 어딘가에서 보편적인

---

3) Barbara Johnson, *The Critical Difference*에 실린 「BartheS/BalZac」(Baltimore: The Johns Hopkins Paperback edition, 1985), 3–12면 참조.

의견의 일치도 볼 수 있다. 다만 꼭 숨겨진 비밀이라도 있는 듯 의미가 하나라는 것이 잘못이다. 가장 좋은 비평은 그 텍스트가 얼마나 다양하게 해석될 수 있는가를 보여주는 비평이다. 에밀리 브론테가 보여주는 틈새처럼 논리에 대한 독자의 욕망을 충족시키지 못하는 텍스트의 실패를 함께 반복하는 것이다(FR, 51–52면).

『폭풍의 언덕』에는 다음과 같은 세 구절이 있다. 시작부분. 록우드가 첫 밤을 보내는 오래된 침실, 책이 쌓인 선반에 이름들이 씌어 있다. 캐더린 어윈쇼, 캐더린 히스클리프, 캐더린 린튼이다. 록우드는 이름의 철자를 자꾸만 떠올린다. 역시 시작 부분. 눈길을 록우드와 히스클리프가 걸어간다. 록우드가 길을 더듬거리자 히스클리프는 길을 가르쳐준다. 그리고 소설의 끝부분. 록우드는 세 개의 무덤 앞에 서 있다. 가운데는 캐더린이고 양쪽은 린튼과 히스클리프의 무덤이다. 밀러는 위의 세 부분들이 모두 작품의 이해에 중요한 단서를 부여하지만 각각이 다른 해석을 낳을 뿐 통합된 하나의 의미로 수렴되지 못한다고 말한다. 첫번째는 이 소설이 2대에 걸친 두 캐더린의 이야기임을 상징한다. 두번째는 이 소설에서 서술자와 길을 안내하는 히스클리프와의 관계를 암시한다. 서술자는 아무것도 모르고 길을 더듬는 록우드이고 안내자는 모든 사실을 알고 있는 히스클리프이지만 그에게 서술이 맡겨지면 위험하다. 그는 캐더린에 관한 얘기를 어떻게 뒤흔들지 모르기 때문이다. 세번째는 캐더린(1세)을 중심으로 서로가 서로를 파괴하는 두 남자와의 삼각관계이다. 이 세 가지 해석은 어느 것도 틀리지 않은 작품의 주제이지만 어느 것 하나 완벽한 설명은 아니다. 오직 타자를 억압함으로써만 설 수 있는 배타적 관계이다. 전체에 어떤 연결이 있는 듯 어떤 중심이 있는 듯 독자를 끌고 가다가 그 기대를 좌절시키는 이 형식은 플라톤식 반복에서 니체식 반복으로 바뀌는 것이며 이 두 가지 형태의 반복이 서로 얽혀 있는 게 『폭풍의 언덕」이다(FR, 69면).

『테스』에서 반복은 어떤 형식으로 나타나는가. 단어, 구, 문장, 그리고 소설 전체가 이미 앞선 이미지, 전설, 스토리 등의 반복이다. 소설에서 테스가 알렉에게 순결을 잃는 장면이나 알렉을 죽이는 장면은 자세히 묘사되지 않는다. 대신 다른 표현으로 대치되는데, 그것은 그리스 비극에서 보여주듯 섹스나 죽음은 묘사되지 않는 앞의 예를 반복하기 때문이다. 작가는 실제 일어난 사건을 쓰는 행위 속에 용해시켜 역사 속에서 반복되는 사건을 만든다. 테스의 운명 역시 코딜리어를 비롯한 부당하게 희생된 여인들을 반복한다. 제목, 부제, 서문이 소설을 반복하고 소설은 앞선 소설들을 반복한다. 그런데 이 반복은 '비슷하지만 다르다'. 테스의 삶은 조상들의 것을 반복하지만 똑같지는 않다. 옛날에는 테스의 조상이 농부의 딸을 더럽혔지만 지금은 진짜 혈통인 테스가 가짜인 알렉에게 당한다. 반복이지만 아이러닉한 전환이다.

플라톤의 『향연』에는 아리스토파네스의 다음과 같은 얘기가 있다. 인간은 원래 남녀가 한몸이었는데 신의 질투에 의해 둘로 나뉘었다. 그리고는 평생 동안 헤어진 제 짝을 찾아 헤맨다. 누군가를 만나 변함없이 사랑을 하면 그 누군가는 바로 잃어버린 원본이다. 그런데 잠깐, 이건 너무 단순한 논리가 아닐까. 과연 제 짝을 찾는 게 가능한가. 제 짝이라면 왜 성적인 욕망은 충족되지 않는가. 연인은 늘 상상에 의한 그림자로만 존재하고 욕망은 채워지는 순간 저만큼 물러난다. 왜 다른 연인을 갈망하고 또 다른 연인을 갈망하는가. 욕망을 충족하는 단 하나의 대상은 죽음뿐이다. 그래서 프로이트는 성적 욕망은 다름아닌 죽음에의 소망이라고 말한다. 반복의 욕망과 죽음에 이르러야 멈추는 반복행위. 대상은 자꾸만 연기되고 욕망은 결코 충족을 모른다면 아리스토파네스의 제 짝이라는 원본은 프로이트에겐 없는 셈이다. 죽음만이 유일한 원본이기 때문이다. 프로이트는 아리스토파네스를 반복하면서 아이러닉한 발전을 보인 셈이고 이 관계는 블룸의 이론을 연상시킨다.

『테스』의 경우를 보자. 엔젤은 테스가 찾는 제 짝인 듯싶다. 하디는 그렇게 설정을 해놓고 알렉을 사이사이에 끼워 끝내 그 짝을 얻지 못하게 한다. 엔젤과 알렉은 교차 반복되며 테스와 만나고 결국 오직 사형이라는 죽음의 그림자 속에서만 두 사람의 짧은 만남은 이루어진다. 그리고는 영원히 헤어진다. 그러므로 하디는 『테스』에서 플라톤처럼 원본을 인정하지만 다음 순간 프로이트처럼 그런 것은 지상에서 얻을 수 없노라고 거부한다. 중심이 있는 듯 기대를 갖게 하고는 그게 없다고 전복시키는 반복, 이것이 밀러가 말하는 플라톤식과 니체식의 반복이 서로 얽히는 것이고 그가 7권의 소설에서 일관성 있게 밝히려는 가설이다.

1982년에 『소설과 반복』을 발표하여 주목을 받은 밀러는 약 5년 후 『독서의 윤리학 *The Ethics of Reading* 』(1987)을 발표하여 앞의 책을 반복하며 수정한다. 이 책은 그동안 해체비평이 전통을 무시하고 무책임하고 허무주의적이라고 비난해 온 사람들의 오해에 답하려는 목적과 수사비평이 정치적이고 사회적인 문맥과 연결되어야 한다는 자각에서 씌어진 것이다(ER, 1-11면). 언어가 실제를 반영하지 못한다는 언어의 비유성이 어떻게 문학이 사회를 반영한다는 모방론과 손을 잡을 수 있는가. 이것은 일찍이 바흐친이 시도했고 제롬 맥건이 새 역사비평에서 시도한 '차이'로서의 언어에 역사의식을 심는 것이다.

소설이란 현실을 있는 그대로 반영해야지 이상화시키거나 교훈을 담아서는 안 된다고 19세기 리얼리즘의 한 대가가 말했다. 그런데 독자는 그의 소설에서 있는 그대로의 현실이 아닌 도덕성을 느낀다. 작가도 독자가 그렇게 느끼기를 원한다. 조지 엘리어트의 『아담비드』의 17장에는 있는 그대로를 옮길 수 있는, 비유적이 아닌 단어가 있다는 가정이 나온다. 그런데 작가는 추하고 가난한 이웃을 사랑하라는 '의도'를 담는다. 추하고 가난한 사람들이라는 '사실'과 그들을 사랑하라는 '의도'가 연결된다. 있는 그대로를 그려야 된다는 그녀의 이론에도 불구하고 실제로 재현된 것은 사실이 아니라 그녀의 주관에 비친 굴절된 사실이란 것이다.

> 엘리어트에게 소설의 가치는 그녀의 동시대인들과 마찬가지로 사물을 얼마만큼 객관적이고도 있는 그대로 전달하느냐에 있었다. 그럼에도 불구하고 소설 속에서 언어에 의해 재현된 것은 있는 그대로의 객관적 사물이 아니라 소설가의 마음의 거울 속에 이미 반영된 것이었다. (ER, 65면)

사실주의 소설에서 단어는 두 번 굴절된다. 사물은 작가의 마음의 거울에 한 번 반영된다. 그런데 그 거울은 왜곡되어 있다. 이제 표현키 위해 적절한 어휘를 고르는 데 다시 한번 굴절된다. 언어에 내재된 비유성 탓이다. 이 이중반영이 추한 사람을 사랑하게 만든다. 그리고 독자에게 무언가를 하게 만드는 것이 글쓰기와 책 읽기에 내재된 윤리성이다. 사실주의 소설은 언어의 비유성에 의존하기 때문에 굴절을 피할 수 없으며 이 굴절에 의해 작가는 독자를 어떤 방향으로 움직인다. 또한 실체는 작가의 전략에 의해 굴절되고 언어의 비유성에 의해 굴절되니 해석이 다양해진다. 엘리어트는 진실을 그대로 말할 수 있다고 믿었으나 재현된 것은 이미 그녀의 전략이 들어 있는 굴절된 것이다. 그녀의 믿음이나 주장과 실제 그녀가 수행한 것 사이의 틈새를 드러내며 밀려는 언어가 수행될 때 전략은 피할 수 없고 여기에 윤리성과 정치성 등 사회의식이 따른다고 말한다. 그러므로 문학은 상황의 반영이며, 정치적이고 사회적이지만, 그것은 결코 굴절이지 그대로의 반영이 아니다

(ER, 61-80면). 밀러는 『소설과 반복』에서 논의한 언어의 비유성
을 그대로 유지하면서 그것에 정치성을 부여하고 있다. 반복이지
만 다르게 반복한다는 자신의 이론을 실천한 셈이다.

3. 해체비평의 의의와 문제점

　가장 정직한 비평은 소설 그 자체의 구조를 반복하는 것, 깊이
들어가 의미를 묻지 않고 표층에 머무는 것, 그래서 어떤 논리도
주장하지 않고 제 꼴이 문학 같음을 드러내는 것이다. 밀러의 해
체비평은 드 만의 수사비평과 블룸의 오독의 지도를 함께 섞은 독
특한 비평이다. 특히 이론이 무성하고 실제비평은 드문 후기구조
주의 시대에 집중적인 읽기를 통해 신비평 이후 새로운 읽기의 가
능성을 보여준 것은 높이 평가된다. 밀러는 신비평의 이미지에 대
응하는 자리바꿈, 혹은 환유를 통시적으로, 공시적으로 살피면서
해체라는 그 와중에서도 플라톤식과 니체식의 두 형식이 교차 반
복된다는 독특한 가설을 고수한다. 그리고 신비평보다 훨씬 더 다
양한 방식을 쓸 수 있게 문을 열어놓아 독자의 상상력과 자율성을
존중한다. 그러나 이런 장점은 그대로 단점이 되기도 한다.
　해체비평의 문제점은 그것이 옳다 그르다 이전에 우선 적용하는
데 힘이 든다는 것이다. 텍스트를 철저히 읽어야 하고 그 속에서
논리를 와해시켜야 하는 고도의 지적인 작업이기 때문이다. 신비
평처럼 간결한 해석 방식이 주어진 것이 아니라 모든 것이 이미 해
체되어 있다는 커다란 전제 아래 아무런 의미나 논리를 추구하지
않도록 마음을 비우고 어떤 방식으로든 설득력 있게 읽어내야 한
다. 주어진 방식대로 읽는 것에 익숙해 온 독자들은 이런 열린 체
계 앞에 당혹스러워지고 난해함을 느끼게 마련이다. 게다가 미끌

미끌한 언어의 유희, 억압된 것의 귀환, 반복, 오독, 손에 쥐어주는 게 없는 섭섭함, 중심과 권위에 도전하는 방자함 등 안정을 좋아하는 보수 전통의 아카데미에서 해체비평은 의붓자식처럼 꺼림칙해 보인다. 그러나 하도 써서 낡은 신비평이나 주제비평에 언제까지나 매달릴 수만도 없는 노릇이다. 그리고 언어의 비유성, 진리의 허구성, 독서의 자율성 등 포스트모던 시대의 이념과 맥락을 같이하는 독서 방식이기에 무조건 외면할 수도 없다. 아마도 해체비평을 알고 그것의 한계가 극복되는 모습을 주시하는 게 풍요한 독서와 삶을 위해 더 바람직한 자세일지도 모른다.

해체비평은 스스로를 해체한다. 신비평의 닫힌 체계를 거부한다면서 그보다 한층 더 텍스트 속으로 파고들고, 언어가 실체를 지칭하지 못한다면서 그토록 할말이 많기 때문이다.

닮음과 다름의 긴장관계 · Ⅱ
─ 김현의 읽기와 다르게 읽기

오랜 세월이 흐른 뒤 한 권의 작품에 대한 해석이 이전의 것과 달라지는 예는 비평의 역사에서 아주 흔한 일이다. 아니 그 자체가 바로 비평의 역사라고도 볼 수 있다. 이청준의 『당신들의 天國』은 1976년에 초판이 나왔고 1984년 재판이 발행되어 거듭 읽혀오고 있는 책이다. 이 책은 말미에 평론가 김현의 해설을 덧붙여 독자에게 도움을 주고 있는데 그 글은 흔히 여겨지듯 짧은 분량의 간단한 해설이 아니다. '근년에 발견된 가장 좋은 소설 중의 하나'이기에 '가능한 한 자세하게 분석'함을 목표로 한다는 김현의 말처럼 한 편의 평론으로 손색없는 분량과 내용을 담고 있다. 그런데 위대한 문학작품은 논리적인 분석틀을 흘러 넘치고, 잘 쓰인 비평은 틈새를 드러내어 그 다음 세대에게 새롭게 읽을 기회를 준다. 김현의 글이 갖는 틈새는 무엇인가? 이 글은 지금까지 『당신들의 天國』에 대한 평론의 글들 가운데에서 통찰력 있고 세밀하게 분석된, 그러면서도 틈새를 주는 김현의 글이 어느 부분을 강조하고 어느 부분을 억압했는지 드러내 김현과 다른 방식의 읽기를 선보이려는 데 있다.

우선 누가 읽어도 비슷하게 간추려 낼 수 있는 작품의 내용을 소개한다.

나병환자들이 수용된 소록도. 현역군인 조백헌이 원장으로 부임한다. 그는 첫날부터 부임 인사도 없이 섬을 돌아본다. 그를 안내하던 보건 과장 이상욱은 혹시 일제시대의 주정수 원장처럼 그도 가슴 속에 동상을 지닌 것은 아닌가 의심한다. 주 원장은 자신의 야망을 위해 섬을 낙원으로 꾸미려다 원생에게 살해되었던 사람이다. 직선적이고 투지가 강한 조 원장은 무기력하고 소극적인 섬사람들에게 활력을 불어넣기 위해 축구팀을 결성하고 섬사람들은 육지에 나가 승리를 거둔다. 원생들의 마음을 얻는 데 조금은 성공한 그는 두번째 단계로 바다의 만을 막아 환자들이 자립할 터전을 만들자고 제안한다. 한번 마음 먹으면 끝까지 밀고나가는 강인한 의지의 조 원장은 목숨을 내걸고 그들을 설득하여 일을 시작한다.

바다에 돌을 던져 둑을 쌓는 작업은, 육지 주민의 반대는 쉽게 물리쳤으나 그보다 더 큰 위력 앞에서는 쉽사리 좌절된다. 둑은 올라왔다가 가라앉고 다시 돌을 던지면 올라왔다가 가라앉고 한다. 성공할 듯하면서도 실패를 거듭하자 육지 주민들은 환자들로부터 일거리를 빼앗으려 당국의 힘을 빌리고 원장을 다른 곳으로 옮겨가게 만든다. 원장의 희생과 헌신에 감동된 원생들은 원장의 전임발령을 거부하는 탄원서를 마련하고 이상욱은 원장을 찾아와 이를 말리고 어서 섬을 떠나줄 것을 당부한다. 이상욱이 먼저 자취를 감추고 원장도 섬을 떠난다.

5년이 지난 후 원장은 공직을 떠난 평범한 인간으로 되돌아와 섬사람들을 돕는다. 그는 못 이룬 둑쌓기 대신 건강인 서미연과 음성환자 윤해원 사이를 연결시켜 2년 후 그들이 결혼에 이르도록 주선한다. 화창한 결혼식 날 사람들은 식장으로 몰려가는데 조 원장은 집에 남아 축사를 연습하고 문 밖에서 그것을 듣고 있는 이상욱의 입가에서 뜻모를 미소가 떠오른다.

이것이 작품의 겉구조(syuzet)를 경험하고 간추려 본 소설의 내용(fabula)이다. 이제 이 작품에 대한 평론을 보자.[1]

김주연은 이 소설의 중심인물을 조백헌, 이상욱, 황희백으로 보며 특히 조백헌이 실천적 인물임에 비해 이상욱은 비극적 세계를 인식하는 인물로 대조를 이룬다고 말한다. 그리고 소설의 결말을 황노인과 이상욱에 의해 계발된 조 원장이 의식의 변모에 도달하는 것으로 풀이한다. 김치수 역시 조 원장을 이상욱과 황노인에 의해 집단의 지도자에서 공동체의 참여자로 변모하는 긍정적 인물로 본다. 그러나 이청준의 작품 가운데 드물게 보는 화해로운 이 결말은 어딘지 인물을 편애한 듯하다고 엷은 의문을 표시한다. 정명환은 조 원장이 황노인의 계시를 소화하고 심화하여 낙관적인 성취의 가능성을 보여주는데 이런 결말은 뭔가 석연치 않다고 불만을 표시한다. 그는 여전히 동상의식을 가진 듯하고 특히 제3부는 신념과 예언의 언어뿐이어서 앞부분의 지적인 분석이 안이한 이상주의로 흐른다. 따라서 구성이 치밀하지 못하다는 것이다. 김천혜는 1부의 시점자를 이상욱, 2부를 조백헌, 3부를 이정태로 구분하고 이상욱의 눈으로 보는 조백헌, 조백헌의 눈으로 보는 이상욱이 대립구조를 이루고 3부에서 국외자를 등장시켜 어느 명제가 더 타당한가를 묻는다고 말한다. 즉, 치자(治者)와 피치자(被治者)의 대립이 사랑으로 해결되어 조백헌은 완전한 통지자가 된다는 것이다. 그리고는 구성이 치밀하지 못했다고 덧붙인다.

---

1) 김주연의 「사회와 인간」, 정명환의 「소설의 세 가지 차원」, 김천혜의 「治者와 被治者의 윤리」는 『이청준』(우리시대의 작가연구총서, 김병익·김현 편집, 은애, 1979), 205−221면, 222−244면, 245−254면에 실려 있고 김치수의 「변화와 탐구의 공간」은 『박경리와 이청준』(김치수 평론집, 민음사, 1982), 112−130면에 실려 있다.

위와 같은 해석들은 부분적 차이에도 불구하고 대체로 조 원장을 긍정적인 변모의 인물로, 결말을 실천적 화해로 해석하며 그것에 약간의 불만을 표시하고 경우에 따라 그 탓을 구성의 허술함에 돌리고 있다. 이에 비해 김현의 해석은 한층 더 긍정적이다. 그리고 이청준의 독특한 구조인 격자소설과 연결을 짓는다.

『당신들의 天國』은 복합적 시선의 소산이다. 그의 상당수의 소설이 취하고 있는 격자소설적 양식을 그것은 취하고 있지 않다. 그러면서도 격자소설의 기본 구조인 복합적 시선, 하나의 사건이나 인물을 여러 각도에서 접근하고 있는 격자소설적 시선을 그대로 차용하고 있다. 그의 격자소설이 시간적으로 고정된 하나의 사건이나 인물을 여러 각도에서 분석하는 것이라면 『당신들의 天國』은 시간적인 변모를 감수하는 한 인물을 여러 각도에서 분석하고 있기 때문이다.[2]

김현은 소설의 1부와 2부의 시점자를 이상욱으로 보고 3부의 시점자를 이정태로 보며 이 복합적인 시선의 중심인물을 조 원장으로 해석한다. 그리고는 이 소설은 격자소설의 기본선을 따르는 것처럼 보이지만 사실은 조 원장 개인의 성장을 그린 교양소설적 측면을 강조하고 있다고 말한다. 조 원장은 황노인과 이상욱에 의해 개인적인 욕망이 수정을 받고 마지막에 자유와 사랑과 신념을 실천하는 이청준 소설에서 보기드문 긍정적 인물이다. 그래서 조 원장의 마지막 결혼축사는 그의 화해적 성격을 유감없이 보여주는 예이다. 결혼을 사회와 가정이 이어지는 다리의 상징으로 볼 때 이상욱의 차가운 회의주의는 그가 실패한 가정의 아이라는 데서 연유된다……. 권력의 의미, 진정한 천국의 의미, 자유와 사랑과

2) 이청준, 『당신들의 天國』(문학과지성사, 1976, 1984 재판), 381-382면. 이로부터 이 책에서의 인용은 면수만 표시.

314

신념의 조화, 그리고 이청준 소설이 갖는 열린 개인주의 등 김현은 깊은 통찰로 다양하게 한 편의 소설을 분석한다. 그러면서도 그의 글은 다음과 같은 몇 가지 의문점을 야기시킨다.

첫째, 제2부의 시점자는 이상욱이 아니라 조백헌이면서 동시에 서술자가 군데군데 개입하고 있다는 것.

둘째, 이청준이 끈질기에 추구해 온 격자소설, 혹은 중층구조는 이 소설에서도 겉보기에는 잘 드러나지 않지만 다른 모양새로 역시 반복되고 있다는 것. 따라서 구성이 치밀하다는 것.

셋째, 제3부에서 조 원장이 섬으로 되돌아오는 것은 이상욱의 편지에서 영향을 받았는데 이 부분의 논의가 간과되어 해석이 달라지고 있다는 점.

넷째, 마지막 조백헌의 결혼축사에 대한 해석은 긍정적이라기보다 부정적으로 해석될 수 있다는 점이다.

다시 말하면 김현은 이 소설이 이청준이 추구해 온 격자소설의 기본 구조인 복합적 시선을 취하고 있다고 인정하면서도 실제 논의에서는 그런 시선들이 간과된 평면적인 해석을 내리고 있지 않느냐는 의문이다.

한 편의 소설을 읽으면서 우리는 어떤 사건이 누구에 의해 매개되고 있는가를 본다. 서술자는 누구이고 그 사건을 보는 자는 누구인가. 그것에 따라 해석은 어떻게 종합되어야 하는가. 복합적 시선을 사용하는 작품일수록 이런 측면은 중요하다. 흔히 복수시점을 사용하는 모더니즘 소설에서 누가 하는 말이고 누가 보는 사건인가는 구별되어 짚어져야 한다. 서술자와 시점자의 관계를 좀더 분명히 드러내기 위해 비평의 역사에서 담론비평이란 것을 끌어들여보자.[3]

---

[3] '담론비평'이란 용어는 필자가 쥬네트의 책, 『서사담론 *Narrative Discourse*』에서 끌어낸 것이다. 구조주의 시대의 소설론을 서사론이라 한다면 후기구조주의

1. 담론비평

한 편의 작품을 이해하는 데는 여러 가지 방식이 있다. 저자의 생애나 시대 상황, 작품이 독자에게 미치는 영향을 작품과 연결시킬 수도 있고 그저 작품 자체만을 똑 떼놓고 들여다볼 수도 있다. 한 시대의 평론방식은 늘 그 시대의 인식론, 즉 '진실을 보는 방식'과 연결되어 있고 한 시대가 작품 자체만을 보았다면 그 다음 시대는 다시 저자와 상황과 독자를 끌어들이곤 한다. 19세기 리얼리즘 시대는 언어가 객체를 지칭한다는 재현론, 혹은 실증주의 철학의 시대였고, 이 시대의 비평양식도 전기비평, 주제비평, 역사비평 등 작품과 상황을 연결시키는 쪽이었다.

20세기 전반부 모더니즘 시대에는 언어의 지칭력이나 본질에 대한 회의가 새로운 비평양식을 낳는다. 즉, 한 편의 작품을 인간의 의식이 경험하는 대로 서술하는 현상학적 읽기, 한 편의 작품이 어떻게 유기적으로 얽혀 주제를 형성하는가를 살피는 신비평, 그리고 작품의 구조를 정·반의 대립구조에 의존해 분석하는 구조주의 등 작품 자체의 형식을 철저히 경험하는 '형식주의'가 주류를 이룬다. 저자의 의도는 작품에 그대로 반영될 수 없고(의도의 오류), 독자에게 미치는 영향도 예측될 수 없다는(영향에의 오류) 가정 때문이었다. 저자가 가능하면 뒤로 숨고 등장인물을 내세워 그들에게 시점뿐 아니라 서술까지도 떠맡기던 모더니즘 작품들이나 말하기(telling)보다 보여주기(showing)를 극찬한 러보크의 「소설의 기법(the Craft of Fiction)」이 같은 맥락에 있음을 보면 한 시대의 인식론은 예술의 기법과 비평이론을 낳게 하는 샘물인지도 모른

시대 소설론은 서사담론 이론이라 볼 수 있다. 웨인 부스 이후 쥬네트, 코온, 쉬탄젤 등이 연구한 것은 소설을 독자를 움직이려는 언술행위(discourse)로 보고 그 전략을 분석한 것이었다.

다.

20세기 후반부 비평이론의 가장 두드러진 특징은 그때까지 제외되어 왔던 저자, 독자, 그리고 상황을 다시 작품 속으로 끌어들이는 작업이었다. 해체론자인 폴 드 만은 형식비평이 제외시킨 상황을 다시 끌어들여 언어가 상황을 지칭하는가 보더니 언어의 비유성이 너무 강해 반영을 못한다고 말한다. 미셸 푸코는 저자를 다시 끌어들여 개념을 담은 온전한 저자가 아니라 기능으로서, 체계로서 존재하는 저자로 끌어내린다. 웨인 부스는 뒤에 숨어서 인물을 조정하는 저자를 앞으로 끌어내어 내포저자로 격하시킨다. 쥬네트는 서술자와 시점자를 분리시키고 코온은 둘 사이의 관계를 리얼리즘과 모더니즘 소설에서 탐색한다. 쉬탄젤 역시 둘 사이를 연구했고 챠트먼은 스토리와 담론을 구분지어 러시아 형식주의가 형식과 내용을 구분한 이래 형식에서 서사로, 서사에서 담론으로 옮아가는 비평이론의 변모를 보여준다. 원래 역사란 객관적인 사실의 기록이요, 담론이란 말하는 자의 주관이 개입되어 듣는 자를 설득하는 수사적인 글이라고 정의되어 오던 것이 이제는 담론이 압도적이 되어 역사까지도 담론의 영역으로 흡수되고 만 것이다.

담론비평은 작품을 분석하는 한 가지 방식이다. 그것은 작품을 저자의 고안물로 보고 그가 어떤 서술전략을 사용해 독자를 움직이는가를 보는 소설읽기이다. 모더니즘 작품들은 그 이전의 리얼리즘 작품들보다 등장인물들의 시점을 중시했다. 복수시점을 사용하는 경우와 저자가 신처럼 자신의 시점으로 인물들을 서술하는 단일시점의 경우는 해석이 달라져야 했기에 20세기 후반부에 서술자와 시점자를 분리하는 이론이 나온 것은 당연했다. 새로운 비평이론이란 바로 앞시대의 기법을 포괄하는 논리이면서 당대의 새 인식론을 반영하는 이중적인 것이기 마련이다.

얼핏 리얼리즘 소설인 듯하면서도 복수시점을 야단스럽지 않게 사용하거나 중층구조를 사용하는 이청준의 소설은 다분히 모더니즘적 요소를 갖고 있다. 그러면서도 언어의 자의성, 실체의 허구성, 자서전의 허구성 등 말의 탐구를 계속하는 작업이 포스트모던적인 분위기를 연상시키기도 한다.『당신들의 天國』은 복수시점에 서술자가 서술권을 놓지 않는 서사양식이다. 그것은 소록도라는 소외된 지역의 아픔을 그리면서 그보다 보편적인 권력의 구조, 인간의 욕망이라는 주제를 그린다. 이제 3부로 구성된 이 소설에서 서술자가 등장인물들에게 시점을 어떻게 나누고 그에 따라 의미가 어떻게 달라지는지 살펴보자.

2. 서술자와 시점자들

제1부의 시점자는 이상욱이다. 서술자는 늘 이상욱을 데리고 다니면서 그가 보는 것만 서술한다. 등장인물인 이상욱은 새로 부임한 조 원장에게 섬을 안내하고 섬에서 일어나는 일들, 그리고 과거에 일어났던 일들을 그의 시선 안에서 때로는 설명하고 때로는 극화한다.

원장의 추궁에 대한 대답은 실상 너무도 가까운 곳에 있었다. 너무도 분명한 해답들이 상욱의 목구멍 속에서 서물서물 그를 충동질해대고 있었다. 하지만 그는 그것을 참고 있었다. 아직은 좀더 기다려야 할 것 같았다. (34면)

죽은 후에 유골을 찾아다주기는커녕 집안 식구 중에 환자가 있다는 사실이 알려지는 것을 두려워한 가족들은 살아 있을 동안의 서신연락을 용납하는 경우조차 드물었다. (27면)

318

원장은 그런 지시를 하달하고 나서도 별다른 공식집회 같은 건 마련하지 않았다. 그는 곧 원장실에 깊숙이 틀어박혀 앉아서 무엇인가 혼자 골똘한 생각에만 빠져 있었다. (35면)

위의 인용에서 첫번째 것은 이상욱의 속마음이고 두번째 것은 그의 설명이고 세번째 것은 그의 곁눈질, 즉 사시적 시선이다. 그러면 상욱의 눈에 비친 섬과 조 원장과 섬사람들은 어떤가.

섬은 밖에서 보듯 아름다운 공원이 아니고 섬사람들은 화가나 시인의 슬픈 모델들이 아니다. 그곳은 애증, 욕망, 그리고 배반이 교차되는 유동적이고 모순에 가득 찬 인간세상이다. 섬에 대한 첫인상은 탈출사고가 주는 자유에 대한 갈망 혹은 배반의 욕망이다. 원생들은 얼마든지 섬에서 자유롭게 나갈 수 있는데도 탈출한다. 환자로서가 아닌 인간으로서의 욕망 때문이다. 모두들 슬픈 과거를 지니고 왔기에 서로 지난 일을 묻지 않는다. 자식들을 미감아 수용소에 보내고 단 오 분간의 면회로 그리움을 채워야 하는 비극, 이런 곳에 건강한 사람들이 섬사람들을 돕겠다고 찾아든다.

서미연처럼 젊은 여자들인 경우엔 그들을 질투하는 윤해원이란 청년이 기다린다. 누이가 발병하자 자신도 이곳에 와서 음성환자가 된 그는 건강한 여자들을 괴롭혀 내쫓는 이상한 취미가 있다. 그는 서미연이 귀여워하는 아이들을 질투하고 서미연을 질투하고 이상욱을 질투한다. 그는 자신의 증세를 솔직하게 드러내는 '가장 대표적인 징후의 환자'이다. 그와 상욱과 서미연의 관계는 르네 지라르의 욕망의 삼각구조를 연상케 한다. 그는 상욱을 질투하여 미연을 갈망하고 미연을 질투하여 미연이 사랑하는 소년에게 발진이 돋기를 기다린다. 해원은 그래도 솔직하다. 대부분의 섬사람들은 건강인에 대한 자신의 질투를 무표정으로 대신한다. 게다가 그 건강인이 섬사람들을 위해 낙원을 꾸미겠노라고 할 때 더욱 그렇다. 상욱은 새로 부임한 조 원장을 곁눈으로 보며 그도 옛날의 주 원장처럼 낙원을 꾸민다고 서둘지 않을까 걱정스럽다. 대략 이런 것들이 상욱의 시선으로 보여주는 섬의 모습이다.

그러면 상욱은 누구인가. 독자는 상욱이 보여주는 섬의 내력을 받아들이면서도 그는 도대체 어떤 사람인가 궁금하여 그의 시선 밖으로 나온다.

이상욱은 이 섬 밖에서 온 건강인이지만 섬 안에서 배태된 미감 아이다. 그는 섬을 객관적으로 보면서도 그 섬을 결코 떠날 수 없는 섬 안의 사람이다. 그의 의식 안에서 회고되면서도 한민이라는 소설가 지망생이 남긴 글을 통해 객관화되는 상욱의 과거를 보자. 섬을 찾아오면서 우연히 만난 두 남녀는 비밀리에 사랑을 나누다가 아이를 갖게 된다. 결혼이 금지된 섬의 규율 때문에 두 사람은 동료 환자들의 절대적인 보호 속에서 태어난 아이를 방 안에만 가두어 기르다가 어느 날 섬 밖으로 탈출시킨다. 그후 상욱의 아버지 이순구는 그를 도와준 동료들을 배반하고 일본인 원장과 그의 부하 밑에서 권력의 앞잡이 노릇을 한다. 애초에는 자신의 처지를 보호하기 위해 순시를 했지만 차츰 권력의 맛을 들이면서 그는 동료를 배반했고 그런 이순구를 동료들 역시 살인으로 배반한다. 권력이 권력을 낳고 배반이 배반을 낳는 인간의 속성이다.

이제 독자는 상욱의 시선이 의심과 불신과 두려움에 차 있는 이유를 짐작케 된다. 그는 '어린 시절부터 사람들의 시선에 얹히는 것이 싫고 두려웠다.' 그리고 그는 아버지의 삶을 반복하지나 않을까 두렵다(146면). 황노인에게서 듣는 주 원장 이야기 역시 권력과 야망과 배반의 속성을 담은 은유이다. 애초에는 선의로 출발했지만 한 단계씩 성공하면서 신망이 쌓이고 밑에 권력의 그물망이 생겨 그 자신이 덫에 걸리고 만 것이다. 아버지와 주정수의 삶을 통해 상욱은 인간의 욕망과 폭력을 두려워하고 조 원장을 곁눈으

320

로 보면서 동상을 갖지 못하게 해야 한다는 강박관념 속에 산다. 명분보다 과정을 중시하고 말에 대해 회의를 느끼는——'숨을 거두어야 비로소 말을 시작한다(85면)'——그는 이청준의 중층구조 소설에서 전형적인 지성인 화자를 연상케 한다.

제1부에서 서술자가 시점을 거의 상욱에게 넘긴 것은 그가 섬 밖에서 성장한 섬 안의 인물이기 때문이다. 그는 섬 안의 입장이 되어 섬 밖의 사람을 볼 수 있고, 또 섬 밖의 입장이 되어 섬 안의 사람들을 볼 수도 있다. 그러면 그는 부스의 용어로 믿을 만한 인물(reliable character)인가. 다시 말하면 서술자와 한몸이 될 수 있고 같은 도덕을 나눌 수 있는 인물인가. 지금까지는 비교적 객관적인 시선인 듯싶지만 더 두고 볼 일이다. 서술자는 얼마든지 인물을 배반할 수 있고 인물 역시 서술자를 배반할 수 있다. 둘 사이는 전지 서술의 경우처럼 종속의 관계가 아니다. 쓰는 이와 보는 이가 분리되어 있으니 권한도 양측이 나누고 자유와 책임도 나누어 갖는다. 그리고 이처럼 인물을 풀어놓는 것은 독자를 풀어놓는 것이기도 하다. 독자는 부지런히 상욱의 시선 속으로 들어갔다가는 다시 나와서 그를 판단하며 의미를 합성해가기 때문이다.

제2부에서 서술자는 상욱에게서 시점을 거둬 들여 이번에는 조원장에게 건네준다. 이제 조원장은 상욱이 지켜보던 피동적 인물이 아니다. 섬사람들을 설득하여 둑 쌓는 작업을 해나가는 능동적 인물이다. 상욱을 포함한 섬사람들의 모습이 그의 눈에 들어온다. 그리고 상욱의 시선을 통해 보던 독자는 이제 조 원장의 시선을 통해 섬을 본다. 그리고 제1부에서 막연히 추측했던 상욱의 성격이 조 원장의 눈을 통해 좀더 선명히 드러난다.

첫번째 장벽이었다. 조 원장의 실망은 말로 할 수 없었다. 그는 또다시 출발점으로 되돌아가 있었다. 무엇보다도 그는 보건과장 이상욱의 노력의 흔적이 조금도 엿보이지 않는 데 대해 섭섭한 마음을 금할 길이 없었다. 황희백 노인은 섬 안 장로들 가운데에서[……]

하지만 원장은 이제 또다시 시간을 허비하고 있을 수는 없었다[……] 걸핏하면 그(이상욱)는 이 섬의 내력을 들추어내어 그것만을 생각하고 그것 위에서 모든 일을 간단히 결론지어버렸다. 그는 자기의 어두운 경험세계와 불행스런 섬의 역사에 짓눌려 언제나 우중충하고 무기력한 얼굴을 하고 있었다. 그는 누구보다도 사람을 믿으려 하지 않았다. 뿐만 아니라 아무것도 이루려 하지 않았고 아무것도 이루어보려는 행동을 하지 않았다[……]. (154-155면, [……]는 필자의 줄임)

두 사람 사이는 이상스레 서로가 못마땅하다. 제1부에서 상욱에 대한 나름대로의 판단을 갖고 있던 독자는 조 원장의 판단을 들으며 공감을 하게 되고 그런 조 원장은 어떤 사람인가 지켜보게 된다.

문둥이의 미래를 위해 오마도 개척단을 설치한 조 원장은 헌신적인 노력으로 원생들의 용기를 북돋우고 신에 가까운 의지로 역경을 헤쳐 나간다. 둑 쌓는 일이 성공의 기미가 없자 황노인은 자신의 험한 과거를 털어놓으면서 소외받는 인간들의 내부에 숨은 잔인성을 경고하며 용기를 북돋운다. 둑은 희미하게 그 모습을 나타냈다가는 사라지고 이 사업을 빼앗으려는 육지 주민과 당국의 압력으로 원생들의 열기는 반대로 높아간다. 조 원장의 전출반대 서명운동으로 물러나 있던 상욱이 다시 나타나 원장에게 그만 떠나줄 것을 부탁한다.

제2부에서 서술자는 제1부에서와 달리 등장인물의 시점에 전적으로 의지하지 않고 군데군데 개입한다.

[……]하지만 조 원장이란 인물은 원래가 그런 자자분한 데보다는 결

단과 행동이 늘 앞서 버리곤 하는 위인이었다〔……〕.(174면)

　　조 원장이 섬을 떠나리라는 소문은 그러니까 이 일을 추진해 나가는
데는 누구보다도 조 원장이 가장 방해 거리가 되리라는 계산에서 될 수
만 있으면 그 조 원장부터 우선 섬에서 내몰아버리고 싶은 희망에서 비
롯된 것이었다.(229면)

　　워낙 제 2 부는 개인의 시점에만 의존하기보다 그것을 넘어서는
객관적인 어떤 현상을 다루고 있고 그 규모나 범위가 인간의 내면
심리보다 긴박감 넘치는 사건들의 연속이다. 조 원장의 극적인 설
득, 작업과정의 열기, 좌절, 외부의 압력, 내부의 배반, 생명을
걸고 그 배반에 항거하는 원장의 극기, 원생들의 감동 등, 한 인물
에게 시점을 전적으로 맡기기에는 벅차다. 그런데 서술자는 조 원
장이 보는 사건과 자신이 보는 사건이 크게 빗나가지 않음을 보여
등장인물에게 상당히 우호적인 자세를 취한다. 상욱에게는 은근
히 불만을 노출시켰는데 여기에서 조 원장에게는 상당히 공감하고
있다. 상욱에게 거의 시점을 넘겨준 제 1 부에서 독자는 상욱의 시
점으로 사건들을 보면서도 한편으론 이 친구가 과연 믿을 만한가
를 내심으로 따져본다. 관찰자적인 입장 탓인지 자라온 환경 탓인
지 상욱은 타인을 주시하고 평가하고 참여적이라기보다 냉소적인
회의주의자이다. 그러나 언어의 자의성과 명분의 허구성을 정확
히 꿰뚫어보고 섬의 내력을 아는 지적 인물이기도 하다. 그러기에
서술자의 불만은 상당히 암시적이고 복합적이다. 그런데 제 2 부에
서는 상욱과 상당히 대조적인 조 원장을 등장시키고 한 구절(앞에
인용한 174면)을 제외하고는 대체로 우호적인 자세를 취한다. 그러
나 이것도 아직은 모른다. 서술자가 언제 조 원장을 배반할는지,
아니 조 원장이 그를 배반할는지는 아직 미지수이다.

제3부에서 서술자는 제2부에 잠깐 등장한 신문기자 이정태에게 시점을 넘긴다. 조 원장이 섬을 떠난 7년 후 섬에서는 윤해원과 서미연의 결혼식이 있을 예정이고 그는 결혼식 취재차 찾아온 것이다. 이정태는 섬 안의 사람들에게 관심을 가지고 있는 섬 밖의 사람으로서 호기심과 깊은 이해를 동시에 가진 인물이다. 그러기에 앞 부분에서 누적된 대립과 갈등을 마무리 지을 마지막 장에 적절한 객관적 시선이다. 그는 이제는 원장이 아니라 평범한 인간으로 섬에 돌아온 조백헌을 만나고 그가 돌아온 이유, 그동안 두 사람의 결혼을 주선한 경위를 듣는다. 이상욱이 원장에게 보낸 두 통의 편지가 소개되고 섬과 병사의 실상이 이정태 기자의 시점으로 펼쳐진다. 섬은 겉보기에 평화로워 보인다. 원생과 건강인 사이의 벽이 무너지고 사는 환경도 더 좋아진 것 같다. 그러나 원생들은 여전히 후손의 이름을 빌려 미래를 위한 현재의 희생을 거부한다. 그래서 결혼을 앞둔 윤해원은 단종수술을 원한다. 그리고 이상한 것은 두 사람의 결혼에 대해 정작 원생들은 별로 기뻐하는 모습이 아니다. 드디어 결혼식 날 이정태는 방 안에서 긴 축사를 연습하는 조백헌의 기이한 음성과 그것을 듣고 있는 이상욱의 의미 모를 미소를 본다. 지금까지 이 소설은 마치 이것을 위해 마련된 듯 이 마지막 장면은 극적이고 암시적이고 이를 부추기듯 조백헌의 축사는 서술자의 마무리도 없이 열린 채로 끝난다.

〔……〕두 분은 기왕에 남다른 사랑과 용기로 이 일을 이룩하였으니 앞으로도 계속 자신들의 방둑을 허물어뜨리지 말고 누구보다 굳세게 그것을 지키고 살찌워 나가 달라는 것입니다. 절벽을 허물어뜨리고 그 절벽 대신 따뜻한 인정이 넘나들 믿음과 사랑의 다리가 놓여져야 할 곳은 많습니다. 다리의 이쪽과 저쪽이 한 동네 한 마을로 섞이고 화목해야 할 자리는 많습니다. 제가 두 분의 신접 살림을 직원 지대와 병사 지

대의 중간에 마련하고자 했던 것도 사실은 그런 뜻이 있어서였습니다 〔……〕이제 두 사람으로 해서 그 오랜 둑길이 이어지고 길이 뚫렸습니다. 그리고 당신들의 이웃은 힘을 합해 그 길을 지키고 넓혀 나갈 것입니다.

이 마지막 말을 어떻게 해석해야 하는가. 김현의 해석처럼 조원장의 축사를 사랑, 자유, 믿음의 화해로 볼 것인가, 아니면 좌절된 집념의 소유자가 그런 식으로 탈출구를 찾은 것으로 해석할 것인가. 작품이 열린 채로 끝나기에 판단은 독자에게 맡겨진다.

이제 시점자를 달리하여 3부로 나뉜 평면구조를 입체화시켜보자. 이상욱이 보는 조 원장이 있고(1부) 조 원장이 보는 이상욱이 있다(2부). 그리고 이제 이정태의 눈으로 보는 두 사람이 있다(3부). 이정태의 시점 안에 두 인물이 들어온다. 제일 겉 시선은 이정태, 그 안에 이상욱, 그리고 그 속에 조백헌이 있다. 이정태는 조백헌의 축사를 엿듣는 이상욱의 얼굴에 한 가닥 떠오르는 미소의 의미를 읽어내지 못한다. 그것은 '조백헌의 직선적이고 순정적인 생각에 감동을 받은 듯했지만 오히려 어떤 연민어린 비웃음 같기도 했다'(377면). 여기서 서술자는 독자 만큼도 더 사실을 알지 못하는 순진무구한 이정태에게 시점을 넘겨주어 독자에게 해석을 내맡긴다. 이 구도는 마치 조셉 콘라드의『어둠의 속』을 연상시킨다. 제일 안쪽에 커츠 선장이 있고 그에 관해 얘기를 전달하는 마로우 선원이 있고 그의 얘기를 듣는 뱃사람이 있다. 이 작품을 커츠 선장에 관한 얘기로만 풀이하면 평면적 서술이 되고 만다. 그러나 그 얘기를 각색하여 전달하는 마로우에게 초점을 맞추면 입체적 구조가 되고 또한 듣고 있는 뱃사람까지 포함하면 3중 구조가 된다. 그리고 단순히 커츠 선장의 타락에 관한 얘기가 아니라 어떤 얘기를 전달하는 데 개입되는 전달자의 욕망에 관한 얘기가 된다. 재현에 따르는 필연적인 굴절, 아니 언어의 자의성 혹은 실체의 허구성이다.

이상욱의 미소는 감동인가, 비웃음인가. 만일 독자가 조백헌의 축사를 그대로 받아들이고 감동을 느끼면 일차적인 읽기가 된다. 사랑과 자유와 믿음의 소망스런 화해이다. 그러나 이상욱의 곁눈질에 초점을 맞추면 조백헌의 축사는 그 일차적 의미를 잃는다. 결국 조 원장은 자신의 집념을 끝까지 해내어 상욱이 염려했던 대로 마음 속의 동상을 세웠다는 것이다. 이런 이차적 읽기를 뒷받침할 몇 가지 근거를 간추려보자.

첫째, 조백헌은 둑쌓는 일에 실패하고 섬을 떠났으나 그 일을 단념할 수 없었다. 섬의 자유와 자신의 사랑이 왜 배타적이어야만 하는지 그 이유를 알 수 없어 5년을 기다리던 중 어느 날 상욱의 편지를 받는다. 그리고 그 편지는 조 원장을 다시 섬으로 오게 만든다. 편지에서 상욱은 더 이상 동상을 두려워하지 않고 다만 원장이 세우는 천국이 결코 원생들을 위한 것이 아니라 원장의 천국일 뿐이라고 말한다. 각자의 운명이 다르고 길이 서로 다르기에 천국에는 울타리가 쳐 있다는 것이다. 천국을 누릴 원생 스스로의 선택에 의하지 않고 지배자들이 일방적으로 만든 천국이 무슨 진정한 천국인가. 그것은 지배술의 시범일 뿐이다(356면). 대략 이런 내용의 글에서 조 원장은 목숨을 걸었던 사업이 왜 실패했는가 알아챈다. 그리고는 원장이라는 공직을 벗어던지고 그저 한 사람의 인간이 되어 돌아온다. 즉, 보조자로서의 가능성을 본 것이다.

둘째, 조백헌은 보조자로 왔기에 더 이상 무엇을 할 권한이 없음을 알고 절망한다. 이정태의 눈에 비친 조백헌의 변모를 보자. 그는 오랫동안 고통을 억눌러온 탓인지 불안스런 감정의 소용돌이와 광기를 드러낸다. 예를 들어 창작자와 대상과의 영혼의 교제를 위해 나무를 불로 군데군데 지진 것은 그의 억눌려온 집념이 광기에 이른 것을 느끼게 한다.

셋째, 서미연이 미감아인 것을 알면서도 건강인과 음성환자와의 결혼이라는 대명제를 위해 사실을 은폐한다. 또한 후손을 핑계로 한 현실의 희생에 반기를 든 윤해원의 단종수술을 중지시킨다. 결국 두 사람의 결혼은 그가 이루지 못했던 둑쌓기의 연속이었고 그는 지금 그 성공을 내밀히 자축하고 있다.

넷째, 서술자는 마지막 축사를 조 원장이 만인의 갈채를 받으며 떳떳하게 식장에서 하도록 만들지 않고 3중의 구도 속에서 은밀하게 하도록 만든다. '그 자신의 광기에 못 이긴 기이하고도 진지한 연기'(379면)는 이상욱의 뜻모를 미소와 이정태의 어리둥절한 시선 속에서 연출된다.

위와 같은 맥락에서 조백헌의 축사를 다시 읽으면 일차적인 읽기와 아주 다르게 읽힌다. 즉, 두 사람을 위한 진정한 축복이라기보다 자신의 집념을 드디어 완성했다는 광기어린 자축이다. 언어란 얼마나 비유적이고 모호한가. 이상욱의 곁눈질로 보니 그것은 '원장님'의 천국이요, 바로 '당신들'의 천국이다. 그러면 이상욱은 어떤가.

작가의 눈과 같은 황노인의 견해에 따르면 이상욱은 자유만 있고 사랑과 믿음이 부족한 인물이다. 그는 서미연에게 호감을 가졌지만 그녀가 미감아라는 과거의 고백을 듣고 차갑게 등을 돌린다. 늘 배반만 보아왔고 자신이 바로 그 배반의 산물이기에 그는 누군가를 돕기 위해 손을 내미는 법이 없다. 냉소적인 회의주의자. 그에게는 자유만 있기에 욕망과 그에 따른 배반만을 알 뿐이다. 열정과 신념이 부족했기에 그는 주위에서 일어나는 일에 곁눈질만한다. 이 사시적 시선이 또 하나의 '당신들'의 천국을 만든다. 그는 조 원장의 동상에 대한 갈망이 당신들의 천국을 만든다고 걱정하지만 자신의 열정 없는 자유가 '우리들'의 천국을 만들지 못하는 것은 깨닫지 못한다. 조 원장은 사랑과 신념은 강하지만 타인의 자유를 인정하는데 인색하고 이상욱은 자유는 인정하는데 사랑과 신념이 약하다. 서로가 세 가지의 조화를 이루지 못하기에 끝내 『당신들의 天國』으로 남는다.

3. 다름과 닮음의 긴장관계

서술자는 이상욱의 차가운 지성보다 좌절된 집념이 광기로 비춰지는 조백헌에게 더 동정을 보내고 있다. 이상욱을 비롯한 주위 사람들의 냉소에 더 질책을 보내는 듯하다. 그렇다면 이 소설의 주인공은 조백헌인가 이상욱인가. 김현은 제 2 부의 시점자를 이상욱으로 보아 조백헌을 복수시선에 의해 응시되는 평면적 인물로 보았다. 그러나 제 2 부 시점자를 조백헌으로 볼 때 이상욱과 조백헌의 관계는 훨씬 더 역동적이 된다. 혹시 이상욱은 이청준이 즐겨 쓰는 중층구조의 소설에서 전달하는 사건에 스스로를 비추어 보이는 자기반성적 화자는 아닌가. 박준이라는 괴상한 인물을 추적하면서 동시에 그 사건에 스스로를 비추어 보이는 「소문의 벽」의 화자, 천남석을 추적하면서 스스로의 한계를 드러내는 선위 중위(「이어도」)…… 등등 이들은 모두 어떤 인물이나 사건을 전달하면서 그 사건에 스스로를 비추어 보여 자신의 한계를 드러낸다. 그래서 일차적인 의미에 제동을 걸고 다시 전달자와 전달 사건 사이를 되짚어보게 만든다. 그러나 이런 식의 중층구조는 너무 단순하여 장편소설에 적용하기에는 적절치 않다. 서사시적 장편 속에 드러나지 않게 묻힌 구조, 아니 변형된 구조는 무엇인가. 서술자와 시점자를 분리하고 또 그 시점자를 3번에 걸쳐 바꾸어가며 마지막에 세 인물을 한자리에 모은 것이다. 그러므로 『당신들의 天

國』은 이청준이 추구해온 중층구조 기법을 다른 모양새로 반복하고 있다. 이것이 토도로프가 말한, '아주 다르지만 같게 반복'되는 서사의 변형이다.[4] 그리고 한 작가가 계속 소설을 쓸 수 있는 것은 바로 이 다름과 닮음의 긴장관계에 의해서이다.

서술자가 등장인물을 고용하는 방식에는 여러 가지가 있다. 신과 같은 위치에서 내려다보며 조종할 수도 있고 틈틈이 인물에게 볼 권리를 넘겨주며 자신의 서술을 보조케 하는 경우도 있고 아예 인물에게 볼 권리를 넘겨주고 자신은 서술만 하는 경우도 있고 시점뿐 아니라 서술까지도 인물의 것을 따르는 경우도 있다. 이것은 서술자와 인물 사이의 지배와 피지배 관계가 점점 느슨해지며 권력이 피지배자에게 이양되어가는 과정이다. 그리고 이에 따라 인물의 자율성과 책임감이 높아지고 독자의 참여도 역시 강화된다. 이제 선택은 인물에게, 아니 독자에게 맡겨진다. 그러나 진정한 화해를 위한 선택은 그리 쉬운 게 아니다. 이청준은 단순한 해결책이 우리를 더 혼란에 몰아넣는다고 믿는다. 그래서 볼 권리를 세 인물에게 나누어주고 마지막에 그들을 한자리에 모아 한 묶음의 말(축사)을 던지고 사라진다. 김현의 해석과 필자의 해석이 다르듯이 그 말은 얼마나 비유적이고 모호한가. 말은 욕망에 가리워 참뜻을 전하지 못한다. 그래서 끈질기게 말을 탐구해온 이청준은 말의 허울을 벗기며 그 다음 단계를 독자에게 맡긴다. 자신이 어떤 대안을 제시하면 그것은 바로 자기 모순에 빠지기 때문이다.

서술자가 인물을 어떻게 조종하여 독자를 움직이고 그에 따라 해석이 어떻게 달라지는지 살피는 비평을 (서사)담론비평이라고 할 수 있다. 한 편의 작품을 서술자가 독자를 움직이는 수사, 말의 체계, 혹은 담론으로 보기 때문이다. 담론비평은 씌어지는 방식을

---

4) Tzvetan Todorov, *The Poetics of Prose* (Ithaca, Cornell Univ., Press, 1977), 233면.

살피고 나서 의미를 끌어내기에 일종의 미시적인 접근법이다. 그래서 거시적인 안목의 것들을 놓치기 쉽다. 예를 들어『당신들의 天國』에서 읽는 이의 가슴을 아프게 하는 부분들, 즉 이상욱의 과거, 황노인의 과거, 이정태의 눈에 비친 참혹한 병사의 모습(332면)이나 제2장의 둑쌓기에서 일어나는 극적이고 감동적인 부분들은 서술전략에 종속시키기에 그 자체로서의 생생한 아픔과 감동이 너무 크다. 그러나 언어의 자의성, 즉 말을 탐구하는 소설이나 복수시점을 사용하는 소설에서는 미시적 접근법이 해석에 도움을 준다.

이 글은 담론비평을 끌어들여『당신들의 天國』을 읽은 김현의 글을 다시 읽는 일종의 '해체비평'[5]이다. 김현의 글은 이 책이 출판되던 70년대와 80년대 초반의 분위기를 반영하는 듯하다. 그것은 경직된 체제에서 진정한 자유와 지배의 관계를 우회적으로 탐색하는 정치성을 띤다. 그리고 담론비평은 민주화를 향해 가는 현실에 좀더 어울린다. 개인의 선택이 중요하고 그 선택이 얼마나 어려운 것인가를 돌아보게 하기 때문이다. 시대에 따른 해석의 차이랄까. 그러기에 해체비평은 또다시 누군가에 의해 해체될 것을 전제한다. 잘 쓰인 작품은 분석틀을 흘러 넘치고 하나의 논리는 반대논리를 억압하고서만이 설 수 있다.

김현의 읽기는 무엇을 억압하는가. 제2부의 시점자가 조백헌인 것. 제3부의 마지막 장면에서 세 시점자가 한 자리에 모이는 것. 조백헌의 불안한 감흥과 광기. 그리고 마지막 축사가 부정적인 의

---

5) 해체비평에는 여러 종류가 있다. 한 작품이 세운 논리를 전복시키는 경우도 있고 힐리스 밀러처럼 반복구조를 살피는 경우도 있고 폴 드 만처럼 루소를 읽은 데리다를 다시 읽은 메타비평적인 것도 있다. 바바러 존슨의「바르트/발작」역시 발작을 읽은 바르트를 다시 해체한 경우이다. 이 글은『당신들의 天國』을 읽은 김현의 글을 다시 읽는 경우이다.

미로도 해석되는 것 ……. 아, 그리고 무엇보다 제2부의 시점자를 이상욱으로 보아 바로 그 이상욱을 억누른 것. 주인공은 조백헌만이 아니라 이상욱이 될 수도 있었기 때문이다.

페넬로페의 천짜기
—쉬탄젤의 『서사이론』

　20세기 후반, 우리는 광고와 정보의 홍수 속에 산다. 언어와 정보는 인간에게 도움을 주지만 늘 우리를 얽어매고 설득하여 자기 편으로 만들려는 의도를 지닌다. 언론은 자기 것만이 진실인 양 보도하고 역사는 드러난 것만이 진실이라고 주장하고 소설은 전략을 숨긴 채 독자를 움직이려 든다. 이제 언어와 정보의 의미만을 받아들이지 말고 누가 누구를 향해 하는 말인가 보자.

　60년대 초 웨인 부스는 신비평이 갈라놓은 작품과 저자의 관계를 내포저자라는 이름으로 다시 연결시킨다. 모더니즘이 자랑한 보여주기 기법도 사실은 저자의 조정에 의한 것이니 결국 말하기의 한 수단일 뿐이다. 그러니 이제 저자는 더 이상 등장인물들만 내세우고 뒤에 숨어 얼굴을 지운 척하지 말고 앞에 나와보란 것이다. 그런데 저자를 되살려놓고 보니 그의 의미는 그대로 작품에 반영되지 않는다. 언어의 비유성 탓이다. 그는 실제저자와는 다른 서술자, 서사를 이끌어가는 서술자로 되돌아온다. 객관적 사실을 단순히 보고하는 글이 있고(역사) 누군가에 의해 말해져서 주관이 개입되는 글(담론 혹은 서사)이 있다. 소설은 누군가에 의해 말해지는 매개된 글의 대표적인 예이다. 그것이 3인칭 전지시점으로 쓰이든 1인칭 제한시점으로 쓰이든 3인칭 제한시점으로 쓰이든 모든 작품에는 서술자가 있다. 이 서술자와 등장인물의 관계를 따져보자. 그는 어떻게 등장인물을 조종하고 어떤 전략으로 독자를 움직이나.

서술자가 등장인물에게 시점을 넘겨주는 것은 그가 더 이상 세상이 무엇인지 확실히 알 수 없기에 대신 보아달라는 인식론적 회의에서 나오는 것이지만 이것은 등장인물에게 서술의 책임을 떠맡기는 결과를 낳기도 한다. 『보봐리 부인』이 외설시비로 법정에 올랐을 때 플로베르는 등장인물인 엠마에게 책임을 떠맡기고 자신의 서술을 구해낸다. 후일 『차탈레이 부인』이 똑같이 외설시비로 법정에 올랐을 때 로렌스는 자신의 책을 방어하지 못하고 얼마동안 출판금지를 당해야 했다. 권위적 서술이었기에 서술자가 몽땅 책임을 지게 된 것이다.[1] 서술자가 경험자와 나란히 서던 첫 단계에서는 비록 경험자의 시점을 빌려도 언어는 여전히 서술자의 것이었다. 다음 단계에는 언어조차 경험자의 것에 감염된다. 조이스의 『젊은 예술가의 초상』에서 주인공 스티븐이 성장함에 따라 서술의 언어도 성장한다. 세기의 문턱을 넘는 이런 변모를 거친 후 본격적인 모더니즘 시대를 맞는다. 서술자의 음성은 한층 더 약해져서 거의 들리지 않는다. 등장인물만이 자신의 경험세계를 독백으로 드러낸다. 이 독백이 극치에 이르면 『율리시즈』의 마지막 장인 「페넬로페」처럼 주인공의 의식이 방점도 없이 정확한 문법의 틀도 갖추지 않은 채 자동적으로 흐른다. 코온이 3인칭과 1인칭 서술을 나누어 서술에서 독백에 이르는 전 과정을 개별작품 속에서 그리고 역사적인 흐름 속에서 살펴본 것에 비해 쉬탄첼은 매개(mediacy)

---

1) F. K. Stanzel, *A Theory of Narrative*, trans. Charlotte Goedsche (Cambridge : Cambridge Univ., 1984), 130–131면. 이로부터 이 책에서의 인용은 면수로만 표시함.

라는 개념을 소개한 후 서술상황을 세 가지 요소로 나누어 소설형
식의 전 체계를 도표화한다.

1. 매개

작가의 마음 속에는 어떤 쓸거리가 있다. 이것을 누구에게 맡겨
서술하나? 그가 오랜 고심 끝에 서술자를 정할 때 그 자료에는 매
개가 생긴다. 1인칭일 수도 있고 권위적일 수도 있고 시점을 등장
인물과 나누어가질 수도 있다. 서술자를 매개로 씌어진 한 편의
작품이 나타나고 독자는 매개된 서술을 통해 매개 없는 내용을 파
악해낸다. 만일 어떤 문학사전이 모든 작품들의 내용을 간추려놓
았을 때 그것은 매개가 없는 스토리이다. 그래서 내용만을 간추리
면 19세기 리얼리즘이건 20세기 모더니즘이건 포스트모더니즘이
건 구별 없이 그저 인간과 세상에 관한 얘기가 되고 만다. 그러므
로 소설은 매개된 스토리요, 생산과정이 아니라 이미 산출되어 독
자에게 전달되는 전달과정이다. 그것은 러시아 형식주의자들의
형식(syuzet)이고 쥬네트의 담론(discours)이고 쉬탄젤의 서사(nar-
rative)이다. 작가의 마음 속에 있던 내용은 어떤 식으로 매개될
수 있는가. 작품이 되기 위한 세 가지 서술상황이 있다. 서술
자, 등장인물, 그리고 독자를 중심으로 엮어지는 방식(mode), 인
칭(person), 그리고 조망(perspective)이다.

1) 방식—전달자 서술인가, 반영자 서술인가

서술자와 등장인물(주인공)과의 접촉거리를 본다. 그는 등장인
물과 멀리 떨어져 있다. 그는 그저 보고 들은 얘기를 배열하거나

전달할 뿐 등장인물과 직접적인 접촉이 없다. 이와 정반대는 서술자가 등장인물과 한몸이 되어 그의 시점으로 서술을 하는 것이다. 전자는 전달자 서술(teller-character)이고 후자는 반영자 서술(reflector-character)이다. 쉬탄젤은 특별히 반영자서술에 '인물의 서술상황(figural narrative situation)'이란 이름을 붙인다. 김동리의 「무녀도」는 서술자가 두 번 건너뛰어 전해들은 할아버지 적 이야기를 전달한다. 김동인의 「붉은 산」은 서술자 '여'가 '삵'에 관한 얘기를 전달한다. 이와는 반대로 최인훈의 『광장』에서 서술자는 주인공 이명준의 시점 안에서 서술만 한다. 오정희의 「어둠의 집」에서도 서술자는 '그 여자'의 의식을 서술한다. 카프카의 『성』, 조이스의 『젊은 예술가의 초상』 등 이것은 실존주의 초기의 서술 양식으로서 서술자가 등장인물의 시점을 일관성있게 빌어서 서술하는 경우이다. 멀리 떨어져 있던 서술자가 차츰 등장인물에게로 가까이 다가서는 과정, 즉 전달자에서 반영자로 옮아가는 모습은 전통적인 소설에서 모더니즘 초기의 소설양식으로 옮아가는 과정이기도 하다.

서술자가 등장인물과 거리를 좁혀감에 따라 서술은 설명과 요약에서 장면과 내적 독백으로 바뀐다. 서술자는 단순히 전달만 하다가 조금씩 등장인물의 감흥에 관심을 두게 되고 조금씩 그의 편에 다가서다가 급기야는 몽땅 자리를 다 내주는 자동독백에 이른다. 이 과정은 역사적인 흐름에서 보면 19세기 리얼리즘에서 20세기 모더니즘에 이르는 변모이지만 한 작품 안에서도 서술의 방식이 달라지는 것을 감지할 수 있다. 쉬탄젤은 모던시대의 소설이론이 작품의 형식이나 구조를 보는 것이었고 조이스나 울프 등 모더니즘 작품의 연구에 치중했던 반면 포스트모던시대의 이론은 소위 헨리 제임스가 구성이 허술하다고 불평한 19세기 리얼리즘, 특히 빅토리아시대의 소설연구로 돌아서는 경향이라고 말한다(63면).

즉, 그 시대 소설은 형식이 없는 듯한데 무언가 숨어 있는 게 있어 연구대상이 된다는 것이다. 접근 방법은 물론 개별작품의 내용이나 유기적 구성이 아니라 서술자와 등장인물과의 관계, 말하기와 보여주기의 비율 등 서술의 리듬에 의해 의미가 어떻게 달라지는가를 보는 서사 혹은 담론비평이다.

로렌스의 소설에선 소설의 시작과 끝에 대화보다 서술자의 설명이 많다. 서술자는 쓰고 등장인물은 보는 간접자유체 혹은 3인칭의 경우에만 해당되는 용어인 '인물서사상황'은 서술자와 등장인물이 겹치기에 말하기와 보여주기의 중첩서술인데 이것은 19세기 보고식 서술에서 20세기 장면(혹은 극적)서술로 이동하는 전환기에 나온다. 독자의 시선을 보고서술에서는 밖으로 나오고 장면서술에서는 안으로 들어간다. 어떤 소설에서 설명과 대화, 혹은 요약과 장면의 비율이나 배치관계를 연구할 수도 있고(서술의 프로필), 서술상황의 이동을 살펴볼 수도 있다(서술의 리듬). 조이스의 『율리시즈』는 파편적 서술로 유명하다. 그것은 등장인물의 의식에 반영된 외적 사실이기에 주관적이고 인상적이다. 예를 들어 스티븐이 디지 선생의 편지를 읽을 때 서술자의 보고식 서술이 줄을 바꾸어 의식에 반영된 서술이 되면 독자는 스티븐의 마음 속에 들어가 그가 읽는 단어만을 짚어야 된다. 파편적인 글을 밖에서 읽으려 들 때 독자는 당혹감과 난해함을 느끼게 된다.

서술의 리듬이란 독자가 등장인물의 의식 속을 들락날락거리는 움직임이다. 헤밍웨이의 「살인자들」은 설명이나 요약이 없이 장면들만 연속되는 보여주기인데 이것은 모더니즘 초기의 기법으로 쉽사리 다음 단계인 자동독백으로 넘어간다. 카프카의 『심판』은 서술자가 등장인물 K가 보는 것만을 쓰는 반영자 서술이다. 그런데 처음 6장까지는 서술자의 간섭이 등장인물을 보호한다. 서술자의 권위적 서술이 줄면 K의 고립이 늘기 때문이다. 그런데 6장부터는 이런 리듬이 바뀐다. 권위적 서술이 늘어나는데 K의 심리적 황폐화는 가속된다. K는 현실을 깨닫고 자신을 깨닫고 파멸된다. 서술자의 간섭은 더이상 등장인물에게 우호적이 아니다.

18, 19세기 1인칭 회고적 서술에서 서술하는 나는 경험하는 나에게 들이맞추려 애를 쓴다. 둘 사이의 틈새를 들키지 않으려 애쓰는 서술자의 노력이 20세기에 들어서면 더이상 필요없게 된다. 경험하는 '나'가 서술하는 나를 조금씩 압도하기 때문이다. 완전히 압도하면 내적 독백에 이르는데 중간 단계인 자유간접체에서는 서술자의 보고와 경험자의 의식이 교차되어 리듬이 생긴다(73면). 서술하는 나보다 경험하는 나의 비중이 커질수록 전달자 서술에서 반영자 서술이 된다. 조이스는 「죽은 자들 The Dead」에서 시작부분인 눈오는 장면은 전달자 서술로 처리하고 끝에는 가브리엘의 의식을 통한 반영자 서술로 하여 독자에게 강한 감흥을 여운처럼 남긴다.

2) 인칭─1인칭 서술인가, 3인칭 서술인가

샐린저의 『호밀밭의 파수꾼』의 주인공 홀든은 서술자요 등장인물이다. 만일 서술자와 경험하는 인물이 다르면 어찌 되나. 전자는 1인칭 서술이요 후자는 3인칭 서술이다. 1인칭 서술은 서술자가 등장인물인 경우이고 3인칭 서술은 서술자가 등장인물이 아닌 경우이다. 애초에는 1인칭 소설의 화자인 '나'를 저자와 일치시키는 경향이 있었다(80면). 그 다음엔 삼인칭소설의 화자를 저자의 음성으로 보게 된다. 이것마저도 허구적으로 된 것은 1950년대 중반으로 3인칭이건 1인칭이건 모두 저자와는 다른 허구적 서술자라는 견해가 등장한다. 그러나 부스는 인칭의 차이를 간과했고 케이저는 자서전적 소설에서 나이 든 서술자와 어린 경험자의 거리를 간과했다. 쉬탄젤은 쥬네트와 코온을 이어받아 우선 1인칭과 3인칭을 구분하고 다음 단계로 서술자와 경험자 사이를 비집고 들어선다.

서술자와 주인공이 같은 인물인 1인칭 서술에서는 서술하는 나와 경험하는 '나'의 간격을 보고 서술자와 주인공이 다른 인물인 3인칭 서술에서는 서술하는 나와 경험하는 '그'의 간격을 본다. 전통적인 권위적 서술에서 이 거리는 가장 넓다. 그 후 차츰 좁아져 반영자 서술에서는 둘 사이가 평등해진다. 그러다가 모더니즘의 내적 독백에 이르면 경험자가 오히려 서술자를 압도하여 권위적 서술의 반대형태를 취한다. 그리고 포스트모더니즘에서는 자동독백이 사라지고 다시 서술이 부활되지만 서술자의 권한은 한층 더 약화되어 이제는 작품 속에 뛰어들어 등장인물과 나란히 서고 만다. 서술의 부활을 통한 서술권의 포기요 말하기를 통한 말하기의 패러디요 전통적인 리얼리즘 형식을 취한 리얼리즘의 패러디이다.

그러나 쉬탄젤은 코온과 마찬가지로 포스트모더니즘 소설양식에 대한 분석은 예견에서 멈춘다. 코온이 포스트모더니즘을 독백에서 서술로의 귀환으로 보아 모더니즘의 반발로 본 것에 비해 쉬탄젤은 내적 독백에서 한 걸음 더 나간 주관적이고 회의적인 서술로 본 것은 흥미롭다(61면). 얼핏 두 사람이 강조하는 면은 이렇듯 다른 것 같지만 포스트모더니즘을 모더니즘의 연장이요 반발로 볼 때 크게 다르지는 않다. 서술로의 귀환은 반발이요 한 걸음 더 회의주의 쪽으로 나간 것은 연장이기 때문이다.

1인칭 소설에서 권위적인 서술이 한 단계씩 등장인물의 서술로 변모하는 것을 보자. 서술하는 나와 경험하는 나가 가장 먼 것은 회고적 서술이다. 박완서의 「나목」, 이문열의 「우리들의 일그러진 영웅」은 되돌아본 서술로서 서술자가 경험자에게 내리맞추려 애쓰기에 그 틈새가 암시적으로만 드러난다. 김유정의 「봄봄」에서 경험하는 나의 역할은 늘어난다. 서술자의 서술이면서도 경험하는 나에 의해 봄이라는 주제는 극화되기 때문이다. 김승옥의 「무진기행」이나 김주영의 「도둑견습」에서 서술자와 경험자의 거리는 좀더 가까워져서 주인공의 경험은 한층 두드러진다. 오정희의 「중국인 거리」에서 주인공의 경험은 실존적이다. 이상의 「날개」에서 서술자의 음성은 거의 사라지고 주인공의 경험만이 남는다. 문장과 내용이 '박제된 천재'의 것이어서 서술하는 나는 경험하는 나의 시점뿐 아니라 언어까지도 따른다. 이인성의 「낯선 시간 속으로」는 내적 독백이다. 서술자는 사라지고 등장인물의 의식만이 남는다.

서술자의 서술보다 등장인물의 경험이 증폭되는 과정을 위의 순서대로 인용해 보자.

그 사이 수갑을 받은 석대는 두 손으로 피묻은 입가를 씻으며 비척비척 끌려가고 있었다. 내 곁을 지날 때 힐끗 나를 곁눈질했지만 조금도 나를 알아보는 것 같지는 않았다…….
──그날 밤 나는 잠든 아내와 아이들 곁에서 늦도록 술잔을 비웠다. 나중에는 눈물까지 두어 방울 떨군 것 같은데 그러나 그게 나를 위한 것이었는지 그를 위한 것이었는지 또 세계와 인생에 대한 안도에서였는지 새로운 비관(悲觀)에서였는지는 지금에조차 뚜렷하지 않다. (「우리들의 일그러진 영웅」)

이렇게 꼼짝도 못 하게 해놓고 장인님은 지겟막대기를 들어 사뭇 내려 조졌다. 그러나 나는 구태여 피하려 하지도 않고 암만해도 그 속 알 수 없는 점순이의 얼굴만 멀거니 들여다보았다.
"이 자식! 장인 입에서 할아버지 소리가 나오도록 해?"(「봄봄」)

340

"엄니? 뭣 때문여?"

"시끄러 이 원수야, 아가리 닥쳐!"

어머니는 꽥 소리 질렀습니다. 참 곤조통 터지데요. 하루종일을 굶고 헤매다 들어온 사람을 보고 위로의 말씀은 못 건네줄망정 당장 욕부터 퍼부어대다니 참으로 우리 어머니는 문교부 뒷길로도 못 다녀온 모양입니다. (「도둑견습」)

아내에게 직업이 있었던가? 나는 아내의 직업이 무엇인지 알 수 없다. 만일 아내에게 직업이 없었다면 같이 직업이 없는 나처럼 외출할 필요가 생기지 않을 것인데——아내는 외출한다. 외출할 뿐만 아니라 내객이 많다. 아내에게 내객이 많은 날은 나는 온종일 내 방에서 이불을 쓰고 누워 있어야만 된다. (「날개」)

홀린 듯……. 그 거대한 현란함에 홀린 듯……. 우리는 그림 속으로 끌려든다. 그림 속에는, 주홍색과 녹색으로 어지럽게 뒤엉켜진 미로가 먼 신비의 성채로 이어져 있다. 미로의 사방에 핀 꿈의 꽃들, 나팔을 들고 보라빛 하늘을 날으는 천사, 날개 달린 말, 그 위에 망토를 휘날리며 기타를 치는 수염과 장발과 청바지의 남자, 한 손으로 남자의 허리를 잡고 한 손으로 먼 성을 가리키며 금색 눈빛으로 그림 밖을 바라보는 알몸의 여자, 무지개의 현란함으로 말을 둘러싸고 물결치는 그녀의 길고 긴 머리카락……. 저곳으로 가기 위해, 우리는 긴 터널 같은 탈들의 공간을 지나 여기까지 온 것일까? (「낯선 시간 속으로」)

권위적 서술에서 한 단계씩 주인공에게 권위를 양보해가면 주인공의 필연적인 욕구와 실존적인 충동이 강해진다.

3인칭 소설에서도 권위적 서술은 한 단계씩 등장인물의 서술을 향해 이동한다. 1인칭과 다른 점은 서술자와 경험자가 다르다는 것뿐이다. 전통적인 소설에서 흔히 보듯 서술하는 나는 경험하는 '그'를 위에서 내려다보며 설명하고 평가한다. 조지 엘리어트는 『미들마치』에서 세 쌍의 서로 대칭되거나 반복하는 남녀를 등장시켜 그들의 심리를 서술하고 행동을 묘사하고 앞날을 예견한다. 우리 소설의 경우 초기의 소설, 예를 들어 이광수의 『흙』이나 김동인의 「감자」, 나도향의 「물레방아」 등도 권위적 서술이다. 이제한 단계 내려서보자. 황석영의 「삼포가는 길」에서 서술자는 딱 한군데 백화의 의식으로 들어가는 부분을 제외하고 등장인물을 조정하지 않는다. 그저 대사와 행동만을 현장감 있게 묘사한다. 서술자의 설명보다 등장 인물의 행위가 증폭되고 말하기보다 보여주기가 강조된다. 독자는 설명 대신 대사와 행동만을 통해 내용을 파악하는데 서술자는 그것만으론 충분치 않다싶어 백화의 과거를 보태준다. 이 보탬에 의해 해석은 소외받은 민중의 삶이라는 사회의식을 띠게 된다.

스티븐 크레인의 『적색의 무공훈장』과 헤밍웨이의 「살인자들」은 소설에서 인상주의 기법을 실험한 작품들이다. 전자는 용기의 실체를 파헤친 전쟁소설로 실전보다는 주인공의 의식에 반영된 전쟁의 모습을 담고 있고 후자는 이보다 한 걸음 더 나아가 대사들로만 구성되어 독백으로 넘어가기 직전의 것이다.

3인칭 권위적 서술이면서도 서술자가 주인공에게 시점을 틈틈이 건네주어 스스로 마음을 드러내게 하여 독자를 움직이는 경우가 있다. 제인 오스틴의 『에마 Emma 』에서 독자는 에마와 한몸이 되었다가 떨어져 나왔다가 다시 한몸이 되곤 한다. 일단 그녀와 시점을 공유했었기에 독자는 떨어져나와 서술자의 반대애기를 들어도 그녀를 비판만하기보다 잘되기를 바라는 마음이 들게 된다.

최인훈의 『광장』과 이청준의 「이어도」는 등장인물의 시점을 빌린 서술이면서도 그 전략과 해석이 사뭇 다르다. 『광장』에서 서술자는 줄곧 주인공 이명준의 시점으로 서술한다. 주인공이 느끼고 경험하는 것만을 서술할 뿐 서술자가 그를 간섭하거나 비판하는 법이 없다. 완전히 한패가 되어 독자를 설득한다. 「이어도」에서 서술자는 주인공인 선우 중위에게 시점을 내어주지만 은근히 불만을 표시한다. 이아고가 오델로의 머릿속에 의혹의 환상을 한 방울씩 떨어트릴 때보다 더 은밀하게 서술자는 선우 중위의 뒷전에서 독자를 향해 딴소리를 한다. 천남석의 '사실에의 봉사는 언제나 선우 중위를 즐겁게 했다'는 암시적이고 지나치기 쉬운 부분은 애증의 모순 속에서 진실을 찾는 양주호와 대조된다. 「이어도」의 주인공은 선우 중위인가, 그가 밝히려는 천남석인가, 마치 콘라드의 『어둠의 속』에서 주인공이 마로우인가 그가 밝히려는 커어츠인가 라는 논쟁과 같다. 그는 단순히 천남석을 밝히는데 멈추지 않고 그에 비추인 자기 결함을 드러내기 때문이다. 말로우가 커어츠에게 공감을 느끼고 마지막에 커어츠의 애인에게 거짓을 말하는 것처럼 단순히 사건을 파헤치는 것뿐아니라 그 사건에 대응하여 반사적인 의미를 낳기에 전달자가 주인공이라는 견해가 우세해진다. 얼핏 천남석이 주인공인 듯싶지만 선우위가 한술 더 뜬다는 음모(plot)이다. 최인훈의 『광장』에서 서술자는 이명준에게 호의적인데 비해 이청준의 「이어도」에서 서술자는 선우중위에게 적대적이다. 이런 서술전략에 의해 독자는 이명준에게 공감만을 느끼지만 선우 중위에게는 동정과 비판을 동시에 하게 되고, 그에 따라 해석도 달라진다(207면).

　최인호의 「술꾼」은 3인칭 서술이면서도 1인칭 소설로 기억될 만큼 등장인물의 경험과 의식이 두드러진다. 서술자의 음성은 아이가 보고 경험하는 세계의 뒤로 밀려난다. 오정희의 「어둠의 집」역시 1인칭 소설로 착각할 만큼 주인공의 경험이 압도적이다. 등화관제로 불이 꺼진 텅 빈 집에서 주인공의 의식 속을 넘나드는 갖가지 생각들이 서술된다. 다시 불이 들어올 때까지 계속되는 의식의 흐름은 행동이 최소화되고 어둠 속이라는 이점을 배경으로 거의 독백에 가깝다.

왜 이런 소설들은 3인칭인데도 1인칭처럼 기억될까. 주인공의 내적인 세계를 그리면 1인칭과 3인칭의 차이가 소멸된다. 카프카가 『성』의 처음 부분을 1인칭으로 썼다가 3인칭으로 쉽사리 바꿀 수 있었던 것은 권위적 서술이 아닌 등장인물의 서술이었기 때문이다. 서술자보다 경험자가 앞에 나서면 인칭을 바꾸는 데 별 차이가 없게 된다. 그리고 한 걸음 더 나가면 3인칭과 1인칭을 구별할 수 없는 내적 독백에 이른다. 내적 독백은 서술자가 지워지고 경험자의 의식만 드러나기에 의식의 주체가 '그'이든 '나'이든 어차피 글로는 나타나지 않는다. 이런 의미에서 모더니즘 소설의 가장 두드러진 특징인 내적 독백은 전통적인 두 가지 소설형식인 1인칭과 3인칭 소설이 서로 만나는 지점, 즉 두 가지 형식의 특징이 사라지는 지점에서 탄생된 서술양식이라고도 볼 수 있다. 서술하는 '나'보다 경험하는 '그'가 증폭되는 과정을 위의 순서대로 인용해보자.

복녀의 도덕관 내지 인생관은 그때부터 변하였다.

그는 아직껏 딴 사내와 관계를 한다는 것을 생각하여 본 일도 없었다. 그것은 사람의 일이 아니요, 짐승의 하는 것쯤으로만 알고 있었다. 혹은 그런 일을 하면 탁 죽어지는지도 모를 일로 알았다.

그러나 이런 이상한 일이 어디 다시 있을까. 사람인 자기도 그런 일을 한 것을 보면, 그것은 결코 사람으로 못할 일이 아니었다. 게다가 일 안 하고도 돈 더 받고, 긴장된 유쾌가 있고, 빌어먹는 것보다 점잖고 …… 일본 말로 하자면 '삼박자' 같은 좋은 일은 이것뿐이었다.

(「감자」)

책장을 대하면 흐뭇하고 든든한 것 같았다. 자기의 알몸뚱이를 보호하는 갑옷이나 혹은 살갗 같기도 했다. 한 권씩 늘어갈 적마다 그 자신의 몸속에 깨끗한 세포가 한 방울씩 늘어가는 듯한, 자기와 책 사이에 걸친 살아 있는 관계를 몸으로 느낀 시절이 있었던 것이다. 두툼한 책 마지막장을 닫은 다음 창문을 열고 내다보는 눈에는 깊은 밤의 괴괴한 풍경이, 무언가 느긋한 승리의 느낌으로 색칠이 되곤 했다.

언제부터인가 그런 복받은 관계가 조금씩 무너지기 시작했다. 정복한 여자에게서 매정스레 떨어져가는 오입쟁이의 작태를 떠올리면서 그는 쓸쓸했다. (『광장』)

아이는 가장 알맞은 기회를 잡아 제멋대로 탁자 위의 술잔을 들었다. 그리고 날렵하게 입 안에 털어넣었다. "아버진 술꾼이긴 하지만 아즈반하구는 달라요. 아, 구리 가디구두 금을 만들었으니까요, 금 말이야요."

그 한잔의 술이 그를 자유롭게 한다. 헤어질 때 들이키는 마지막 술처럼 그 한 잔의 새로운 술은 그를 기쁘게 했다. 그는 젓가락을 들고 탁자를 두들기며 노래를 부르기 시작했다. (「술꾼」)

아무것도 보일 리 없는 방 안을 샅샅이 둘러보던 그녀의 눈길이 방의 윗목에 놓인 소철과 동백화분에 멎었다.

저 화분들 때문에 방안 공기가 탁해진단 말이야, 식물은 밤에는 탄산가스를 내뿜는다는데 …… 저것들이 방 안의 산소를 모조리 잡아 먹기 때문에 숨도 못 쉬겠어.

그 여자는 마치 방 안을 채운 탄산가스의 두터운 층을 확인하려는 듯 크게 숨을 쉬고 손을 내밀어 허공을 휘저었다. (「어둠의 집」)

위의 단계에서 하나만 더 내려서면 경험의 주체가 상관없이 되는 내적 독백에 이르고 여기서 한 걸음 나가면 '카메라의 시선 (Camera-eye)'이라는 기법이 나타난다. 카메라가 외적인 사물을 비추듯 서술하는데 기계 뒤에 숨은 시선은 1인칭이든 3인칭이든 상관이 없다. 그리고 전혀 등장인물의 심리 속으로 들어가지 못한다. 누보 로망이 즐겨쓰던 이 기법은 서술의 부활이면서도 전통소설의 죽음이다. 최수철의 「무정부주의자의 하루」에서 처음 4부분이 여기에 해당된다.

이제 '방식'을 논의할 때와 마찬가지로 개별작품 속에서 '인칭'의 변화를 보자. 19세기 리얼리즘 소설을 다시 읽는다. 자서전적 회고서술에서 서술하는 나는 옛날로 갈수록 경험하는 나를 객관적으로 본다. 그는 마치 타인을 보듯 자신을 보더니 어느 순간 3인칭으로 바뀌는데 경험하는 내가 '그'로 바뀌면 반드시 서술하는 나도 '그'로 바뀐다. 색커리의 『헨리 에스먼드』에서는 이처럼 1인칭과 3인칭이 번갈아가면서 쓰이는데 비평가들은 그동안 이런 류의 소설은 형식이 허술하다고 외면해왔다. 디킨즈의 『데이비드 커퍼필드』에서는 옛일을 회상하는데 과거 대신 현재를 쓴다. 먼 과거의 일은 마치 타인의 삶을 보듯 관망하게 되기 때문이다(100면). 20세기 후반의 포스트모던 소설에서 인칭은 한층 더 와해된다. 벨로우의 『허조그』에는 권위적 서술, 반영자 서술, 1인칭 서술이 뒤섞여 있다(107면). 베케트는 인칭의 변화를 극단적으로 실험한 작가이다. 보네겥이나 나보코프의 작품에서 서술자는 등장인물과 한자리에 앉아 더이상 현실을 반영하는 서술자 노릇을 못하겠노라 한다. 서술자가 등장인물과의 경계를 허물고 등장인물의 자리에 가서 앉아 있기 때문이다. 등장인물이 서술자 노릇을 하니 오죽하겠는가. 괴상한 소설이 나올 수밖에 없다.

로렌스의 『사랑에 빠진 여인』에는 3인칭 권위적 서술, 자유간접체, 1인칭 독백이 교차되는데 자유간접체는 늘 권위적 서술에서 정치, 도덕, 철학적인 견해가 노출될 때 나타나곤 한다. 말하자면 서술자는 그런 얘기가 나오면 자신이 없다는 듯 등장인물의 시점을 빌리곤 한다는 것이다. 독자로 하여금 자기 것보다 등장인물의 것을 경험하라는 뜻이다. 웨인 부스가 인칭의 구별을 간과한 것이 못내 아쉬운 듯 쉬탄젤은 누누이 그것의 중요성을 언급한다.

3) 외적 조망과 내적 조망

카메라가 창 밖을 내다보고 있는 어느 여자의 옆모습을 확대시킨다. 그런 다음 그녀가 내려다보는 정원이 클로즈 업 된다. 이 두 장면의 차이는 무엇인가. 관객은 그녀를 밖에서 바라보다가 어느 틈에 그녀와 한몸이 되어 그녀의 시선 속으로 들어간다. 관객은 올림푸스산의 신처럼 등장인물과 세상을 내려다보다가 슬그머니 그 산을 내려와 등장인물과 한몸이 되어 그녀의 시선으로 세상을 보는 것이다. 첫 장면은 외적 조망(external perspective)이요, 다음 장면은 내적 조망(internal perspective)이다. 외적 조망은 카메라가 전지한 신처럼 위에서 혹은 밖에서 움직일 때 관객이 얻는 조망이고 내적 조망은 인물의 의식 속에서 밖을 바라볼 때 얻는 조망이다.

관객은 외적 조망에서는 판단과 평가를 내리고 내적 조망에서는 경험을 한다. 전자는 서술하는 나요, 후자는 경험하는 나이다. 이때 카메라가 움직이는 방향과 관객이 움직이는 방향은 같다. 이 방식을 소설쓰기와 소설읽기에 적용해보자. 서술자가 전지한 신이면 독자도 위에서 내려다보며 평가를 내리고 서술자가 등장인물과 한몸이 되어 그의 시선으로 들어가면 독자도 한몸이 되어 경험한다. 이것은 서술자가 독자를 움직이는 가장 기본적인 두 가지 기법이다. 그것은 플라톤의 말하기와 보여주기의 가름 이래 리얼리즘과 모더니즘의 차이, 러보크의 평면서술과 입체서술, 그리고 이제 말하기 속의 보여주기 등 소설이론의 두 전략이다.

외적 조망은 3인칭 전지시점, 1인칭 관찰자, 혹은 전달자 서술 등 권위적 서술에서 독자가 얻는 조망이고 내적 조망은 자서전적 소설, 주인공의 경험이 강조되는 1인칭 소설, 자유간접체, 3인칭 등장인물소설, 그리고 내적 독백에서 독자가 얻는 조망이다. 19세기 리얼리즘은 대체로 외적 조망이고 20세기 모더니즘은 내적 조망이다. 권위적 서술에서도 서술자가 등장인물의 시점을 빌리는 경우는 내적 조망이고 등장인물의 서술에서도 서술자가 인물의 시점 밖으로 나오면 외적 서술이다.

김동인의 「붉은 산」, 김동리의 「무녀도」는 외적 조망이지만 김동인의 「배따라기」, 이청준의 「소문의 벽」은 내적 조망이다. 양쪽이 모두 어떤 사건을 전달하는 것은 같지만 전자는 단순한 관찰자에서 멈추고 후자는 사건을 전달하는 과정에서 전달자가 그 사건에 대응하여 어떤 반응을 보이거나 영향을 받아 변모한다. 그래서 대상을 향한 불빛이 자신에게로 되비치는 반사적 성향으로 그는 중심인물이 된다. 콘라드의 『로드 짐』이 외적 조망인데 반해 『어둠의 속』은 내적 조망인 것도 같은 맥락이다.

조망의 문제 역시 한 작품의 의미를 좌우하기에 중요하다. 플로베르가 권위적 서술에 등장인물의 시점을 곁들여 사용함으로써 외설시비로부터 벗어난 것은 좋은 예이다. 리얼리즘이건 모더니즘이건 서술자는 내적 조망과 외적 조망을 적절히 배합하여 독자를 인물과 한몸이 되게 하여 공감을 얻고 다시 분리시켜 비판을 하게 한다. 오스틴은 『에마』에서 권위적 서술, 등장인물 서술, 그리고 독백을 차례대로 배열하여 독자가 에마의 마음속을 들락거리게 만들었고 조이스는 『율리시즈』에서 인물의 시점과 언어를 일치시켜 독자가 성격을 감지하게 만든다. 스티븐의 의식으로 서술된 「프로테우스」장에서는 해변을 걷는 동안 그의 마음에 반영된 사건들이 그대로 드러나고 블룸의 의식으로 서술된 「레스트리고니언즈」에서는 더블린 시를 걷는 동안 그가 보는 바깥 세계가 드러난다. 독자는 스티븐의 장에서는 내적 조망을 얻고 블룸의 장에서는 외적 조망을 얻으며 두 인물의 성격을 대조하게 된다. 스티븐은 시적인 감수성이 풍부하고 내향적인 성격인 반면 블룸은 현실적이고 외향적이다.

김원일의 「마음의 감옥」은 리얼리즘 소설이 갖는 보여주기의 한 예를 보여준다. 서술자의 말하기가 독자의 몫을 남겨놓는다. '나'라는 1인칭 서술자가 소련을 방문하고 오는 길에 동생의 죽음을 겪는다. 나의 기억과 경험이 교차되는 서술을 따라가던 독자는 빈부의 격차, 도덕적인 타락 등 우리시대의 문제점과 이런 구조적 모순에 저항하는 동생의 죽음을 4·19세대와 연결시키는 것에서 멈추기 쉽다. 그러나 서술자의 시점에서 밖으로 나와 작품전체를 조망하면 사회주의 국가에 대한 서술자의 느낌과 우리의 현실이 연결되어 인간이 만든 어떤 제도나 이념에도 완벽한 것은 없다는 더 큰 암시적 의미를 얻게 된다. 내적 조망에서 멈추지 말고 외적 조망으로 나와야 그 속에 묻힌 의미를 얻게 되는 경우이다.

외적 조망은 시간성(aperspectivism) 혹은 역사성을 지니고 내적 조망은 공간성(perspectivism)을 지닌다. 공간예술은 시간예술보다 설명이 없는 공백의 예술이다. 영화는 장면들의 연속이기에 공간예술이지만 소설보다 의미를 합성하기 쉽다. 장면 속에 등장인물과 배경이 모두 들어가기 때문이다. 소설에서는 장면인 경우 주로 대사만으로 처리하기에 독자가 나머지 부분을 상상해야 한다. 이것이 소설이 영화보다 더 고급예술이라고 주장하는 근거이기도 하다. 그러나 영화에서도 만드는 기법에 따라 독자의 역할을 증대시킬 수 있다. 로만 잉가든(Roman Ingarden)의 '미확정의 영역(area of indeterminacy)'은 공간이나 장면예술에서 독자나 관객이 메꾸어야 할 틈새에 관한 이론이다. 보여주기일수록 틈새가 많아지고 독자의 역할이 증대된다. 서술자의 설명이나 요약의 자리를 관객이 메꾸어야 하기 때문이다. 쉬탄젤은 누보 로망의 '카메라의 시선'을 공간예술의 극단적인 실험으로 본다. 그는 모더니즘의 보여주기 예찬을 거부하고 전통적인 말하기 기법을 부활시킨다든지 포스트모더니즘을 '의도적인 서사의 부활'로 보는 면에서 부스나 코온과 같은 입장이다(123-124면).

서술이 매개되는 과정을 방식, 인칭, 조망의 세 가지로 나누어 살펴본 쉬탄젤은 이것을 하나의 도표로 그려 역사적인 변모과정을 한눈에 보게 만든다.

〈그림-1〉

2. 서술상황의 도표

우선 서술자가 등장인물과 교제하는 '방식'을 보는 선을 하나 긋는다. 한쪽 끝에 전달자가 있고 반대쪽에 반영자가 있다. 한가운데를 중심으로 각기 180도의 영토를 확보한다. 다음에는 서술자가 등장인물인지 아닌지를 보는 '인칭'의 선을 긋는다. 한쪽 끝이

〈그림-2〉

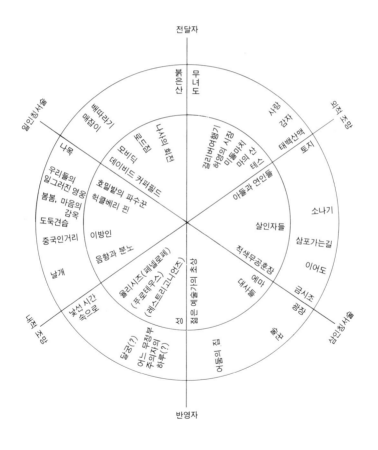

1인칭 서술이고 반대쪽이 3인칭 서술이다. 이들도 각기 한가운데를 중심으로 180도의 영토를 확보한다. 다음엔 독자가 사건을 등장인물 밖에서 보는지 안에서 보는지에 따른 '조망'의 선을 긋는다. 한쪽 끝이 외적 조망이고 반대쪽이 내적 조망이다. 이들도 각기 한가운데를 중심으로 180도의 영토를 확보한다. 반영자가 압도적인 서술을 등장인물서술(figural narrative situation)이라 하고 외적 조망이 압도적인 서술을 권위적 서술(authorial narrative situation)이라 하자. 여기에 1인칭 서술(first-person narrative situation)이 첨가되어 세 가지 서사 상황이 생긴다. (〈그림-1〉 참조)

소설의 발달과정은 대략 3인칭의 경우 권위적 서술에서 시계바늘이 도는 방향으로 움직인다. 서술자는 한 단계씩 등장인물에게 권한을 넘겨준다. 전지한 신의 입장에서(위에서, 밖에서) 서술하더니 간간이 등장인물에게 시점을 건네준다. 완전히 등장인물의 시점으로만 서술한다(자유간접체). 그것도 모자라 이제는 음성까지 닮아간다(반영자 서술). 이 경계를 넘어서면 '서술하는 나'는 지워지고 '경험하는 그'의 의식만 남는 내적 독백에 이른다(모더니즘). 서술자의 권한이 줄고 주인공의 실존적인 경험이 커지면 문장은 마감을 암시하는 과거형에서 열림을 암시하는 진행형으로 바뀐다. 1인칭의 경우 움직이는 방향은 3인칭과 반대이다. 경험하는 '그'에서 경험하는 '나'로 바뀔 뿐 내려앉는 모습은 거의 같다. 사건을 보고하거나 전달하는 전달자 서술에서 차츰 등장인물의 경험이 늘어난다. 주인공의 시점을 간간이 빌리더니 이제 완전히 그의 시점으로 서술한다(자유간접체). 그것도 모자라 이제는 자신의 음성까지 그의 것을 따른다(반영자 서술). 이 경계를 넘어서면 서술하는 나는 지워지고 경험하는 나의 의식만 남는 내적 독백에 이른다(모더니즘). 이 지점이 3인칭과 1인칭서술이 서로 만나는 곳이다. 자유간접체나 반영자 서술은 인칭에 상관없이 적용되지만 등장인물의 서사상황(figural narrative situation)은 3인칭의 경우에만 해당된다. 시계바늘이 도는 방향, 즉 3인칭에서 발전된 양식이기 때문이다.

쉬탄젤은 위와 같은 골격 속에 작품들을 집어넣는다. 그가 배열한 서구의 작품들 가운데 우리에게 친숙한 것을 몇 개 고르고 대신 우리 작품들 가운데 친숙한 것을 배열해 본다. (〈그림-2〉참조)

〈그림-3〉 쉬탄젤이 만든 도표

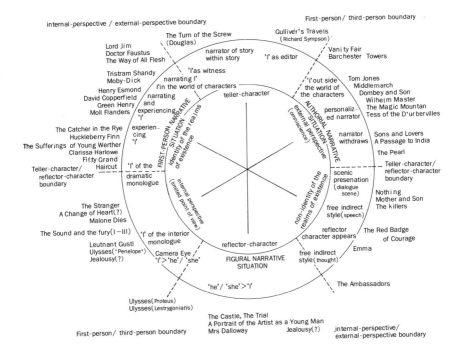

THE TYPOLOGICAL CIRCLE

3. 의의와 문제점

최수철의 중편 「어느 무정부주의자의 하루」를 읽는다. 이게 도대체 무슨 얘기인가. 흩어지고 와해되고 무슨 얘기인지 감이 잘 안 잡힌다. 내용을 더듬다가 문득 제목을 본다. 무정부주의자라니 ……. 일목요연한 내용을 간추리려 하지 말고 씌어진 방식을 보자. 23개의 짧은 글들이 모였는데 제각기 서술방식과 시점이 다르다. 처음 네 개의 글들은 누구의 시점인지 분명치 않다. 얼핏 3인칭 권위적 서술인 듯싶지만 '나'의 의식에 비친 세상일 수도 있고 '그'의 의식에 비친 세상일 수도 있다. 온갖 인식주체가 다 가능하다. 누보 로망이 즐겨 쓰던 '카메라의 시선'처럼 기계 뒤의 주체는 누구이든 상관없다. 그저 외적인 경치만 비추인다.

이제 5부터 한 사람 한 사람의 시선으로 들어간다. 5에서는 서술자와 등장인물의 권한이 비슷하다. 즉, 서술하는 '나'는 경험하는 '그'가 보고 느끼는 것만을 서술한다. 6은 서술자보다 등장인물의 권한이 더 크다. 즉, 경험하는 '그'의 의식이 더 강하다. 7은 서술하는 '나'와 경험하는 '나'의 권한이 비슷하다. 3인칭에서 1인칭서술로 바뀐 것이다. 나는 내가 보고 느낀 것만 서술한다. 8은 서술하는 '나'보다 경험하는 '나'의 의식이 더 강하다. 9는 대화들만 계속. 지문이 없어 누구의 것인지 독자가 추려야 한다. 10은 서술하는 '나'보다 경험하는 '그'의 권한이 비슷하다. 11은 이발소에서 누군가의 의식에 반영된 대화로 독백이다. 12는 누군가에게 말하는 대사이다, 독백. 13은 편지형식으로 누군가에게 보내는 글, 독백. 14는 택시운전사가 말하는 대사, 독백. 15는 서술하는 '나'와 경험하는 '그'의 권한이 같다. 16은 서술하는 '나'의 음성보다 경험하는 '그'의 의식이 더 강하다. 17은 여러 등장인물의 대사만이 나열된다.

이 작품에 쉬탄젤의 이론을 적용해보니 서술자와 등장인물 사이의 권력이양 과정이 3인칭과 1인칭에서 되풀이된다. 다양한 서술방식 그 자체가 무정부적이다. 그런데 처음 네 부분에 의해 이 다양성이 통합된다. 그 네 부분은 '나'의 의식, '그'의 의식, 그리고 권위적 서술, 모두가 될 수 있기 때문이다. 다양성 속의 결속, 아니 결속 속의 다양한 음성, 아니 개인적인 자아가 사회적인 자아와 만나는 모습…… 어쨌든 서술이론을 적용하니 그저 읽을 때와 사뭇 다르게 뭔가 견고한 게 잡힌다. 이런 분석은 서정인의 『달궁』에도 적용해볼 만하다.

웨인 부스와 쥬네트로부터 시작되어 코온과 쉬탄젤에 이르는 20세기 후반부의 소설이론은 모든 서술을 수사요, 전략으로 보는 것이다. 바흐친은 누가, 누구를 향해서 말해지지 않는 언어는 없다고 말했다. 그가 순수한 형식주의에 사회의식을 끌어들여 소설 속에서 담론의 체계를 살펴보듯 소설이론은 이제 서사이론 혹은 담론 비평이 된다. 부스는 소설이란 저자의 수사임을 밝혔고 쥬네트는 1인칭 회고적 소설에서 서술자와 경험자(주인공)의 거리를 살폈으며 코온은 1인칭과 3인칭 서술에서 서술과 독백 사이를 오가는 서술의 변모과정을 살폈다. 그리고 쉬탄젤은 세가지 매개요소들을 통해 서술자가 등장인물을 놓아주는 단계를 도표로 만든다. 코온과 쉬탄젤은 프리드먼이나 도레첼의 시점이론을 통합하여 역사적인 변모과정뿐 아니라 개별 작품의 분석에도 적용되는 방법론을 제시했다.

어떤 작품의 의미만을 성급하게 받아들이지 않고 어떤 전략이 있어 그리 느끼는지를 탐색하자. 혹은 어떤 전략이 숨어 있기에 지금까지의 해석과 달리 읽어야 한다는 등 서사이론은 단순히 스타일과 기법의 탐색을 넘어 의미를 재확인하는 과정이기도 하다. 그리고 기술된 모든 글을 객관적인 보고나 역사가 아니고 주관적인 담론으로 보는 포스트모던 시대의 이론이기도 하다. 언어의 자의성을 드러내던 포스트모던 픽션, 실체의 주관성 혹은 허구성을 보여주던 후기구조주의 이론과 같은 맥락에 있는 소설이론이라는 것이다.

그러나 포스트모던 소설이론은 정작 포스트모던 픽션에 대한 분석틀을 마련하지 못한다. 한 시대의 소설이론과 소설의 기법은 같은 인식론을 반영하지만 동시대에 발전되는 것이어서 하나가 다른 하나를 바라볼 수는 없기 때문이다. 코온은 모더니즘의 독백이 사라지고 서술자와 설명이 되살아나는 것으로 포스트모던 픽션을 암시했다. 쉬탄젤은 베케트의 작품을 세 가지 서술상황의 어느 범주에 놓아야 할지 망설인다. 이쪽인가 하면 저쪽이다. 그가 카메라 시선의 기법을 이곳저곳에 놓고 물음표를 붙인 것과 비슷하다. 혹시 세 요소가 교차하는 중심인가, 아니면 나의 도표는 수명을 다하고 해산되어야 하나. 쉬탄젤은 확실한 답변을 못 내린다. 남편이 오기를 기다리며 끝없이 천을 짜고 풀던 페넬로페처럼 쉬탄젤은 포스트모던 픽션과 자신의 도표 사이에서 방황한다. 누군가가 자신의 이론에 수정과 보완을 해주기를 기다리듯이.

후기구조주의 시대의 담론비평은 이렇듯 나름대로 의의를 지니면서 한계에 부딪친다. 게다가 분석이 무미하고 건조하지 않느냐, 역사성과 사회의식을 작품에 끌어들였다고는 하지만 아무래도 충분치 않다. 끌어들여놓고는 거부하니 결국 사회성이 없는 게 아니냐. 포스트모더니즘에 반론을 제기하듯 서사비평에도 반론이 제기된다. 브룩스(Peter Brooks)의 『플롯을 따라 읽기 Reading for the Plot』(1984)가 주목을 받은 것은 아마도 이런 맥락에서가 아닌가 싶다. 그는 소설읽기에 인간의 욕망을 끌어들였기 때문이다.

에로스적 욕망과 소설의 플롯
— 피터 브룩스의 『플롯을 따라 읽기』

    우리의 삶이란 도대체 무엇인가. 그토록 수많은 작품들이 삶에 대해 얘기했는데 아직도 우리는 삶이란 이런 것이라고 꼭 붙잡아 얘기할 수가 없다. 태어나서 죽는다는 확고한 사실, 그 사이의 갈팡질팡하던 긴 여정, 그리고 죽은 다음 타인에게 전달되는 삶의 의미, 소설과 비평의 관계도 이와 비슷할는지 모른다. 방황하는 긴 여정이 소설이라면 여행이 끝난 다음 그 삶의 의미를 되돌아보는 게 비평은 아닐까.

    탄생과 죽음 사이에 삶이 있다. 너무 일찍 죽는 것은 억울하지만 그렇다고 영원히 죽지 않는다는 것도 견딜 수 없는 일이다. 적절한 죽음, 의미있는 죽음, 그러기 위해서 삶은 만족스러울 만큼 지속되어야 한다. 탈선하고 빗나가고 우회하면서 그리고 어딘지 전에 했던 짓을 반복하면서 탄생에서 죽음에 이르는 거리를 길게 늘인다. 시작에서 끝 사이의 가장 긴 우회는 아라베스크이다. 소설도 이런 게 아닐까. 시작과 끝이라는 피할 수 없는 운명 사이의 긴 방황, 종결을 미루기 위해 탈선하고 우회하고 반복하는 과정 이것이 플롯이다. 아니, 잠깐, 이것은 에로스적 욕망은 아닌가.

시작과 극치 사이의 최단거리를 가장 길게 늘이려는 아라베스크적 욕망. 그래서 탈선하고 우회하고 반복하면서 억울하지 않은 죽음을 위해 욕망의 충족을 늦춘다. 삶도 플롯도 에로스도 발작이 『트리스트람 샨디』를 읽고 끝에 표시해 놓은 ∿∿∿ 모양새이다.[1]

1. 욕망과 서사

러시아 형식주의자들이 작품의 형식(syuzet)을 내용(fabula)보다 우선시킨 이래 20세기의 소설이론은 러보크, 포스터 등의 영미 이론과 불란서 구조주의로 나뉘어 발전된다. 이 두 갈래는 1960년대 웨인부스의 『소설의 수사학』을 기점으로 한데 합쳐져 후기구조주의 시대의 서사담론 혹은 담론비평으로 넘어선다. 저자를 다시 픽션 속에 끌어들여 서술자로 전락시키고 그의 서술전략을 탐색하는 담론비평은 불란서의 쥬네트, 미국의 코온, 그리고 독일의 쉬탄젤에 의해 세련되고 20세기 후반부 포스트모던 시대의 소설이론으로 자리를 굳혀간다. 서술자는 어떤 방식으로 등장인물을 조정하여 어떤 의미를 낳고 독자를 어떻게 움직이는가, 서술자는 누구이고 보는 이(시점자)는 누구인가. 신처럼 등장인물을 조종하는 서술자, 시점만 등장인물에게 넘겨주는 서술자, 서술과 시점 모두를 넘겨주는 서술자 등 서술자와 인물의 사이를 비집고 들어가는 담론(혹은 서사) 비평은 언어를 수사와 비유로 보는 해체론 이후 포스트모던 인식론과 같은 맥락에 있다.

그런데 이들이 서술전략을 놓고 왈가왈부하는 동안 소설을 그렇게 형식만 가지고 해부하지 말고 좀더 인간적으로 접근해볼 수는

---

[1] Peter Brooks, *Reading for the Plot : Design and Intention in Narrative* (New york : Vintage Books, 1984), 59면. 이로부터 이 책에서의 인용은 '면수'로만 표시함.

없겠느냐 하는 반론이 제시된다. 인간의 욕망을 서사이론과 접목시키는 방법이다. 르네 지라르는 모방하는 욕망으로 소설을 분석하여 역사와 사회의식을 끌어들인다. 내가 갈망하는 대상은 정말 내가 원해서라기보다 타인이 욕망하기 때문이라는 욕망의 삼각구조는 인간의 심리를 소설에 적용하면서 건조한 형식비평을 사회이론으로 확장시킨다. 들뢰즈와 과타리는 욕망을 타자를 억압하고 조정하려는 오이디푸스적 응시로 본다. 이들이 욕망을 부정적인 것으로 보는 것에 비해 롤랑 바르트와 피터 브룩스는 욕망을 삶의 활력으로 본다. 바르트는 책 읽는 행위를 남녀 사이의 에로틱한 유희로 보았고 브룩스는 한 편의 소설이 씌어진, 혹은 읽히는 과정을 에로틱한 행위와 동일시한다. 쾌락의 충족을 늦추기 위한 탈선과 반복이 성행위이듯 종결을 늦추기 위한 탈선과 반복이 소설이라는 것이다.[2]

브룩스는 구조주의나 형식주의가 독자의 욕망을 간과하고 시간의 흐름에 따라 소설의 의미가 해석, 재해석되어가는 독서과정을 무시한다고 생각한다. 좀더 역동적이고 에로틱한 책읽기를 위해 그는 프로이트의 정신분석을 끌어들인다. 과거의 기억과 현재의 욕망이 서로 영향을 주고받으면서 과거를 회복하는 정신분석 치료는 책읽는 과정에서 독자의 욕망과 텍스트가 서로 영향을 주고받으며 의미를 해석, 재해석하다가 최종 의미를 내리는 것과 같다는 것이다.

흔히 내러티브, 혹은 서사는 극이나 서정시를 제외한 '서술자가 있는 이야기'로 정의되곤 한다. 브룩스는 서사의 폭을 넓혀 정신분석까지를 포함한다. 즉, 서사란 인간이 현실에 적응하기 위해 사용하는 이해의 수단이라는 것이다. 그리고 플롯이란 아리스토

---

2) Jay Clayton, Narrative and Theories of Desire, *Critical Inquiry* 16(Autumn 1989), 33~53면.

텔레스의 '사건들의 연결, 혹은 스토리 속에서 행해진 것들'이라는 정적인 규정을 넘어서 서사를 만들고 그것을 끌어가는 욕망이라고 말한다. 그것은 그저 정적인 구조가 아니라 시간의 흐름에 따라 발전되는 구조짓는 작업이다(plotting). 독자가 하나의 작품을 읽으면서 경험하는 과정이 형식이요, 마지막 책장을 덮고 간추린 의미가 내용이다. 러시아형식주의자들은 이 둘의 관계를 형식과 내용, 불란서 구조주의자들은 담론과 역사, 그리고 영미비평은 플롯과 스토리라고 이름붙였다. 브룩스는 플롯을 독자가 경험하는 형식의 계열에 위치시키면서도 그것에 욕망을 개입시켜 역동성과 과정이라는 움직임을 부여한다. 그러므로 브룩스의 플롯은 포스트모더니즘 소설에 플롯이 없다는 식의 플롯개념과는 다르다. 모든 작품은 그것이 아무리 와해되었을지라도 시작과 끝이 있고 이 중간을 겪는 과정이 플롯이기 때문이다.

서구에서는 계몽주의와 낭만주의를 겪으면서 주요담론으로 신학 대신에 역사가 들어선다. 역사는 늘 근원과 종결을 요구했고 19세기가 너무 플롯에 매달려 계보를 따지다보니 20세기 초에는 그것에 대해 회의가 인다. 플롯의 피할 수 없음을 인정하면서도 그것이 자의적이라는 것이다(5−7면). 플롯에 대한 관점은 이렇게 변모하지만 브룩스의 플롯은 그것을 떠나 더 넓은 의미를 지닌다. 즉, 욕망을 지닌 독자가 작품을 읽어가면서 어떻게 해석, 재해석을 하다가 하나의 의미에 이르는가 바로 그 과정 자체가 플롯이다.

죽어가는 여왕은 슬퍼하는 왕에게 훗날 자신처럼 아름다운 여자와 재혼할 것을 요청한다. 여왕과 닮은 모습을 찾던 왕은 어느 날 성장한 딸에게서 그 모습을 발견한다. 딸은 아버지와의 결혼을 피하기 의해 세 가지 힘든 요구를 했고 아버지는 그 요구를 모두 들어준다. 그러자 그녀는 얼굴과 손을 검게 칠하고 털옷을 입고 숲으로 도망치고 이웃나라 왕에게 붙잡혀 부엌일을 하게 된다. 그녀는 세 벌의 다른 옷을 입고 세 번 왕과 춤을 추다가 왕의 구애를 받는다. 그림(Grimm)형제의 「온갖 종류의 털코트」에서 금지된 욕망은 세 번의 반복을 거친 후 지워버린 성적 특성을 다시 찾으며 합법적인 욕망에 이른다. 이 반복과정은 독자의 욕망, 즉 읽어야 할 것이 이미 읽은 것의 의미를 전복시키리라는 기대감으로 해석, 재해석된다.

끝을 안타깝게 기다리면서도 쉽사리 끝나지 않기를 바라는 마음. 소설은 스스로를 죽이고나서야 의미를 낳는다. 그러므로 자신의 서술은 자신의 사망신고이다. 벤야민은 소설에서 추구하는 것은 우리의 삶에서 거부되는 죽음에 대한 지식이라고 말했다(22면). 죽음의 순간에야 삶의 의미는 전달된다. 커모드의 말처럼 종말이 시작을 쓰고 시작이 중간을 만든다.

종말이 오리라는 것을 알면서도 그 종말을 지연시키는 중간과정이 플롯이기에 그것은 앞으로 나가면서 스스로를 소비하는 에로스이다. 지라르의 모방하는 욕망(mimetic desire)과 묘한 대조를 이루는 브룩스의 서술하는 욕망(narrative desire)을 발작의 『좋지 않은 가죽(*La Peau de Chagrin*)』을 통해 살펴보자(48–51면). 마지막 한푼까지 도박장에서 날린 라파엘은 삶을 끝장내려 마음먹는다. 그는 세이느강에 밤이 오기를 기다리며 골동품 가게를 뒤적이다가 우연히 마술의 힘을 가진 부적을 얻는다. 무슨 소원이든지 다 들어주지만 소원이 이루어질 때마다 라파엘의 피부가 줄어드는 부적이었다. 그는 우선 한바탕 술잔치를 벌이고 그날 밤 친구에게 지나온 삶을 얘기한다. 어머니를 여의고 가난과 아버지의 감시 속에서 자란 그는 사랑을 주지 않는 여자와 헛된 사랑에 빠지고 드디어는 도박에 묻혀 날을 보내다 그것도 끝장이 난다. 그 순간 그에게는 다시 부적이 생각나고 우선 6백만 프랑을 부적에게 요구한다.

이제 그는 부자가 되었고 진정 오래도록 살고 싶지만 삶을 욕망할수록 피부가 줄어든다. 차라리 삶을 포기하는 길이 삶을 연장하는 길이요 '쾌락원칙 너머에 있는 것', 즉 흥청거리는 술잔치 뒤에 오는 것은 죽음에의 본능이다.

쾌락은 죽음이라는 대가를 요구하고 에로스는 곧 죽음에의 본능이다. 이것을 책읽기에 적용해보자(52면). 독자는 페이지를 넘길수록(욕망을 실현시킬수록) 그 길이는 줄어든다. 소설의 끝은 죽음이요 충족이요, 극치요 완성이다. 글이 있는 한 독자는 욕망을 느끼고 욕망을 실현시키는 한 죽음을 피할 수 없다. 라파엘의 부적은 욕망으로서의 삶과 욕망의 또 다른 형태로서의 서술을 상징하는 은유이다. 앞의 것은 작품의 내용이고 뒤의 것은 형식이며 앞의 것은 범인이고 뒤의 것은 범인을 찾는 과정이다.

2. 프로이트의 핵심플롯

포스트모더니즘이나 후기구조주의에서 낯익은 어휘는 반복, 자리바꿈, 알레고리, 기표의 연속, 환유의 연쇄 등이다. 폴 드 만이나 힐리스 밀러의 해체비평도 해롤드 블룸의 '영향에의 불안'도 앞의 것을 반복하는 책읽기이다. 프로이트의 정신분석으로부터 라캉이 얻어낸 반복 혹은 욕망의 자리바꿈을 잠깐 살펴보자. 어린 아이는 어머니의 젖가슴을 원한다. 그애는 젖을 먹고 영양을 섭취할 필요(need)를 느낀다. 그런데 그애가 정말 요구하는 것(demand)은 어떤 정신적인 것, 말하자면 어머니의 사랑이다. 필요는 대상에 있고 요구는 주체에 있기에 이 필요와 요구의 틈새에 의해 대상은 결코 욕망을 충족시키지 못한다. 대상을 얻는 순간 욕망은 저만큼 물러나고 또 다른 대상을 추구한다. 대상이 아무리 달라져도 욕망은 여전히 남아 있다. 스스로를 타자에 의해 절대적으로 인정받으려 하기에 욕망은 현실에서 충족될 수 없는 것을 끝없이 원하는 셈이다(55면). 이처럼 오직 죽음에 의해서만 욕망은 끝이 나기에 시작과 끝의 사이에 있는 삶은 기표의 연쇄요, 반복이요, 알레고리요, 환유의 고리이다. 오직 죽음에 의해서만, 욕망이 충족되고서만 의미가 생기기에 삶은 환유요 죽음은 은유이다.

삶이 그렇듯, 서사와 에로스 역시 시작과 끝 사이에 있는 기표의 연쇄이다. 서술은 의미의 끝없는 재해석, 즉 환유를 통해 하나의 의미, 즉 은유에 이르는 것이고 성행위는 반복을 통해 죽음을 연기시키는 것이다. 그런데 '반복'이란 '일치'와는 다르다. 그것은 앞의 것을 똑같이 되풀이하는 게 아니라 다르게 되풀이한다. 토도로프는 서술의 변형을 원형이 다르게 되풀이되는 것이라 했고 프로이트는 반복을 앞선 사건과 닮으면서도 다르게 나타나는 것으로 보았다. 반복은 되풀이될수록 원형에서 멀어지지만 결코 원형을 떠나지 못하는 '차이와 닮음의 긴장관계'이다. 탐정이 범인의 경로를 추적하듯이 문학의 형식은 내용을 반복한다. 19세기 소설의 주인공들은 겉으로는 앞으로 나가지만 사실은 끝없이 원점으로 되돌아온다. 결국 원점의 사건을 반복하는 게 소설의 중간이요 플롯이다. 리얼리즘 소설은 한 그룹의 인물들을 아슬아슬한 지점에서 멈추게 하고 다시 먼저 그룹의 묘사로 돌아간다. 그리고 이런 되돌아감이 반복되면서 소설이 엮어진다. 소설의 내적인 투쟁은 시간의 흐름을 거스르는 것이요(루카치), 서사가 하는 짓은 시간의 흐름에 흠집을 내는 것이다(쥬네트).

브룩스는 프로이트의 『쾌락원칙을 넘어서』에서 핵심이 되는 사상을 끌어내 소설읽기에 적용한다. 종래의 정신분석비평이 저자, 독자, 그리고 등장인물의 무의식에 대한 것으로 자아, 초자아, 이드의 삼분법에 의존했음에 비해 그는 이제 라캉을 비롯한 후기구조주의자들의 사상을 흡수한다. 그리고는 시간의 흐름에 따른 텍스트와 독자 사이의 욕망의 놀이, 즉 플롯을 위한 읽기를 제시한다. 이제 이런 원리가 실제 작품에서 어떻게 적용되는지 살펴보자.

3. 실제비평

1) 원점의 사건을 반복하기, 혹은 억압된 것의 귀환

안개가 자욱한 늪지대 무덤가에서 어린 소년 핍은 갑작스레 우악스런 손에 목덜미를 잡힌다. 핍은 도망친 그 죄수에게 줄칼과 음식을 가져다준다. 부모를 여의고 누나와 매형 밑에서 대장장이 일을 배우던 핍은 어느 날 노처녀 해비샴의 대저택에서 아름답고 거만한 소녀 에스텔라를 만난다. 소녀의 온갖 모욕에도 불구하고 핍은 그녀의 환상을 지우지 못하고 그럴수록 자신의 비천함이 원망스럽다. 이럴 즈음 그에게는 익명의 후원자가 나타나고 그는 런던으로 가서 신사교육을 받는다. 해비샴을 익명의 후원자로 알고 있던 그에게 어느 비바람이 치는 어스름한 저녁, 어릴 적 그 죄수가 나타나 자신이 후원자였음을 밝힌다. 신사가 아니었기에 억울한 누명을 쓰고 옥살이를 하던 그는 핍을 아들처럼 여기고 신사수업을 시킨 것이다. 에스텔라 역시 해비샴이 남자에게 배반당한 앙갚음으로 데려다 기른 죄인의 딸이었다. 신사계급의 허실, 어른들의 이기심에 희생되는 아이들, 야망의 헛됨, 환상과 참모습의 괴리 등 찰스 디킨즈의 『위대한 유산』은 빅토리아 시대를 반영하는 리얼리즘 소설이다. 브룩스는 이 소설을 어떻게 요리하는가.

해비샴 저택과 에스텔라는 핍에게 사회적 신분상승과 신사가 될 욕망을 심어준다. 그것은 핍에게 환상과 동화의 세계였다. 그런데 음산한 분위기와 해비샴의 괴상한 삶이 이런 겉플롯을 틈틈이 배반한다. 그 속엔 마녀의 이야기가 묻혀 있는 듯하다. 한편 고아인 핍은 본성이 사악하다는 질책을 받으며 누나의 손에 큰다. 그런데 이런 교육과 억압 밑에는 죄수와의 소통이라는 방출되지 못한 에너지가 묻혀 있다. 말하자면 겉에 드러난 두 개의 플롯 밑에는 억압된 다른 두 개의 플롯이 있어서 앞으로 나가려는 힘을 틈틈이 위협한다. 그리고 이 억압된 부분은 나타나는 때마다 다르고 스토리를 따라 조금씩 앞으로 나가지만 늘 원점을 방문하는 '반복'이다. 예를 들어 핍은 신사가 되기 위해 런던에서 수업을 받으면서도 고향에 오면 다시 죄수와 연결이 되는 듯한 사건에 부딪치곤 한다. 그러다가 드디어 그 죄수가 모습을 드러내고 어린시절의 맨 처음 장면으로 되돌아가며 억압된 것이 귀환한다(39장). 그리고 지금까지 억압해오던 겉플롯이 와해되고 그 밑에 억눌린 에너지가 분출한다. 핍은 욕망의 충족을 향해 앞으로 나간다고 생각하지만 사실은 아직 해결되지 않은 과거, 정말 그의 삶과 방향을 결정하는 그 과거의 반복과정에 종속되어 있는 셈이다. 독자와 마찬가지로 핍은 자기 삶의 플롯을 잘못 읽는다. 그는 자의적이고 비유적인 언어를 모방적으로 읽는다.

『위대산 유산』은 두 개의 사회적이고 억압적인 겉플롯이 조금씩 저지를 받으며 앞으로 나가다가 클라이맥스에 이르러 억압된 것이 방출되고 종말을 향하는 소설이다. 이때 속플롯에 의해 겉플롯이 전복되기에 초월 플롯은 없다. 플롯은 서로가 서로를 반복하는 환유의 연쇄이다. 플롯은 늘 발견할 게 아무것도 없음을 알면서도 반복하는 필연적인 오류이다. 만일 그것이 탈선과 우회라는 오류를 범하지 않으면 즉시 죽어버린다. 이런 의미에서 이 소설은 플롯이 무엇인가를 밝히는 담론이기도 하다(136-140면).

2) 회고적 정욕, 혹은 플로베르의 도착성

플로베르의 완숙기 소설은 플롯을 조직적으로 왜곡시킨다. 그의 소설『감정교육』은 여전히 스탕달이나 발작의 경우처럼 정치성과 사회의식을 지니고 있지만 주인공들은 모두 권력에의 의지나 에로틱한 열정에서 실패를 거듭하기에 지지부진하고 흩어진 플롯을 연출한다. 발작의 주인공이 목표를 향해 돌진하는 욕망하는 기계라면 플로베르의 경우는 인물의 의지도 약하고 극적 요소나 구조의 집합성도 산만하다. 책 읽기가 의미를 찾는 과정이라고 할 때『감정교육』은 이 욕망을 거부하려는 듯 성취도 진전도 희박하다. 그런데도 왜 독자는 오백 페이지가 넘는 소설을 계속 붙잡고 놓지 못하는가, 여기에는 목적을 향해 전진하는 욕망이 아닌 다른 방식의 욕망이 있기 때문이다.

발작의 욕망은 라파엘의 경우처럼 욕망이 곧 생명 그 자체이다. 그러나 플로베르의 욕망은 프레데릭의 경우처럼 끊임없이 간섭에 몸을 맡기는 방황이다. 욕망과 죽음의 본능이 동시에 교차하듯 그는 망설이고 수동적이고 슬프고 죽고 싶다.

그가 사랑한 여인은 아르누 부인임에 틀림없지만 그녀와의 만남은 쉽사리 타인들로 대치된다. 또한 이 여인들 사이에선 어떤 조화로운 의미합성도 이루어지지 않는다. 그저 분열된 서술로서 존재한다.

예를 들어 프레데릭이 로저에서 루이스 로끄와 만날 때 친구 델로리에는 아르누 부인을 유혹하는가 하면 프레데릭이 아르누 부인과 힘들게 재회했을 때 정부인 로자네트가 나타난다. 있어야 하는데 없고 없어야 하는데 있고 ……. 잘못된 만남, 간섭받는 재회, 틀린 주소, 바뀐 대상 등 서술은 일관성이 없고 감흥은 분열되다가 끝내는 다음과 같이 마감한다.

"그러고 보니까 자네의 정치에 대한 열도 식었군."

"연령 탓이야."

라고 변호사가 말했다.

그리고 그들은 자기들의 과거를 회상해보았다.

연애를 꿈꾸던 프레데릭이나 권력을 꿈꾸던 델로리에나 그 생애는 둘 다 실패였다. 그 이유는 어디에 있었던가?

"직선적인 데가 부족했기 때문인지도 모르지."

라고 프레데릭이 말했다.

"자네의 경우는 그럴 거야. 하지만 나는 반대로 너무 직선적이어서, 무엇보다도 소중한 제이의적(第二義的)인 여러 가지를 소홀히 했기 때문에 실패했단 말아야. 나는 너무 논리적이었고 자네는 너무 감정적이었어."

이어, 그들은 우연과 정세와 그들이 태어난 시대를 원망했다.(宋勉 역, 『세계문학전집』96, 을유문화사, 396면)

델로리에의 논리성은 합리성과 이성을 거부하는 당대(1848)의 역사적인 상황에 대처할 수 없었고 프레데릭의 산만함은 아르누 부인의 사랑을 얻지 못한다. 폭도들 가운데의 매춘부라든가 혁명 적 사회주의자가 경찰관으로 변신하는 등 혼란 그 자체인 역사는 어떤 한 사람의 의지로 변하는 게 아니었고 프레데릭의 산만한 욕 망은 오직 너무 늦게야 연인을 만날 뿐이다. 전자는 논리 때문에 후자는 논리의 결여로 실패한다. 그러면 델로리에와 프레데릭이 자리를 바꾸면 어떨까. 과연 프레데릭이 정치에 뛰어들 수 있는 감성을 지녔는가. 권력과 사랑에서 실패한 두 남자를 통해 플로베 르는 논리와 논리의 결여가 계속 자리바꿈을 할 뿐 어느 한 쪽에도 초월적인 의미를 던지지 않는다.

의미를 향해 곧장 달리는 발작의 소설이 은유적이라면 플로베르는 환유적이다. 전자의 경우, 독자의 욕망은 최종의미를 향해 해석, 재해석을 내리며 상승하지만 후자의 경우 독자의 욕망은 반복적인 좌절을 맛보며 책을 놓지 못한다. 의미의 분산 그 자체가 독자의 흥미를 끌기 때문이다. 두 연인은 과연 맺어질 것인가. 언제 다시 아르누 부인이 등장하는가. 그러나 한번도 만족은 없다. 될 듯 될 듯 하다가 마지막 순간에도 충족을 얻지 못한다. 브룩스는 플로베르의 허술한 반복은 마지막 방출을 하지 못하며 발작의 플롯과 달리 회고적인 욕정으로 끝나지만 그런 서술형식 자체가 독자의 욕망을 붙들어맨다고 말한다. 죽음이 올 것을 알면서도 우리를 끌고 나가는 삶 그 자체처럼 빗나가고 우회하는 기표의 자리바꿈, 이것이 『감정교육』의 매력이다.

3) 전이의 역동성, 혹은 죽음을 연기시키는 반복행위

정신분석 치료에서 환자는 과거의 얘기를 현재의 욕망으로 말하고 치료자는 현재의 욕망으로 그것을 듣는다. 치료자의 현재 욕망은 무엇인가. 환자의 욕망을 알아내어 그것을 충족시킬 답을 마련하는 것이다. 환자가 내놓는 미완의 서술을 치료자가 완성시켜 되돌려주는 서술의 전이관계를 콘라드의 『어둠의 속』에서 밝혀보자. 뱃사람 서넛을 앉혀놓고 선원인 마로우가 자신이 겪은 여행담을 들려준다. 그 여행담의 핵심은 커츠라는 인물에 대한 탐색이다. 그리고 마로우의 얘기를 그 뱃사람 가운데 하나인 '나'가 서술한다. 커츠에 대해 얘기해주는 마로우가 있고 마로우의 얘기를 전달하는 내가 있다. 그런데 마로우의 얘기는 그가 먼저 여행에서 얻은 것을 반복해서 들려주는 재구성이다. 마치 탐정소설에서 범죄의 발생이 그것을 추적하는 과정에 의해 전달되는 것과 같다. 범죄인은 커츠이고 그를 추적하는 과정이 마로우의 서술로서 마로우는 커츠를 반복한다. 반복이란 원본의 되풀이가 아니라 마로우의 현재 욕망에 의해 변형된 되풀이이다. 커츠의 보고서를 제출하며 주석을 지우듯이 마로우는 서로 모순되어 읽을 수 없는 커츠에 관한 사건을 재구성한다(242면).

벤야민은 삶의 의미는 죽음에 가서야 통합되고(246면) 죽음만이 서술에 의미를 부여하기에 스토리의 끝은 곧 지혜의 시작이라고 말했다. 마로우에게 커츠는 삶의 의미를 전달하는 인물로서 커츠의 담론은 마로우의 여행과 그의 추구를 의미있게 만드는 데 이용된다. 커츠는 죽어가면서 마지막으로 '공포(horror)'라는 단어를 남겼다. 그런데 커츠가 마지막으로 남긴 말이 무엇이었느냐고 묻는 커츠의 순진한 연인에게 마로우는 '당신의 이름'이었다고 말한다. 이것이 벤야민의 '경험을 음성으로 만드는 지혜'이다. 마로우는 커츠의 얘기를 빌어 자기 얘기를 한다. 그것도 '상대방의 욕망을 읽고 그것에 자기 음성을 내리맞추는 서술의 전이'를 보여준 것이다. 듣는 이가 뱃사람이냐 커츠의 애인이냐에 따라 서술이 달라진다. 그러므로 『어둠의 속』에서는 커츠에 관한 얘기라기보다 커츠에 관한 얘기로 채워진 마로우 자신의 얘기이다.

커츠와 마로우의 경계는 모호하다. 마로우와 '나'의 경계도 모호하다. 서술의 3겹차원은 서로 열려 있어 전이는 역동적이다. 마로우 서술의 진실성은 그것을 듣는 자들이 어떻게 수용하는가에 의해 달라진다. '나'를 포함한 뱃사람들은 마로우의 모습을 볼 수 없다. 다만 음성만을 들을 뿐이다. 그러므로 그것은 수사이다. 그리고 끝이 모호하기에 듣는 이에 의해 다시 전달될 것이다. 의미는 잠정적이고 대화적이고 전이적이다. 의미는 끝없이 지연되고 그때마다 독자는 이야기를 자신의 욕망에 따라 나름대로 이해하고 완성시킨다. 이것이 침묵, 즉 죽음을 연기시키는 반복이다. 마로우는 커츠를 반복하고 듣는 '나'는 마로우를 반복하고 독자는

'나'를 반복한다. 이처럼 커츠의 유령은 결코 휴식을 모른다. 이 죽음을 연기시키는 반복이 소설의 중간이요 플롯이다. 그리고 치료자가 환자의 얘기를 듣고 그의 욕망을 읽어내어 그 얘기를 완성시켜 되돌려주는 전이의 역동성이기도 하다. 이제 정신분석의 사례연구를 예로 들어 죽음을 연기시키는 반복행위를 보자.

프로이트는 1918년 자신이 치료하는 환자, '울프 맨(Wolf Man)' 이야기를 출판했다. 울프 맨은 1886년 크리스마스 날 러시아에서 태어났다. 지주이며 정계 지도자의 아들로 태어난 그는 1910년 정신분열증으로 비엔나에서 프로이트의 치료를 받는다. 간호원 테레사와 격렬한 사랑에 빠져 결혼한 그는 본국으로 돌아갔다가 1919년 러시아 혁명으로 탈출 다시 프로이트의 환자가 된다. 돈을 잘못 바꾸어 무일푼이 된 그는 보험원으로 생계를 꾸려가며 프로이트의 정신분석에 큰 영향을 미친다. 1971년에는 자신이 회고록을 출판하여 마치 탐정소설에서 탐색대상이 갑자기 서술을 떠맡듯이 프로이트에 대해 글을 썼으며 1979년 비엔나 정신병원에서 92세로 죽는다.

울프 맨은 회고록에서 명탐정 샤록 홈즈의 설명찾기와 프로이트의 정신분석이 서로 닮았음을 암시했다(269-270면). 홈즈는 원인을 찾기위해 여기저기 흩어진 증거들을 수집하고 배열하여 과거를 탐색하고 이를 설명하는데 프로이트 역시 증상을 수집하여 배열하고 외상의 순간을 밝히려고 과거를 거슬러 올라가면서 서술한다. 그런데 그 탐색은 이중적이다. 오이디푸스가 신탁의 수수께끼를 풀기 위해 과거를 거슬러오르니 바로 그 자신이 죄인이었듯이, 프루스트가 기억 속에서 재생산된 과거를 서술하는데 그것은 바로 성인인 서술자의 것이었듯이, 원래 모습을 찾기 위해 정신 속으로 파고드는 작업은 시간의 흐름을 통해 기억들이 계속 변형되기 때문에 결국은 기억하는 순간의 것이기도 하다.

프로이트의 사례연구를 풀어보자. 제일 겉플롯은 사례연구에서 보고되는 순간의 순서이다. 그보다 한 단계 안에는 분석 시에 나타나는 과거 사건의 순서, 그 안에는 어린시절 신경증의 역사, 그리고 이런 단계를 거쳐 마지막에 신경증의 원인이 되는 과거사건의 순서가 밝혀진다. 사례연구에서 보고되는 사건의 순서는 독자가 경험하는 형식(syuzet)이고 신경증의 원인을 밝히는 게 궁극적인 내용(fabula)이다. 그런데 외상의 순간을 밝히는 작업은 환자의 기억에 의해서인데 그 기억이란 시간의 흐름에 의해 재생산되곤 한다. 예를 들어 프로이트는 '울프 맨'의 신경증 원인을 한 살 반에 본 부모의 성행위 장면이었다고 밝혀놓은 뒤 후일 그것을 지운다. 그게 정말 현실에서, 일어난 일이 아니고 동물의 교미를 보고 부모의 것으로 꾸민 환상인지도 모른다는 것이다. 또한 공포의 대상인 늑대도 어릴 적에 들은 동화의 산물인지도 모른다. 이렇듯 프로이트는 첫번째 연구와 그 다음 연구가 달라짐을 보여 이야기의 닫힘을 거부하였다. 자서전이나 전기가 현재의 욕망으로 쓰이기에 허구인 것처럼 사례연구 역시 허구임을 프로이트는 암시한다. 그는 꿈을 해석하고 기억을 걸러내고 증상을 추적하여 무의식적인 욕망을 밝히는데 결과는 무한한 의미가 가능하도록 열어놓았다. 이것이 프로이트 이후 오늘날까지 정신분석에 관한 담론이 계속되는 이유이다.

신경증의 원인은 과거의 것이지만 현재의 욕망으로 말하여진다. 언어는 결코 근원을 얘기하지 못한다. 그것은 은유가 아닌 환유이며 끝없이 반복되는 재구성이다. 환자는 치료자와 대화를 통해 서로의 욕망을 나누며 불완전한 이야기를 좀더 충만한 플롯으로 엮는다. 만일 프로이트가 울프 맨에게 그럴 듯한 플롯을 주었으나 그가 거부하면 그것은 플롯이 충만하지 못한 탓이다. 진실은 근원에 있는 게 아니라 둘 사이의 대화 속에 있다. 이와 같은 환자와 치료자 사이의 전이관계는 서사와 독자 사이에서도 일어난다. 독자는 서사와 욕망을 나누며 의미를 합성해내기 때문이다. 그러므로 정신분석 비평은 형식주의를 넘어서 인간의 기억과 욕망을 서사에 연결시키고 그게 아무리 잠정적일지라도 계속 흐르는 시간이 잃어버린 시간을 방문하여 의미를 만드는 역동적인 읽기이다 (285면).

신경증의 원인은 과거의 일이지만 현재의 욕망으로 말해진다. 모더니즘 작품에서는 어떤가? 모더니즘은 권위적 서술자가 사라지고 등장인물들이 서술을 엮어가기에 서술형식 자체가 대화적이고 정신 분석의 전이현상을 드러낸다. 윌리엄 포크너의 『압살롬, 압살롬!』을 보자. 이 소설은 로자, 컴프슨, 다시 로자, 그리고 틴과 쉬리브 등 등장인물들이 서트펜 일가의 몰락과정에 대해 얘기하는 식으로 서술이 연속된다. 그러나 마치 발신자와 수신자, 그리고 제목이 없는 편지처럼 그들이 어떤 근거로 그런 사건들을 알 수 있고 그 동기를 캐는지 모호하다. 편지라든가 서류상의 증거, 그리고 조부나 아버지를 통해 듣는 이야기들……. 그러나 앞의 서술을 지우면서 마지막 서술권을 장악하는 퀜틴의 경우에 근거는 더욱 모호하다. 그는 서트펜 일가의 사건 가운데 가장 핵심적인 부분인 헨리가 본을 죽인 이유(즉, 여동생과의 근친관계에 있는 이복형 본이 흑인 정부가 있었기 때문이 아니라, 그 형의 핏속에 흑인 피가 흐르고 있기 때문에 죽였다는 사실)을 쉬리브에게 얘기한다. 크라이티를 만나 남군 패배시 서트펜이 아들 헨리에게 그 얘기를 했다는 것을 알았다고 퀜틴이 얘기하지만 그 정보의 근거는 확인되지 않는다. 소설이 진행될수록 증거 없는 서술이 점차 고안되어 마지막 부분에 이르면 마치 네 개의 음성이 함께 서술하는 느낌을 받게 된다. 혹시 퀜틴은 조상들의 얘기를 빌어 남부의 몰락과 남부에 대한 자신의 애정을 표현하고 있는 것은 아닌지?

모든 서술은 회고적이고 오직 아들만이 아버지의 얘기를 할 수 있다(301면). 그러나 그 아버지의 얘기는 아들의 현재 욕망으로 말해질 뿐이다. 욕망은 늘 미래를 향한다. 서술은 잠정적이고 그 다음 서술자의 욕망에 의해 다시 전달된다. 이것이 의미의 열림이요, 전이의 역동성이요, 기표의 연쇄이다. 『압살롬, 압살롬 !』은 서술형식 그 자체가 정보의 근원에 회의를 던짐으로써 죽음을 연기시키는 반복이다.

4) 의의와 문제점

브룩스의 정신분석비평은 종래의 자아, 초자아, 이드라는 3분법적 분석을 넘어서 삶, 소설, 그리고 에로스적 욕망에 내재한 쾌락과 죽음에의 본능이라는 공통분모를 찾아낸 포스트모던시대의 읽기이다. 그는 죽음을 연기시키기 위해 반복을 되풀이한다는 프로이트의 쾌락 원칙을 삶과 그것의 반영인 소설에 적용하여 시작과 끝 사이를 플롯이라고 이름붙였다. 이때의 플롯은 독자가 경험하는 작품의 형식이면서도 정적인 구조가 아니라 시간에 따라 의미가 달라지는 동적인 것이다.

형식주의가 너무 단조롭고 인간의 심리를 간과한다고 생각한 그가 서사론에 끌어들인 욕망은 아버지의 권위에 도전하거나 또 하나의 아버지가 되려는 오이디푸스적인 것으로 풀이되기도 하고 환자와 치료자 사이에 일어나는 전이로서 서사와 독자의 관계를 보게도 만든다. 독자는 시간의 흐름에 따라 소설을 읽으면서 의미를 해석, 재해석하다가 최종의미에 이른다. 그리고 그가 내린 최종의미는 타인에게 하나의 지혜로서 전달된다. 물론 전달자의 욕망이 개입된 자의적인 지혜이다. 매끄러운 리얼리즘 소설에서는 반복과 억압된 것이 귀환하는 모습을 밝히고 연재대중소설에서는 대중의 욕망과 상업성에 의해 플롯이 이어져나가는 과정을 밝히고 20세기 모더니즘에서는 서술구조를 통해 전이현상을 밝힌다. 예를 들어 포크너의 작품에서는 서술형식 그 자체가 이미 치료자와 환자 사이의 대화와 전이현상이라는 것이다.

이문열의 『황제를 위하여』는 일종의 자의식적 서술이다. 작가의 분신이라고 보여지는 서술자 '나'는 끊임없이 자신의 진술에 대해 의문을 표시한다. 앞부분에는 '나'가 이 소설을 쓰게 된 동기와 출처를 밝히고 마지막에는 지금까지 써온 것을 되돌아본다. 그리고 중간에는 계속 앞으로 나가는 진술과 그것에 회의적인 시선을 던지는 반론이 마치 줄다리기를 하듯 교차 반복되면서 조금씩 서술이 발전되어간다. 잡지사 기자시절 '나'는 정감록과 정진인에 대한 취재차 계룡산에 들렀다가 우연히 조그만 샛길로 접어들었고 그 숲 속에서 남조선 태조 백성왕의 묘를 발견한다. 그리고는 황제의 충복 우발산을 만나게 되어 정감록과 황제에 얽힌 얘기를 듣는다. 그후 그 노인도 죽고 실록도 사라진 후 서술자는 자신이 듣고 읽었던 얘기를 기억을 더듬어 엮어나간다. 그러므로 사실과 허구가 결합되고 '나'의 주관에 의해 굴절된 재현이다.

정진인이라는 자칭 황제에 얽힌 탄생신화 역시 측근의 얘기와 그 얘기를 반박하는 적대자의 얘기를 대조시켜 서술자는 신화란 어차피 꾸며진 얘기임으로 부정도 긍정도 하지 않겠다는 중간입장을 취한다. 황제의 인품, 성장과정, 연애, 결혼, 왜병에 대한 적대감, 출가 등 서술은 영웅의 일대기를 그리는 방식으로 진행되면서도 틈틈이 간섭을 받는다. 실록과 측근자들의 얘기를 의심한다면 적대자들의 주장 또한 어찌 믿느냐, 어차피 역사는 허구적이니 그냥 앞으로 나간다. 혹은 실록에는 없는 얘기지만 적대자들의 구전에 의존해서 황제의 가출에 얽힌 우스꽝스런 무용담을 얘기하겠다(사실은 이 부분이 문학성도 높고 재미있다)는 등 자의식적 시선이 매끄러운 서술에 틈새를 낸다. 측근은 진지하게 황제의 업적이나 능력을 과장하고 반대측은 모두 우스꽝스런 거짓이라고 하니 한 가지 사실에 대한 견해는 얼마나 다른가. 이를 암시하기 위해 서술자는 양측을 오가며 자신의 서술을 엮는다.

만주로 가서 나라를 세운 황제는 숱한 일화와 우화를 만들면서 신하 가운데 한 사람은 공산이념으로 또 한 사람은 자본이념으로, 그리고 두 아들 역시 두 가지 이념에 의해 갈라지는 비극을 맛본다. 그리고 6·25, 남북의 대립, 토지개혁, 이승만정권의 초기에 이르기까지 우리 역사가 '황제의 시각'으로 서술된다. 서술자는 이념이 절대적이 아닌 자의적 언술체계이며 늘 지배자의 권력유지 수단이었음을 '황제의 입장'에 동승하여 서술한다. 그리고 이제 서술자는 더 이상 양측의 견해를 대조시키지 않는다. 황제가 그 역할을 하기 때문이다.

두 가지 상반된 이념에 의해 부역, 숙청, 복수, 증오, 탐욕, 그리고 이런 혼란을 틈타 토지문서 작성으로 남의 땅을 가로채는 일, 그리고는 거지가 된 황제가 대학생들을 만나 인간의 탐욕과 사회비리를 하나하나 지적하는 통찰과 통쾌한 달변에 이르기까지 서술은 거의 간섭 없이 지속된다. 그리고 에필로그에서 서술자는 지금까지 자신의 진술에 회의를 던진 후 어느 대학교수의 증언에 의존하여 자기 얘기의 리얼리티를 확인한다. 그 교수는 황제가 단순한 광인이 아니고 혜안이 있는 특이한 사람이라고 말한다. 황제의 마지막 정신적 승리, 무거운 짐을 감당한 인내, 고독, 그리고 후계자를 통해 이루려던 꿈. 그것은 요약하여 모든 종교, 사상, 이념에 대한 불신과 그런 것을 지우는 작업, 그리고 우리 시대에 맞는 새 신념체계를 세우는 일이었다고.

소설은 여기에서 끝이 난다.

앞으로 나가다가 다시 되돌아오는 지그재그식 자의식적 서술이 한동안 계속되다가 어느 시점부터 그냥 앞으로 나간다. 그리고는 끝나는 듯하더니 다시 되돌아보며 자기 입장을 재확인한다. 이런 서술형식 속에서 무엇이 반복되어 왔는가. 서술자가 나서서 측근과 반대쪽의 얘기를 모두 들려주며 말의 자의성, 역사와 신화의 허구성을 암시한다. 그러다가 6·25 부분부터는 황제의 시각을 빌어 두 가지 상반된 이념의 자의성과 허구성을 보여준다. 그리고는 마지막에 자신의 서술 역시 허구이기에 누군가의 확인을 통해 자기 입장을 세운다. 그렇다면 서술자가 계속 반복해온 것은 이념의 허구성이었다. 그리고 이것은 바로 황제가 일생에 걸쳐 하려던 작업이었다. 그렇다면 『황제를 위하여』는 바로 『서술자를 위하여』가 아닌가.

억울하지 않은 죽음을 위해 탈선과 반복을 거듭하며 죽음을 연기시켜온 한편의 서술이 이렇게 끝난다. 벤야민의 용어를 빌어 죽음을 통해 얻은 지혜는? 말의 자의성과 이념의 허구성. 그런데 반복은 다시 계속된다. 이문열의 「영웅시대」와 「금시조」에서. 반복이란 똑같은 것이 되풀이되는 것이 아니라 '같지만 다르게' 되풀이되는 것이다.

서술자는 황제의 얘기를 하면서 자기 얘기를 한다. 그렇다면 어떤 사실을 전달하면서 자신의 욕망을 이야기한 셈이다. 정감록과 우발산노인의 이야기는 서술자의 기억 속에 있는 과거이다. 그는 기억을 더듬어 과거를 재생시키는데 그것은 현재욕망의 산물이다. 즉, 과거 얘기는 현재 서술자의 욕망에 의해 굴절되어 반복된다. 그리고 독자는 서술자의 얘기를 듣고 현재 그의 욕망을 읽어내어 그 얘기를 완성시켜 되돌려준다. 이것이 정신분석에서 환자(서술자)와 치료자(독자) 사이의 전이의 역동성이다. 황제를 반복하는 서술자, 서술자를 반복하는 독자, 그리고 그때마다 욕망에 의해 조금씩 달라지는 반복……. 이것이 전이의 역동성이요, 죽음을 연기시키는 브룩스의 플롯이다.

　브룩스는 이렇듯 과거의 기억과 현재 욕망 사이의 역동적인 관계를 서사이론에 끌어들여 작품분석에 공헌을 했다. 또한 삶과 에로스적 욕망과 소설의 플롯에서 보편구조를 발견해내었고 이것을 후기프로이트, 즉 라캉의 이론과 연결지어 포스트모던 정신분석 비평틀을 제시한다. 그러나 그가 애초에 의도했던 형식주의의 한계를 얼마만큼 벗어났는지는 의문으로 남는다. 예를 들어 그의 이론으로 작품을 읽는 경우에도 여전히 놓치는 부분이 있기 때문이다. 그것은 작품이 독자에게 주는 감동과 사회·역사의식이라는 마르크스적 입장이다. 그래서 욕망이론은 미완성이고 아직도 열린 채로 새로운 도전을 기다린다. 그것은 죽음을 연기시키기 위해 또 하나의 반복을 기다린다.

결론

소설(서사)이론 어디까지 왔나
―그 한계와 전망

60년대 초에 나온 부스(Wayne C. Booth)의 『소설의 수사학(*The Rhetoric of Fiction*)』(1961)은 당시 사람들의 관심을 모았고 지금도 중요한 책으로 취급된다. 어떤 책이 당대의 관심을 모으고 훗날까지 중요시되기 위해서는 몇 가지 조건이 필요하다. 그 가운데 하나는 과거와의 대화를 통해 미래의 비전을 제시하는 것이다. 말하자면 기존의 문제점을 극복하면서 새로운 흐름을 제시하는 것인데 뒷날 돌이켜보면 그 새로운 흐름은 바로 기존의 것들에 저항하면서 새롭게 일어나는 압도적인 문화의 흐름과 일치한다. '소설의 수사학'이란, 모든 언어는 수사라는 60년대 이후 포스트모던 사상의 핵심을 예견하는 어구였다. 훗날 중심해체, 다원화, 탈이념으로 정리되는 반세기의 문화를 예견했던 것이다. 소설을 보는 시각도 당대 문화의 산물이다.

한 시대의 사상은 그 시대 문화를 비롯해 온갖 삶의 체계에 영향을 미친다. 미학이란 아마도 한 시대의 사상이 예술의 양식으로 나타나는 모습을 살피는 것인지도 모른다. 그리고 그것은 예술의

양식뿐 아니라 예술양식을 분석하는 방식에도 스며든다. 철학이
세상을 보는 눈이듯 비평이론도 세상을 보는 눈이기 때문이다.

20세기의 미학은 어떤 것이었을까. 실존주의와 모더니즘, 그리
고 해체(혹은 후기구조주의)와 포스트모더니즘, 20세기의 전반부
와 후반부는 대략 이 두 갈래로 나뉘어진다.

이 글은 20세기의 미학 가운데서도 소설(혹은 서사)을 보는 방
법을 살핀다. 그것이 어떻게 그 시대 예술양식과 공통점을 갖는가.
그리고 그것은 지금 어디까지 와 있고 그 한계는 무엇인가. 그것
을 극복하는 방법은?

1. 모더니즘 미학

매일 똑같은 일을 되풀이하는 주부는 하루가 어떻게 지나갔는지
모른다고 말한다. 매일 같은 일을 반복하는 회사원도 그렇게 말한
다. 그러다 어느 날 여행을 떠난다든가 낯선 경험을 하면 그날이
무척 길다고 느낀다. 살아갈수록 세월이 빨라진다고 사람들은 말
한다. 사십대는 비탈길이요 오십대는 내리막이고 육십대는 낭떠러
지라고. 왜 그럴까. 혹시 위의 진리 아닌 진리에 공통점은 없는가.

그녀는 아침마다 비슷한 시간에 밥을 짓고 설거지를 하고 집안
청소를 한다. 기계적으로 습관적으로, 그러다 보니 그녀는 자신이
하는 일을 느끼지 못한다. 거의 무의식적으로 손을 놀리고 걸음을
옮기기 때문이다. 그녀는 시간의 흐름을 감지하지 못한다. 자신이
하는 일이 너무도 낯익어서 느낄 수가 없게 된 것이다. 그러다가
어느 날 그런 규칙적인 반복이 깨지는 순간이 있다. 어딘가 여행
을 떠난다든가 누구를 만난다든가 전혀 하지 않던 새로운 일이 벌
어진다. 그럴 때 그녀는 순간순간을, 매시간을 느낀다. 그런데 살

아갈수록 새롭고 낯선 일은 잘 일어나지 않는다. 이런 일 저런 일을 겪다 보면 모든 게 시들해지고 특별한 기대도, 앞날에 대한 호기심도 사라지면서 사람은 모든 일에 익숙해져 버린다. 습관적으로 무의식적으로 사물을 대하며 모험과 낯설음에서 멀어져가는 불혹의 나이, 그래서 40대부터는 비탈길이요 50대는 내리막길이라고 했던 게 아닐까.

습관이란 너무도 낯익어서 느끼지 못하고 지나가 버린다. 그렇다면 우리는 살았다고 할 수 있는가. 이념도 마찬가지다. 우리에게 익숙한 관념이나 사고는 그 형태를 볼 수가 없다. 너무도 낯익어서 느낄 수가 없다. 어떻게 살고 있음을 느끼게 할까, 어떻게 살처럼 빠른 세월을 늦출 수 있을까. 모험과 기대 속에서 사는 것, 순간순간을 의식하며 사는 것, 똑같은 일을 반복하지 말고 흩어 놓는 것, 새로움을 끼워 넣어 재배치하는 것, 기이하고 낯설게 만드는 것, 낯익은 것을 낯설게 흩어 놓고 다시 배치하여 우리가 하나하나를 호기심 속에서 경험하게 만드는 것, 버지니아 울프와 목마와 숙녀의 옷자락이 낯설게 흩어진 것(박인환의 『목마와 숙녀』), 이것이 바로 러시아 형식주의자들이 말한 예술이다.

20세기 미학이론 가운데 러시아 형식주의는 예술의 특성을 설득력 있게 제시한 것뿐 아니라 이념에 대한 회의를 암시한 것에서 무시 못할 흔적을 남긴다. 그들이 만든 용어 '수제(sjuzet)'와 '파블라(fabula)'는 영미에서 플롯과 스토리, 혹은 형식과 내용으로 옮겨져서 20세기 미학이론의 흐름을 결정짓는다. 최근 브룩스(Peter Brooks)의 『플롯을 따라 읽기(Reading for the Plot)』(1984)에서 플롯은 바로 '수제'에 해당되는 것이었다.

그런데 플롯과 스토리, 형식과 내용이란 이들이 언급하기 전에도 있었던 용어였다. 다만 그들은 그것들을 다르게 사용했다. 이전에는 예술의 형식이란 그저 내용을 담는 그릇 정도로서 중요한 게

아니었다. 내용이 중요했고 스토리가 예술이었다. 그러나 형식주의
자들은 예술이란 독자가 낯설게 흩어진 형식을 하나하나 경험하고
마지막에 내용을 합성해내는 과정이라고 생각했다. 형식을 통해
내용으로 가는 것. 내용은 형식에 의해 좌우되는 것이었다. 낯설
음을 통해 낯익음으로 가는 것이다. 인간은 본능적으로 낯익음을
원하지만 그것은 낯설음을 통해 우회하여 이르는 최종 목표이다.
죽음이라는 최종 목표를 연기시키는 게 우리의 삶이듯 스토리라
는 최종 목표는 형식을 겪은 후에 맞게 되는 낯익음, 곧 죽음이
었다.

형식주의자들은 낯익은 이념을 의심케 하고 예술을 형식으로
보아 기법을 중시했다. 그들이 제시한 분석들은 비록 무르익기도
전에 볼셰비키 혁명에 의해 좌절되었고 그 혁신은 서구에 직접적
인 영향을 주지는 못했지만, 20세기 전반기의 실험운동인 모더니
즘과 공통점을 지니고 훗날 브룩스에 이르는 미학이론의 밑거름이
되었다. 낯익은 이념에 대한 저항과 기법의 중시라는 면에서 그랬
고, 비슷한 시기에 영향력 있던 이론서, 러보크(Percy Lubbock)의
『소설의 기법(The Craft of Fiction)』(1921)과 서로 통하는 면에서 그
랬다.

19세기 사실주의는 저자의 권위가 의심받지 않던 시대였다. 그
의 서술은 현실을 그리는 객관적인 재현으로서 독자에게 저항없이
받아들여졌다. 모더니즘은 그런 매끄러운 재현에 대한 의심이고
저자의 서술, 즉 말하기(telling)의 권위에 대한 의심이었다. 직접
명령하는 말하기를 줄이고 그저 보여 주라. 그러면 독자가 그것을
경험하고 의미를 만들겠다. 예술은 보여주기(showing)다. 저자는
얼굴을 내밀지 말고 직접 인물들의 행위를 통해 보게 하라. 삼인
칭 전지서술보다 일 · 이인칭 제한서술이, 그보다 저자는 그저 인
물을 따라다니면서 인물이 보는 것만 서술하는 삼인칭 제한서술이

더 입체적이고 극적이다. 헨리 제임스의 『대사들』, 조이스의 『젊은 예술가의 초상』, 최인훈의 『광장』에서 저자는 주인공이 보는 것만 서술한다. 러보크가 플로베르나 헨리 제임스를 격찬한 것은 그들이 말하기보다 보여주기로서 내용을 극화시켰기 때문이다.

보여주기의 극치는 모더니즘의 극치인 내적 독백이었다. 저자는 완전히 사라지고 인물이 보고 쓰는 권한을 모두 소유한 게 내적 독백 혹은 의식의 흐름이다. 그러나 러보크의 이론은 보여주기를 미덕으로 삼은 시대의 것이었지만, 그가 대상으로 삼은 소설은 19세기 말에서 20세기 초에 이르는 변천기의 것이었다.

모더니즘 미학이 지닌 또하나의 특성은 우주적 보편성을 향한 향수였다. 이념이나 객관 재현에 대한 회의는 개성과 낭만적 자아를 지우고 대신 전통이나 신화 등 보편구조 속에 개인의 음성을 묶으려 했다. 조이스는 절대논리가 사라진 혼돈을 신화적 구조 속에서 수용하려 했고, 엘리어트는 동서의 전통 속에 용해시키려 했으며, 헤밍웨이는 자연과 스토이시즘, 그리고 포크너는 남부의 전통으로 틀을 짰다. 언어와 개인의 음성을 의심하면서 유기적 구성틀을 마련한 신비평의 보편성 역시 모더니즘에 뿌리내리고 있던 이론이었다. 아마도 모더니즘이 가장 성공했던 예를 우리는 신비평이라는 문학이론에서 찾을 수 있을 것이다. 브룩스와 워렌의 『시의 이해(Understanding Poety)』(1938)와 『소설의 이해 (Understanding Fiction)』(1943)는 문학수업에서 교과서 같은 것이었다.

저자의 의도는 작품 속에 그대로 반영되지 못하고(의도의 오류), 작품이 독자에게 미치는 영향 역시 정확하지 못하다(영향에의 오류). 저자의 의도, 생애, 독자에게 미치는 영향 없이 작품은 독자적 존재다. 신비평은 전기비평이나 인상비평이 주관적이고 과학적이지 못하다고 생각하여 작품 자체의 자율적 구조를 비평의 대상으로 삼는다. 플롯(액션), 인물, 주제가 어떻게 갈등 속에서 긴장을 유지하며 서로 어울려 작품을 이루는가. 그 세 가지 요소는 넘침도 모자람도 없어야 한다는 조건 때문에 신비평은 작품의 자족적인 구조를 원할 수밖에 없었다. 그래서 대학의 문학수업에는 적절했지만 짧은 단편을 선호하고 긴 장편을 소외시킨다.

모더니즘의 미학과 같은 샘물에 뿌리내린 신비평은 시점의 문제를 중시했다. 저자가 인물에게 시점을 넘겨주거나 같은 대상이 인물에 따라 다르게 인식되는 것을 다중시점으로 보여 준 모던 소설에서 시점은 스타일이요 현실을 보는 눈이었다. 말하기보다 보여주기를 중시한 러보크는 시점에 따라 서술이 어떻게 극적으로 되어가는지 논의한다. 시점이 제한될수록 서술은 입체적이 된다. 바다 위에 떠 있는 한 척의 배는 삼인칭 전지시점으로 그려진다. 그러나 관객이 배를 젓는 인물의 시점이 되면 배와 인물은 사라지고 출렁이는 물결이 부딪치듯 뱃전에 몰려든다. 시점은 제한되지만 관객은 자신이 노를 젓기에 입체적이고 극적인 감흥을 느낀다.

일인칭 시점 중에서도 일어나는 사건을 전달만 하는 경우와 주인공이 되는 경우가 있는데, 전달자인 것 같으면서 자기반성적으로 되비치는 경우(우리 소설에서 이청준의 중층구조)가 가장 극적이다. 이보다 더 제한적이 되는 경우는 삼인칭 제한시점이다. 서술은 저자가 하고 시점은 인물에게 있는 경우이다. 이때 서술자가 인물이 보는 것만 충실히 따라가는 경우(최인훈의 『광장』)보다 인물이 보는 것을 따라가면서도 은근히 반대 소리를 내는 경우(헨리 제임스의 『대사들』)가 더 극적이다.

브룩스와 워렌이 『소설의 이해』에서 논의한 시점은 러보크와 거의 같지만 단 한 군데에서 다르다. 러보크의 삼인칭 제한시점 대신 삼인칭 관찰자서술이 들어선다. 헤밍웨이의 『살인자들』은 삼인칭 관찰자서술의 대표적인 작품인데 카메라가 어떤 장면을 보여주듯 서술자가 전혀 상황을 분석하거나 인물의 심리 속으로 들어가지 않는다. '카메라의 눈'이 된 양 곁에서 행위만을 보여 준다(쥬네트의 '제로(Zero)시점'에 해당되는 경우다). 황석영의 「삼포가는 길」은 단 한 군데 백화의 마음속으로 들어가는 부분을 제외하고 곁에서만 비춘다. 우리 소설에서는 제로시점이 드물다.

신비평에서는 시점이 인물의 밖에 있는가 안에 있는가로 나눈다. 그래서 일인칭 전달자와 일인칭 주인공, 삼인칭 관찰자와 삼인칭 전지시점의 네 가지로 구분한 것이다. 물론 삼인칭 제한시점이나 삼인칭 관찰자시점은 저자의 권위가 축소되던 모더니즘 초기 작품들에서 나타난다. 저자가 더이상 신처럼 세상을 그릴 수 없다는 회의에서 나온 기법이다. 시점은 세상을 보는 시각이요, 실재를 어떻게 볼 것인가라는 인식론적 물음을 구현하는 방식이다.

작품에 대한 평가에서 주관을 배제하고 조금 더 과학적이 되려는 시도로 비평은 점점 더 보편성을 추구하게 된다. 모더니즘 미학이 완숙에 이르고 여전히 영미 쪽에서는 신비평이 강세를 떨치던 50년대에 프라이(Northrop Frye)의 『비평의 해부(*Anatomy of Criticism*)』(1957)와 구조주의 시학은 비평의 과학화와 보편성 추구의 산물이었다.

해박하고 풍부한 지식으로 동서의 문학작품을 총망라하여 공시적이고 통시적인 변모를 도표화한 프라이는 두 가지 측면에서 공헌을 하였다. 작품의 장르별 경계를 넘어 스토리가 있는 모든 서사에는 원형이 있어서 이것이 시대에 따라 변형되어 개별작품을 낳는다. 서사의 변모 단계는 신화로부터 상위모방, 하위모방, 아이러니의 단계로 내려앉으며, 시 소설 드라마 등의 전통적인 장르 대신 봄 여름 가을 겨울에 따라 로맨스 희극 비극 풍자로 서사를 나눈다. 프라이는 서사를 통합하고 수많은 갈래로 해부하여 서구 문학을 체계화했다. 그러나 개별작품 평가의 주관성을 넘어서려

했기에 개별작품을 분석하는 방법론을 제시하지 못하고 스스로가 완벽하고 거대한 보편틀을 제시하는 것에서 멈춘다. 프랑스 구조주의는 문학을 구조화하고 분석을 과학화한 것에서는 프라이와 같지만 개별작품을 분석하는 방법론을 제시한 것에서 프라이보다 조금 더 보편적이다.

구조주의는 개별작품들을 통합하는 공통된 구조를 찾아내는 작업이다. 러시아의 프롭이 만든 형태소는 그레마스에 와서 간추려지고 다시 프랑스 구조주의로 이어지는데 이들은 가장 보편적인 구조를 언어학에서 찾았다. 개별작품을 '빠롤'로 보고 그 뒤에 숨은 보편체계를 '랑그'로 본다. 랑그는 은유와 환유로 구조된 차이의 체계다. 헨리 제임스의 소설들에는 '절대적인 실재의 부재'가 되풀이된다. 꼭 있는데 사실은 없다는 실재의 부재가 작품마다 다르게 되풀이된다. 랑그는 실재(+)의 부재(−)라는 '차이'이고 이것이 개별작품(빠롤)마다 다르게 반복된다. 구조주의는 작품의 형식과 내용을 통합하면서 가장 보편적인 구조인 닮음(은유)과 다름(환유)의 긴장 관계로 작품을 구조지어 보편성의 극치에 이른다. 토도로프(Tzvetan Todorov)의 『산문의 시학(*The Poetics of Prose*)』(1977)은 구조주의가 얼마나 정교할 수 있는지를 보여주는 본보기였다.

프라이와 구조주의자들은 개별작품의 분석을 넘어서 내용과 형식을 통합한 보편구조를 찾았기에 시점에는 큰 관심을 보이지 않았다.

2. 포스트모던 미학

소설이론이 당대의 철학이나 미학을 반영하는 좋은 예로서 60

년대 부스의 『소설의 수사학』을 들 수 있다. 부스는 말하기와 보여주기를 나누고 보여주기를 더 발전된 기법으로 믿은 모던 미학을 거부한다. 보여주기도 결국은 말하기의 일부이다. 포크너가 『음향과 분노』에서 저자의 말하기를 없애고 인물들이 보고 말하게 함으로써 서술을 입체화시켰지만 그것도 결국은 저자가 무엇인가를 전달키 위한 수사가 아닌가. 독자가 인물들의 서술을 통해 합성한 의미는 결국 힘만 들었지 저자의 의미로 귀속된다. 물론 이때 저자는 실제인물이 아니고 작품의 의미가 귀속되는 저자이다. 부스는 이를 실제저자와 구별하여 내포저자라 이름붙인다. 그런데 시점이 다른 여러 인물들의 서술을 듣는 독자는 누구의 것이 옳고 누구의 것이 그른지를 가늠할 수 있어야 한다. 예를 들어 조세희의 『난쟁이가 쏘아 올린 작은 공』에서 마지막 장 「내 그물로 오는 가시고기」는 은강방직 사장 아들의 서술이다. 그런데 그의 서술이 상당히 스스로를 합리화하고 있어 이 부분만 읽으면 그의 말이 옳은 듯 느껴진다. 그러나 시점이 다른 앞 부분들을 읽어 왔기에 독자는 그의 서술을 믿지 않는다. 그는 부스의 용어로 '믿을 수 없는 화자(Unreliable Narrator)'인 것이다.

『소설의 수사학』은 세 가지 의미에서 60년대 새로운 미학을 반영한다. 우선 소설 양식에서 작가의 서술이 되돌아오는 포스트모던 양식과 일치한다. 모더니즘이 인물의 서술(독백)이라면 포스트모더니즘은 다시 작가의 서술로 되돌아가는데 19세기 사실주의보다 한층 더 요약서술이다. 마르케스의 『백 년 동안의 고독』은 숨찰 듯이 계속되는 서술 속에 장면의 극화나 내적 독백은 거의 없고 커트 보네것의 콜라주도 흩어진 형식이지만 역시 작가의 서술이다. 보르헤스는 보여주기를 찬양한 모더니즘에 반론이라도 제기하듯 요약이나 서술이 뭐 그리 나쁜 거냐고 반문한다.

둘째, 말하기와 보여주기의 이분법을 와해시킨 부스는 60년대

이후 문화의 흐름에서 주요한 특징인 경계넘기를 반영한다. 대중
문화와 고급문화의 경계, 장르 사이의 경계, 철학과 문학의 경계,
말하기와 글쓰기의 경계, 남성과 여성의 경계, 백인과 흑인의 경계
등 해체철학과 포스트모던 문화는 온갖 이분법적 우월의 경계를
무너뜨리는 데서 공통된다.

셋째, 픽션을 수사로 본 부스의 견해는 언어, 소설, 이념 등을
객관진리가 아닌 수사와 권력으로 본 해체철학과 같은 맥락에 있
다. 소설은 저자가 앞에 나서든 뒤에 숨어서든 독자에게 영향력을
주어 자신의 생각을 심으려는 수사다. 그러나 이제 뒤에 숨어서
조종하지 말고 직접 앞에 나서서 권력의 실체를 드러내라는 부스
의 견해는, 진리를 전략이요 권력으로 본 니체와 그로부터 영향을
받은 데리다와 푸코의 사상을 떠올리게 한다. 리오타르는 이제 비
평은 서술의 효과를 살피는 것이라 했다. 기능으로 저자를 보자는
푸코나 언어를 수사로 본 폴 드 만은 신비평이 제외시킨 저자를
귀환시켜 수사가로 그 지위를 낮춘다.

새로운 조류를 앞서 예견한 이런 중요성 외에 부스의 책은 무
엇보다 소설이론서로서 모더니즘의 분석에 한몫을 했다. 내포저자
외에 '믿을 수 있는 화자'와 '믿을 수 없는 화자'가 그것이다.

일단 서술자라는 기준이 생기면 그가 어떤 전략으로 인물들을
움직여 어떤 효과를 내는가를 따져 볼 수 있게 된다. 예를 들어
황순원의 「소나기」에서 서술자는 줄곧 소년의 편에 서서 이야기
를 전개한다. 단 한 군데 소녀의 마음을 드러내는 곳을 제외하고
줄곧 소년의 속마음을 그린다. 그런데 사실 그것이 내는 효과는
마지막 줄에 가서 나타난다. 그녀 역시 그 못지않게 소년을 사모
했다는 애틋한 마음씨. 죽음의 침상에서야 알려지는 진실, 때늦
은 발견, 때늦은 보답이 독자에게 삶의 비밀인양 아프게 전해진다.
사실주의에서는 독자를 움직이기 위한 서술자의 수사적 전략을 이

런 식으로 따져 볼 수가 있다. 그러나 모더니즘에서 부스의 방법은 한층 더 요긴하게 쓰인다.

대상이 보는 시점에 따라 다르다는 실재의 주관성은 미술에서는 피카소의 입체파에서 잘 나타나고 문학에서는 포크너나 조이스의 작품들에서 보여진다. 그런데 실재가 주관에 따라 다르다는 것만 보여 주면 다되는가. 예술이 지닌 도덕성과 미학성은 어찌되는가. 독자는 여러 인물들의 시점을 통해 사건을 이해하면서도 어느 인물 편에 서서 줄거리와 의미를 추려내지 못하면 만족을 느끼지 못한다. 저자는 다중시점을 사용하되 사실주의에서와 다름없이 개성을 창조하고 선과 악을 가늠지어 어느 쪽에 설 수밖에 없게 된다. 그렇지 않으면 줄거리가 합성되지 않고 선과 악의 구별이 없어지면 예술이 지닌 감동을 줄 수 없다. 즉 여러 화자들 가운데에서도 저자가 자기 편으로 당기는 인물이 있는가 하면 비판의 눈으로 보는 인물이 있게 마련이다. 조세희의 『난쟁이가 쏘아 올린 작은 공』에서 마지막 화자는 믿을 수 없는 화자이다. 제가 아무리 제 입장이 옳다고 떠들어도 독자는 그 말을 믿지 않는다. 저자가 그런 전략을 숨기고 있기 때문이다. 이런 의미에서 부스가 마련한 내포저자, 믿을 수 있는 화자, 믿을 수 없는 화자는 사실주의 문학에서도 쓰이지만 다중시점을 생명으로 삼는 모더니즘 문학을 위한 용어들이라 해도 과언이 아니다.

'내포저자'는 서술자와 같은 개념이 되어 쥬네트, 코온, 쉬탄젤 등 20세기 후반부 서사이론(Narrative Theory)의 핵심이 된다. 원래 대중문화의 한 현상으로 나타난 소설은 모더니즘을 거치면서 난해한 기법의 실험으로 대중과 유리된다. 그러는 사이에 영화는 스토리를 갈망하는 대중의 욕구를 채우면서 대중문화의 주역이 되기 시작한다. 그리고 소설이론은 영화를 포함하여 서사이론으로 변모한다. 이야기를 지닌 모든 문학이라는 뜻에서 나온 서사는 만화, 영화, 소설 등을 흡수하여 서사이론을 낳고 서술자는 내포저자처럼 서술의 주체가 된다. 그리고 쥬네트 이후부터 러시아 형식주의의 형식(sjuzet)과 내용(fabula)이 되살아나 플롯(혹은 서사)과 스토리에 해당되는 개념으로 쓰인다.

예를 들어 쥬네트의 시간이론 가운데 스토리 시간(story time)과 서술 시간(narrative time)이란 게 있다. 내용상으로 십 년이 서술에서는 단 한 문장, '그로부터 십 년이 흘렀다'로 압축될 수도 있고 실제로는 하루 동안의 일이 소설 한 권을 차지하게 길어질 수도 있다. 영화에서 슬로모션이나 정지, 같은 장면을 몇 번씩 오버랩하는 것은 스토리 시간보다 서술 시간이 길어지는 경우다.

서술자는 서술의 주체다. 그것은 일인칭 화자와 다르다. 인칭에 상관없이 모든 서술의 주체이므로 내포저자에 더 가깝다. 전략가로서의 서술자는 독자를 움직이기 위해 인물과 동지가 되기도 하고 적이 되기도 한다. 동지가 되는 인물은 믿을 수 있는 인물이고 적이 되는 인물은 믿을 수 없는 인물이다. 이처럼 서술자는 인물을 끌어당기기도 하고 놓아주기도 하면서 스토리를 이끌어 간다.

자기 나라의 문학을 세계화시키는 데 쥬네트는 좋은 예를 보여 준다. 우선 난해하기로 이름난 프루스트의 『잃어버린 시간을 찾아서』를 애정을 가지고 자세히 분석한다. 그러는 가운데 사용된 분석틀이 그대로 다른 작품에도 쓰일 수 있는 보편적인 방법이 된다. 그의 『서사 담론』은 프루스트의 작품에 대한 안내서이면서 동시에 세계적인 소설이론서이다. 그는 이 책에서 순서, 반복, 지속 등 시간에 관한 이론 외에도 서술자와 시점자를 분리하고 시점에 관한 독특한 견해를 제시한다. 우선 시점이 스토리 위에 있을 때와 스토리 안에 있을 때로 나누고 다시 안에 있을 경우 주인공인가 관찰자인가 나눈다. 일인칭과 삼인칭의 경계를 지운 것이다. 마르셀의 경우는 스토리 위에 있으면서 동시에 주인공이 된다. 전통적인 방식으로 하면 있을 수 없는 '일인칭 전지시점'이다.

일인칭 회고적 서술에서 성인이 된 마르셀은 어릴적 마르셀을 되돌아본다. 서술하는 마르셀은 성인이요, 경험하는 마르셀은 어린이다. 둘 사이의 거리는 서술이 진행됨에 따라 좁혀져서 마지막에 이르면 그 간격이 아주 좁아진다. 이 거리에 의해 서술자는 경험하는 '나'가 모르는 부분까지 예측할 수 있고 당시에는 몰랐던 의미를 이미 알고 있는 시선으로 앞지르게 된다. 이 피할 수 없는 해석학적 오류에 의해 서술자는 일인칭이면서 전지한 입장이 되는 것이다. 기존의 시점이론으로는 설명할 수 없던 '일인칭 전지시점'이 분류된다. 그리고 자서전이나 박완서의 『나목』을 비롯한 회고적 서술은 일인칭 전지시점이라고 하는 새로운 제안은 서술자와 인물의 거리를 보는 것에서 비로소 태어난다.

서술자와 인물의 거리를 일인칭과 삼인칭으로 나누어 각기 세 단계에 걸쳐 본 코온(Dorrit Cohn)의 『투명한 마음(*Transparent Minds*)』(1978)은 서사 형식의 변모 과정을 단계별로 정리하면서 특히 인물의 심리를 표출하는 방식을 분석하는 데 큰 몫을 한다. 그녀는 독자가 저자의 서술이라는 매개를 거치든 거치지 않든 인물의 마음을 보는 창문을 투명한 마음이라고 이름붙인다.

삼인칭 서사는 저자가 인물들의 위에서 그들의 심리를 그려 주는 경우(심리 서술), 인물과 나란히 그의 시점과 언어를 택해 그려 주는 경우(서술된 독백), 그리고 저자의 도움 없이 인물 제 스스로 마음을 드러내는 경우(인용된 독백)의 순서를 밟는다. 첫번째는 전통적인 권위적 서사에서, 두번째는 모더니즘 초기의 플로베르나 헨리 제임스, 카프카에서, 세번째는 모더니즘의 의식의 흐름에서 나타나는데 이런 구분은 시대적인 특징으로 보았을 때이고 한 작품 안에서도 세 가지가 모두 쓰인다. 그녀는 의식의 흐름 대신 의식 속에서 무의식을 읽을 수 있는 독백이란 용어를 씀으로써 모더니스트들의 자율적인 예고를 거부한다.

일인칭 서술 역시 위와 같은 단계를 거친다. 권위적 서사에서는 자서전이나 회고적 서술처럼 서술하는 '나'가 경험하는 '나'의 위에 서서 인식론적 우위를 드러내는 경우이고, 서술에서 점차 인물의 독백 쪽으로 가까워지는 경우, 그리고 마지막에 완전히 서술자는 없어지고 인물만 남는 '자동 독백'이다. 조이스의『율리시즈』는 이런 여러 가지 서술방식을 실험한 다성성의 집합체라 볼 수 있는데 그는 이것을 오디세이 신화의 구조 속에 담아 모더니즘의 혼돈과 그것을 극복할 보편적 질서의 세계를 제시한다. 그런데 이 실험소설의 마지막은 하루의 끝인 잠자리에 들 시간으로 페넬로페에 해당되는 몰리의 '자동 독백'이다. 서술자의 개입이 전혀 없이 인물의 윤리적 의식과 성적 무의식이 드러나다가 자연스레 잠으로 빠져드는 이 장면은 난해함 뒤에 숨은 유머 넘치는 기지로서 이 소설의 별미다.

프랑스의 쥬네트는 서술자와 인물의 관계에서 '일인칭 전지'라는 특이한 예를 프루스트의 작품을 통해 보여 줬고, 미국의 코온은 인물의 심리가 어떻게 묘사될 수 있는지를 권위적 서술자의 서술과 인물의 독백 사이를 단계별로 정리하여 독백만이 심리를 잘 드러낼 수 있다던 모더니스트의 견해에 반론을 제기했다. 그녀의 분석은 독일의 쉬탄젤(F. K. Stangel)에서 한층 더 체계화되어 하나의 도표로 정리된다. 비록 포스트모던 소설에 대한 분석은 없지만 그녀의 이론은 소설의 역사가 서술과 독백 사이를 오가는 왕복운동이라는 소중한 통찰을 보여 준다. 그리고 서술에서 독백으로 옮아 가면서 시점이 서술자에게서 인물에게로 옮아 가는 것을 보여 주어 세상이 복잡해지고 유동적이 되어 현실을 그리는 (객관)재현이 불가능하다는 인식론적 회의와, 동시에 그러기에 서술이 권위적에서 자율화, 민주화로 옮아 간다는 양면성을 보여준다.

  그런데 소설의 역사가 서술과 독백 사이의 왕복운동이라는 통찰과, 세상이 복잡해질수록 권위적 서술에서 인물의 독백으로 시점이 옮아 간다는 역사성은 서로 모순되지 않는가. 포스트모던 소설은 모던 소설의 독백에서 다시 서술로 돌아가지만 객관 재현과 권위에 대한 저항을 그토록 강하게 보인 적도 없었으니 말이다.

  여기에 한계가 있다. 포스트모던 시대의 소설이론이 비록 당대의 인식론적 뿌리에서 나왔지만 막상 포스트모던 기법을 분석의 대상으로는 삼지 못한 한계다. 한 시대의 미학적인 양식과 이론 사이에는 이런 틈새가 있다. 둘은 동시에 일어나고 있기에 마주볼 수 없고 오직 그 시대가 지나서 그 다음의 인식론적 틀에 의해 재단될 수 있을 뿐이다. 이런 틈새는 쉬탄젤의 도표(본문 353면)에서 선명히 나타난다(A Theory of Narrative, 1984).

  쉬탄젤의 도표는 서구소설이 어떤 양식으로 씌어졌는지 한눈에 볼 수 있게 만든 도표이다. 모든 스토리는 매개(mediacy)에 의해 서사가 된다. 매개 없는 서사는 없다. 스토리 혹은 내용이 플롯 혹은 형식이 되는 것은 매개에 의해서다. 저자는 어떤 내용이나 메시지를 어떤 식으로 전달할까 고심하게 된다. 바로 이 어떤 식이 곧 '인칭' '방식' '조망'이라는 세 개의 매개다. 둥근 원을 삼등분하여 가로지르는 세 개의 선을 긋는다. 일인칭인가 삼인칭서술인가(인칭), 전달자서술인가 반영자서술인가(방식), 외적 조망인가 내적 조망인가(조망), 원의 오른쪽 위로부터 아래쪽으로는 삼인칭 권위적 서술에서 인물의 서술로, 원의 왼쪽 위로부터 아래쪽으로는 일인칭 전달자서술에서 인물의 독백 쪽으로 서술방식이 한 단계씩 내려앉는다. 그리고 나서 소설들을 이 도표에 맞게 배치한다. 위에서부터 아래쪽으로 내려갈수록 사실주의에서 모더니즘 쪽으로 변모한다. 일인칭과 삼인칭이 만나는 지점이 서술자의 인칭이 완전히 사라지는 자동 독백이다.

예술의 형식 혹은 서사를 매개로 본 쉬탄젤은 매개를 결정짓는 세 가지 요소를 정하고 그것에 의해 산뜻하고 정교한 도표를 만들었다. 이렇듯 부스가 다시 세워 놓은 서술의 주체(내포저자, 혹은 서술자)를 기둥으로 삼아 쥬네트, 코온, 쉬탄젤은 서술자와 인물이 어떻게 '보는 권한'과 '쓰는 권한'을 나누어 갖는지 보여 주었다. 그런데 포스트모던 소설은 이 도표의 어디에 배치해야 하나. 외적 조망이요 삼인칭 권위적 서사? 그러면 전달자인가? 아니다. 전통서술이 되돌아온 듯 싶지만 그 서술이 스스로를 되돌아보아 자의식에 가득 차 있다. 일인칭 전지? 아니 삼인칭 제한? 어느 쪽에 속하는지 그들이 만든 기준으로는 가름이 안 된다. 바로 그 가름의 경계를 와해하기 때문이다. 이제 포스트모던 소설의 형식을 살펴보고 그것이 왜 지금까지의 시점이론으로는 해결되지 않는가 보자.

3. 포스트모던 소설의 형식

포스트모던 소설은 우화적이든 환상적이든 자의식적이든 콜라주 형식이든 어떤 형식을 취하든지 공통점은 모더니즘의 독백 형식이 사라지고 다시 서술자의 서술로 돌아간다는 데 있다. 아니 전통적인 사실주의보다 한층 더 서술이 강화되어 장면으로 극화되는 부분이 거의 없을 정도이다. 마르케스의 『백 년 동안의 고독』은 누가 뒤에서 쫓아오기라도 하는 듯이 숨차게 내달린다. 개연성도 현실감도 아랑곳하지 않는다. 전기의 패러디 혹은 탐정소설의 패러디인 나보코프의 소설들도 장면의 극화보다 서술하고 요약하기에 여념이 없다. 보네것의 극단적인 콜라주도 맨 마지막에 작가 자신의 모습을 그려 넣으면서까지 자신의 서술임을 강조한다. 존 파울즈의 『불란서 중위의 여자』 역시 빅토리아 시대를 재현하는 척하는 서술 위주의 소설이다. 실제 일어난 사건의 보도가 그대로 허구가 되는 '뉴 저널리즘' 소설도 인물의 독백과는 거리가 멀며, 밀란 쿤데라의 『참을 수 없는 존재의 가벼움』은 숫제 수필을 연상시킨다.

그런데 그들은 왜 그렇게까지 저자의 서술을 강조하는가. 그것도 인물과 스토리 위에서 시점과 서술권을 모두 가지고 권위적인 분위기를 풍기면서. 목적은 하나, 오로지 그 권위를 정복하기 위해서다. 권위를 무너뜨리기 위해 지극히 권위적 서술을 취하는 역설, 사실주의 형식으로 사실주의를 무너뜨리는 패러디이다.

마르케스는 『백 년 동안의 고독』에서 저자의 서술이 지워지면서 씌어진 것임을 암시한다. 양피지를 해독하는 순간 마콘도의 역사는 몽땅 지워지는데 소설의 진행은 조금씩 해독을 향해 가고 있었던 것이다. 근친상간이 상징하는 인간의 폐쇄적 고립과 이기심 등 백 년 동안 고독한 사람들은 지구상에 살 자격이 없다는 말과 함께. 나보코프는 『롤리타』에서 실재를 찾아 헤매는 예술가를 어린 님페를 사랑하는 중년 남자에 비유하면서 그 예술가가 작가 자신임을 암시한다. 『세바스찬 나잇의 참인생』에서도 작가 세바스찬과 그의 참모습을 알아내려는 화자가 모두 작가 자신임을 암시한다. 존 파울즈는 삼인칭으로 권위적 서술을 하면서 틈틈이 자신이 등장하여 서술을 되돌아보고 실재를 파악할 수 없는 세상에 사는 그로서 서술은 자기 얘기에 불과할 뿐이라고 자의식적 시선을 던진다. 그리고 등장 인물을 조정하지 않고 저자는 그저 그들의 뒤를 따라다니며 서술할 뿐이라고 말한다. 소설의 종말조차 몇 가지로 열어 놓아 독자에게 선택을 맡긴다. 보네것도 『챔피언의 아침식사(*Breakfast of Champion*)』(1973)에서 픽션 끝에 자신의 모습을 드러내고 지금껏 조종해 온 주인공을 해방시킨다. 저자는 삼인칭 권위적 서술형식을 취하면서도 그 권위를 의심하고 스스로 인물과 동등하거나 인물보다 못해진다. 혹은 모든 것을 다 아는 신처럼 인물들의 입장에서 전지적 서술을 하면서도 그게 모두 자기 얘기일 뿐이라고 암시한다.

포스트모던 소설은 이렇듯 독백에서 서술로 돌아가는데 그 서술은 지극히 권위적인 요약과 전지적 시점을 취하면서 그 권위를 전복시키며 객관적인 재현이 더이상 불가능함을 암시한다. 이 역설을 어떻게 지금까지의 시점이론에서 가늠해 볼 수 있단 말인가. 삼인칭 전지이면서 일인칭 제한시점을 암시하고 인물의 위에 있으면서 인물만도 못하고 스토리 밖에 있으면서 동시에 스토리 속의 인물임을 암시하는 이 경계의 무너짐을 누구의 이론 속에서 찾을 수 있는가.

쥬네트가 보여 준 경계파괴에 적용해 보자. 과거를 돌아보는 회고적 서술에서 마르셀은 서술하는 성인과 경험하는 아이로 나뉜다. 그래서 성인이 된 마르셀은 경험하는 인물보다 인식론적 우위에 선다. '일인칭 전지'이다. 그래서 쥬네트는 인칭의 경계를 지우고, 서술자가 스토리 위에 있는가 아닌가, 스토리 속의 주인공인가 아닌가로 나누어 '외적-주인공(extra-homodiegetic)'이라고 분류한다. 그렇다면 삼인칭 전지이며 동시에 자기 얘기일 뿐이라는 경계파괴는 '외적-주인공'에 속하나? 그러나 이것도 내키는 해결은 아니다. 남의 얘기를 하면서 자기 얘기일 뿐이라고 숨겨 가며 암시하는 것과 공공연히 주인공인 것은 다르기 때문이다.

여기서 우리는 지금까지와는 전혀 다른 방법론을 구하지 않을 수 없게 된다. 게다가 모더니즘 기법이 건조하고 난해하여 엘리트주의로 대중과 유리되었는데 그것을 비난했던 포스트모던 소설이론 역시 건조하고 난해하다는 아이러니. 미학이론이란 앞 시대

의 미학을 비판하면서도 그것을 포함한 분석들을 제시하다 보면
자신도 그 대상을 닮아 가는 모양이다. 건조하고 도식적인 분석을
피하고 인간의 삶과 본능에 가까이 가는 길은 없을까. 여기서 정
신분석과 욕망의 문제를 떠올리게 된다.

4. 정신분석과 기호학

아마도 쉬탄젤의 이론 이후 가장 주목받는 서술이론가는 피터
브룩스일 것이다. 그의 책 『플롯을 따라 읽기』는 사실주의이건 모
더니즘이건 아무리 와해된 포스트모더니즘이건 플롯은 피할 수 없
는 예술의 형식이라는 데서 출발한다. 이 책은 비록 포스트모던
작품을 구체적으로 다루지는 않지만 시점의 문제를 뛰어넘어 욕망
이라는 보편틀을 제공하는 데 성공한다. 프로이트(Sigmund Freud)
의 글 가운데 『쾌락원칙을 넘어서(Beyond the Pleasure Principle)』에
서 '반복충동'을 이끌어낸다. 강박적이고 피할 수 없는 이 반복충
동은 무엇이고 이것이 어떻게 기호학으로 연결될 수 있는가.

프로이트의 욕망에는 두 개의 본능이 있다. 앞으로 전진하려는
삶의 본능과 원래 태어나기 이전의 침묵을 향한 죽음에의 본능이
다. 이것은 쾌락을 지연시키고 현실원칙을 받아들여 자아를 보존
하려는 에고 본능과 쾌락을 향한 성 본능으로 나뉠 수 있는데 이
두 개의 본능은 서로 반대 방향이어서 영원한 아포리즘을 이룬다.
앞으로 나아가려는 삶의 본능과 뒤로 돌아가려는 죽음에의 본능,
혹은 자아를 보존하려는 에고 본능과 소멸을 꿈꾸는 성 본능이 서
로 엇갈리면서 삶이 영위된다. 삶은 쾌락에의 욕망을 늦추고 죽음
을 연기시키는 과정이다. 탄생과 죽음 사이의 직선거리를 최대로
연장시키는 선은 아라베스크다. 꾸불꾸불하게 만들어 길게 늘이는

것, 이것이 반복충동의 원리다. 앞의 것을 다르게 반복하면서 삶을 지속시키는 이 충동은 그러기에 강박적이다. 브룩스는 이 원리를 끌어들여 정치한 소설분석의 극치를 보여 준다.

정신분석가는 환자와의 대화에 의해 병을 치료한다. 그는 환자의 상흔을 찾아내기 위해 기억을 더듬어 억압된 과거를 말하게 하고 그것을 종합하여 병의 원인을 찾아낸다. 그런데 환자가 들려주는 과거란 현재의 욕망에 의해 변형된 것이지 과거 그 자체가 아니고, 분석자는 또 자신의 욕망에서 그의 이야기를 듣는다. 분석자의 욕망은 무엇인가. 환자의 현재 욕망을 읽어내는 것이다. 이런 식으로 과거란 현재 욕망의 산물이요, 끊임없이 두 사람 사이에서 변모될 뿐 고정불변이 아니다. 현재와 과거의 대화라는 역동성과 열린 체계가 브룩스가 소설분석에서 사용하는 기본 골격이다. 과거는 끊임없이 현재에 의해 다르게 반복되는 것이다.

앞으로 나아가는 에고 본능과 뒤로 돌아서는 성 본능에 의해 삶과 서사가 진행된다는 것은 나아가는 시선이 되돌아보는 시선에 의해 계속 방해받는 것이요, 반대로 되돌아보는 시선에 의해 나아감이 이루어지는 대화 속의 전진이다. 탄생과 죽음 사이의 직선은 이런 식으로 꾸불꾸불해지며 길게 연장된다. 반복충동이란 삶이 이루어지는 뼈대요 동시에 소설의 플롯이다. 한 권의 소설은 앞으로 나아가며 동시에 과거를 돌아본다. 사실주의에서는 한 그룹의 인물에 대해 엮다가 멈추고 다른 인물들을 엮어 가다가 다시 되돌아와 먼저 그룹을 이어 간다. 이런 식으로 앞으로 나가는 본능은 뒤로 돌아서는 본능에 의해 저지당하면서 소설은 절정과 종말을 향해 치닫는다. 모더니즘에서는 콘라드(Joseph Conrad)의 『어둠의 속(Heart of Darkness)』에서처럼 커츠에 관해 마로우가 얘기하고 마로우의 얘기를 뱃사람이 듣는다. 다시 그 얘기를 독자가 듣고 이런 과정에서 알맹이는 전달자의 욕망에 의해 끊임없이 변형된다.

그러면 포스트모던 소설은 어떤가. 브룩스가 멈춘 곳에서 시작해 보자. 재현이 가능하다고 믿고 신처럼 권위적으로 내달리는 삼인칭 서술이 있다. 그리고 그 서술은 끊임없이 그런 전진이 불가능하다고 믿는 반성적 시선에 의해 방해를 받는다. 나아가는 서술과 되돌아보는 서술에 의해 간섭 받으며 진행되는 자의식적 소설이 포스트모던 소설이다. 조금 건너뛰는 느낌이 있지만 앞으로 나아가는 서술은 재현의 가능성을 믿는 상상계요 끊임없이 저지하는 시선은 그 꿈이 미끄러져 나가는 상징계라고 라캉을 끌어들일 수도 있다. 한 단계 더 높이 뛰면 앞으로 나아가는 서술은 장주(莊周)의 꿈이요, 그것을 저지하는 자의식적 시선은 현실이 아닐까. 장주는 꿈에 나비가 되어 훨훨 나는 꿈을 꾸었다. 그리고 깨어나서 묻는다. 도대체 장주가 꿈에 나비가 된 것일까? 아니면 나비가 꿈에 장주가 된 것일까? 『삼국유사』에 나오는 조신의 꿈은 어떤가? 꿈이 진짜 삶이었던가 깨어난 후의 생이 참 삶이었던가.

『백 년 동안의 고독』에서 서술은 흘러넘치듯 전진하지만 사실은 지워지면서 씌어졌음이 마지막에 밝혀진다. 나보코프, 보네것, 존 파울즈, 쿤데라 등 사실주의를 패러디하는 포스트모던 소설은 강력한 (객관)재현을 하면서도 틈틈이 그것을 의심하고 배반하고 되돌아보는 작가 자신이 등장하여 매끄러운 서술에 어깃장을 놓는다. 서술 형식(플롯) 그 자체가 전진하면서 계속 되돌아보는 대화로 엮인 것이다. 동시에 서술의 매개인 인칭, 시점, 조망의 경계가 와해된다. 삼인칭 전지서술에 일인칭 제한시점이 교직되고 외적조망에 내적조망이 교차된다. 어느 한쪽이 될 수 없는 경계의 와해는 에고 본능과 성 본능의 교차요, 죽음을 늦추려는 은유와 환유의 교차다.

지금까지 20세기 서구의 소설미학과 이론, 특히 시점이론이 어디까지 와 있는지 살펴보고 포스트모던 양식에 관한 분석틀을 모색해 보았다. 20세기를 마감하는 시점에서 어떤 새로운 사상과 미학이 21세기를 휩쓸는지 아무도 가늠하지는 못하지만, 분명한 것은 새로운 소설이론은 포스트모던 소설을 포함하여 그 앞 시대의 소설을 분석하는 보편틀이 될 것이며 그 방법론은 21세기의 새로운 사상에 뿌리내리고 있을 것이라는 예측이다. 비록 그 새로움이 포스트모더니즘과의 완전한 결별이 아닐지라도 변화는 삶과 역사의 본질이기 때문이다.

찾아보기

408

지은이 **권택영**

경희대에서 영문학을 전공하고

미국 네브라스카대학원에서 영문학 석사와 박사학위를 받았다.

U. C. 버클리대학 영문과에서 비평 이론을 연구했다.

'한국 라캉과 정신분석학회' 회장직을 역임했으며,

현재 경희대 영어학부 교수이다.

저서로《후기 구조주의 문학 이론》,《포스트모더니즘이란 무엇인가》,

《영화와 소설 속의 욕망 이론》,《다문화 시대의 글쓰기》,

《라캉 · 장자 · 태극기》등이 있고,

편역서로《욕망 이론》(공역) 등이 있으며,

역서로《문학비평 용어사전》(공역),

《어느 망명 작가의 참 인생》,《정신분석비평》,《해체비평이란 무엇인가》

등이 있다.

소설을 어떻게 볼 것인가

1판　1쇄 발행　1995년 3월 30일

1판 13쇄 발행　2018년 8월 10일

지은이　권택영

펴낸곳　(주)문예출판사 ｜ **펴낸이**　전준배

출판등록　1966. 12. 2. 제 1-134호

주소　03992 서울시 마포구 월드컵북로 6길 30

전화　393-5681 ｜ **팩스**　393-5685

홈페이지 www.moonye.com ｜ **블로그** blog.naver.com/imoonye

페이스북 www.facebook.com/moonyepublishing ｜ **이메일** info@moonye.com

ISBN 978-89-310-0264-5　03800